HEYNE

ELFENRITTER

Erstes Buch: Die Ordensburg
Zweites Buch: Die Albenmark
Drittes Buch: Das Fjordland

Bernhard Hennen

ELFEN RITTER

DIE ORDENSBURG

Roman

Originalausgabe

WILHELM HEYNE VERLAG
MÜNCHEN

FSC
Mix
Produktgruppe aus vorbildlich
bewirtschafteten Wäldern und
anderen kontrollierten Herkünften
Zert.-Nr. SGS-COC-1940
www.fsc.org
© 1996 Forest Stewardship Council

Verlagsgruppe Random House FSC-DEU-0100
Das FSC-zertifizierte Papier *München Super*
für Taschenbücher aus dem Heyne-Verlag
liefert Mochenwangen Papier.

2. Auflage
Originalausgabe 11/2007
Redaktion: Angela Kuepper
Copyright © 2007 by Bernhard Hennen
Copyright © 2007 dieser Ausgabe
by Wilhelm Heyne Verlag, München,
in der Verlagsgruppe Random House GmbH
www.heyne.de
Printed in Germany 2007
Umschlaggestaltung: Nele Schütz Design, München
unter Verwendung eines Motivs von Michael Welply
Karten: Andreas Hancock
Satz: Buch-Werkstatt GmbH, Bad Aibling
Druck und Bindung: GGP Media GmbH, Pößneck

ISBN: 978-3-453-52333-3

Für die Schöne im Park

Lernen, ohne zu denken, ist eitel;
denken, ohne zu lernen, ist gefährlich.
Konfuzius

DIE SPUR DES AHNEN

»Das ist kein Ort, an den man alleine gehen sollte, mein König.«

Gunnar legte dem Krieger die Hand auf die Schulter. »Wie lange befehligst du nun schon meine Leibwache?«

Der große, dunkelhaarige Fjordländer runzelte die Stirn. Er bewegte die Lippen, als zähle er lautlos.

»Seit siebzehn Jahren kämpfst du nun an meiner Seite. Seit mein Vater mich das erste Mal in eine Schlacht ziehen ließ. Und neun Jahre bist du der Hauptmann meiner Leibwache, der Mandriden.« König Gunnar blickte zu den Männern, die am Rand der Lichtung standen. Sie wirkten angespannt. Fast jeder hatte die Hand am Schwert. Auf dieser Lichtung war seinem Urahnen Mandred einst der Manneber begegnet, jenes dämonische Ungeheuer, das so viel Unheil über Menschen und Elfen bringen sollte. Der Ort galt als verflucht ... Niemand ging hier freiwillig hin.

Der König blickte hinauf zur Klippe. Wie eine schwarze Krone zeichneten sich die stehenden Steine gegen den Nachthimmel ab. Grünes Feenlicht tanzte in weiten Bögen am Himmel. Es war voller Schönheit und zugleich auch unheimlich. Hell stach der Schein der Wintersterne durch das wogende Himmelslicht. Glaubte man der Sage von Mandred Torgridson, dann war es eine Winternacht wie diese gewesen, in der das Band zwischen Menschen und Elfen geknüpft worden war. Fast ein Jahrtausend währte der Bund nun, und obwohl Elfen, Trolle, Kentauren und Kobolde seinen Kriegern ein vertrauter Anblick waren, scheuten die Männer vor den magischen Toren in die Anderswelt zurück. Selbst Tiere mieden diese verzauberten Orte. Kein Vogel flog je über die Höhe des Hartungskliffs hinweg.

Gunnar sah den Hauptmann seiner Leibwache an. Eiskristalle funkelten in Sigurds schwarzem Bart. Seine kalten blauen Augen wirkten entschlossen. Gunnar wusste, sein Gefährte würde ihm überallhin folgen. Doch es wäre ehrlos, ihn darum zu bitten, ihn auf diesem Weg zu begleiten.

Der König hatte nicht die Absicht, durch das Tor zu treten. Doch man wusste nie, was geschehen mochte, wenn man sich in die Nähe eines Albensterns wagte. Und kein Mensch, der je das Land des ewigen Frühlings betreten hatte, war darin glücklich geworden. Jeder im Fjordland kannte die Lieder über Alfadas, Mandred oder Kadlin, die Kriegerkönigin. Helden waren sie, ohne Zweifel, und doch war es ihnen verwehrt geblieben, glücklich zu werden. Dort, wo der Ruhm wohnte, hausten zugleich auch Trauer und Einsamkeit. Wer Albenmark gesehen hatte, der blieb künftig den anderen Menschen fremd ... Und manche, wie sein Urahn Mandred, fanden nicht mehr den Weg zurück.

Gunnar umfasste Sigurds Handgelenk im Kriegergruß. »Ich werde allein gehen, mein Freund. Nimm die Männer mit! Wartet unten am Fjord auf mich.«

Obwohl Sigurd sich alle Mühe gab, seine Gefühle zu verbergen, spürte Gunnar, wie erleichtert der Hauptmann war. Sie kannten einander zu lange, um verbergen zu können, was sie bewegte.

»Wenn du im Morgengrauen nicht bei uns bist, dann steige ich hinauf zum Kliff!«

Gunnar musste über die Drohung lächeln. Er wusste, dass Sigurd keine leeren Worte machte. »Folge mir nicht. Wenn ich zum Morgengrauen nicht zurück bin, dann werde ich an einem Ort sein, an dem du mich nicht mehr erreichen kannst.« Er stockte. »Wenn das geschieht ... sag Roxanne, dass ich sie liebe. Und achte auf meinen Sohn ... und auf Gishild. Man darf die Kleine nicht aus den Augen lassen. Das weißt du ja.«

Sigurd nickte linkisch. »Roxanne wird wissen, dass du nur ihretwegen gegangen bist.«

»Red ihr das aus!«

»Aber es ist doch die Wahrheit! Und du müsstest das nicht tun ... Sie werden kommen. Du hast doch eine Botin geschickt. Bleib bei uns und warte ... Unten am Fjord.« Er sah ihn beinahe flehend an, was sonst gar nicht Sigurds Art war.

Gunnar fragte sich, ob der Hauptmann seiner Leibwache gar das zweite Gesicht hatte. Wusste Sigurd etwas?

»Sie werden kommen, das weißt du, mein König.«

Gunnar blickte zum Mond, der tief am Himmel stand. Die Worte der Hebamme klangen ihm noch in den Ohren. *Sie wird den Morgen nicht erleben, wenn kein Wunder geschieht.* Zwei Tage kämpfte Roxanne nun schon im Kindbett. Sie war am Ende ihrer Kräfte. Der König wusste, dass es jenseits des Tores, in der anderen Welt, ein Geschöpf gab, das spüren würde, wenn er auf dem Hartungskliff stand. Einen uralten, verzauberten Baum. Die Albenkinder mussten wissen, wie verzweifelt er ihre Hilfe brauchte! Es war schon Stunden her, dass sein Bote, der Kobold Brandax, aufgebrochen war. Warum kam niemand? Gunnar wusste, dass Brandax unter den Elfen nicht sehr beliebt war. Seine zänkische Art machte es schwer, mit ihm auszukommen. Aber er war der Einzige gewesen, der ein Tor öffnen konnte ... Ob man ihn bei Hof nicht vorließ?

Der König blickte zum Kliff. »Ich muss gehen, Sigurd.« Er umfasste noch einmal das Handgelenk des Hauptmanns und kehrte der Lichtung den Rücken.

Allein mit den uralten Eichen des Waldes, beschlich ihn

wieder dieses klamme Gefühl. Ein Jahrtausend war seine Familie mit den Albenkindern verbunden. Seite an Seite kämpften sie gegen die übermächtigen Ritterheere der Tjuredkirche. Er kannte die grausigen Riten der Trolle nach den Schlachten, die Feste der Elfen, die ein Zauber umgab, der Menschen das Herz wund werden ließ. Er hatte den seltsamen Humor von Kobolden erduldet. Er hatte mit den Anderen geblutet und gelacht. Aber sie waren ihm fremd geblieben. Da war eine letzte, unsichtbare Mauer, die niemals fiel. Das machte sie unheimlich … Er konnte verstehen, warum die Tjuredpriester sie so sehr fürchteten. Man wusste nie, was im Kopf eines Elfen vor sich ging. Auch nicht, wenn er ein Freund war. Warum war keine Hilfe gekommen?

Gunnar trat aus dem Wald hinaus auf ein weites, sanft ansteigendes Schneefeld. Das grüne Feenlicht verlieh dem Schnee eine eigentümliche Farbe. Es hieß, die Tore zur Anderswelt seien leichter zu öffnen in solchen Nächten.

Das Knirschen des verharschten Schnees, das Lied des Windes in den Klippen und sein keuchender Atem waren die einzigen Geräusche, die Gunnar bei seinem einsamen Aufstieg begleiteten. Als er endlich den Gipfel erreichte, überkamen ihn Zweifel. Im Kreis der blanken Felsen, die mit gewundenen Spiralmustern versehen waren, lag kein Schnee. Vielleicht hatte der Wind ihn davongetragen, sagte sich der König stumm und wusste es doch besser. Dieser Ort gehörte nicht mehr ganz in die Welt der Menschen.

Ehrfürchtig strich er mit der Hand über einen der stehenden Steine. Der Wind zerzauste dem Herrscher das lange Haar. Gefrorener Atem knisterte leise in seinem Bart. Er beugte sich vor, bis seine Stirn den rauen Fels berührte. Zwei Tage lang hatte er seine Götter angefleht und war nicht erhört worden. Nun galten seine Bitten einer greifbareren Macht.

Dem kalten Stein vertraute er all seine Ängste an. Er war ein Kriegerkönig, erprobt in Dutzenden blutigen Schlachten. Er scheute keine Gefahr ... Doch fürchtete er, was jetzt hinter der verschlossenen Tür im Kindbett geschah. Lebte Roxanne noch? Hier, wo ihn keiner sah, hielt er seine Tränen nicht zurück.

Er sah hinab zur großen Stadt am Fjord. Mehr als eine Meile lang erstreckte sie sich am Ufer. Senkrecht stiegen die Rauchfahnen aus Hunderten Schornsteinen. Kaum jemand zeigte sich in den weiten Straßen. Um die Wachfeuer auf den Wehrgängen der Königsburg scharte sich eine Handvoll dunkler Gestalten.

Sein Blick wanderte zu dem weiten Gürtel aus Gräben und Erdwällen. Die strengen geometrischen Formen passten nicht zu der Stadt mit ihren verwinkelten Gassen und den Fachwerkhäusern mit ihren mit Schnitzwerk überladenen, steilen Giebeln. Es würde Jahre dauern, bis die neuen Festungswerke vollendet wären. Gunnar wusste, dass all dies vergebene Mühe war. Wenn die Ritter der Tjuredpriesterschaft jemals bis vor die Wälle Firnstayns gelangen würden, dann wäre sein Königreich dem Untergang geweiht, ganz gleich, wie stark die Festungswerke waren. Die Ritter konnten nur von Süden kommen, und wenn sie ihre Banner vor der Stadt aufpflanzten, dann mussten sie das restliche Königreich schon unterworfen haben.

Nicht Mauern, sondern allein die Macht jenseits dieses Steinkreises mochte dann noch Rettung bringen. So wie jetzt, in dieser verzweifelten Stunde, in der Roxanne und das Kind mit dem Tode rangen.

Ein warmer Luftzug streichelte Gunnars Wangen. Der König wandte sich zum Steinkreis um. Der Duft einer blühenden Frühlingswiese umgab ihn. Er hörte Wind in Blättern flüstern, obwohl die nächsten Bäume mehr als eine Meile entfernt standen.

Sein Magen krampfte sich zusammen. Seine Bitten waren erhört worden. Er sollte froh sein. Doch mitten im Winter dem Frühling zu begegnen, machte ihm Angst. Etwas im Steinkreis hatte sich verändert. Die Spiralmuster ... Sie schienen sich zu bewegen.

Gunnar blinzelte. Unsicher wich er einen Schritt zurück. Der Boden, auf dem er stand, war gewachsener Fels. Licht sickerte zwischen den Linien im Fels hervor, so wie unter einem Türspalt.

Der König wich noch weiter zurück. Das Licht erhob sich zu tanzenden Linien, die bald einen hohen Torbogen formten. Er durfte dort nicht hinsehen! Er kannte die Geschichten ... So viele seiner Ahnen hatte Albenmark in den Bann gezogen. Fortgerissen aus dem Leben, wie Menschen es führen sollten. Und keiner war dort glücklich geworden. Es war besser, diese fremde Welt nicht zu sehen!

Dennoch vermochte Gunnar den Blick nicht abzuwenden. Hinter dem Tor aus tanzendem Licht lag ein Raum voller Dunkelheit, den ein goldener Pfad durchmaß. Und am anderen Ende des Pfades, nur ein paar Schritt entfernt, öffnete sich ein zweites Tor. Gunnar sah eine Frühlingswiese. Einen Hügel, gekrönt von einer mächtigen Eiche ... Und dann erschien die Reiterin. Sie schien auf dem goldenen Pfad zu schweben. Unwirklich, wie ein Geist.

Ein Herzschlag, und sie war durch das Tor. Das tanzende Licht verblasste. Nur der Frühlingsduft blieb noch einen Augenblick, dann regierte wieder der Winter.

Gunnar kannte Elfen, seit er laufen gelernt hatte. Schon am Hof seines Vaters waren sie wohlvertraute Gäste gewesen. Doch nie zuvor hatte der König gesehen, wie sie aus der

Anderswelt herüberkamen. Er starrte die Frau auf der milchweißen Schimmelstute an wie einen Geist. Sie war in ein silbergraues Gewand gekleidet, so zart, als sei es aus Mondlicht gewoben. Der eisige Nordwind spielte in ihrem langen schwarzen Haar. Sie war von so unnahbarer Schönheit, dass der König kein Wort über die Lippen brachte.

Obwohl sie gekleidet war wie für ein Sommernachtsfest, schien ihr die Eiseskälte nichts anhaben zu können.

»Du sagst, dein Weib ringt mit dem Tode.«

Gunnar vermochte nur zu nicken. Er räusperte sich ... doch seine Stimme schien ihn verlassen zu haben.

»Ich bin Morwenna, Tochter der Alathaia«, sagte sie und streckte ihm ihre Hand entgegen.

Obwohl sie kleiner war als er und obendrein von zierlicher Gestalt, war ihr Griff kraftvoll. Ohne Mühe zog sie ihn vor sich auf das Pferd. Er spürte ihren warmen Atem im Nacken. Sie zog am Zügel, und das Pferd trabte den viel zu steilen Hang hinab. Sie folgten seiner Spur, der breiten Furche, die er hinterlassen hatte, als er sich mühsam bergan gekämpft hatte. Die silberbeschlagenen Hufe der Stute brachen nicht einmal durch die Schneedecke. Der helle Klang der Glöckchen am Zaumzeug begleitete ihren Weg. Sonst war es still. Die Nacht beobachtete sie, als spüre sie, dass etwas Fremdes in die Welt der Menschen eingedrungen war.

Beklommen dachte Gunnar an seinen Urahnen und den Preis, den Mandred einst für die Hilfe der Elfen gezahlt hatte. Und Sorge war es, die den König endlich sprechen ließ. »Was fordert deine Königin für eure Hilfe«, fragte er mit heiserer Stimme.

Morwenna schwieg. Doch Gunnar war sich sicher, dass sie hinter seinem Rücken lächelte.

VOR DEM MORGENROT

Gunnar trat aus der stickigen Festhalle hinaus auf den weiten Hof der Burg. Aus fröhlichem Lärm war besoffenes Lallen geworden. Die Jarle des Fjordlands, Trolle und Kentauren zechten gemeinsam. Sie warteten auf die Geburt des Thronfolgers. Zu lange schon!

Verzweifelt blickte Gunnar zu dem einen hell erleuchteten Fenster auf der anderen Seite des Hofs. Er hatte gehofft, dass mit Morwennas Ankunft alles besser würde. Doch die Elfe war nun schon seit Stunden dort oben. Längst hatte das Morgenrot das Feenlicht vom Himmel vertrieben. Leichter Schneefall hatte eingesetzt. Es kam Gunnar so vor, als sei es ein wenig wärmer geworden.

Vor ihm, mitten auf dem Hof, stand die Stute der Elfe. Das Pferd blickte zu ihm herüber. Es hatte helle, blaue Augen. Pferde sollten nicht solche Augen haben! Und sie sollten einen auch nicht so anblicken. Als verstünden sie, was einem das Herz aufwühlte!

Wieder öffnete sich die Tür zur Festhalle. Fetzen eines wilden Reiterliedes hallten in den Morgen hinaus. Dann schnitt die zufallende Pforte das Kriegerlied ab. Schritte knirschten im Schnee.

»Es wird gut werden, Gunnar. Sie ist eine Elfenzauberin«, klang eine wohlvertraute Stimme. Sigurd legte ihm die Hand auf die Schulter. »Du weißt, was sie vermögen.«

Gunnar kannte ihre Krieger. Auch sie vermochten zu zaubern. Doch wahre Heiler waren selten. Er musste Morwenna vertrauen!

»Wie war es bei deiner Frau?«

Sigurd lachte verlegen. »Ich war nicht dabei, mein König. Es war im Sommer vor drei Jahren, als wir in Stovia gekämpft haben. Ich weiß nur, was mir die Amme erzählt hat. Angeblich hat sich meine Frau mitten im Abendmahl erhoben. Sie hatte noch eine Lammkeule vor sich auf dem Tisch. Und dann hat sie sich plötzlich die Röcke benässt. Keine halbe Stunde später war meine Tochter da.« Er schnippte mit den Fingern. »Einfach so. So haben sie es mir jedenfalls erzählt.«

Gunnar sagte nichts dazu. Das war nicht das, was er jetzt hören wollte. Er blickte erneut zum Fenster hinauf. Was, bei allen Göttern, geschah dort oben? Er hatte gedacht, wenn eine Elfenheilerin käme, wäre alles gut …

»Mein König?« Sigurd sah ihn an, als habe er etwas gesagt. Gunnar hatte nichts gehört. Zu sehr war er in seinen Gedanken gefangen.

Ein Schrei ließ ihn herumfahren. Es ging wieder los! Zwei verfluchte Tage dauerte das jetzt. Warum nahm es kein Ende? Wie lange konnte Roxanne das noch durchstehen?

Sigurd packte ihn fest bei beiden Armen. »Du solltest nicht hier sein. Du kannst deiner Frau jetzt nicht helfen. Was nützt es, dich zu quälen? Komm zurück in die Halle.«

»Es ist doch wie Verrat, wenn ich nicht bei ihr bin.«

»Die Hebamme und die Elfe haben dich hinausgeworfen«, erinnerte ihn der Hauptmann. »Komm, es ist das Beste, wenn wir beide trinken, bis wir unter dem Tisch liegen. Du kannst dort oben nichts ausrichten … Also tun wir, was Männer schon immer getan haben, wenn ihre Weiber Kinder gebären.«

Gunnar wünschte, er wäre auf einem Schlachtfeld, mitten im dicksten Getümmel. Da wüsste er, was zu tun war. Er fühlte sich hilflos wie selten zuvor in seinem Leben.

»Weißt du schon, wie du ihn nennen willst?«

Gunnar zögerte. Ja, er hatte sich einen Namen zurechtgelegt. Aber er hatte ihn noch niemandem genannt. Nicht einmal Roxanne. Es brachte Unglück, über den Namen eines Kindes zu sprechen, wenn es noch nicht geboren war. Das musste Sigurd doch wissen! Wahrscheinlich war er schon zu betrunken … Snorri sollte sein Sohn heißen. Ein guter Kriegername war das!

Die Elfenstute schabte mit einem Huf im frischen Schnee. Sie sah ihn immer noch mit ihren unheimlichen Augen an. Er fühlte sich, als habe man einen Kübel Eiswasser über ihn ausgeschüttet. Diese Augen …

Roxanne würde sterben. Plötzlich war er sich ganz sicher. Ihre Schreie waren verklungen. Luth würde ihren Lebensfaden durchtrennen. Jeden Augenblick …

Er musste bei ihr sein.

Der Nordwind jaulte unter den Dachsparren und verlieh den geschnitzten Drachenköpfen eine geisterhafte Stimme. Der Schneefall war dichter geworden. Das Elfenpferd verschwamm zu einem undeutlichen Schemen. Gunnar glaubte, im Schneegestöber schattenhafte Gestalten zu erkennen. Gestalten, gezeugt aus Sturmwind, Eis und Ewigkeit. Die Geister seiner Ahnen versammelten sich, um seinem Weib das letzte Geleit in die Goldenen Hallen zu geben.

»Siehst du sie?«

Sigurd blinzelte. »Wen?«

Konnte man ihm trauen?

»Das ist keine Nacht, um draußen zu sein. Fordere dein Schicksal nicht heraus, mein König! Du warst beim Albenstern und bist mit einer Elfe geritten … Komm zurück in die Halle.« Sigurd hielt ihn noch immer bei den Armen gepackt. »Dies ist eine Nacht für Albenkinder und Götter. Du kannst deinem Weib nicht helfen. Bitte, komm mit mir!«

Gunnar machte sich los. Er würde Roxanne nicht im Stich lassen. Er lief über den Hof. Die weite Eingangshalle war verlassen. Laut hallten seine Schritte auf dem Steinboden, begleitet einzig vom Sturmgeheul im Dachgebälk.

Er stürmte die Treppe hinauf und hielt auf der obersten Stufe inne. Roxanne war verstummt. Es war totenstill auf dem Gang, der zu ihrem Schlafgemach führte. Vielleicht hatten die Elfe und die Hebamme doch recht? Vielleicht würde es alles nur noch schlimmer machen, wenn er dort war?

Gunnar hatte die Tür zu Roxannes Kammer fast erreicht, als er die zusammengekauerte Gestalt im Bogenfenster gegenüber bemerkte. Die Knie angezogen und ihre Lieblingspuppe dicht an die Brust gedrückt, hockte dort Gishild. Die Nacht hatte Eisblumen auf das Bleiglasfenster gehaucht. Seine Tochter presste die Lippen fest zusammen und versuchte zu verbergen, dass ihr die Zähne klapperten. Selbst im morgendlichen Zwielicht sah er deutlich, dass sie geweint hatte.

Hinter der Tür wimmerte Roxanne. Offensichtlich hatte sie nicht mehr die Kraft zu schreien. Der lange, unendlich klagende Laut schnitt Gunnar ins Herz. Er wollte bei ihr sein! Doch konnte er nicht so tun, als habe er Gishild nicht bemerkt. Was tat sie hier? Sie sollte, bewacht von der Amme, in ihrem Bett liegen!

Gunnar blickte noch einmal zur Tür. Schließlich wandte er sich ab. Gishild rannen Tränen über die Wangen, aber sie schluchzte nicht.

Er beugte sich vor und hob sie auf den Arm. Sie war so leicht ... so zerbrechlich. Wie lange wartete sie schon hier in der Kälte? Er hätte seine Wache vor der Kammer nicht aufgeben dürfen.

»Warum tut mein Bruder Mama so weh?«, stieß sie stockend hervor.

Gunnar schluckte. Was sollte er darauf antworten? »Er tut das nicht absichtlich.«

»Du musst ihm sagen, dass er das nicht darf!«, sagte sie entrüstet. »Sag ihm, ich verprügele ihn, wenn er Mama nicht in Frieden lässt. Ich werde ihn ...«

Während sie sprach, zitterte sie immer heftiger, und schließlich gingen ihre Worte in halb ersticktem Schluchzen unter.

Gunnar drückte sie fest gegen seine Brust und streichelte ihr über das Haar. »Es wird alles wieder gut«, sagte er hilflos und musste plötzlich selbst gegen die Tränen ankämpfen.

Langsam beruhigte sich Gishild. Auch das Wimmern hinter der schweren Eichentür war verstummt. Die Stille dort machte dem König mehr zu schaffen als Roxannes Schreie. War sie ...

»Ich habe Gudrun belauscht, wie sie mit einer Küchenmagd gesprochen hat. Die beiden haben geflüstert, aber ich habe sie trotzdem verstanden. Sie meinten, dass Mama sterben wird.«

Gunnar schwor sich, die beiden Weiber fortzujagen. Gudrun hatte er als Gishilds Kinderfrau ausgewählt, weil sie einen leichten Schlaf hatte. Offensichtlich nicht leicht genug. Er sollte einen Wachhund für seine Tochter suchen. Einen Bärenbeißer vielleicht ... »Die beiden wissen nicht, was sie reden! Wir haben eine Zauberin, wie du sie aus den Märchen kennst. Alles wird gut werden, meine Kleine.«

Gishild beugte sich ein wenig zurück. Sah sie ihm an, dass er nicht so sicher war, wie er zu klingen versuchte?

»Sie macht Mama gesund und holt meinen Bruder.«

»Ja, so wird es sein.« Er klammerte sich daran ... Er hatte sich so sehr einen Erben gewünscht. Ohne einen Jungen würde seine Dynastie verlöschen. Nach fast tausend Jahren ... Jetzt war es ihm egal. Wenn nur Roxanne überlebte! Die Hebamme hatte ihn nach der Geburt von Gishild gewarnt. Roxanne sollte keine weiteren Kinder bekommen. Aber mit seiner Tochter war es ja auch gut gegangen ... Auch Roxanne hatte nicht geglaubt, dass ...

Hinter der Tür erklang ein Schrei. Das Kind!

Der Laut brach sofort wieder ab.

»War das mein Bruder?«

Warum schrie der Kleine nicht mehr? Statt ihr zu antworten, drückte er Gishild fester in die Arme. Er hätte früher zum Steinkreis auf dem Hartungskliff hinaufsteigen sollen. Er war davor zurückgeschreckt, die Elfen direkt um etwas zu bitten. Deshalb hatte er Brandax geschickt ... Das Königshaus war seit einem Jahrtausend mit der Herrscherin Albenmarks verbunden. Ein Bund, der mit einem Kind besiegelt worden war und mit viel Leid ... Im Krieg gegen die Tjuredpriester unterstützten die Elfen sie schon immer. Beide Seiten hatten etwas davon ... Aber sie einseitig um einen Gefallen zu bitten, das war gefährlich. Man zahlte immer einen Preis. Gunnar war davor zurückgeschreckt. Er kannte sie zu gut, die düsteren, alten Geschichten um Mandred und dessen Sohn Alfadas.

Plötzlich flog die Tür auf. Die Hebamme trat aus dem Zimmer, beide Arme mit blutdurchtränkten Laken beladen. Sie war leichenblass. Ihr Ellenbogen versetzte der Tür einen Stoß, und sie fiel wieder zu.

Gunnar hielt Gishild noch immer an sich gedrückt, sodass sie die blutigen Tücher nicht sehen konnte. »Was ist passiert?« Er konnte sich an den Namen von dem Weib nicht mehr erinnern.

Die Hebamme schien ihn erst jetzt zu bemerken, obwohl er keine drei Schritt entfernt stand. Ihre Augen waren schreckensweit. Sie schien durch ihn hindurchzublicken. »Das willst du gar nicht wissen, Gunnar. Das Kindbett ist ein

Schlachtfeld, zu dem ihr Männer nur das stürmische Vorgeplänkel geliefert habt. Das letzte Gefecht bleibt immer Frauensache!« Sie sagte das mit tonloser Stimme.

»Geht es Roxanne gut?«

»Nein! Luth hat die Sichel an ihren Lebensfaden gelegt.«

»Mama?«

Gunnar verwünschte sich dafür, diese Frage gestellt zu haben. »Morwenna wird alles richten«, versuchte er seine Tochter zu trösten, doch versagte ihm bei den Worten fast die Stimme.

Die Hebamme bedachte ihn mit einem eigentümlichen Blick. Er hütete sich, noch weitere Fragen zu stellen.

»Alles wird gut«, wiederholte er immer wieder und wiegte sich dabei vor und zurück. »Alles wird gut.«

Die alte Hebamme verschwand mit den Laken. Gishild stellte keine Fragen mehr. Und Gunnar lauschte auf die Geräusche hinter der Tür. Dort war es unheimlich still.

Es dauerte eine Ewigkeit, bis die Alte zurückkehrte. Ohne ein Wort schlüpfte sie in Roxannes Kammer.

Hinter der Tür wurde gesprochen. Gunnar konnte die Stimmen zwar unterscheiden, aber er verstand nicht, worum es ging.

»Etwas ist mit Mamas Bauch«, sagte Gishild unvermittelt. »Die Zauberin hat etwas damit gemacht, was Gilda unheimlich ist.«

»Morwenna weiß, was sie tut«, versuchte Gunnar die Sache abzutun. Zu oft hatte er gesehen, wie Elfen Dinge vollbrachten, die man sich nicht erklären konnte. Am besten war es, das einfach hinzunehmen. Sie wurden sonst zu unheimlich. Und sie waren doch ihre Verbündeten.

Die Tür öffnete sich erneut. Gilda sah ihn vorwurfsvoll an. Worüber hatten sie und die Elfe gesprochen?

»Komm herein, König! Du kannst die Kleine mitbringen.« Sie nahm Gishild bei der Hand, kaum dass sie die Tür erreichte. »Komm, schau dir deinen Bruder an. Er ist ziemlich groß. Wird ein kräftiger Kerl werden.«

Gunnar trat an Roxannes Bett. Ihr Antlitz war fast so weiß wie die frischen Laken. Sie schlief. Dunkle Ringe hatten sich tief unter ihre Augen gegraben.

Morwenna stand am offenen Fenster vor einer Schüssel und wusch sich das Blut von den Händen. Sie sah hinaus ins Schneegestöber und beachtete sie nicht. Neben ihr schwelte Weihrauch in einer kleinen Kupferpfanne. Der Wohlgeruch vermochte den Gestank von Blut und Schweiß nicht ganz zu vertreiben.

Die Alte hatte recht, dachte Gunnar. Es roch hier wirklich wie auf einem Schlachtfeld. Wieder sah er zu seiner Frau. Er schluckte. Wie auf dem Totenbett aufgebahrt sah sie aus. Er konnte nicht sehen, dass sich ihre Brust hob und senkte.

Plötzlich nahm ihn Gilda bei der Hand. Sie zog ihn in die hinterste Ecke des Zimmers. »Du musst wissen, dass Luth sie beide holen wollte, Gunnar. Dein Weib und deinen Sohn. Er war zu groß ... Und er hat falsch gelegen. Ich habe das schon zu oft gesehen.« Sie blickte ängstlich zu der Elfe. »Sie hat dem Schicksalsweber die beiden Leben gestohlen. Daraus wird nichts Gutes erwachsen. Sie ...« Die Hebamme machte mit fahriger Hand ein Zeichen, um das Böse abzuwenden. »Ich habe so etwas noch nie gesehen ...« Sie sprach so leise, dass Gunnar sich fast bis an ihre Lippen beugen musste, um sie zu verstehen. »Ihre Hände ... Sie hat deinem Weib in den Leib gegriffen. Durch den Bauch hindurch ...« Wieder schlug Gilda das Schutzzeichen. »Aus dem Leib gerissen hat sie ihr den Jungen. Ich konnte nicht hinsehen ... Jetzt ist Roxannes Bauch wieder ganz glatt. Nicht einmal eine Narbe gibt es ... Aber glaub mir, sie hat mit ihren Händen in den Bauch gegriffen.«

Gunnar wollte das nicht hören. Was immer auch geschehen war, Roxanne und sein Sohn lebten. Und hatte Gilda nicht selbst gesagt, sie hätte nicht hingesehen? Das war nur Geschwätz! Er trat hinüber an die Wiege. Sein Sohn! Er hatte einen Erben! Was scherte ihn das Gerede eines alten Weibes. Er war sich schon bewusst, dass Magie seinem Sohn auf die Welt geholfen hatte. Deshalb hatte er die Elfe schließlich geholt!

Ein breites Gesicht hatte sein Junge. Und viele Haare ... Vorsichtig strich er ihm über den Kopf.

»Hübsch ist mein Bruder aber nicht«, murmelte Gishild enttäuscht. Dann ballte sie die Fäuste. »Und wenn er Mama noch einmal wehtut ...«

Roxanne bewegte sich in ihrem Bett. Sie hatte die Augen geöffnet.

»Mama!« Gishild stürzte sich auf sie.

Gunnar wollte sie zurückhalten, doch ein Blick Roxannes gebot ihm, sie gewähren zu lassen.

Gilda kniete mit einer Breischüssel neben dem Bett nieder. »Du musst essen, Herrin.«

Die Elfe trat vom Fenster zurück. Ohne den Frauen und dem Mädchen Beachtung zu schenken, kam sie auf ihn zu.

Gunnar legte auch die zweite Hand auf seinen Sohn. »Du hättest mich früher rufen sollen, Gunnar Eichenarm«, flüsterte sie in sein Ohr. »Hüte deine Kinder gut, denn dein Weib wird dir keine mehr gebären können. Du weißt, wenn deine Blutlinie verlischt, wird auch das Fjordland untergehen. Wenn er sein siebtes Jahr vollendet hat, werde ich wiederkommen und ihn holen. Bis dahin gehört er dir.«

Gunnar riss das Kind aus der Wiege und wich vor der unheimlichen Elfe zurück. »Nein. Er wird an meinem Hof aufwachsen. Du kannst verlangen, was du willst. Aber raube mir nicht mein Kind!«

Seine Worte hatten die anderen aufgeschreckt. Roxanne begann zu weinen und versuchte sich aus dem Bett zu erheben. Gishild sah die Elfe entsetzt an.

»Sei kein Narr, König! Du weißt, meine Herrin Emerelle versteht sich darauf, in die Zukunft zu blicken. Mit seinem achten Jahr beginnt für deinen Sohn eine Zeit der Gefahr. Nur am Königshof von Albenmark wird er sicher sein.«

»Du wirst ihn mir nicht nehmen!«, sagte er mit fester Stimme. »Ich habe dir nichts versprochen!«

Morwenna sah ihn an, wie man ein widerborstiges Kind ansah. »Niemand will deinen Sohn rauben. Meine Herrin will nur das Beste für ihn!«

»Wir können selbst auf unsere Kinder achten!«

Die Elfe lächelte kühl. »Ich komme wieder, wenn er sein siebentes Jahr vollendet hat.« Sie strich dem Jungen über die Wange. »Lebe wohl, Snorri.«

Gunnar erstarrte vor Entsetzen. Er hatte den Namen niemandem gesagt!

DIE EINZIG WAHRE GESCHICHTE

»Wer nie darüber nachdenken musste, wie lange er seine Stiefelsohlen wohl kochen muss, bis er sie kauen kann, ist ein Schwafelkopf! Heutzutage ist die Welt voller wohlgenährter Schwafelköpfe, die sich jeden Morgen Honig in die Grütze rüh-

ren und stattliche Bäuche vor sich hertragen. Sie reden so, als seien sie dabei gewesen, als das Banner des Blutbaumes über Albenmark wehte. Ihr Gerede ist wie ein warmer Furz, den man ins Gesicht geblasen bekommt, und mir wird übel, wenn ich höre, wie sie von der fußlosen Königin und ihrem Elfenritter sprechen. Oh, sehe ich diejenigen von euch erröten, die sich einer gewählteren Sprache befleißigen? Ich bin ein Holder, ein Kobold, und gehöre somit einem Volk an, von dem die wohlgeboreneren Kinder Albenmarks ohnehin nur das Ärgste erwarten. Warum ihr meinen flegelhaften Ton erdulden solltet? Weil ich als Chronist der Wahrheit verpflichtet bin und mich im Gegensatz zu anderen Schreiberlingen nicht damit aufhalte, was ihr wohl gern hören möchtet. Ich habe unter den Menschen gelebt. Ich weiß, wie sie sind! Und ich habe miterlebt, wie sie in all dem, was viele von uns als erbärmlich verlachen, dennoch eine Größe haben, wie nur die wenigsten Kinder Albenmarks sie je erreichen. Ja, es stimmt, selbst ihre bedeutendsten Helden würden niemals gegen einen Ritter unserer Königin Emerelle bestehen können, keiner von ihnen wird je ein so geschickter Handwerker wie ein Kobold sein, so stark wie ein Troll, oder saufen können wie ein Kentaur. Sie wissen das, und doch geben sie niemals auf. Sie versuchen größer zu sein, als das Schicksal es ihnen bestimmt hat. Und dabei sind sie ohne Überheblichkeit. Sie sind tragisch ...

So wie ihre Königin, deren Schicksal mich, einen herzlosen alten Kobold, so sehr berührt, dass ich sie nie vergessen werde. Ich kann es nicht ertragen, wenn man sich heute das Maul über die letzte Herrscherin des Fjordlands zerreißt. Ganz gleich, was über sie geredet wird, ich weiß, sie ist ihrem Ritter immer treu geblieben. Und wer in meiner Gegenwart etwas anderes behauptet, dem schneide ich die Zehen ab!

Ich habe sie gekannt, ihre letzte Königin. Sie hat mich

gefürchtet, schon als wir einander zum ersten Mal begegneten. Ich war es, der ihr die Füße abgeschnitten hat. Deshalb schreibe ich diese Geschichte. Ich bin kein Elf, der mit tausend schönen Worten der Wahrheit ausweicht. Ich bin kein Schwafelkopf, denn ich habe im Winter der Eiskinder meine Stiefelsohlen gefressen. Ich weiß, was Demut heißt und was Liebe. Beides lehrte mich ein Menschenkind.

Es vergeht kaum ein Tag, an dem ich mich nicht frage, was wir Kinder Albenmarks falsch gemacht haben und wie groß unsere Schuld ist. Ob es unser Fluch ist, denen, die wir lieben, Leid und Verderben zu bringen. Ja, vor allem denen, die wir lieben … Nein, es sind keine Tränen, die meine Tinte verwischen. Ich sitze auf der Terrasse meines Palastes in Vahan Calyd, hoch über dem Waldmeer, und es ist so heiß, dass selbst ein Elf leiden würde. Ich vergieße Schweiß, keine Tränen! Wer mich kennt, der weiß, dass es nicht meine Art ist, zu flennen wie eine Blütenfee. Und sollte einer von euch, die ihr diese Zeilen lest, etwas anderes behaupten, so hexe ich ihr oder ihm einen vertrockneten Wurzelstock dorthin, wo die lügnerische Zunge sitzt.

Höre ich gelehrte Ohrenbläser über die vergangenen Jahre reden, dann streiten sie oft darüber, wann das Unglück begann. Manche glauben, es habe alles auf dem großen Konzil von Iskendria seinen Anfang genommen, als die Neue Ritterschaft, die den Blutbaum im Wappenschild führt, den Oberbefehl über die Heere der Tjuredkirche an sich riss. An jenem Tag versprachen sie, das Heidentum und mit ihm die Kinder Albenmarks auf immer auszulöschen. Andere behaupten, das alles habe an jenem Nachmittag begonnen, als die letzten Bojaren Drusnas ein Stundenglas als Geschenk erhielten. Oder in der Nacht des schändlichen Verrats, die auf diesen Tag folgte.

Ich sage euch, das alles ist Humbug, wie ihn Tinte pissende

Chronikschreiber verbreiten! Märchen, geschrieben von Trotteln, die glauben, dass große Geschichten immer dort beginnen, wo die Mächtigen um Königreiche streiten. Wer Geschichtsbücher verfasst, der fühlt sich stets dazu berufen, die Banalität der Wirklichkeit hinter Glanz und Glorie zu verbergen. Vielleicht tun sie das, um euch vor der grausamen Wahrheit zu beschützen. Vielleicht wollen sie euren Glauben, in geordneten Verhältnissen in Sicherheit zu leben, nicht erschüttern. Mir hat man schon immer nachgesagt, anderer Leid mache mir Freude, und es sei mir ein Vergnügen, grausam zu sein. Das ist nichts als eifersüchtiges Geschwätz von Neidern! Vergesst sie! Von mir werdet ihr die Wahrheit hören und nichts anderes!

Wie es dazu kam, dass die Banner des Blutbaumes in Albenmark wehen, begann damit, dass ein räudiger Hund, der dafür berüchtigt war, gern Kinder zu beißen, nicht mehr aus einem Hinterhof entfliehen konnte. Möglicherweise war er dort, weil er von der Leiche seines Herrn gefressen hatte. Der Junge, der dem Kampf des Hundes zusah, fragte sich nie, warum der verlauste Köter auf diesem Hinterhof war. Aber diese besondere Fähigkeit muss man wohl besitzen, um ein romantischer Held zu werden: die Wahrheit übersehen zu können, selbst wenn sie buchstäblich zum Himmel stinkt.

Glaubt mir, es war dieser verdammte Hund, der einen Helden zeugte. Und deshalb beginnt die Geschichte von der ruhenden Königin und dem Elfenritter mit ihm, jedenfalls wenn man sie richtig erzählen will. …«

ZITIERT NACH:
DIE LETZTE KÖNIGIN, BAND 1 – DAS PESTKIND, SEITE 7 ff.
VERFASST VON: BRANDAX MAUERBRECHER,
HERR DER WASSER IN VAHAN CALYD,
KRIEGSMEISTER DER HOLDEN

GRAUAUGE

Die hageren Hunde des Rudels, das heute Mittag ins Dorf gekommen war, trieben den Wachhund in den hintersten Winkel des ummauerten Hofes. Barrasch konnte von dort nicht mehr fliehen. Er stieß ein trotziges Bellen aus und griff an. Aber die Reißzähne des großen braungelben Wachhunds schnappten ins Leere.

Wütend löste Luc einen weiteren Ziegel aus dem Dach und schleuderte ihn vom Fenster der Schmiede hinab in den Hof. Diesmal traf der Junge den Anführer des Rudels. Die struppige Bestie, die Barrasch gerade noch bedrängt hatte, zuckte zusammen und blickte zu Luc hinauf. Klare, hellgraue Augen musterten ihn. Keinen Laut gab das Mistvieh von sich.

Barrasch machte einen Satz und versuchte den Rudelführer im Nacken zu packen, während dieser noch zu Luc hinaufsah. Doch der hagere Hund wich Barrasch mit geradezu unheimlichem Geschick aus und biss ihn in die Flanke, bevor er sich zurückzog.

André, der Schmied, hatte immer angegeben, sein Barrasch hätte das Blut eines Bärenbeißers in den Adern. Bärenbeißer, das waren die legendären Kampfhunde aus dem Fjordland. Die Kriegshäuptlinge der Heiden hatten sie über die Jahrhunderte mit den Lebern von ermordeten Ordensrittern und Priestern gefüttert, so hatte André ihm einmal erzählt. Sie taten das, um besonders böse, gottlose Hunde aus ihnen zu machen. Die Kirche hatte die Bärenbeißer deshalb mit einem Bann belegt. Es war verboten, solche Hunde zu besitzen. Die Priester ließen sie auf Scheiterhaufen verbrennen.

Aber der Schmied hatte sich nie viel um die Kirche und

ihre Gebote geschert. Es war ihm nur recht, wenn kein Priester seinen Hof betrat.

André hatte lange in den Heidenkriegen gekämpft. Auf See gegen die Fjordländer und in den weiten Wäldern Drusnas gegen die unheimlichen Schattenmänner. Erstaunlicherweise schien er die Priester ebenso zu verachten wie die Heiden. Er war ein seltsamer Mann mit einem gemeinen Hund.

Barrasch zitterte. Seine Hinterläufe knickten unter der Last seines schweren Körpers weg. Es kostete ihn die letzte Kraft, sich wieder hochzustemmen. Mit einem tiefen, kehligen Knurren forderte er die Hunde aus den Bergen heraus. Magere Viecher waren das; sie waren auch ein gutes Stück kleiner als er. Und trotzdem hatten sie etwas an sich, das einem angst und bange werden ließ. Sie waren so still ... so siegessicher. Alle anderen Hunde des Dorfes hatten das Weite gesucht, als das neue Rudel gekommen war. Nur Barrasch war geblieben.

Luc hatte den großen Bärenbeißer nie leiden mögen. Aber jetzt waren sie beide die Letzten, die das Dorf Lanzac verteidigten. Das vereinte! Barrasch war ein übellauniges Tier. Einmal hatte er ihm die Hosen zerrissen und ihm ordentlich in die Waden gezwackt. Damals hatte er Luc dabei erwischt, wie er versucht hatte, zum Fenster der Honigkammer hinaufzuklettern.

Wie auf ein lautloses Zeichen stießen drei der hageren Hunde gleichzeitig vor, um Barrasch den Rest zu geben. Der Bärenbeißer wich bis in die hinterste Ecke zwischen Kohlenschuppen und Mauer zurück. Mit einem wütenden Knurren schnappte er nach den Eindringlingen. Luc riss eine weitere Ziegelpfanne los und schleuderte sie in den Hof hinab. »Macht euch davon, ihr Mistviecher! Soll der Blitz euch treffen!«

Lucs Wurfgeschoss verfehlte sein Ziel. Die hageren Hunde

würdigten ihn keines Blickes. Mit leisem Knurren umkreisten sie Barrasch. Immer mindestens zwei griffen zugleich an, und egal, wie tapfer er sich wehrte, wie geschickt und verbissen er kämpfte, jede der Attacken brachte ihm eine weitere Wunde ein. Das Ende war abzusehen. Aber er gab nicht auf. Sein prächtiges gelbbraunes Fell war mit großen Blutflecken gesprenkelt. Jedes Mal, wenn die hageren Hunde ihn erneut ansprangen, war er ein klein wenig langsamer bei seinen Versuchen, ihnen an die Kehle zu gehen.

Luc musste näher an diese verdammten Mordbeißer heran, wenn er Barrasch beistehen wollte. Behände stieg er durch das Dachfenster und glitt die knirschenden Schindeln hinab bis zur Hofmauer. Die fremden Hunde hatten ein hässliches, graubraunes Fell, das unter dem Bauch fast weiß war. Obwohl sie allesamt kleiner waren als Barrasch, schienen sie nicht minder gefährlich. Rippen malten sich durch ihr struppiges Fell ab. Man sah ihnen an, dass sie für ihr Fressen kämpfen mussten.

Einer der hageren Köter blickte zu Luc auf. Der Junge erkannte ihn sofort wieder. Er hatte heimtückische, hellgraue Augen. Er war der Anführer des fremden Rudels. Der, den er eben erst mit dem Ziegel getroffen hatte. »Dich mach ich fertig, Grauauge«, murmelte Luc entschlossen und rief dann: »Halt durch, Barrasch! Ich helfe dir! Halt durch!«

Luc tastete nach dem Klappmesser tief in seiner Hosentasche. Es war feige, hier oben auf der Mauer zu hocken, während der Bärenbeißer um sein Leben kämpfte. Aber der Junge ahnte, er würde noch schneller als der große Hund sterben, wenn er sich in den Hof hinabwagte. Er wusste genau, wer da ins Dorf gekommen war. Doch wer seinen Verstand beieinander hatte, der nannte das Übel nie bei seinem wahren Namen. Das machte es immer noch schlimmer. Seine Mutter hatte ihn das gelehrt, und selbst in der Stunde ihres Todes hatte sie daran festgehalten. Der Name des Übels, das sie dahingerafft hatte, war weder ihr und noch einem anderen im Hause über die Lippen gekommen.

Der Hund mit den grauen Augen hockte sich hin und beobachtete Luc. Es schien dem Jungen geradezu so, als wolle ihm das Vieh sagen: Komm nur herunter! Auf eine halbe Portion wie dich haben wir gewartet.

Luc war elf Jahre alt. Zu Beginn des Sommers erst hatte er sein Namensfest gefeiert. Er schluckte. Fast wären ihm Tränen in die Augen gestiegen. Es tat weh, daran zu denken, was für ein wunderbarer Tag das gewesen war. Zum ersten Mal hatte Vater ihm erlaubt, mit einer der schweren Radschlosspistolen zu schießen. Die Waffe hatte Luc mit ihrem Rückschlag fast den Arm ausgerenkt, und er war jämmerlich auf dem Hosenboden gelandet, aber zugleich war er voller Stolz gewesen. Solange er zurückdenken konnte, hatte er davon geträumt, einmal eine von Vaters Pistolen abzufeuern. Er wusste alles über die Waffen. Wie man sie auseinandernahm, um sie zu reinigen und das Metall zu fetten. Wie man sie lud und wie man die Kugel im Lauf verkeilte, sodass sie nicht mehr herausrollen konnte. Das war wichtig, wenn man die geladenen Waffen in einen Sattelholster steckte! Vater hatte ihm einen Schlüssel geschenkt, mit dem er das Schloss seiner Pistolen spannen konnte. Im nächsten Jahr hätte er ein Pulverhorn bekommen und im Jahr darauf eine der Pistolen. Hätte er nur jetzt eine der schweren Sattelpistolen dabei! »Du würdest ganz schön blöde glotzen, wenn ich dir ein großes Loch zwischen deine grauen Augen schießen würde, blöder Kläffer«, murmelte er grimmig. »Du hast keine Ahnung, mit wem du dich anlegst! Heute ist der Tag, an dem du sterben wirst, das verspreche ich dir.«

Es tat Luc gut, die eigene Stimme zu hören. Ihr Klang machte ihm Mut. So lange schon hatte niemand mehr mit ihm gesprochen ... Barrasch war alles, was ihm noch von früher geblieben war. Und die Stinker ... Aber die redeten nicht. Sie rülpsten und furzten nur und warteten ... Obwohl sie ganz still lagen, fürchtete er, dass sie in dem Augenblick aufstehen würden, in dem er etwas falsch machte. Sie belauerten ihn! Er mied die Stinker. Allein schon wegen all der Fliegen, die um sie herum waren.

Luc blickte zu dem kleinen Giebelfenster, von dem ein Seil voller dicker Knoten herabhing. Er hätte auch durch das große Herrenhaus des Grafen gehen können, um zur Honigkammer zu gelangen. Aber dann hätte er über zwei Stinker hinwegsteigen müssen: Marie, die Wäscherin, und den dicken Jean, der Haushofmeister des Grafen gewesen war. Da war es besser, durch das Fenster zu klettern! Und jetzt, da das fremde Rudel gekommen war, blieb ihm ohnehin kein anderer Weg.

Ein schrilles Jaulen schreckte Luc aus seinen Gedanken. Einer der hageren Hunde hatte Barrasch den rechten Hinterlauf durchgebissen. Der Bärenbeißer stürzte, und sofort fielen sie alle über ihn her. Nur der Hund mit den grauen Augen sah immer noch zu Luc hinauf.

Der Junge bückte sich und riss eine weitere Schindel vom Dach. Wütend schleuderte er sie in das Knäuel kämpfender Hunde. »Komm, Barrasch! Steh auf, zeig es ihnen!«

Eine Hündin machte sich jaulend davon. Der Dachziegel hatte ihr die Schnauze blutig geschlagen.

Barrasch kämpfte selbst am Boden liegend noch weiter. Er hatte einen der hageren Hunde bei der Kehle gepackt und sich verbissen. Mit letzter Kraft schüttelte er sein Opfer, während die übrigen Hunde ihm mit ihren langen Fängen den Leib aufrissen.

Dann lag der große Bärenbeißer still. Selbst im Tod hielten seine Kiefer noch den Köter gefangen, dessen Kehle er erwischt hatte. Der dürre Hund strampelte noch kurz, dann lag auch er still.

Luc warf eine letzte Dachpfanne nach dem Rudel. Jetzt blickten sie alle zu ihm hoch. Es waren fünf. Sie alle hatten diese seltsamen Augen. Ganz anders als die Augen der Hunde im Dorf. Sie waren bedrohlicher ... Sie waren so blau wie der Winterhimmel oder grau wie alter Schnee. Kalte Augen. Mörderaugen!

Jetzt erst bemerkte Luc, dass jener Hund, der ihn die ganze Zeit über beobachtet hatte, nicht mehr an seinem Platz stand.

Ängstlich sah sich der Junge um. Vielleicht hockte der Köter außer Sicht unter dem Vordach der Schmiede? »Ganz bestimmt bist du da«, murmelte Luc leise, und zugleich hoffte er, dass dem nicht so war. Grauauge hatte es auf ihn abgesehen, da war er sich ganz sicher. Das hatte er im Blick dieses Mistviechs gelesen. Wenn er es schaffte, den Rudelführer umzubringen, dann würden ihn die anderen Hunde gewiss in Frieden lassen. Vielleicht würden sie sogar davonlaufen.

Der Junge kramte in seiner Hosentasche und holte das Klappmesser hervor, das ihm sein Vater geschenkt hatte. Der Griff war aus rotem Nussholz gefertigt, ein verschnörkeltes L war in das Holz geschnitten. Er schob den Daumennagel in die kleine Kerbe im dunklen Eisen und holte die Klinge hervor. Mit leisem Klacken rastete sie ein.

Die hageren Hunde machten sich jetzt über Barraschs Kadaver her. Ein struppiges Weibchen mit einer Blesse auf der Stirn riss dem Bärenbeißer den Bauch auf und zerrte die dunkle Leber heraus.

Verglichen mit den Fängen der Hunde war sein Messer

eine geradezu lächerliche Waffe, dachte Luc. Es war ... Ein Geräusch ließ ihn herumfahren.

Grauauge schob sich durch das Dachfenster der Schmiede. Luc war wie versteinert. Fassungslos sah er zu, wie sich der dürre Hund durch das Fenster zwängte. Das Mistvieh brauchte einen Augenblick, bis es auf den glatten Ziegeln der Dachschräge einen sicheren Stand fand, dann stieß es einen kurzen, blaffenden Laut aus. Eine Herausforderung! Grauauge hatte die Ohren steil aufgerichtet. Sein Maul war gerade so weit geöffnet, dass man die gelbweißen Reißzähne sehen konnte. Die Rute stand stocksteif ab. Jeder Muskel schien gespannt. Er war bereit zu springen. Und wieder schienen seine Augen zu sprechen. Dich kriege ich, Rotznase, sagten sie.

Damit war der Bann gebrochen. Luc wich zurück, drehte sich um und begann zu laufen. Die Mauerkrone war fast einen Fuß breit. Hunderte Male war er hier schon entlanggelaufen, vom Dach der Schmiede zum Kohlenschuppen und von dort weiter zur Remise. Dutzende Male hatte sein Vater ihm dafür den Hosenboden stramm gezogen. Wenn Vater nur hier wäre! Er hätte keine Angst vor den Hunden aus den Bergen! Er würde sie einfach vertreiben.

Wie André, der Schmied, war auch sein Vater ein Veteran aus den Heidenkriegen. Doch ihn hatten die Kämpfe nicht zu einem verschlossenen, zornigen Mann gemacht. Sein Vater hatte gern von den Schlachten erzählt, den langen Märschen und den dunklen Wäldern Drusnas. Luc stellte sich vor, wie Vater auf seinem großen Rappen Nachtwind in den Hof preschte, eine der beiden Radschlosspistolen aus den Sattelholstern zog, Grauauge vom Dach schoss, so als sei es eine Kleinigkeit, eine Pistole abzufeuern, und wie dann die übrigen Kläffer jaulend vom Hof flohen.

Ach, käme sein Vater doch noch einmal, nur für eine einzige Stunde zurück, um ihm zu helfen. Luc würde dafür, dass er sich wieder einmal verbotenerweise auf den Dächern herumtrieb, auch die gewaltigste Tracht Prügel seines Lebens klaglos einstecken.

Aus dem Lauf sprang der Junge auf das etwas höher gelegene Dach des Kohlenschuppens. Die grauen Schieferplatten krachten laut, und die morschen Balken stöhnten unter seinem Gewicht. Eine Platte war gerissen. Früher hätte ihn sein Vater dafür mit dem Gürtel durchgewalkt. Aber jetzt kümmerte das keinen mehr. Es war niemand mehr da, der sich über kaputte Dachpfannen aufregte. Außer vielleicht die Stinker … Wenn man sie ansah, mochte man meinen, sie seien tot. Als er noch kleiner gewesen war, hatte er den Schmied einmal in einem Misthaufen liegend gefunden. Das war nach dem Sommerfest gewesen. Er hatte gedacht, er sei tot, und seinen Vater gerufen. Der hatte nur gelacht, André war betrunken gewesen. So ähnlich musste es auch mit den Stinkern sein. Sie schliefen nur! Besonders fest … Vielleicht würden sie ja jetzt endlich aufwachen? Sie mussten das fremde Rudel vertreiben! Immer wieder hatte er versucht, die Stinker zu wecken. Ein Eimer Wasser wie bei André damals war nicht genug. Sie waren sehr dickköpfig … Er hatte keine Freunde unter ihnen.

Ohne sich umzublicken, lief Luc die Dachschräge hoch. Der Kohlenschuppen lehnte an der Remise, in welcher der Graf Lannes seine Kutschen untergestellt hatte. Das Dach der Remise lag ein ganzes Stück höher als das des Kohlenschuppens. Mit klopfendem Herzen zog Luc sich an einem der vorspringenden Balken hoch. Kurz kauerte er rittlings auf dem Balkenende, das Sonne, Regen und Taubenkot grau gebeizt hatten, dann kroch er weiter hinauf. Die Remise war alt. Man musste aufpassen, wenn man sich über die brüchigen Schindeln bewegte. Überall wuchsen dicke Moospolster.

Jetzt endlich wagte Luc es, stehen zu bleiben und zurückzublicken. Grauauge hatte den Kohlenschuppen erreicht. Er stand am äußersten Ende. Seine Rute peitschte unruhig, er duckte sich ein wenig. Dann richtete er sich wieder auf. Überlegte das Mistvieh etwa, auf das Dach der Remise zu springen?

Luc kaute an seiner Unterlippe. Nein, das konnte nicht sein … Aber Grauauge war auch auf das Dach der Schmiede gekommen. Er war nicht wie andere Hunde. Er wollte ihn fressen. Bei dem Gedanken bekam Luc am ganzen Leib eine Gänsehaut. Ja, so war es. Grauauge wollte ihn fressen. Und er würde so schnell nicht aufgeben.

Er musste diesen hageren Kläffer loswerden, sonst könnte er sich nirgends im Dorf mehr sicher fühlen.

Luc machte sich nichts vor. Das Rudel würde bleiben, bis es nichts mehr für sie zu holen gab. Bis es niemanden mehr gab … Und Grauauge war ihr Anführer. Wenn er ihn loswürde, dann mochten die anderen Mordbeißer ihn vielleicht verschonen.

Grauauge nahm Anlauf. Er landete mit den Vorderläufen auf dem Dach. Seine Pfoten kratzten über die Schindeln, die Augen hielten Luc gefangen. Ganz langsam glitt der hagere Jäger zurück, doch er wandte den Blick nicht ab. Er würde es wieder versuchen. Vielleicht würde er es beim nächsten Mal schaffen.

»Mistvieh!« Er hätte weglaufen sollen. Das Seil zur Honigkammer hochklettern. Stattdessen ging Luc auf den hageren Rüden zu. »Was willst du jetzt tun?«

Grauauge hechelte. Sein Atem stank nach Aas. Luc war jetzt nur noch einen Schritt von ihm entfernt. Die Hinterläufe des Köters schrappten, ohne Halt zu finden, über den rauen Putz der Remise.

Luc trat eine Winzigkeit näher. Dann übermannte ihn der Zorn. »Wer ist jetzt wehrlos?« Er trat nach der Schnauze der Bestie.

Der hagere Köter wich mit einer Kopfbewegung dem Tritt aus. Seine Fänge schnappten nach Lucs Bein. Die spitzen Zähne drangen durch den fadenscheinigen Stoff der Hose, doch Luc hatte Glück gehabt. Grauauge hatte ihn nicht richtig zu packen bekommen. Der Junge war mit ein paar Schrammen davongekommen. Stattdessen hatte sich das Biest im Stoff verbissen.

Grauauge knurrte nicht. Ein richtiger Hund hätte geknurrt. Luc wusste genau, womit er es zu tun hatte. Aber er würde es nicht aussprechen. Nicht einmal denken. Die Dinge beim Namen zu nennen, machte alles immer noch schlimmer. Grauauge war nur ein Hund!

Luc dachte wieder an die Warnungen seiner Mutter: Gib dem Übel keinen Namen! Damit lockt man es an. Das Unglück, die Krankheiten oder die *Hunde* aus den Bergen. Nicht einmal, wenn das Übel einen schon erwischt hatte, durfte man seinen Namen aussprechen, denn ganz gleich, wie schlimm es einem schon ging, es konnte immer noch schlimmer kommen. Mutter hatte sich stets an diese eiserne Regel gehalten. Dennoch war sie als eine der Ersten an der Sieche gestorben. Die Krankheit hatte sich nicht an Mutters Regeln gehalten. Und auch nicht der Priester. Er hatte die großen Beulen aufgeschnitten und Mutter zur Ader gelassen, obwohl sie sich unter Tränen dagegen gewehrt hatte.

Sein Vater hatte Luc in jener Nacht ins Nachbarhaus zum Schmied André gebracht, damit er nicht ansehen musste, was der Priester tat. Doch selbst dort waren Mutters verzweifelte Schreie zu hören gewesen. Am nächsten Morgen war sie tot gewesen. So wie es sich gehörte, hatten sie Mutter noch am gleichen Tag verbrannt, damit sie in ein Kleid aus Rauch gehüllt hinauf in den Himmel steigen konnte, wo Tjured im Glanz seiner stets taufeuchten Gärten auf alle wahren Gläubigen wartete.

Grauauge riss den Kopf zur Seite und holte Luc mit dem plötzlichen Ruck von den Beinen. Der Junge schlug schwer auf das Dach. Das Klappmesser entglitt ihm und schlitterte ein Stück hinab. Ganz langsam rutschte auch Luc der Kante entgegen.

Grauauge konnte jeden Moment von der Remise auf den Kohlenschuppen zurückfallen. Und er würde ihn mit sich reißen, dachte Luc. Vielleicht hatten die Anderen das Rudel herbeigerufen? Sie schickten alles Übel. Und sie hatten ihre Ohren überall. Deshalb durfte man nicht klagen oder ihre Namen nennen, denn damit lockte man sie an.

Lucs Finger krallten nach der Kante einer Dachpfanne. Alles, was er zu greifen bekam, war Moos. Er rutschte weiter. Verzweifelt trat er mit dem freien Bein nach der Schnauze. Er traf Grauauge mitten auf die Nase, doch der ließ ihn nicht los. Mordlust funkelte in den eisgrauen Augen.

Luc sah das Klappmesser, es lag auf einem breiten Moospolster. Er streckte sich, so weit er konnte.

Grauauge warf sich hin und her. Jeden Augenblick würden sie beide fallen.

»Bitte, Tjured, hilf mir, und ich will für immer dein treuester Diener sein!«, flehte der Junge.

Seine Fingerspitzen berührten den Messergriff. Es rutschte weg und kam ein kleines Stück tiefer an der Kante einer Dachpfanne zum Liegen. Verzweifelt streckte sich der Junge, bis sich der rote Nussholzgriff in seine Hand schmiegte.

»Du sollst an mich denken!«, schrie er und setzte sich auf. Haltlos schlitterte er der Dachkante entgegen. Luc ignorierte die Gefahr. Er wollte nur noch, dass es diesem Mistvieh leidtat, nach seinem Bein geschnappt zu haben. Alles andere war ihm egal.

Mit aller Kraft stach er nach Grauauges Schnauze. Die Klinge glitt am Knochen ab und hinterließ einen klaffenden Schnitt. Die Bestie heulte auf. Im selben Augenblick stürzten sie beide über die Dachkante.

Ein Schlag zwischen die Beine ließ den Jungen aufschreien. Tränen schossen ihm in die Augen. Ein bohrender Schmerz fraß sich hoch in seinen Bauch, er musste würgen. Seine Finger krallten sich in verwittertes, graues Holz. Er war auf einen der vorspringenden Balken gefallen, die wie Hörner unter der Dachkante der Remise hervorragten. Sein Hosenbein war abgerissen. Grauauge lag ein Stück unter ihm auf dem Schuppendach. Auch er wirkte benommen. Wütend schüttelte er den fadenscheinigen Stoff, der ihm wie eine abgestreifte Schlangenhaut aus dem Maul hing.

Luc stemmte sich hoch. Es fühlte sich an, als habe man ihn mit einer glühenden Zange zwischen den Schenkeln gepackt. Der Junge biss die Zähne zusammen. Dicke Tränen rannen ihm über die Wangen. Jungs sollten nicht weinen, aber er konnte nichts dagegen tun. Der Schmerz war zu groß. Durch den Tränenschleier sah er, wie der Köter sich aufrappelte.

Luc fluchte. Das Mistvieh gab einfach nicht auf. Der klaffende Schnitt, der sich über Grauauges Schnauze zog, blutete stark. »Komm hoch und ich mach dich fertig«, zischte der Junge, obwohl er wusste, dass er Unsinn redete. Das Messer war ihm beim Sturz verloren gegangen. Es musste irgendwo auf dem Schuppendach liegen. Weit außerhalb seiner Reichweite.

Leise fluchend kroch Luc auf die Remise. Die Ziegel waren noch warm von der Mittagssonne. Am liebsten hätte er sich einfach ausgestreckt, sich von der Wärme davontragen lassen in den Schlaf, hin zu wohligen Träumen, die bevölkert waren von all jenen, die ihn verlassen hatten.

Luc hörte die Tatzen des Wolfs auf dem Schuppendach. Er würde wieder springen. Jetzt liegen zu bleiben, hieße aufzugeben. Und wenn er ...

Der Junge erschrak. Was hatte er getan! Er hatte das Übel bei seinem Namen genannt, wenn auch nur in Gedanken! Jetzt würde es noch schlimmer werden.

»Dummkopf!«, schalt er sich und begann zu kriechen. Jede Bewegung fachte den Schmerz zwischen seinen Schenkeln an. Ob er wohl schwer verletzt war? Er konnte sich nicht erinnern, dass ihm jemals etwas so wehgetan hatte. Er schluchzte leise. Fang bloß nicht an zu flennen, du Memme. Das ist etwas für Mädchen. Es wird dir sowieso keiner helfen. Im Dorf gab es nur noch ihn und die Wölfe, die die Anderen geschickt hatten.

DIE KRIEGERKÖNIGIN

»Gishild!« Der Ruf wurde vom Schilfdickicht gedämpft.

Die Prinzessin kannte die Stimme gut. Sigurd Swertbrecker, der Hauptmann von Vaters Leibgarde, suchte nach ihr. Noch tat er es im Guten, doch bald würde er die Hunde rufen. Das hatte sie ihrem Vater nie verziehen. Er hatte ein Dutzend

Bärenbeißer darauf abrichten lassen, ihrer Fährte zu folgen. Mörder ließ man von Hunden hetzen, Wilddiebe ... Aber doch nicht die eigene Tochter! Ihr Vater Gunnar fand das lustig. Sie nicht! Nie hatte sie ihre Ruhe, immer war jemand um sie herum. Kindermädchen, Hauslehrer, Leibwächter. Schon immer ging das so.

Gishild stocherte mit einem Schilfrohr im schwarzen Schlamm. Sigurds Stimme verklang in der Ferne. Er würde sie nicht finden. Um die Hunde zu holen, müsste er zurück ins Dorf. Das war mehr als eine halbe Meile Weg. Sie würde noch ein bisschen Ruhe haben.

Die Prinzessin dachte an den Schlamm am Ufer des Bärensees. An all das Blut ... Ihre Hände begannen zu zittern, und ihr wurde übel. »Blechköpfe« hatten die Krieger ihres Vaters die Ordensritter immer genannt. Sie hätten so viel Verstand wie ihre Rüstungen ... In den Erzählungen der Krieger waren die Schlachten gegen sie immer ein Leichtes gewesen. Auch die Heldenlieder der Skalden hatten ganz anders geklungen. Gishild war nicht vorbereitet gewesen auf das, was am Bärensee geschehen war. Wahrscheinlich hätte ihr Vater nicht gewollt, dass sie so früh einen Kampf miterlebte. Obwohl sie schon elf war!

Wieder zitterten ihre Hände. Sie hatte Männer aus der Leibwache ihres Vaters sterben sehen. Die Mandriden, die besten Krieger des Fjordlands. Männer, die sie gekannt hatte, seit sie laufen konnte. Erneut wurde ihr übel. Das durfte nicht sein! Sie musste stark sein! In ein paar Jahren würde sie die Kriegerkönigin des Fjordlands sein! Sie würde Heere führen und ihren Vater stolz machen! So einer Kriegerkönigin durften nicht die Hände zittern, wenn sie an Blutvergießen dachte!

Sie zerbrach das Schilfrohr in kleine Stücke und streute sie in den Schlamm. Der Anblick erinnerte sie an die Toten, die überall am Ufer des Sees gelegen hatten. Von Luth, dem Schicksalsweber, dahingestreut, so wie die Schilfstücke von ihr. Sie musste das Massaker vom Bärensee aus dem Kopf bekommen!

Irgendwo in der Ferne bellte ein Hund. Bald würden sie hier sein.

»Willst du über deinen Kummer reden?«

Erschrocken fuhr Gishild herum. Yulivee, die Zauberin aus dem Gefolge des Fürsten Fenryl, stand hinter ihr im hohen Schilf. Sie hatte die Elfe nicht kommen hören.

Gishild ärgerte sich. Den Elfen konnte man nicht davonlaufen. Sie fanden einen immer. Wenigstens war es nicht Silwyna. Ihre Lehrerin würde ihr jetzt gewiss Vorhaltungen machen, dass sie eine Spur, so breit wie der Wanderweg einer Rentierherde, hinterlassen hätte. Gishild wusste genau, dass das nicht stimmte. Schließlich hatte Sigurd sie nicht gefunden und der war auch kein Trottel. Aber wer von den Elfen unterrichtet wurde, dem konnten Menschen bald nicht mehr folgen.

Es war keine Schande, von Yulivee aufgespürt zu werden. Es hieß, ihre Zaubermacht reiche fast an das Können der geheimnisvollen Elfenkönigin Emerelle heran. Manche mutmaßten gar, dass sie einmal die Herrscherin von Albenmark sein würde, wenn Emerelle des Intrigenspiels um die Schwanenkrone einst müde wäre.

Yulivee war in eine weite Seidenhose gewandet. Als einzige unter den Elfen ging sie barfuß, und obwohl man hier im Schilfdickicht keinen Schritt tun konnte, ohne in zähen, schwarzen Schlamm zu treten, waren ihre schmalen Füße so sauber, als sei die Elfe gerade erst einem Bad entstiegen. Ein Wickelgürtel aus rotem Tuch betonte die mädchenhafte Taille der Zauberin. Anstelle von Dolchen wie bei einem Krieger steckten etliche Flöten in dem Gürtel. Ihre weiße Seidenbluse war fast durchsichtig, doch eine rote Weste mit Goldstickereien verbarg, wonach die Blicke der Männer suchen mochten. Das lange dunkelbraune Haar hatte Yulivee mit einem roten Tuch gebändigt. Sie sah verwegen aus, und Gishild träumte davon, einmal so wie die Zauberin zu sein.

Das Hundekläffen erklang jetzt bedrohlich nahe. Gishild seufzte. Wenn sie doch nur nicht ständig bewacht würde! Seit Wochen war sie schon nicht mehr mit Silwyna durch die Wälder gestreift. Immer musste sie in der Nähe des Königshofes bleiben.

»Wolltest du fortlaufen?«

Gishild war überrascht. »Wie kannst du so etwas denken? Ich kann nicht fortlaufen. Ich werde einmal die Königin sein. Wie sollten die Jarle einer Herrscherin folgen, die als Mädchen ihren Pflichten davonlaufen wollte? Sie würden mich nicht ernst nehmen.«

»Ist das die Stimme Gishilds oder die deines alten Lehrers, die ich da höre?«

»Das ist die Stimme einer Prinzessin, die gern ihre Ruhe gehabt hätte!«, erwiderte Gishild trotzig. »Warum sollte ich wohl fortlaufen?«

»Weil es dir zu viel ist, was man von dir erwartet? Weil du lernen musst, wenn andere Kinder spielen? Weil immer jemand mit schlauen Ratschlägen in deiner Nähe ist? Weil du glaubst, wie ein Junge sein zu müssen, um deinem Vater den Thronerben zu ersetzen, und weil das deine Seele verletzt, auch wenn du es niemals zugeben würdest?«

Gishild schluckte. Es war nicht gut, mit Elfen zu reden. Mit Silwyna war es dasselbe. Man konnte ihnen nichts vormachen! Es war zum Aus-der-Haut-fahren.

»Weil du einen Vater hast, der riesige Jagdhunde darauf abrichten lässt, deiner Spur zu folgen? Mir scheint, er kann sich vorstellen, dass du davonzulaufen versuchst.«

»Nein!« Gishild schüttelte entschieden den Kopf. »Vater kennt mich! Das mit den Hunden ist nur ein dummer Scherz. Er weiß, dass ich immer zurückkehren würde.«

»Warum eigentlich?«

Die Elfe konnte einen mit ihren Fragen wirklich aus der Fassung bringen. »Weil ... weil sich das nicht gehört, fortzulaufen.«

»Nein? Ich bin als Kind ein paarmal davongelaufen.« Sie lächelte. »Allerdings konnte man da, wo ich aufgewachsen bin, nicht wirklich weit kommen. Bist du sicher, dass du nicht fortlaufen willst? Vielleicht könnte ich dir helfen.«

»Das ist Hochverrat!«, sagte Gishild entrüstet. »So etwas darfst du nicht einmal denken!«

»Meine Gedanken sind frei, kleine Prinzessin. Deshalb muss ich auch nicht mehr fortlaufen. Diese Freiheit kann mir niemand nehmen.«

Das Kläffen der Hunde war jetzt ganz nah. Gishild konnte schon die Rufe der Hundeführer hören. Sie drängte sich ein wenig näher an die Elfe. Sie hasste es, von den Hunden gefunden zu werden. Die stießen sie zu Boden, stemmten ihre riesigen Pfoten auf ihre Brust und sabberten sie voll, bis die Hundeführer sie endlich erlösten.

Yulivee zog eine kleine Flöte aus ihrem Gürtel und zückte ein Messer. Sie kerbte ein Loch in das dünne Rohr, flüsterte ein Wort der Macht, dann setzte sie die Flöte an die Lippen. Gishild konnte sehen, wie sie die Wangen aufblies. Doch kein Ton war zu hören.

Die Hunde jaulten jämmerlich. Und dann zogen sie davon.

»Ich wäre auch gern eine Magierin«, sagte die Prinzessin eifersüchtig. »Dann würde man mich mehr in Ruhe lassen.«

Yulivee lachte. »Also, mir hat das nicht geholfen, als ich klein war. Den größten Teil meiner Jugend habe ich wie du an einem Königshof verbracht. Was würdest du denn zaubern, wenn du meine Kräfte hättest?«

Gishild überlegte. Darüber hatte sie sich noch nie Gedanken gemacht. Allerdings gab es da einen Wunsch, den sie hegte, so lange sie sich erinnern konnte. »Ich würde mich groß zaubern. Ich würde eine Kriegerkönigin sein wie einst Kadlin Alfadasdottir. Und ich würde meinem Vater helfen, alle Feinde zu vertreiben.«

Yulivees gute Laune war schlagartig verflogen.

»Was ist los? Ist das falsch?«

Die Elfe zögerte kurz mit ihrer Antwort. »Wenn es dein Wunsch ist ... Was sollte daran falsch sein?«

Gishild konnte deutlich spüren, dass Yulivee etwas zurückhielt, doch bevor sie nachfragen konnte, kam diese ihr zuvor. »Und warum stiehlst du dich immer wieder davon, Prinzessin?«

»Es ist so schwer, wenn ständig jemand in der Nähe ist, der einen ansieht. Und der einem sagt, was man gleich tun soll. Oder der versucht, einem die Haare zu richten und das Kleid auszubürsten ...«

Yulivee hielt ihr die Flöte hin. »Ich glaube dir, dass du nicht fortlaufen wirst. Nimm die hier.« Die Elfe lächelte schelmisch. »Sie wird dich zum Schrecken der Hunde deines Vaters machen.«

Gishild betrachtete skeptisch die Flöte. Sie war sehr dünn, sah sonst aber ganz gewöhnlich aus. »Ich kann doch nicht zaubern. Mir wird sie nicht helfen.«

»Du musst keine Magierin sein. Alle Magie, die diese Flöte braucht, ruht schon in ihr. Auch wenn du nichts hörst, gibt sie Töne von sich, die sich für Hunde schrecklicher anhören als das Schnarchen eines betrunkenen Trolls. Hast du das schon einmal gehört?«

»Natürlich! Ich bin schon in einem ganzen Feldlager voll schnarchender Trolle gewesen.«

Yulivee sah sie mitleidig an. »Du Ärmste.«

Gishild fand den Gestank der Trolle wesentlich unangenehmer als das Geschnarche. Aber was sollte es ... »Darf ich die Flöte ausprobieren?«

Die Magierin zuckte mit den Schultern. »Frag nicht mich. Sie gehört dir. Ich habe nicht mehr zu bestimmen, was du mit ihr tust.«

Sie deutete nach Süden. »Ich glaube, die Hunde sind dorthin ...« Ein Anflug von Lächeln huschte über Yulivees Gesicht. »Bald werden die Ritter kommen«, gab sie dann zu bedenken. »Deshalb lässt dein Vater dich ja suchen. Er macht sich Sorgen.«

Gishild seufzte. Sie wusste, dass es ihrem Vater wichtig war, seine Familie um sich zu haben. Schon allein deshalb, weil er den Rittern jede Schurkerei zutraute. Solange er sie und ihre Mutter Roxanne sehen konnte, wusste er, dass sie beide in Sicherheit waren. »Bist *du* jetzt der Bärenbeißer meines Vaters?«

Die Elfe lächelte und schwieg. Yulivee streckte ihr die Hand entgegen. Mitten in der Bewegung erstarrte sie. Jetzt hörte es auch Gishild. Ein verstohlenes Rascheln im Schilf. Sie hätte es für ein Geräusch des Windes gehalten, hätte sie nicht Silwyna als Lehrerin gehabt. Und dann zerteilte sich die grüne Schilfwand, und eine kleine Gestalt trat auf sie zu. Das runzelige, braune Gesicht wurde von einem breiten Grinsen beherrscht. »Die blöden Hunde mögt ihr vertrieben haben, aber mich habt ihr mit eurer Flöte gerufen!«

Gishild hatte das Gefühl, dass der Blick seiner harten, dunklen Augen ihr den Atem abdrückte. Brandax Mauerbrecher war ein Kobold und der Belagerungsmeister im Heer ihres Vaters. Der König vertraute ihm. Warum auch immer ... Für sie jedoch war Brandax immer eine Albtraumgestalt gewesen. Von schmächtiger Statur, erschien sein Kopf übergroß. Sein schmaler, fast lippenloser Mund verbarg nadelspitze Zähne, die Gishild Schauer über den Rücken jagten, wenn der Kobold lachte. Das strähnige graue Haar hatte er mit einem Stirnband zurückgebunden. Wie ein Messer stach seine Nase aus dem schmalen, faltigen Gesicht.

»Schämen solltet ihr euch! Der König vergeht vor Sorge um Gishild, und ihr sitzt hier im Schilf, macht euch einen schönen Tag und tratscht! Weiber ... Euch braucht man so nötig wie 'nen Pickel am Hintern! Kommt jetzt!«

Gishild schluckte. Mit seinen groben Reden und seiner ganzen Art schaffte er es immer wieder, ihr Angst zu machen. Warum wies Yulivee ihn nicht zurecht? Sie blickte zu der Elfe, doch die Magierin schien sich vom Benehmen des Kobolds nicht stören zu lassen. Sie nickte ihr nur zu. »Gehen wir.«

Gishild ließ die Flöte unter ihrem Hemd verschwinden. Sie verstand Yulivee nicht! Warum machte sie das mit? Ein Wort der Macht, und sie hätte Brandax hilflos zappelnd durch die Luft fliegen lassen können. Nicht dass Gishild jemals gesehen hätte, wie die Elfe so etwas tat. Aber sie konnte das ganz sicher!

Jenseits des Schilfs erwartete sie ein riesiger Troll. Sie hätte es wissen müssen ... Brandax machte kaum einen Schritt ohne seinen Gefährten. Was die beiden nur aneinander fanden? Gegensätzlicher konnte man kaum sein. Der winzige Kobold und Herzog Dragan vom Mordstein, groß wie ein Fels ... Wie Felsgestein war auch Dragans Haut, grau wie Granit, mit feinen, helleren Einsprengseln. Sein Gesicht sah aus, als sei es von einem ungeschickten Kind aus feuchtem Lehm geformt worden. Die Nase war knollig und viel zu groß. Wie Simse hingen die Brauen über seinen dunklen Augen. Der Mund war ein riesiger Schlitz, ein Abgrund, von dem man gar nicht wissen wollte, was er wohl schon alles verschlungen haben mochte. Dragan stank nach ranzigem Fett und Schweiß.

Er schloss sich ihnen an und ging neben ihr her wie eine Schildwache. Wenn er in ihrer Nähe war, versuchte Gishild stets, nur durch den Mund zu atmen. Und sie hoffte, dass Dragan es nicht merkte, denn auch wenn sie Verbündete waren, wollte niemand, der seine Sinne beisammenhatte, einen Troll verärgern. Allein der Anblick der Waffe in seinem Gürtel ließ ahnen, was es bedeutete, Dragan zu reizen. Dort steckte ein Kriegshammer mit einem Kopf, der länger war als Gishilds Unterarm. Mit dieser Waffe konnte man Festungstore zerschmettern. Keine Rüstung der Welt würde vor diesem Kriegshammer schützen.

Seit dem Unglück achteten die Albenkinder sehr auf sie. Gishild war fast nie allein, außer in den Gemächern ihrer Mutter. Aber dort waren ja Roxanne und ihre Dienerinnen ... Mal abgesehen von Brandax waren ihr die Anderen nur noch selten unheimlich. Sie verbrachte einfach zu viel Zeit mit Trollen, Elfen, Kentauren und Kobolden.

»Du weißt, dass der König es nicht mag, wenn Gishild am Wasser ist«, sagte der Troll, und seine Stimme klang wie eine Steinlawine.

»Mich schert nicht, was Gunnar mag. Gishild ist gern am Wasser. Das ist alles, was für mich zählt.«

»Tja, Dragan, so sind sie, unsere hochgeschätzten Elfenfreunde«, mischte sich Brandax ein. »Sie haben immer einen guten Grund, warum ihnen alle anderen egal sind. Kein Gletscher ist so kalt wie ein Elfenherz.«

»So könnt ihr nicht von ihr reden!«, eiferte sich Gishild. »Es war mein Wunsch, dort zu sein.«

Brandax wandte sich zu ihr um. »Tatsächlich?« Er grinste, sodass sie seine schrecklichen, spitz gefeilten Zähne sehen konnte. Gishild hätte jeden Eid geschworen, dass der kleine Mistkerl genau wusste, wie sehr sie dieses Lächeln ängstigte.

»Meine Erfahrung mit Elfen ist, dass sie sehr gut darin sind, uns vorzugaukeln, dass ihre Wünsche unsere eigenen sind. Ist es nicht so, meine hübsche Flötenspielerin?« Die letzten Worte betonte der Kobold auf eine eigentümliche Art, und diesmal schien er es tatsächlich geschafft zu haben, Yulivee zu verärgern.

»Lass dich von ihm nicht reizen, Gishild. Mit den Jahren bin ich zu der Überzeugung gelangt, dass Kobolde sich größer fühlen, wenn sie sich schlecht benehmen. Was meinst du, Brandax? Habe ich recht?«

»Wie fühlen sich eigentlich Elfen, wenn sie Kinder stehlen?«, konterte der Belagerungsmeister.

Yulivee lachte. »Weiß ich nicht, ich habe noch keines entführt. Du treibst dich zu viel mit Menschen herum. Glaubst du jetzt schon die Märchen, die man über uns erzählt?«

»Was heißt hier Märchen! Ich war dabei, in der Nacht, als Morwenna kam, um …«

Der Trollfürst räusperte sich. Es war ein Laut, der etwa so klang wie ein Pistolenschuss.

Gishild presste die Lippen zusammen. Sie rang mit den Tränen. So ging es ihr immer noch, wenn über Snorri gesprochen wurde. Sie fühlte sich schuldig. Ihr Vater hatte sich geweigert, ihren kleinen Bruder in die Obhut der Elfen zu geben. Seitdem war nichts mehr wie früher. Gishild wusste, dass die meisten bei Hof dachten, dass mit diesem Tag das Unheil unabwendbar geworden war. Gishild hatte sich mit Yulivee und Silwyna angefreundet ... Aber sie kannte all die Geschichten über die Elfen. Sie mochten ihre Verbündeten sein, doch man machte keine Geschäfte mit ihnen. Jedenfalls nicht solche, wie ihr Vater sie in der Nacht von Snorris Geburt gemacht hatte.

Gishild fühlte sich ganz elend, wenn sie daran dachte, wie oft sie sich insgeheim gewünscht hatte, dass die Elfen endlich kämen, um Snorri zu holen. Sie war enttäuscht gewesen, als ihr Vater den Pakt mit Morwenna gebrochen hatte. Vielleicht hatten ihre geheimen Wünsche ja das Unheil heraufbeschworen?

Hundekläffen schreckte sie aus ihren Gedanken. Sigurd kam ihnen entgegen. Mit zornfunkelnden Augen sah er sie an. »Wo hast du gesteckt?«

Trotz seiner Wut lief sie ihm mit weit ausgebreiteten Armen entgegen. Sie war so froh, dass er da war! Sie umschlang ihn mit aller Kraft und drückte ihr Gesicht in seinen weichen Gambeson. Der dick gepolsterte Waffenrock roch nach Schweiß und vergossenem Met. Er roch nach einem Menschen! Es war gut, nicht mehr allein mit den Albenkindern zu sein.

Die Flöte, die unter ihrem Hemd verborgen war, piekste Gishild in die Brust. Und die Prinzessin erinnerte sich mit Schrecken, was man sich noch über die Elfen erzählte. Man sollte auch keine Geschenke von ihnen annehmen. Auch das brachte Menschen nur Unglück.

DIE HONIGKAMMER

Luc erreichte das Seil, das vom Giebelfenster der Honigkammer herabhing. Er umklammerte es mit beiden Händen und zog sich hoch. Dass ihn seine Beine trotz der Schmerzen noch trugen, überraschte ihn.

Hand über Hand kletterte er am Seil hoch. Statt zu schluchzen, fluchte er jetzt bei jeder Bewegung. Das passte besser zu einem Jungen.

Endlich zog er sich durch das enge Fenster. Vorsichtshalber holte er das Seil ein. Wölfe sollten zwar nicht an Seilen hochklettern können, aber Luc war sich nicht sicher, ob man von Grauauge erwarten durfte, dass er sich daran hielt, was Wölfe können sollten und was nicht.

Sein Verfolger hatte es erneut hinauf auf die Remise geschafft. Grauauge hatte sich auf die Hinterbeine niedergelassen und starrte hinauf zum Giebelfenster.

Luc atmete auf. Er schien gerettet. »Du kannst dir ein anderes Abendessen suchen. Und nimm dich in Acht! Beim nächsten Mal lass ich dich nicht mit einer blutigen Schnauze davonkommen. Ich bin Luc, Sohn des Waffenmeisters Pierre von Lanzac. Und das hier ist das Haus des ehrenwerten Grafen Poul Lannes de Lanzac. Glaubst du, das ist ein Ort, an dem Wölfe Kinder fressen? In diesem Haus herrschen Ruhm und Gerechtigkeit. Komm nur herein, und ich ziehe dir das Fell vom Leib. Die Anderen haben hier keine Macht. Die Lannes de Lanzac sind seit Generationen Ritter der Kirche. Das hier ist heiliger Boden. Er wird dir die Pfoten verbrennen!«

Grauauge ließ die Reden ungerührt über sich ergehen. Er hockte auf dem Dach und leckte sich die blutige Schnauze.

Luc lächelte. Blödes Vieh! Sollte er dort hocken bleiben, bis er schwarz wurde!

Luc blickte wehmütig über das verlassene Dorf. Auf den Lehmstraßen wuchs das Gras. Seit Wochen war kein Fremder mehr hierhergekommen. Selbst die Pilger, die sonst zum Mons Bellesattes reisten, um in den Bergen die verfallene Burg zu besuchen, in der einst der heilige Michel Sarti geboren worden war, blieben aus.

Im rotgoldenen Licht der letzten Tagesstunde sah Lanzac wunderschön aus. Die einfachen, festen Häuser waren aus Bruchstein errichtet, den man mit gelbem Lehm verputzt hatte. Sie drängten sich an enge Gassen, die einen Hügel hinaufkrochen, auf dessen Gipfel das Herrenhaus der Lannes de Lanzac lag. Vom Giebelfenster aus hatte man einen prächtigen Blick über den Flickenteppich aus schiefergrauen und blassroten Dächern bis hinüber zum Fluss. An seinem Ufer lag der weiß getünchte Tempelturm, dessen Bleiglasfenster im Abendlicht in allen Regenbogenfarben schimmerten.

Jenseits des Flusses erstreckte sich die Hochebene. Es war ein karges, staubiges Land. Nur entlang des Flusslaufs gab es ein paar Felder. Weiter draußen auf der Ebene konnte man bloß Disteln und Steine ernten. Der Heidenkopf war als ein blassblauer Umriss in der Ferne zu erkennen. Der große Hügel lag etwa vier Meilen südlich von Lanzac, und seine gestuften Hänge waren mit unkrautüberwucherten Ruinen bedeckt. Angeblich hausten dort die Anderen. Mutter hatte ihm stets eingeschärft, dass er den Heidenkopf meiden solle. Sein Vater war da weniger streng gewesen. Er hatte gewusst, dass Luc oft mit der Herde dorthin wanderte, wenn er an der Reihe war, die Ziegen des Grafen zu hüten. Die alten Steine hatten Luc nie Angst gemacht. Der Heidenkopf lag nahe der Straße, die nach Norden zum goldenen Aniscans führte.

Gerne hatte Luc in den Ruinen im verborgenen Rosengarten zu Füßen der nackten, weißen Frau gesessen. Es war ein guter Platz zum Träumen. Und oft fand man dort etwas zu essen, denn einige Bewohner des Dorfes brachten der weißen Frau immer noch Geschenke, obwohl die Priester solchen heidnischen Aberglauben streng bestraften. Es hieß, sie sei einst eine Heilerin gewesen.

Luc schluckte. In der Nacht, in der seine Mutter mit dem Tod gerungen hatte, hatte er hier aus der Vorratskammer des Grafen einen Topf mit Honig gestohlen und heimlich der weißen Frau gebracht. Geholfen hatte es nicht. Seitdem fragte er sich, ob Mutter hatte sterben müssen, weil er Diebesgut als Geschenk gebracht hatte. Er hatte niemandem davon erzählt, weil er sich so sehr schämte. Sein Messer hätte er dort lassen sollen, seinen kostbarsten Schatz! Oder vielleicht hätte er gar nicht zur weißen Frau gehen dürfen. Vielleicht hatte er Tjured damit so sehr erzürnt, dass der eine Gott das Lebenslicht seiner Mutter hatte verlöschen lassen.

Das Schuldgefühl machte ihm die Brust eng. Er sah hinab zum Wolf, der immer noch auf dem Dach der Remise kauerte. Ein Wolf, der auf Dächern jagte! Davon hatte er noch nie gehört.

Luc blickte ein letztes Mal über die karge Hochebene. Dicht beim Heidenkopf zog eine Staubfahne über das Land. Wind und Erde feierten dort Hochzeit. Das taten sie oft an heißen Spätsommertagen wie diesem.

Der Junge schloss den schweren Holzladen des Giebelfensters. »Hier kommst du nicht herein«, murmelte er trotzig. »Selbst dann nicht, wenn du dir über Nacht Flügel wachsen lässt.«

Die Honigkammer war in warmes Zwielicht getaucht. Die Hitze des Tages hatte sich unter dem Ziegeldach gestaut. Irgendwo summte eine geschäftige Fliege. Goldene Staubkörnchen tanzten in den drei schmalen Lichtbahnen, die durch die Schlitze des Fensterladens fielen.

Es duftete nach Honig, der in schweren, mit Wachstuch verschlossenen Krügen in den Regalen der Dachkammer stand. Der Geruch trocknenden Thymians schmeichelte seiner Nase. Auch Bündel von Rosmarin und Minze hingen von den alten Deckenbalken. Säcke mit Bohnen und Erbsen kauerten in den Ecken. Eine verrostete Mausefalle hielt einsame Wacht. Unter dem Tisch, den Luc unter das Giebelfenster geschoben hatte, lagen zerknüllte Decken und kostbare Seidenkissen, die Beute seiner Streifzüge durch das Herrenhaus. Ebenso wie der schwere Schinken und das große Käsestück, das nach der Hitze des Tages mit feinen Wassertröpfchen bedeckt war.

Brot gab es im ganzen Dorf nicht mehr. Es war längst dem Schimmel oder den Mäusen zum Opfer gefallen. Luc nahm sich den Krug mit dem hellen Akazienhonig. Ganz langsam tauchte er den ausgestreckten Zeigefinger in die klebrige Köstlichkeit. Bedächtig rührte er durch den Honig, hob die Hand und fing mit der Zunge den langen Faden, der von seinem Finger troff.

Seit ihn Jean, der Haushofmeister des Grafen, einmal hier hinaufgeschickt hatte, um eine Schüssel mit Bohnen zu füllen, war die Honigkammer gleich nach dem Jagdzimmer mit all seinen Waffen zum Mittelpunkt von Lucs Tagträumen geworden. Im Jagdzimmer war er oft, wenn er mit seinem Vater die Waffen des Grafen pflegte. Die Honigkammer aber blieb stets wohlverschlossen. Eine Schatzhöhle, angefüllt mit flüssigem Gold.

Seinen Eltern hatte er mit seinen Raubzügen großen Kummer bereitet. Sie hatten nicht fassen können, einen Dieb zum Sohn zu haben. Immer wieder war er dem Lockruf der Honigkammer erlegen. Als man ihm verboten hatte, das Herrenhaus zu betreten, war er nachts über die Dächer geschlichen, um hierherzugelangen. Er konnte es sich nicht erklären, warum er es nicht lassen konnte. Trotz aller Verbote war er binnen eines Jahres viermal hier oben eingebrochen. Er schämte sich dafür. Ganze Tage hatte er auf dem harten Steinboden des Tempelturms unter den sonnendurchstrahlten Bildern der Heiligen gelegen und um Erlösung von dem Übel gebetet.

Doch weder die Heiligen noch die Prügel seines Vaters hatten geholfen.

Nun hatte Tjured ihm seine Honigträume erfüllt. Niemand hinderte ihn mehr daran, hierherzukommen. Selbst der Stinker, der einst der Haushofmeister Jean gewesen war, hatte ihn für seine schamlosen Diebstähle nicht zur Rechenschaft gezogen.

Als Luc ganz allein gewesen war, hatte er sich unter dem Tisch in der Honigkammer sein Lager eingerichtet. Manchmal blieb er ganze Tage dort oben. Wenn er seine Notdurft verrichten musste, benutzte er die leeren Steinguttöpfe oder pinkelte einfach aus dem Giebelfenster. Es waren alle Grenzen gefallen, die ihn gefangen gehalten hatten. Er hätte niemals gedacht, dass er so unglücklich sein würde, wenn Tjured ihm all seine Wünsche erfüllte. Und warum hatte Gott das getan? Er war doch der Sünder! Nicht die anderen, die qualvoll an der Sieche verreckt waren. Hatte Tjured sie vielleicht zu sich gerufen, damit sie nicht mit einem jämmerlichen Dieb zusammenleben mussten?

Luc zog einen weiteren Honigfaden aus dem Topf. Hatten die Anderen ihn vielleicht mit einem Zauber belegt? War er zu oft beim Heidenkopf gewesen? Hatte er von dort die Sieche in das Dorf geschleppt?

Plötzlich standen ihm wieder Tränen in den Augen. Hundertmal hatte er sich diese Fragen gestellt, doch er fand keine Antworten. Hemmungslos begann er zu schluchzen.

Manchmal hoffte er, dass dies alles nur ein schrecklicher Traum war und er jeden Moment aufwachen würde. Dann stünde Mutter neben ihm. Sie würde ihm zulächeln und sagen, dass eine Schüssel mit Brei am Herd auf ihn wartete. Er hieß doch Luc! Mit einer Glückshaut auf dem Kopf war er geboren worden! Das war ein Zeichen Gottes für eine verheißungsvolle Zukunft! Wo war sein Glück geblieben? Warum hatte ihn das Schicksal so grausam betrogen? Ganz Lanzac hatte es betrogen.

Im Winter nach seiner Geburt war der Graf in den Wäldern Drusnas schwer verletzt worden. Ein vergifteter Dolch, so hieß es, habe ihn in den Lenden getroffen. Als er nach Lanzac zurückgekehrt war, hatte jeder damit gerechnet, dass er bald sterben würde. Ein ganzes Rudel Wundärzte war aus Aniscans gekommen, um an ihm herumzudoktern. Stück um Stück hatten sie vom Grafen abgeschnitten, um das Gift aus seinem Leib zu bannen. Luc kannte all das nur aus Geschichten, doch so lange er sich erinnern konnte, war immer wieder davon gesprochen worden. Mehr als ein Jahr war vergangen. Schließlich hatte der Graf sich erholt. Er war fett geworden, und seine Stimme hatte ganz unmännlich geklungen.

Als Luc noch kleiner gewesen war, hatte er sich immer sehr beherrschen müssen, um nicht zu grinsen, wenn der Graf gesprochen hatte. Es hatte sich einfach zu komisch angehört.

Graf Lannes de Lanzac war immer gut zu ihm gewesen. Luc wusste genau, er hatte es ihm zu verdanken, dass er nicht noch schwerer für seine Diebstähle bestraft worden war. Wenn sein Vater ihn bestraft hatte, dann war der Graf stets zugegen gewesen und hatte streng darauf geachtet, dass es nicht zu schlimm wurde. Er hatte es auch abgelehnt, das Fenster der Honigkammer vergittern zu lassen. Wenn er jetzt so darüber nachdachte, fand Luc es seltsam, dass fast nie der Sperrriegel vor den hölzernen Fensterladen gelegt war. Wie man an einer Honigrute Fliegen fängt, so hatte ihn die Honigkammer gefangen, dachte Luc. Aber warum? Was hatte der Graf damit gewollt?

Als er schon älter war, war Luc aufgefallen, wie seltsam ihn der Graf manchmal ansah. Traurig waren seine Blicke. Es hieß, früher sei er einmal ein großer Weiberheld gewesen. Nach seiner Heilung kamen keine Frauen mehr in sein Haus. Viele Stunden verbrachte er im Gebet im Tempelturm. Mit ihm würde die Linie der Lannes de Lanzac verlöschen. Das zu wissen, hatte ihn mit Trauer und verzweifelter Frömmigkeit erfüllt. Und seine Niedergeschlagenheit hatte sich mit den Jahren wie eine erstickende Decke über das Dorf gelegt.

Luc hatte diese Niedergeschlagenheit zu vermessenen Träumen ermutigt. Eines Nachts hatte er ein Gespräch seiner Eltern belauscht und gehört, wie seine Mutter sagte, dass der Graf in Luc den Sohn sehen würde, der ihm von Gott nie geschenkt worden war. Vater war daraufhin sehr wütend geworden. Er hatte geschrien und Mutter Vorhaltungen gemacht ... Er hatte ihr verboten, jemals wieder darüber zu sprechen.

Am nächsten Morgen hatte Luc lange in einer Wasserschüssel sein Antlitz betrachtet. Sah er dem Grafen ähnlich? Ein kleines bisschen vielleicht? Und selbst wenn nicht, überlegte der Graf vielleicht, ihn als Sohn anzunehmen, damit es jemanden gab, der den ruhmreichen Namen Lanzac trug? Würde er eines Tages der Herr im Herrenhaus sein?

Seine Tagträume hatten sich erfüllt. Er war jetzt der Fürst

von Lanzac, denn es gab niemanden mehr, der ihm diesen Titel hätte streitig machen können. Aber um welchen Preis! War das Tjureds Strafe für seine allzu vermessenen Träume?

Als er kleiner gewesen war, hatte er sich immer gewünscht, wie sein Vater zu sein. Er hatte ihn angehimmelt. Später aber hatte er begriffen, dass Vater nur ein Diener war. Fortan hatte Luc ein Ritter werden wollen. Sie waren frei. Immer schon hatte er die Geschichten über Ritter geliebt. Wie sie das Volk vor den Anderen beschützten ... Oft hatte er sich ausgemalt, wie er sich ganz allein einem Troll stellte und ihn besiegte. Und wenn er in seinen Tagträumen besonders weit gegangen war, dann war er, wie im Märchen, zum Leibritter einer wunderschönen Prinzessin geworden, die er aus tödlicher Gefahr gerettet hatte.

Luc leckte den restlichen Honig von seinem Zeigefinger. Kinderträume! Heute waren seine Träume viel düsterer. Manchmal überlegte er, auf den Tempelturm zu steigen und aus dem höchsten Fenster zu springen. Wenn er sich Tjured opferte, vielleicht würden dann alle Stinker wieder auferstehen? Vielleicht würden auch seine Mutter und sein Vater wieder in ihr Fleisch fahren? Vielleicht waren er und seine vermessenen Träume der Grund für alles Unglück? Vielleicht hatten ihn die Anderen in der Nacht seiner Geburt gestohlen und gegen einen Wechselbalg ausgetauscht, der dazu bestimmt war, allen Unglück zu bringen, die ihm begegneten? Vielleicht lebte der wirkliche Luc irgendwo jenseits der Zauberpforten in der Welt der Elfen und Trolle, und er ahnte gar nicht, dass ihm sein Leben gestohlen worden war.

Ein Geräusch ließ den Jungen innehalten. Etwas kratzte an der Tür. Draußen war es dunkel geworden. Das Zwielicht war dichter Finsternis gewichen.

Luc zog seine klebrige Hand unter der Rotznase hindurch

und hielt den Atem an. Da war das Geräusch wieder. Beharrlich. Er wusste, wer hinter der Tür lauerte. Grauauge! Ob er wohl durch die dicken Holzbretter kommen würde, wenn er nur lange genug daran scharrte? Die Nähe des Wolfes ließ Luc alle düsteren Gedanken vergessen.

Der Junge kroch unter dem Tisch hervor und schlich an den Bohnensäcken vorbei zur Falltür. Er machte nicht mehr Lärm als ein Mäuslein, dennoch verstummte das Geräusch. Luc wagte kaum zu atmen. Wie hatte es Grauauge hierhergeschafft? Der Wolf ... Nein, nein! Dieser räudige Hungerleider. Dieses Biest ... Es wusste, dass Luc hier hinter der Tür war. Und es wollte ihn fressen.

Dem Jungen war ganz übel vor Angst. Er malte sich aus, wie das sein würde, gefressen zu werden ... Wie sich Grauauges Fänge in sein Fleisch gruben. Wie er knurrend daran zerrte, bis es von den Knochen riss. Und je deutlicher Luc es sich vorstellte, desto weniger war er in der Lage, noch etwas zu tun. Die Angst war wie ein lähmender Zauber. Er sollte weglaufen oder sich zumindest irgendeine Waffe suchen! Wenn doch nur sein Vater hier wäre! Der hatte niemals Angst gehabt.

Hinter der Tür begann wieder das Kratzen.

Luc schämte sich. Er zitterte wie ein Mädchen! Es war gut, dass sein Vater ihn so nicht sah. Wie oft hatte Luc davon geträumt, wie er als Held gegen die Anderen in den Krieg zog. Einer der stolzen Reiter des Grafen ... Und jetzt stand er hier und machte sich fast in die Hosen. Seine Angst schlug um in Wut. Nein, dass durfte nicht sein! Wenn Grauauge ihn erwischte, dann bestimmt nicht mit benässter Hose. Er würde bis zuletzt gegen den Wolf kämpfen. Dem würde es noch leidtun, sich mit ihm angelegt zu haben.

Auf Zehenspitzen ging Luc zu der Falltür in der Mitte der

Kammer und öffnete sie vorsichtig. Die eisernen Angeln quietschten leise. Er würde nicht warten, bis Grauauge durch die Tür kam. Er würde den Kampf aufnehmen!

Luc schlich die enge Stiege hinab, die zu der fensterlosen Kammer führte, in der die Schinken und Würste aufgehängt waren. Das dicke Mauerwerk hier hielt die Sommerhitze fern. In der Dunkelheit duftete es nach kaltem Rauch und dem Salz, mit dem die Schwarten eingerieben waren. Vorsichtig tastete sich Luc zu der Tür, die zur kleinen Küche führte. Hier wurde nur gekocht, wenn der Graf Gäste im Rosenholzsalon bewirtete.

Luc nahm sich ein Schüreisen, das neben der Feuerstelle hing. Er hatte nicht die Absicht, es zu benutzen. Diesmal würde er dem Wolf mit einer angemessenen Waffe zu Leibe rücken. Den langen Eisenhaken nahm er nur mit, falls Grauauge ihn erneut überraschte.

Im Rosenholzsalon versuchte er so weit wie möglich auf dem schweren Teppich zu gehen. Die dicke Wolle war seine Verbündete und schluckte das Geräusch seiner Schritte. Unter zwei gekreuzten Säbeln an der Wand lag die Tür zum Jagdzimmer. Obwohl der Raum groß war und vollgestopft mit Trophäen, hätte er sich dort mit verbundenen Augen bewegen können. Ungezählte Nachmittage hatte er mit seinem Vater im Jagdzimmer verbracht und mitgeholfen, die Waffen und Rüstungen des Grafen zu pflegen. Der Schrank mit der Bleiglasfront war sein Ziel. Dort waren …

Durch die Fenster des Rosenholzsalons fiel flackerndes Licht. Luc blickte durch die Scheiben, die so dick wie Flaschenböden waren. Auf dem Hof vor dem verwaisten Gestüt bewegten sich Schattengestalten mit Fackeln. Der Junge spürte, wie sein Herz einen Satz machte. Jemand war gekommen, um ihn zu holen! Endlich!

Er trommelte mit den Händen gegen die Scheiben. »Hierher! Hier oben bin ich!« Die schweren Holzrahmen hatten sich mit den Jahren so sehr verzogen, dass man die Fenster nicht mehr öffnen konnte. Hatten sie ihn bemerkt? Durch das dicke Glas konnte er nicht richtig sehen, was dort unten vor sich ging. »Hierher! Ich bin ...« Die Rufe erstarben ihm auf den Lippen. Er hörte das Trappeln von Pfoten auf der Holztreppe, die hinauf zum Flur führte, an dem die Honigkammer lag. Grauauge!

Luc hastete in das Jagdzimmer. Der große Waffenschrank lag auf der anderen Seite. Es blieb keine Zeit mehr, nach den Schlüsseln in der silbernen Tabaksdose am Kamin zu suchen.

Im Laufen hob Luc das Schüreisen. Dann drosch er auf das Bleiglasfenster in der Schranktür ein. Das Klirren zerschnitt ihm die Seele. Er wusste, es hätte seinem Vater das Herz gebrochen, wenn er das hier hätte mit ansehen müssen.

Der Junge griff durch die verbogenen, mit Splittern gesäumten Bleifassungen. Seine Hände tasteten über die Pistolengriffe. Das Tappen der Wolfspfoten verstummte. Grauauge musste den Teppich im Rosenholzsalon erreicht haben.

Lucs Finger schlossen sich um den Griff mit den Elfenbeinintarsien. Zarte Rosenblüten schmückten die Waffe. Es gab ein Sattelpaar von diesen Pistolen. Sie waren die Lieblingswaffen des Grafen gewesen. Und gegen den ausdrücklichen Rat von Lucs Vater hatte Graf Lannes de Lanzac darauf bestanden, dass diese beiden Pistolen immer geladen im Schrank lagen. Hoffentlich war keine Feuchtigkeit in das Pulver gezogen.

In der Tür zum Rosensalon erschien ein Schattenriss. Weiße Fänge blitzten im Zwielicht. Ein Knurren, das bis ins Mark ging, erklang. Der Wolf!

Luc zerrte verzweifelt an der Pistole. Sie war länger als sein Unterarm und hatte sich in den Bleiglasfassungen verhakte.

»Steh mir bei, Tjured! Lass mich zum Tempelturm gehen. Ich will büßen. Lass es nicht die Wölfe tun, gnädiger Gott! Ich werde springen, und es wird alles wieder gut. Bitte ...«

Mit einem Ruck löste sich die Waffe aus den bleiernen Ranken. Luc spürte warmes Blut von seinen Fingern tropfen. Die gläsernen Dornen der verbogenen Bleifassungen hatten ihm die Hände aufgeschlitzt. Kaum konnte er die schwere Radschlosspistole halten. Mit zitternden Fingern zerrte er den Schlüssel, den ihm Vater geschenkt hatte, aus der Hosentasche und spannte die Waffe.

Wo war Grauauge? Er blinzelte in die Finsternis. Wo ... Ein Schlag riss Luc zu Boden. Der Wolf war über ihm! Heißer, nach Aas stinkender Atem schlug ihm ins Gesicht. Geifer tropfte ihm in die Augen. Im Reflex hob er den Arm, um sein Gesicht zu schützen.

Der Wolf schnappte zu. Bohrender Schmerz ließ den Jungen aufschreien. Er fühlte sein Blut rinnen. Halb ohnmächtig, hielt ihn allein seine Wut bei Bewusstsein. Er war verloren. Doch der Wolf war es auch!

»Verrecke!« Luc drückte den Lauf der Radschlosspistole zwischen die Rippen des Wolfs. Den Griff der Waffe stützte er auf dem glatten Holzboden ab. Sein Zeigefinger krümmte sich. Donner erfüllte das Jagdzimmer. Ätzender Pulverdampf drang ihm in Nase und Mund. Grauauge wurde von ihm fortgerissen. Der Rückschlag prellte Luc die Radschlosspistole aus der Hand. Die schwere Schusswaffe schlitterte über den Holzboden.

Hustend richtete sich der Junge auf. Er taste über seinen linken Arm. Der Wolf musste im letzten Augenblick das Maul aufgerissen haben, um noch einmal zuzubeißen. Andernfalls würde ihm jetzt das Fleisch in Fetzen von den Knochen hängen, dachte Luc. Tjured hatte ihn erhört.

Vom Schmerz benommen, spähte der Junge durch die Wolke von Pulverdampf, die durch das Zimmer wogte. Der Wolf lag neben dem Rauchersessel am Kamin. Luc ging hinüber und stupste den Kadaver vorsichtig mit dem Fuß an. Ein gurgelndes Röcheln drang aus der Kehle des Räubers. Seine Rute zuckte. »Hörst du mich, Wolf? *Dein* Fleisch werde ich fressen. Gleich hier. Ich zünde den Kamin an und werde es braten. So hattest du dir das nicht vorgestellt, was? Ich werd auf deinen Schädel pinkeln, Wolf. Und morgen gehe ich dein Rudel schießen. Ihr Wölfe macht mir keine Angst mehr. Ihr ...«

Ein Geräusch im Rosenholzsalon ließ ihn verstummen. Es war unverwechselbar, wenn man es einmal in seinem Leben gehört hatte. Das metallische Schaben einer langen Klinge, die gezogen wurde. Plötzlich stand eine riesige Schattengestalt in der Tür zum Jagdzimmer. Sie hielt eine Fackel in der Linken und ein Rapier in der Rechten.

Das war kein Retter! Das war nicht einmal ein Mensch! Dort, wo ein Gesicht hätte sein sollen, ragte ein langer Schnabel unter der Kapuze vor. Blaugrauer Rauch quoll aus der Schnabelspitze und vermengte sich mit dem Pulverdampf, der immer noch durch das Zimmer zog. Ein schwarzer, mit schimmernden Rabenfedern besetzter Umhang wallte von den Schultern der Kreatur.

Sprachlos vor Entsetzen wich Luc vom Kadaver des Wolfs zurück. Seine Mutter hatte recht gehabt. Man durfte das Übel nicht beim Namen nennen! Es konnte immer noch schlimmer kommen! Er hatte mit seinen leichtfertigen Flüchen die Anderen herbeigerufen! Die Herren der Wölfe, die Verderber der Welt!

Lucs Finger schoben sich durch die Bleiranken des zersplitterten Fensters, und sie ertasteten Rosenblüten.

Dumpfe Laute drangen aus dem rauchenden Schnabel. Die Spitze des Rapiers deutete drohend auf Lucs Brust.

Diesmal hatte Tjured Gnade mit ihm. Die schwere Pistole glitt durch Blei und Glassplitter, ohne sich zu verfangen. Mit beiden Händen hielt Luc die Waffe. Sein Finger krümmte sich um den Abzug. Ein greller Mündungsblitz zuckte durch das Zwielicht. Der Rückschlag der Waffe warf Luc gegen den Schrank, und die Welt versank in Dunkelheit und Pulverdampf.

EINE MAUER AUS STAHL

Sie waren Furcht einflößend! Prinzessin Gishild drückte sich sanft an ihre Mutter und beobachtete den Aufmarsch der Ordensritter. Die Leibwache der Unterhändler, die am Waldrand aufzogen, bildete ein kleines Heer. In der drückenden Hitze des Sommernachmittags übertönte das Scheppern ihrer schweren Rüstungen alle anderen Geräusche in dem verlassenen Dorf im Herzen des Waldes.

Gishild spürte, wie der morastige, schwarze Boden unter den Hufen der großen Pferde erbebte. Ein mulmiges Gefühl stieg ihr in den Bauch, das mit jedem Herzschlag schlimmer wurde.

Stickige Hitze lastete auf der weiten Lichtung. Der Geruch von Schweiß und Pferdedung hing in der Luft. Kein Windhauch regte sich. Gishild spürte, wie ihr leichtes Leinenkleid am Rücken festklebte.

Wie hielten ihre Feinde es nur in den Rüstungen aus? Warum sanken sie nicht ohnmächtig aus den Sätteln? Wie eine Mauer aus Stahl kamen die schwer gepanzerten Reiter aus dem Wald. Dann verharrten sie alle im selben Augenblick. Unheimlich.

Die Reihe der Ritter war so vollkommen ausgerichtet, als hätten sie an einem unsichtbaren Wall gehalten. Alle Reiter hielten die Helmvisiere geschlossen. Hinter schmalen, verschatteten Schlitzen verborgen lagen ihre Augen. Lange weiße Wimpel flatterten an den schweren Lanzenschäften. Auf jedem der Wimpel prangte ihr Wappen, die tote rote Eiche, der Baum, an dem Guillaume, ihr wichtigster Heiliger, einst gestorben war. Es war das Zeichen der Neuen Ritterschaft, der schlimmsten Fanatiker in den Heerscharen der Priester, wie ihr Vater immer sagte.

Selbst ihre riesigen Pferde hatten die Ordensritter in Stahl gewappnet. Prächtige Stirnplatten schmückten die Köpfe, und stählerne Platten schmiegten sich statt weichem Haar in ihre Nacken. Auch der Rumpf und die Kruppe waren in Stahl gewappnet, so wie die Reiter, die ebenfalls völlig in schimmerndem Silber gerüstet waren. Die Schwertgurte aus gefärbtem Leder, das mit Gold und Brillanten besetzt war, und die Federn auf ihren Helmen waren die einzigen Farbtupfen in diesem Wall aus Stahl. Und jene kleinen Wappenschilde aus Emaille, die jeder von ihnen über dem Herzen trug ... Sie alle sahen anders aus. Nur den roten Baum hatten sie alle gemeinsam. Doch daneben gab es viele verschiedene Zeichen. Steigende Löwen, Türme und Drachen, Schwerter und Schiffe. Wahrscheinlich konnten sie sich untereinander an diesen Schilden erkennen, überlegte Gishild, selbst wenn die geschlossenen Visiere ihre Gesichter verbargen. Sie dachte einen Augenblick darüber nach, wie schwer es wohl war, so viele Wappen auseinanderzuhalten. Dann widmete sie ihre Aufmerksamkeit wieder ganz den Pferden. Sie waren riesig und erinnerten die Prinzessin an Kutschpferde. Gishild wusste, dass diese Schlachtrösser dazu ausgebildet waren, ihren Herren im Kampf beizustehen. Sie zermalmten Feinde, die sich zu Fuß näherten, mit ihren mächtigen Hufen, ja, es hieß sogar, sie würden ihr eigenes Leben opfern, um einen tödlichen Streich von ihren Rittern abzuwenden. Das mochte Gishild nicht wirklich glauben. Das wäre Zauberei, und zumindest diese eine Waffe war ihren mächtigen Feinden versagt.

Eine schmale Hand legte sich auf ihre Schultern. »Hab keine Angst«, flüsterte die warme Stimme ihrer Mutter Roxanne. »Die Furcht ist ihre schärfste Waffe.«

Gishild blickte auf in die großen, dunklen Augen ihrer Mutter. Sie konnte die Liebe in ihnen lesen. Roxanne drückte sanft ihre Schulter. »Sie wollen uns den Mut aus unseren Herzen schneiden. Das versuchen sie, weil sie uns fürchten. Vergiss das nie und schenke ihnen keinen leichten Sieg.«

Gishild sah die Reihe ihrer gesichtslosen Feinde entlang. Noch immer hielten die Ritter ihre Visiere geschlossen.

Ein plötzlicher Windstoß ließ den Federschmuck auf ihren Helmen auf und nieder wippen. Er trug den Geruch von Waffenfett und Metall zu Gishild. Und den Duft von goldenem Kiefernharz, den der Wald an diesem heißen Spätsommertag verströmte.

Gishild versuchte die Ritter mit den Augen einer Jägerin zu betrachten, wie die Elfe Silwyna es sie gelehrt hatte. Sie sah sie als Beute an. Ihr Atem ging flach und lautlos. Sie befreite sich von allen unnützen Gedanken. Selbst die Angst vermochte sie zu verdrängen. Ihr Herz schlug nun ruhiger. Sie war wachsam, ihr Gesichtsfeld wurde weit. Sie roch Schwefel und Unheil. Ihr Herz begann wieder schneller zu schlagen.

Die Augen der Prinzessin klammerten sich an ihren Vater, der ein Stück entfernt von ihr inmitten einer Schar von Kriegern stand. Stolz erfüllte Gishild bei seinem Anblick. Gunnar Eichenarm hatten die Kriege mit den Ordensrittern viele Narben geschlagen. Sein Gesicht war hart. Man sah ihm den Kämpfer an. Er war jemand, der niemals sein Haupt gebeugt hatte. Abgesehen von dem Trollherzog überragte er all seine Waffenbrüder, die ihm in dieser schlimmen Stunde zur Seite standen.

Vor drei Tagen hatten die Streiter des Ehernen Bundes eine schwere Niederlage erlitten. Die Ordensritter hatten für ihren Sieg zwar mit Strömen von Blut gezahlt, doch ihre Reihen würden sich bald wieder füllen, während der Eherne Bund zu zerfallen drohte. Auch wenn das Bündnis sich dem Namen nach eisern gab, war es verzweifelt schwach. Die letzten Bojaren Drusnas hatten es mit dem König und den Jarlen des Fjordlandes geschlossen. Sie waren die Einzigen, die noch frei entschieden, an welche Götter sie glaubten. Alle anderen Reiche hatten sich der Kirche des Tjured und ihrem schrecklichen Gott unterworfen. Könige gab es dort keine mehr. Es regierten die Priester. Sie besaßen alle Macht. Die über den Himmel und über die Welt. Es war ein schwieriges Bündnis, denn die Bojaren waren selbstherrliche Adelige, mit Ahnenreihen wie Könige. Ihr Recht zu herrschen erlangten sie mit ihrer Geburt. Die Jarle hingegen mussten sich dieses Recht verdienen und stets aufs Neue erringen. Sie wurden gewählt, und dies immer nur für ein Jahr. Auch Gishild fand es schwierig, mit den Bojaren auszukommen. Ihnen gehörten die Menschen ihres Landes. Jedenfalls die meisten ... Bei den Jarlen war es genau umgekehrt. Sie gehörten den Bauern, Händlern und Jägern, die sie gewählt hatten. Und versahen sie ihre Aufgabe nicht gut, dann verloren sie die Würde des Anführers bald wieder.

Gishild blickte zu ihrem Vater und fasste neuen Mut. Er ließ sich von Niederlagen und der schrecklichen Übermacht der Feinde nicht erschüttern! Wenn man ihn sah, mochte man glauben, er sei der Sieger in der Schlacht am Bärensee gewesen. Er wirkte stark wie ein Fels. Sein Nacken war so mächtig wie der eines Stierbullen. In seinen roten Bart hatte er nach Sitte ihrer Ahnen dünne rote Zöpfchen geflochten. Und an jedem der Zöpfe hing ein kleiner Ring, einer für jeden Ritter, den Gunnar im Kampf getötet hatte. Siebzehn Ringe waren es. Er hatte sie aus dem Eisen der Brustplatten zerschlagener Rüstungen geschmiedet.

Obwohl er der König war, trug ihr Vater schlichte Kleidung, einen geschwärzten Kürass mit den Scharten vieler Zweikämpfe und eine bauschige Wollhose, deren Beine in abgewetzten Reiterstiefeln verschwanden. Von seinen Schultern fiel ein schlammbespritzter roter Umhang. Die Linke, an der der kleine Finger fehlte, ruhte auf dem Korb seines Schwertes. Er stand breitbeinig da und strahlte eine Ruhe aus, die Gishild bewunderte. Er war ein Held, die Skalden verglichen ihn mit den großen Kriegerkönigen der alten Tage. Sie feierten seine verwegenen Kriegstaten mit vielen schönen Worten, von denen Gishild freilich nicht alle verstand. Man musste wohl ein Dichter sein, um von herausfordernder Gelassenheit zu sprechen und der eichenen Kraft eines Gedankens. Doch wie gewunden ihre Worte und Verse auch sein mochten, sie fanden den Weg in Gishilds Herz, und dort verstand sie, was sie meinten, so wie es auch der einfachste Bauernbursche im Heerbann ihres Vaters verstand. Sie glaubten den Skalden! Und sie glaubten an ihren König. Und deshalb trugen sie die Lieder über ihn auch nach bitteren Niederlagen noch auf ihren Lippen. Er war das Fleisch gewordene Fjordland, er war das Herz allen Widerstands. Er war die Geißel der Priester und die Hoffnung aller, die ihr Haupt nicht beugen mochten.

Gishild blickte zu den Kriegern, die um ihren Vater geschart standen. Da waren die Jarle des Fjordlands, erfahrene Kämpen, Männer aus Sippen, die ihrer Familie schon seit Jahrhunderten verbunden waren. Sie trugen stählerne Sturmhauben und Kettenhemden, die mit Metallschienen verstärkt waren. Äxte und breite Schwerter waren ihre Waffen. Manche hatten in bunten Bauchbinden ihre Radschlosspistolen stecken oder Dolche mit dreikantiger Klinge, die man auch durch die besten Brustplatten rammen konnte. Sie waren ein wilder Haufen, ebenso wie die Bojaren Drusnas. Mit ihren weiten, bauschigen Hosen und den hohen Schaftstiefeln sahen ihre Verbündeten in Gishilds Augen seltsam aus. Sie trugen geschlitzte Lederwesten, die mit Hunderten Nieten besetzt waren. Langstielige Äxte waren ihre bevorzugten Waffen, und Schwerter, deren Griffe von wuchtigen Bronzekörben umschlossen waren. Statt sich mit Helmen zu schützen, bevorzugten die meisten Drusnier federgeschmückte Barette.

Doch nicht diese Krieger entschieden, was in diesem Augenblick geschah. Ihr Mut und ihre Wildheit würden die Ritter nicht lange aufhalten. Das hatte sie am Bärensee gesehen. Gishild war sich sicher, dass einzig der kalte Blick ihres Vaters die stählerne Wand der Feinde verharren ließ. Alle warteten auf ihn. Darauf, was er tun würde.

Es war ein stummes Duell, das hier ausgetragen wurde. Würde er den Reitern entgegengehen? Würde er vor sie treten und wie ein Kind, den Kopf im Nacken, zu ihnen aufblicken? Nein, nicht ihr Vater! Eher würde die Sonne vom Himmel fallen, als dass er seinen Stolz aufgäbe. Aber was würden die Ordensritter tun? Würden *sie* nachgeben? Warum trugen sie dieses Duell aus? Es war vereinbart worden, sich auf dem Dorfplatz zu Verhandlungen zu treffen. Es war an ihnen, den Rand der Lichtung zu verlassen.

Würden sie angreifen, wenn ihr Vater sich nicht unterwarf? Den Rittern des Tjured war jeder Verrat zuzutrauen!

Die Prinzessin spürte wieder die stachelige Angst in ihrem Bauch. Sie hatte gesehen, was die Lanzen und die riesigen Hufe der Schlachtrösser anzurichten vermochten, als das Heerlager am Bärensee von den Rittern der Kirche überrannt worden war. Was hatten die Ritter vor?

Weit im Westen erklang Donnergrollen über dem Wald. Eine Böe bauschte die Banner mit den kahlen roten Bäumen. Luth, der Schicksalsgott, hielt den Atem an. Nur er wusste, ob sie in einer Stunde noch leben würden.

Der Blick der Prinzessin war gebannt von den Rittern am Waldrand. Sie sahen viel bedrohlicher aus als die verzweifelte Schar, die sich ihnen entgegenstellte. In ihren schimmernden Rüstungen wirkten sie unverwundbar. Gishild hatte gesehen, wie man Männer tötete, die sich ganz in Stahl wappneten. Am Bärensee war sie Zeugin geworden, wie man sie in den Ufersand stieß und Bauernburschen ihre Dolche durch die Schlitze der Helme rammten. Man konnte die Ritter töten, ermahnte sich die Prinzessin in Gedanken. Auch wenn sie unüberwindlich aussahen. Aber sie hatte mit angesehen, wie viele Bauern und Krieger ihr Leben ließen, um einen dieser Ritter zu Boden zu ringen. Fünfmal mehr hätten sie sein müssen, um vielleicht auf einen Sieg gegen die Ritter hoffen zu dürfen.

Wann hatte dieses elende Warten ein Ende? Wer würde als Erster einen Schritt in Richtung der anderen machen? Würde ihr Vater den Stolz der Vernunft opfern? »Bitte Luth, lass es dazu nicht kommen«, murmelte sie leise. Wenn die Ritter jetzt siegten, dann würde das schwerer wiegen als die Schlacht am Bärensee.

Besorgt sah Gishild zurück zu den Reihen der Bojaren Drusnas und der Jarle des Fjordlands. Jetzt schon tuschelten sie miteinander, und auch wenn die Prinzessin die geflüsterten Worte nicht verstand, hörte sie den mühsam unterdrückten Zorn in den Stimmen der Männer. Und da war noch etwas. Der auffrischende Wind trieb den schwefeligen Geruch brennender Lunten aus dem Wald. Hinter den Reitern zwischen den Bäumen verbargen sich Arkebusiere. Die schweren Bleikugeln dieser Waffen vermochten selbst einen Troll zu fällen. Doch die Schützen mussten immer eine brennende Lunte bereithalten, um das Pulver ihrer klobigen Arkebusen zu entzünden.

Die Prinzessin blickte nach Westen. Über dem Wald färbte sich der Himmel nachtschwarz.

Gishild kaute mit den Zähnen an ihrer Unterlippe. Wie viele Krieger die Ordensritter wohl im Wald verbargen? Und was führten sie im Schilde? Planten sie wirklich Verrat?

»Luth, lass endlich ihre Unterhändler kommen«, betete sie verzweifelt. »Lass dieses Warten ein Ende haben!«

Voller Sorge blickte sie zu ihrem Vater. Er wirkte immer noch ruhig. Wenn sie doch ein bisschen mehr wie er sein könnte!

»Du musst dich nicht fürchten«, flüsterte ihre Mutter und drückte sie sanft.

Das hatte sie am Bärensee auch gesagt, dachte Gishild bitter. Sie vertraute ihr nicht mehr.

Das Tuscheln unter den Jarlen und Bojaren wurde lauter. Gunnar Eichenarm warf ihnen einen strengen Blick zu, doch das allein reichte nicht mehr aus, um sie alle zum Schweigen zu bringen. Gishild spürte, wie kurz sie davor standen, die stumme Schlacht mit den Ordenskriegern zu verlieren.

Die Fürsten, die hier versammelt sind, haben Angst vor diesen Rittern, dachte die Prinzessin beklommen, auch wenn sie es niemals zugeben würden. Nur mein Vater nicht! Und seine treuesten Verbündeten, die Anderen, die Edlen Albenmarks.

Wie ihr Vater warteten auch sie mit reglosen Mienen. Zur Rechten Gunnars stand der Elfenfürst Fenryl, der Herrscher über Carandamon, einem riesigen Land aus Eis und Fels. Gishilds Blick klammerte sich an den Fürsten, der, noch mehr als die übrigen Albenkinder, wie eine Wirklichkeit gewordene Märchengestalt aussah. Wer solche magischen Verbündeten hatte, der konnte doch nicht untergehen!

Der Elf trug ein weißes Lederwams, dessen silberne Nieten die Form von Schneekristallen hatten. Seine Reiterhose, sein Hemd, selbst seine Stiefel, alles war von makellosem Weiß, als schütze ein Zauber ihn gegen Schlammspritzer und anderen Schmutz. Fenryl hatte warme, hellbraune Augen. Seine vollen Lippen und sein wildes, lockiges Haar ließen ihn weniger abweisend und kühl erscheinen als die übrigen Elfen. Sein Gesicht war wie aus Marmor geschnitten. Weder die Eiseskälte seiner Heimat noch die sommerliche Hitze der Wälder Drusnas hatte in seinem Antlitz Spuren hinterlassen. Er war ein schöner Mann, und Gishild wusste, dass viele der Hofdamen ihrer Mutter von ihm träumten. Doch Fenryls Herz blieb den Menschenfrauen verschlossen. Manche tuschelten, er liebe allein den großen Greifvogel, der ständig in seiner Nähe war. Es war ein absonderliches Tier, größer als ein Falke oder Bussard, doch kleiner als ein Adler. Es hatte durchdringende blaue Augen. Gishild hatte nie zuvor einen Vogel mit blauen Augen gesehen. Er war ihr unheimlich. Sie blickte zum Himmel hinauf. Das Vieh hieß Eiswind. Vielleicht war es ja durch Magie gezeugt? Jetzt war es nirgends zu sehen. Wo steckte es nur? Es trieb sich doch sonst immer in der Nähe des Fürsten herum!

Vielleicht spähte der Vogel ja aus, was im Wald hinter ihnen geschah. Eigentlich sollten sie dort Kundschafter haben, doch bislang war niemand gekommen, um ihrem Vater zu berichten. Konnten die Ritter sie alle geschnappt haben?

Es hieß, Fenryl könne durch die Augen seines Vogels blicken, wenn dieser weit entfernt war. Wusste der Elfenfürst, was sie erwartete? Die Andeutung eines Lächelns spielte um seine Lippen. War es Spott darüber, dass sich die Menschenfürsten, die über Krieg oder Frieden geboten, in so einem schäbigen Dorf trafen und ein gefährliches Spiel daraus machten, wer wem entgegenkam? Oder weilte er in seinen Gedanken ganz woanders?

Neben dem Fürsten stand Yulivee, die Erzmagierin der Elfen. Jetzt sah sie unnahbar und wunderschön aus. Keiner der Ritter würde ahnen, welch wunderbare Späße man mit ihr treiben konnte.

Ein wenig hinter dem Elfenfürsten standen der Kobold Brandax und dessen ewiger Begleiter, der riesige Trollherzog Dragan. Auch sie waren Gestalten, die geradewegs aus einem Märchen herausgetreten zu sein schienen. Wer solche Verbündete hatte, den würden die Götter doch gewiss nicht im Stich lassen!

Brandax schien bemerkt zu haben, wie sie ihn anstarrte. Für einen Herzschlag erwiderte er Gishilds Blick. Dann grinste er breit und zeigte ihr dabei seine Zähne.

Erschrocken wandte die Prinzessin sich ab.

Hinter der Mauer aus Stahl ertönte gedämpfter Hufschlag. Reiter kamen durch den Wald. Viele Reiter! Gishild ballte nervös die Hände zu Fäusten. Ihr Vater war nur mit hundert Mann gekommen, wie sie es vereinbart hatten. Eine Eskorte, eines Königs würdig, doch keine Streitmacht. Schließlich wollten sie in diesem namenlosen, vom Krieg entvölkerten Dorf verhandeln und keine Schlacht austragen. Ihr Vater hatte zu seinem Wort gestanden. Er war immer schon ein ehrenhafter Krieger gewesen.

Ein dicker Schweißtropfen rann Gishilds Hals hinab. Es war unerträglich schwül. Jeden Augenblick mochte der Regensturm beginnen.

Die Prinzessin blinzelte zu ihrem Vater hinüber. Wenn man ihn kannte, konnte man ihm seine Anspannung anmerken. Feine Fältchen zeigten sich in den Mundwinkeln, Schweißperlen funkelten im Bart. Als er spürte, dass sie zu ihm hinübersah, schenkte er ihr ein Lächeln, doch seine Augen wirkten traurig. Er hatte ihr gestern Abend erklärt, wie sie sich verhalten sollte, falls die Ordensritter einen Verrat begingen.

Gishild kniff die Augen zusammen. Sie spürte die Hand ihrer Mutter zittern, die noch immer auf ihrer Schulter ruhte.

Bitte, ihr Götter des Nordens!, flehte die Prinzessin stumm. Schenkt uns eure Gnade! Lasst meine Eltern und all ihre Freunde nicht heute sterben. Bitte, ich gebe euch mein Leben, wenn ihr heute Blut sehen müsst, um gnädig sein zu können. Lasst das Königshaus des Fjordlands nicht verlöschen, weil mein Vater den Versprechen eines Tjuredpriesters traute. Nehmt mich als Pfand für eure Gnade. Ich gebe mich hin, so wie Ulric und Halgard sich hingegeben haben, um den Norden zu retten, und all die anderen meines Blutes, die ihr Leben dem Land opferten, dem ihr Herz gehörte.

Als Gishild die Augen wieder öffnete, war sie sich sicher, dass die Götter sie erhört hatten. Die Regenwolken hatten fast die Lichtung erreicht. An den Bannern der Ritter zerrte der Wind. Wenn es regnete, würden die Arkebusiere, die sich im Wald verbargen, ihre Waffen nicht mehr benutzen können.

Die Prinzessin lächelte trotzig. Sie würde den Rittern ihre Angst nicht zeigen! Sie floh in Gedanken ... Wehmütig erinnerte sie sich an all die friedlichen, langweiligen Tage, die sie mit ihrem alten Lehrer Ragnar in der Bibliothek von Firnstayn verbracht hatte. Wie hatte sie damals ihren jüngeren Bruder Snorri beneidet! Ihm war diese stupide Lernerei erspart geblieben. Als Junge hatte er Fechtunterricht bekommen und reiten und schwimmen gelernt. Nur einen einzigen Tag in der Woche musste er zu Ragnar in die Bibliothek, wo sie selbst fünf Tage zu verbringen hatte. Das war ungerecht gewesen ...

Sie schluckte. Eigentlich war sie kein Mädchen, das schnell weinte. Aber wenn sie an den kleinen Snorri dachte, dann stiegen ihr immer noch Tränen in die Augen. So lange er noch gelebt hatte, hatte sie ihn tausendmal am Tag verflucht. Er war eine Landplage gewesen! Hatte sie an den Haaren gezogen, sie mit seinem Holzschwert gepiesackt und keine Gelegenheit ausgelassen, sie zu ärgern. *Gishilde, Gishilde, führt ein Strumpfband im Schilde.* Mit diesem selbst gedichteten Spottvers hatte er sie seinen letzten Sommer lang geärgert. Ihr Vater hatte Snorri damals erlaubt, sein späteres Königswappen auszuwählen. Ihr Bruder hatte sich für einen stehenden roten Löwen vor weißem Grund entschieden. Gishild durfte natürlich kein Wappen führen. Sie hätte eines Tages verheiratet werden sollen, um einen Verbündeten noch enger an die Königsfamilie zu binden. Ein Strumpfband zu ihrem Wappen zu erklären, war so schamlos, dass Gishild selbst heute noch die Wangen glühten, wenn sie daran dachte. Ihr wäre es bestimmt gewesen, ihre Schlachten zwischen ihren Schenkeln zu schlagen. Im Ehebett und später dann im Kindbett. Was das hieß, wusste sie nur zu gut. Die Nacht von Snorris Geburt und das ausgezehrte Gesicht ihrer Mutter hatte sie niemals vergessen. Obwohl sie so klein gewesen war, hatte sie begriffen, wie nahe Roxanne dem Tod gewesen war. Sie wollte keine Kinder haben. Doch Gishild wusste, dass sie keine Wahl hatte … Es lag an ihr, das Blut ihrer Sippe weiterzutragen … Aber sie fürchtete sich davor, eine solche Nacht wie ihre Mutter zu erleben. Sie konnte sich vorstellen, mit dem Schwert in der Hand auf dem Schlachtfeld zu sterben. Aber nach endloser Qual im Kindbett … Sie dachte an ihren Bruder. Nein, die Schlacht im Kindbett würde ihr nicht erspart bleiben.

Im gleichen Sommer, in dem Snorri seinen Spottvers ersonnen hatte, war er ertrunken. Sie hatte ihn noch schreien hören, aber als sie an den Wolkenspiegelsee gelaufen kam, um nach ihm zu sehen, waren auf der glatten Oberfläche des Wassers nur noch einige weite Ringe zu sehen gewesen. Der stille See hoch in den Bergen, der einst Ulric den Winterkönig verschlungen hatte, hatte ihrer Familie ein weiteres Mal Unglück gebracht.

Eine Woche hatte es gedauert, bis man die Leiche ihres kleinen Bruders im See gefunden hatte. Nackt und weiß wie einen Höhlenfisch hatte man ihn aus dem dunklen Wasser gezogen.

An dem Tag, an dem Snorri im Hügelgrab ihrer Familie beigesetzt worden war, war die Elfe Silwyna nach Firnstayn gekommen. Gishild erinnerte sich noch genau daran, wie sie unter den Trauergästen bei der uralten Eiche auf dem Hügel erschienen war. Als sie den Namen der Elfe erfahren hatte, da hatte sie das Gefühl gehabt, eine der Grabkammern habe sich geöffnet, um einen Schatten aus der Vergangenheit freizulassen. Ohne ihr je begegnet zu sein, hatte sie Silwyna aus den endlosen Stunden in der Bibliothek gut gekannt.

Vom Tag ihrer Ankunft an hatte sich das Leben der Prinzessin grundlegend verändert. Königin Emerelle hatte Silwyna gesandt, um Gishilds Lehrerin zu sein. Warum sich die Königin Albenmarks so sehr um die Erziehung der Prinzessin des Fjordlands sorgte, blieb ihr Geheimnis. König Gunnar hatte dankbar zugestimmt. Einige der berühmtesten Ahnen ihres Geschlechts waren eng mit den Elfen verbunden gewesen. Silwyna als Lehrerin zu gewinnen, war ein Versprechen auf künftigen Ruhm. Was sie davon hielt, hatte sie niemand gefragt, dachte Gishild verärgert. Sie war ja nur eine Prinzessin. Da hatte man zu gehorchen.

Die Tage in der Bibliothek waren mit Silwynas Ankunft vorüber gewesen. Die Elfe hatte Gishild mit dem Bogen üben lassen, bis ihre Finger von der harten Sehne blutig gewesen waren. Und unter ihrer Aufsicht hatte man ein kurzes Stoßrapier geschmiedet, das in Gewicht und Länge auf Gishilds Körpermaße abgestimmt war. Bei Hof stritt man heute noch, ob diese neuen Waffen den alterprobten Schwertern ebenbürtig seien, doch Silwyna scherte sich nicht um dieses Gerede. Sie tat allein, was sie für richtig hielt, ließ sich von niemandem hineinreden und ging keinem Streit aus dem Weg. Bei Hof starrten ihr viele Männer nach, doch Freunde hatte sie keine.

Ein Fanfarenstoß riss die Prinzessin aus ihren Gedanken. Die Panzerreiter rammten ihre Lanzen in den Boden. Sie alle bewegten sich wie ein Mann, als seien hundert Leiber von nur einem Geist beseelt. Keines der Banner stürzte in den schwarzen Schlamm, obwohl einige der Lanzen bedenklich im Wind schwankten.

Scharrend glitten hundert Schwerter aus ihren Scheiden. Einen Augenblick lang schien die Zeit stillzustehen.

Gishild tastete nach ihrer Hüfte. Natürlich hatte sie ihr Rapier nicht umgegürtet ... Heute war sie die Prinzessin des Fjordlands, ordentlich gekämmt und mit einem unbequemen Kleid angetan. Eine Prinzessin trug keine Waffe ... Auch dann nicht, wenn ihr nach den endlosen Fechtstunden mit Silwyna das Gewicht des Rapiers an ihrer Seite so vertraut war, dass sie das Gefühl hatte, aus dem Gleichgewicht zu sein, wenn sie die Waffe nicht umgeschnallt hatte.

Gishild sah, wie auch die Krieger im Gefolge ihres Vaters die Schwerter zogen. Gunnar hob die Arme und gebot ihnen, die Waffen sinken zu lassen.

Ein zweiter Fanfarenstoß brachte Bewegung in die Mauer aus Stahl. Pferde wieherten. Schlamm schmatzte unter den großen Hufen. Die ganze Reihe bewegte sich ein Stück vorwärts.

Ängstlich blickte sich Gishild nach Silwyna um. Die Prinzessin entdeckte sie unter dem Vordach eines Pferdestalls, halb im Schatten verborgen. Ihr Bogen lehnte neben ihr an der Wand. Wie stets leistete ihr niemand Gesellschaft. Sie hatte das lange dunkle Haar zurückgekämmt und zu einem strammen Zopf gebunden. Die Elfe war hochgewachsen und gertenschlank, ohne hager zu wirken. Auch sie lehnte an der Wand. Die Arme vor der Brust verschränkt, wirkte sie ganz unbeteiligt, als gehe sie alles, was rings herum geschah, nichts an.

Silwyna hatte ihr Gesicht mit dem rotbraunen Saft des Dinko-Busches bemalt. Fast alle, die sich im Dorf versammelt hatten, waren festlich gewandet, oder zumindest gewaschen und rasiert. Nicht so Silwyna. Sie trug ihre hohen, weichen Hirschlederstiefel und ein unauffälliges braunes Wams. Ihre Lehrerin war bereit, mit den Schatten zu verschmelzen. So kleidete sie sich, wenn sie einem Wild nachstellte, und Gishild hatte niemals erlebt, dass der Elfe eine Beute entkommen wäre.

Oft waren sie gemeinsam auf die Jagd gegangen. Die Prinzessin hatte die Fähigkeit erworben, sich lautlos durch den Wald zu bewegen. Sie konnte ein Schatten zwischen Schatten werden und hinterließ auf der Pirsch nicht mehr Spuren als ein sanfter Windhauch, der durch den Wald strich. Gishild hatte gelernt, still wie ein Stein zu verharren und zu warten. Sie hatte die Geduld einer Jägerin erworben, obwohl sie immer das Gefühl hatte, dass sie mit nichts, was sie tat, auch nur annähernd an ihre Lehrmeisterin heranreichte. Silwyna sprach nie von der Vergangenheit. Der einzige Weg, mit ihr klarzukommen, bestand darin, mit aller Kraft zu versuchen, ihre Forderungen zu erfüllen. Nie hatte Gishild eine so strenge Lehrerin gehabt. Noch bevor sie auch nur eine Woche mit Silwyna verbracht hatte, hatte sie sich nach der Ruhe in Ragnars Bibliothek zurückgesehnt. Zugleich erfüllte die Prinzessin aber auch ein tiefer Stolz, von Silwyna als Schülerin ausgesucht worden zu sein. Sie setzte all ihren Ehrgeiz daran, Silwyna gerecht zu werden, und hatte doch ständig das Gefühl zu versagen. Kein Mensch konnte es einem Elfen gleichtun, egal was er versuchte. Sie waren immer besser. Wo Menschen nur wenige Jahre blieben, sich in ihrem Leben zurechtzufinden, da verfügten Elfen über die Erfahrung von Jahrzehnten, ja sogar von Jahrhunderten.

Dass Silwyna einst ihren Ahnherrn Alfadas gekannt hatte, fand Gishild unheimlich. Es war widernatürlich, so alt zu sein! Ihr Vater kam Gishild schon unglaublich alt vor, dabei zählte sein Leben nur etwas über dreißig Sommer. Das Leben der Elfe aber dauerte schon mehr als tausend Jahre.

Silwyna erwiderte ihren Blick und schüttelte sanft den Kopf. Die Elfe gab ihr den Befehl, sich nicht von der Stelle zu bewegen. Oder hatte ihr Kopfschütteln eine andere Bedeutung?

Die Ritter verharrten mit gezogenen Schwertern. Sie machten keine Anstalten anzugreifen. Wollten sie ihren Vater und seine Gefolgsleute dazu verleiten, den Kampf zu eröffnen? War das ihre verdrehte Art, sich letztlich doch noch an ihr Wort zu halten? Sie könnten sagen, dass sie den Kampf nicht begonnen hätten. Es seien die Heiden gewesen, die den Waffenstillstand gebrochen hätten.

Gishild blickte wieder zu ihrer Lehrerin. Silwyna sah sie unverwandt an. Die Prinzessin beschloss, der Weisheit einer Frau von zehn Jahrhunderten zu trauen. Sie selbst war gerade einmal elf Jahre. Ihr Blick fiel wieder auf Silwyna. Sie waren so fremd, die Elfen, auch wenn sie rein äußerlich den Menschen ähnelten.

Die Prinzessin hatte gehört, wie Krieger einander erzählten, dass einige Elfen zu silbernem Licht vergingen, wenn sie tödlich verwundet wurden. Manchmal stellte Gishild sich vor, dass die Elfen wie der Atem des Waldes waren. Die Brise, die durch die Bäume strich. Ewig. Unantastbar. Eine Naturgewalt.

In die Reihe der Ritter kam Bewegung. Der Wall aus lebendem Stahl teilte sich. Zwei Reiter erschienen: Ein alter Mann mit ausgezehrtem Gesicht und einem von Silberfäden durchzogenen Bart; neben ihm ritt eine Frau mit kurzen blonden Haaren. Eine blasse Narbe zerteilte ihre rechte Augenbraue und ihre Wange. Auf der Brustplatte ihrer Rüstung schimmerte emailliert das Wappen der roten Eiche. Es sah aus wie frisch vergossenes Blut. Eine Wunde, die ihre Brust zerteilte ... Die Frau hatte traurige Augen, fand Gishild. Sie wirkte auf eine Art verletzt, die die junge Prinzessin nicht in Worte zu fassen vermochte. Zugleich hatte die Ritterin etwas von einer in die Enge getriebenen Schneelöwin an sich. Sie schwang sich so anmutig aus dem Sattel, als trage sie nur ein leichtes Jagdgewand und keine schwere Rüstung. Wie eine Katze bewegte sie sich, dachte Gishild. Ob sie wohl auch so launisch war?

Ihr Begleiter war kein Krieger. Er trug eine schlichte blaue Kutte. Kein Schwert war um seine Hüften gegürtet. Seine Hände waren lang und schmal, als habe er an keinem einzigen Tag seines Lebens schwere Arbeit verrichten müssen.

Gishild achtete auf jede Kleinigkeit, ganz wie ihre Lehrerin Silwyna es ihr beigebracht hatte.

Die Kriegerin bewegte sich mit selbstbewusstem Stolz. Jede ihrer Gesten war eine Herausforderung. Noch bevor die beiden auch nur ein Wort gesagt hatten, wusste Gishild, dass sie nicht gekommen waren, um über Frieden zu verhandeln. Ihre Angst kehrte zurück. Sie sah zu den Rittern mit den gezogenen Schwertern. Das bösartige Spiel, das die Ordensritter mit ihnen treiben wollten, hatte gerade erst begonnen.

Der alte Mann an der Seite der Ritterin wirkte müde. Sein Gesicht war von Wind und Sonne gezeichnet. Es war lang und schmal, ein Eindruck, der durch den Bart und die hohe Stirn des Alten noch verstärkt wurde. Er schien sein ganzes Leben auf Feldzügen verbracht zu haben. Der Kampf um Drusna hatte bereits kurz nach der Geburt ihres Vaters begonnen, so hatte Gishild es in ihren vielen Geschichtsstunden gelernt. Mehr als dreißig Jahre währte er nun! Seit dieser Zeit war das Land der tausend Wälder Stück um Stück an die Ordensritter verloren gegangen.

Die Ritterin betrachtete mit unverhohlenem Abscheu das Gefolge, das sich um den König des Fjordlands scharte. Gishild war wütend auf diese Frau. Sie versuchte, das Gefühl zu beherrschen, denn Silwyna hatte sie Hunderte Male belehrt, dass Wut blind machte und damit zur Waffe ihrer Feinde wurde. Ihre Feinde wollten, dass sie wütend waren. Das schien Teil ihrer Pläne zu sein.

Als Gishild in die Gesichter der Männer rings um ihren Vater blickte, erkannte sie, dass die Ordensritter dabei waren, eine weitere Schlacht zu gewinnen. An der Schläfe Alexjeis, des Anführers der Schattenmänner und des geachtetsten Bojaren Drusnas, pochte eine dicke Zornesader. Seine Hände waren über den lederumwickelten Griff der Zweihandaxt gefaltet, auf die er sich so provozierend lässig aufstützte, dass jeder, der durch Silwynas Schule gegangen war, die Anspannung des Kriegers bemerken musste.

Ähnlich wie Alexjei standen sie alle dort, die Jarle, die ihrem Vater dienten, und die letzten freien Bojaren Drusnas, die den Kampf gegen die Ordensritter noch nicht aufgegeben hatten. Und allen sah Gishild die kaum beherrschten Gefühle an.

Besonders deutlich war das auch bei den Leibwächtern, den Mandriden. Sie standen zwar still, aber ihre Köpfe bewegten sich ruckartig, wie die von Vögeln. Sie versuchten alles im Auge zu behalten. Nur ihr Hauptmann, Sigurd Swertbrecker, wirkte etwas ruhiger. Der große, dunkelhaarige Krieger hatte Frau und Tochter in den Kämpfen um Drusna verloren. Für ihn hatte der Tod keinen Schrecken mehr.

DAS GESCHENK DER ORDENSRITTER

Der Priester und die Ritterin, sie waren die Gesichter, die hinter dem nicht enden wollenden Krieg um die Wälder, Seen und Moore des freien Drusna standen. Den Südwesten des Landes hatten sie in langem Ringen erobert, aber die an das Fjordland grenzenden Fürstentümer leisteten immer noch erbitterten Widerstand. Pater Charles, der Erzverweser Drusnas, war der Kirchenfürst, der die Geschicke des besetzten Landesteils lenkte. Die Komturin Lilianne de Droy war sein Schwert; sie befehligte das Heer der Tjuredkirche in Drusna. Sie galt als verschlagen und ausdauernd, und selbst ihre Feinde billigten ihr zu, dass sie tapfer war, zumal sie ihre Truppen von der Spitze her führte und nicht von einem sicheren Feldherrenhügel aus.

Fürstentum um Fürstentum hatte die Komturin in den letzten Jahren das freie Drusna an sich gerissen. Sie hatte die Wende in diesem schier endlos währenden Krieg gebracht, und überall in den Wäldern, an den Seen und Flüssen erhoben sich nun die roten Ziegelburgen der Neuen Ritterschaft. Wie Pilze schossen sie aus dem Boden, und so wie Pilzkreise mit jedem Jahr, das verstrich, ein wenig größer wurden, so wuchs auch das Land, das im Bann der roten Ordensburgen lag.

Stolz sah Gishild, wie ihr Vater anders als Alexjei und die anderen Edlen trotz aller Provokationen ruhig blieb, als der Erzverweser und die Komturin vor ihn traten, um über eine Waffenruhe für den kommenden Herbst und Winter zu verhandeln.

»Wir haben ein Geschenk für die Bojaren«, begann die

Komturin, ohne auch nur durch ein leichtes Kopfnicken eine Begrüßung anzudeuten.

Gishild verhielt sich auch manchmal so, wenn sie mit schlechter Laune erwachte. Manchmal war man eben nicht in der Stimmung, es allen recht zu machen. Die Prinzessin wusste allerdings nur zu gut, wie überaus ungehörig ein solches Verhalten war. Und es brachte einem Ärger ein. Der Ritterin schien der Ärger egal zu sein. Darin ähnelte sie Silwyna.

»Darf ich unsere Gabe für die Edlen Drusnas bringen lassen?«, fragte Lilianne.

Der König blickte kurz zu Alexjei, dann nickte er.

Die Komturin winkte den Rittern am Rand der Lichtung zu, und die stählerne Mauer teilte sich erneut. Vier kräftige Männer trugen einen Tisch heran, auf dem ein Stundenglas stand, gefüllt mit dunkelrotem Sand.

Die Männer stellten schweigend den Tisch ab und zogen sich wieder zurück.

Gishild reckte sich neugierig vor. Sie spürte, wie sich die Hand ihrer Mutter fester um ihre Schulter schloss. Am liebsten wäre die Prinzessin näher an den Tisch herangetreten. Das Stundenglas war aus Gold und Kristall gefertigt. Ein verschnörkelter Schriftzug schmückte die obere Kante: **Das Land der Fjorde.** Silwyna hatte Gishild Schrift und Sprache der Ordensritter gelehrt. Die Elfe legte großen Wert darauf, dass sie ihre Feinde kannte.

Alexjei schnaubte wie ein gereizter Stier. Er trat vor den Tisch mit den Walbein-Intarsien. Erst jetzt bemerkte Gishild den Schriftzug an der Unterseite des Stundenglases. Die Buchstaben standen auf dem Kopf. *Drusna* war dort geschrieben.

»Glaubst du, die Zeit für mein Volk sei abgelaufen, Mannweib?« Er packte das Stundenglas, drehte es um und knallte es auf den Tisch. »Ein entschlossener Mann versteht es, sein Schicksal umzukehren.«

Gishild nickte. Das war eine gute Antwort!

Doch ihre Freude währte nur einen Augenblick. Der Sand rann nicht durch die Engstelle im Glas. Ein Raunen ging durch die Reihen der Bojaren und Jarle.

»Das ist ein Zeichen Luths«, hörte sie jemanden flüstern.

»Nun, wie es scheint, sind manche Dinge unumkehrbar«, sagte Lilianne kühl.

Yulivee trat neben Alexjei. Spott lag in ihrem Blick. »Ich sehe hier kein Omen, sondern lediglich ein Beispiel schlechter Handwerksarbeit. Dabei lobt man die Werkstätten eurer Klöster doch gemeinhin in den höchsten Tönen.« Sie sah Lilianne schmunzelnd an. »Oder sollte etwa Absicht dahinterstecken? Haben wir es mit mehr zu tun als mit einem winzigen Steinchen, das der Aufmerksamkeit deiner Ordensbrüder entgangen ist?«

Die Ritterin hielt dem Blick der Elfe stand, antwortete jedoch nicht.

Yulivee strich mit der Hand über das Kristallglas, flüsterte ein Wort der Macht, und der Sand begann durch die Enge zu rieseln. »Mir scheint, ein Kristallsplitter ist an die falsche Stelle geraten, sodass der Sand nur in eine Richtung fließt«, sagte sie mit einem spitzbübischen Lächeln. »Daran sollte nicht das Schicksal eines Königreiches hängen, nicht wahr?«

»Und mir scheint es so, als würde nun die Zeit für das Fjordland ablaufen«, entgegnete der Erzverweser Charles. »Was dem einen nutzt, ist oft des anderen Schaden.«

»Seid ihr gekommen, um mit uns über den Frieden für den kommenden Winter zu reden?«, fragte der König. »Oder hattet ihr lediglich vor, einen Schabernack mit uns zu treiben, weil ihr glaubt, es mit dummen Heiden zu tun zu haben?«

Ihr Vater sprach in einem Tonfall, den Gishild gut kannte. So redete er mit ihr, kurz bevor es ein Donnerwetter setzte.

»Wir bieten euch einen Frieden von fünfzig Jahren, wenn ihr es aufgebt, für die verlorene Sache Drusnas zu kämpfen.«

Alexjei wurde bleich. Jeder wusste, wie hoch der Blutzoll war, den das Fjordland in den endlosen Kämpfen entrichtete. Der Krieg um Drusna zehrte das Königreich aus. Er verschlang die Schätze vergangener Jahrhunderte und die besten unter den Kriegern. Gäbe es nicht die Hilfe aus Albenmark, so hätte das Königreich schon lange um Frieden bitten und Drusna im Stich lassen müssen.

»Sagt euer heiliger Clemens nicht, dass ein Wort, das man einem Heiden gibt, niemals verbindlich ist, selbst wenn ein Schwur in Tjureds Namen geleistet wurde?«

»Und der heilige Sulpicius schreibt, dass, wer wissentlich falsches Zeugnis im Namen des Herrn ablegt, und sei es selbst gegen einen Heiden, dem Werk Gottes größeren Schaden zufügt, als es tausend mal tausend Ungläubige in tausend mal tausend Jahren zu tun vermögen«, entgegnete der Erzverweser in ernsthaftem Ton. »Gebt es auf, für eine verlorene Sache zu kämpfen. Von den siebzehn Fürstentümern Drusnas haben wir zwölf besetzt. Auch die letzten fünf werden fallen. Ihr könnt das nicht verhindern. Ihr müsst nur in die Chroniken blicken, um zu wissen, dass jeder Krieg, der im Namen Tjureds geführt wurde, letztlich von seinen Dienern gewonnen wurde. Ich bin ermächtigt, euch allen einen ehrenhaften Frieden zu bieten. Jeder Fürst Drusnas, der dem Heidentum abschwört, wird all seine Güter behalten. Und wer dies nicht tut, dem sichern wir ein ehrenvolles Geleit ins Fjordland zu. Ich biete euch das Leben statt Qualen und Tod.«

Trotz aller Geschichten, die man sich über die Tjuredpriester erzählte, glaubte Gishild dem alten Mann. Er wirkte durch und durch aufrichtig auf sie. Aber ihr Vater konnte nicht auf das Angebot eingehen. Zu viele Jahre kämpften sie nun schon mit den Recken Drusnas Seite an Seite. Sie konnten sie nicht verraten, auch wenn sie des Kämpfens längst müde geworden waren.

Gishild blickte zu ihrem Vater. Sie wusste, dass er nach einem Weg zum Frieden suchte, obwohl von seinem Gesicht nicht abzulesen war, was er dachte. Die Prinzessin sah zur Ritterin hinüber. Auch Lilianne vermochte ihre Gedanken wohl zu verbergen.

Die Verbündeten aus Albenmark schwiegen. Sie würden niemals Frieden mit den Tjuredpriestern schließen. Die Kirche sah in ihnen das Fleisch gewordene Böse. Elfen, Trolle, Kobolde und all die anderen Geschöpfe der verborgenen Reiche jenseits der Albensterne waren für sie die Verderber der Welt, die Mörder der Heiligen. Die Priesterritter hatten geschworen, Albenmark zu vernichten. Sie glaubten, ihr Gott habe ihnen diese heilige Pflicht auferlegt. Sie waren so dumm! Im Fjordland wusste jedes Kind, dass es mehr als nur einen Gott gab!

»Bald bricht der Sturm los.« Ihr Vater ließ seine Worte einen Augenblick wirken.

Zum ersten Mal erschien Gishild die Anführerin der Ordensritter unruhig. Sie blickte zurück zu ihren Kriegern.

Gunnar deutete zu der schwarzen Wolkenbank über dem westlichen Wald. »Der Himmel verfinstert sich zusehends. Ich habe eine Scheune vorbereiten lassen, um dort die Verhandlungen fortzuführen. Doch eins sollt ihr gleich wissen. Wir werden unsere Freunde aus Drusna nicht verraten. Falls ihr kein besseres Angebot zu machen habt, werden die Kämpfe fortdauern. Unser Waffenstillstand endet dann morgen zur Mittagsstunde. So habt ihr genug Zeit, euch aus dem von uns beherrschten Waldgebiet zurückzuziehen.«

Der alte Priester sah die Komturin mit einem Stirnrunzeln an.

Gishild wusste, dass ihr Vater und seine Verbündeten dieses Waldstück keineswegs beherrschten, aber ihre Feinde waren sich ihrer Übermacht augenscheinlich nicht sicher. Es waren nicht die Menschen, die sie fürchteten. Es waren die Albenkinder und ihre Magie.

»Wir würden euch Gold und das Monopol im Bernsteinhandel bieten wenn ...«, begann der Erzverweser Drusnas.

»Haltet ihr uns für Huren, die für Gold und schöne Worte jedermann zu Willen sind?« Gunnar erhob nicht die Stimme, während er sprach, doch seine Augen waren hart geworden. »Wenn das alles ist, sind wir fertig miteinander.«

»Ihr missversteht ...«

»Was war an diesem Angebot falsch zu verstehen?«, zischte Alexjei. »Ihr wolltet unsere Freunde aus dem Fjordland kaufen. Ihr wolltet ...«

Gunnar legte dem Bojaren die Hand auf den Arm. »Genug.« Er sah zum Erzverweser. »Gibt es noch mehr zu besprechen?«

Der Priester lächelte warmherzig. »Zunächst einmal gilt es wohl einige Missverständnisse auszuräumen. Wir alle haben den langen Ritt in dieses verlassene Dorf doch nicht etwa auf uns genommen, um uns nun so zu trennen. Reden wir miteinander, und ich bin sicher, die Vernunft wird siegen. Ein Krieg ist die schlechteste aller Lösungen. Wenn wir alle es wirklich wollen, werden wir gewiss einen besseren Weg finden.«

Gishild bemerkte die Traurigkeit in den Augen ihres Vaters; so sah er sie an, wenn sie ihm etwas versprach und sie beide wussten, dass sie sich nicht daran halten würde. Plötzlich bekam sie Angst. Er durfte jetzt nicht mit der Ritterin und dem Priester gehen! Manchmal hatte sie Ahnungen, bevor etwas Schlimmes geschah. Und viel zu oft erfüllten sich ihre Ängste. Ihr Vater lachte darüber. Silwyna nicht.

»Ich muss zu ihm!«

Mutters Griff schloss sich fester um ihre Schultern. »Das geht jetzt nicht.«

»Er darf nicht mit ihnen in die Scheune!«

Ihre Mutter hielt sie jetzt mit beiden Händen. »Du kannst ihnen nicht einfach nachlaufen, Gishild! Du hättest gar nicht hier sein sollen. Es wird ein schlechtes Licht auf deinen Vater werfen, wenn ihm ein Kind hinterherläuft. Was ist denn los mit dir?«

»Wir dürfen hier nicht bleiben ….« Sie konnte nicht in Worte fassen, was sie fühlte. Hilflos blickte sie zu ihrer Mutter auf. »Wenn wir jetzt sofort gehen, dann wird alles gut werden, sonst … Etwas Schlimmes wird geschehen. Ich weiß es!«

»Dein Vater kann die Friedensverhandlungen nicht beenden, weil du ein schlechtes Gefühl hast. Wie stellst du dir das vor? Er würde sein Gesicht verlieren, wenn er auf die Ängste eines kleinen Mädchens hörte.«

Gishild wusste, dass ihre Mutter recht hatte. Aber sie wollte nicht einfach hinnehmen, dass ihr Vater sich in Gefahr begab. In ihrem Bauch war eine Kälte wie damals, als sie die Wette mit ihrem jüngeren Bruder Snorri gewonnen hatte und es schaffte, drei Schneebälle zu essen. Diese Kälte kam jedes Mal, wenn sie ihre Ahnungen hatte. Und sie hatte immer recht … Fast immer …

Ihr Vater lachte laut und herausfordernd. Gishild hatte nicht gehört, was er mit den Männern in seiner Umgebung besprochen hatte. Selbst der Erzverweser lächelte. Auf die Prinzessin wirkte das alles falsch. Die Ordensritter waren ihre Todfeinde! Jeder von ihnen hatte bei seinem Leben geschworen, das Heidentum zu vernichten. Mit diesen Männern konnte man nicht verhandeln. Und lachen sollte man mit ihnen schon gar nicht. Wenn diese Mörder mit ihrem Vater gemeinsam lachten, dann bestimmt nur, weil sie an Verrat dachten.

Lilianne winkte den Rittern am Waldrand. »Löwen- und Drachenlanze absitzen! Folgt mir!«

Mit Getöse schoben die Ritter ihre Schwerter in die Scheiden und stiegen von ihren Schlachtrössern. In ihren Rüstungen wirkten sie unbeholfen; sie bewegten sich steif und ohne Anmut. Waffenknechte, die aus dem Schatten der Bäume traten, brachten ihnen kurze Speere mit breitem, langem Stichblatt. Andere Reiter lösten die Rabenschnäbel, die von ihren Sattelbäumen hingen. Diese Waffen, die wie Hämmer aussahen, endeten in einem gekrümmten Dorn, mit dem man jeden Helm und jede Panzerplatte durchschlagen konnte. Scheppernd marschierten die Ritter in Richtung der halb verfallenen Scheune, in der die Verhandlungen fortgesetzt werden sollten.

Das Holz der Scheune war schwarz vom Alter. Über die größten Löcher im Dach hatte ihr Vater Segeltuchplanen spannen lassen. Ein Tor hing schief in den Angeln. An den Seitenwänden waren etliche Bretter eingedrückt und zersplittert. Manche Löcher in den Wänden waren groß wie Türen. So konnte man von überallher im Dorf ins Innere der Scheune blicken.

Schweigend bezogen die Ordensritter Posten an den Durchbrüchen. Einige von ihnen folgten der Komturin und dem Erzverweser ins Innere.

Die Kälte in Gishilds Bauch griff nach ihrem Herzen. Das Mädchen begann zu zittern.

»Komm«, sagte ihre Mutter und zog sie dichter zu sich heran. »Wir werden in unser Zelt gehen. Bevor sie eine Entscheidung treffen, wird Gunnar zu uns kommen und uns alles erzählen, was besprochen wurde. Dann kannst du ihm von deinen Sorgen berichten. Nur jetzt ist nicht die rechte Zeit dazu. Verstehst du das?«

Gishild hasste es, wenn Mutter sie so behandelte. Sie war schließlich kein einfältiges Kind.

Eine Sturmböe ließ das Laub des Waldes mit tausend Stimmen flüstern. Auf dem Giebel der Scheune drehte sich knarrend eine alte Wetterfahne.

Silwyna war verschwunden. Gishild hatte sie nicht zur Scheune gehen sehen. Ob wohl auch die Elfe ein nahes Unheil spürte?

König Gunnar hatte sich an die Absprache gehalten und war nur mit hundert Kriegern und Edlen zu dem verlassenen Dorf gekommen. Aber wie viele Ordensritter und Söldner mochten sich wohl im dichten Wald verstecken?

Die Prinzessin rieb sich fröstelnd die Arme. Der plötzliche Wind vertrieb die drückende Sommerhitze aus dem Walddorf. Eine Schar Tauben erhob sich aus dem Gebälk eines eingestürzten Stalls und flog in weitem Bogen über ihnen hinweg.

Ein erster Regentropfen streifte Gishilds Gesicht. Wie eine Träne lief er ihre Wange hinab. Sie sollte bei ihrem Vater sein! Sie würde ihn nie wiedersehen! Da war sie sich plötzlich ganz sicher! Sie hörte ihn lachen. Nun rannen echte Tränen über ihre Wangen. Sie schluchzte nicht. Sie hatte gelernt, ihre Gefühle zu beherrschen. Fast … Nur die Tränen vermochte sie nicht zurückzuhalten.

Ihre Mutter schob sie vor sich her zu dem großen Zelt am anderen Ende des Dorfes. Es war nur für die Königin und ihre Damen errichtet worden. Der scharlachrote Stoff bäumte sich im Wind auf. Wie ein großes, schlagendes Herz sah er aus, dachte Gishild unwillkürlich. Das Herz des Fjordlands, herausgeschnitten und achtlos in einen Wald in der Fremde geworfen.

DER KUSS DER SILBERZUNGE

Das Trommeln des Regens war leiser geworden und das traurige Flötenspiel verklungen. Nur eine einzelne Laterne mit Wänden aus dickem, blauem Glas tauchte das Innere des Frauenzeltes in magisches Licht.

Gishild streckte sich und sah sich blinzelnd um. Den Kopf auf den Schoß ihrer Mutter gebettet, war sie eingeschlafen. Sie hatte nicht bemerkt, wie Roxanne sie aufgehoben hatte, um sie zu einem bequemeren Lager zu bringen. Die Königin und ihre Hofdamen hatten sich ebenfalls schlafen gelegt.

Die Prinzessin lauschte auf den Atem der Frauen. Eine große Feuerschale stand in der Mitte des Zeltes und strahlte wohlige Wärme ab. Von den Holzscheiten war nur mehr dunkle Glut geblieben. Das Mädchen spürte noch immer eine eisige Kälte in ihrem Bauch. Das Gefühl nahen Unheils war überwältigend. Sie musste etwas unternehmen!

Hastig streifte sie ihr Kleid über den Kopf. Vater war nicht gekommen. Also musste sie zu ihm gehen, ganz gleich, was die Edlen und die verfluchten Ordensritter von ihm dachten. Gishild hatte das sichere Gefühl, dass er auf sie hören würde.

Sie schlich zu der Truhe, in der Mutter die Kleider verwahrte, und legte die dunkle Lederhose an, die sie bei ihren Ausritten mit Silwyna trug. Das schwarze Hemd, das ihr die Elfe im letzten Frühjahr geschenkt hatte, musste sie eine Weile suchen. Von dem dichten Stoff perlte der Regen ab; es war genau richtig für diese ungemütliche Nacht. Rasch schlüpfte sie in ihre Hirschlederstiefel mit den langen Fransen.

Am Eingang zum Zelt standen immer einige Wachen, wusste Gishild. Ganz zu schweigen von diesen verdammten Bärenbeißern, die auf sie abgerichtet waren! Die Hunde streiften frei durchs Lager, und die Mistköter würden ein fürchterliches Gekläffe veranstalten, wenn sie auch nur einen Fuß vor das Zelt setzte. Gishild tastete nach der Flöte, die ihr Yulivee geschenkt hatte. Ein Stück Freiheit war sie. Das Mädchen lächelte versonnen. Die verdammten Hunde würden dafür büßen, wie sie mit ihr umgesprungen waren. Sie hob das Mundstück an die Lippen und blies in die Flöte, dass ihr fast die Wangen platzten. Kein Ton war zu hören. Jedenfalls nicht im Zelt. Draußen aber erklang ein jämmerliches Gewinsel. Wie frisch geborene Welpen hörten sie sich jetzt an, die wilden Biester! Sie wimmerten und machten sich mit eingezogenen Schwänzen davon.

»Was ist mit den verfluchten Kötern los?«, rief eine der Wachen.

Gishild grinste jetzt breit. Auch die Krieger vor dem Zelt waren jetzt abgelenkt. Sie hörte Rufe und leise Flüche. Yulivees Flöte hatte ein wahres Wunder bewirkt!

Auf Zehenspitzen schlich Gishild zu einer Seitenwand.

Das Frauenzelt hatte einen Holzboden, der es vor Feuchtigkeit und Kälte schützte. Die Dielen knarrten leise unter den Füßen des Mädchens.

Vorsichtig durchtrennte die Prinzessin mit ihrem Jagddolch eines der Spannseile, das zwei Zeltbahnen miteinander verband. Dann schob sie die feuchte Plane hoch und glitt hinaus. Reglos verharrte sie im Schlamm. Kälte drang durch ihre Hose und fraß sich in ihre Glieder. Wolken standen vor dem Mond. Ein böiger Wind ließ den Wald mit tausend Stimmen flüstern.

Gishild wartete lange und beobachtete die Wachen im verfallenen Dorf. Etliche Männer liefen den Hunden hinterher. Doch es waren einfach zu viele Krieger! Es wäre unmöglich, unbemerkt an ihnen vorbeizukommen.

Das Mädchen fluchte stumm. Dann entschied sie, hinter dem Zelt in den Wald zu schleichen. Sie wollte einen weiten Bogen schlagen und versuchen, von der anderen Seite ins Dorf einzudringen. Dort standen die Wachen der Ordensritter. Die waren nicht von Elfen ausgebildet worden. Die Aussichten, unbemerkt durch ihre Reihen zu schlüpfen und bis zur Scheune zu gelangen, waren sicher besser.

Tief gebeugt schlich Gishild zu den Bäumen. Zwischen den dunklen Stämmen angelangt, atmete sie auf. Hier fühlte sie sich fast unsichtbar. Silwyna hatte sie gelehrt, eins zu werden mit dem Wald, mit den Schatten zu verschmelzen und das leise Geräusch der eigenen Schritte, den Herzschlag und das Atmen zwischen den Stimmen des Waldes zu verbergen. Die Prinzessin bewegte sich mit dem Wind, der das schwere Laubdach über ihr zu einem tausendstimmigen Chor werden ließ.

Auch hier, zwischen den Bäumen verborgen, gab es einzelne Wachen ihres Vaters. Aber sie verstanden es nicht so wie sie, vom Wald in sich aufgenommen zu werden. Sie blieben Fremde, die leicht zu erkennen waren, auch wenn sie sich hinter einen Stamm duckten. Mal verriet sie ein Funkeln im Mondlicht, weil sie ihre Waffen nicht sorgfältig geschwärzt hatten, ein andermal die Tatsache, dass sie still standen, während sich alles im Wald unter einer plötzlichen Sturmbö bewegte.

Dass sie sich der Postenkette der Ordensritter näherte, bemerkte sie zuerst daran, dass sich fremde Gerüche unter den Atem des Waldes mischten. Da war der Duft von Schweinefett, mit dem sie Rüstungen und Waffen einrieben, um sie vor Rost zu schützen, der Schwefelgestank ihrer Pulverwaffen und ein Hauch von kaltem Rauch, der den Mündungen der Pistolen und Arkebusen selbst dann noch anhaftete, wenn sie tagelang nicht abgefeuert worden waren.

Gishild verharrte. Mit all ihren Sinnen suchte sie die Wachen. Hier, am Übergang zwischen den Postenketten der verfeindeten Parteien, war die Gefahr am größten, entdeckt zu werden. Die Wachen waren hier ganz bei der Sache, und es gab doppelt so viele von ihnen wie weiter hinten.

Gishild tauchte ihre Hände in den dunklen Schlamm zwischen den Wurzeln einer Eiche und schmierte sich die Erde ins Gesicht. Nur das Weiß ihrer Augen würde sie jetzt vielleicht noch verraten. Sie schloss die Lider halb und duckte sich. Unter einem Haselbuschdickicht fand sie einen Pfad, den wohl gelegentlich ein Dachs benutzte. Dort zwängte sie sich entlang, vor den Blicken verborgen.

Ganz nahe hörte sie plötzlich zwei Stimmen. Ihr Klang war fremd. Die Geräusche des Waldes verschluckten die Worte. Leises Lachen folgte, Sporen klirrten. Durch das Dickicht sah sie Reiterstiefel mit steifer Stulpe.

Der Wind hielt den Atem an. »Die Dunkelhaarige mit

dem kleinen Mädchen würde ich nicht von der Bettkante stoßen.«

Ein Grunzen war die Antwort.

Gishild wagte kaum zu atmen.

»Es heißt, sie sei eine entlaufene Sklavin«, fuhr die Stimme fort. »Was glaubst du, wie es so eine ins Bett eines Königs geschafft hat?«

Gishild hätte dem Mistkerl am liebsten ihren Dolch in den Knöchel gestoßen. Bei Hof wagte es niemand, so von ihrer Mutter zu sprechen! Ja, sie war eine Fremde. Man hätte blind sein müssen, um das nicht zu bemerken. Mit ihren schwarzen Haaren und dem goldenen Schimmer ihrer Haut unterschied sie sich von den anderen Frauen bei Hof wie eine Rose von einer Kornblume. Eine Sklavin war sie bestimmt nicht gewesen. Wie hätte eine Sklavin Königin sein können …

Die Schritte der Wachen schmatzten im dicken Schlamm. Sie entfernten sich, und ihre Worte wurden erneut zu unverständlichem Murmeln.

Gishild wartete. Sie lauschte auf den Wind und wollte die Worte vergessen, doch sie waren wie mit einem glühenden Eisen in ihr Gedächtnis gebrannt. Wie kamen diese Mistkerle dazu, ihre Mutter eine entlaufene Sklavin zu nennen!

Ein junger Fuchs, der ein Stück entfernt unter einer entwurzelten Esche hervorsprang und eilig davoneilte, schreckte sie aus ihren Gedanken. Sie durfte sich nicht gehen lassen!

Gishild atmete tief ein und ganz langsam wieder aus. Sie musste ihre Gedanken leeren, so wie sie es von Silwyna gelernt hatte. Sie war jetzt in dem Waldstück, in dem die Wachen des Feindes umherstreiften. Sie konnte es sich nicht leisten, dummen Grübeleien nachzuhängen! All ihre Sinne mussten wach und scharf sein. Ihr Vater würde vor Scham im Boden versinken, wenn man sie schmutzbeschmiert als einen Spitzel, der hinter den gegnerischen Linien aufgegriffen worden war, in die Scheune brachte. Einen solchen Triumph durfte sie ihren Feinden nicht verschaffen.

Zum ersten Mal kam Gishild der Gedanke, dass es vielleicht doch keine so gute Idee gewesen war, sich hierherzuschleichen. Aber ihre dunkle Ahnung wurde immer bedrängender. Ein Unglück stand unmittelbar bevor. Sie alle sollten gehen und sich von diesen verfluchten Rittern fernhalten!

Ein Schaudern überlief sie. Sie musste es schaffen, zu ihrem Vater zu gelangen. Vielleicht sollte sie einfach frech durch die Reihen der Wachen schlendern. Die Ordensritter konnten schließlich im Gegensatz zu den Leibwächtern ihres Vaters nicht den Befehl haben sie aufzuhalten. Diese Blechköpfe kannten sie nicht. Und einem Mädchen, das überzeugend behauptete, eine Prinzessin des Fjordlands zu sein, würden sie gewiss nichts zu Leide tun. Gishild grinste zufrieden. Das war es! Sie war sicher, dass sie damit durchkommen würde. Genauso sicher war sie, dass es danach ein gehöriges Donnerwetter geben würde. Aber das ließ sie gern über sich ergehen, wenn sie es nur schaffte, zu ihrem Vater zu gelangen.

Das Mädchen schob sich unter dem Haselbuschdickicht hervor. Ihr war kalt. Ihre Kleider waren nass vom Schlamm. Wahrscheinlich sah sie fürchterlich aus, und obendrein hatte sie das Gefühl, etwas Wichtiges außer Acht zu lassen. Eine Kleinigkeit ... eine Warnung ...

Ganz langsam wagte sie sich vor, schmiegte sich an das Wurzelwerk alter Eichen. Kauerte im Chaos gestürzter Stämme am Rand eines Windbruchs. Die große Scheune war nur noch hundert Schritt entfernt. Goldenes Licht drang durch die großen Löcher in den maroden Holzwänden. Die Gestalten im Inneren waren nur Schattenrisse. Einmal glaubte Gishild, ihren Vater zu erkennen. Einen Augenblick lang würde sie noch beobachten, was geschah, und dann würde sie einfach auf die nächsten Wachen der Ritter zugehen.

Der flüchtende Fuchs! Die Erkenntnis überkam Gishild wie ein Blitzschlag. Was hatte ihn aufgescheucht? Hinter dem riesigen Haufen aus geborstenen Stämmen machte es keinen Sinn, Wachen zu haben. Von dort ließ sich das Dorf nicht einsehen. Außerdem konnte man über den Windbruch nicht hinwegklettern. Sollte ein Hinterhalt geplant sein, dann war er wie ein Festungswall. Dort kam einfach niemand hindurch. Was aber hatte den Fuchs aufgeschreckt, wenn dort hinten niemand sein sollte? Was lauerte im Wald? Wenn sie das herausfand, dann entdeckte sie vielleicht, welche Gefahr ihnen drohte. Aber ihre Suche im Wald würde sie vom Weg abbringen. Zögernd sah sie noch einmal zur Scheune hinüber. Wie eine Heldin aus den alten Sagen würde sie sein, wenn sie entdeckte, was dort lauerte. Und man würde sie selbstverständlich zum Kriegsrat mitnehmen und nicht im Zelt der Frauen einsperren! Sie malte sich aus, wie die fahrenden Geschichtenerzähler auf den Märkten Tafeln mit ihrem Bildnis aufhängten und davon berichteten, wie Gishild Gunnarsdottir ihren Vater und die Bojaren Drusnas gerettet hatte. Alle würden ihren Namen im Munde führen ...

Sorgfältig auf ihre Deckung achtend, schlich sie am Windbruch entlang, duckte sich in dunkle Höhlen aus dürrem Geäst und welkem Laub, wenn sie fürchtete, dass Posten sich näherten. Es war leicht, den Rittern zu entgehen. Und sie hatten erstaunlich wenige Wachen in diesem Waldabschnitt. Offenbar fühlten sie sich ganz sicher.

Es dauerte nicht lange, bis Gishild auf die Rückseite des Windbruchs kam. Neugierig spähte sie ins Dunkel. Was war hier? Was hatte den Fuchs aufgescheucht? Vielleicht nur ein Luchs?

Die Prinzessin entdeckte einen schmalen Trampelpfad. Ein geknickter Farnwedel verriet ihr, dass dort jemand entlanggekommen war. Jemand, der sich sehr vorsichtig bewegte! Sie musste eine ganze Weile suchen, bis sie am Rand einer Pfütze einen schmalen Fußabdruck fand. Die Spur war noch frisch.

Gishild duckte sich ins Farnkraut. Witternd wie ein Raubtier sog sie die Luft ein. Der Geruch nach Waffenfett war verschwunden. Sie roch nur noch den Wald. Schlamm, feuchtes Laub vom Vorjahr. Wenig Mondlicht drang durch das dichte Geäst. Hier und da stach es in silbernen Bahnen zum Farnkraut hinab. Es ließ den Wald mit seinen düsteren Baumstämmen wie eine riesige Tempelhalle erscheinen. Wie einen feierlichen Ort, den uralten Göttern geweiht.

Ein fremdes, melodisches Geräusch ließ die Prinzessin aufhorchen. Es war ein Klang, der mit dem Wind tanzte und verstummte, wenn die Brise erstarb.

Zögerlich folgte Gishild weiter dem Pfad. Auch wenn er schon sehr zugewachsen war, ließ sich doch noch erkennen, dass er einst breit genug gewesen war, dass drei Mann dort nebeneinander schreiten konnten. Er war von Menschenhand geschaffen und gewiss kein Wildwechsel.

Wieder erklang das Geräusch, vielstimmig und düster. Es war, als hätten die Götter passend zu Gishilds Ahnung nahenden Unheils eine düstere Melodie ersonnen. Kein Tierlaut war zu hören, nur der Wind im Geäst und jener seltsame Klang, der ihrer Angst neue Nahrung gab.

Sie kauerte sich hinter einen Baum. Ihr Herz schlug wild. Es war nah, das Verhängnis! Eine innere Stimme befahl ihr, sofort umzukehren. Sie sollte laufen. Direkt zur Scheune und sich ihrem Vater in die Arme werfen.

Eine Bö zerrte an den Ästen. Pfeile aus Mondlicht schossen durch die Lücken, die sich im Mondlicht auftaten. Und einer riss das Gesicht aus der Dunkelheit. Es war riesig, mit blutigen, starrenden Augen und einem verzerrten Maul, groß genug, einen Hund zu verschlingen. Gishild wich ängstlich zurück ins Farnkraut und zog ihren Dolch.

Die Dunkelheit hatte das schaurige Antlitz wieder verschluckt. Die Prinzessin war allein mit dem Wind, den riesigen Bäumen und der Melodie, die ihr nun so traurig vorkam, dass jedem, der kein Herz aus Stein hatte, Tränen in die Augen steigen mussten. Und dann begriff sie ... Sie war in einem Geisterwald!

Wieder zerteilte der Sturmwind das dichte Geäst. Undeutlich erkannte sie das Gesicht, das in einen mächtigen Eschenstamm geschnitten war, und die Blutsteine, die man als Augen in das Holz gesetzt hatte. Die nachwachsende Rinde hatte die Steine mit wulstigen Augenlidern umgeben.

Gishild begriff ... Sie stand vor einem Totenbaum! Weit oben in seinem Geäst musste es breite, hölzerne Gerüste geben, auf denen in Decken gehüllt die Toten aus dem nahen Dorf ruhten. Und von jedem der Gerüste hing ein Windspiel. Sie waren aus Holz oder Messing gefertigt. Die Bewohner Drusnas glaubten, dass die Geister ihrer Ahnen mit dem Wind ritten und über sie wachten. Und mit den Windspielen schenkten sie den Geistern eine Stimme. Es gab Priester, die ihr ganzes Leben damit verbrachten, in den Totenhainen zu lauschen und den Lebenden die Botschaften der Dahingeschiedenen zu überbringen.

Gishild zitterte vor Erleichterung. Sie schob den schmalen Elfendolch wieder zurück in die Scheide. Auch wenn ihr bewusst war, dass überall im Geäst um sie herum Tote aufgebahrt liegen mussten, war die nagende Angst verflogen. Fürchten musste man nur das, was noch lebte. Vor Toten

Angst zu haben, war ein Aberglaube, der die Sinne verwirrte, hatte Silwyna sie gelehrt.

Die Prinzessin suchte nach dem Pfad im hohen Farn und folgte ihm. Sie ahnte jetzt, wohin der Weg sie bringen würde. Doch wer war vor ihr hier gelaufen? Und welches Ziel mochte er haben?

Begleitet vom melancholischen Lied der Windspiele, schritt sie voran. Noch immer achtete sie darauf, dass sie so gut wie möglich in Deckung blieb. Und dann sah sie ihn, den Waldtempel. Er wuchs aus einem sanften Hügel, der sich unvermittelt aus dem Meer aus dunklem Farn erhob. Dicht an dicht standen dort enthauptete Bäume. Man hatte ihre Kronen gekappt, sodass ihre Stämme nun wie mächtige Säulen wirkten, die den Himmel trugen.

Manche der Baumstümpfe waren bedeckt mit Schnitzwerk. Ineinander verschlungen zeigte das knochenbleiche Holz Menschen und Tiere, Blüten, Bäume und jene seltsamen Schriftzeichen, die allein die Priester Drusnas zu lesen vermochten. Und diese bissen sich lieber die Zunge ab, als die Geheimnisse ihrer Ahnen mit Fremden zu teilen.

Zwischen den Stämmen waren Wände aus bunt bemalten Brettern oder kunstvoll miteinander verschlungenen Weidenruten errichtet. Sie bildeten ein Labyrinth, das den Blick auf das Herz des Tempels verstellte. Von den Bäumen, die dem Heiligtum am nächsten standen, hingen Stoffstreifen aus den Gewändern der Toten, Trinkhörner, Waffen, die Kämme von Frauen, Kinderspielzeug. Gishild entdeckte sogar einen großen, kupfernen Topf, in dem man eine Suppenkelle wie einen Glockenklöppel befestigt hatte. Wenn er sich im Wind wiegte, dann ertönte ein geisterhafter Klang, und Gishild fragte sich unwillkürlich, ob die Toten sie warnen wollten.

Auf dem Pfad zum Tempel fand sich keine weitere Spur.

Hatte vielleicht doch nur ein verirrter Wachsoldat den Fuchs aufgescheucht? Gishild zögerte, zwischen die bleichen Baumstämme zu treten. Was verbarg sich im Herzen des Tempels?

Auch wenn die Fjordländer nun seit vielen Jahren mit Drusna verbündet waren, blieb ihnen die Religion ihrer Freunde ein Rätsel. Nie wurden sie zu den Festen eingeladen, die man verborgen tief in den Wäldern feierte. Es hieß, dass sich die Männer Tiergeweihe aufsetzten und die Frauen nackt im Mondlicht tanzten, während die Geister der Ahnen auf den Windspielen schaurig schöne Melodien spielten.

Der stachelige Klumpen in Gishilds Bauch schien sich zu regen. Ein Schauer überlief sie. Der Mann, der den Fuchs aufgescheucht hatte, war dort drinnen im Tempel. Sie wusste es einfach! Und er sann über ein Unheil nach, das ihren Vater treffen würde. Sie hatte keine Wahl, sie musste dort hinein, um dem Geheimnis auf die Spur zu kommen.

Die Prinzessin biss die Zähne zusammen. Falsch! Sie war zu angespannt. Silwynas Stimme hallte in ihren Gedanken. Sie musste offen sein. Mit all ihren Sinnen musste sie in sich aufnehmen, was um sie herum geschah. Gishild zwang sich dazu, tief und regelmäßig zu atmen. Sie streckte ihre Glieder und schüttelte die Anspannung ab. Dann trat sie zwischen die enthaupteten Bäume.

Dumpfer Modergeruch stieg aus dem Boden des Hügels. Sich übereinanderwindende Wurzeln ließen kaum einen Flecken der dunklen Walderde sehen. Gishild setzte jeden Schritt mit Bedacht. Sie durfte nicht straucheln. Kein Geräusch durfte sie verraten. Hier lauerte ein heimtückischer Feind.

Wolken löschten das silberne Himmelslicht. Der Wind griff kräftiger nach dem Geäst der Totenbäume. Die Stimmen der Geister wurden lauter.

Wände aus Weidenruten und grauen Brettern lenkten Gishilds Schritte. Sie hatte das Gefühl, in ein gewundenes Schneckenhaus eingedrungen zu sein. An manchen Stellen rückten die Wände so dicht zusammen, dass sie sich nur mit Mühe durch die Enge zwängen konnte. Wie mochten die Priester aussehen, die hier den Göttern des Waldes dienten? Waren sie so klein wie Kinder? Oder gab es noch einen anderen Weg?

Mit einem stummen Gebet blickte die Prinzessin zum Himmel. Wenn nur der Mond endlich wieder scheinen würde. Sie konnte fast nichts mehr sehen. Mit ausgestreckten Händen tastete sie sich voran. Sie drückte sich an einem langen Felsblock vorbei, dessen Oberfläche von tiefen Kerben zerfurcht war.

Plötzlich stieß sie gegen einen Stein. Etwas klirrte leise. Sie kauerte sich nieder. Ihre Finger strichen über scharfkantige Tonscherben. Sie fand den runden Henkel einer Amphore. Oder war es ein großer Krug gewesen? Rings herum ließ sich keine Wand mehr ertasteten. Es war so dunkel, dass es keinen Unterschied machte, ob sie die Augen öffnete oder schloss.

In der Hocke drehte sich Gishild im Kreis. Hinter sich fand sie den Felsen mit der zernarbten Oberfläche. Doch was lag vor ihr?

Zoll um Zoll tastete sie sich vorwärts. Überall lagen die Tonscherben.

Endlich berührten ihre Fingerspitzen raues Holz.

Draußen vor dem Tempel tönte die Kelle im Kupferkessel wie eine Totenglocke. Die Wolkendecke zerriss. Für einen Augenblick durchdrang silbernes Licht die Dunkelheit. Kaum einen Schritt von Gishild entfernt saß eine schmächtige, ausgezehrte Gestalt. Ein kahl geschorener Mann. Er lehnte mit dem Rücken am Opferstein und hatte die Augen verdreht, so dass nur noch das Weiße zu sehen war. Wie ein zweiter

Mund klaffte ein breiter, blutiger Schnitt über seiner Kehle. In den Scherben, die rings um den Toten verstreut lagen, hatten sich Blutpfützen gesammelt. Das weiße Leinenhemd klebte feucht schimmernd an der Brust des Priesters.

Kaum einen Herzschlag lang sah die Prinzessin den Leichnam, dann löschten die ziehenden Wolken das Himmelslicht, und der Waldtempel hüllte sich erneut in gnädige Finsternis.

Gishild biss sich auf die Lippe und unterdrückte ein Keuchen. Im Verlauf des Krieges hatte sie schon häufig Tote gesehen. Aber dabei war sie nie allein gewesen. Sie wollte schreien, wollte fortlaufen ... Aber sie ahnte, dass sie dann so enden würde wie der Priester.

Der Hüter des Waldtempels war noch nicht lange tot. Er musste nach dem letzten Regenguss gestorben sein, sonst wäre das Blut von den Scherben gewaschen worden. Eine Stunde, vielleicht ein wenig mehr war seit dem Regen vergangen, schätzte Gishild.

Womöglich war der Priester aber auch erst einige Augenblicke, bevor sie kam, ermordet worden, dachte sie. Sie hätte nur die Hand ausstrecken müssen, um ihn zu berühren. Wenn er noch warm war ... Gishild erschauderte bei dem Gedanken. Nein, sie mochte sich nicht dazu überwinden, ihn anzufassen!

Behutsam mit dem Fuß tastend, suchte sie einen Weg durch die Scherben. Vorsichtig schob sie Splitter mit den Zehenspitzen zur Seite, bevor sie auftrat. Die Rechte ließ sie über die raue Holzwand gleiten, um die Orientierung nicht zu verlieren. Sie würde den Mörder entdecken! Bestimmt war er noch hier. Sie konnte lautlos wie eine Katze auf der Pirsch sein. Eine der berühmtesten Jägerinnen Albenmarks war ihre Lehrerin! Sie war gut, redete sich Gishild ein. Sie würde nicht entdeckt werden. Doch trotz aller Mühe, die sie sich gab, vermochte sie jene leise Stimme tief in ihr nicht zum Verstummen zu bringen, die ihr zuflüsterte: Du bist nur ein Mädchen von elf Jahren. Du bist verrückt, einem Mörder nachzuschleichen! Angst packte sie. Einen Augenblick war sie versucht umzukehren. Aber dann verwarf sie den Gedanken. Sie war sich sicher, wer immer den Priester ermordet hatte, war auch eine Gefahr für ihren Vater! Was hier geschehen war, stand in Verbindung mit den Verhandlungen im Dorf. Sie musste wissen, wer der Mörder war!

Aus den Brettern unter ihrer tastenden Hand wurde übergangslos zerklüftete Borke. Gishild umrundete einen Baum und fand sich eingepfercht zwischen Wänden aus Weidengeflecht. Die Wände federten unter ihrer Berührung. Obwohl er eng war, konnte sie sich hier ohne Mühe durch den Gang bewegen. Es war, als wolle der Heilige Ort auch sie ertasten. Als seien die Holzruten die Finger all jener längst Verstorbenen, auf deren Flüstern im Wind der tote Priester gelauscht hatte.

Vorsichtig schob sich die Prinzessin weiter. An einigen Stellen pickten die spitzen Enden der Ruten durch den dichten Stoff ihres Hemdes. Der Wind hatte an Kraft gewonnen und wütete im dichten Geäst des Waldes. Der Tempel war erfüllt von den Stimmen der Bäume. Ferner Donner kündigte ein zweites Gewitter an.

Plötzlich hörte Gishild die Ahnen flüstern. »... nicht gut ... tun dürfen. Er war ...«

Erschrocken hielt sie den Atem an. Jetzt war da eine zweite Stimme. Etwas an ihr klang falsch, obwohl sie nur einige Satzfetzen verstand. »...verdient ... falsche ... siegbar.« Es war eine herrische Stimme.

»Was wollt ihr mir sagen, ihr Ahnen?« Auch Gishild hatte

ihre Stimme zu einem Flüstern gesenkt, als sei es eine Sünde, inmitten des Tempels lauter zu sprechen.

»... gehört?«

Die Prinzessin schob sich weiter vorwärts. Wenn sie ins Herz des Tempels gelangte, würde sie die Stimmen der Geister besser verstehen können! Würden sie ihr helfen, ihren Vater zu warnen? Ihr, einem kleinen Mädchen, das an die Götter des Fjordlands glaubte und nicht an die Waldgötter Drusnas? Oder waren auch die Götter, so wie die Menschen, Verbündete im Kampf gegen die Tjuredpriester? Alles hier machte ihr Angst. Es wäre vernünftig davonzulaufen, in die Versammlung zu platzen und vom Mord im Tempel zu berichten. Aber es wäre auch vernünftig gewesen, das Frauenzelt erst gar nicht zu verlassen. Wenn sie noch ein wenig mehr Mut aufbrachte, würde sie herausfinden, wer der Mörder war. Und sollten ihr die Götter nicht helfen, dann würde sie einfach der Spur des Meuchlers folgen!

Etwas bohrte sich durch ihr Hemd. Sie war an einer Weidenrute hängen geblieben.

»Glaubst du wirklich, dass hier Geister zu dir sprechen?«, fragte eine Frauenstimme. »Verfluchen sie dich für das, was du tun willst?« Ein spöttisches Lachen erklang. »Es gibt nur einen Gott. Die Götzen haben längst keine Macht mehr. Wie sonst wäre es möglich, dass ich einen Priester inmitten seines Heiligtums töte und kein Blitzstrahl vom Himmel fährt, um mein Leben auszulöschen?«

»Sei still, im Namen des Gehörnten und der drei Herrinnen des Waldes. Verspotte nicht, was du nicht kennst. Ich schwöre dir, ich habe die Stimme der Blütenträgerin gehört. Der Jungfer, die dem Wald und seinen Wiesen den Frühlingsschmuck anlegt. Mein Weib hat mich gelehrt zu hören!«

Gishild stockte der Atem. Das waren keine Ahnen. Es war

die Stimme eines Mannes, und sie schien ihr vertraut. Sie hatte sie schon gehört ... Am Hof ihres Vaters! Da war sie sich fast sicher.

»Lassen wir deine Götter. Du bist mir noch eine Antwort schuldig.« Es war wieder die Frau, die jetzt sprach. Obwohl ihr die Worte ohne Stocken über die Lippen kamen, merkte man doch, dass sie nicht ihre Muttersprache waren.

»König Gunnar hat Wort gehalten. Unsere Männer, die Jarle des Fjordlands und die Albenkinder, sie alle zusammen sind nicht mehr als hundert Krieger. Sein Heer steht mehr als einen Tagesmarsch entfernt.«

»Höre ich da einen Vorwurf? Auch wir sind nicht wortbrüchig. Würde ich dir gestatten, sie zu zählen, dann würdest du feststellen, dass auch wir nicht mehr als hundert Krieger hierhergebracht haben.«

»Ich bin nicht blind. Ich ...«

»Du hast gesehen, was du sehen wolltest. Meine Ehrenwache besteht fast ausschließlich aus Frauen. Wahrscheinlich hättest du sie auch bei offenem Visier für Männer gehalten. Ihr solltet doch wissen, dass die Ritterschaft Tjureds ebenso wie seine Priesterschaft immer schon Frauen offen stand. Ich habe mich wörtlich an die Vereinbarungen gehalten. Ihr tut unserer Kirche unrecht, wenn ihr uns Lügner und Betrüger nennt.«

»Würdest du lieber den Titel Priestermörderin führen?«

Den hast du dir verdient, dachte Gishild, und sie wünschte sich, dass sie groß genug wäre, um diese beiden Verräter zur Rechenschaft zu ziehen. Sie stellte sich vor, wie sie mit ihrem Schwert die Wand aus Weidengeflecht zerteilte und dann auf die beiden eindrosch. Wie konnte sich ein Mann aus dem Gefolge ihres Vaters nur zu einem solchen Verrat hinreißen lassen?

Die Frau lachte. »Diesen Ehrentitel habe ich mir in der Tat verdient. Aber lassen wir das Wortgeplänkel. Sag mir, wie die Stimmung in eurem Heer ist. Bruder Charles glaubt, dass wir am Bärensee endgültig euren Willen zum Widerstand gebrochen haben. Er hofft, dass sich die letzten Bojaren noch vor Einbruch des Winters ergeben werden. Und er meint es ernst, wenn er ihnen Vergebung anbietet. Er will das Blutvergießen beenden.«

»Und du, Herrin? Was willst du?«

»Ich habe Tjured geschworen, seine Kinder vor den Anderen zu schützen und nicht eher zu ruhen, bis sie und der Makel des Heidentums ein für alle Mal ausgelöscht sind. Erst dann werde ich mein Schwert niederlegen.«

Die Frau sprach mit einer Feierlichkeit, die Gishild sowohl beeindruckte als auch ängstigte. Es würde also keinen Frieden geben, bis die Ordensritter die Welt vernichtet hatten, in der sie aufgewachsen war. Sie musste zu der Stimme das Gesicht des Verräters finden! Der Mann sprach im Flüsterton und gehetzt. Das veränderte seine Stimme. Vielleicht hatte sie sich geirrt ... Sie wünschte sich, dass es niemand vom Hof war. In ihrer Mitte durfte es keine Spitzel geben. Wenn sie doch nur einen Blick auf ihn erhaschen könnte!

Gishild presste die Wange gegen das Weidengeflecht und versuchte durch die schmalen Spalten zwischen den Zweigen zu spähen. Doch ebenso gut hätte sie versuchen können, auf den Grund eines wohlgefüllten Tintenfasses zu schauen. Die Finsternis war vollkommen, solange der Mond hinter den Wolken verborgen blieb. Es gab nur die beiden Stimmen.

»Dein Bote berichtete mir von Ivanna und Mascha. Wie kann es sein, dass sie leben?«, fragte der Mann.

»Sie haben das Massaker in Vilussa unbeschadet überstanden. Sie leben jetzt nahe Marcilla in einem Palast, der auf marmornen Säulen im Meer steht. Dein Weib hat dreißig Diener, die ihr jeden ihrer Wünsche von den Lippen ablesen. Und deine Tochter Mascha hat sogar den Wunsch geäußert, nach Valloncour auf die berühmteste unserer Ordensschulen zu gehen. Sie ist ein sehr aufgewecktes Kind. Ich habe einen Brief, den sie dir geschrieben hat. Deine Ivanna ist eine sehr stolze Frau. Man hat mir berichtet, dass sie dir nicht schreiben wollte. Ich fürchte, sie verachtet dich dafür, dass du nicht bei ihr warst, als sie und deine Tochter dich am meisten gebraucht hätten. Sie genießt den Luxus im Seepalast.«

Gishild prägte sich die beiden Namen ein. Ivanna und Mascha. Selbst wenn sie den Verräter nicht zu sehen bekäme, würde man durch diese Namen herausfinden können, wer es war. Sie versuchte sie einzuordnen. Es waren Namen aus Drusna ...

Wer war es? Sie hasste ihn! Wie konnte er die Gefährten, die an seiner Seite auf dem Schlachtfeld ihr Leben wagten, so schändlich hintergehen? Und warum hatte niemand den Verrat bemerkt? Wenn sie, Gishild, etwas ausgefressen hatte, dann konnte Mutter ihr das vom Gesicht ablesen. Warum war er nicht aufgefallen? Wie verhinderte er, dass man ihm ansah, wie er alle betrog?

»Ich muss mehr über die Anderen wissen. Wo steckt ihr Heerführer Ollowain? Wer ist die junge Frau mit den Flöten? Sie redet kaum. Auch die anderen stehen bei den Verhandlungen in der Scheune nur da und hören zu. Es reden allein die Fjordländer und die Bojaren Drusnas. Wie viel Einfluss haben die Anderen auf das, was König Gunnar tut?«

»Der König hört auf ihren Rat. Meistens. Sie waren dagegen, hierherzukommen. Ollowain sammelt ein Heer, um die Verluste vom Bärensee auszugleichen. Und sie planen einen Winterfeldzug.«

»Einen Winterfeldzug?« Die Frau schnaubte verächtlich. »Einen größeren Gefallen können sie uns nicht tun. Sie werden im hohen Schnee nicht vorankommen, und es werden mehr Krieger erfrieren, als wir den ganzen Sommer über erschlagen haben. Sollen sie nur kommen, dann ist der Widerstand im nächsten Frühling endgültig zerbrochen.«

»Es heißt, Fürst Ollowain werde etwas mitbringen, das unsere Männer vor der Kälte schützt. Angeblich würden wir selbst nackt in einem Schneesturm nicht frieren, wenn wir es tragen. Ein mächtiges Schutzamulett ... Es gibt eine Saga aus den Tagen des Königs Alfadas, da ist von solchen Zauberamuletten die Rede.«

Gishild ballte in hilfloser Wut die Fäuste. Sie hatte gehört, wie ihr Vater davon gesprochen hatte. Er wollte die Ordensritter überraschen, wenn sie sich im Winter in Sicherheit fühlten, und der Kobold Brandax war sich ganz sicher, dass man ihnen ein halbes Dutzend ihrer Burgen abnehmen könnte. Zuallererst sollte Paulsburg fallen. Dort befand sich das Hauptquartier der Seeflotte. Noch waren die Festungswerke dieser Burg nicht vollendet. Einem entschlossenen Angriff würde sie nicht widerstehen. Aber all das konnte nur gelingen, wenn die Ordensritter arglos waren. Gishild wünschte sich .... Plötzlich brach das Mondlicht durch die Wolken. Die Prinzessin erkannte eine hochgewachsene, schlanke Gestalt hinter der Weidenwand. Sie verbarg ihr Gesicht unter einer Kapuze. Ganz in Schwarz war sie gekleidet.

»Es ist die Zauberei der Elfen, die den Widerstand der Bojaren und Jarle noch am Leben erhält«, sagte die Frau bitter. Jetzt, da Gishild den Schattenriss zu der Stimme sah, wusste sie auch, wer es war. Die Komturin selbst war gekommen, um den Spitzel auszuhorchen. Lilianne de Droy.

»Sie werden auf den Winterfeldzug verzichten, wenn ihr

ein wirklich ernsthaftes Friedensangebot macht. Sie sind kriegsmüde«, entgegnete der Verräter.

»Es kann keinen Frieden mit den Anderen geben. Sie haben so viele unserer Heiligen gemordet. Sie haben unsere Tempeltürme geschändet und geweihten Boden mit dem Blut von Priestern getränkt. Ich sagte dir doch, ich habe geschworen, mein Schwert nicht abzulegen, bis die Feinde Tjureds vernichtet sind. Ich werde nicht eidbrüchig werden.«

»Ist es denn all das Blut wert ...«

»Ich denke nicht an das Elend und das Leid, das meine Ritter ertragen müssen. Ich denke an das Zeitalter des Friedens, das ich unseren Kindern und Enkeln schenken werde. Eine Welt ohne Furcht vor den Anderen, die sich auf verzauberten Pfaden durch die große Dunkelheit hierherstehlen, um Tjureds Schöpfung zu besudeln und seine treuen Diener zu verhöhnen und zu töten. Dieses Ziel ist jedes Opfer wert.«

Der Verräter war halb hinter einem Baumstamm verborgen. Gishild konnte ihn von dem Platz, an dem sie stand, nicht gut sehen. Vorsichtig und mit angehaltenem Atem schob sie sich ein wenig vorwärts. Ein paar Zoll noch, und sie könnte das Gesicht des Elenden vielleicht erkennen.

Die Wand knarrte leise. Das Herz schlug Gishild bis zum Hals! Sie hielt inne. Die beiden schienen das Geräusch nicht bemerkt zu haben. Überall hier im Waldtempel knarrte Holz, auf das der Wind drückte.

Langsam schob Gishild sich weiter vor. Sie blickte zum Himmel hinauf. Nicht mehr lange, und der Mond würde wieder hinter Wolken verschwinden.

»Vielleicht solltest du den König ermorden«, sagte die Komturin so leichthin, als bespräche sie mit ihrem Leibkoch das Abendessen. »Er vertraut dir. Es sollte dir nicht zu schwer fallen.«

»Was … Das kann ich nicht …«

Bei den Göttern! Gishild schob sich weiter. Sie musste den Kerl sehen! Wer war es? Wieder knarrte die Holzwand. Gleich würden erneut Wolken vor den Mond ziehen! Sie musste einen Blick auf den Verräter erhaschen!

»Du hast recht. Vielleicht solltest du einen anderen Mörder dingen. Wenn König Gunnar Eichenarm von einem Bojaren aus Drusna getötet würde, dann würde das Bündnis zwischen euren Völkern zerfallen. Drusna wäre verloren! Und auch das Fjordland wäre geschwächt. Die Jarle werden der Königin nicht folgen. Sie ist keine Fjordländerin. Und ihre Tochter ist zu klein, um zu regieren. Ein einziger Dolchstoß könnte den Krieg entscheiden.«

»Ich kann nicht …«

»Warum? Dein Weib verachtet dich schon jetzt so sehr, dass sie sich lieber mit ihrem Hauspriester ins Bett legt, als dir einen Brief zu schreiben. Und deine Tochter … Wenn sie auf die Ordensschule von Valloncour geht, dann wird sie dich verstehen können. Eines Tages wird sie stolz auf das sein, was du getan hast.«

»Was verstehst du schon von unserem Stolz? Lass diese Beschönigungen! Wir beide wissen, dass mein Verrat mir Ivannas und Maschas Leben erkauft. Rede nicht von Stolz! Meinen Stolz hast du gebrochen, und ich verachte mich dafür, hier zu sein!«

Gishild schob sich noch eine Handbreit vor. Sie stand jetzt ganz dicht neben der Komturin. Sie konnte die Ordensritterin durch das Holzgeflecht hindurch riechen. Sie stank nach Schweinefett und Eisen.

»Was du verlangst ist unmöglich.« Der Fremde seufzte. »Oh, Götter! Sie werden mich töten. Ich …«

»Ein Dolchstoß, der mehr bewirkt als zehntausend Schwerter. Noch in hundert Generationen wird man deinen Namen kennen, mein Freund. Was zögerst du?«

Gishild drückte gegen die Wand. Das Weidengeflecht wölbte sich vor. Jetzt endlich konnte sie ihn sehen. Es war …

Die Komturin zog ihren Dolch. Gishild zuckte zurück. Die Klinge verfehlte sie nur um zwei Finger breit. Wie eine bösartige, silberne Zunge glitt der Stahl zwischen den Weidenruten hindurch.

Die Prinzessin warf sich zurück.

Wieder züngelte der Dolch durch die Wand.

Der Verräter fluchte. »Pack den Kerl! Er darf nicht entkommen!« Er warf sich gegen die Weidenwand. Krachend fuhr eine Axt in das verflochtene Holz.

Hastig schob Gishild sich weiter. Wenn sie aus der Enge herauskam, dann würde sie fliehen können. Nicht zurücksehen! Nur fort von hier … Draußen vor dem Tempel würde sie sich im hohen Farn verstecken. Die beiden würden sie niemals finden!

Mit aller Kraft drängte das Mädchen vorwärts. Nur zwei Schritt noch.

Sie hörte wie hinter ihr die geflochtene Wand niederbrach. Ein kleines Stück noch, dann wäre sie entkommen.

Gishild duckte und wand sich, um dem Dolch der Ritterin kein leichtes Ziel zu bieten. Statt zu versuchen durch die Wand zu kommen, folgte die Frau ihr auf der anderen Seite des Weidengeflechts und stach immer wieder zu.

Noch ein Schritt! Etwas krallte sich in Gishilds Rücken. Ein vorspringender Ast! Gishild warf sich nach vorne und zerrte mit aller Kraft, um wieder freizukommen. Leinen wäre zerrissen, nicht aber das dicht gewobene Elfenhemd.

Die Silberzunge fand ihr Ziel. Die Klinge durchdrang das

Hemd und versank tief in Gishilds Brust. Im ersten Augenblick fühlte die Prinzessin keinen Schmerz. Es war so, als sähe sie dabei zu, wie jemand anderer verletzt wurde.

Dann glitt der Dolch zurück. Dunkles Blut troff von der Klinge.

Gishild spürte, wie sich ihr Hemd mit warmem Blut vollsog. Wie es hinab zu ihrem Gürtel floss und sich dort sammelte. Dann kam der Schmerz. So heftig, dass sie nicht einmal schreien konnte. Benommen brach sie in die Knie.

Die Weidenwand zersplitterte vollends unter wütenden Axthieben. Das Mädchen blickte in das harte Gesicht der Komturin. »Was ist das für ein schwarzgesichtiger Kobold?«

»Bei den Göttern. Das ist die Prinzessin. Was hast du getan!«, erklang die Stimme des Verräters.

Die stachelige Kastanie, die Gishild schon den ganzen Nachmittag in ihrem Magen gespürt hatte, wuchs. Jetzt war sie groß wie ein Apfel. Die Stacheln drangen ihr immer tiefer ins Fleisch. Und mit ihnen breitete sich auch die Kälte aus.

Ich habe es gewusst, dachte das Mädchen. Ich hatte recht mit meiner Vorahnung. Es würde etwas Schlimmes geschehen.

Sie konnte kaum noch atmen. Etwas drückte auf ihre Brust.

»Du hast ihre Lunge durchbohrt«, sagte der Verräter. »Sie wird sterben.«

»Selbst ihre Leiche wird uns noch von Nutzen sein«, entgegnete die Komturin ungerührt. »Nur finden dürfen sie sie nicht.« Sie beugte sich vor und nahm Gishild auf die Arme.

Das Mädchen drückte ihre Wange gegen die Brust der Frau. Ihre schwindenden Sinne gaukelten ihr Geborgenheit vor. Sie konnte ein Herz schlagen hören. Unnatürlich laut. Es hämmerte wie eine Kriegstrommel.

Das helle Mondlicht brannte Gishild in den Augen, sodass sie tränten. All ihre Sinne schienen sich noch ein letztes Mal aufzubäumen und sich an der Welt festhalten zu wollen. Alle Eindrücke waren schmerzhaft deutlich. Sie hörte ihr Blut auf die Stiefel der Ritterin tropfen.

»Warum lässt du sie nicht zurück?« Die Stimme des Verräters war ein schreiendes Flüstern.

Gishild zitterte am ganzen Leib. Die Kälte war bis zu ihren Zehenspitzen vorgedrungen. Eine Wolke fraß den Mond. Die Welt versank in Finsternis. Das Letzte, was die Prinzessin wahrnahm, war das leise Tropfen ihres Blutes. Ihr Blut ... Sie dachte an den stummen Schwur, den sie geleistet hatte, als sie auf die Unterhändler warteten. Die Götter hatten sie erhört. Sie hatten ihr Blut genommen. Ihr Vater würde leben. Erleichtert atmete Gishild aus. Dann wurde sie wie der Mond von der Finsternis verschlungen.

WENN GOTT DIE RATTEN TANZEN LÄSST

»Nie sendet Tjured uns eine Plage, ohne zu warnen. So können die Gottesfürchtigen, die seine Zeichen zu deuten wissen, sich beizeiten in Sicherheit bringen. Jene aber, die sich blind den Freuden des Lebens verschrieben haben, werden büßen. So achtet auf Folgendes, Brüder und Schwestern: Seht ihr jemals Ratten auf den Straßen tanzen und torkeln sie wie ein Mann, der sich der Trunksucht ergab, so wisset, dass Gott uns ein Zeichen schickt, denn die Pest wird kommen. Am Tag,

nachdem sie getanzt haben, da werden die Ratten sterben. Und ehe eine Woche vergeht, wird der Rauch von Totenfeuern zum Himmel steigen. Stets beginnt sie an der Küste und verbreitet sich von dort ins Landesinnere. Der warme Sommerwind trägt die Pest über das Land. Der kalte Atem des Winters aber lässt die Seuche ersterben.

Verschieden sind die Zeichen, die vom nahen Tode künden. Doch immer beginnt die Sieche mit einem Fieber, das den Kranken die Kraft aus den Gliedern brennt. Meist nach einem Tage schon wächst ihnen eine auffällige Beule in der Leiste oder unter der Achsel, manchmal auch hinter dem Ohr. Brechen die Beulen auf, und ein übel riechender Ausfluss ergießt sich, so besteht Hoffnung. Verfärbt die Beule sich aber schwarz, dann ist der Tod nahe. Meist in den kalten Tagen mag es geschehen, dass am ganzen Leibe ein schwarzer, linsenförmiger Ausschlag erscheint. Dies ist ein sicheres Zeichen des nahenden Todes. Kranke, die diese Male tragen, beginnen zu husten, und sie verbreiten die Pest im ganzen Haus. Bringt sie fort von den Lebenden! Sie werden sich an ihrem eigenen Blute zu Tode erbrechen!

Wird ein schwangeres Weib von dem Fieber ergriffen, das die Krankheit ankündigt, so verschwendet keine Kräfte darauf, ihr Übel zu lindern, denn es besteht keine Hoffnung auf Heilung. Tjured wird stets beide Seelen zu sich rufen. Die einen versterben nach der Geburt eines toten Kindes, die anderen gehen noch bei der Geburt mit den Kindlein zugrunde. Nie sah ich es anders geschehen. Zu viel Kraft kostet es, ein Leben zu schenken. Einem Weib, das in Zeiten der Sieche dies Opfer bringt, dem verbleibt nicht mehr genügend Kraft, um im Ringen mit dem Schwarzen Tode zu bestehen.

Willst du, tapfere Seele, aber in Zeiten der Pest den Leidenden beistehen und den Sterbenden Trost spenden, so schütze dich vor dem Odem der Sieche. Trage die Maske des Raben und achte darauf, in der Spitze des Schnabels Weihrauch zu verbrennen oder köstlich duftende Spezerey zu tragen. Verfügst du über keine Maske, so binde ein Tuch vor dein Antlitz und tränke es mit wohlriechenden Essenzen, damit der faulige Geruch der Pest dir nicht in Mund und Nase steigen kann. Es ist diese faulige Luft, die den Tod von Haus zu Haus, von Stadt zu Stadt und von Land zu Land trägt. Kleide dich in einen dichten dunklen Stoff, den du mit Wachs oder Öl bestreichst, bis kein Wasser ihn mehr durchdringen kann. Und so du über sie verfügen kannst, trage Rabenfedern, denn die Pest mag zwar Ratten töten, doch niemals wurde von ihr ein Rabe dahingerafft. Zuletzt aber wappne dich mit Mut und einem kalten Herzen, denn beides wirst du brauchen, wenn du dem Elend und der Verzweiflung entgegentreten willst. Und vergiss eine lange Klinge nicht, denn es mag vorkommen, dass manch Gesunde dich bedrohen, damit du nur ihren Kranken hilfst und niemand anderem. Und weißt du nicht, zu wem du gehen sollst, weil der Kranken so viele sind, so suche Einkehr im Gebet und bedenke, die Alten, die kleinen Kinder und die schwangeren Mütter wirst du nicht retten können. Ebenso wenig jene, die die schwarze Beule tragen. Sie will Tjured zu sich rufen. Missachte nie die Zeichen Gottes, denn tust du es, so wirst du in deinem Bemühen, sich gegen seinen Willen aufzulehnen, stets unterliegen. ...«

AUS: VON DEN SIEBEN GROSSEN SIECHEN
UND DEN ZEICHEN, DIE GOTT UNS ZUR
WARNUNG SENDET, S. 72 ff.
IV. DURCHGESEHENE UND BEARBEITETE AUSGABE, SANKT
RAFFAELS KASTELL, IM SIEBENTEN JAHR DES GOTTESFRIEDENS
VERFASST VON NICOLO MANSINI

EIN KIND, ANDERS ALS DIE ANDEREN

Michelles Welt war auf die kleine rote Wunde im hellen Fleisch geschrumpft. Vorsichtig bewegte sie die Pinzette und suchte nach Stofffetzen. Schweiß rann ihr über die Stirn. Honoré stieß ein gepresstes Stöhnen aus. Er hatte Glück gehabt, dass der verdammte Junge ihn nicht getötet hatte.

Am Rande ihres Gesichtsfelds bemerkte sie, wie Honoré mit schmerzverzerrtem Gesicht jeder ihrer Bewegungen folgte. Er war der weit bessere Heiler. Seine Erfolge grenzten an Wunder.

Michelle konzentrierte sich wieder ganz auf die Pinzette, die tief im geschundenen Fleisch steckte. Sie stellte sich vor, dass die beiden stählernen Greifer zu ihrer eigenen Hand gehörten und dass sie mit ihnen ebenso gut fühlen konnte wie mit den Fingerspitzen. Sie musste Erfolg haben! Es ging nicht um die Bleikugel. Die war unter dem Schulterblatt wieder ausgetreten. Gefährlicher noch als die Kugel waren die Stofffetzen! In dem zerschundenen, blutigen Fleisch waren sie fast nicht zu entdecken. Michelle hatte miterlebt, wie das, was unausweichlich folgen musste, wenn sie versagte, stärkere Männer als Honoré umgebracht hatte. Blieben Stofffetzen in der Wunde zurück, dann würde sie brandig werden. Selbst wenn sie zum Abschluss ein glühendes Eisen benutzte, um die Blutung zu stillen und die Wunde zu säubern, konnte sie nicht sicher sein, alle Stofffasern zu vernichten. Sie musste sie jetzt finden!

Der Junge hatte Honoré ein paar Finger breit über dem Herzen getroffen. Michelle hob den Kopf und wischte sich mit der Linken über die schweißnasse Stirn. Ihre Rabenmaske hatte sie längst abgenommen, auch den schweren Umhang. Aber die Hitze wollte nicht weichen. Sie trug sie in sich ... Es war brennende Angst. Verdammter Junge. Sie blickte zu der verschreckten, kleinen Gestalt mit dem blutigen Arm. Er sah aus wie ein in die Enge getriebenes Raubtier.

»Lasst ihn nicht aus den Augen«, ermahnte sie ihre Kameraden.

»Wenn du mir vielleicht wieder deine geschätzte Aufmerksamkeit widmen könntest«, stieß Honoré stöhnend hervor. Er versuchte zu lächeln, was ihm reichlich missglückte. »Und schwitz nicht so ... Das macht mir Angst.«

Michelle begann erneut die vorsichtige Suche nach Stoffresten. Sie dachte dabei an die lang zurückliegenden Anatomiestunden auf der Ordensschule. Sie konnte die aufgebrochenen Brustkörbe wieder vor sich sehen ... Es gab mehr als ein halbes Dutzend Möglichkeiten, warum Honoré die nächste Stunde nicht überleben würde. Der Schock, wenn sie das glühende Eisen in seine Wunde schob, konnte ihn umbringen. Oder er würde verbluten, wenn sie eine der großen Adern über seinem Herzen verletzte. Er konnte auch sterben, wenn sie den Sack, in dem seine Lunge steckte, durchstach ... Besser nicht daran denken!

Sie konzentrierte sich ganz auf die Wunde und auf die Pinzette, die tief in der Brust ihres Kameraden tastete. Da war etwas! Die flachen Spitzen des Instruments griffen zu. Sie hatte es! Endlich! Vorsichtig zog Michelle die Pinzette aus der Wunde. Die Greifer hielten ein blutiges, ausgefranstes Stückchen Wollstoff umklammert.

Erleichtert legte Michelle es auf den silbernen Teller auf dem Tisch, direkt neben die beiden Streifen, die sie aus dem schweren schwarzen Mantel und dem Hemd geschnitten hatte. In jeden der Stoffstreifen hatte die Pistolenkugel des

Jungen ein rundes Loch gestanzt, groß genug, dass man den Daumen hindurchstecken konnte.

»Hast du alles?«, presste Honoré hervor. Er machte keinen Versuch mehr, seine Angst zu überspielen.

Mit spitzen Fingern zog Michelle den Stofffetzen auseinander. Dann legte sie das Wollstück auf den Streifen, den sie aus dem Mantel geschnitten hatte. Er füllte das runde Loch fast aus. Nur fast!

»Stinkende Trollkacke!«, entfuhr es ihr.

Auf Michelles Ausruf folgte eisige Stille. Nur das leise Knistern des Kamins war zu hören. Bruder Nicolo legte ein weiteres Scheit in die Flammen und schob wortlos das Brenneisen in die Glut. Alle wussten, was ihrem verwundeten Gefährten nun bevorstand.

Honorés Gesicht schimmerte vor Schweiß. Es war unnatürlich blass. Er hatte viel Blut verloren. Der verwundete Ritter rang sich ein zynisches Lächeln ab und murmelte stockend. »Mir scheint, unsere geschätzte Schwester hat in den Wäldern Drusnas vergessen, wo sie erzogen wurde. Es schmerzt meine empfindsame Seele, dich so reden zu hören, Michelle.«

Die Ritterin bedachte Honoré mit einem kühlen Blick. Sie hatte erlebt, wie er Flüche ausstieß, die ihr selbst jetzt nicht über die Zunge gekommen wären. Wer in Drusna gegen die Anderen gekämpft hatte, der fand sich hier, in der heilen Welt, wo man Wert auf gute Manieren und gestelzte Höflichkeit legte, nur noch schwer zurecht.

»Es tut mir leid, wenn ich mich vergessen habe.« Michelle deutete auf die Stoffreste. Es gab keine Hoffnung, die fehlenden Wollfädchen zwischen den zerfetzten Muskelfasern wiederzufinden.

Honoré griff mit zitternder Hand nach der Flasche, die

neben ihm auf dem Tisch stand, und nahm einen tiefen Schluck.

Obwohl sie in den letzten Monden allen Respekt vor Honoré verloren hatte, beeindruckte sie seine tapfere Geste. Und die Kraft, mit der er den Schmerz überspielte. Er war ein Ritter aus adliger Familie. Seine Herkunft verlangte, dass er dem Tod mit einem Lächeln begegnete. Er war der begabteste Heiler ihres Jahrgangs. Er wusste besser als jeder andere, was ihn erwartete.

Rotwein troff Honoré auf die Brust und vermischte sich mit seinem Blut. Er setzte die Flasche ab, seufzte und fuhr sich mit dem Handrücken über den Mund. »Sauer. Ein Tropfen ohne jeden Adel. Heute ist wahrlich nicht mein Glückstag. Bringen wir es hinter uns.«

Er lächelte Michelle lässig an. Obwohl er sie in Drusna so sehr enttäuscht hatte, löste dieses Lächeln doch ein warmes Prickeln in ihrem Bauch aus.

»Das Eisen ist noch nicht so weit«, sagte Nicolo. Wie um seine Worten zu unterstreichen, stocherte er mit der Stange in der Glut herum.

Honoré strich mit den Fingern über den langen Schnabel der Rabenmaske, die neben ihm auf dem Tisch lag. Dünner blauer Rauch stieg aus den kleinen Löchern in der Schnabelspitze. Er half den fauligen Atem der Pest zu vertreiben. Dank Honoré verwendeten sie alle nur den besten Weihrauch als Räucherwerk. Er stammte aus einer reichen Familie, und trotz des Armutsgelübdes, das er wie alle Brüder und Schwestern der Neuen Ritterschaft abgelegt hatte, hatte er sich die Verbindungen erhalten, die ihm die eine oder andere Vergünstigung einbrachten. Aber jetzt würde ihm all das gar nichts helfen. Er durfte nur auf Tjureds Gnade hoffen, und Michelle war sich nicht sicher, ob sie ihm gewährt würde.

Wieder blickte die Ritterin zu dem kleinen, blassen Jungen. Trotz seiner Wunden und all der Schrecken, die er erlebt haben musste, weinte er nicht. Hatte Tjured diesen Jungen als seinen Henker erwählt? War es Gottes Fügung, dass er Honoré niedergeschossen hatte? Wahrscheinlich hatte der Kleine nie auch nur von Pestärzten mit ihren Rabenmasken gehört. Er musste sie für Dämonen gehalten haben!

Michelle betrachtete wieder ihren Kameraden. Sein Blick war schwer vom Wein. Drusna hatte Honoré tiefgreifender verändert als die übrigen Ritter aus ihrer Lanze. Die Dunkelheit der Wälder hatte einen Schatten auf seine Seele geworfen.

»Was macht das Eisen?«, stieß Honoré hervor. »Warum dauert das so lange?«

»Weil wir es richtig machen wollen«, entgegnete Nicolo ruhig. »So, wie du es an unserer Stelle tätest.«

Erneut wanderte Michelles Blick zu dem Kind. Sie sollte ganz bei der Sache sein, statt den Kleinen anzustarren! Doch der Junge faszinierte sie. Er hatte keine Angst, und obwohl sein Arm grässlich schmerzen musste, gab er keinen Laut von sich. Mit wachen dunklen Augen verfolgte er jede ihrer Bewegungen. Ob er nicht sprechen konnte? Wie hatte er es allein in einem Dorf voller Leichen ausgehalten? War er verrückt?

Honoré schlug mit der flachen Hand auf den Tisch. »Ich habe die Warterei jetzt satt! Bringen wir es hinter uns. Rot glühendes Eisen ist heiß genug!«

Nicolo am Feuer warf ihr einen zweifelnden Blick zu. Michelle nickte knapp. Dann winkte sie Frederic und Corinne, die bei der Tür standen. »Haltet ihn.«

»Ich werde nicht schreien und strampeln«, protestierte er. Der Wein hatte seine Zunge schwer gemacht. Er lallte ein wenig.

Michelle sah Honoré fest an. »Red keinen Unsinn! Du

weißt es besser! Keiner ist so stark.« Sie holte das Beißholz aus der Tasche mit den Messern, Sägen und Wundspreizern. Das dunkle, harte Holz war voller Kerben.

Honoré nahm hastig noch einen letzten Schluck aus der Weinflasche. »Ich werde nicht schreien. Ich nicht!«, zischte er trotzig. »Wir haben Schlimmeres erlebt.«

»Sicher«, sagte Michelle halbherzig und wünschte sich, dass er endlich den Mund hielt.

»Tjured hat mich zu Großem bestimmt«, ereiferte sich Honoré. »Das Böse nistet unter uns. Ich muss es ausmisten, muss es mit Stumpf und Stiel vernichten. Das ist meine Berufung. Ich sehe Dinge, die euch verschlossen sind. Tjured hat mir die Gabe verliehen! Sein größtes Geschenk! Ich kann noch nicht gehen. Nicht so!«

Michelle hatte schon oft erlebt, wie Todesangst Männer zu stammelnden Narren machte, die fest überzeugt waren, dass Gott sie noch brauchte, um sein Werk in der Welt zu vollenden. Doch sie war enttäuscht, dass auch Honoré sich zu solchem Wahn verstieg.

»Haltet ihn!«, befahl sie knapp.

Frederic und Corinne packten Honorés Arme und Beine. Der Ritter stöhnte auf, als sich sein Brustmuskel spannte. Seine Wunde begann kräftiger zu bluten.

Nicolo kam vom Kamin. Seine großen Hände schlossen sich um Honorés Schläfen; er presste den Kopf seines Kameraden fest auf die Tischplatte.

»Noch irgendwelche ergreifenden Abschiedsworte, bevor wir die nächsten Stunden Ruhe vor dir haben?« Michelle versuchte ihm mit einem milden Lächeln Mut zu machen.

»Ich will dabei sein, wenn ihr den Jungen verbrennt. Wartet damit, bis ich wieder wach bin.«

Der Schmerz schien Honoré endgültig den Verstand zu rauben. Das konnte er nicht ernst meinen! Sich an dem Kind zu rächen ... Sie waren hier nicht mehr in Drusna! Michelle entschied sich, den Wunsch ihres Waffenbruders einfach zu übergehen.

»Du wirst wieder aufwachen«, sagte sie ruhig. »Ich habe schon viele Schusswunden ausgebrannt. Die Mistkerle gehen dabei nie drauf. Du musst dir also keine Sorgen machen. Es erwischt immer nur die Netten.«

Sie sah in seinen Augen, wie verzweifelt er ihr glauben wollte. Michelle schob ihm das Beißholz in den Mund und verknotete die Lederriemen fest hinter seinem Kopf. Dann ging sie zum Kamin. Sie zog das Brandeisen aus der Glut. Winzige Funken stoben von dem weiß glühenden Metall auf. Es war heiß genug!

Ein dünner Rauchfaden stieg von dem Brenneisen auf, als sie an den Tisch trat. Ihr Blick verengte sich auf die Wunde, die wie ein zweiter Mund in Honorés Fleisch klaffte. Michelle konnte seine Angst riechen und den sauren Wein, nach dem sein Atem stank.

Die Kugel hatte einen in flachem Winkel aufsteigenden Kanal durch sein Fleisch gerissen. Es war wichtig, dass sie dem Schusskanal so genau wie eben möglich folgte. Das heiße Eisen würde sich einen Weg durch das geschundene Fleisch brennen, auch wenn sie es falsch ansetzte. Ihr Mund war trocken. Sie hielt Honorés Leben in Händen ... Und sie durfte vor allem nicht länger zögern! Es war nicht gut, wenn das Eisen zu sehr abkühlte.

Vorsichtig näherte sie sich der Wunde. Sie versuchte, sich an den genauen Winkel zu erinnern, in dem sie die Pinzette in die Wunde geschoben hatte. Unsicherheit beschlich sie ...

Vorsichtig schob sie den ausgestreckten Mittelfinger in Honorés Brust. Der Ritter bäumte sich auf vor Schmerz.

Michelle zuckte zurück. Jetzt wusste sie, wie sie das Eisen ansetzen musste. Glühendes Metall fraß sich in Fleisch. Sie trieb das Brenneisen mit leichtem Druck voran, bis sie spürte, wie es unter dem Schulterblatt aus dem Wundkanal austrat und die Tischplatte berührte.

Honoré bäumte sich auf, doch seine Kameraden hielten ihn mit eisernem Griff. Schweiß rann ihm in Strömen über die Brust. Er war totenblass. Jeder seiner Muskeln zeichnete sich unter der Haut ab, so sehr hatte er sich im Schmerz verkrampft. Seine Augen waren nach oben verdreht, als wolle er ins Innere seines Schädels blicken.

Vorsichtig zog Michelle das Brandeisen zurück. Sie drehte es dabei leicht, um sicher zu gehen, dass die ganze Wunde ausgebrannt war.

Honoré erschlaffte. Endlich hatte ihn gnädige Ohnmacht umfangen. Es roch nach gut durchgebratenem Fleisch. Wie Schweinestücke in einer Pfanne mit siedendem Fett, die fast gar waren.

Michelle ließ das Eisen fallen, als sie es ganz aus der Wunde herausgezogen hatte. Alle Kraft war aus ihren Gliedern gewichen. Sie fühlte sich matt wie nach einer Schlacht. Schwer stützte sie sich auf den Tisch auf.

»Wird er überleben?«, fragte der bullige Nicolo. Obwohl er die Statur eines Bären hatte und allein sein Anblick die meisten Feinde erzittern ließ, war er erstaunlich weichherzig. Manchmal glaubte Michelle, dass ihm der Feldzug in Drusna am meisten von ihnen allen zu schaffen gemacht hatte.

»Wenn er die nächsten drei Stunden schafft, hat er gute Aussichten, den morgigen Tag zu erleben. Und wenn er den Tag morgen überlebt, dann wird er nächste Woche noch unter uns sein.« Sie zuckte mit den Schultern. »Ich habe getan, was ich konnte. Sein Leben liegt nun in Gottes Hand.«

Frederic und Corinne lösten den Lederriemen hinter Honorés Kopf und nahmen das Beißholz aus seinem Mund. Dann trugen sie ihn zu dem behelfsmäßigen Lager aus Decken neben dem Kamin.

»Wo ist der Junge?«, fragte Nicolo plötzlich.

Michelle sah auf. Der Platz neben dem Kamin war leer. Der Kleine war über den toten Wolf hinweggestiegen. Blutige Fußspuren wiesen zu der Tür, in der Corinne und Frederic ihre Schildwache aufgegeben hatten, um ihr zu helfen.

»Kleiner Mistkerl«, sagte sie schmunzelnd. Sie mochte ihn. Aber mit der üblen Bisswunde am Arm sollte er nicht herumlaufen. Die Verletzung musste gesäubert werden! Es durfte nicht sein, dass er als Einziger die Pest in seinem Dorf überlebt hatte und dann von den üblen Säften vergiftet wurde, die der Wolfsbiss in sein Blut gebracht haben mochte. Er war doch das Werkzeug Gottes!

»Diese kleine Schlange. Den schneide ich in Streifen!«, schnauzte Corinne und zog ihr Rapier. Mit weiten Schritten stürmte sie zur Tür. Frederic folgte ihr auf dem Fuß.

Auf dem Hof waren Stimmen zu hören. Jemand lachte.

Michelle trat an eines der Bleiglasfenster. Durch das dicke Glas konnte sie nur verschwommen sehen. Eine Gestalt mit Rabenmaske hatte den Jungen gepackt. Das musste Bruder Bartolomé sein. Er war ins Dorf zurückgekehrt, um die Leichen zu zählen und dann den Knechten vor dem Dorf Anweisung zu geben, wie viele Scheiterhaufen sie errichten sollten. So heftig sich der Junge auch wehrte, Bartolomés starken Armen vermochte er nicht zu entkommen. Eskortiert von Corinne und Frederic, trug er ihn zurück zum Waffensaal.

»Könnt ihr nicht einmal auf ein Kind aufpassen?«, schnaubte der Ritter und musterte sie einen nach dem anderen.

Michelle wich dem Blick ihres zornigen Freundes aus.

Nicolo stellte sich mit verschränkten Armen in die Tür, um den Fluchtweg zu verstellen, und sah zur Decke hinauf. Frederic und Corinne knieten sich neben das Lager des bewusstlosen Honoré und taten so, als hörten sie nichts.

»Ihr solltet den Kleinen anbinden«, riet Bartolomé schließlich.

»Er wird nicht wieder fortlaufen«, versuchte Michelle ihren Kameraden zu beschwichtigen. »Ich kümmere mich jetzt um seinen Arm. Dann werde ich ...«

»Die Mühe kannst du dir ersparen!«, schnauzte das Kind sie an. Der spindeldürre Junge streckte kämpferisch sein Kinn vor. Den verletzten Arm hielt er eng an den Leib gepresst.

Er stand ganz still, doch sein Blick wanderte zu den Bleiglasfenstern; Michelle vermutete, dass er darüber nachdachte, ob ihn ein Sprung aus dem Fenster in die Freiheit oder ins Grab bringen würde.

»Ich will dir nur helfen«, sagte sie freundlich.

»Welchen Nutzen hat es, meinen Arm zu verbinden, wenn ich in ein paar Stunden auf einem Scheiterhaufen brennen soll?«

»Es wird dir niemand etwas tun. Ich ...«

»Du lügst! Ich habe gehört, was er gesagt hat.« Der Junge deutete mit einem Nicken zu Honorés Lager. »Er hat hier den Befehl. Du wirst tun, was er verlangt.«

Michelle musterte den Jungen eindringlich. Er war ungewaschen, sein Haar zerzaust und die Kleidung abgerissen. Wie lange mochte er hier inmitten eines Dorfs voller Leichen ausgeharrt haben? Selbst jetzt, mit einem Arm, der ihn gewiss fürchterlich schmerzte, und in eingebildeter Todesgefahr, bettelte er nicht etwa um sein Leben, sondern setzte sich trotzig zur Wehr. Er würde einen guten Ritter abgeben.

»Wir alle sechs sind Ordensritter«, antwortete sie ruhig. »Keiner ist hier des anderen Herr.« Sie öffnete die Bänder ihres Wamses und deutete auf den Baum, der mit scharlachrotem Garn auf ihr Hemd gestickt war. »Wir gehören zur Neuen Ritterschaft. Du hast nichts zu befürchten. Wie heißt du eigentlich?«

Der Junge blickte für einige Herzschläge wie gebannt auf das Wappen. Dann schüttelte er den Kopf. »Das kann nicht sein. Lügnerinnen nenne ich meinen Namen nicht. Die Neuen Ritter sehen anders aus. Mein Vater hat an ihrer Seite gekämpft. Er hat oft von ihnen erzählt.« Er deutete zu den Rabenmasken auf dem Tisch. »So etwas trägt kein Ritter.«

Michelle zog die Brustschnüre an ihrem Wams zusammen. Sie war müde von einem Tag, der lange vor dem Morgengrauen begonnen hatte, und von all den Toten, die sie gesehen hatte. Langsam verließ sie die Geduld, sich mit einem trotzigen Kind herumzuschlagen. »Du setzt dich auf den Stuhl und hältst deinen Mund, Kleiner. Ich werde jetzt deinen Arm verbinden, denn wenn man die Wunden nicht behandelt, wird man diesen Arm in einer Woche abschneiden müssen.«

Der Junge wich vor ihr zurück.

Frederic stand abrupt auf, verstellte dem Knaben den Weg, griff ihm ins Haar und riss ihn nach hinten. Der Junge verlor das Gleichgewicht und schlug hart auf den Boden. Der Ritter stellte ihm einen Fuß auf die Brust und drückte ihn nieder. »Nicht jeder ist so langmütig wie Schwester Michelle«, sagte er hitzig. Er legte die Hand auf den Korb seines Rapiers. »Vertrau besser nicht darauf, dass ich keine Waffe gegen dich erhebe, weil du ein Kind bist. Du hast einen meiner Ordensbrüder schwer verletzt. Von mir hast du kein Pardon zu erwarten.«

Michelle war ebenfalls verärgert. Das Maß war voll! Sollte der kleine Ausreißer doch lernen, was es hieß, wenn man nach der Hand biss, die einem gereicht wurde. Nur aus Pflichtbewusstsein versorgte sie seinen Arm.

Honoré stöhnte, dann blinzelte er. Sein Gesicht war kalkweiß.

Michelle starrte ihn mit offenem Mund an. Er sollte noch für Stunden ohnmächtig sein! Niemand konnte sich so schnell erholen, wenn man ihm ein Brenneisen durch den Leib gestoßen hatte!

»Seid ihr fertig im Dorf?« Honorés Stimme war noch schwach und zittrig.

Es war Bartolomé, der das schweigende Staunen der Ritter beendete. »Wir werden einige Tage bleiben müssen. In jedem Haus liegen Leichen. Ich weiß gar nicht, wo ich genügend Holz für die Scheiterhaufen hernehmen soll.«

»Gibt es andere Überlebende?«

»Nein, nur den Jungen, so wie es aussieht.«

»Dann lass ein paar Dachstühle einreißen und nimm das Holz.« Honoré versuchte sich aufzurichten, gab aber auf halbem Weg wieder auf. Er ließ den Kopf zurück auf die aufgerollte Decke sinken, die ihm als Kissen diente. »Spürt ihr das?« Seine Stimme war nur noch ein Flüstern. »Das Kind! Es hat etwas an sich ... Es muss ein Wechselbalg sein. Die Anderen haben es hierhergebracht ... Wenn ich die Augen schließe, kann ich es immer noch spüren. Euch, meine Brüder und Schwestern, aber nicht. Es muss brennen. Es ist böse.«

»Das ist nicht wahr! Ich bin Luc, der Sohn des Waffenmeisters unseres Grafen. Ich habe mit den Anderen nichts zu schaffen«, begehrte der Junge auf. »Niemand hier in Lanzac hat Umgang mit ihnen.«

»Wir haben die Heidengöttin in den Ruinen gesehen, Junge«, erklang der Bass Nicolos. »Und wir haben auch die Gaben am Sockel der Statue bemerkt. Versuche uns nicht für dumm zu verkaufen.«

»Sie ist doch nur ein schönes Steinbild«, wandte Luc ein. Man konnte seiner Stimme anhören, dass er wusste, wie viel mehr sie bedeutete.

»Weißt du, warum du als Einziger noch lebst, Luc?« Honoré sagte das fast freundlich. Er schien zu neuer Kraft gefunden zu haben.

Michelle fragte sich, ob die Aussicht, ein Kind verbrennen zu sehen, ihren Kameraden so sehr erregte, dass er seine grässliche Wunde darüber vergaß. Traurig dachte die Ritterin daran, wie nahe sie einander einmal gewesen waren und wie sehr das dunkle Drusna und der Krieg in den Wäldern ihn verändert hatten.

»Warum hast du als Einziger überlebt, Junge?« Honoré hatte kaum die Kraft, so laut zu sprechen, dass alle ihn hören konnten. Aber er schlug denselben Tonfall an, den Michelle von ihm aus Befragungen von Ketzern her kannte. Seine Stimme war lockend und freundlich. So hatte er bei Verhören von Frauen und Kindern geklungen, wenn er gespürt hatte, dass sie kurz davor gewesen waren, zusammenzubrechen und ihm alles zu gestehen. Sogar Dinge, die sie niemals getan hatten, weil sie darauf hofften dann seine Gnade zu finden. Michelle hatte das schon damals gehasst. Wie konnte er das Gleiche jetzt bei dem Jungen tun? Es war doch absurd anzunehmen, der Kleine sei ein Wechselbalg! Die Albenkinder waren seit Jahrhunderten aus diesem Landstrich vertrieben! Auch wenn ein paar irregeleitete Bauern und Schäfer noch Geschenke am Sockel einer alten Statue niederlegten.

»Hast du dich das nie gefragt, warum sie alle starben,

Junge?«, fuhr Honoré fort. »Hat es dich nicht gequält? Horche in dein Herz. Kennst du die Antwort nicht?«

»Das reicht jetzt!«, fuhr Michelle ihren Ritterbruder an. »Lass ihn in Ruhe!« Weder Schmerzen noch Todesdrohungen hatten den Jungen weinen lassen. Doch jetzt standen ihm Tränen in den Augen.

»Du weißt es, Luc. Nicht wahr?«, drängte Honoré. »Sprich es aus! Nur dann bist du frei. Und nur dann besteht für deine Seele noch Hoffnung. Es heißt, die Anderen werden niemals krank. Du bist der Einzige, der die Pest in Lanzac überlebt hat. Ist die Wahrheit so schwer zu erkennen, Kind? Du bist von ihrem Blute. Nur deshalb bist du nicht wie alle anderen verreckt.« Honoré musste keuchend Luft holen.

»Das ist … das ist gelogen.« Lucs Widerstand brach zusammen. Tränen glänzten in seinen Augen. »Das ist nicht wahr.«

»Du weißt nicht, was man dir angetan hat«, setzte ihm Honoré weiter zu. »Du bist in dem Glauben aufgewachsen, dass du ein Menschenkind bist. Du siehst ja auch aus wie sie …« Er brach ab und rang um Atem.

»Kennst du die Umstände deiner Geburt? Hat deine Mutter eine Nacht gewartet, bevor sie einen Priester rief, um sich segnen zu lassen? Kennst du die Geschichten über die Anderen?«

»Rede nicht so über meine Mutter!«, begehrte der Knabe auf. »Du hast sie ja gar nicht gekannt. Ich wurde mit einer Glückshaut auf dem Kopf geboren. Daher kommt mein Name, Luc. Meine Mutter hat nie etwas Unrechtes getan. Sie nicht … Nie!«

Leise röchelte Honoré. So geschwächt er auch war, in seinen Augen lag eine unheimliche Macht. Sein Blick hielt den Jungen gefangen.

»Vielleicht wusste deine Mutter gar nicht, was geschah. Bei Nacht ist die Macht der Anderen am größten. Dann kommen sie, um Kinder auszutauschen, die nicht der Segen der Kirche schützt. Deshalb soll bei jeder Geburt außer der Hebamme auch ein Priester zugegen sein. Es ist nicht deine Schuld, Junge.« Honoré senkte die Stimme und fuhr besänftigend fort: »Ich sehe doch, dass es ehrliche Tränen sind, die du vergießt. Du bist ihr Opfer. Räche dich an ihnen! Sie hoffen, dass du das Unheil, das an dir haftet, von Lanzac hinaus in die Welt trägst. Dazu haben sie dich erschaffen.« Ein plötzlicher Schmerz ließ den Ritter am ganzen Leib erzittern. Er stieß ein lang gezogenes Röcheln aus. Nur mühsam gewann er die Kontrolle wieder. »Du bist eine Waffe der Anderen. Verweigere dich ihnen! Beweise, dass dir die Menschen etwas gelten, die dich in Liebe aufgezogen haben. Gib dein Leben hin! Geh aus freien Stücken auf den Scheiterhaufen, und dein Opfer wird Wohlgefallen vor Gott finden.«

Luc schluchzte nun ungehemmt. »Ich wollte nicht … Ich …«

Michelle versuchte sich gegen die eindringlichen Worte ihres Ordensbruders zu wappnen. Sie wusste, dass die Predigt und die Kunst des Verhörs seine großen Begabungen waren. Man hatte sie alle auf der Ordensburg geschult. Sie waren die Speerspitze der Kirche. Sie sollten mit Worten überzeugen, und erst wo Worte auf keinen fruchtbaren Grund fielen, war es ihnen erlaubt, der Predigt mit dem Schwerte Nachdruck zu verleihen. Ein kleiner Junge würde niemals der geschliffenen Rhetorik Honorés widerstehen können. Selbst dann nicht, wenn Honoré, dem Tode nahe, sich jedes Wort abringen musste. Alles, was ihr Ordensbruder gesagt hatte, war in sich schlüssig. Er folgte den Vorgaben der Kirche in seiner Argumentation. Trotzdem wollte Michelle ihm nicht glauben. Schließlich wusste auch sie, wie man ein Verhör führte.

»Meine Eltern waren immer gut zu mir. Sie können nicht ...« Unter Tränen versagte Luc die Stimme.

Der schwache Versuch der Verteidigung rührte Michelle. Ihr Herz sagte ihr, dass Luc unschuldig war! Sie durfte nicht zulassen, dass ein Kind starb. Nicht schon wieder. Dieses Mal würde sie kämpfen! Anders als damals in Drusna. Selbst wenn es hieße, sich gegen Honoré und alle anderen zu stellen. Hier geschah Unrecht! Und sie hatte gelobt, ihr Schwert in den Dienst der Schwachen zu stellen. Diesen Eid hatte Honoré wohl schon lange vergessen.

Michelle musterte heimlich ihre Ordensbrüder. Corinne und Frederic waren auf Honorés Seite. Sie hingen förmlich an seinen Lippen. Bei Bartolomé glaubte sie zu spüren, dass er die Art des Verhörs verurteilte. Und Nicolo? Ihn konnte sie nie richtig einschätzen. Er hatte sich immer schon aus allem herausgehalten.

»Tjured ist ein Gott der Gnade«, unterbrach Michelle die Befragung. »Er ist viel gütiger als die heidnischen Götzen, die man in Drusna und im Fjordland verehrt. Wer ihm dient, der sollte im Zweifel immer für den Angeklagten entscheiden.«

Honoré überging den Einwand einfach. »Wirst du deine Seele Gott anvertrauen?«, fragte er den Jungen streng. »Nur wenn du freiwillig den Scheiterhaufen besteigst und dich den läuternden Flammen übergibst, besteht noch Hoffnung für dich.«

Luc sah sie der Reihe nach an. Michelle kannte diesen Blick. Wenn sie alle hart blieben, wenn keiner den Augen des Kindes auswich, dann würde sich der Kleine fügen.

Michelle wusste, sie musste einschreiten, bevor der Junge zusammenbrach und eingestand, was Honoré ihm einzureden versuchte. Vielleicht würde Luc dem Verhör ja noch ein wenig standhalten … Aber er war verletzt und einsam. Er war kurz davor nachzugeben. Und wenn er selbst seine Schuld aussprach, dann war alles zu spät, dann konnte sie ihn nicht mehr retten. Ein Geständnis konnte nicht zurückgenommen werden, selbst wenn es blanker Unsinn war.

»Und wenn Tjured uns ein Zeichen damit schicken wollte, dass der Junge überlebte?«, warf die Ritterin ein.

Honoré drehte sich zu ihr um. Die Bewegung ließ ihn vor Schmerz keuchen. Wut brannte in seinen Augen. Er versuchte, sie allein mit Blicken zu bezwingen. Sie kannte ihn. Sie würde sich nicht beugen.

»Bartolomé?«, unterbrach Honoré die Stille. »Gehst du mit dem Jungen hinaus? Und Luc, erzähle ihm von deinen Sünden. Du musst deine Seele erleichtern. Dann wird sie gewiss ihren Weg zu Gott finden.«

Sein Gesicht glänzte vor Schweiß. Flüsternd sprach er nach zwei beschwerlichen Atemzügen weiter.

»Du wirst dort mit deinem Vater und deiner Mutter vereint sein. Und mit ihnen wirst du für immer im Chor der Glückseligen singen, wenn du mit reiner Seele vor Tjured trittst. Du willst deine Eltern doch nicht enttäuschen, oder? Sie haben dich in Liebe aufgezogen. Sie haben niemals gewusst, dass du nicht wirklich der warst, den die Lenden … deiner Mutter … geboren … hatten …« Nur noch stockend brachte er die letzten Worte hervor. »Zeige dich der Liebe deiner Eltern würdig! Und rette durch deinen Edelmut auch die Seele des kleinen, namenlosen Säuglings, den die Anderen raubten, um ihn in einem Brunnen zu ertränken und dich an seine Stelle zu legen.«

Luc blickte teilnahmslos vor sich hin.

Es zerriss Michelle das Herz zu sehen, wie Honoré es in so

kurzer Zeit geschafft hatte, den Jungen zu brechen. Seelen waren wie Wachs in Honorés Händen. Er konnte sie nach Belieben formen. Selbst ihr, die sie mit ihm gemeinsam ausgebildet worden war und die sie alle Schliche kannte, fiel es schwer, sich der Macht seiner Worte zu entziehen. Es war beängstigend, wie sicher er das Verhör führte. Und das, obwohl er kaum dem Tod entronnen war. Sie hatte lange nicht mehr neben ihm gesessen, wenn er seine *Kunst* ausübte. Wie musste es erst sein, wenn er völlig bei Kräften war!

Der Junge verließ mit gesenktem Kopf das Jagdzimmer. Bartolomé legte Luc freundschaftlich die Hand auf die Schulter.

Michelle war sich bewusst, dass Honoré ausgerechnet denjenigen unter ihren Brüdern hinausgeschickt hatte, der sich vielleicht auf ihre Seite geschlagen hätte. Auch wenn Tjured Bartolomé mit der Statur eines Metzgers und dem Gesicht einer Bulldogge keine leichte Prüfung auferlegt hatte, so war ihrem Ritterbruder doch zugleich ein gütiges Herz geschenkt worden. Er wäre unvoreingenommen gewesen.

»Lass dich von dem unschuldigen Äußeren des Kindes nicht täuschen, Michelle. Glaubst du, mir fällt es leicht, ihm das Leben zu nehmen?«

Michelle fluchte stumm. Er wollte sie in der Defensive halten. Das fing ja gut an!

»Warum bist du dir so sicher, dass der Junge ein Wechselbalg ist?«

»Ich kann es fühlen«, sagte Honoré ernsthaft und ganz ohne eifernden Unterton. »So wie ich die Anderen in den Wäldern Drusnas fühlen konnte. Oder die grässlichen Blutstätten, an denen die Bojaren ihren Götzen huldigten. Tjured hat mir diese Fähigkeit geschenkt, und glaube mir, Schwester, heute ist sie mir ein Fluch. Ich wünschte, ich wäre mir nicht so sicher und mein Zweifel würde mir erlauben, den Jungen am Leben zu lassen.«

»Und wenn Tjured sein Leben verschont hätte, weil der Junge zu Großem berufen ist? Vielleicht ist er die eine Seele in diesem Dorf, die noch nicht zum großen himmlischen Chor gehören darf. Vielleicht muss er erst noch seine Stimme im Lied alles Irdischen erheben. Ja, vielleicht wird er diesem Chor dereinst der Vorsänger sein.«

Honoré stieß einen langen Seufzer aus. Er bedachte sie mit einem Blick wie ein Lehrmeister ihn einem begriffsstutzigen Schüler schenkt. »Deine Zweifel in allen Ehren, Michelle. Ich verstehe, dass du nach dem, was in Drusna geschah, so schwer mit dir ringst, wenn es um das Leben eines Kindes geht. Wir alle fühlen so.«

Er sah in die Runde. Corinne nickte. Frederic und Nicolo hüllten sich in beredtes Schweigen.

Michelle fragte sich, ob ihre Gefährten auch noch von jener Nacht träumten, die nun schon mehr als ein Jahr zurücklag.

»Und wenn du doch irren solltest?«, wandte die Ritterin ein.

»Liegt es daran, dass *ich* das Offensichtliche ausgesprochen habe? Liegt es an mir? Hättest du dich nicht widersetzt, wenn Bruder Nicolo an meiner Stelle das Wort ergriffen hätte? Ist es wegen der Nacht an der Bresna? Deine eigene Schwester hat vor dem Ordensgericht für mich gesprochen. Militärisch gesehen war mein Befehl das einzig Richtige. Die Heiden wären uns alle entkommen, wenn ich nicht zum Angriff geblasen hätte.«

Michelle atmete schwer. Sie versuchte, sich gegen die Erinnerung zu wappnen, die nun mit aller Macht wiederkehrte. Ihre Stimme zitterte, als sie sprach.

»Ich werde für den Jungen eintreten. Ich bin von seiner Unschuld überzeugt.«

Alle sahen sie bestürzt an. Sie wussten, was ihre Worte zu bedeuten hatten. Michelle selbst konnte kaum glauben, was sie da ausgesprochen hatte. Sie hatte sich hinreißen lassen. Aber wenn sie jetzt einen Rückzieher machte, wäre der Junge verloren. Sie sah Honoré an und gewahrte den fanatischen Hass, der in ihm brannte. Das war nicht mehr der Mann, den sie einmal geliebt hatte. Diesen Honoré hatten die Wälder Drusnas und der Schrecken des Krieges getötet. Sie würde ihm nicht noch ein weiteres Kind opfern!

»Du willst doch wegen dieses Jungen kein weiteres Blut vergießen?«, brach Frederic das erschrockene Schweigen ihrer Ordensbrüder. »Genügt es nicht, was er Bruder Honoré angetan hat? Ist dir dieser verfluchte Wechselbalg näher als deine Brüder und Schwestern? Die Beweise gegen ihn sind doch eindeutig!«

»Nicht in meinen Augen! Seht ihr denn nicht die Botschaft, die Tjured uns schickt, indem er das Leben des Jungen schonte? Weder die Pest noch die Wölfe vermochten Luc zu töten.«

»Das alles ist doch nur Blendwerk der Anderen«, entgegnete ihr nun Corinne aufgebracht. »Und ich bin bereit, gegen dich anzutreten. Ihr alle seid meine Zeugen, dass Michelle es war, die die Herausforderung ausgesprochen hat, als sie erklärte, sie wolle für den Jungen eintreten.«

»Ich danke dir, dass du so entschieden für die richtige Sache streitest, doch trage ich meine Duelle stets selbst aus, Schwester Corinne«, erklang Honorés schwache Stimme.

»Aber du kannst doch nicht …«

Honoré bedeutete der Ritterin mit einer knappen Geste zu schweigen.

Michelle ahnte, was kommen würde. Er liebte diese melodramatischen Auftritte.

»Michelle de Droy, du giltst als Fechtmeisterin, und wie die Dinge stehen, werde ich wohl einige Zeit lang keine Klinge mehr führen ...«

»Bei einem Gottesurteil wäre es doch Tjured selbst, der deine Klinge führt«, erwiderte sie und hielt kurz inne, um dann fortzufahren: »Falls du im Recht bist.«

Honoré lächelte selbstverliebt. »Ich zweifele nicht daran, dass er es täte.« Er hob unbeholfen den linken Arm. Blut sickerte in seinen frischen Verband. »Aber es steht mir nicht zu, Tjured zu einem Wunder zu nötigen, und das würde ich wohl brauchen, um mit diesem Arm eine Klinge zu führen und dich besiegen zu können. Tragen wir es mit Sattelpistolen aus. Nicolo, such in den Schränken nach einem Pistolenpaar, dass dir geeignet scheint. Lade nur eine der Waffen. Richte es so ein, dass wir nicht sehen können, in welchem Lauf der Tod wartet.«

Ihr Kamerad befolgte Honorés Wunsch, ohne eine weitere Frage zu stellen. Corinne sah sie bestürzt an, Frederic ergriff das Wort: »Das ist doch verrückt! Wir sind wie Brüder und Schwestern. Wir dürfen nicht Waffen gegeneinander richten.«

Michelle nickte. »Er hat recht, Honoré. Trotz allem, was war. Muss das sein?«

»Das frage ich dich, Michelle. Ist der Junge es wert? Bist du dir deiner Sache sicher? Ich möchte nur ungern dein Blut vergießen. Ich weiß, bei dir ist es anders, aber mir bedeutest du immer noch viel.«

»Du kannst die Waffe doch nicht einmal halten, ohne dass deine Hand zittert. Hör auf mit dieser Posse, Honoré.« Die arrogante Selbstgewissheit, mit der er davon ausging zu gewinnen, reizte sie bis aufs Blut. Sie wusste, Gott würde nicht auf seiner Seite stehen. Ganz gewiss nicht!

»Für mich ist ein Streit in Glaubensangelegenheiten alles andere als eine Posse. Und was deinen Einwand angeht: Komm her an mein Lager. Ich werde die Mündung auf deine Brust setzen. Dorthin, wo dein Herz schlägt. Dann ist es unbedeutend, ob ich ein wenig zittere.«

Michelles Mund war so trocken, als habe sie ein Fuder Mehl geschluckt. Sie räusperte sich, vermochte ihrer Kehle aber keinen Ton abzuringen. Sie sollten den Jungen mitnehmen. Ein Gremium aus Priestern könnte über ihn befinden ... Nein! Sie wären nicht unbefangen. Wenn Honoré Gelegenheit hätte, ihnen den Fall des Jungen zu schildern, so wie er ihn sah, dann wäre Lucs Leben verwirkt. Michelle wusste, dass sie sich gegen den wortgewandten Ordensbruder nicht durchsetzen würde. Wenn sie Lucs Leben retten wollte, dann müsste sie es hier und jetzt tun. War der Junge es wert? Was wusste sie schon von ihm? Doch eigentlich ging es gar nicht um ihn. Es ging um die Kinder in Drusna ... Darum, dass sie das Töten nicht verhindert hatte. Deshalb musste sie nun mit allen Mitteln gegen den Mann kämpfen, dem sie eben erst das Leben gerettet und den sie einst geliebt hatte. Sie konnte nicht noch einmal einfach nur zusehen. Daran würde sie zerbrechen.

Das metallische Klicken des Ladestocks durchbrach die Stille im Jagdkabinett. Nicolo verkeilte eine Bleikugel im Lauf einer Waffe.

Michelle leckte sich über die trockenen Lippen. Honoré wirkte ganz ruhig. War er seiner Sache so sicher? Es stimmte, er hatte ein geradezu unheimliches Gespür dafür gehabt, wenn die Anderen versuchten, sie in einen Hinterhalt zu locken. Sie hatte diese Gabe nicht. Handelte sie nur aus Mitleid? Nein, nein! Sie durfte sich nicht einschüchtern lassen! Das gehörte zu seinem Kalkül. Sie kannte ihn doch wirklich lange genug, um das zu wissen. Und dennoch ... Es wirkte. Vielleicht war Gott wahrhaftig auf seiner Seite, und sie war zu weichherzig.

Honoré räusperte sich. »Bruder Frederic, würdest du bitte den Jungen hereinbringen? Ich möchte, dass er mit ansieht, was gleich geschieht.«

»Ist das nötig?« Die Worte kratzten wie kantige Kiesel in Michelles Kehle.

Honoré sah sie mitleidig an. »Muss ich dich daran erinnern, wie ein Gottesurteil ausgetragen wird? Wenn du dein Leben in Tjureds Hand legen willst, um mit der Waffe für einen Verurteilten einzutreten, dann muss der Delinquent dabei zugegen sein. Doch bedenke, du musst das nicht tun! Niemand würde dir Vorhaltungen machen, wenn du deinen Fehler einsiehst und deine Herausforderung zurücknimmst.« Er sah in die Runde. Und Michelle folgte seinen Blicken.

Frederic nickte. »Es ist wirklich ein Fehler. Wir sind doch eine Lanze ... Brüder und Schwestern, gemeinsam aufgewachsen im Dienst an Tjured.«

Michelle konnte an Corinnes Blick ablesen, dass sie nicht mit einem Rückzieher rechnete.

Und Nicolo ... Er hielt sich wieder einmal heraus. Er sah ihnen nicht in die Augen, sondern begutachtete die beiden Sattelpistolen.

»Er ist doch nur ein Kind ...«, wandte Michelle ein.

Hinter ihrem Rücken erklang das unverwechselbare Geräusch, mit dem die Feder einer Pistole gespannt wurde. Die Ritterin musste nicht hinsehen, um zu wissen, wie Nicolo den Schlüssel auf den Vierkant setzte und mit einer vorsichtigen Drehung die Feder im Radschloss spannte. Kalter

Schweiß stand ihr auf der Stirn. Ihre Glieder schmerzten. Den ganzen Tag schon fühlte sie sich unwohl. Dieses Gottesurteil war so unnütz, dachte sie müde.

»Ein Kind?«, fuhr Honoré sie an. »In meinen Augen ist er ein Wechselbalg. Eine tödliche Gefahr für den Frieden in Gottes Welt.« Das Antlitz des Ritters war von Schweiß überströmt. In seinen Augen glänzte der Wahn. Er war besessen davon, Tjureds Werkzeug zu sein.

Frederic holte Luc und Bartolomé. Honoré erklärte ihnen kurz, was geschehen würde. Der Junge wirkte verstört. Er sah Michelle an. Sie versuchte zu lächeln. Sie hätte ihm gern gesagt, dass alles gut werden würde und er keine Angst haben müsste, aber ihr versagte erneut die Stimme. Sie hatte selbst Angst.

Nicolo brachte die beiden Pistolen. Es waren zwei schwere Waffen. Ein Paar, das genau gleich aussah. Die Silberbeschläge an den Griffen waren leicht angelaufen. Sie zeigten einen Reiter im vollen Galopp. Einen Pistolenschützen mit drohend erhobener Waffe.

»Ich treffe die erste Wahl«, sagte Honroré. »Du hast das Gottesurteil herausgefordert, Michelle, also steht es mir zu, die Waffe zu wählen!«

Nicolo trat an das Lager des Verwundeten. Honoré hatte kaum die Kraft, die Pistole zu halten, die er sich aussuchte.

Michelle griff nach der verbliebenen Waffe. Sie wog sie in der Hand. Bei ihren eigenen Sattelpistolen konnte sie blind sagen, ob sie geladen waren. Bei dieser Waffe war das unmöglich einzuschätzen.

Honoré stützte seine Pistole auf der Hüfte auf. Mit obszöner Geste winkte er ihr mit dem Lauf zu. »Komm her, Michelle. Seien wir ein letztes Mal einander so nahe wie in vergangenen Zeiten.«

Das war das Letzte, was sie wollte. Die Nacht an der Bresna hatte alle Bande zwischen ihnen durchtrennt. Sie würden einander nie wieder nahe sein! Sie trat an sein Lager. Für einen von ihnen würde dies der Abschied vom Leben werden. Und nur Tjured wusste, wen er zu sich rufen würde.

»Lass den Jungen brennen, er ist es nicht wert«, flüsterte Honoré.

»Lass ihn ziehen, und es wird kein Gottesurteil geben«, entgegnete Michelle.

Der fiebrige Wahn war aus Honorés Augen gewichen. Plötzlich sah sie in ihm wieder den jungen Ritter, in den sie sich einst verliebt hatte.

Zitternd reckte sich sein Pistolenlauf ihrem Gesicht entgegen. »Du hast entschieden. Nun soll Tjured über uns richten«, sagte er traurig.

Michelle war erschüttert. Sie wusste, was eine schwere Bleikugel, abgefeuert auf so kurze Entfernung, mit einem Gesicht anstellte. Er wollte ihr Antlitz aus seiner Erinnerung löschen. Und dazu musste er es zerstören.

Sie setzte ihre Pistolenmündung auf seine Brust, dicht oberhalb des Rippenbogens, dorthin, wo das Herz schlug, das ihr so fremd geworden war.

Die Mündung von Honorés Radschlosspistole erschien ihr wie ein Abgrund. Er schien sie anzuziehen. Michelle schloss die Augen. Kühl schmiegte sich der Abzug ihrer Waffe an ihren Zeigefinger. Ein Fingerzucken würde alles zu Ende bringen. Die Bilder der Brücke an der Bresna drängten in ihre Erinnerung. Sie hatten in der Abenddämmerung Mereskaja zurückerobert. Der Feind war geschlagen und flüchtete über die letzte Brücke. Wenn sie ihm nachsetzten, wäre die größte Streitmacht Drusnas ausgelöscht. Ihre Feinde waren demoralisiert, die meisten Truppen in Auflösung begriffen. Es war die Gelegenheit, ihnen einen Schlag zu versetzen, von dem sie sich nicht mehr erholen würden.

Sie alle sechs waren dort. Sie führten die Schwarze Schar. Eine Elitetruppe der Neuen Ritterschaft. Tollkühne Reiter. Sie hatten das Marientor besetzt. Und vor ihnen lag diese verfluchte letzte Brücke. Sie konnten sehen, wie Kobolde alles für eine Sprengung vorbereiteten. Schwere Pulverfässer waren an den Brückenpfeilern angebracht. Auf der anderen Seite deckten Armbrustschützen und einige Elfen den Rückzug des geschlagenen Heeres.

Hunderte versprengte Krieger waren auf der Brücke. Und ganz zuletzt gingen die Kinder des Guillaumechors. Man hatte sie aus dem Tempelturm des Heiligen nahe dem Ufer geholt und benutzte sie als einen lebenden Schild, um den letzten vernichtenden Schlag der Neuen Ritterschaft abzuwehren. Nur Reiter konnten die Brücke noch schnell genug nehmen, um die Sprengung zu verhindern. Und ihr Angriff würde sie mitten in eine Schar dicht gedrängt stehender Kinder führen. Es war zu eng auf der Brücke. Die Kinder würden unter die Hufe geraten. Das war bei einem Angriff nicht zu verhindern.

Ein metallisch scharrendes Geräusch löschte die Bilder der Vergangenheit. Das stählerne Rad drehte sich im Schloss und riss Funken aus dem Schwefelkies, der im Pistolenhahn steckte.

Michelle blickte in den Abgrund der Mündung. Nichts geschah.

Ein Muskel zuckte in Honorés Wange. Er schloss nicht die Augen, sondern sah dem Unvermeidlichen entgegen. Tjured hatte gegen ihn entschieden. Er hatte die ungeladene Pistole gewählt.

Michelle löste den Hahn ihrer Waffe. Der kleine Splitter

aus Schwefelkies, gehalten von eisernen Klammern, drückte gegen das stählerne Rad, bereit, einen Funkenregen in die Pulverpfanne sprühen zu lassen. Ihr Zeigefinger drückte fester gegen den Abzug. Einen Herzschlag lang sah sie wieder die Kinder in den weißen Chorhemden vor sich. Die spitzengesäumten Festtagsgewänder waren ihre Leichenhemden geworden.

Der Zeigefinger der Ritterin krümmte sich.

BLUTSPUR

Es war nicht leicht, Gishilds Spur vom Waldrand aus zu folgen. Sie war gut darin, sich durch das Dickicht zu pirschen, dachte Silwyna. Sie konnte der Fährte der kleinen Prinzessin nur deshalb nachsetzen, weil sie es war, die sie gelehrt hatte, wie man sich im Wald bewegte. Die Elfe wusste intuitiv, wo ihre Schülerin entlanggegangen sein musste. Sie konnte sich in ihre Gedanken hineinversetzen. Und doch fand sie nur sehr selten einen geknickten Ast oder den halben Abdruck eines Kinderfußes im weichen Boden. Erst als die blasse Morgensonne kurz durch die Wolken blinzelte und die Elfe ein langes blondes Haar an einem Haselnusszweig entdeckte, war sich Silwyna völlig sicher, dass es wirklich die Spur der Prinzessin war, der sie folgte.

Gishild hatte einen weiten Bogen geschlagen. Sie wollte das Lager wohl umgehen. Doch dann war sie auf eine andere Spur gestoßen und tiefer in den Wald eingedrungen.

Die Elfe atmete schwer aus. Die Fährte führte in die Richtung, die sie befürchtet hatte.

»Und?«, drängte König Gunnar ungeduldig.

»Sie ist zum Geisterwald gegangen. Sie hat das aus freien Stücken getan. Niemand war im Lager, um sie zu entführen.«

Die Wangenmuskeln des Königs spannten sich. Die Elfe hörte ihn mit den Zähnen mahlen. Mitten in der Nacht hatte es einen Streit in der Scheune gegeben. Nachdem die Komturin Lilianne sich vorübergehend von den Verhandlungen zurückgezogen hatte, hatte sie nach ihrer Rückkehr unerfüllbare Forderungen gestellt. Ihr dreistes Auftreten schien sogar den Erzverweser verärgert zu haben. Die Verhandlungen waren gescheitert. Und die Ritter hatten sich noch in der Nacht zurückgezogen. Sie hatten den Waldtempel niedergebrannt. Die Bojaren waren außer sich vor Zorn über den Frevel gewesen, aber wirklich gewundert hatte es niemanden. So waren sie, die Jünger Tjureds, sie konnten die Spuren anderer Götter in dieser Welt nicht ertragen. Und sie löschten sie aus, wo immer es ihnen möglich war. Dass sie den Tempel nicht schon früher niedergebrannt hatten, lag vermutlich allein daran, dass sie die Verhandlungen im Dorf nicht mit einer solchen Tat hatten eröffnen wollen.

»Sie wollte zu mir«, stieß Gunnar mit gepresster Stimme hervor.

Silwyna hatte kein Mitleid mit ihm. Es war dumm gewesen, mit den Ordensrittern verhandeln zu wollen. Sie waren Todfeinde, und sie würden nicht ruhen, bis Drusna und das Fjordland besiegt und besetzt waren. Und das allein, weil sie keine anderen Götter neben Tjured duldeten. Sie waren mächtig geworden, die blauen Priester! Sie schafften es sogar, die Albensterne zu versiegeln und damit das Netz der

Albenpfade zu stören. Jene magischen Pfade aus Licht waren es, welche die Welt der Menschen mit jener der Albenkinder verbanden. Wer einen Schritt auf ihnen tat, mochte tausend Meilen gehen oder sogar von einer Welt in eine andere. Und die Albensterne waren die Tore, durch die man das Netzwerk der Wege betrat. Silwyna hatte nicht verstanden, welche Macht es den Priestern erlaubte, die Tore zu verschließen. Die Tjuredpriester errichteten dort Tempeltürme und heilige Schreine. Damit versiegelten sie die Albensterne in beide Richtungen. Gleichzeitig beraubten sie ihre Welt der Magie, ohne je zu begreifen, wie viel sie damit zugrunde richteten. Alle Schönheit entwuchs verborgenem Zauber. Wer ein offenes Herz hatte, der konnte diesen Zauber erspüren, ohne ein Magier zu sein. Aber die Priester verschlossen nicht nur die Tore, sie verschlossen auch die Herzen der Menschen. Und mit ihren Pulverwaffen verbreiteten sie den Schwefelodem des Devanthar in der Welt, des großen Zerstörers und Erzfeindes der Albenkinder. In ihrem Krieg gegen Elfen, Trolle und all die anderen Völker Albenmarks hatten sie sich unwissentlich zu Söldnern des Devanthar gemacht. Mit Priestern und Ordensrittern gab es nichts zu besprechen. Das hätte Gunnar wissen müssen, als er hierherkam!

Silwyna wickelte das goldene Haar, das sie entdeckt hatte, um einen dünnen Ast und gab ihn wortlos dem König. Die Elfe fürchtete sich vor dem, was sie am Ende von Gishilds Fährte finden würde. Sie mochte die kleine Prinzessin und deren Verbissenheit, die sie trotz aller Rückschläge antrieb zu lernen. Sie würde eines Tages eine gute Königin sein.

Silwyna richtete ihr Augenmerk auf die Spur, der Gishild gefolgt war. Jemand in Stiefeln war dort gegangen. Ein Reiter ... Er hatte es verstanden, sich verstohlen zu bewegen, jedenfalls für einen Menschen. Aber Gishild war besser gewesen. Gewiss war der Stiefelträger nicht auf seine kleine Verfolgerin aufmerksam geworden.

Die Elfe lief durch den hohen Farn, fast ohne die großen Blätter zu berühren. Sie schlug kein hohes Tempo an, damit Gunnar und seine Leibwachen in ihren schweren Kettenhemden ihr folgen konnten.

Ascheflocken tanzten wie schwarzer Schnee in der Luft. Nur einzelne blassgoldene Lichtbahnen brachen durch das dichte Blätterdach über ihren Häuptern. Rauch zog ihnen wie Nebel entgegen.

Ein Stück voraus kniete ein Mann im niedergetrampelten Farn. Er hatte das Gesicht in seinen rußverschmierten Fingern vergraben und weinte. Etwas weiter entdeckte sie eine ganze Gruppe von Kriegern, die wild gestikulierend auf den Bojaren Alexjei einredeten. Sie hielten mit Brandflecken bedeckte Umhänge in den Händen. Ihre langen Haare hingen ihnen in nassen Strähnen ins Gesicht. Zwei hatten sich die Bärte versengt, und ihre Gesichter waren rot verbrannt. Es war unmöglich, den Brand zu löschen. Es gab kein Wasser. Der nächste Bach war zu weit entfernt. Die Flammen der brennenden Totenbäume ließen sich nicht mit Umhängen ersticken. Die Krieger konnten lediglich erreichen, dass sich das Feuer nicht weiter im Wald ausbreitete.

Silwyna sah all das, ohne in ihrem Lauf innezuhalten. Was gingen sie brennende Bäume an .... Sie wollte Gishild. Doch je mehr sie sah, desto mehr wuchs ihre Angst. Die verdammten Ordensritter hatten viel zu viel Aufwand getrieben. Es ging nicht allein darum, einen Kultplatz der alten Götter zu schänden. Ihre Feinde wollten von dem ablenken, was wirklich geschehen war.

Breite Furchen waren durch den Farn getrampelt. Berittene Brandstifter und die verzweifelten Krieger Drusnas hatten jede Spur ausgelöscht. Silwyna verließ sich jetzt allein auf ihre Intuition. Gishild war hier gewesen.

Der Rauch brannte der Elfe in den Augen. Funken tanzten durch die Luft wie frühlingstrunkene Blütenfeen. Durch den lichten Wald und die Rauchschleier sah die Elfe nun den flachen Hügel, auf dem der Tempel gestanden hatte. Er war ganz in wogende Flammen gehüllt.

Einzelne Gestalten zeichneten sich dunkel gegen das Flammenmeer ab. Drusnier, die den verzweifelten Kampf einfach nicht aufgeben wollten. Wütend wie Berserker schlugen sie mit ihren weiten Umhängen auf die Flammen ein.

Heißer Wind schlug der Elfe entgegen. Wie der Odem eines riesigen Raubtiers zog er durch den Wald und schüttelte Funken von den Bäumen. Irgendwo im Rauch verborgen ertönte ein Geräusch wie verhaltenes Glockengeläut. Dumpfe Schläge, die einem tief in den Leib fuhren.

Silwyna versuchte, sich gegen die Flut der Eindrücke zu sperren. Wo war Gishild gewesen? War sie hierhergekommen?

»Sag mir, dass sie nicht dort auf dem Hügel ist«, erklang die Stimme des Königs dicht neben ihr. Gunnars Gesicht war von Ruß geschwärzt. Ein Funke brannte sich in seinen roten Bart. Er starrte zu dem Tempel.

»Das Einzige, was ich dir jetzt sagen kann, ist, dass ich dir nichts vormachen werde. Vielleicht ist sie dort ... Ihre Fährte führte in diese Richtung.« Sie deutete mit hilfloser Geste auf den niedergetrampelten Farn. »Hier kann man keine Spuren mehr lesen. Hier ...« Einer der Krieger, die gegen die Flammen ankämpften, schwang ein schwarzes Hemd. Das konnte nicht ihm gehören. Die Drusnier kleideten sich stets in grellbunte Stoffe.

Silwyna ging den Flammen entgegen. Die Hitze war wie

ein Schild, der sie zurückdrängen wollte. Sie spürte, wie sich die Haut ihres Gesichts straffte.

»Gib mir das Hemd!«

Der Krieger hörte nicht auf sie. Unermüdlich drosch er mit dem Stoff auf einen umgestürzten Stamm ein.

»He!«, übertönte eine schroffe Stimme das Fauchen der Flammen. »Dreh dich um, wenn ein König mit dir spricht, Kerl!«

Der Mann reagierte nicht.

Silwyna lief zu dem Mann und griff nach dem Hemd. Mit einem Ruck wand sie es dem Drusnier aus der Hand. Er keuchte, drehte sich um und sah sie mit rot geäderten, himmelblauen Augen an. Seine Augenbrauen und sein Bart waren verschwunden, das Haupthaar zur Hälfte verbrannt. Das Gesicht war rot, Blasen wucherten auf der zerschundenen Haut. »Dich schicken die Götter!« Er sank vor ihr nieder und umklammerte mit seinen Armen ihre Knie. »Du kannst zaubern. Lösche das Feuer, hohe Frau.« Er sprach, als stünde eine leibhaftige Göttin vor ihm.

Silwyna strich ihm vorsichtig über die verbrannten Wangen und flüsterte ein Wort der Macht. Das Feuer würde sie nicht besiegen können, doch konnte sie ihn mit einem Zauber umgeben, der ihn vor der Hitze der Flammen beschirmte und der seinen Wunden Linderung brachte.

»Woher hast du das Hemd meiner Tochter?«, schrie Gunnar. Er packte den Mann grob und zerrte ihn von den Flammen fort. »Antworte mir!«

Silwyna glaubte nicht, dass man aus dem verwirrten Kerl im Augenblick viel herausbekommen würde. Sie strich den Stoff des Hemdes glatt. Er war von Elfenhand gewoben. Es war eines der Jagdhemden, die sie Gishild geschenkt hatte. Der Stoff war steif von eingetrocknetem Blut. Die Flammen hatten ihn versengt und runde Löcher in das dichte Gewebe gefressen. Doch ein Loch war anders.

»Das war ein Klinge, nicht wahr?«, sprach Gunnar ihre Gedanken aus. Er hatte von dem verwirrten Drusnier abgelassen. »Ein Rapier oder ein Dolch. Es …« Er nahm ihr das Hemd aus den Händen. »Sie haben sie …« Er drückte das Hemd gegen seine breite Brust und schloss die Augen. »Sie haben …« Seine Stimme erstarb.

»Sieh dir den Saum des Hemdes an. Dort sind Stoffstreifen abgeschnitten. Sie haben versucht, die Blutung zu stillen. Das hätten sie nicht getan, wenn Gishild schon tot gewesen wäre.«

»Warum ein Kind? Hätten sie nicht mich niederstechen können?« In hilfloser Wut ballte er die Fäuste. »Es wird keinen Frieden mit ihnen geben. Nie mehr! Wir werden ihnen nachsetzen. Jeder, der reiten kann, soll mir folgen. Wir werden sie einholen!«

Silwyna antwortete nicht. Sie wusste es besser. Die Ordensritter waren kurz nach Mitternacht abgerückt. Sie hatten fast zehn Stunden Vorsprung. Obendrein waren sie Gunnars Männern an Zahl überlegen. Ihre einzige Hoffnung war Fenryl. Der Fürst war gestern Nacht noch aufgebrochen, um Fürst Tiranu und seinen Elfenrittern entgegenzureiten. Silwyna hatte Tiranus Leute tief verborgen im Wald gefunden und ihnen den Befehl zum Aufbruch gegeben. Doch sie waren ihr nur widerwillig gefolgt. Deshalb hatte sie die Krieger aus Langollion wieder verlassen und ihnen Fenryl entgegengeschickt. Den Wünschen des Fürsten würden sie sich nicht widersetzen.

Silwyna sah den König geistesabwesend an. »Lass deine Männer aufsatteln«, sagte sie schließlich zu Gunnar. Es war einfacher, ihm die Wahrheit zu verschweigen, als mit ihm zu streiten. Für ihn war es besser, etwas zu tun, als hier zu warten. Seine Reiter würden die Ordensritter nicht mehr einholen. Aber vielleicht konnte er Fenryl ja ein paar Elfenpferde abnehmen ... Doch all das war nicht ihr Problem. Ohne ein weiteres Wort wandte sie sich ab und begann zu laufen. Diesmal nahm sie auf niemanden mehr Rücksicht. Sie war eine Maurawani. Niemand bewegte sich so schnell und so geschickt durch den Wald wie ihr Volk. Und Emerelle hatte ihr befohlen, Gishild zu beschützen. Sie würde das Mädchen holen und wenn sie dafür allein gegen ein ganzes Heer antreten müsste!

Bald war der brennende Tempel aus ihrem Blickfeld verschwunden. Doch ihr schlechtes Gewissen vermochte sie nicht hinter sich zu lassen. Sie hätte am vergangenen Abend nicht das Lager verlassen dürfen, um in Fenryls Auftrag nach verbündeten Streitkräften zu suchen. Ihr Platz wäre an Gishilds Seite gewesen. Sie war ihre Lehrerin und Leibwächterin. Sie hatte versagt. Aber sie würde es wiedergutmachen.

DIE FECHTMEISTERIN

Luc zuckte bei dem Knall des Schusses zusammen. Blaugrauer Pulverdampf wogte durchs Zimmer. Der Junge reckte den Kopf vor. Er konnte nicht glauben, dass die Ritterin es wirklich getan hatte. Sie musste danebengeschossen haben. Sie konnte doch nicht einen ihrer Ritterbrüder töten. Für ihn ...

Die Frau, die sie Michelle genannt hatten, stand so, dass sie ihm die Sicht auf den Tisch verdeckte. Auf den infernalischen Knall folgte lastendes Schweigen. Und dann begann es leise zu tröpfeln. Luc sah, wie seitlich am kostbaren Nussholztisch Blut hinabrann. Erst waren es nur einzelne Tropfen, dann wurde ein dünner Strom daraus.

Michelle ließ die schwere Radschlosspistole fallen.

»Du Mörderin!« Corinne, die Ritterin, die immer auf Honorés Seite gestanden hatte, wollte ihr Rapier ziehen, doch Nicolo fiel ihr in den Arm.

»Versündige dich nicht gegen Gott, indem du falsches Zeugnis ablegst«, entgegnete Michelle scharf. »Wir haben uns in seine Hände begeben. Ihr alle wart Zeugen.« Die Fechtmeisterin blickte in die Runde. Nicolo nickte ihr zu. »Tjured hat mich zu seinem Richtschwert gemacht. Er hat mir die geladene Pistole in die Hand gelegt. Also war es sein Wille, dass dies geschah. Und wer bist du, Schwester, dass du es wagst, gegen den Willen Gottes aufzubegehren? Ich werde dem Komtur der Provinz Bericht über dich erstatten, wenn du es noch einmal wagst, mich Mörderin zu nennen, und so das Wirken Gottes in Frage stellst.«

Corinne ließ die Hand vom Griff der Klinge sinken, doch in ihren Augen stand der Hass geschrieben.

Luc wagte kaum zu atmen. Honoré hatte recht gehabt. Er, Luc, vermeintlicher Sohn des Waffenmeisters Pierre von Lanzac, musste in Wahrheit ein Wechselbalg sein. Er brachte Unglück, es war nicht länger zu leugnen. Nicht nur, dass er auf einen Ordensritter geschossen hatte, nein, nun herrschte blutige Fehde zwischen diesen Kriegern, die Tjured so nahestanden wie nur die heiligsten seiner Priester. Und all das geschah lediglich um seinetwillen. Honoré hatte das erkannt. Man hätte ihn, Luc, den Wechselbalg, auf den Scheiterhaufen bringen sollen. Er war aufgewachsen als der Sohn eines Waffenmeisters, der die Anderen bekämpft hatte. Er kannte sich mit solchen Dingen aus. Wie hatte sein vermeintlicher Vater so blind sein können! Er musste ihn wohl sehr geliebt haben. Ein harter Kloß stieg Luc in die Kehle.

»Komm!« Die Fechtmeisterin streckte ihm die Hand entgegen. Auf ihrem dünnen schwarzen Lederhandschuh schimmerten feine Bluttropfen.

Luc zögerte. Die Ritterin hatte lindgrüne Augen. Sie sah ihn durchdringend an. »Hier kannst du nicht bleiben«, sagte sie mit tonloser Stimme.

»Du weißt, dass der Junge vielleicht die Pest in sich trägt«, warf Corinne ein. »Überleg dir gut, wohin ihr geht.«

»In die Wildnis. Du musst mich nicht an die Regeln erinnern. Wir sind der Pest lange genug hinterhergezogen. Ich fordere keine Sonderbehandlung für mich und den Jungen. Wir werden uns für ein Jahr und einen Tag von jeder Stadt, jedem Dorf und jeder bewohnten Hütte fernhalten. Es sei denn, Gott schickt mir ein Zeichen … Ich weiß, der Junge ist nicht krank. Tjureds Segen liegt auf ihm!« Sie ließ die Worte in der schweigenden Runde wirken. »Ich nehme Honorés Pferd und ein Packtier.«

Niemand widersprach.

Die Ritterin hielt Luc immer noch die Hand entgegengestreckt. »Wirst du mit mir kommen, Luc?«

»Ja, Herrin.« Er war überrascht, dass er nicht stammelte, obwohl ihm seine Retterin unheimlich war. Sie hätte ihren Ritterbruder nicht erschießen müssen. Als sich zeigte, dass dessen Waffe nicht geladen war, war doch offensichtlich gewesen, wie Tjured entschieden hatte. Honoré hatte verloren. Dann noch zu schießen, war eine Hinrichtung und kein Gottesurteil, dachte Luc beklommen.

»Möchtest du lieber allein gehen?« Die Ritterin hatte ihre Hand zurückgezogen. Ihrer Stimme war nicht anzuhören, ob sie über sein Verhalten erzürnt war.

Luc versuchte in ihren Augen zu lesen. Doch sie sah einfach nur müde aus.

»Gehen musst du. An diesem Ort des Todes kannst du nicht länger verweilen. Und du hast ja gehört: Es ist dir verboten, dich einem bewohnten Ort zu nähern. Mein Orden unterhält große Siechenhäuser. Dorthin bringen wir all jene, die vielleicht den Makel in sich tragen. Möchtest du lieber in einem Siechenhaus leben?«

Luc schüttelte den Kopf. Er wollte nicht wieder mit ansehen, wie der Schnitter Seelen holte. »Ich komme mit Euch, Herrin«, sagte er ehrerbietig und richtete sich auf. Sein verbundener Arm schmerzte bei der Bewegung so sehr, dass ihm Tränen in die Augen stiegen. Wütend presste er die Lippen zusammen. Jetzt würden sie ihn auch noch für eine zimperliche Heulsuse halten.

Die Ritterin deutete auf den toten Wolf. »Willst du sein Fell als Jagdtrophäe haben? Soll ich ihn für dich abziehen? Mir ist noch kein Junge begegnet, der in deinem Alter ganz allein einen Wolf erlegt hat. Du hast ein tapferes Herz, Luc. Du kannst stolz auf dich sein.«

Luc rannen die Tränen noch heftiger über die Wangen. Er hasste sich dafür, aber er konnte sich einfach nicht beherrschen. »Verbrennt den Wolf«, stieß er mit halb erstickter Stimme hervor. Grauauge hatte das Rudel ins Dorf gebracht, das Barrasch getötet hatte. Der Bärenbeißer war außer ihm der letzte Überlebende in Lanzac gewesen. Luc wollte nichts bei sich haben, was ihn immer wieder an den Tod des Hundes und all der anderen erinnerte.

Michelle musterte ihn.

Was sie jetzt wohl von ihm dachte? War es falsch gewesen, ihr Angebot abzulehnen?

Die Ritterin ging an ihm vorbei und hob die beiden kostbaren Radschlosspistolen auf, mit denen er den Wolf erschossen hatte und beinahe auch noch Honoré. »Nimm das, Luc. Wahrscheinlich wirst du nie wieder in deinem Leben nach Lanzac kommen. Sie sollen dein Andenken sein. Du hast sie dir verdient.«

Fassungslos sah der Junge die Waffen an. Sie waren so viel wert wie ein kleiner Bauernhof. Seine Tränen versiegten. »Das kann ich nicht. Sie gehören dem Grafen. Ihr könnt sie mir nicht einfach schenken, Herrin.«

Michelle sah ihn fest an. »Ich bin Graf Lannes de Lanzac einmal in Drusna begegnet. Er war ein berühmter Reiterführer und ein tapferer Krieger. Ich bin sicher, wenn er Zeuge deiner Taten geworden wäre, dann würde er mir zustimmen. Du hast sie dir verdient. Im Übrigen gehört dieses Haus nun der Kirche, da alle Bewohner von der Pest dahingerafft wurden. So habe ich sehr wohl das Recht, dir dieses Geschenk zu machen. Wenn du in Zukunft mit mir auskommen willst, dann solltest du mir weniger oft widersprechen. Ich schätze keine Widerworte.« Sie lächelte und nahm ihren Worten so etwas von ihrer Schärfe. »Zuerst aber solltest du dich nach anderen Beinkleidern umsehen. In Gegenwart einer Frau, die du offenbar gerne Herrin nennst, solltest du nicht mit einer halben Hose herumlaufen. Dafür bist du zu alt. Du bist schließlich kein zartes Knäblein mehr.«

Luc spürte, wie ihm das Blut in die Wangen schoss. Er sah an sich hinab. Er war barfuß, und Grauauge hatte ihm ein halbes Hosenbein abgerissen. Er sah wirklich erbärmlich aus. Trotzdem war Luc zugleich auch stolz. Pistolen schenkte man einem Jungen an der Schwelle zur Mannbarkeit. Einem Jungen, der ein Krieger werden sollte! Und hatte die Fechtmeisterin nicht ausdrücklich gesagt, er sei kein Knabe mehr?

»Such dir zusammen, was du für unsere Reise brauchst«, befahl die Ritterin. »Ich erwarte dich unten bei den Ställen.«

»Ja, Herrin!« Er nickte so heftig, dass es ihm wieder einen Stich in den verletzten Arm versetzte. Jetzt erst wurde Luc bewusst, dass sie eben auch gesagt hatte, dass er ein Pferd besitzen sollte! Damit wäre er ausgerüstet wie ein junger Adeliger! Er war reich! Und gewiss erwartete ihn eine ruhmreiche Zukunft. Nur eins fehlte ihm jetzt noch zur Ausrüstung eines Kriegers. Ob Vater es ihm gestattet hätte? Wenn sein Vater ihn nur so hätte sehen können! Er würde mit einer Fechtmeisterin der Neuen Ritterschaft reiten! So wie Vater einst mit seinem Grafen geritten war.

Am liebsten wäre Luc losgelaufen, um seine Sachen zusammenzusuchen. Aber das sähe würdelos aus. Mit Mühe beherrschte er sich, bis er hinaus aus dem Jagdzimmer war. Er schaffte es bis zur Treppe. Da sah ihn niemand mehr. Er hätte schreien können vor Glück. Aber seine Lippen blieben versiegelt. Dafür nahm er immer zwei Stufen auf einmal, als er die Treppe hinab einem neuen Leben entgegenstürmte.

Es dauerte keine halbe Stunde, bis Luc alles gepackt hatte, was er aus seinem alten Leben mit sich tragen wollte. Sein Vater hatte ihm oft erzählt, wie viele Krieger auf den langen Märschen in Drusna zusammengebrochen waren, weil sie zu viel mit sich herumschleppten. Plunder, den man nie brauchte. Luc hatte sich auf das Wesentliche beschränkt. Gute, saubere Kleidung, die er am Leib trug. Festes Schuhwerk. Eine Decke, in die er ein wenig Ersatzkleidung, eine Zunderdose und auch etwas Proviant eingerollt hatte. Dazu eine lederne Feldflasche. Außerdem nahm er Vaters Stoßrapier und seinen Dolch mit. Die Waffen waren zwar zu groß für ihn, aber eines Tages würde er sie führen können. Und sein Taschenmesser, das er im Kampf gegen Grauauge verloren hatte, hatte er sich auch zurückgeholt. Auf alles andere verzichtete er.

Michelle musterte ihn knapp, als er mit der zusammengerollten Decke und einem Tuchbeutel über der Schulter vor sie trat. Dann nickte sie. War sie zufrieden mit ihm?

»Du kannst reiten?«

»Ja, Herrin.« Das war ein wenig gelogen. Einen langen Ritt hatte er noch nie unternommen. Wer gab schon einem halbwüchsigen Jungen ein Pferd? Aber er war zuversichtlich, dass er sich auch einen ganzen Tag lang im Sattel halten könnte. Sein Vater war schließlich ein sehr guter Reiter gewesen. Ihm lag das sicher auch im Blut.

Außer Bruder Bartolomé war keiner von Michelles Gefährten bei den Ställen. Der Ritter hielt eine prächtige braune Stute bei den Zügeln, ein wunderschönes Tier mit einem roten Sattel aus geprägtem Leder.

Die Fechtmeisterin wirkte sehr erschöpft. Mit fahriger Geste warf sie sich den Rabenfederumhang über die Schulter und saß auf. Sie ritt einen schwarzen Hengst, der unruhig tänzelte.

Luc tätschelte seinem Pferd den Hals. Die Stute senkte den Kopf. Mit weiten Nüstern nahm sie seine Witterung auf. »Ich werde nett zu dir sein«, flüsterte er ihr ins Ohr. Er hatte von heimtückischen Pferden gehört, die keine Gelegenheit ausließen, ihren Reitern das Leben schwer zu machen. Deshalb wollte er sich mit der Stute von Anfang an gut stellen.

Die Fechtmeisterin lenkte ihren Rappen vom Hof.

»Wir sehen uns bei den Türmen von Valloncour«, rief Bartolomé ihr nach.

Michelle wandte sich um. »Bei den Türmen«, bestätigte sie mit einem traurigen Lächeln.

Was das wohl bedeutete? Luc traute sich nicht nachzufragen. Er schwang sich in den Sattel und folgte der Fechtmeisterin. Seinen Blick hielt er auf ihren Rücken gerichtet, bis sie das Dorf hinter sich gelassen hatten. Selbst dann sah er nicht zurück.

Sein Vater hatte das auch nie getan, wenn er mit dem Grafen ausgeritten war. Das machte alles nur schwerer. Und in Lanzac gab es niemanden mehr, zu dem man hätte zurückkehren können. Es war das einzig Richtige, zu gehen. Trotzdem wurde ihm die Brust eng vor Trauer.

Sie folgten der großen Straße nach Aniscans. Luc brannten tausend Fragen auf der Zunge, aber er beherrschte sich. Wenn die Ritterin mit ihm reden wollte, würde sie ihn das schon wissen lassen. Die letzten Wochen hatten ihn gelehrt, mit der Stille zu leben. Er lauschte auf die vertrauten Geräusche. Auf das Flüstern des Windes in den Pappeln am Fluss, den Ruf eines Steinhähers, der hoch am Himmel seine Kreise zog.

Luc war überrascht, welch schlechte Figur Michelle im Sattel machte. Sie saß vornübergebeugt und schwankte leicht. Irgendwie fühlte er sich dadurch erleichtert. Selbst sie hatte Schwächen. Seit er mit angesehen hatte, wie sie ihren wehrlosen Ordensbruder niedergeschossen hatte, war sie ihm unheimlich. Ihm war klar, dass sie es für ihn getan hatte ... Aber warum? Ihre Tat war durch und durch unritterlich. Was hatte sie dazu bewogen?

Michelle sackte nach vorn. Luc hatte den Eindruck, dass sie fast aus dem Sattel gefallen wäre. Er fasste sich ein Herz und lenkte seine Stute an ihre Seite. »Herrin?«

Die Ritterin reagierte nicht.

Zögerlich kam Luc noch näher. Michelles Gesicht war leichenblass. Sie starrte vor sich hin. Er kannte diesen Blick. So hatte seine Mutter ausgesehen, als es anfing. Kalte Angst packte ihn. Nicht schon wieder! Sollte sein Leben denn von nichts anderem mehr als dieser furchtbaren Seuche bestimmt werden! Dabei hatte er gerade begonnen, wieder neue Hoffnung zu fassen.

Luc sah zum Himmel. »Bitte, gnädiger Gott, verschone sie. Bitte!«

Michelle richtete sich mit einem Ruck auf. »Was hast du gesagt?«

»Herrin, sollen wir nicht lieber zurückreiten? Ihr habt ...« Luc biss sich auf die Lippen. Nein, nenne es nicht beim Namen! »Ihr seht müde aus.«

Die Ritterin lächelte schwach. »Du siehst die Feuer am Rand deines Dorfes? Das sind Totenfeuer. So viele Totenfeuer. Ich kann den Geruch verbrannten Fleisches nicht mehr ertragen. Und meine Ordensbrüder werden auch nicht glücklich sein, mich wiederzusehen. Dahin kann ich nicht zurück ...« Sie deutete zu dem Hügel mit den Ruinen, weit draußen in der Ebene. »Wir werden dort lagern. Ich muss ein wenig schlafen, dann wird es mir besser gehen.«

Kalter Schweiß stand ihr auf dem Gesicht. Luc nickte, aber er wusste es besser. Die Seuche hatte nach Michelle gegriffen. Zwei Tage noch ... vielleicht drei, dann würde sie auf einem Scheiterhaufen in ein Kleid aus Rauch gehüllt dem Himmel entgegensteigen.

IM ZWEIFEL

Ein schneller Schnitt. Silwyna hielt die Linke noch einen Augenblick lang auf die Lippen des Arkebusiers gepresst. Er kämpfte nicht mehr lange, um sich aus ihrem Griff zu befreien. Sein helles Lederwams war mit Blut durchtränkt. Vorsichtig ließ die Elfe den Sterbenden zu Boden sinken und zog ihn hinüber zu einem Gebüsch. Große grüne Augen starrten sie an. Er tat ihr leid. Normalerweise berührte es sie nicht, wenn sie einen Feind tötete. Doch bei ihm hier war es anders. Er war gestorben, weil er gut gewesen war. Zu gut! Vielleicht war er einmal Wildhüter gewesen, bevor er sich den Arkebusieren anschloss.

Müde wischte Silwyna ihren Dolch am Hosenbein des Kriegers sauber und schob die Waffe zurück in die Scheide. Eigentlich war sie für Menschen so gut wie unsichtbar, wenn sie sich im Wald bewegte. Aber sie war erschöpft ... und sie war unachtsam geworden. Der Tote hatte wohl kaum mehr als einen Schatten gesehen. Schließlich hatte er keinen Alarm gegeben. Was immer es gewesen war, es hatte genügt, sein Pflichtbewusstsein oder seine Neugier anzustacheln. Er war genau in ihre Richtung gekommen.

Silwyna bettete die Leiche unter einen Haselnussstrauch. Hastig streute sie etwas altes Laub über den Toten und verwischte die Schleifspur, die zu seiner letzten Ruhestätte führte. Dann erklomm sie eine der Linden, die nahe am Rand der weiten Lichtung standen. Sie eilte von Ast zu Ast, ohne auch nur ein einziges Blatt erzittern zu lassen. Der Wald hier war alt, die Baumkronen eng miteinander verflochten.

Voller Sorge betrachtete sie die Krieger, die sich zu ihren

Füßen für den Kampf bereit machten. Die Ritter unter dem Banner des Blutbaums waren das Beste, was die verfluchten Tjuredpriester ihnen je entgegengeschickt hatten. Ihnen war klar gewesen, dass die Elfen sie einholen würden, obwohl sie so viele Stunden Vorsprung hatten. Keines ihrer Pferde konnte sich mit einem Elfenross messen. Allerdings waren sie weiter gekommen, als Silwyna erwartet hätte. Und da ihnen bewusst war, dass sie eingeholt werden würden, hatten sie entschieden, zumindest die Bedingungen zu bestimmen, zu denen gekämpft würde. Sie hatten eine gute Wahl getroffen!

Ihre Arkebusiere hatten sich im Dickicht am Rand einer weiten Waldlichtung verborgen. Der leichte Wind blies den Schützen entgegen, sodass sie nicht der Gestank ihrer schwelenden Lunten verraten würde. Ein Stück tiefer im Wald hatten die schwer gepanzerten Ordensritter Stellung bezogen, bereit hervorzubrechen, sobald die Salve der Arkebusiere für Verwirrung sorgte. Im Norden der Lichtung verbarg sich ein zweiter Reitertrupp im Wald, der hinzueilen würde, wenn der Angriff der Ritter an Wucht verlor.

Silwyna war im Zwiespalt. Sie hatte die Spuren gelesen. Nur sieben Reiter waren von hier nach Westen zu den Ufern der Seenplatte geflohen. Die Elfe war zuversichtlich, dass sie diesen kleinen Trupp allein würde überwältigen können, jedenfalls wenn es ihr gelang, sie noch im Wald zu stellen. Aus der Deckung der Bäume würden sie einen nach dem anderen töten. Die sieben Flüchtlinge hatten Prinzessin Gishild bei sich. Es war unmöglich zu sagen, ob Gishild noch lebte. Wahrscheinlich würden sie selbst ihre Leiche mitnehmen, um den Eltern vorzugaukeln, dass noch Hoffnung bestand, ihre Tochter wiederzusehen.

Kalte Wut ergriff Silwyna. Sie versuchte dieses Gefühl zu

beherrschen. Wer wütend Entscheidungen traf, machte Fehler. Es war bereits ein Fehler, dass Fenryl eine Reitertruppe zur Verfolgung zusammengestellt hatte. Besser wäre es gewesen, wenn sie allein gegangen wäre. So lange kämpften sie nun schon gegen die gewappneten Priester, und noch immer konnten sie sich nicht in deren verdrehte Gedanken hineinversetzen.

Silwyna spähte durch das dichte Laub. Überall waren Krieger. Sie hatten mit Verfolgern gerechnet und waren darauf vorbereitet. Es würde auf der Lichtung zu einem fürchterlichen Gemetzel kommen. Das müsste nicht sein. Dass die Albenkinder nur einen einzigen Verfolger schicken würden, damit hätten die Priester niemals gerechnet. Ein Einzelner konnte diese Falle umgehen. Ein großer Reitertrupp nicht.

Südlich der Lichtung lag ein ausgedehnter Sumpf. Im Norden befand sich ein von tiefen Erdspalten durchzogenes Gelände. Wenn Fenryl die Lichtung vermeiden wollte, dann würde er einen riesigen Umweg machen müssen.

Silwyna schloss die Augen und lauschte auf die Stimmen des Waldes. Selbst stumm sprach er zu ihr. Sie hörte den Wind in den Bäumen. Das leise Klirren einer Rüstungsplatte. Irgendwo schnaubte ein Pferd. Sonst war da nichts. Sie konnte nicht umhin, die Disziplin der Ritter zu bewundern. Niemand schwatzte, obwohl sie, wie ihre Spuren verrieten, schon seit Stunden auf die Ankunft der Verfolger warteten.

Die Maurawani versuchte sich in die Gedankenwelt der Ritter zu versetzen. Sie waren ihr so fremd mit ihrem selbstmörderischen Glauben an einen Gott, der sich angeblich wünschte, dass alle Albenkinder erschlagen wurden. Offenbar hatten sie schon vor den Friedensverhandlungen diesen Hinterhalt vorbereitet. Sie hatten den Verrat geplant! Aber hatten sie auch von Anfang an vorgehabt, Prinzessin Gishild zu entführen? Das war unwahrscheinlich. Wie hätten sie ahnen können, dass sich dazu Gelegenheit ergab? Hatte ihr Gott ihnen ein Zeichen gegeben? Die Fjordländer glaubten daran, dass ihnen ihre Götter Auskunft über die Zukunft gaben. Silwyna hatte das bislang immer für abergläubischen Unsinn gehalten. Königin Emerelle vermochte den Schleier der Zukunft zu zerreißen. Aber das war Magie ... Das war eine konkrete Kraft, Götter hingegen gab es nur in den Köpfen der Menschen. An sie glaubte Silwyna einfach nicht.

Schon hundertmal hatte die Maurawani sich heute dafür verflucht, dass sie Gishild gelehrt hatte, wie man sich lautlos durch den Wald bewegte. Sie war ein kleines Mädchen. Sie wäre niemals an den Wachen ihres Vaters vorbeigekommen, wenn sie keine Elfe als Lehrerin gehabt hätte. Die Mandriden, die Leibwache des Königs, waren gut, zumindest für Menschen. Um ihrer Aufmerksamkeit zu entgehen, musste man schon über besondere Fähigkeiten verfügen. Und wie Gishild all die Hunde verscheucht hatte, war Silwyna schlichtweg ein Rätsel.

Warum wohl hatte die Prinzessin sich davongeschlichen? Was hatte sie denn geglaubt, was sie ausrichten könnte? Ein kleines Mädchen unter streitenden Fürsten und Kriegsherren? Silwyna seufzte. Nein, sie würde die Menschen niemals verstehen!

Sie blickte nach Westen. Die Seen und das Marschland waren eine fast unüberwindliche Barriere. Selbst wenn die Ritter einen Weg durch die breiten Schilfgürtel kannten, würden sie nur langsam vorankommen. Sie waren auf eine Flucht vorbereitet gewesen. Was hatten sie noch geplant? Liefen sie tatsächlich in eine Falle? Oder war da noch etwas? Was war jenseits des Waldes? Was immer es sein mochte, sie würde die Flüchtlinge einholen, bevor sie die Seen erreichten. Sie musste nur jetzt aufbrechen und in Kauf nehmen, dass Fenryl und seine Reiter hier in die Falle gehen könnten. Es blieb keine Zeit mehr, ihnen entgegenzueilen. Sie musste dieses Opfer bringen, wenn sie Gishild befreien wollte.

Silwyna spannte sich. Die Befehle Emerelles an sie waren eindeutig gewesen! Sie sollte die Prinzessin auf ein schweres Leben voller Kämpfe vorbereiten. Die Königin hatte nicht verraten, was für eine Zukunft sie für das kleine Mädchen vorausgesehen hatte, aber sie hatte keinen Zweifel daran gelassen, dass Gishild nicht überleben würde, wenn Silwyna nicht ihr Bestes gab. Wäre sie gestern doch nur geblieben, statt Verstärkungen zu alarmieren! Sie hatte Gishild inmitten der Leibwachen ihres Vaters in Sicherheit gewähnt. Nachdem die Verhandlungen in der Scheune begonnen hatten, waren Yulivee und Fürst Fenryl der Meinung gewesen, dass man für die nächsten Stunden nicht mit Kämpfen rechnen müsste. Hätte sie doch nur nicht auf die beiden gehört!

Die weite Waldlichtung sah so friedlich aus. Fette, gelbe Dotterblumen sprenkelten das Gras. Später Klatschmohn hatte ein blasses Rot angenommen. Ein Zeichen dafür, dass der größere Teil des Sommers schon verstrichen war. Heute Abend würde der Mohn rot von Blut sein. Dutzende Elfen würden hier sterben, wenn sie jetzt ging, um einem Menschenkind zu folgen, das vielleicht gar nicht mehr lebte. Ihr Volk war schwach geworden in diesem endlosen Krieg. Zu viele waren ins Mondlicht gegangen und würden niemals mehr wiedergeboren werden.

Ihr Herz befahl ihr zu bleiben. Silwyna blickte nach Westen. Aber Emerelles Befehl war eindeutig. Sie musste gehen! Und welchen Unterschied machte es schon, ob in einem Gefecht zwischen Hunderten von Kriegern eine Bogenschützin mehr mitkämpfte?

STAHL AUF STAHL

Ein Lärm wie Donnerschlag drang aus dem Dickicht am Waldrand. Grauweißer Pulverdampf quoll aus dem Unterholz. Fenryl konnte die schweren Bleikugeln sehen, die ihnen entgegenflogen. Zumindest einen Lidschlag lang. Dann waren sie mitten in den Reihen der Reiter. Instinktiv duckte er sich in die Mähne seiner Stute Frühlingsreif. Das Tier scheute. Schmerzensschreie hallten über die weite Lichtung. Rösser und Reiter strauchelten.

Fenryl hatte gewusst, dass sie dort drüben lauern würden. Am Rand der Lichtung hatte der Elfenfürst seine Reiter gesammelt. Tiranus Schnitter waren die Einheit, die ihnen am nächsten gestanden hatte, als er vergangene Nacht Silwyna ausgeschickt hatte, um Verstärkung zu suchen. Fenryl mochte Tiranu, den arroganten Fürsten von Langollion, nicht besonders. Doch seine Reiter waren ohne Zweifel eine ausgezeichnete Truppe.

In aller Ruhe hatte Tiranu eine Angriffsreihe an seinem Ende der Lichtung formiert. Fenryl hatte gehofft, die Ordensritter zu einem unbedachten Angriff verleiten zu können. Dass sie sich auf der anderen Seite verbargen, hatte ihm Winterauge verraten. Der Adlerbussard kreiste immer noch mit weit ausgebreiteten Schwingen über dem Waldrand und verriet ihm so, dass sich dort Feinde versteckt hielten.

»Tötet sie alle!« Tiranus Stimme übertönte den tosenden Hufschlag der Elfenrösser. Seine Reiter hoben ihre schweren Säbel auf Kopfhöhe. Leicht geneigt streckten sie die Klingen nach vorn. So würden sie mörderische Rückhandschläge gegen die Arkebusiere am Waldrand führen können, sobald sie in deren Stellung einbrachen. Schläge, die Helme und Brustpanzer zerschmetterten. Die Schützen hatten ein wenig zu früh geschossen. Ihre Arkebusen hatten erfreulich wenig Schaden unter den Angreifern angerichtet. Die kalte Ruhe, mit der sie den wohlgeordneten Angriff gegen die Menschen führten, zeigte also doch Wirkung, dachte Fenryl zufrieden.

Tiranu machte eine gute Figur. Er ritt vor seinen Kriegern, war der Erste im Kampf und der Letzte beim Rückzug. In seiner glänzenden, mit schwarzem Lack überzogenen Rüstung sah er wahrlich eindrucksvoll aus. Das lange schwarze Haar hatte er lässig zusammengebunden, damit es ihn im Kampf nicht behinderte. Er war arrogant und kaltherzig. Und er hasste die Ordensritter zutiefst. All das störte Fenryl wenig. Er mochte Tiranu deshalb nicht, weil niemals aufgeklärt worden war, ob er um den Verrat seiner Mutter Alathaia gewusst hatte. Sollte er an den Mordtaten der Schattenkriege teilgehabt haben, dann konnte man ihm nicht trauen. Nie wieder!

»Tötet sie alle!«, fiel Gunnar Eichenarm in den Schlachtruf Tiranus ein. Der König des Fjordlands hatte darauf bestanden, dass man ihm, dem Hauptmann seiner Mandriden und zweien seiner Leibwächter Elfenpferde zur Verfügung stellte, um an der Jagd teilnehmen zu können. Mit seinem zu Zöpfen geflochtenem Bart, dem langen roten Haar, das im Wind wehte, und der gewaltigen Streitaxt, die er schwang, musste er ihren Feinden wohl wie eine Geistergestalt aus einem vergangen Jahrhundert erscheinen. Die Fjordländer passten sich nur langsam der neuen Art der Kriegsführung an. Auch wenn viele von ihnen ihre Kettenhemden durch Brustpanzer ersetzt hatten, wirkten sie mit ihren Äxten, den Breitschwertern und den bunt bemalten Rundschilden im Vergleich zu den Pikenieren und Arkebusieren, die von den Rittern der Tjuredkirche ins Feld geführt wurden, wie Helden aus Liedern einer längst vergangenen Zeit.

Vereinzelte Schüsse hallten vom Waldrand.

Fenryl war überrascht, dass einige der Arkebusiere es geschafft hatten, noch einmal nachzuladen. Eine Kugel pfiff dicht am Kopf des Elfenfürsten vorbei. Noch immer konnte er die Gegner nicht richtig ausmachen. Der Waldrand war in dichten Pulverdampf gehüllt.

Plötzlich ertönte ein Geräusch wie fernes Donnergrollen.

Der Elfenfürst fluchte und spornte seine Stute an. Dicht neben ihm ritt Yulivee. Er hatte die Magierin bekniet, sich der Schlacht fernzuhalten. Sie trug keinen Helm, keine Rüstung, nur Seide und feines Leinen. Yulivee war in keinster Weise auf das vorbereitet, was nun kommen würde. Fenryl kannte dieses Donnern, das die Erde erbeben ließ, von Dutzenden Schlachtfeldern, und er hatte es fürchten gelernt. Rasch drängte er sich an der Magierin vorbei, um zu verhindern, dass sie in der ersten Reihe ritt, wenn es losging.

Aus dem Pulverrauch brachen riesige, stahlglänzende Reiter hervor. Das Banner des Blutbaums wehte über ihren Häuptern. Kaum fünfzig Schritt waren sie entfernt. Sie hatten mit ihrer Attacke bis zum letzten Augenblick gewartet.

Die Lanzen der Ritter senkten sich alle im gleichen Augenblick. Wieder bewunderte der Fürst die Disziplin ihrer Gegner.

Dann prallten die beiden Reiterlinien mit gewaltigem Getöse aufeinander. Fenryl lenkte mit einem Hieb seines schweren Rapiers die Lanzenspitze ab, die auf seine Brust zielte. Als er seinen Gegner passierte, versetzte er ihm einen Rückhandschlag, doch die Klinge glitt am schweren Küraß des Ritters ab, ohne Schaden anzurichten. Der Mann ließ die Lanze fallen, die nun im Nahkampf nutzlos war, und griff nach dem Rabenschnabel, der von seinem Sattel hing.

Das Kreischen von Stahl, das schwere Schnaufen der großen Schlachtrösser und die Schreie der Verwundeten woben das Lied der Schlacht. Dazwischen vernahm Fenryl leises Flötenspiel. Yulivee! Ein Ritter mit erhobenem Schwert hielt auf sie zu, und sie spielte auf einer silbernen Flöte! Fenryl mochte die junge Magierin, doch hier, inmitten des Kampfgetümmels, hatte sie wirklich nichts verloren.

Der Elfenfürst duckte sich unter einem Hieb weg und parierte seine Stute. Er führte einen Stich gegen die Stirnplatte des gegnerischen Schlachtrosses, um sich schnell des Angreifers zu entledigen. Seine Klinge fand durch den schmalen Sehschlitz. Wie von einem Trollhieb getroffen, brach das große Pferd zusammen. Seine Vorderläufe knickten ein, und es überschlug sich. Der riesige, gepanzerte Pferdeleib rollte über den Reiter weg.

Fenryl wusste, dass er zu spät kam, um Yulivee zu retten. Die Magierin machte nicht einmal den Versuch, ihrem Gegner auszuweichen. Unverdrossen spielte sie auf der Flöte. Plötzlich ließ der Ordensritter sein Schwert fallen und begann mit beiden Händen auf seinen Helm einzuschlagen. Dutzende kleiner Schmetterlinge, in allen Regenbogenfarben leuchtend, drangen aus den Sehschlitzen des Ritterhelms.

Der Elfenfürst sah, wie etliche andere Ordensritter ebenfalls von dieser Plage heimgesucht wurden. Selbst ihre Pferde waren nicht verschont geblieben. Scheuend brachen sie aus der Kampflinie aus. Krieger stürzten, die stählerne Mauer zerfiel. Der Kampf war ausgewogener geworden.

»Durchbruch zum Wald!«, rief Fenryl über den Schlachtenlärm hinweg. Es war klüger, die Gunst des Augenblicks zu nutzen und sich aus dem Gefecht zu lösen, als diesen Kampf bis zu seinem blutigen Ende auszutragen. Die schwer gepanzerten Ritter würden sie nicht mehr einholen können, wenn sie sich jetzt absetzten. Die dünne Linie von Arkebusieren am Waldrand würden sie einfach niederreiten.

Der Elfenfürst deutete einen Salut mit dem Rapier an. Yulivee lächelte kokett. Er hatte befürchtet, dass sie im Kampf zu einer Belastung werden würde und man einige Krieger als Leibwachen für sie würde abstellen müssen. Fenryl hatte sie bisher für eine harmlose, friedliebende Träumerin gehalten, die stets zu lästigen Neckereien aufgelegt war. Es hieß, sie sei einst von einem Dschinn aufgezogen worden. Yulivee redete nicht darüber. Nur so viel war gewiss: Sie war weder lästig noch harmlos. Vielleicht etwas sprunghaft ...

Ein großer Hengst stürmte ihm wiehernd entgegen. Er hatte seinen Reiter verloren. Schmetterlinge segelten um seine Nüstern, von denen blutiger Schaum troff. Der Fürst zügelte seine Stute Frühlingsreif. Er konnte verhindern, dass das große Schlachtross ihn rammte, doch bockte der Hengst plötzlich wie eine Kuh, die nach langem Winter aus dem Stall auf die Frühlingsweide getrieben wurde. Schwere Hufe trafen seine Stute an der Brust. Fenryl konnte hören, wie ihr die Rippen brachen. Die Wucht des Treffers ließ sie zurückweichen. Die Stute machte einen tänzelnd unsicheren Schritt, dann brach sie seitlich ein.

Mit einem Satz war Fenryl aus dem Sattel. Fast augenblicklich war das gepanzerte Schlachtross über ihm. Mit wütendem Schnauben stieg das Tier. Hufe, größer als Schmiedehämmer, wirbelten über ihm, bereit, seinen Kopf zu zermalmen. Stahlplatten schützten die Flanken des Pferdes vor jedem Angriff.

Der Elfenfürst ließ sein langes Rapier fallen und duckte sich in verzweifeltem Mut zwischen den Vorderhufen hindurch. Ein Huf streifte seine Schulter. Mit dem Gesicht voran wurde Fenryl in zertrampelte Mohnblüten geschleudert. Benommen tastete er nach seinem Dolch.

Das Schlachtross versuchte ihn zu zerstampfen. Verzweifelt wand sich Fenryl zwischen den tödlichen Hufen. Mit einem Schnitt durchtrennte er die Sehnen auf der Rückseite der Vorderläufe. Der schwere Hengst wieherte. Es war nur eine flache Schnittwunde, doch die Läufe trugen das Gewicht des massigen Tieres nicht länger.

Fenryl beeilte sich, unter dem Schlachtross fortzukommen. Das riesige Tier brach ein. Es keilte mit den Hinterläufen aus und versuchte, sich wieder aufzurichten. Seine Hufe zerpflügten den schweren, schwarzen Lössboden der Lichtung.

Fenryl wusste, dass der Hengst nie wieder aufstehen würde. Der Elf drehte sich nach seiner Stute Frühlingsreif um. Mit weit aufgerissenen Augen sah sie ihn an. Auch sie kam nicht mehr hoch. Ihre Brust war dunkel verfärbt. Durch das samtweiche Fell konnte Fenryl die Umrisse gebrochener Knochen sehen, die sich mit jedem Atemzug im zerschundenen Fleisch bewegten. Pfeifend rang das sterbende Tier um Luft. »Frühlingsreif« hatte er sie wegen der schönen Musterung ihres Fells genannt. Es erinnerte an Raureif, den kalte Frühlingsnächte auf Fensterscheiben hauchten. So viele Jahre hatte die Stute ihn durch ungezählte Schlachten und Scharmützel getragen. Der Elf war fassungslos. Nicht Kugel oder Klinge waren ihr zum Schicksal geworden. Ein anderes Pferd war es …. Wie schafften es die Ritter, ihre Schlachtrösser dazu zu bringen, ihresgleichen zu töten? Was für eine verdrehte, falsche Welt erschufen sie!

Fenryl umfasste seinen Dolch fester. Er würde Frühlingsreif den letzten Weg erleichtern.

Hufschlag ließ ihn aufblicken. Ein Ritter, den Yulivees Zauber nicht erreicht hatte, kam ihm entgegen. Leicht im Sattel vorgebeugt, holte er mit seinem Rabenschnabel zu einem mörderischen Schlag aus. Hinter ihm preschte ein weiterer Reiter heran.

In leichter Rüstung, nur mit einem Dolch bewaffnet, war Fenryl dem Angreifer fast wehrlos ausgeliefert. Er versuchte zur Seite auszuweichen und machte einen Satz über das Schlachtross mit den zerschnittenen Sehnen hinweg. Selbst jetzt versuchte das Tier noch, ihn mit den Hufen zu treffen.

Der angreifende Ritter war ein geschickter Reiter. Mit einem leichten Schenkeldruck ließ er seinen Rappen Fenryl folgen.

Ein Schlag traf den Fürsten in den Rücken. Donnergrollen erklang vom Waldrand. Eine einzelne Rauchfahne quoll zwischen den Büschen hervor. Fenryl wurde auf die Knie geschleudert. Er schmeckte Blut auf den Lippen. Benommen blickte er auf. Was für ein verdammtes Pech! Der Fürst wusste genau, dass man mit den verdammten Arkebusen nicht gut zielen konnte. Der Schütze hatte einfach auf den Pulk der Kämpfenden geschossen und unter allen Kriegern ausgerechnet ihn getroffen!

Der gepanzerte Reiter war fast über ihm. Einen Herzschlag lang glaubte Fenryl blaue Augen hinter dem geschlossenen Helmvisier zu sehen. Dann fuhr eine Axt aus dem Blau des Himmels herab und traf den Ritter zwischen Helm und Halsberge. Mit einem grässlichen Kreischen zerriss der Stahl der Rüstung. Blut sprudelte in pulsierenden Stößen über die Brustplatte. Der Rabenschnabel entglitt der Hand des Ritters.

»Kein guter Ort, um zu verweilen!«, rief König Gunnar ihm zu. Von seiner Axt troff dunkles Blut. Der Menschenkrieger beugte sich vor und streckte ihm die Linke entgegen. »Komm!«

Immer noch benommen tastete sich Fenryl über den Rücken, dort, wo ihn der Schlag getroffen hatte. Er fühlte eine tiefe Delle im Kürass unter seinem Umhang.

»Die haben dich nicht umgebracht«, erklärte ihm Gunnar breit grinsend. Dann deutete er zu einigen Rittern, die sich nicht weit entfernt sammelten. »Noch nicht jedenfalls. Ein Irrläufer hat dich getroffen. Stell dich nicht an. Das war doch nicht mehr als ein freundschaftlicher Klaps auf den Rücken. Komm jetzt!« Hauptmann Sigurd und zwei Mandriden aus Gunnars Leibgarde hielten sich dicht bei ihrem König.

Die Kugel musste seine Rüstung in einem ungünstigen Winkel getroffen haben, so dass sie die Panzerplatte nicht durchschlagen konnte. Wirklich reines Glück, dachte Fenryl ernüchtert. Er könnte jetzt genauso gut tot neben seiner Stute liegen.

Kurzatmig japste der Elf nach Luft. »Von wegen Klaps …«, murmelte er und ergriff die Hand des Königs. Gunnar war der Einzige, der sich um seine Rettung scherte. Tiranu und seine Elfenreiter hatten offenbar gar nicht bemerkt, wie er gestürzt war.

Gunnar zog ihn so leicht vor sich auf den Sattel, wie man ein Kind hochhebt. »Dann wollen wir mal.« Der König legte seinen mächtigen Arm um ihn, als habe er Angst, dass Fenryl vom Pferd fallen könne.

Die vordersten Reiter der angreifenden Elfen erreichten gerade den Waldrand. Fenryl wurde bewusst, wie wenig Zeit verstrichen war, seit Frühlingsreif gestürzt war. Er blickte hinab zu seiner treuen Gefährtin. So viele Gefahren hatten sie gemeinsam überstanden. Nun war das Leben der Stute ausgelöscht, von einem Augenblick zum anderen. Und dass nicht er dort lag, war nur eine Laune des Schicksals.

Vereinzelte Wolken aus grauweißem Rauch wallten aus

dem Wald. Die Arkebusiere würden keine weitere geordnete Salve mehr abfeuern, die seine Reiter ins Stocken bringen konnte. Die Elfenreiter waren so gut wie durchgebrochen.

Nun hallten auch Schüsse vom Nordrand der Lichtung. Gunnar stellte sich in die Steigbügel. »Bei Norgrimms Hammer!«

Jetzt sah es auch Fenryl. Aus dem Schatten der Bäume löste sich eine zweite Reihe von feindlichen Reitern. Sie trugen leichte schwarze Rüstungen und ritten kleinere, wendigere Pferde als die Ordensritter. Pistoliere! Ihnen würden sie nicht so schnell entkommen. Diese Reitertruppe hatte nicht zu den Eskorten während der Verhandlungen gehört. Sie waren ausgeruht.

Obwohl einzelne Pistoliere geschossen hatten, hielten die meisten den rechten Arm angewinkelt und lehnten ihre schweren Radschlosspistolen gegen die Schultern. Sie würden erst feuern, wenn nur noch wenige Schritt sie von den Elfen trennten und ihre schweren Bleikugeln den größten Schaden anrichteten.

Die schwarze Linie der Reiter erhöhte das Tempo. Die Pferde fielen in einen leichten Galopp.

»Abschwenken! Greift sie an!«, befahl Tiranu mit ruhiger Stimme. »Wir durchbrechen auch ihre Reihe!«

Die Pistoliere waren jetzt kaum mehr zwanzig Schritt von den Elfenreitern am rechten Flügel entfernt. Kommandorufe erklangen. Sie senkten ihre Waffen, bereit zu schießen.

Ein Kreischen wie von einer verwundeten Seeschlange hallte über die Lichtung. Gunnars Pferd bäumte sich auf. Der König lachte. Die Rösser der Pistoliere stiegen und scheuten zurück. Etliche Männer wurden aus dem Sattel geworfen Die Angriffslinie zerbrach.

»Vorwärts!«, rief Tiranu. »Brecht durch! Macht sie nieder!«

Gunnar wendete sein Pferd. Seine Leibwächter drängten dicht an seine Seite.

Fenryl blickte zum Waldrand, obwohl ihm bewusst war, dass er ihre Retterin nicht würde sehen können. Irgendwo im Geäst der alten Eichen musste Silwyna sein. Sie hatte einen Heuler verschossen. Die Maurawan hatten immer schon Pfeile benutzt, deren Spitze so beschaffen war, dass sie im Flug einen schrillen, heulenden Ton von sich gaben. Diese Geschosse vermochten keine Rüstungen zu durchschlagen, sie waren einzig dazu geschaffen, Pferde scheu zu machen, um so Reiterattacken zu vereiteln.

Einzelne Pistolenschüsse fielen. Gunnar hob seine riesige Axt. Wieder prallten zwei Schlachtlinien aufeinander.

Fenryl fühlte sich wie ein lebender Schutzschild vor Gunnars Brust, auch wenn ihm bewusst war, dass es nicht die Absicht des Königs war, sich hinter ihm zu verstecken. Dicht vor ihnen legte ein gestürzter Reiter mit seiner Radschlosspistole auf sie an. Eine Flammenzunge schlug aus dem Lauf. Gunnars Pferd wurde ein Stück vom linken Ohr weggerissen. Die Kugel war schlecht gezielt, ihre Flugbahn zu steil. Sie zog über ihre Köpfe hinweg, ohne weiteren Schaden anzurichten.

Fenryl griff nach dem Gürtel des Königs und zog dessen Schwert. Mit einer Waffe in der Hand fühlte er sich besser. Er führte einen Rückhandschlag nach dem Pistolenschützen und traf ihn mit der flachen Seite der Klinge am Helm. Der Mann stürzte. Ein Axthieb Gunnars verfehlte den Reiter nur knapp.

»Lass das!«, fluchte der König. »Sie haben das Blut meiner Tochter vergossen! Für jeden Tropfen davon werde ich ein Leben auslöschen!« Gunnars linker Arm legte sich fester um die Brust des Elfen. »Sie haben einem Kind keine Gnade gewährt! Sie verdienen den Tod.«

Die schreckliche Axt des Königs grub sich in den Rückenpanzer eines Reiters, der tief über die Mähne seiner Stute gebeugt zu fliehen versuchte. »Keine Gnade!«, schrie Gunnar und befreite mit einem Ruck seine Waffe.

Der sterbende Reiter kippte seitlich aus dem Sattel. Fenryl nutzte die Gelegenheit: Er griff nach den Zügeln des herrenlosen Pferdes. Gunnar lenkte sein Schlachtross dicht an das Beutepferd, sodass der Elf in den leeren Sattel der bockenden Stute überwechseln konnte.

»Du hast keine Kinder, nicht wahr?«

»Nein.«

»Dann wirst du niemals verstehen, wie es ist, das blutbefleckte Hemd seiner Tochter in Händen zu halten und nicht zu wissen, was mit ihr geschehen ist. Ich bin kein grausamer Mann, Fürst. Im Gegenteil. Ich befreie diese Welt von Männern, die selbst gegen Kinder Krieg führen!« Der König gab seinem Pferd die Sporen und preschte voran in den Wald.

Fenryl blickte zurück. Die große Waldwiese war von Hufen zerwühlt. Überall lagen Tote und Sterbende. Pferde wieherten kläglich. Herrenlose Rösser suchten nach ihren Reitern. Die Linie der Pistoliere war gründlich zerschlagen. Es würde einige Zeit vergehen, bis sie sich erneut sammelten und vielleicht wagten, sie zu verfolgen.

Aus dem Schatten der Bäume löste sich eine Reiterin. Fenryl erkannte den braunen Hengst, den einer von Gunnars Mandriden geritten hatte. Die blutbesprenkelte Flanke des Tieres erübrigte jede Frage nach dem Reiter.

Wortlos schloss sich Silwyna den Elfen an.

»Danke! Du hast vielen unserer Krieger das Leben gerettet.«

»Es gibt zu wenige von uns Elfen. Unser Volk verlischt. Da muss man sich selbst um solche wie Tiranu Sorgen machen. Ich konnte euch nicht in diesen Hinterhalt laufen lassen.« Die Maurawani sah ihn mit ihren kalten Wolfsaugen an. »Die Entführer sind nach Westen geflohen. Es sind nur sieben, und die Seen versperren ihnen den Weg. Sie werden uns nicht entkommen.«

NICHT UNGESÜHNT

Bruder Charles ließ sich dankbar aus dem Sattel gleiten. Er war wund, und jeder Knochen schmerzte ihm im Leib. In seinem Alter sollte man es nicht mehr darauf anlegen, mit den Anderen um die Wette zu reiten. Misstrauisch blickte er zum Waldrand.

»So schnell können sie nicht sein!«, sagte Lilianne selbstsicher. Der feine Kies am Ufer knirschte unter den Stiefeln der Komturin. »Auch ihnen sind Grenzen gesetzt.«

Der Schrei eines Greifvogels ließ Charles aufblicken. Über ihnen kreiste ein großer, weißer Adler. Der Erzverweser stutzte. Nein, ein Adler war es nicht. Dafür war der Vogel zu klein. Ein solches Tier hatte er noch nie gesehen.

»War es das wert?«, fragte er leise. Die Ritterbrüder hoben das bewusstlose Mädchen in das größere der beiden Boote, die am Ufer lagen. Sie waren zu weit entfernt, um hören zu können, was er und Lilianne besprachen.

»Es diente dem einen großen Ziel, dem wir uns alle verschworen haben«, entgegnete die Komturin mit einer Leidenschaft, die Charles nicht an ihr kannte.

»All die Toten ...«

»Ich sehe all jene, deren Leben wir gerettet haben. Jeder meiner Ordensbrüder ist bereit, den höchsten Preis zu zahlen, um Tjured zu dienen.«

»Könnte man es nicht auch so auslegen, dass du deine Brüder geopfert hast? Ja, böse Zungen würden vielleicht behaupten, du hättest sie im Stich gelassen und dich gerettet, während sie für das Mädchen sterben mussten.«

»Du weißt um böse Zungen in unseren Reihen, welche die Taten der treuesten Diener Tjureds lästern?« Lilianne hatte eine Augenbraue leicht gehoben und sah ihn nun direkt an. Charles hätte sich nicht unwohler fühlen können, hätte sie ein blankes Rapier an seine Kehle gesetzt. Er war der Erzverweser der Ordensprovinz Drusna. Er stand im Rang über ihr. Zumindest laut der Silbernen Bulle von Marcilla, in der die gegenseitigen Verpflichtungen der Kirche und der Neuen Ritterschaft festgeschrieben waren. Doch ihnen beiden war klar, wer in Wahrheit die Macht im befreiten Teil Drusnas innehatte.

»Wir wissen doch, dass man sich nicht gegen übles Gerede wappnen kann, ganz gleich wie tadellos der Lebensweg auch sein mag, den man beschreitet«, entgegnete Charles ausweichend.

Lilianne sah ihn weiterhin unverwandt an. »Ich denke nicht an die Opfer, sondern an jene, die leben werden. Wir werden unsere Feinde zu einem Frieden zwingen können, weil sich das Mädchen in unserer Hand befindet. Ist der Preis eines Scharmützels zu hoch, wenn etliche Schlachten deshalb nicht mehr geschlagen werden müssen?«

Charles hasste die Sprache der Krieger. Scharmützel, das hörte sich so belanglos an. Er mochte nicht daran denken, was sich auf der Lichtung abgespielt haben mochte, bei der ihre Kämpfer angetreten waren, um ihnen ein wenig mehr Zeit für ihre Flucht zu erkaufen. Der Erzverweser wich einer Antwort aus. Alles, was er hätte sagen wollen, würde zu einem offenen Streit zwischen ihnen führen. Er blickte hinaus auf den See, zu den beiden Galeeren und der mächtigen Galeasse mit ihrem trutzigen Vorderkastell. »Hattest du von Anfang an geplant, das Mädchen zu entführen?«

»Ich habe mich lediglich auf eine Flucht vorbereitet. Es zeichnet gute Heerführer aus, sich immer die Möglichkeit eines Rückzugs offen zu halten. Und die sollten wir nicht vertun, indem wir hier herumstehen und reden.« Die Komturin wies zu dem größeren der beiden Boote. »Nach dir, Bruder Charles.«

Nach dem scharfen Ritt in der Sommerhitze war es angenehm, in das kühle Wasser zu steigen. Charles raffte seine Kutte und watete den seichten Uferstreifen entlang. Ruderer streckten ihm die Hände entgegen und halfen ihm an Bord. Er ließ sich auf einer Bank in der Mitte des Bootes nieder. Neben ihm ruhte die kleine Prinzessin auf einem breiten Brett, das längs über den Ruderbänken lag. Man hatte den schwarzen Schlamm von ihrem Gesicht gewaschen; es war jetzt fast so bleich wie das Leinenhemd, in das man sie gekleidet hatte.

Durch ihre Verbände war Blut gesickert und hatte das Hemd getränkt. Ein dunkler Fleck wie das Wappen eines roten Mondes prangte auf ihrer Brust.

Die Lippen der Kleinen waren ganz blau. Der Erzverweser strich ihr sanft über die Wangen. Ihre Haut war kalt wie die einer Toten. Es mochte sein, dass Lilianne recht behielt und sie großen Nutzen aus dieser Entführung ziehen würden. Vielleicht konnte man einen günstigen Frieden mit den Heiden erzwingen. Einen Frieden, der die Zerschlagung Drusnas besiegelte. Doch moralisch war diese Tat nicht zu verantworten.

Auf ein Kommando des Bootsmanns hin legten sich die Ruderer in die Riemen. Die Komturin zog sich aus eigener Kraft an Bord. Charles beobachtete die Seeleute. Keiner wagte es, die Ritterin mit einem begehrlichen Blick zu erzürnen. Lilianne war keine Schönheit. Sie hatte ein zu hartes, markantes Gesicht für eine Frau, fand Charles. Und eine Aura kalter Unnahbarkeit umgab sie. Die Neue Ritterschaft betrachtete sich in jeder Hinsicht als die Elite der Tjuredkirche. Sie waren Krieger, Heiler, Gelehrte ... Charles empfand ihr Streben nach Vollkommenheit als einen Makel. Allein Gott war vollkommen! Man konnte also sagen, sie versuchten wie Gott zu sein. Das war Ketzerei ... Ob schon andere Kirchenfürsten auf diesen Gedanken gekommen waren? Die Macht, welche die Elite der Ritterschaft in den letzten Jahren errungen hatte, war beunruhigend. Sie verfügten über riesigen Landbesitz, eigene Flotten, und sie führten – sehr zum Ärger des älteren und größeren Ordens der Ritter vom Aschenbaum – das Kommando über alle Heere der Kirche.

Das Boot hob und senkte sich in der Dünung. Als sie das Ufer hinter sich ließen, wurden die Wellen flacher. Charles war überrascht, dass sie auf eine der Galeeren zuhielten und nicht auf die mächtige Galeasse, die offensichtlich das Flaggschiff des kleinen Geschwaders war.

Alle drei Schiffe waren rot gestrichen. Beschläge aus poliertem Messing funkelten in der Abendsonne. Die weißen Ruder waren ausgerannt. Wie riesige Wasserläufer lauerten sie, bereit, auf ihren Dutzenden dünnen Ruderbeinen zu flüchten, sobald Lilianne den Befehl dazu gab.

Die beiden Galeeren waren Einmaster. Die Segel waren eingeholt, doch Charles sah, dass die Seeleute in Bereitschaft standen. Die Anker zu lichten und die Segel zu setzen, würde nur wenige Augenblicke dauern. All ihre Magie und Kriegskunst würde den Anderen nun nicht mehr helfen. Die Schiffe einzuholen wäre unmöglich.

Der Gestank ungewaschener Männer wurde vom Abendwind herangetragen. Die Schiffe der Neuen Ritterschaft galten als vorbildlich. Ihre Ruderer waren ausnahmslos Freiwillige, nicht wie bei den anderen Kriegsschiffen, auf denen Kettenhäftlinge Dienst taten. Die Galeeren waren ganz auf Geschwindigkeit ausgelegt. Die schlanken Rümpfe waren achtmal so lang wie breit. Drohend wie ein gezogenes Schwert, ragte halb im Wasser verborgen ein bronzebeschlagener Rammsporn aus dem Bug. Dicht darüber erhob sich die Geschützplattform. Die schweren, mit Heiligenbildern geschmückten Bronzerohre sahen eher wie Reliquiare und nicht wie todbringende Waffen aus.

Die Geschützplattform war von dicken, hölzernen Pfosten gesäumt, auf die man Spruchbänder mit Psalmen genagelt hatte. So waren die Kanoniere von frommen Worten statt von schweren Holzplanken beschirmt. Das Geschützdeck musste so offen gebaut sein, damit der Pulverqualm abziehen konnte und die Kanoniere eine gute Sicht auf die Feinde behielten. Über den Geschützen ragte das von Zinnen gesäumte Vorderkastell auf. Hier tummelten sich in der Schlacht Arkebusiere und Ritter, um gegnerische Entermannschaften zurückzuschlagen oder selbst zum Sturm auf ein gerammtes Schiff anzutreten.

Am Heck der Galeere war ein weiter, samtener Baldachin aufgespannt. Er schützte den Steuermann und die Offiziere vor Sonne und Regen. Drei große, verglaste Laternen ragten hoch über das Heck auf. Sie würden bei Nacht das Offiziersdeck in warmes Licht tauchen. So hell leuchteten sie, dass man die Galeeren bei gutem Wetter und ruhiger See auf viele Meilen im Dunkeln erkennen konnte.

Ganz anders als die beiden schlanken Jäger war die Galeasse beschaffen. Sie wirkte wie eine Dogge unter Windhunden. Das gedrungene Kriegsschiff war fast zwanzig Schritt länger als die Galeeren und zugleich erheblich breiter. Drei hohe Masten mit schräg dem Himmel zuwinkenden Rahen erhoben sich über dem Ruderdeck. Fünf lange Kanonenrohre ragten über dem Rammsporn aus der Vordertrutz. Hier hatte man nur wenig Rücksicht darauf genommen, wie der Pulverdampf abziehen mochte, und stattdessen die Kanoniere mit Wänden aus dicken Eichenbohlen geschützt. Entlang der Reling der Galeasse waren ein Dutzend leichterer Geschütze angebracht. Frei schwenkbar auf eiserne Gabeln montiert, verschossen diese Kanonen Ladungen aus gehacktem Blei, die ein fürchterliches Gemetzel unter feindlichen Entermannschaften anzurichten vermochten.

Der Erzverweser wusste, dass Schiffe dieser Größe mindestens hundert Soldaten und Ritter mit sich führten. Sie waren schwimmende Festungen, die keinen Feind zu fürchten brauchten.

Ihr Boot umrundete die vordere Galeere. Im Heck des Kriegsschiffs war ein ovales, aus Bronze gegossenes Heiligenbild angebracht. Wie ein riesiges Medaillon sah es aus. Es zeigte den heiligen Raffael in schwerer Kettenrüstung, der mit erhobenem Schwert auf einer eisernen Kette balancierte. Einst hatte er den Weg in den Hafen von Iskendria geöffnet und war zum Helden geworden. Jedes Kind kannte seinen Namen.

An mich wird sich in fünfzig Jahren niemand mehr erinnern, dachte Charles schwermütig. Er war ein Verwalter, kein Festungsstürmer, über den man Geschichten erzählte. Er sah zu Lilianne. Ob sie einst zu den Heiligen zählen würde? Würden ihre Chronisten sich daran erinnern, wie Lilianne ihre Ordensbrüder auf der Lichtung zurückgelassen hatte, verdammt dazu, ihr Leben zu geben, damit die Komturin und die Prinzessin fliehen konnten? Er lächelte wissend. Nein, wenn die Heptarchen in Aniscans eines Tages beschließen sollten, Lilianne in den Rang einer Heiligen zu erheben, dann würden die Chronisten darauf achten, dass ihr Lebenslauf vorbildlich war, ganz gleich, was sie getan hatte. Die Wahrheit über das *Scharmützel* auf der Lichtung würden sie gewiss nicht schreiben.

Seile wurden von der Galeere herabgelassen. Die Ruderer ihres Bootes stemmten die Riemen gegen die Bordwand des Schiffes, damit sie in der Dünung nicht am massigen Rumpf zerschellten.

Lilianne griff nach einem Seil, wand es sich zweimal um den Arm und gab das Kommando, sie hochzuziehen. Wer ihr zusah, musste glauben, das Ganze sei ein Kinderspiel. Charles hasste diese elende Strampelei. Ein Mann in seinem Alter sollte nicht mehr gezwungen sein, wie ein Artist an einem Seil zu hängen.

Er packte eines der Taue, hielt sich mit beiden Händen fest und stellte sich natürlich ungeschickt an. Als er über die Reling gehoben wurde, hatte er sich die Handrücken an der rauen Bordwand aufgeschürft. Der Kapitän sah ihn mitleidig an. Er war ein schnauzbärtiger Kerl mit weiten grünen Pumphosen, die in hohen Stulpenstiefeln steckten. Ein Geck, dem sein Aussehen wichtiger war als der Nutzen seiner Kleidung, dachte Charles. Wer trug schon an Bord eines Schiffes Reiterstiefel? Eine breite Bauchbinde und ein federgeschmückter Schlapphut rundeten das Bild des Narren ab. Der polierte Kürass mit der roten Emaillearbeit, die das Wappen des Blutbaums zeigte, verriet, dass auch er zur Neuen Ritterschaft gehörte.

»Willkommen an Bord der *Sankt Raffael*, Erzverweser.« Der Kapitän sagte das in einem Tonfall, der Charles missfiel, und er verbeugte sich gerade so weit, dass man ihm nicht nachsagen konnte, er habe seine Pflicht zur Ehrerbietung vernachlässigt.

Charles war nicht geneigt, solche Respektlosigkeiten durchgehen zu lassen. »Wie war auch gleich dein Name, Bruder?«

Der Kapitän warf Lilianne einen kurzen Blick zu. Wie es schien, erwartete er von ihr einen Hinweis, wie er sich nun verhalten sollte. Doch die Ordensritterin sprang ihm nicht bei.

»Kapitän Alvarez de Alba ist mein Name, Erzverweser«, antwortete er nun deutlich respektvoller. Rabenkrächzen unterlegte seine Worte. Verwundert bemerkte Charles, dass am hinteren Ende des Pavillons, der sich über das Achterdeck erhob, halb unter einer Plane verborgen eine Reihe großer Käfige stand.

»Vergeuden wir unsere Zeit nicht mit Höflichkeiten«, mischte sich nun Lilianne ein. »Gebt Signal an die Flotte, dass die Geschütze geladen werden. Lasst die Schiffe beidrehen, sodass die unbewaffneten Breitseiten zum Ufer weisen. Wir wollen nicht den Argwohn der Anderen erwecken. Alle Ruderbänke sollen besetzt sein. Ich möchte keine herumlungernden Seeleute an Deck sehen. Wir wollen den Anschein erwecken, als würden wir über Nacht noch vor Anker bleiben. Die Arkebusiere halten sich mit schussbereiten Waffen unter Deck. Sie sollen ihre Lunten abschirmen. Stellt Feuerschalen auf und verbrennt Weihrauch darin, damit die Anderen die schwelenden Lunten nicht riechen.«

»Was hast du vor, Schwester?« Charles war überrascht, dass die kleine Flotte die Bucht nicht verlassen sollte.

Lilianne musterte ihn kühl. »Du wirst doch nicht etwa geglaubt haben, dass der Tod unserer Ordensbrüder ungesühnt bleiben wird?«

GEHORSAM

»Du solltest mich zu meinen Brüdern und Schwestern bringen.« Michelle sah ihn durchdringend an. Ihre Augen glänzten eigenartig. Das Gesicht der Fechtmeisterin war schweißbedeckt. Sie zitterte am ganzen Leib. »Hörst du, Junge.«

»Ja, Herrin. Sobald Ihr die Kraft habt aufzustehen.« Luc schluckte. Er wusste ganz genau, dass sie nicht mehr aufstehen würde.

Michelle blickte ihn weiter an. Ahnte sie, was er ihr verheimlichte? Sie lag in einer Nische der Mauer, die den Rosengarten umgab. Er hatte die Ritterin zum Heidenkopf gebracht, in die Ruinenstadt, und dort in jenen verwunschenen Garten, über den die Statue der nackten weißen Frau wachte.

Vor der Nische brannte ein kleines Feuer. Ihre Pferde weideten zwischen den Rosenbüschen.

»Du wirst mich zu meinen Ordensbrüdern bringen?« Es kostete die Fechtmeisterin große Anstrengung zu sprechen.

Luc war es leid, sie noch weiter zu belügen. »Herrin, das Unheil hat Euch gefunden.«

»Wovon redest du? Ich bin erschöpft …«

Er überlegte, wie er es ihr sagen konnte, ohne das Übel beim Namen zu nennen. »Ich fürchte, sie werden Euch zu den Feuern vor der Stadt bringen. Und wenn Ihr nicht mehr seid, dann werde ich auch dorthin gebracht werden, selbst wenn ich nicht krank bin. Eure Ordensschwester Corinne … Sie wird das Gottesurteil nicht anerkennen.«

»Du redest Unsinn, Junge. Heute Morgen erst hat mich Honoré untersucht. Jeden Morgen im ersten Lichte haben wir unsere Gewänder abgelegt und nach den Zeichen gesucht. Ich bin nur entkräftet vom langen Kampf gegen …« Sie sah auf. »Gegen die Sieche.«

Hatte sie bemerkt, dass er das Wort mied? »Herrin, ich weiß, was ich sehe.«

Sie fuhr sich mit der Hand über die Stirn. Es war eine fahrige, kraftlose Bewegung.

»Gib mir zu trinken.«

Er musste ihr helfen, den Wasserschlauch zu halten, so schwach war sie. Wieder begann sie zu zittern. Das mit Essig versetzte Wasser troff ihr von den Mundwinkeln. Sie spritzte sich Wasser über die Brust. Luc nahm ihr den Lederschlauch wieder ab.

»Taste meinen Nacken ab!«

Der Junge sah sie verwundert an.

»Los, hilf mir, mich aufzusetzen. Und tu, was ich dir sage!« Sie legte einen Arm um seine Schultern und stemmte sich hoch. Ihre Zähne klapperten.

Vorsichtig strich Luc der Ritterin das Haar aus dem Nacken. Es duftete nach Weihrauch und Essig. Zögerlich strich er über ihre helle Haut. Sie war kalt.

»Fester! So als ob du Teig kneten wolltest!«, stieß sie mühsam hervor.

Er gehorchte. Seine Hände tasteten vom Haaransatz bis unter das schwarze Halstuch. Er spürte die Ritterin unter den Fieberschauern erbeben.

Vorsichtig glitten seine Hände seitlich den Hals hinauf bis unter ihr Kinn.

»Fühlst du eine Beule?«

»Nein, Herrin.« Ihm war das Ganze unangenehm. Er war fast schon ein Mann. Und er wusste, dass man eine Frau nicht auf diese Weise berühren sollte. Und nicht an ihrem Haar riechen. Noch nie hatte er Haar gerochen, das nach Weihrauch duftete. Es war angenehm ...

»Herrin?«

Michelle hatte begonnen, die Verschnürung ihres Hemdes zu öffnen.

»Zieh mir das Hemd über den Kopf!«

Er räusperte sich nervös. »Ich ...«

»Wenn du einmal ein Ordensritter sein willst, dann musst du zuallererst lernen, Befehlen zu gehorchen. Mach jetzt!« Sie beugte sich vor und wäre fast aus der Mauernische gestürzt.

Luc packte sie. Dann stieg er hinter ihr in die Nische. So würde er nichts sehen ... Er zog ihr das Hemd über den Kopf. Sein Mund war ganz trocken.

Michelle hob die Arme. Sie waren mit hellen Narben bedeckt. »Unter den Achseln musst du nachsehen.«

Er tastete durch das Haar. Es war feucht von ihrem Schweiß. Luc stieg das Blut in den Kopf. Vor Verlegenheit fühlte er sich jetzt auch ganz fiebrig.

Da war etwas! Es fühlte sich an wie ein Kieselstein.

»Was ist das?«

»Eine harte Stelle, Herrin.«

»Wie groß?«

»Etwas größer als eine Bohne.« Luc fühlte, wie sie tief einatmete. Ihre Schultermuskeln spannten sich. Sie hatte aufgehört zu zittern. Ihre Haut fühlte sich etwas wärmer an.

»Ist die Haut verfärbt?«, fragte sie nach langem Schweigen.

»Das kann ich nicht sehen. Die Haare ...«

»Streng dich an, verdammt noch mal! Sei nicht so zimperlich!«

Luc beugte sich vor. Er erhaschte einen Blick auf ihre Brüste und bemühte sich, schnell woandershin zu sehen. Wie sollte er beim Licht eines Lagerfeuers erkennen, welche Farbe die Haut zwischen den Haaren unter ihren Achseln hatte!

Er kniete jetzt neben ihr in der Mauernische. Seine Finger tasteten sich durch das Haar. Ihr Schweiß roch angenehm. Es war ein Duft, der ein fremdes, warmes Gefühl in seinem Bauch weckte.

»Da ist nichts, Herrin«, sagte er schließlich, obwohl er sich nicht ganz sicher war, ob es stimmte.

Michelle atmete erleichtert aus. »Weißt du, man kann auch vor Erschöpfung ein leichtes Fieber bekommen.« Sie lehnte sich gegen die Mauer.

Luc bemerkte eine hässliche rote Narbe, die seitlich über ihre Rippen verlief. »Seid Ihr oft verwundet worden, Herrin?«

»Das bleibt nicht aus, wenn man den Weg des Schwertes wählt, Luc. Dafür habe ich nie Hunger gelitten. Die Kirche versorgt ihre Krieger wie eine fürsorgliche Mutter.«

Der Junge nickte und sah dann zum Feuer. Es schien ihr überhaupt nichts auszumachen, halb nackt neben ihm zu sitzen. Die Frauen, die er bisher gekannt hatte, waren ganz anders gewesen. Er war fast ein Mann ... Da gehörte es sich nicht, neben einer Frau zu sitzen, die kein Hemd trug. Das musste die Ritterin doch wissen!

Aus den Augenwinkeln sah er, wie sie sich in den Schritt ihrer Hose griff.

Er konzentrierte sich ganz darauf, einen Ast zu betrachten, der halb aus dem Feuer ragte. Was machte sie da? Nicht daran denken ... Der Ast ... War das Pappelholz?

Er hörte, wie sie den Gürtel öffnete.

Ja, das war Pappelholz. Er beugte sich weiter vor. Die Hitze der Flammen brannte ihm auf dem Gesicht.

Die Gürtelschnalle klirrte leise. Sie schob ihre Hose hinab.

Luc spürte, wie ihm der Hals ganz eng wurde.

Michelle seufzte.

Was sollte er tun? Vielleicht nach den Pferden sehen?

»Zieh dich aus, Luc.« Ihre Stimme klang seltsam.

Er starrte in das Feuer und tat so, als habe er sie nicht gehört. Vielleicht war der Ast doch nicht aus Pappelholz ...

»Zieh dich aus!«, befahl sie schroff. »Wirf deine Kleider ins Feuer. Und dann beginn zu laufen und bete dabei, wie du noch nie gebetet hast.«

»Was ...«

»Gehorche, verdammt noch mal!«

Scheu wandte er sich um. Michelle hatte ihre Hose bis zu den Knien herabgeschoben. Sie blickte auf ihre Scham und merkte gar nicht, dass er sie ansah.

In ihrer Leiste, halb im Haar verborgen, war eine Beule. Sie war dunkel.

»Lauf, Junge«, sagte Michelle leise. »Du hattest recht ... Lauf zum Fluss! Wasch dich, bis dir die Haut brennt, und komm nicht mehr zurück. Du hast eine Pestkranke berührt.«

DAS WERK DER NACHTIGALLEN

Sie erreichten den Kiesstrand des großen Waldsees im letzten Abendlicht. Yulivee streckte sich im Sattel. Die drei Schiffe waren nur schwarze Schemen vor silbergrauem Horizont. Hübsch sahen sie aus mit den langen, träge im Wind wehenden Wimpeln.

Die Magierin entdeckte ein Stück entfernt einige grasende Pferde am Waldrand. Die tiefen Furchen, welche die Kiele von Ruderbooten am Kiesstrand hinterlassen hatten, zeugten vom Triumph ihrer Feinde. Sie waren zu spät gekommen! Die Ordensritter hatten gesiegt. Im Umkreis von Hunderten Meilen gebot der Eherne Bund über kein einziges Schiff. Sie würden die Entführer nicht mehr einholen.

»Sie sind so nahe am Ufer geblieben, um uns zu verhöhnen«, sagte Fenryl bitter. »Sie kosten ihren Triumph aus.«

König Gunnar war bis zu den Hüften ins Wasser gewatet. In seiner Verzweiflung raufte er sich die Haare. »Nennt mir euren Preis! Sagt, was ihr wollt!«, rief er den Schiffen entgegen. »Nehmt sie nicht fort mit euch!«

Tiranu kam zu ihnen geritten. Er reichte Fenryl ein weißes, blutdurchtränktes Hemd. »Das haben meine Männer am Strand gefunden.«

Fenryl knüllte das Hemd zusammen und stopfte es in seine Satteltasche. »Er sollte das nicht sehen.«

»Zeigt mir mein Kind!«, rief Gunnar. Seine kräftige, befehlsgewohnte Stimme klang jetzt schrill.

Yulivee hatte ihn immer gemocht. Viele Elfen fanden ihn grobschlächtig und barbarisch. Doch sie erinnerte er an seinen Ahnherrn Mandred, der einst mit Farodin und Nuramon gekommen war, um sie aus der Bibliothek von Iskendria zu holen.

Sie stieg aus dem Sattel und watete ins Wasser. Tröstend legte sie ihm die Hand auf den starken, narbenbedeckten Schwertarm. »Komm, mein Freund. Wir werden Gishild wiedersehen. Sie werden uns ihre Bedingungen für den Gefangenenaustausch nennen. Sehr bald schon.«

Gunnar wandte sich zu ihr um. Tränen funkelten in seinem Bart. »Ich möchte sie ja nur kurz sehen. Verstehst du? Nur sehen, wie es ihr geht. Ich bin kein Narr. Ich weiß, dass sie sie mir nicht geben werden. Aber wenn sie mir eine Stunde mit ihr lassen würden. Eine einzige Stunde nur ... Ich würde dafür sorgen, dass alle Überlebenden von der Lichtung hierhergebracht würden, für eine Stunde mit ihr.« Er sah sie voller Verzweiflung an. »Das ist doch kein kleiner Preis, nur um sie zu sehen, oder?«

Diesen bulligen, nach dem Blut seiner Feinde stinkenden Krieger so verzweifelt zu sehen, berührte Yulivee tiefer, als sie es für möglich gehalten hätte. Lang verdrängte Erinnerungen stiegen in ihr auf. Erinnerungen daran, was die Ordensritter vom Aschenbaum ihrem Volk, den Freien von Valemas, angetan hatten. Alle, die sie einst geliebt hatte, waren hingemeuchelt worden. Ihr Leben hatte Yulivee einem freundlichen Dschinn zu verdanken, der sie gerade noch vor den Mordbrennern hatte retten können. Nein, sie vermochte Gunnar nicht die Wahrheit zu sagen, sie kannte sie besser. Es gehörte zur Verhandlungstaktik der Tjureddiener, dass sie ihn Gishild nicht sehen ließen. Sie wollten, dass er im Zweifel blieb. Dass er sich etwas vormachen konnte. Die Kleine hatte viel Blut verloren, so viel war gewiss. Vielleicht war sie schon tot. Gunnar sollte das nicht erfahren. Solange er hoffen durfte, wäre er ein fügsamer Verhandlungspartner.

»Ihnen die Gefangenen zu überlassen, wäre ritterlich«, sagte sie leise. Sie vermochte ihm nicht zu sagen, welch perfides Spiel die Tjuredkirche mit ihm spielen würde. Nun hatten sie den wunden Punkt von Gunnar Eichenarm gefunden, jenes wilden Kriegers, dessen Stolz sie auf dem Schlachtfeld nicht zu brechen vermocht hatten.

Yulivee musste an all die verzweifelten Schlachten um Drusna denken. Trotz ihres erbitterten Widerstands ging Landstrich um Landstrich verloren. Und die Ordensritter schreckten nicht einmal davor zurück, Kinder niederzureiten, die sie dazu erzogen hatten, in den Tempeltürmen Loblieder auf ihren kaltherzigen Gott zu singen. Die Elfe hatte von fern mit angesehen, was auf der Brücke an der Bresna geschehen war, nachdem Mereskaja erstürmt worden war. Keinen Respekt vor dem Leben hatten sie, die verfluchten Ordensritter. Nicht einmal ihr eigenes Leben achteten sie hoch! So viele Ritter waren heute auf der Lichtung im Wald gestorben, nur um einen Vater weiter darüber im Ungewissen zu halten, ob seine Tochter noch lebte! Was durfte der König hoffen, wenn er mit einem solchen Feind verhandeln wollte?

Gunnar war nicht dumm. Sehr bald schon würde er sich darüber bewusst werden, wie ausgeliefert er war. Dann würde er eine Entscheidung treffen müssen ... An diesem Tag würde er zerbrechen. Die Tjureddiener würden ihn zwingen, zwischen seiner Tochter oder dem Bündnis mit Drusna zu wählen. Ganz gleich, wie er sich entscheiden mochte, er würde danach nie wieder derselbe stolze Kriegerkönig sein. Yulivee wünschte, sie könnte ihm Frieden schenken. Doch all ihre Zaubermacht würde dafür nicht reichen.

»Was würdest du in der Stunde mit deiner Tochter tun, wenn die Priester dir diesen Wunsch gewähren würden?«

Der König sah sie verwirrt an. Offenbar war er mit seinen

Gedanken ganz woanders gewesen. Dann lächelte er traurig. »Ich würde an ihrem Bett sitzen und ihre Hand halten. Und ich würde ihr ein Lied singen, das sie und ihr Bruder geliebt haben, als sie noch klein waren. Es handelt von ihrem Ahnherrn Mandred. Davon, wie er seinen verlorenen Sohn wiederfand und wie er mit einer verzauberten Eiche um die Wette getrunken hat. Eine ganze Wagenladung Weinamphoren hat Mandred auf den Wurzeln des Baums zerschlagen, um diesen trunken zu sehen. Es ist, als wäre es erst gestern gewesen, dass ich an ihrem Bett saß. Es ...« Dem König versagte die Stimme. Er ballte in hilfloser Wut die Fäuste.

Yulivee schloss ihn in die Arme. Er war ein Hüne, sie reichte ihm nicht einmal bis zum Kinn. Und doch war er jetzt hilflos wie ein Kind. Sie spürte seinen heißen Atem im Nacken.

»Warum ...«, stammelte er.

Plötzlich straffte er sich. Mit sanfter Kraft löste er sich aus der Umarmung. »Danke«, flüsterte er. Er deutete zum Strand. »Sie sollten mich so nicht sehen.«

Yulivee folgte seinem Blick. Mehr als zweihundert Reiter hatten sich auf dem schmalen Kiesstreifen eingefunden. Manche hatten ihre Pferde ein Stück weit ins Wasser getrieben. Die meisten von ihnen trugen die glänzend schwarzen Rüstungen der Schnitter, der Reiter des Fürsten Tiranu. Etwas Dunkles hatte die Seelen der Elfen von Langollion unter der Herrschaft von Tiranus Mutter Alathaia berührt. Ganz gleich wie Gunnar sich verhalten mochte, sie würden in ihm niemals einen König sehen. Sie kämpften nicht um Drusna oder das Fjordland, sie kämpften, weil sie die Tjuredkirche hassten. Vielleicht auch weil sie den Zorn Emerelles fürchteten, die ihnen ihren Verrat im Schattenkrieg nicht vergeben hatte. Ein Krieg, ausgelöst durch den Verrat Alathaias, in dem die Elfenvölker Albenmarks einander bekämpften und die Drachen noch einmal in ihre alte Heimat zurückkehrten. Das war lange her, aber Elfen hatten ein anderes Zeitgefühl. Nein, ganz gewiss kämpften Tiranus Reiter nicht für Gunnar. Sie sahen auf alle Menschen voller Verachtung herab, auf ihre Feinde wie auf ihre Verbündeten. Sie waren allein hier, um Emerelles Zorn zu besänftigen und den Makel des Verrats abzuwaschen.

Ein Geräusch ließ Yulivee unruhig zu den Schiffen blicken. Welche Hinterhältigkeit hatten sie jetzt zu erwarten? Die Ruder auf den Steuerbordseiten waren ausgerannt worden und zerwühlten das schwarze Wasser zu schäumender Gischt. Träge schwangen die Galeeren herum.

Ein Hauch von Weihrauch wurde vom See her ans Ufer geweht. Und da war noch etwas: ein anderer, übler Geruch, den der Duft des schwelenden Baumharzes fast überdeckte. Die prächtigen Schiffe atmeten den Gestank des Devanthar. Schwefelgeruch haftete ihnen an! Unwillkürlich zuckte Yulivee zusammen.

Lange Flammenzungen schlugen aus den Galeeren. Donnerschlag, so laut, dass er sich wie eine Berührung anfühlte, fauchte über das stille Wasser. Schatten flogen ihnen entgegen. Einzelne Pferde am Ufer wieherten. Rauch quoll aus den Vorderkastellen der Schiffe und wurde von der schwachen Brise zu langen Fahnen gezogen.

Yulivee hörte Bäume splittern. Männer schrien. Sie sah ein Pferd, das von einer Kanonenkugel zerrissen wurde, als habe es der Prankenhieb eines Drachen getroffen.

»Zurück in den Wald!«, rief Fenryl über den Lärm hinweg.

Die meisten Reiter hatten bereits ihre Pferde gewendet.

Ein bärtiger Fjordländer aus Gunnars Leibwache glitt taumelnd aus dem Sattel und bückte sich, um seinen abgerissenen Arm aufzuheben.

Die Magierin spürte, wie ihr etwas Warmes über die Wange rann. Ihr Gesicht war wie von sommerlichem Sprühregen benetzt.

»Gunnar, komm!«, rief sie, während ihr Blick noch immer von den Schrecken am Ufer gefangen gehalten wurde.

Der König antwortete nicht.

Fenryl winkte ihr zu und rief etwas, doch seine Stimme wurde vom erneuten Donnern der Kanonen verschlungen.

»Schnell!« Yulivee wandte sich um. Sie wollte Gunnar bei der Hand fassen und verharrte mitten in der Bewegung. Der König stand nicht mehr neben ihr!

Verwirrt blickte sie zum Ufer.

Etwas berührte ihr Knie.

Im Wasser, leicht von der Dünung bewegt, lag der massige Leib des Herrschers. Seine ausgestreckte Hand strich im Rhythmus der flachen Wellen über ihr Knie. Blut breitete sich in dunklen Wolken im Wasser aus, das silbern im ersten Mondlicht glänzte.

Yulivee wollte schreien, doch kein Laut kam über ihre Lippen. Der Schock hatte ihr die Stimme geraubt.

Sie sank auf die Knie und tastete über den Halsstumpf des Königs, so als könnten ihre Hände ihr eine andere Wirklichkeit offenbaren als ihre Augen.

Tränen ließen ihren Blick verschwimmen. Halb blind suchte sie im Wasser. Der Kopf Gunnars war verschwunden, zerschmettert von einer Kanonenkugel.

Heiße Wut stieg in Yulivee auf. Sie kam aus dem Bauch, brachte ihr Blut in Wallung und ließ keinen anderen Gedanken mehr zu. Die Elfe tastete nach dem langen, schmalen Holzetui, das zwischen den Flöten in ihrem Gürtel steckte.

Leise klickend sprang der Verschluss auf. In roten Samt gebettet, lag eine schwarze Flöte, gefertigt aus dem Vulkanglas Phylangans. Ein einziges Mal nur hatte sie auf diesem Instrument gespielt. Die dunkle Kraft der Magie, die dieser Flöte innewohnte, hatte sie damals so sehr erschreckt, dass sie das Instrument nie mehr berührt hatte. Sie hatte den Zorn all der Streiter fühlen können, die einst in Phylangan gefallen waren, und das Feuer des Vulkans.

Die steinerne Flöte fühlte sich in ihrer Hand warm an, und als sie darauf spielte, gab Yulivee all ihre Wut und ihren Schmerz in die Melodie, die sich mit der Magie des Landes verband. Ein glühender Funken, kleiner als ein Glühwürmchen, wurde aus dem Dunkel der Nacht geboren. Er folgte den Bewegungen der Flöte, tanzte und wob einen dünnen Lichtfaden. Immer mehr und feinere Linien erschienen, verschmolzen miteinander und formten das plastische Bild eines Vogels. Dann teilte sich die Kreatur aus Licht. Zwei Nachtigallen aus orangeroter Glut streckten ihre Flammenflügel.

Yulivee nahm die Macht des Landes in sich auf, das frisch vergossene Blut, die Macht der Flöte und des Liedes. Und dann gab sie ihren brennenden Zorn dazu. Sie ließ der Magie mehr ihren freien Lauf, als dass sie sie bewusst formte.

Die Nachtigallen flogen aufeinander zu, verschmolzen, und als sie sich trennten, waren es vier. Kaum bewusst nahm Yulivee ein leises Knistern wahr. Ihre Kleider waren steif geworden. Der Atem stand ihr in hellen Wolken vor dem Mund, und eine dünne Haut aus Eis überzog das Wasser und griff hinaus auf den See.

Die heiße Wut der Magierin ließ sie die Kälte ebenso ignorieren wie die Hitze, die von den Flammenschwingen der Vögel ausging. Mehr als ein Dutzend waren es jetzt. Immer schneller vermehrten sie sich.

Das Eis rings um Yulivee war nun schon mehrere Zoll dick, als ihr Flötenspiel einem wilden Höhepunkt entgegenstrebte.

Plötzlich brach sie die Melodie ab, streckte den Arm aus und wies auf das größte Schiff. »Fliegt, meine Kinder, fliegt! Sucht die schwarze Gabe des Devanthar!«, hauchte sie mit blauen Lippen.

Wieder brüllten die Kanonen der Ordensschiffe. Der Strand war längst verlassen. Die Kugeln brachen ins Unterholz.

Die Nachtigallen schrumpften zu einem Schwarm glühender Lichtpunkte, die Flammenschweife hinter sich herzogen. Sie verschwanden im schwefligen Rauch, der über dem Wasser trieb.

Yulivee hörte einen Alarmruf. Immer noch griff das Eis weiter hinaus auf den See, obwohl sie ihren Zauber vollendet hatte. Die Magierin schloss die Augen. Sie konnte fühlen, was geschah.

Die Glutvögel kreisten um die Masten. Einer stieß hinab. Seine Schwingen berührten die ledernen Pulverkartuschen am Brustbandelier eines Arkebusiers. Wie ein heißes Messer durch Eis, so schnitten die Flügel durch das Leder. Die kleinen Pulverladungen explodierten. Schreiend und mit den Händen fuchtelnd, versuchte der Schütze den Vogel zu vertreiben. Yulivee konnte den Schmerz des Mannes spüren, als er einen der Nachtigallenflügel streifte.

Ein anderer Vogel stieß hinab auf ein rußbedecktes, bronzenes Kanonenrohr. Das Metall schmolz, wo die Nachtigall sich niederließ. Ein Kanonier, der gerade etwas in das Rohr des Geschützes geschoben hatte, sah den kleinen Feuervogel mit schreckensweiten Augen an. Goldenes Metall troff wie Wasser von der Kanone. Dann verschlang eine Explosion das Bild.

Von ihrem Zauber ganz benommen, hörte Yulivee den Knall hinter der Wand aus Pulverdampf.

Eine helle Stichflamme schnitt durch das wattige Grau. Knatternd hallten weitere Explosionen von Pulverkartuschen. Weite Löcher taten sich in dem Schleier aus Rauch auf. Männer schrien; Yulivee sah eine Gestalt in Flammen gewandet von Bord springen. Sich hilflos wälzend, lag sie auf dem Eis. Flammen leckten entlang der aufgerollten Segel und den Tauen der Takelage. Der Baldachin im Heck verging in gelber Glut.

Eine weitere heftige Explosion ließ den Eispanzer erbeben, der knisternd immer noch dicker wurde.

Die beiden kleineren Schiffe versuchten dem Griff des Eises zu entkommen. Männer mit Beilen und Hellebarden waren über Bord gesprungen und droschen auf die kalte Haut ein, die sich über das Wasser gelegt hatte.

Yulivee war wie in Trance. Sie fühlte sich unbeteiligt, als betrachte sie den Traum einer anderen.

Arkebusen knallten. Weit vor ihr stoben kleine Fontänen aus Eissplittern auf.

Dann gab es einen gewaltigen Knall. Der Donner traf sie wie ein Fausthieb in den Magen. Die Nachtigallen hatten das Pulvermagazin erreicht. Ein rauchender Mast bohrte sich gleich einem riesigen Speer nur ein paar Schritt entfernt durch das Eis. Holztrümmer schlugen wie Hagel herab. Menschen lagen seltsam verdreht zwischen dem schwelenden Holz, so wie Marionetten, denen man die Fäden durchtrennt hatte.

EISEN UND EIS

Fassungslos starrte Lilianne auf die rauchenden Trümmer der Galeasse. Sie hatte einmal eine große Karracke explodieren sehen, nachdem ein ganzer Schwarm Galeeren dem Schiff eine Stunde lang übel zugesetzt hatte. Aber das hier war eine einzelne Elfe gewesen. Das durfte nicht sein! Diese Macht verhöhnte die Ordnung Tjureds.

Lilianne riss einem Seesoldaten die Hellebarde aus der Hand. »Los, hinab auf das Eis! Wir müssen das Schiff freibekommen.« So lange die *Sankt Raffael* im Eispanzer gefangen lag, konnten die Elfen sie im toten Winkel der Geschütze angreifen. Das Schiff musste wieder manövrieren können!

Lilianne war die Erste, die über die Reling hinab auf das Eis sprang. Ein zugefrorener See mitten im Sommer! Das war, als spuckten die Anderen der göttlichen Schöpfung ins Antlitz.

Wütend drosch Lilianne mit dem Stangenbeil auf das Eis ein. Es knirschte und knackte unter ihren Füßen.

Die Komturin versuchte ihren Zorn auf die gottlosen Geschöpfe Albenmarks zu beherrschen. Sie musste einen kühlen Kopf bewahren, wenn sie das Schlachtenglück wenden wollte. Vorsichtig die Stärke der Eiskruste prüfend, stieß sie den Dorn des Stangenbeils vor sich nieder. Schritt für Schritt tastete sie sich zum Bug vor.

»Geschützmeister! Bring ein kleines Pulverfass herunter! Die übrigen Hellebardiere zu mir! Ruderer, nehmt die Reserveruder und wartet auf meine Befehle!«

Lilianne lief am Bug vorbei. Der stilisierte, bronzene Adler des Rammsporns war mit feinen Eiskristallen überzogen.

Eine leichte, warme Brise strich vom Wald her über den See.

Das Eis reichte keine zwanzig Schritt hinter das Heck und wurde zum offenen Wasser hin immer dünner. Sie würden hier herauskommen, wenn sie schnell und entschlossen handelten.

Lilianne wies die Hellebardiere an, das Eis zwischen den festgefrorenen Rudern zu zerschlagen. Dann ging sie mit dem Geschützmeister dem Ufer entgegen. Zwei Kanoniere schleppten ein Fass.

Die Komturin blickte zum dunklen Umriss des Waldrands. Jeden Augenblick konnten die Elfen die Gunst der Stunde nutzen. Sie hätte schon längst einen Angriff auf die wehrlosen Schiffe befohlen, aber die Kanonensalven schienen den Gottlosen den Schneid abgekauft zu haben.

»Hier!« Sie waren etwa fünfzehn Schritt vor dem Rammsporn. »Holt mir eine schnell brennende Lunte und einen Zündstock!« Lilianne stach mit der Spitze der Hellebarde auf das Eis ein.

Am Ufer erschien eine einzelne Reiterin. Sie legte mit aufreizender Ruhe einen Pfeil auf die Sehne ihres langen Bogens. Einen Atemzug später erklang ein Schrei vom Geschützdeck der Galeere vor ihnen.

Arkebusenfeuer von der erhöhten Galerie des Vordecks war die Antwort.

Die Elfe duckte sich flach über die Mähne ihres Rosses. Den Bogen hatte sie fallen gelassen. Mit einem unverständlichen Ruf griff sie das Schiff an. Lilianne hielt mit ihrer Arbeit inne. Eine einzelne Reiterin, die eine Attacke gegen eine Galeere ritt. Die Elfe war verrückt! Verrückt, aber mutig. Sie konnte nicht anders, als Respekt vor der todesmutigen Kriegerin zu empfinden. Dann krachte eine Salve von Arkebusenschüssen. Das Elfenpferd bäumte sich auf und strauchelte. Die Reiterin wurde aus dem Sattel geschleudert. Sie schlitterte über das Eis und blieb reglos liegen.

Lilianne rammte die Hellebarde nieder. Das Loch im Eis war groß genug. Vorsichtig passte sie das Pulverfass ein. Bis es verkeilt war, war der Geschützmeister zurückgekehrt.

»Wie lange brennt deine Lunte?«

Der bärtige Kanonier hielt die Schnur an die Maßskala, die in den eichenen Zündstock gekerbt war. »So lange, wie man braucht, um schnell bis dreißig zu zählen.«

Dumpfer Hufschlag erklang vom Wald. Lilianne nahm dem Mann den Zündstock ab. »Zurück zum Schiff!«

»Das ist meine Aufgabe, Herrin. Ich ...«

»Widersetze dich nicht meinen Befehlen, Kerl!«

Der Geschützmeister wich einen Schritt vor ihr zurück. Dann nickte er knapp und begann zu laufen.

»Ladet die Buggeschütze mit gehacktem Blei!«, rief Lilianne ihm nach.

Wie eine Schattenwoge preschten die Reiter aus dem Wald, hinaus auf das Eis.

Lilianne legte die Lunte auf das Pulverfass, zog ihren Dolch und trennte etwa ein Drittel der Zündschnur ab. Sie wollte sichergehen, dass das Fass explodierte, bevor die Reiter es erreichen konnten. Damit war ihr Schicksal besiegelt. Schon vorher war die Lunte knapp bemessen gewesen.

Die Komturin hielt die Zündschnur an das Fass. Zischend fraß sich die Glut durch die pechgetränkte Lunte. Als sie sicher war, dass der Glutfunken nicht mehr verlöschen würde, wandte sie sich ab und begann zu laufen. Ihre Panzerschuhe rutschten auf dem Eis. Mit rudernden Armen hielt sie das Gleichgewicht. Sie wusste, dass sie es nicht bis an Bord der Galeere schaffen konnte, aber sie war so erzogen worden, dass es für sie nicht in Frage kam, einen Kampf aufzugeben, ganz gleich, wie aussichtslos er auch sein mochte.

Die Ruder der Galeere waren frei. Die Männer mit den Hellebarden hatten gute Arbeit geleistet. Der Schiffsrumpf lag in dunklem Wasser, durchsetzt mit Eisstücken. Mit hellem Knallen schlugen die Ruderblätter auf die Bruchkante des Eises, um das Fahrwasser zu verbreitern.

Vom Heck der *Sankt Raffael* erklang die Stimme des Kapitäns. »Die Ruder auf!«

Während letzte Seesoldaten noch hastig an Seilen zum Vorderkastell hinaufkletterten, wurden die Ruder waagerecht ausgerichtet. Wasser troff von ihren schlanken, weißen Blättern.

Lilianne hatte die *Sankt Raffael* fast erreicht, als hinter ihr das Pulverfass explodierte. Eissplitter schlugen wie Hagel gegen ihre Rüstung. Wie von der Faust eines Riesen getroffen, wurde sie nach vorn geschleudert. Knirschend barst das Eis rings herum. Sie schlitterte über die glatte Fläche. Schwarze Spalten öffneten sich überall. Wasser schäumte hervor und griff mit eisigen Fingern nach ihr.

Das Eis unter ihr sackte weg. Das Wasser war so kalt, dass sie nicht mehr atmen konnte. Über ihr, hoch über dem mörderischen Rammsporn der Galeere, erschien ein vertrautes Gesicht. Bruder Charles. Der alte Priester sah sie mit schreckensweiten Augen an. Ihre schwere Rüstung, die sie in so vielen Kämpfen vor dem Tod bewahrt hatte, zog sie nun in die Tiefe zum Seegrund.

KLINGENTANZ

Silwyna erhob sich. Ihre Wange brannte. Warmes Blut rann ihr den Hals herab. Eine Arkebusenkugel hatte eine tiefe Furche im Fleisch hinterlassen, doch sie fühlte keinen Schmerz, nur Wut! Die Maurwani atmete tief ein. Die kalte Luft tat gut, auch wenn sie von Pulverrauch geschwängert war. Ihr Pferd lag reglos; dunkles Blut gefror auf dem Eis. Ringsherum war der gefrorene See mit rauchenden Schifftrümmern und Leichenteilen bedeckt. Nur zwei Galeeren waren noch geblieben.

Das Schiff unmittelbar vor ihr lag halb im Pulverdampf verborgen. Es war eine schöne Galeere mit prächtigen Wimpeln, die von den Masten wehten und einem Baldachin mit goldner Stickerei, der sich über dem Heck spannte. Auf dem Heck, zwischen silbern gewappneten Kriegern, konnte sie ein Lager mit schneeweißen Decken sehen. Hatte man Gishild dorthin gebracht? Sie würde es herausfinden.

Silwyna griff über die Schulter und zog das lange Rapier, das sie an einem schmalen Lederbandelier auf dem Rücken trug. Mit der Linken zog sie den Hirschfänger aus ihrem Gürtel, eine breite Klinge zum Ausweiden von Wild. Die ungleichen Waffen waren als Paar nach ihren Wünschen für sie geschmiedet worden. Beide schmückte ein Knauf in Form eines stilisierten Wolfskopfs. In zahllosen Kämpfen hatte sie Rapier und Hirschfänger geführt. Doch nie hatte sie einen verzweifelteren Angriff gewagt.

Mit entschlossenen Schritten eilte sie der im Eis gefangenen Galeere entgegen. Sie würde das Versprechen einlösen, das sie Emerelle gegeben hatte, und Gishild wieder in ihre Obhut nehmen. Und diesmal würde sie das Mädchen weit fort von der Front bringen. Hoch in den Norden, in ihre Heimat, nach Firnstayn.

Einige Männer waren von Bord des Schiffes gesprungen und hieben mit Äxten und Hellebarden auf das Eis ein. Schon war ein schmaler Spalt dunklen Wassers zu sehen. Krieger mit langen Piken versuchten von Bord aus die Lücke zu verbreitern.

»Bei Tjured, sie ist immer noch nicht tot!« Ein Schütze mit rot befiedertem Helm deutete in ihre Richtung. Silwyna sah die Mündungen von Arkebusen auf sie einschwenken. Glühende Lunten wurden in Zündlöcher gestoßen.

Eine Kugel fauchte dicht über den Kopf der Elfe hinweg. Eine andere ließ das Eis neben ihr aufspritzen. Die Maurawani begann zu laufen.

Der gefrorene See erzitterte unter dem Trommeln hunderter Pferdehufe. Endlich kamen die Schnitter, dachte Silwyna grimmig. Sie hatte fast die Ruder der Galeere erreicht. Die stählernen Spitzen der Piken schwangen über die festgefrorenen Ruderblätter hinweg in ihre Richtung.

Wieder krachten Schüsse über ihr. Eine schrille Stimme rief Befehle. Bootsmannspfeifen zwitscherten.

Silwyna sprang auf eine der Ruderstangen. Das Holz federte unter ihrem Gewicht. Sie verstand es, auf den Ästen in Baumkronen zu laufen. Sie war eine Maurawani!

Mit einem ärgerlichen Hieb fegte sie die schmalen Stichblätter der Piken zur Seite. Eine Arkebuse wurde auf sie angelegt. Sie blickte in die dunkle Mündung. Dahinter sah sie schreckensweite Augen in einem pulvergeschwärzten Gesicht. Es gab keine Möglichkeit auszuweichen!

Der Schuss krachte. Heißer Pulverdampf schlug der Elfe entgegen und versengte ihr Antlitz. Mit einem Sprung war sie auf der Reling. Sie trieb ihr Rapier mit einem geraden

Stoß durch das Visier eines Ritters. Mit dem Hirschfänger lenkte sie den Stoß einer Hellebarde ab.

Der Arkebusier taumelte von der Bordwand zurück, die schwere Waffe schützend vor die Brust erhoben. Zwischen seinen Fingern hing eine glimmende Lunte herab. Er sah sie an, als sei sie ein Dämon. Offensichtlich hatte er in der Eile vergessen, eine Bleikugel in den Lauf der Waffe zu rammen.

Silwyna zog ihr Rapier aus dem Helm des toten Ritters und sprang in die Lücke, die der Arkebusier in der Mauer dicht gedrängter Menschenleiber gerissen hatte. Mit einem Ruck zog sie den toten Ritter vor ihre Brust und nutzte ihn wie einen großen Schild. Entlang der Reling lief nur eine schmale Galerie. So konnten die Ritter und Seeleute nicht ihre erdrückende Übermacht nutzen. Hinter der Galerie klaffte ein langer offener Schacht, wie ein hölzerner Graben. Dort standen die Ruderbänke. Kaum hüfttief trennte er die Galerie vom Laufsteg, der sich in der Mitte des Schiffes vom Vorderdeck nach achtern erstreckte. Eine Barriere gefüllt mit Menschenleibern. Über hundert Ruderer hatten sich von den Bänken erhoben. Sie waren mit Piken bewaffnet, mit Pistolen, Armbrüsten und breiten Entermessern.

Die Stichblätter der Piken schrammten über die Brustplatte des toten Ritters und glitten an der Wölbung ab. Silwyna stieß ihren Angreifern den Ritter entgegen. Der gepanzerte Krieger stürzte auf das tiefer gelegene Deck und begrub drei Ruderer unter sich. Silwyna sprang mit einem weiten Satz über den hölzernen Graben zum mittleren Steg. Leicht federnd landete sie, ging in die Knie und hob ihr Rapier zur Parade. Ein Schwertstreich glitt die schlanke Klinge entlang. Kniend drehte sich die Maurawani. Vor ihr stand ein Matrose, der mit einem breiten Entermesser auf sie eindrosch. In der Linken hielt er eine Radschlosspistole.

Ein gerader Stoß mit dem Hirschfänger schlitzte ihm den Bauch auf und ließ ihn rücklings hinab zu den Ruderbänken stürzen.

»Tötet diese Ausgeburt der Finsternis!«, rief ein massiger Kerl, der sich mit einer riesigen Axt in den Händen aus dem Graben der Ruderer reckte. »Was vermag ein Weib gegen hundert Männer auszurichten?«

Wie eine Flut aus Fleisch erhoben sich die Seemänner auf beiden Seiten des Laufstegs. Binnen eines Augenblicks war Silwyna von Feinden umzingelt, doch die bewaffneten Ruderer standen so dicht, dass sie sich gegenseitig behinderten.

Arkebusenschüsse knatterten entlang der Reling. Ganz nahe hörte die Elfe ein Pferd wiehern. Und dann drang Fenryls vertraute Stimme durch den Schlachtlärm. Endlich waren die Reiter heran!

Silwyna unterlief einen Hellebardenhieb, rammte ihrem Gegner den Korb des Rapiers ins Gesicht, wandte sich abrupt wieder um und sah sich einem vollgerüsteten Ordensritter gegenüber. Mit einem wuchtigen Hieb versuchte er, sie hinab zu den Ruderbänken zu stoßen. Silwyna blockte den Angriff und fing die Klinge mit der hochgebogenen Parierstange des Rapiers. Eine Drehung hebelte dem Ritter das verkantete Schwert aus der Hand. Doch statt zurückzuweichen, hob der Ordenskrieger den gerüsteten Arm, um ihr Rapier zur Seite zu drücken. Seine gepanzerte Linke schnellte vor. Die Eisenschuppen des Handschuhs schrammten Silwyna über die Augenbraue, als sie sich wegduckte. Ein Kniestoß verfehlte nur knapp ihr Kinn.

Wütend stieß sie den Hirschfänger nach oben, in die ungeschützte Achsel des Kriegers. Die Klinge drang bis zum Heft in das Fleisch. Blut spuckend brach der Ritter zusammen. Der Elfe blieb keine Zeit, ihre Waffe zu befreien. Sie griff nach dem Parierdolch am Gürtel des sterbenden Ritters und wich einem Axthieb aus.

Der Mann, der eben die Meute der Ruderer gegen sie aufgestachelt hatte, stand nun vor ihr. Etwas streifte Silwynas Stiefel. Die bewaffneten Seeleute stachen mit Entermessern nach ihren ungeschützten Beinen. Silwyna fluchte und versuchte, sich mit einem Sprung in Sicherheit zu bringen, doch überall entlang des Laufstegs wurden Waffen gegen sie erhoben. Sie musste wahnsinnig gewesen sein, allein ein vollbemanntes Schiff anzugreifen.

Eine Pikenspitze zerschlitzte ihre Hose und hinterließ eine blutende Schramme auf ihrem Oberschenkel. Der Seemann vor ihr schwang seine Axt wie eine Sense.

»Reißt sie in Stücke!« Speichel spritze ihr entgegen, als er sie anschrie. »Bringt sie um und werft sie zu der gotteslästerlichen Elfenbrut auf das Eis hinab! Tjured beschützt uns! Wir werden siegen!«

Die Maurawani wich dem Axtblatt mit einem Seitschritt aus. Ihre Klinge schnellte vor wie eine zustoßende Schlange. Das Rapier stieß in ein Auge. Mit einem Knacken durchschlug es den Schädel. Der Axtkämpfer fiel wie vom Blitz getroffen. Entsetzt wichen die Seeleute vor ihr zurück. Sie waren bärenstark, gestählt durch die Arbeit an den Rudern, und sie waren gewiss auch tapfer, aber der Elfe waren sie nicht gewachsen. Im Vergleich zu der Maurawani, die Jahrhunderte überlebt hatte, waren sie wie Kinder, die mit Stöcken in den Händen gegen einen Ritter im Harnisch antraten.

Eine Wolke schob sich vor den Mond und trank sein silbernes Licht. Nur die großen Laternen am Heck der Galeere erhellten nun noch den Kampfplatz. Das schmale Deck war rutschig vom vielen Blut.

Die Elfe setzte ihre Schritte sicher. Sie mied es, direkt in die Laternen zu blicken. Ihre Augen waren an die Dunkelheit gewöhnt.

Für die Ruderer war sie jetzt kaum mehr als ein unsteter Schatten. Ein Schatten, aus dem funkelnder Silberstahl schnitt. Tänzerisch bewegte sich die Maurawani zwischen den Männern hindurch, blockte Hiebe mit Entermessern, setzte manchmal einen Stich oder schlug mit dem Knauf oder dem Korb ihrer Waffen zu. Sie hatte Respekt vor diesen Männern, die wussten, dass sie gegen sie nicht bestehen konnten, aber dennoch kämpften, weil es für sie eine Frage der Ehre war, sich nicht fortzuducken. Sie versuchte, keinen von ihnen zu töten. Sie waren die Verblendeten. Die Ordensritter waren der Feind, der kein Erbarmen verdiente.

Langsamer als erwartet kam Silwyna über den schmalen Laufsteg voran. Aus den Augenwinkeln sah sie die Schnitter über die Reling stürmen und erkannte inmitten der schwarz gewappneten Kämpfer aus Langollion den Fürsten Fenryl.

Silwyna blockte einen wuchtigen Schlag, der auf ihren Kopf gezielt hatte, und stieß dann mit dem Knauf des Rapiers mitten ins Gesicht ihres Gegners. Selbst im Kampflärm hörte sie die Nase des Ruderers brechen. Er taumelte zurück. Wieder hatte sie zwei Schritt auf dem Weg zum Lager auf dem Achterdeck gewonnen.

Jemand griff nach ihrem linken Fuß. Ein gerader Stich hinab, und zwei Finger purzelten auf die blutverschmierten Planken. Silwyna wandte sich um, parierte einen Hieb, duckte sich. Eine Pistole krachte. Die Kugel verfehlte sie. Hinter ihr schrie jemand auf.

Wieder duckte sie sich. Ihr schlankes Rapier stach durch einen Oberschenkel. Mit dem Dolch des Ritters blockte sie einen Hieb von links. Sie rammte dem Verwundeten vor ihr die Schulter gegen die Brust, zog mit einer leichten Drehung die Klinge aus seinem Bein und setzte über den strauchelnden Mann hinweg.

Noch fünf Schritte bis zu dem Lager unter dem Baldachin. Sie würde Gishild packen und mit ihr über Bord springen. Sollten Fenryl und die anderen dieses Gemetzel zu Ende bringen!

Ein Ritter mit einem Langschwert kam vom Achterdeck. Die Ruderer machten ihm Platz. Einige lächelten. Das Wappen des Blutbaums prangte auf der Brustplatte des Kämpfers, schwarze Federn wippten auf seinem Helm.

»Stoßt ihr die Piken zwischen die Beine!«, rief der Ordensritter mit ruhiger, befehlsgewohnter Stimme und kam weiter auf Silwyna zu.

Zum ersten Mal, seit sie auf den Laufsteg gesprungen war, wich sie zwei Schritte zurück. Entlang der Galerien tobte der Lärm der Schlacht. Schon klafften die ersten Lücken in den Reihen der Verteidiger. Rinnsale aus Blut rannen vom Deck zu den Ruderern hinab. Im Mondlicht sahen sie schwarz wie Pech aus.

Der Ordensritter fasste sein großes Schwert beidhändig. Mit einem weiten Schwung der Waffe trieb er Silwyna noch einen Schritt zurück. Piken stachen nach ihren Beinen. Sie drehte und wand sich. Sie konnte auf den Wipfeln sturmgepeitschter Bäume laufen. Hier würde sie nicht sterben!

Die Ersten von Tiranus Schnittern setzten über den Graben der Ruderer hinweg und formierten sich hinter ihr, um ihr den Rücken zu decken.

Ein Donnerschlag wie ein Kanonenschuss ließ die Männer ringsherum zusammenzucken.

Einen Lidschlag lang blickte Silwyna zurück. Sie sah auf dem Vordeck einen Offizier, der Matrosen mit Pulverfässern über die Reling schickte. Sie wollten das Eis sprengen, um ihr Schiff zu befreien! Dagegen vermochte sie jetzt nichts auszurichten. Wenn sie schnell genug bei Gishild wäre, konnte ihr egal sein, was mit den Galeeren geschah!

Silwyna griff den Ritter an. Sie täuschte eine Finte mit dem Rapier an und blockierte dann die gegnerische Klinge mit dem Korb des Dolches. Der Ritter war gut! Er konterte einen Stich ihres Rapiers durch einen Schlag mit seiner gepanzerten Hand. Gleichzeitig schob er die Klinge des Langschwertes vor, bis er den besseren Hebel hatte, und versuchte nun seinerseits, Silwyna den Dolch aus der Hand zu drehen.

Die Elfe setzte zurück und strauchelte über eine Pikenstange, die ihr zwischen die Beine gestoßen wurde. Sie fing sich, rutschte auf dem blutbesudelten Deck aus und duckte sich unter einem beidhändigen Hieb, mit dem ihr der Ordensritter nachsetzte. Sie spürte den Luftzug der Klinge im Gesicht. Ihr Gegner hatte sie nur um ein paar Zoll verfehlt!

Ein Entermesser schnitt durch ihr Lederwams und glitt an einer Rippe ab. Silwyna fluchte. Sie war aus dem Rhythmus gekommen, mit dem ihre Klingen Schmerz und Schrecken unter die Menschen trugen. Und plötzlich spielte die erdrückende Übermacht doch eine Rolle. Hände griffen nach ihr und versuchten sie zu Boden zu zerren, während der Ritter den Griff wechselte, um sie mit nach unten gerichteter Klinge aufzuspießen.

Sie hörte die Schnitter in ihrem Rücken kämpfen und wünschte sich, dass sie sich ein bisschen mehr ins Zeug legten, um ihr zu helfen. Tiranus Elfenschar würde sie sogar zutrauen, dass sie sie opferten, um den Ruhm der Befreiung der Prinzessin nicht mit ihr teilen zu müssen.

Silwyna verschaffte sich mit einem weit ausholenden Schlag Luft. Die Ruderer wichen erschrocken zurück, doch die Beinröhren der Ritterrüstung vermochte der Hieb nicht zu durchdringen. Er hinterließ nur eine Schramme im Panzer. Der Ritter trat ihr in die Seite und versuchte sie dann mit dem Fuß zu Boden zu drücken, damit sie stilllag, wenn er zum tödlichen Stich ansetzte.

Die Elfe wand sich. Ein Hieb mit dem Korb des Rapiers fegte die breite Schwertklinge zur Seite. Silwyna drehte den Dolch und stieß ihn mit aller Kraft auf den gepanzerten Fuß des Ordenskriegers hinab. Der Stahl schnitt durch Rüstung, Knochen und Sohle und drang tief ins Holz der Deckplanken.

Der Ritter stöhnte auf. Silwyna schnellte vor und warf sich gegen ihn. Eine Kante seiner Rüstung schnitt ihr ins Gesicht. Ihr Gegner verlor das Gleichgewicht, doch der Dolch hielt seinen rechten Fuß immer noch an Deck festgenagelt. Scheppernd stürzte er zu Boden. Die Dolchklinge hielt ihn gefangen. Flüchtig sah Silwyna, dass dem Mann das Bein ausgekugelt war und der Fuß durch den Ruck des Sturzes übel zugerichtet war.

Die Maurawani setzte über den Ritter hinweg. Nur noch mit dem Rapier bewaffnet, eilte sie dem Lager unter dem Baldachin auf dem Achterdeck entgegen. Die Ruderer wichen entsetzt vor ihr zurück. Immer mehr Elfenkrieger kamen über die Bordwand. Hinter ihr scharten sich einige Ordensritter um den Großmast und bildeten einen Verteidigungsring aus schimmerndem Stahl.

Der Mond kam wieder hinter den Wolken hervor. Grob stieß sie einen Mann in blauer Kutte zur Seite.

»Mögen dir die Hände verfaulen, wenn du ihren gesegneten Leib berührst!«, fluchte der alte Priester.

Silwyna riss die schneeweiße Decke vom Lager. Zusammengekrümmt lag dort eine blasse Frau mit einem blutdurchtränkten Verband um den Kopf.

»Kapitänin Feodora ist eine Heilige«, keifte der Priester. »In ihr brennt die Kraft wahren Glaubens! Und dich wird diese Macht vernichten, wenn du versuchst, ihr ein Leid zuzufügen.«

Silwyna blickte auf die Verwundete und wollte nicht glauben, was sie da sah. Sie hatte versagt! Sie hatte Gishild nicht beschützen können, als sie entführt worden war. Und sie hatte sie auch nicht retten können.

Über das Eis sah sie die andere Galeere. Das schlanke Schiff war von treibenden Eisschollen umgeben und kämpfte sich schwankend und ruckend hinaus ins offene Wasser. Die Maurawani überlegte, ob sie die Galeere noch erreichen könnte, wenn sie von Eisscholle zu Eisscholle sprang. Vielleicht ... Sie verwarf den Gedanken. Sie war zu erschöpft ... Sie hatte ein halbes Dutzend Wunden davongetragen. Meist nur oberflächliche Schnitte, aber sie mussten versorgt werden. Es war verrückt gewesen, diese Galeere allein anzugreifen; Silwyna war sich der Tatsache bewusst, dass sie nur deshalb lebend auf dem Achterdeck stand, weil Fenryl und Tiranu ebenfalls angegriffen hatten. Über die Eisschollen würden sie ihr gewiss nicht folgen. Es war vorbei ... Für den Augenblick!

Fenryl kam auf das Achterdeck. Er sah zerzaust aus. Eine Kugel hatte den Federbusch auf seinem Helm zerrupft. Sein weiter weißer Umhang war zerschnitten. Müde öffnete er den Kinnriemen seines Helms. Die Kämpfe auf dem Deck waren verebbt, die Überlebenden wurden entwaffnet.

»Tjured wird eure Seelen in die ewige Finsternis verdammen«, fluchte der Priester.

Der Elfenfürst ignorierte den alten Priester und sah auf die verwundete Kapitänin. »Sie ist nicht hier?« Er folgte Silwynas Blick. »Sie ist auf dem anderen Schiff?«

»Wir haben verloren«, sagte die Maurawani mit belegter Stimme. »Es ist vorbei. Sie werden Gishild irgendwo verstecken. Es gibt hunderte Orte, an die man sie bringen könnte. Wir sind ihnen ausgeliefert.«

»Noch nicht«, entgegnete der Fürst entschieden. »Wir werden wissen, wo sie ist. Und wir werden sie holen. Dann werden wir es sein, die sie überraschen.« Fenryl stieß einen schrillen Pfiff aus, und der große Adlerbussard landete auf dem Flaggenmast am Heck der Galeere. »Sie entkommen uns nicht!«

EIN TIEFER SCHNITT

Luc legte die beiden silberbeschlagenen Radschlosspistolen nieder. Er sah auf in die blinden weißen Augen. »Du wirst mir helfen, nicht wahr?«, flüsterte er. Er holte das Klappmesser aus seiner Hosentasche und legte es neben die kostbaren Waffen. Diesmal würde er alles richtig machen. »Sie glaubt nicht an dich«, fuhr er leise fort. »Aber mein Glaube reicht für zwei. Bitte erhöre mich!«

Hilfe suchend sah er auf in das ebenmäßige Marmorgesicht. Natürlich antwortete die weiße Frau ihm nicht. Aber er wusste, dass sie ihn gehört hatte. Die Herrin im Rosengarten schwieg. Aber sie konnte helfen. Er blickte auf die welken Blüten und die leeren geflochtenen Schüsseln. Die Kornopfer waren längst von Vögeln und Mäusen geholt worden. Aber nirgends auf dem Sockel oder der Statue war Vogelkot. Es wuchs hier auch kein Moos. Waren das nicht Zeichen ihrer Macht?

»Sie wird mir helfen«, murmelte er vor sich hin. »Sie wird mir helfen!« Er hatte ihr das Kostbarste geschenkt, was er besaß. Nun musste er nur noch glauben.

Ein merkwürdiges Prickeln überlief seine Haut, als er von der Statue zurücktrat. Dieses Gefühl hatte er schon oft hier in den Ruinen gehabt. Manchmal glaubte er, durch unsichtbare Mauern zu schreiten. Etwas von der Macht der Götter, an die ihre Ahnen glaubten, hatte sich hier erhalten. Da war Luc sich ganz sicher, egal, was der Priester in seinen Predigten erzählt hatte.

Mit festem Schritt ging er vorbei an den Rosenbüschen zu der Mauernische, in der die Ritterin lag. Sie schlief. Er scheute sich, sie anzusehen. Sie war nackt. Kalter Schweiß glänzte auf ihrem Leib. Wie konnte es sein, dass sie erkrankt war? Sie war eine der edelsten Dienerinnen Tjureds, da war sich Luc ganz sicher. Sein Vater hatte immer voller Respekt von der Neuen Ritterschaft gesprochen.

Luc tupfte Michelle mit einem Leintuch über das Gesicht. Sie glühte. Vorsichtig tauchte er das Tuch in die Schüssel mit kaltem Essigwasser, die er vorbereitet hatte. Dann legte er es ihr auf die Stirn. Es würde die Hitze des Fiebers aufnehmen.

Luc sah zu dem breiten, ausgerollten Ledergürtel mit all den schmalen, aufgenähten Taschen, in denen Messer, Zangen und andere seltsame Gerätschaften steckten, für die er keinen Namen wusste. Als er sich geweigert hatte fortzulaufen, hatte ihm die Ritterin genau gesagt, was zu tun war. Sie hatte ihm auch erklärt, dass sie sehr wahrscheinlich sterben würde, selbst wenn er all ihre Anweisungen genau befolgte. Ja, schlimmer noch, wenn er ihre Pestbeule öffnete, dann würde auch er keine fünf Tage mehr leben.

Luc strich mit der Hand über die Auswahl an Messern. Manche hatten gezahnte oder seltsam gebogene Klingen. Ihm war mulmig zu Mute. Er wählte das kleinste Messer aus. Es hatte einen Griff aus Elfenbein und war sehr leicht.

Seine Hand zitterte, als er sich zu Schwester Michelle umdrehte. Sein Mund war plötzlich ganz trocken. Ihm war übel.

Bei Tjured! Sie hatte ja die Augen auf! Sie war wieder erwacht. Die Lippen der Ritterin bewegten sich. Er musste sich dicht über sie beugen, um sie zu verstehen.

»Du ... du bist ein sehr tapferer Junge, Luc. Ich bewundere dich ...« Sie lächelte erschöpft. »Es wäre mir eine Ehre, dich besser kennenzulernen ... Ganz gleich, was auch geschieht, du hast schon jetzt mehr getan als die meisten Heiler. Sie weigern sich, jemanden wie mich auch nur zu berühren.«

Luc war verlegen. Wenn sie ahnte, welche Angst er hatte, würde sie nicht mehr so von ihm reden. Hatte sie denn nicht gesehen, wie seine Hand zitterte?

»Fang jetzt an.«

Er atmete tief durch. Als er das Messer auf die Beule an ihrer Leiste setzte, zitterte seine Hand nicht mehr. Michelle hatte jetzt noch mehr von den schwarzen Flecken am Leib. Sie hatte ihm gesagt, dass dies ein schlechtes Zeichen sei. Die üblen Säfte aus der Beule breiteten sich in ihrem Körper aus. Manchmal hustete sie. Dann trat Blut auf ihre Lippen.

Luc sah das Messer an. Er hatte noch nie jemanden verletzt. Außer den Sohn des Seifensieders, dem er einmal eine blutige Nase geschlagen hatte ... Aber das war etwas anderes gewesen. Das hatte der blöde Kerl sich nur verdient. Jetzt hier mit einem Messer zu stehen ... Er konnte das nicht!

Die Ritterin sah ihn so an, wie ihn sein Vater angesehen hatte, als Luc zum ersten Mal auf einem großen Pferd gesessen hatte. Er hatte keine Angst gehabt herunterzufallen. Aber das hier ...

Er betrachtete zögerlich die große Beule. Sie war fast schwarz. Er musste etwas tun. Es war Gift darin. Sie würde Schwester Michelle töten, wenn er sie nicht öffnete!

Luc presste die Lippen zusammen. Er musste nur ganz leicht auf das Messer drücken. Ohne Mühe schnitt es durch die Haut. Dunkler Eiter trat hervor. Die Ritterin spannte sich an und stöhnte.

Er schnitt tiefer und drückte auf die Wunde. Übler Gestank stieg auf. Es floss so viel Eiter. Jetzt war auch Blut dabei. Hatte er etwas falsch gemacht?

Schwester Michelle war wieder ohnmächtig. Er war ganz allein! Die Wunde musste gut ausbluten, hatte sie ihm gesagt. Und er sollte sie mit einem in Essig getränkten Tuch auswaschen.

So viel Blut und Eiter. Sie lag schon in einer Pfütze. Was konnte er tun, damit es wieder aufhörte zu bluten? Hatte er doch zu tief geschnitten? Das Messer entglitt seinen Händen.

Du musst das schaffen, rief er sich zur Ordnung. Reiß dich zusammen! Du hast es ihr versprochen.

Er nahm das Essigtuch und tupfte die Wunde ab. Jetzt floss weniger Blut. Aber der Gestank ... Ihm war übel. Er atmete flach durch den Mund.

Dann nahm er ein neues Tuch, tränkte es in der Essigschale und presste es fest auf die Wunde. Anschließend legte er der Ritterin einen straffen Verband an. Sofort sog sich das weiße Leinen voller Blut.

Hoffentlich hatte er alles richtig gemacht. Wütend sah er zu der Statue der weißen Frau. »Du warst keine große Hilfe! Du ...« Nein! Das durfte er nicht tun. »Entschuldige«, murmelte er kleinlaut. »Ich wollte dich nicht beleidigen. Bitte, pass auf Schwester Michelle auf. Bitte ...«

Die Brust der Ritterin hob und senkte sich nicht mehr. Sie hatte aufgehört zu atmen! Ihr Mund klappte auf.

»Nein!« Luc kniete sich hinter sie in die Mauernische und presste ihr beide Hände auf den Mund. Er wusste nicht genau, was geschah, wenn man starb. Er war nicht dabei gewesen, als Mutter von ihnen gegangen war. Auch den Tod seines Vaters hatte er nicht miterlebt. Und bei den anderen hatte er es nicht sehen wollen. Eigentlich hieß es, dass die Seele mit dem Rauch des Totenfeuers zum Himmel emporstieg. Aber er hatte auch schon einmal gehört, dass sie mit dem letzten Atemzug den Leib verließ.

Er drückte der Ritterin noch fester die Hände auf den Mund. Ihre Seele durfte nicht gehen! Heiße Tränen rannen ihm über die Wangen. Und diesmal schämte er sich nicht, dass er weinte. Er war wieder allein. Er würde sie nicht gehen lassen!

»Ich halte deine Seele fest, dann kannst du nicht sterben«, sagte er schluchzend. Er blickte zu der weißen Frau. Ihre Gesichtszüge schienen sich verändert zu haben. Sie wirkte traurig. »Hilf mir! Ich habe dir all meine Schätze gegeben. Du schuldest es mir!«

Kaum waren die Worte über seine Lippen, da wurde ihm klar, wie wenig ihm die Radschlosspistolen und das Klappmesser eigentlich bedeuteten. Schwester Michelle war sein größter Schatz. Sie hatte ihn aus Lanzac fortgeholt.

Sie hatte ihm ein neues Leben versprochen. Und nun war auch das schon wieder vorbei, bevor es eigentlich begonnen hatte.

Das Gesicht der Ordensritterin fühlte sich ganz kalt an. Hatte er ihr zu spät den Mund zugehalten? Oder war ihre

Seele einfach zwischen seinen Fingern hindurchgeschlüpft? Hätte er dabei nicht etwas fühlen müssen?

»Du wirst nicht sterben, hörst du?!« Vielleicht half es ihr, wenn er auf sie einredete. Ob ihre Seele ihn wohl hörte? Konnte man mit einer Seele feilschen? Oder ihr sogar drohen?

»Du wirst nicht sterben, denn ich erlaube es dir nicht. Hörst du! Ich erlaube es nicht!«

Seine Tränen hingen wie silberne Perlen im Haar der Ritterin.

Er würde sie nicht loslassen. Und wenn sie tot war, dann würde er hier einfach sitzen bleiben, bis der Tod auch ihn holte.

DAS GESCHENK TJUREDS

Es gab einen Ruck, der Bruder Charles fast von den Füßen riss, obwohl er darauf vorbereitet gewesen war. Die Raben in den Käfigen auf dem Achterdeck krächzten erschrocken und schlugen mit den Flügeln.

»Pullt!«, rief Kapitän Alvarez den Ruderern zu. »Pullt, Männer!«

Die zweihundertfünfzig Ruderer der *Sankt Raffael* legten sich in die Riemen. Ein scharfes Knirschen erklang unter dem Heck her, als sich der Rumpf der Galeere erneut auf das flache Eis schob.

Charles blickte zurück auf die dunkle, mit Eisschollen gefüllte Furche, die sie hinter sich gelassen hatten. Keiner der

Elfen wagte es, ihnen zu folgen. Drei Schiffslängen noch, dann waren sie der tödlichen Falle entronnen.

Wieder gab es einen Ruck. Jedes Mal, wenn der Rumpf sich ein Stück weit auf das Eis geschoben hatte, zerbrach es unter dem Gewicht der Galeere, die daraufhin plötzlich einsackte. Bersten und Splittern erfüllten die eisige Luft. Der Erzverweser Drusnas schritt über den Laufsteg zwischen den Ruderbänken hindurch zum Vordeck. Drei nackte Matrosen mühten sich damit ab, Schwester Lilianne aus ihrer Rüstung zu holen.

Als das Knirschen der Eiskruste zu einem vielstimmigen Krachen anschwoll, begann er zu laufen. Gerade noch rechtzeitig erreichte er die Stiege hinauf zum Bugkastell über dem Kanonendeck. Mit beiden Händen hielt er sich am Geländer fest, als die Galeere erneut wegsackte. Die *Sankt Raffael* fraß sich durch den Eispanzer, so wie sich ein Vielfraß in den Kadaver eines Elchs wühlte.

Sie würden entkommen! Und das war allein das Verdienst der Komturin.

Einer der Matrosen öffnete die Schnallen von Lilianes Brustplatte. Sie lag reglos auf den Planken des Vorderkastells. Bruder Charles war überrascht gewesen, als Matrosen mit Seilen über Bord gesprungen waren, um die Komturin zu retten, die im dunklen Wasser versank. Kapitän Alvarez hatte keinen Befehl dazu gegeben. Bisher hatte Charles die Soldaten und Seeleute, die unter dem Kommando der Neuen Ritterschaft standen, nur für außergewöhnlich gehorsam gehalten und hatte geargwöhnt, dass strenge Disziplin und drakonische Strafen sie dazu trieben. Aber da war mehr ... Ohne zu zögern, hatten die drei Männer ihr Leben riskiert, um Lilianne zu retten, obwohl die Komturin an diesem Tag hunderte ihrer Kameraden in den Tod geschickt hatte. Sie hatten sich ihr verbunden gefühlt ... Als sei diese machtbewusste Kriegerin eine der ihren. Die Matrosen gehörten ebenso wenig zum Orden wie die Seesoldaten an Bord der *Sankt Raffael*. Woher kam ihre selbstzerstörerische Ergebenheit?

Charles sah interessiert zu, wie der kräftigste der drei Matrosen Lilianne seine großen Hände auf den Brustkorb legte und drückte. Jedes Mal, wenn er presste, quoll Wasser über ihre dunklen Lippen. Die Ordensritterin sah zum Erbarmen aus. Das Gesicht von goldenen Haarsträhnen verklebt, lag sie mit todesstarren Augen auf dem Deck.

Der Seemann murmelte ein Stoßgebet und presste erneut.

Ein Ruck lief durch die Galeere. Liliannes Kopf rollte ein wenig zur Seite. Eigentlich hatte Charles vorgehabt, einen langen Bericht über ihr Verhalten nach Aniscans zu schicken. Aber es ziemte sich nicht, Beschwerde über eine Tote zu führen.

Plötzlich verkrampfte sich der Leib der Ritterin. Die Pupillen ihrer Augen rollten nach oben. Ein erbärmliches Röcheln entrang sich ihrer Brust.

Der Matrose setzte sie auf und schlug ihr auf den Rücken. Hustend und keuchend erbrach sie Seewasser. Die Männer mussten sie stützen, damit sie nicht zur Seite wegsackte. Ein Arkebusier kam herbeigelaufen und reichte seinen Umhang zum Vorderkastell hoch.

»Sie lebt!«, rief der riesige Matrose, der das Leben in den Leib der Komturin zurückgeholt hatte.

»Sie lebt«, wanderte ein Wispern durch die Reihen der Ruderer.

»Bleibt im Takt, Männer«, hallte der Bass des Kapitäns vom Heck. »Gleich haben wir es geschafft.«

Zweifelnd blickte Charles über den gefrorenen See zum Ufer. Dieses Gefecht war eine Lektion in Demut gewesen. Er mochte noch nicht glauben, dass sie entkommen würden. Ein Schiff hatten sie durch Feuer verloren, ein zweites durch das Eis. Welchen widernatürlichen Schrecken würden die Anderen als Nächstes heraufbeschwören?

Wieder brach die *Sankt Raffael* in das Eis. Doch diesmal folgte kein Knirschen. Sie gewannen an Fahrt. Das Schiff war frei.

»Löscht alle Lichter!«, befahl Kapitän Alvarez. »Auch die Lunten der Arkebusen.«

Die Schützen auf den Galerien spuckten auf die Zündschnüre ihrer Waffen. Die großen Hecklaternen der Galeere verloschen. Die Ruder schnitten einen weißen Gischtbogen in das dunkle Wasser. Dann vertraute sich die *Sankt Raffael* der Finsternis an.

Lilianne erholte sich erstaunlich schnell. Die Männer brachten ihr Schnaps. Sie schien jeden von ihnen mit Namen zu kennen und scheute sich nicht, aus ihren angeschlagenen Bechern und alten Feldflaschen zu trinken.

Etwas pikiert beobachtete Charles, wie sich die Ritterin völlig entkleidete. Gut, jetzt, da die Lichter gelöscht waren und der Mond erneut hinter Wolken stand, konnte man nicht viel sehen. Aber was sie da tat, geziemte sich nicht für eine hohe Würdenträgerin der Kirche. Er hatte schon mehrfach beobachtet, dass die Brüder und Schwestern der Neuen Ritterschaft sehr freizügig waren.

Lilianne hatte einen schlanken, gut durchtrainierten Körper. Ihre Brüste waren klein. Eigentlich mochte Charles knabenhafte Frauen. Aber sie hatte etwas Verstörendes an sich. Sie war zu selbstbewusst!

Lilianne benutzte den geflickten Soldatenumhang wie ein Handtuch. Ausgiebig trocknete sie ihren Leib. Die derben Scherze der Seeleute konterte sie mit nicht weniger derben

Antworten. Dann gab sie dem Arkebusier den Umhang zurück. Unvermittelt trat sie an die Treppe, die hinab auf den Laufsteg führte. Sie stand jetzt unmittelbar vor Charles. Zwei breite Narben auf ihrem Oberschenkel zeichneten sich hell im Mondlicht ab.

Seit sie das Eis hinter sich gelassen hatten, kehrte die spätsommerliche Schwüle zurück. Am Übergang zwischen dem Eis und dem wärmeren Wasser des Sees stieg dichter Nebel auf. Das Schiff steuerte in die Nebelwand, und binnen Augenblicken war das Ufer außer Sicht. Charles spürte, wie sich Schweiß unter seinen Achseln sammelte.

»Ein beeindruckendes Schauspiel, wie du dich von den Toten erhoben hast, Schwester«, sagte der Erzverweser distanziert. »Allerdings frage ich mich, ob sich die Waffenknechte und Schiffer eher an dieses Wunder erinnern werden, wenn sie von diesem Tag erzählen, oder an deine Nacktheit, die du ihnen zur Schau gestellt hast.«

»Mein Leib ist ein Geschenk Tjureds. Welchen Grund sollte ich haben, mich eines Gottesgeschenks zu schämen?«

Sie sprach mit einem Lächeln, doch der Erzverweser war sich bewusst, dass seine Worte den Weg zu den Kirchenfürsten von Aniscans finden würden, wenn er nun die falsche Antwort gab.

»Tjured beschenkt seine Kinder in unterschiedlichem Maße, so erprobt er ihren Charakter. Und jenen, denen reichlich gegeben wurde, steht Bescheidenheit gut zu Gesicht, damit die weniger Beschenkten nicht an der Gerechtigkeit Gottes zweifeln, Schwester.«

Sie lachte. Es klang aufrichtig. »Ich sollte dabei bleiben, den Feinden der Kirche mit dem Rapier in der Faust entgegenzutreten. Mit dem Stahl vermag ich zu bestehen. Im Wortgefecht bist du mir hoffnungslos überlegen, Bruder Erzverweser. Ich werde deine empfindsame Seele nicht länger quälen und mich ankleiden.«

Ohne sich zu beeilen, ging sie den Laufsteg entlang zum Achterdeck. Die Ruderer verdrehten die Köpfe nach ihr. Charles spürte verärgert, wie ihm das Blut zwischen die Schenkel stieg. Noch bevor sie das Heck erreichte, war sie ganz im Nebel verschwunden.

Der Erzverweser folgte ihr mit einigem Abstand. Die Ereignisse der letzten vierundzwanzig Stunden hatten ihn erschöpft. Und er empfand das Verhalten der Komturin zunehmend befremdlich. Er war sich keineswegs sicher, dass dies alles nur aus der Neugier eines jungen Mädchens erwachsen war. Wie viel hatte Lilianne über Gishild gewusst? Hatte sie deren Neugier vielleicht am Ende gar fest eingeplant? Und welche Ziele verfolgte die Neue Ritterschaft? Die Art, wie die Komturin ihre Krieger an sich band, missfiel ihm. War sie eine Ausnahme, oder verhielten sich die anderen Würdenträger des Ritterordens ähnlich?

Lilianne hatte ein weißes Hemd übergestreift, als er das Achterdeck erreichte, sonst nichts. Charles seufzte. Sie war zwar nicht mehr nackt, aber ihr Anblick war nicht weniger aufreizend als zuvor.

»Ich dachte, du wolltest …«

»Dafür bleibt keine Zeit«, fuhr sie ihn an. »Glaubst du etwa, es sei vorüber? Wir sind noch nicht entkommen. Dass du keine Elfen mehr siehst, heißt gar nichts. Und solange das Gefecht nicht entschieden ist, habe ich keine Zeit, Rücksicht auf deine Phantasien zu nehmen. Die letzte Schlacht ist noch nicht geschlagen, Bruder Charles.«

ZWEIUNDVIERZIG!

Nachdenklich sah Fenryl zu der jungen Magierin hinab. Sie lag in Decken eingehüllt bei einem Feuer am Ufer. Ihr Nacken war auf ein großes, bronzenes Kanonenrohr aufgestützt. Das Geschütz war gewiss so schwer wie ein ausgewachsener Stier. Die Explosion hatte es mehr als hundert Schritt weit fliegen lassen. An zwei Stellen hatte sich etwas durch das Rohr gebrannt. Etwas, das so heiß gewesen war, dass die Bronze flüssig wie Wasser geworden war. Eine solche Macht hatte der Fürst allenfalls Königin Emerelle zugetraut. Auch Alathaia mochte früher einmal über solche Kräfte geboten haben. Aber dieses junge Mädchen ... Hatte sie wirklich gewusst, was sie tat? Oder war es ihre blinde Wut gewesen, die Feuer und Eis entfesselt hatte?

Man hatte sie aus dem Eis geborgen. Sie war mehr tot als lebendig gewesen, als man sie ans Ufer brachte. Das Feuer schien auch sie ausgebrannt zu haben. Würde ihr Lebenswille verlöschen? Niedergeschlagen sah Fenryl sich um. Sie hatten einen hohen Blutzoll an die Ordensritter entrichtet.

Sigurd Swertbrecker, der Hauptmann der Mandriden, war der einzige überlebende Fjordländer. Er kauerte nahe dem Strand unter einer Eibe, hielt seinen toten König in den Armen und sang mit rauer Kehle ein Lied, das Fenryl trotz seiner urtümlichen Schlichtheit zu Herzen ging. Es handelte davon, dass sich die Überlebenden auf dem Schlachtfeld ihren toten Kameraden gegenüber wie Verräter fühlten. Davon, wie Luth, der Gott, den sie den Schicksalsweber nannten, junge, frisch verliebte Recken zu sich rief, während er verbitterten alten Recken, denen niemand mehr geblieben war, scheinbar

Unsterblichkeit schenkte. Fenryl hatte gesehen, wie Sigurd an Bord der Galeere mit einer Tapferkeit gefochten hatte, die an Selbstaufgabe grenzte. Doch ihn hatten weder Schwert noch Kugel gefunden. Er gehörte zu den wenigen Kriegern am Strand, die völlig unverletzt aus allen Kämpfen hervorgegangen waren.

Fenryl sah zu, wie die gefangenen Ruderer und Seeleute von Bord der Galeere gebracht wurden und über das Eis hinweg den Weg in die Gefangenschaft antraten. Ihre Wachen waren Männer von Tiranus Schnittern. Er sollte sie austauschen, sonst würden nicht zu viele ihrer Feinde den langen Marsch durch den Wald antreten. Die Elfen Langollions waren besonders verbittert. Sie hatten einen höheren Blutzoll als die anderen entrichtet. Seit dem Schattenkrieg waren sie bemüht, ihre Loyalität gegen Emerelle zu beweisen. Es gab keine Schlacht, bei der ihre Recken fehlten. Sie bluteten aus. Allein in den letzten zehn Jahren waren sieben ihrer Adelshäuser erloschen.

»Was gedenkst du zu tun?«

Fenryl fuhr überrascht herum. Obwohl sie über den Kiesstrand gekommen war, hatte er Silwynas Schritte nicht gehört. Sie hinkte, ihr Gesicht war geschwollen. Eine üble Schramme zog sich über ihre Wange. Ihre Augen irritierten ihn. Es waren die Wolfsaugen der Maurawan.

»Ich muss dem Fürsten Ollowain berichten. Wir werden über die Albenpfade gehen, um sie zu holen. Ein paar Tage wird es dauern ...«

»Ist das etwa alles, was du für Gishild tun willst?«

»Was willst du damit sagen?«, erregte sich Fenryl. »Werde deutlicher!«

Er hasste es, wenn Dinge unausgesprochen blieben. Er war nicht gut darin, Intrigen zu spinnen. Und wenn sie ihn beleidigen wollte, dann sollte sie lieber gleich ganz offen sagen, was sie dachte.

»Ihr habt lange gebraucht, bis ihr euch entscheiden konntet, die Galeeren anzugreifen.«

»Nun, es gibt Kriegerinnen, die ihre Niederlagen hinter ihrem Tod verstecken wollen und es damit so eilig haben, dass sie sich nicht einmal davon überzeugen, ob sie das richtige Ziel angreifen. Und sie schaffen es, andere, die bedächtiger vorgehen, durch ihr überstürztes Handeln dazu zu zwingen, an ihren Niederlagen teilzuhaben.«

Silwyna schürzte abfällig die Lippen. »Sprichst du von jenem kühlen Planer, der Gishilds Leibwächterin überredete, in der Nacht, in der das Mädchen mich am dringendsten gebraucht hätte, durch den Wald zu laufen und nach Verstärkung zu suchen, die dank der überragenden taktischen Fähigkeiten unseres Feldherrn nicht greifbar war, als wir sie brauchten?«

»Ja, ich habe die Ehrlichkeit der Ordensritter über- und ihre militärischen Möglichkeiten unterschätzt«, lenkte Fenryl ein. Er hatte anderes zu tun, als sich mit einer verrückten Maurawani zu streiten. Er musste fort von hier und einen einsamen Platz finden. »Bis zum Morgengrauen werde ich wissen, wohin sie segeln wollen. Sie werden mir nicht mehr entkommen. Wir werden Prinzessin Gishild zurückholen, koste es, was es wolle.«

Silwyna sah zu Sigurd, der noch immer sein Totenlied sang. »Wenn du nicht sehr schnell bist, Fürst, dann wird es für die Prinzessin keinen Thron mehr geben. Ihre Mutter stammt nicht aus dem Fjordland. Ich glaube nicht, dass sich die Jarle lange Roxannes Herrschaft unterwerfen werden. Wenn wir Gishild nicht bald wiederfinden, dann ist heute Nacht nach fast tausend Jahren nicht nur der letzte Herrscher aus dem

Stamme Mandreds gestorben, sondern auch seine Blutlinie versiegt.«

Fenryl wusste das nur zu gut, und er war nicht in der Stimmung, sich Vorträge von der Maurawani anzuhören. »Du kannst deine Meinung zu meinen Irrtümern gerne dem Berater der Königin vortragen.«

Sie lachte zynisch. »Diese Art zu denken kostet Gishild ihre Krone. Deshalb werde ich dir nicht länger folgen. Ich werde sie allein suchen.«

Fenryl schüttelte den Kopf. Sie war verrückt!

»Sie fliehen auf einem Schiff. Wie willst du ihnen nachstellen? Vermagst du auf dem Wasser zu laufen?«

»Ich bin eine Maurawani«, entgegnete sie so selbstsicher, als sei damit alles gesagt. Der Fürst kannte die Geschichten, die man sich über sie erzählte. Vielleicht würde sie es schaffen …Er verzichtete darauf, auf seinen Oberbefehl zu pochen. Ihm war ohnehin klar, dass sie seine Anordnungen ignorieren würde.

»Du weißt, auf welche Weise ich der Galeere folgen werde. Ich werde lange vor dir wissen, wo sie sind.«

»Was ich von dir weiß, ist, wie oft du versagt hast, Fenryl. Ganz gleich, was du tun willst. Du hast mein Vertrauen verloren. Eher würde ich dem Wort dieser verfluchten Komturin glauben, die dich binnen eines Tages dreimal als einen unfähigen Narren hat dastehen lassen.«

»Dann geh deinen Weg!«, befahl er ihr resignierend. »So wirst du Gishild und mir am besten dienen.«

Die Maurawani hob eine Braue. Ihr Blick war beleidigender als ihre Worte. »Wem machst du etwas vor, Fürst?«

Sie stieß mit dem Fuß nach Yulivee.

»Die Kleine hört dich nicht. Also sprichst du wohl zu deinem verletzten Stolz. Wir beide wissen, dass die Zeiten, in denen ich von dir Befehle entgegengenommen habe, vorbei sind. Ich werde dich beizeiten wissen lassen, wo du Gishild finden kannst.«

Sie wandte sich ab und hinkte über den schmalen Kiesstreifen dem Wald entgegen. Neben dem toten König blieb sie kurz stehen. Sie beugte sich hinab und sprach mit feierlicher Miene zu dem kopflosen Leichnam. Dann verschwand sie binnen eines Herzschlags zwischen den Schatten der Bäume.

Fenryl war überrascht, dass er eher erleichtert war, sie gehen zu sehen, statt ihr zu zürnen. Es war besser, wenn sie nicht länger in der Nähe war. Ollowain hatte ihm einmal erzählt, wie er Silwyna als Leibwächterin für Königin Emerelle angeworben hatte, um sicherzugehen, dass sie nicht von den Verrätern angeworben wurde, die nach dem Leben der Herrscherin trachteten.

Die Maurawani hatten ganz eigene Ansichten über Loyalität. Er war froh, dass er sich in nächster Zeit nicht auch noch Gedanken darüber machen musste, ob sie in ihrem Köcher einen Pfeil mit seinem Namen trug. In ihrer Verblendung schien sie allein ihm die Schuld an Gishilds Schicksal zu geben. Aber was wollte man von einer Elfe erwarten, die ihr einziges Kind Wölfen überlassen hatte, statt es selbst aufzuziehen!

Fürst Tiranu schien nur darauf gewartet zu haben, dass sich Silwyna zurückzog. Bisher hatte er sich ein Stück entfernt mit einigen Verwundeten unterhalten und schlenderte nun betont gelassen zu ihm herüber.

Fenryl wich ein Stück vom Feuer zurück, neben dem Yulivee lag. Die Lippen der Elfe waren ein wenig roter geworden. Hoffentlich würde sie sich bald erholen. Es waren zu viele gegangen. Für immer ... Fenryl selbst hatte zwei Elfen in seiner Nähe ins Mondlicht gehen sehen. Das mochte Zufall gewesen sein, aber er hatte kein gutes Gefühl. Ihr Volk verlosch. Wer ins Mondlicht trat, der durchbrach den Zyklus von Tod und Wiedergeburt. Der war auf ewig verloren. Immer weniger Kinder wurden geboren. Ihre Toten konnten nicht mehr ersetzt werden. Eines Tages würden die Paläste Albenmarks leer stehen.

»Probleme mit der Mörderin?«, fragte Tiranu forsch.

Fenryl überhörte das. Es war unklar, welche Rolle Silwyna beim Tod von Tiranus Mutter Alathaia gespielt hatte. Sicher war nur, dass Alathaia den Tod verdient hatte.

»Sie ist schwer zu führen«, antwortete er stattdessen.

»Auf dem Schlachtfeld gilt das Standrecht, wenn der Feind nahe ist. Du kannst dich über alle Gesetze Albenmarks hinwegsetzen, wenn du es willst. Es liegt allein an dir, mein Feldherr.« Er sagte das in einem Tonfall, der keinen Zweifel darin ließ, wie er mit Silwyna verfahren würde.

Fenryl fragte sich, warum ihm die Hälfte seiner Offiziere ständig erklärte, was sie alles anders machen würden.

»Die Schlacht ist geschlagen. Der Feind flieht, damit gibt es keine Basis mehr für die Anwendung des Standrechts.«

Tiranu lächelte bedauernd. »Wenn du meinst, Fürst. Ich habe dir nun die Rechnung für deine Siege zu präsentieren.«

Fenryl wappnete sich innerlich. Er hatte Tiranu mit dieser Aufgabe betraut, weil der Fürst von Langollion sehr genau war. Es bereitete Tiranu ein perverses Vergnügen, ihn an diesem Bericht leiden zu sehen.

»Wir haben auf dem Strand und beim Angriff über das Eis dreiundzwanzig Elfenkrieger verloren. Fünf weitere starben bei den Kämpfen an Bord. Auf der Lichtung sind einundfünfzig unserer Krieger gefallen. Des Weiteren sind siebzehn schwer verletzt. Fünf von ihnen werden wohl vor dem Morgengrauen sterben. Von den fünf Menschen, die uns begleiteten, lebt nur noch der dort.«

Tiranu nickte in Richtung von Sigurd, der inzwischen aufgehört hatte zu singen.

»Wir haben vierundachtzig leicht Verletzte, die noch eingeschränkt kampftauglich sind.« Er betrachtete das eingetrocknete Blut an einem Schnitt in Fenryls Stiefeln. »Fünfundachtzig Leichtverwundete, wie es scheint, Fürst.«

»Ich betrachte mich noch als voll kampftauglich.«

»Wie du meinst, Fürst.«

Fenryl wartete auf die letzte Zahl, auf jene, die er am meisten fürchtete. Und wie stets zögerte Tiranu sie ein wenig hinaus. Keineswegs aus Scheu.

»Zweiundvierzig sind ins Mondlicht gegangen.«

Fenryl ließ die Zahl auf sich wirken. Zweiundvierzig! Das war mehr als die Hälfte der Toten. »Du bist sicher?«, fragte er leise.

»Während der Kämpfe lässt sich das schwer überblicken. Ich werde später noch die Zeugen befragen.«

Er warf wieder einen Blick zu Hauptmann Sigurd. Unter den Streitern aus dem Fjordland war die Moral zwar hoch, doch wenn sie allzu lange aus der Heimat fortblieben, wurde der Drang, zu den Familien zurückzukehren, immer größer. Gunnar hatte sich zwar bemüht, alle Krieger spätestens nach zwei Jahren auszutauschen, aber der Krieg machte oft genug seine eigenen Gesetze. Es fehlte ihnen ständig an Truppen. Und gerade dann konnte man auf erfahrene Kämpfer nicht verzichten. Bei den Verbündeten aus Drusna war das Problem noch größer. Außer den Schattenmännern, den Widerstandskämpfern der weiten Wälder Drusnas, deren Fürstentümer durch die Tjuredkirche erobert wurden, hatten alle

Truppen mit Scharen von Deserteuren zu kämpfen. Vor allem während der Erntezeit, die kurz bevorstand, und während der Winterfeste.

»Du wirst den Befehl führen, wenn ich der Galeere folge«, nahm Fenryl das Gespräch wieder auf.

»Damit hatte ich gerechnet.«

Tiranu hatte recht mit dem, was er sagte. Da Yulivee nicht einsatzfähig war und Silwyna ihre eigenen Wege ging, war er unbestritten der höchstrangige Adelige und Offizier. Dennoch ärgerte Fenryl die überhebliche Art des Fürsten. Warum sollte er ihn nicht brüskieren und ihn einfach im Kommando übergehen?

»Bevor wir weitere Pläne machen, will ich zuerst Gewissheit haben, ob Gishild sich überhaupt auf der entkommenen Galeere befindet. Immerhin könnte sie ja auch auf dem anderen Schiff verbrannt sein.«

»Gewissheit ist besser als Vermutungen. Tote haben wir schon genug.«

»Wie viele unserer Feinde sind gefallen?«

»Auf der Lichtung einhundertsiebenundachtzig. Dort haben wir etwa hundertdreißig Gefangene und Verwundete.«

Er stieß mit dem Fuß gegen eine halb verkohlte Schiffsplanke am Strand. »Hier ist das etwas schwieriger zu sagen. Den Zorn unserer Magierin haben nur drei Mann von der Galeasse überlebt. Zwei davon sind so übel zugerichtet, dass für sie keine Hoffnung mehr besteht. Grob geschätzt rechne ich mit fünfhundert Toten. Die meisten liegen in Fetzen auf dem Strand oder dem Eis. Von der Galeere haben wir hundertzweiundzwanzig Gefangene fortgebracht. Wie es scheint, haben wir dank Yulivee den Blutzoll der Königin erfüllt.« Er lächelte zynisch. »Sie ist meiner Mutter ähnlicher, als Männer wie du es wahrhaben wollen.«

231

Fenryl überging das. Er hasste den Blutbefehl der Königin. Sie maß den Erfolg der Schlachten nur noch an der Zahl toter Feinde. Er hatte den ausdrücklichen Befehl, Elfenkrieger nicht in Gefechte zu schicken, bei denen keine gute Aussicht bestand, dass die Zahl der gefallenen Feinde die der toten Elfen um nicht mindestens das Zehnfache überstieg. Was die anderen Albenkinder anging, wie etwa die Trolle oder die unzähligen Kobolde, die an ihrer Seite kämpften, nahm sie es weniger genau mit den Toten.

»Sie wird Ollowain schicken, wenn sie hört, dass zweiundvierzig ins Mondlicht gingen.«

Diese Aussicht schien selbst Tiranu zu bedrücken. Der Schwertmeister war ebenfalls beim Tod von Alathaia zugegen gewesen. Aber ihn wagte Tiranu nicht, einen Mörder zu nennen. Fürst Ollowain war der engste Vertraute der Königin. Er war ohne Zweifel der mächtigste Mann Albenmarks.

»Wenn ich wiederkomme, sehen wir weiter«, erklärte Fenryl.

Er war nicht in der Stimmung, mit Tiranu seine Sorgen zu teilen. Sie beide wussten, was es bedeutete, dass immer mehr Elfen ins Mondlicht gingen. Sie wurden im Tode entrückt, und keiner konnte sagen, wohin. Vielleicht zu den legendären Alben, die einst alle Völker Albenmarks erschaffen hatten? Normalerweise wurden ihre Toten wiedergeboren. Manchmal dauerte es Jahrhunderte, aber sie kamen zurück. Nicht so jene, die ins Mondlicht gingen. Hatten sie ihre Bestimmung für immer erfüllt? So sagte man … Es war ein Versuch, das Unbegreifliche erträglicher zu machen. Niemand wusste, wann sich sein Schicksal erfüllte. Es bedurfte nicht einmal einer tödlichen Wunde, um entrückt zu werden. Es war ein Mysterium. Offenbar hatte jede Elfenseele ihre Bestimmung. Sie war eine Note in einer großen Melodie. Einen

Augenblick lang wichtig, damit sich alles fügte. Und dann verging sie. So wurde ihr Volk kleiner und kleiner. Vielleicht waren sie ja jener letzten großen Prüfung nicht gewachsen?

Die Ritter der Bluteiche hatten geschworen, Albenmark und seine Völker auszulöschen. Und zumindest mit den Elfen schien es ihnen zu gelingen. Selbst wenn die Toten nicht ins Mondlicht gingen, dauerte es mehr als hundert Jahre, einen toten Elfenkrieger zu ersetzen. Die Menschen brauchten weniger als zwanzig Jahre, um aus einem Neugeborenen einen Krieger zu machen. Deshalb bestand Emerelle darauf, dass nur Schlachten ausgetragen werden durften, in denen ihre Feinde mit fürchterlichen Verlusten zu rechnen hatten. Aber auch den Freunden Albenmarks mutete sie oft genug einen hohen Blutzoll zu. Das war die Mathematik ihres Krieges. Es fiel ihm schwer, diesem Befehl zu folgen.

Tiranu sah ihn an, als könne er in seinen Gedanken lesen.

»Wir sollten die Ritter hinrichten. Damit erhöhen wir ihren Blutzoll. Es macht keinen Sinn, sie am Leben zu lassen. Sie werden unsere Todfeinde sein, solange sie atmen. Wenn wir sie freilassen, werden sie wieder das Schwert gegen uns erheben. Wir sollten sie an die Eichen am Strand nageln und verbrennen. Gewähren wir ihnen die Ehre, so zu sterben wie ihr Lieblingsheiliger Guillaume. Schaffen wir sie uns vom Hals. Außerdem halten sie es genauso. Sie bringen unsere Gefangenen um. Warum sollten wir ihnen gegenüber Gnade walten lassen?«

»Ich werde die Ritter zählen, bevor ich gehe. Wenn auch nur einer von ihnen tot ist, wenn ich zurückkehre, wirst du dir wünschen, mich niemals gekannt zu haben.«

»Viele von ihnen sind schwer verletzt«, wandte Tiranu ein. »Ich kann keine Wunder wirken.«

»Dann lerne es. Es gibt doch Heilkundige unter deinen Männern. Lass sie um das Leben der Menschen ringen! Leiste dir keinen Toten!«

»Du bist verrückt. Du bist zu weich, um ein Feldherr zu sein.«

Fenryl sah dem Fürsten in die harten, dunklen Augen.

»Weißt du, ich kann die Ordensritter bekämpfen, weil ich mir bewusst bin, worin ich mich von ihnen unterscheide. Wenn ich werde wie sie, um sie vermeintlich besser bekämpfen zu können, was für Werte verteidige ich dann noch? Haben sie dann nicht gewonnen, selbst wenn ich sie auf dem Schlachtfeld bezwinge?«

»Das sind Gedanken für Philosophen, die vor dem wirklichen Leben die Augen verschließen und ihren schöngeistigen Idealen nachhängen. Sie können nur deshalb existieren, weil es Männer wie uns gibt, die mit dem Schwerte in der Hand dafür sorgen, dass die Ordensritter nicht nach Albenmark kommen, um unsere Philosophen mit ihren Bibliotheken zu verbrennen, ganz so, wie sie es in Iskendria getan haben.«

Es war müßig, mit Tiranu zu diskutieren. Er sollte dafür sorgen, dass dem Fürsten von Langollion jedwedes Kommando entzogen wurde. Tiranu hatte die eigentlichen Ziele aus den Augen verloren. Zugleich musste sich Fenryl eingestehen, dass er im Augenblick keine andere Wahl hatte, als Tiranu den Befehl zu übergeben. Zum Glück war es nur für ein paar Stunden!

»Wenn ich wiederkehre, wird keiner der Ritter tot sein«, wiederholte Fenryl in ruhigem Tonfall. »Sollte dir das nicht gelingen, werde ich ein Standgericht einberufen und dich des Mordes anklagen.«

»Wie sagtest du auch gleich? *Die Schlacht ist geschlagen.*

Der Feind flieht, damit gibt es keine Basis mehr für die Anwendung des Standrechts. Ich fürchte, du verkennst deine Möglichkeiten.«

»Glaubst du? Oder begehst du vielleicht gerade den Fehler, mich für einen Mann zu halten, der Recht und Moral stärker verbunden ist, als dies tatsächlich der Fall ist? Vertraue lieber auf die Kunstfertigkeit unserer Heiler als darauf, dass ich davor zurückschrecken werde, dich an einen Baum nageln zu lassen, wenn ich dich für einen Mörder halte.«

»Du stehst hier vor mir, in einer Rüstung, bespritzt mit dem Blut der Feinde, die du in der Schlacht erschlagen hast, und warnst mich davor, nicht zum Mörder zu werden. Ist dir nicht klar, wie absurd das ist?«

»Absurd in deiner Art, die Welt zu sehen. Ich bin mit mir im Reinen. Und ich warne dich. Unterschätze meinen Willen nicht, meine Befehle ausgeführt zu sehen. Nun geh und sorge dich um die Verwundeten!«

Einen Augenblick schien es, als wolle Tiranu noch etwas erwidern. Er öffnete den Mund ... sagte dann aber nichts. Mit einem letzten arroganten Lächeln drehte er sich um und ging davon.

Fenryl war sich bewusst, dass er undiplomatisch vorgegangen war. Bisher hatte Tiranu ihn nur für einen Weichling gehalten und verachtet. Nun hatte er in dem Fürsten einen Feind.

Manchmal wünschte er sich, er könnte einfach in die Einsamkeit der weiten Eisebenen seiner Heimat zurückkehren und all seinen Pflichten den Rücken kehren. Doch wer würde ihm folgen? Gewiss nicht Ollowain. Er war der Kriege müde geworden. Vielleicht wäre Yulivee eines Tages geeignet? Tiranu durfte nicht so weit kommen! Allein um ihn aufzuhalten, würde er weitermachen. Fenryl sah zu Sigurd. So elend konnte nur ein Mensch aussehen. Der großgewachsene Krieger kauerte völlig in sich zusammengesunken neben dem Leichnam seines Königs.

Fenryl ging zu ihm hinüber. Doch es war nicht Freundschaft, die seine Schritte lenkte.

»Er war ein großer König.«

Der Elfenfürst musste sich nicht verstellen für dieses Lob. Gunnar war ein Barbar gewesen. Ein Mann, der überraschend grausam hatte sein können. Und einer, der ohne zu zögern sein Leben riskiert hatte, um einem Freund beizustehen. So wie er es vor wenigen Stunden erst auf der Lichtung getan hatte.

Sigurd blickte auf. Er schämte sich seiner Tränen nicht. »Warum kann ich nicht an seiner Stelle hier liegen?«, fragte er bitter. »Ich hätte dann meinen Frieden gefunden.«

Fenryl wusste, dass der dunkelhaarige Krieger den Tod in der Schlacht gesucht hatte. Wahrscheinlich fasste er es als Schande auf, als Kommandant der Leibwache als Einziger überlebt zu haben. Der Elfenfürst hatte Mitleid mit ihm, doch zugleich war Sigurd genau in der Stimmung, in der er ihn haben wollte.

»Luth hat seine Pläne mit dir, Menschensohn. Pläne, für die er den Treuesten der Treuen und keinen anderen brauchte.«

Sigurd schnaubte. Waren es die Tränen? Etwas hatte falsch daran geklungen.

»Du weißt also um die Gedanken unserer Götter, Elfensohn«, entgegnete der Krieger überraschend zynisch für einen ungebildeten Barbaren.

»Das habe ich gesagt, weil ich glaube, ein Muster in den Schicksalsfäden zu sehen, das sich dem Außenstehenden leichter offenbart als jenem, der zu sehr in die Ereignisse verstrickt ist.«

Sigurd spielte gedankenverloren mit einem der Eisenringe, die er sich wie sein König in den Bart geflochten hatte.

»Ich vermag über die Zungen der Albenkinder zu gebieten, nicht jedoch über die der Menschen. Ich bin froh, dass du es bist, der überlebt hat, weil du wie kein anderer mit dem Königshaus verbunden bist. Du wirst begreifen, was ich dir nun abverlange und die Notwendigkeit in dem erkennen, was zu tun ist.«

Der Hauptmann wirkte unruhig.

»Wovon sprichst du?«

»Von Verrat.«

Sigurds Hand wanderte zum Dolch an seinem Gürtel.

»Lass mich ausreden, Menschensohn, und du wirst sehen, dass wir beide keine andere Wahl haben, weil wir Gunnar und seine Familie lieben. Weil wir der Blutlinie des Königshauses verbunden sind und es an uns liegt, ob sie schon bald verlöschen wird. Du musst zu den Deinen zurückkehren und ihnen sagen, dass Gunnar noch lebt.«

»Warum?«

»Weil niemand sagen kann, ob Gishild noch lebt und niemand den Worten der Ordensritter trauen wird. Dein Wort aber hat Gewicht! Was wird geschehen, wenn du heimkehrst und den toten König mitbringst? Man wird Gunnar zurück nach Firnstayn bringen, um ihn in jenem Grabhügel zu bestatten, in dem all seine Ahnen liegen. Alle bedeutenden Fürsten des Fjordlandes werden an der Trauerfeier teilnehmen. Und sie werden ihr Gefolge mit sich führen. Das bedeutet, fast das ganze Heer des Fjordlands wird Drusna verlassen, und das zu einer Zeit, in der der Kampf für die Bojaren so schwer wie noch nie ist. Und dann bedenke, was als Nächstes folgen wird. Roxanne ist die Letzte aus dem Königshaus, die mit Sicherheit noch lebt. Sie trägt kein weiteres Kind unter dem Herzen, soweit ich weiß. Und sie ist keine geborene Fjordländerin. Wie lange wird sie herrschen?«

Sigurd nickte. »Du kennst mein Volk wirklich gut. Ich schätze, die Jarle werden um sie werben. Doch ganz gleich, wen sie erwählt – wenn sie es denn überhaupt tut –, nicht alle werden diese Wahl anerkennen. Es könnte zu einem Kampf um den Thron kommen.«

»Das ist es, was die Ordensritter wollen. Dafür haben sie an diesem Tag so viel Blut geopfert«, bekräftigte ihn Fenryl. »Sie haben gewusst, dass Gunnar seiner Tochter folgen würde. Und sie haben alle Kräfte aufgeboten, um uns in die Falle zu locken. Sie haben auf den Tod des Königs gehofft. Wir beide sind es, die nun entscheiden, ob ihre Pläne Früchte tragen werden. Wenn das geschieht, dann ist der Untergang Drusnas und des Fjordlands beschlossene Sache. Es liegt an dir, dieses Unglück abzuwenden.«

»Aber was soll ich ihnen sagen? Welchen Grund sollte der König haben, nicht mit uns zurückzukehren?«

»Sein Blut! Er ist wie der Ahnherr Mandred, der alles opferte, um sein Dorf vor dem Manneber zu schützen. Oder wie König Liodred, der sein Weib Valgerd und seinen Sohn Aslak nach der Dreikönigsschlacht verließ, um den Feinden des Fjordlands gemeinsam mit seinen Elfenfreunden nachzusetzen. Wir werden sagen, Gunnar sei mit Gishilds Lehrerin Silwyna ausgezogen, um seine Tochter zurückzuholen, in der Hoffnung, dass ihnen beiden allein gelingen könnte, woran ein Heer scheiterte. Wer Gunnar kennt, wird diese Geschichte glauben. Und niemand wird sich wundern, wenn diese Suche Jahre dauert. Solange man glaubt, dass er lebt, wird niemand wagen auch nur darüber nachzudenken, Roxanne den Thron zu nehmen. Ich werde inzwischen herausfinden, wohin man Gishild bringt. Und ich schwöre dir, ganz gleich, wo dies sein mag, wir werden sie zurückholen.« Fenryl griff nach der Hand des toten Königs und zog ihm den schweren Siegelring ab.

»Den hier wirst du als Beweis für deine Worte mitführen. Sag, es sei sein Wunsch gewesen, dass Roxanne sein Siegel führt, bis er zurückkehrt. Das wird deine Lügen noch wahrhaftiger erscheinen lassen.«

Tränen glänzten in Sigurds Augen. »Und du glaubst, das sei Luths Wille?«

»Wessen Wort unter den drei Männern, die mit dem König ritten, hätte mehr Gewicht als deines? Und wessen Schultern vermögen diese Last zu tragen? Nur der Treueste der Treuen hat die Kraft zu einer solchen Lüge. Deshalb hat der Schicksalsweber dich überleben lassen!«

Der Menschensohn ergriff die Hand seines toten Herrschers.

»Bitte verzeih mir«, flüsterte er mit rauer Stimme, dann richtete er sich auf. »Ich bin nun dein Mann, Elfenfürst. Doch sag mir, was wird mit der Leiche des Königs geschehen? Er muss in den Grabhügel seiner Ahnen gebracht werden.«

»Wir werden ihn hier am Ufer an verborgener Stelle beisetzen. Es wird ein Grab werden, das eines Königs würdig ist, das verspreche ich dir. Die Kanonen der Galeeren werden sein Totenbett sein. Und wenn die Zeit gekommen ist, dann werden wir ihn heimbringen. Wirst du mir schwören, dass du deinem König auch über den Tod hinaus die Treue hältst? Wirst du zum Lügner werden und deine Ehre als Krieger beschneiden, um das Fjordland vor Unheil zu bewahren?«

Sigurd legte feierlich eine Hand auf seine Brust. »Ich werde tun, was mein Herz mir gebietet. Und ich werde meinem König ebenso ergeben sein, wie ich es heute Morgen war, als ich noch voller Hoffnung an seiner Seite ritt.«

Fenryl nickte erleichtert. »Ich danke dir, Freund. Du bist ein großer Mann.«

Der Hauptmann senkte den Kopf, von Trauer übermannt.

Fenryl suchte nach Tiranu, um ihn mit kurzen Worten zu informieren, und zog sich dann sich zurück, um nun endlich den Fliehenden nachzusetzen.

Er winkte dem Adlerbussard, der noch immer auf der Eiche am Ufer wartete.

Der Vogel stieß einen schrillen, herausfordernden Schrei aus, breitete die weiten Schwingen aus und folgte ihm. Er wusste, dass sie beide gemeinsam fliegen würden. Und er hieß Fenryl auf seine stolze Art willkommen.

Mit kräftigen Flügelschlägen erhob sich der Adlerbussard in die Nacht.

Der Fürst sah ihm mit sehnsüchtigem Blick nach. Wie oft schon hatte er seinen Gefährten um dessen Freiheit beneidet! Fenryl schmerzte es, an diesem Abend einen Ehrenmann zu einem Lügner gemacht zu haben. Er fühlte sich wie eine Spinne, die inmitten eines riesigen Netzes saß, das weit über die Schlachtfelder Drusnas hinausreichte. Er hatte diese Spinne nicht sein wollen, aber er würde seine Aufgabe so gut erfüllen, wie er nur konnte. Auch wenn er dafür Männer wie Sigurd zerbrechen musste.

Doch jetzt war er froh, für ein paar Stunden dem Netz aus Betrug, Listen und Gewalt entfliehen zu können. Auf den Schwingen des Adlerbussards dem Morgen entgegenzugleiten, getragen von einer Sommerbrise. Frei! Manchmal träumte er davon, nicht mehr zurückzukehren … Aber er wusste, dass er dem Netz nicht entkommen konnte. Nicht, solange er lebte.

Fenryl fand Winterauge auf einer Lichtung. Der große, weiße Vogel saß auf den moosbewachsenen Steinen eines eingestürzten Torbogens. Wie eine weiße Flamme sah er im Mondlicht aus. Oder wie ein Geist.

Der Fürst betrat die Ruine, die zu verfallen war, um ihre ursprüngliche Bestimmung noch erraten zu können. Er ließ sich gegenüber dem Vogel nieder, lehnte sich gegen eine efeuverhangene Mauer und atmete aus. Er ließ alles zurück, was auf seiner Seele lastete, und suchte die blauen Augen des Adlerbussards.

Der Vogel spreizte sein Gefieder. Ruckartig bewegte sich der Kopf mit dem starken, gebogenen Schnabel.

Fenryl hielt Winterauges Blick gefangen und wob das magische Band. Der Adlerbussard wehrte sich nicht. Er wusste, was geschehen würde. Sieben Jahre hatte es gedauert, bis sie miteinander vertraut geworden waren.

Fenryl spürte den Hunger Winterauges. Die letzten Tage war der Adlerbussard immer in der Nähe gewesen. Er hatte keine Zeit gefunden zu jagen. Auch der Elf spürte nun Hunger. Er öffnete sich, um eins mit dem Vogel zu werden. Seine Lasten fielen von ihm ab. Sein Blick weitete sich.

Winterauge streckte die Flügel. Der Fürst spürte die Kraft des Vogels. Sie würden gemeinsam jagen und dann erst dem Schiff folgen.

Der Adlerbussard stürmte der bleichen Mondscheibe am Nachthimmel entgegen. Flüchtig sah Fenryl die weiß gekleidete Gestalt, die an der efeubewachsenen Mauer lehnte. Der Feldherr, der vielleicht über das Geschick Albenmarks entscheiden würde. Er war nur mehr eine leere Hülle. Für ein paar Stunden jedenfalls.

DER KEIM DES VERDERBENS

Charles musterte Lilianne aus den Augenwinkeln. Sie war die ganze Nacht über wach geblieben. Jetzt, im ersten Morgenlicht, sah ihr Gesicht hart aus. Scharf zeichneten sich die Konturen im Zwielicht ab, die gerade Nase, das etwas zu kantige Kinn. Sie hatte hohe Wangenknochen und große Augen. Lilianne war keine Schönheit im herkömmlichen Sinn. Aber sie war anziehend.

»Fertig?«, fragte sie leise.

Charles hob fragend die Brauen.

»Du glotzt wie ein Bauer auf dem Viehmarkt, Bruder Erzverweser. Wenn du mich direkt anschauen würdest, dann wäre das weniger auffällig als dieses Starren mit verdrehtem Kopf.«

Kapitän Alvarez, der am Ruder stand, grinste über die Bemerkung der Komturin. Die übrigen Offiziere auf der Brücke schliefen, lang auf den gepolsterten Bänken an den Seiten des Heckpavillons hingestreckt.

Charles räusperte sich.

»Bist nur du so, Schwester, oder darf ich dein Verhalten als stellvertretend für die Neue Ritterschaft betrachten? Laut, aufreizend und provozierend.«

Er wandte verärgert den Blick von der Komturin ab und beugte sich über das kleine Mädchen. Sie atmete nur flach. In der Nacht hatte sie im Schlaf gesprochen, doch leider in der knurrenden Sprache der Heiden aus dem Fjordland. Charles hatte nur ein einziges Wort verstanden. Vater.

Der Erzverweser strich der Prinzessin über die Stirn. Fieber schien sie nicht zu haben. Sie war ein hübsches Mädchen. Wenn sie überleben sollte, würde er versuchen, ihre Seele mit dem tiefen Frieden eines gefestigten Glaubens zu erfüllen. Er würde sie bekehren. Darin war er gut.

Lilianne trat an seine Seite. Auch sie berührte flüchtig die Stirn der Prinzessin.

»Gut«, murmelte sie vor sich hin. Sie roch nach Schweiß. Das war nicht unangenehm. Immer noch trug sie nur das Hemd. Charles betrachtete wieder das Antlitz des Mädchens und versuchte alle anderen Gedanken zu verdrängen. Nicht an den zu hohen Saum des Hemdes denken! Sie wollte, dass er hinsah, und ihn mit spitzen Bemerkungen brüskieren.

»Ich habe nicht gewusst, wer hinter der Wand aus geflochtenen Ästen stand«, sagte die Ritterin unvermittelt. »Ich hörte ein Geräusch … Wer immer mich dort gesehen hatte, durfte nicht zurück.«

»Hättest du sie verschont, wenn du sie erkannt hättest?«

Lilianne schwieg.

Jetzt wagte es der Erzverweser sie ganz offen anzusehen. Tat ihr das Mädchen wirklich leid?

»Ich habe einmal geschworen, mein Schwert für all jene zu führen, die sich selbst nicht verteidigen können. Ich wollte der Schild der Schutzlosen sein. Damals hätte ich mir nicht träumen lassen, dass mein Weg mich einmal hierherbringen würde. An das Lager eines Mädchens, dem ich einen Dolch in die Brust gestoßen habe.«

»Du hast mir nie gesagt, warum du in dem Heidentempel warst.«

Lilianne sah ihn an und lächelte, so wie man lächelt, wenn man die Wahrheit verbergen will.

»Ich wollte unsere Feinde besser kennen lernen.«

Charles wusste, dass es sinnlos wäre, weiter in sie dringen zu wollen.

»Und diese ganze Flucht. Das alles war nicht geplant?«

»Als ich erkannte, wer das Mädchen ist, wusste ich, was zu tun war. Ich war darauf vorbereitet, dass die Anderen uns in dem Dorf vielleicht angreifen würden. Für sie gibt es keine Regeln in diesem Krieg. Sie kämpfen um ihr Überleben. Bei ihnen muss man mit jeder Niedertracht rechnen. Also war ich darauf vorbereitet, ein Rückzugsgefecht zu führen. Du bist der Kirchenfürst Drusnas. Sie hätten dich nicht lebend fangen dürfen.«

Charles traute seinen Ohren kaum. Meinte sie ernst, was sie da andeutete? »Und was wäre geschehen, wenn die Gefahr bestanden hätte, dass die Anderen mich gefangen nehmen?«

»Das wissen Gott und ich. Du musst es nicht wissen, Bruder Erzverweser. Du hast gesehen, wie viele meiner Ritterbrüder ich aufgeboten habe, um dies zu verhindern. Wie viel Blut mir dein Leben wert war. Das muss dir als Antwort genügen.«

Es fröstelte Charles. Nie wieder würde er an Liliannes Seite zu irgendwelchen Friedensverhandlungen reiten. Wie naiv er gewesen war!

Die Ritterin legte die Hand vorsichtig auf die Brust des Mädchens.

»Ihr Herz schlägt nur sehr schwach. Tjured hat ofenbar noch nicht entschieden, was mit ihrer Seele geschehen soll. Sie wird ... Dort!« Die Ritterin richtete sich auf und deutete nach Süden. »Er ist gekommen. Nun werden wir die letzte Schlacht schlagen.«

Charles fuhr erschrocken herum. Er fürchtete, im Frühnebel den Schatten eines Schiffes zu sehen. Doch da war nichts.

»Dein Glas, Bruder Alvarez!«

Der Kapitän deutete auf eine der gepolsterten Truhen, die als Sitzbänke dienten. Lilianne scheuchte unsanft einen jungen Ritter auf, der auf der Truhe schlief. Die plötzliche Unruhe weckte auch die anderen Offiziere.

Auf dem Ruderdeck erklang ein Weckruf. Über Nacht waren sie bei stetem Wind nach Norden gesegelt. Charles hatte sich darüber gewundert. Eigentlich hätte der Festungshafen von Paulsburg ihr Ziel sein sollen. Doch wie es schien, wollte Lilianne nach Vilussa.

Einige der Ruderer kletterten auf den Laufsteg, der sich über ihre Bänke erhob. Müde streckten sie die Glieder. An Lederriemen um den Hals trugen sie Beißhölzer. Sie waren erstaunlich gut gekleidet. Mindestens die Hälfte von ihnen waren Männer Drusnas, die sich hatten bekehren lassen. Das Gold der Neuen Ritterschaft hatte bei ihrem Glaubenseifer sicherlich eine große Rolle gespielt, dachte Charles bitter. Es hieß, dass die Ordensritter ihre Ruderer sehr gut bezahlten. Glaube sollte nicht auf dem Gold begründet sein, das man in der Tasche trug. Er musste durch wohlgewählte Worte in die Herzen und Seelen gepflanzt werden. Die Taschen der Ruderer würden allzu bald wieder leer sein, und was blieb dann von ihrem Glauben?

»Hiermit siehst du den Feind.« Lilianne reichte Charles ein Bronzefernrohr.

Der Erzverweser hob das schwere Glas ans Auge und stellte es scharf. Doch auch mit seiner Hilfe vermochte er dem Nebel über den Wassern sein Geheimnis nicht zu entreißen.

»Du musst es etwas höher halten«, sagte die Ritterin. Schließlich half sie ihm das Glas auszurichten, bis er einen großen weißen Vogel sah.

»Eine Möwe?«

Lilianne lachte.

»Hast du wirklich schon einmal eine so große Möwe gesehen, Bruder Erzverweser?«

Charles schob verärgert das Fernglas zusammen.

»Was also fliegt dort?«

Er sah genau, wie einige der Deckoffiziere verstohlen grinsten. Er merkte sich ihre Gesichter. Er mochte ein schlechter Vogelkundler sein, aber er vergaß niemals ein Gesicht!

»Der Elfenfürst, der die Anderen befehligt, besitzt einen großen weißen Vogel, halb Adler, halb Bussard. Ein bösartiges Tier. Es heißt, er sei mit der Seele des Vogels verbunden und könne durch dessen Augen schauen.«

Charles schüttelte angewidert den Kopf. Die Vorstellung, dass man freiwillig seine Seele mit der eines Tieres verband, empfand er als abstoßend und grotesk. Wie konnte man Seelen verbinden? Und wie würde man sie wieder voneinander trennen?

»Woher weißt du solche Dinge, Schwester?«

»Wer seinen Feind besiegen will, der muss ihn kennen.«

Sie wandte sich an den Kapitän. »Es ist so weit.«

Alvarez befahl, den Baldachin über dem Heck mit weiteren Tüchern zu verhängen, sodass nur noch ein schmaler Spalt blieb, durch den er zum Bug sehen konnte.

»Was geht hier vor?« Wieder einmal fühlte sich Charles von der Ritterin übergangen. Er war es leid, von ihr als Unwissender vorgeführt zu werden. Sobald sie in Vilussa anlegten, würde er dafür sorgen, dass es auch ihr leid tun würde, ihn wie einen kleinen Jungen behandelt zu haben.

»Ich bereite das letzte Gefecht auf unserem Rückzug vor«, entgegnete die Ritterin ruhig.

Zwei Bahnen aus schwerem rotem Samt waren an einer Stange vor den Eingang zum Pavillon gehängt worden. Dass sie gewusst hatte, dass dieser weiße Bussard mehr war als nur der Jagdvogel eines Fürsten, konnte nur eines bedeuten.

»Du hättest mir sagen müssen, dass es einen Spitzel gibt!«, fuhr er Lilianne an.

Die Ritterin drehte sich zu ihm um. Es war vorbei mit der Maske der Überheblichkeit. Ganz offensichtlich fiel es ihr schwer, ihren Zorn im Zaum zu halten.

»Verlasst das Achterdeck!«, sagte sie leise.

Die jungen Offiziere und Ritter gingen, ohne Fragen zu stellen. Alvarez sah sie an. Lilianne schüttelte den Kopf.

»Wie kannst du lauthals nach einem Spitzel fragen?«, fuhr sie Charles an.

»Wie kannst du mir ein so bedeutendes Geheimnis verschweigen?«, entgegnete er wütend.

Der Spitzel musste zum Gefolge des Elfenfürsten oder zu den Vertrauten König Gunnars gehören. Wer sonst konnte solch ein Geheimnis kennen? Die Vorstellung, dass es jemanden gab, der an den Kartentischen der feindlichen Heerführer stand, der an ihrem Kriegsrat teilnahm und sein Herz ganz offensichtlich der Sache Tjureds geöffnet hatte, machte ihn trunken wie Wein. Sie hatten die Saat des Zweifels also bis zu den Fürsten der Heiden getragen. Dann würde ihr ehernes Bündnis bald zerbrechen.

»Wer ist es?«

»Glaubst du wirklich, ich würde dir einen Namen nennen? Dir, der du ein solches Geheimnis inmitten einer Runde von Männern ansprichst, die du nicht einmal kennst?«

»Es sind Ordensbrüder! Sie sind über jeden Zweifel erhaben.«

Lilianne lachte zynisch.

»Natürlich! Ich kenne sie. Und du hast recht, ihre Herzen gehören uns. Diesmal muss ich nicht fürchten, dass deine unbeherrschte Zunge unserer Sache Schaden zugefügt hat. Doch wie wird es beim nächsten Mal sein, wenn du mit deinen neugierigen Fragen nicht an dich halten kannst? Wer steht dann neben dir? Wir haben einen der Ihren für uns gewonnen. Aber bist du dir sicher, dass unsere Feinde das nicht auch vermögen? Ich weiß, welchen Weg meine Ordensbrüder gegangen sind. Ich weiß, auf wie vielfältige Weise ihr Herz gestählt wurde, um im Kampf gegen die Anderen bestehen zu können. Das ist mehr, als ich von dir weiß, Bruder Erzverweser.«

Charles verschlug es für einen Augenblick lang die Sprache.

»Du ...«, begann er und fand einfach keine Worte. Wie konnte sie es wagen, auch nur anzudeuten, dass er zu einem solchen Verrat fähig wäre?

Der Vorhang vor dem Pavillon teilte sich. Ein junger Ritter sah zu ihnen herein.

»Er ist näher gekommen. Nahe genug, denke ich.«

Charles ignorierte den Ritter. Er stellte sich die Frage, wem gegenüber Lilianne vielleicht schon ähnlich herablassend über ihn gesprochen hatte. Dass sie es wagte, ihm ins Gesicht zu sagen, sie zweifle an seiner Verschwiegenheit und somit auch an seiner Loyalität, war ungeheuerlich! Und sie hatte sich geweigert, einem Befehl von ihm zu gehorchen. Er würde herausbekommen, wer ihr Spitzel war. Es musste jemand aus dem Umfeld des Königs sein, der während der Verhandlungen in der Scheune gefehlt hatte, als Lilianne zum Waldtempel ging. Der Erzverweser erinnerte sich noch gut, mit wem er am Tisch gestanden hatte. Er lächelte. Sollte die Komturin ihn nur für einen trägen, alten Kirchenfürsten halten! Das wäre sein Vorteil. Er würde sie überraschen!

Alvarez und Lilianne holten die Rabenkäfige hervor. Die

Tiere krächzten und versuchten ihre Schwingen auszubreiten. Mit spiegelnden schwarzen Augen blickten sie den Erzverweser an. Sie waren gut im Futter. Als Kind hatte er Angst vor Raben gehabt. Seine Amme hatte ihm einmal erzählt, die Raben seien Diener der Anderen, und manchmal kämen sie unartige Kinder holen. Er hatte einmal gesehen, wie sie ein neugeborenes Lamm getötet hatten. Er mochte diese Vögel nicht. Seine Angst hatte er längst überwunden. Aber sie waren ihm zuwider. Aasfresser, die meist von dem lebten, was andere zurückließen.

Lilianne öffnete den ersten Käfig. Der Rabe darin legte den Kopf schief und blickte misstrauisch zur Ritterin auf. Schon war ein zweiter Käfig offen. Dann ein dritter.

Der erste Rabe hüpfte aufs Deck hinaus und streckte prüfend die Flügel.

Charles wich bis zu den gepolsterten Truhen an der Reling zurück. Das sind nur Vögel, sagte er sich. Seine alten Ängste kehrten wieder. War es möglich, dass die Komturin darum wusste? Tat sie das hier, um ihn zu quälen?

Narr, schalt er sich in Gedanken. Du bist nicht der Mittelpunkt der Welt! Nicht alles, was geschieht, steht in Bezug zu dir.

Inzwischen waren sämtliche Käfige geöffnet. Es waren zehn. Lilianne und Alvarez redeten ruhig auf die Vögel ein. Der Kapitän verscheuchte einen Raben, der sich auf dem Lager der kleinen Prinzessin niedergelassen hatte und nach einer blutverklebten Haarsträhne pickte. Ob die Tiere sie verstanden? Es hieß, Raben seien sehr klug ... Der erste flatterte hoch und setzte sich auf die lange Ruderstange achtern.

Einer, ein großes Tier mit einer einzelnen grauen Feder am Hinterkopf, krächzte Charles an, als wolle er ihn vom Achterdeck vertreiben.

»Jetzt!«, rief Lilianne.

Die Vorhänge vor dem Pavillon wurden zurückgezogen. Helles Morgenlicht blendete Charles. Die Sonne stand nun dicht über dem spiegelnden Wasser. Der Nebel schmolz dahin. Krächzend stiegen die Raben in den Himmel. Sie flogen dem großen, weißen Vogel entgegen, der mittlerweile über dem Schiff kreiste.

»Sie sind darauf abgerichtet, andere Vögel zu schlagen«, erklärte Lilianne. »Im Schwarm sind sie recht tapfer. Ich habe einmal gesehen, wie sich Möwen und Raben eine regelrechte Schlacht in den Wolken geliefert haben. Sie zog sich über Stunden. Die Raben haben gesiegt. Wie ein kluger Feldherr haben sie Verstärkungen herangeführt. Es war lehrreich, ihnen zuzusehen.«

»Wenn der Vogel des Elfenfürsten entkommt, werden sie wissen, dass die *Sankt Raffael* auf dem Weg nach Vilussa ist«, stellte Charles fest. »Aber das ist nicht dein wirkliches Ziel, Komturin. Richtig?«

Die Ritterin beobachtete den Kampf der Vögel. Statt zu flüchten, war der Adlerbussard den Raben im Sturzflug entgegengeschossen. Seine scharfen Fänge zerrissen einem der Raben einen Flügel. Das Tier stürzte wie ein Stein dem Wasser entgegen.

Der Greifvogel wich hackenden Schnäbeln aus und versuchte mit kräftigen Flügelschlägen an Höhe zu gewinnen. Er war geschickt und für seine Größe überraschend gewandt, aber er schaffte es nicht, die Raben abzuschütteln. Immer flogen zwei oder drei von ihnen höher als er. Ihren Angriffen war er fast schutzlos ausgeliefert.

Charles erkannte einen dunklen Fleck auf der Schwinge des Adlerbussards. Ein Schnabelhieb ließ einen weiteren Raben aus dem Himmel stürzen. Dann wurde der Greifvogel von kräftigen Fängen im Rücken gepackt. Er stieß einen schrillen Schrei aus.

Blut tropfte auf den Laufgang der Galeere. Eine einzelne große Schwungfeder segelte zum Schiff hinab. Noch einmal war der große Vogel entkommen. Doch nun fehlte es ihm an Kraft, und acht Raben umkreisten ihn.

»Er wird es wohl nicht überleben«, stellte Charles in sachlichem Tonfall fest. »Damit endet der militärische Teil dieser Reise. Da der Adlerbussard unseren Feinden nicht mehr verraten kann, wohin wir segeln, wünsche ich, dass wir den Kurs auf Vilussa beibehalten.«

»Dort werden sie uns zuerst suchen«, entgegnete die Komturin. »Es ist wichtig, dass wir klug handeln und das Mädchen in Sicherheit ist. Du weißt, wozu die Anderen fähig sind. Wenn sie erst einmal wissen, wo sie ist, dann werden sie die Prinzessin zurückholen.«

»Nicht, wenn ich sie nach Aniscans bringe.« Charles' Entschluss stand fest. Er würde um Gishild kämpfen. Wenn er eine Geisel, die den Verlauf des weiteren Krieges gegen die Heiden entscheiden würde, vor die Heptarchen führte, dann wäre er ein gemachter Mann. Binnen Jahresfrist würde er wahrscheinlich selbst einer der sieben großen Kirchenfürsten sein.

»Bitte, Bruder. Sie ist so viel mehr als nur eine Geisel. Ich entschuldige mich, wenn mich mein Hochmut dazu verleitet hat, dich zu beleidigen, Bruder Erzverweser. Überlass sie der Neuen Ritterschaft, und sie wird eine der unseren werden.«

»Und warum sollte ich wollen, dass sie eine der *euren* wird? Ich denke, dass man deinem Orden in den letzten Jahren zu viele Freiheiten gewährt hat, Schwester Lilianne.«

Ein weiterer Rabe stürzte aus dem Himmel, doch der große Raubvogel vermochte sich auch kaum noch in der Luft zu halten. Mit trudelndem Flug versuchte er verzweifelt, den Angriffen zu entkommen.

»Es tut mir leid, wenn ich mich dir widersetzen muss, Bruder Erzverweser. Kapitän, setzet Kurs auf Paulsburg.«

»Das wirst du nicht tun!«, fuhr Charles den bärtigen Ordensritter an.

Dieser zuckte nur mit den Schultern. »Dies ist ein Schiff des Ordens, Bruder Erzverweser. Ich bedauere, doch ich bin der Komturin unterstellt und nicht dir.«

Charles sah missbilligend zu Lilianne. War das alles ein abgekartetes Spiel, oder tat es ihm wirklich leid? »Ich enthebe die Komturin ihres Amtes.«

»Das kann nur der Ordensmarschall oder einer der Heptarchen von Aniscans, Bruder Erzverweser«, stellte Lilianne fest. »Die Prinzessin ist die Gefangene der Neuen Ritterschaft. Wir haben mit unserem Blut für sie gezahlt. Der Ordensmarschall wird entscheiden, was mit ihr geschieht.«

Die Galeere wechselte den Kurs. Die großen Segel schlugen im Wind. Dann blähten sie sich erneut.

Charles ballte in hilfloser Wut die Fäuste. Er war ausgeliefert! Aber Lilianne sollte ihn nicht unterschätzen. Auch er hatte seine Spitzel. Wenn sie nach Paulsburg kamen, blieben ihr höchstens vier Tage, um die Geisel zu entführen. So arrogant, wie sie sich aufführte, würde sie nicht damit rechnen, in ihrer eigenen Burg entmachtet zu werden.

Mit Genugtuung sah Charles den weißen Vogel fallen. Damit hatten die Anderen ihren Feldherrn in Drusna verloren. Nach den Ereignissen auf der Lichtung würde es einige Zeit dauern, bis sie ihre Truppen wieder ins Feld führen konnten. Lilianne hatte damit ihre Schuldigkeit getan. Die Kirche konnte es sich erlauben, ihren militärischen Arm in Drusna neu zu organisieren. Vor dem Winter würde es gewiss keine

Schlachten mehr geben. Er sah die Komturin an und schenkte ihr ein herzliches Lächeln. Sie war eine schöne Frau. Wer weiß, wie tief sie fallen würde. Gewiss hatte sie in diesem Augenblick den Höhepunkt ihrer Macht erreicht. Doch in weniger als einer Woche würde man sie der Rebellion anklagen und in Ketten nach Aniscans bringen.

Charles kniete sich neben die Prinzessin und fühlte ihren Puls. Er flatterte unbeständig. Allein Tjured wusste, ob sie diesen Tag überleben würde. Aber das war unbedeutend.

»Du hast heute eine Kirchenfürstin zu Fall gebracht, meine Kleine«, flüsterte er ihr ins Ohr. Dann ließ er sich erschöpft auf einer der Truhen nieder. Er konnte warten. Die Zeit arbeitete nun für ihn.

DIE VERBORGENE QUELLE

Die Mittagssonne fiel der Ritterin ins Gesicht, als sie blinzelnd die Augen öffnete. Luc war zu Tode erschöpft. Seit er die schwarze Beule geöffnet hatte, war er bei ihr geblieben. Sie hatte starkes Fieber bekommen und immer wieder einen Namen gerufen, mit dem Luc nichts anzufangen wusste. Erst gegen Morgen war ihr Schlaf ruhiger geworden.

Jetzt sah der Junge zu der weißen Dame hinüber. Im Mittagslicht erstrahlte sie so hell, dass er den Blick sofort wieder abwenden musste.

»Bitte überlebe! Wenigstens du. Bitte!«, murmelte er vor sich hin.

Luc löste seine Hand aus dem Griff der Ritterin. Sie hatte ihn die ganze Nacht über in ihrem unruhigen Schlummer festgehalten, als sei er der Anker, der sie mit dem Leben verband. Jetzt sah sie ihn an. Ihre Lippen waren rissig.

»Ich werde etwas zu trinken bringen, Herrin.«

Sie reagierte nicht auf seine Worte.

Er nahm die Feldflasche aus ihrem Gepäck und ging zu der nahen Quelle. Seine Glieder schmerzten. Zu lange hatte er stillgesessen. Er genoss es, sich zu bewegen. Die Luft flimmerte in der Mittagshitze. Wundervolle Schmetterlinge umkreisten die Rosenblüten des verborgenen Gartens.

Luc fühlte sich unbeschreiblich frei.

Sie musste einfach weiterleben, dachte er. Er hatte so innig für sie gebetet, mit tränenerstickter Stimme und dann wieder voller Trotz. Er wünschte, er hätte auch für seine Mutter so sehr gebetet, dachte er betroffen. Hätte er auch sie retten können? Aber sie hatten ihn nicht zu ihr lassen wollen. In ihren Augen war er nur ein Kind gewesen …

Er duckte sich in den gemauerten Tunnel am Ende der Gartenmauer. Hier war es deutlich kühler. Die Härchen auf seinen Armen richteten sich auf. Ein Prickeln überlief ihn. Da war wieder eine der unsichtbaren Mauern. Etwas in ihm spannte sich an, als er weiterging. War es die Kraft der weißen Frau, die er spürte? Oder beobachteten ihn gar die Anderen?

Er beschleunigte seine Schritte. Aus dem hellen Sonnenlicht kommend, konnte er im Tunnel fast nichts mehr sehen. Vorsichtig tastete er sich an den moosbewachsenen Mauersteinen entlang. Hier unten war er noch nie gewesen. Er hatte das Wasser rauschen hören bei seinen früheren Besuchen im Garten. Aber die unsichtbare Mauer hatte ihn abgeschreckt. Früher war er stets zu einer anderen Quelle gegangen, die ein ganzes Stück entfernt einen verfallenen Brunnen speiste. Doch diesmal wollte er sich nicht so weit vom Rosengarten entfernen. Er sorgte sich, die Ritterin lange allein zu lassen. Sie war noch sehr schwach.

Etwas streifte sein Gesicht. Luc blieb wie versteinert stehen. Es war nur eine flüchtige Berührung wie mit einer Feder gewesen.

»Ist da jemand?«

Er erhielt keine Antwort. Besorgt sah er zurück. Der Eingang zum Tunnel war ein scharf umrissener Himmelsfleck inmitten der Dunkelheit. Hinter ihm war niemand. Jedenfalls niemand, den Menschenaugen zu sehen vermochten. Er hätte doch zu der Quelle bei dem verfallenen Brunnen gehen sollen, dachte er reumütig.

Er zögerte, hörte das fließende Wasser ganz deutlich. Es konnte nicht weiter als ein paar Schritt entfernt sein. Geblendet vom Blick in den hellen Himmelsfleck, spähte er den Tunnel hinab und konnte nichts entdecken. Was immer ihn berührt haben mochte, es hatte sich sehr zart und zerbrechlich angefühlt. Es könnte ihm gewiss nichts anhaben. Er sollte sich nicht so anstellen! Vorsichtig ging er weiter.

Nach drei Schritten machte der Gang einen scharfen Knick. Luc trat in eine kleine Höhle, die von einem merkwürdigen Licht erfüllt war. Seine Augen brauchten einige Herzschläge, um sich daran zu gewöhnen. Dann grinste ihn ein Ungeheuer mit weit aufgerissenem Maul an.

Die Feldflasche entglitt ihm und fiel Luc vor die Füße. Auf das klatschende Geräusch hin füllte sich die Höhle mit flatternden Schatten.

DAS DURCHTRENNTE BAND

»Wir können nicht einfach hier sitzen und nichts tun!«

»Ich kann mich nicht erinnern, dir erlaubt zu haben, für mich zu sprechen«, entgegnete die Magierin streitlustig.

Der Elfenfürst wusste, dass sie ihn nicht leiden konnte. Schon als sie einander das erste Mal begegnet waren, hatte er es gewusst. Ganz gleich, wie mächtig und alt sie sein mochte, für ihn war Yulivee nur ein launisches, unreifes Mädchen. Aber gerade deshalb empfahl es sich, freundlich zu ihr zu sein.

»Ich glaube, du hast mich missverstanden …«

»Was ist an *wir* misszuverstehen, Tiranu? Du erlaubst dir, Entscheidungen für mich zu treffen. Und ich kann dir versichern, dass ich das nicht dulden werde.« Sie setzte das Messer ab, mit dem sie an einer dünnen Weidenrute geschnitzt hatte. »Ich werde hier noch tagelang sitzen, wenn es notwendig ist.«

»Er kommt nicht mehr zurück, Yulivee.«

»Woher willst du das wissen?«

»Er war nie so lange fort. Und du weißt, je länger er mit dem Adlerbussard fliegt, desto schwerer wird es für ihn, sich von ihm zu lösen. Wenn du mich fragst, ist er geflohen. Er ist des Kampfes müde geworden. Er hat aufgegeben.«

»Nein!«

Sie war an der Grenze, die Beherrschung zu verlieren. Tiranu war einen Augenblick lang versucht, sie noch weiter zu provozieren. Aber dann dachte er daran, wie sie die Galeasse zerstört hatte.

»Lass ihn uns mitnehmen«, lenkte er ein.

»Winterauge wird ihn nicht finden können, wenn wir ihn mitnehmen. Fenryl muss hier auf der Lichtung bleiben.«

»Und unsere Truppen? Und all die Gefangenen? Wie soll ich sie versorgen, wenn wir hierbleiben? Es geht nicht, Yulivee.«

»Ach, hast du dich entschieden, die Ritter nicht an Eichen zu nageln?«

»Du hast uns zugehört?«

Die Zauberin blieb ihm eine Antwort schuldig. Stattdessen schnitzte sie wieder an der Weidenrute.

»Ich werde den Rest des Tages damit verbringen, ein verborgenes Grab für König Gunnar zu errichten. Morgen Früh werden wir den See verlassen, Yulivee. Mit oder ohne euch.«

»Was, glaubst du, wird Fürst Ollowain davon halten, wenn du Fenryl im Stich lässt? Soweit ich weiß, sind die beiden seit der Schlacht um Phylangan befreundet.«

»Er wird es verstehen«, entgegnete Tiranu eisig, obwohl er sich dessen nicht sicher war. »Er ist der Kriegsmeister Albenmarks. Er wird wissen, warum ich so handeln musste. Was er nicht verstehen wird, ist dein Verhalten. Du bist eine Zauberin. Suche Fenryl! Da muss es doch ein Band zwischen ihm und dem Vogel geben. Kannst du dem nicht nachspüren und mir sagen, wo er sich befindet?«

Yulivee rutschte mit dem Messer ab und schnitt sich in die Hand. Sie nahm den Finger in den Mund und leckte das Blut ab.

Wie konnte ein tollpatschiges Mädchen nur solche Kräfte besitzen, dachte Tiranu zornig. Wenn er ihre Macht hätte, dann würde dieser Krieg einen ganz anderen Verlauf nehmen!

»Was ist nun? Warum suchst du nicht nach Fenryl?«

»Ich kann es nicht.« Sie sagte das ungewöhnlich kleinlaut.

»Warum?«

»Weil das Band zwischen ihm und Winterauge zerrissen ist. Ich kann ihn nicht finden.«

Tiranu traute seinen Ohren nicht. »Das heißt, er ist tot!«

»Nein!« Yulivee sprang auf. Blut troff ihr von den Fingern. Der Schnitt war tief. »Rede so nie wieder! Hörst du? Nie wieder!«

Drohend streckte sie ihm den blutigen Finger entgegen.

Tiranu wich einen Schritt vor ihr zurück. Er war kein sehr begabter Zauberer, aber er spürte ihre Macht. Ein falsches Wort …

»Ich bitte dich, Yulivee, erkläre mir, was mit Fenryl ist. Ich verstehe dich nicht.«

Er blickte zu dem Fürsten. Der sah so aus, als sei er friedlich eingeschlummert. Ein erschöpfter Wanderer, der auf einer verborgenen Lichtung eine Rast einlegt.

»Er ist nicht tot«, sagte die Elfe mit rauer Stimme. »Du siehst doch, dass er atmet.«

»Aber wenn ihn nichts mehr mit dem Vogel verbindet … Winterauge muss dann doch tot sein. Und wenn der Vogel stirbt, dann stirbt auch Fenryl mit ihm. Auch wenn sein Körper noch atmet …« Der Fürst suchte nach Worten, die sie nicht verletzen würden. »Dieser Leib ist nur noch ein leeres Gefäß. Du hältst Totenwache …«

»Nein!«

»Dann erklär mir bitte …«

»Er ist einer der großen Helden Albenmarks. Ein Held stirbt nicht so. Nicht auf diese Art … Er kann nicht einfach so gehen. So still. Wie im Schlaf …« Sie schaffte es nicht länger, die Tränen zurückzuhalten. »Das kann nicht sein! Ich weiß das!« Trotzig ballte sie die Fäuste. »Geh jetzt! Deine Anwesenheit schadet ihm. Ich weiß, er wird bald zurückkehren. Und ich rate dir, halte dich an seine Befehle! Sorge dich lieber um die gefangenen Ritter als um ihn. Ihm geht es gut.«

ZWEI GOTTESGESCHENKE

Hunderte Schmetterlinge tanzten über dem Wasser. Sie mussten auf jedem trockenen Flecken gesessen haben. Verzaubert sah Luc den Tieren zu. Wie ein Sturm aus Farben wogten sie auf und nieder. Sie mieden den breiten Wasserstrahl, der aus dem Maul der steinernen Fratze, die ihn so sehr erschreckt hatte, in die Höhle sprudelte. Das Licht am Grund des kleinen Sees schien sie anzuziehen.

Der Junge hob die Feldflasche auf und beugte sich über den Rand des Fußwegs, um besser ins Wasser sehen zu können. Zwischen den Kieseln lag ein Stein, von dem ein sanftes Licht ausging, das durch die bewegte Wasseroberfläche gebrochen wurde und in hellen Flecken über die Decke der Höhle wirbelte.

Langsam erstarb der Tanz der Schmetterlinge. Sie ließen sich wieder auf den Wänden der Höhle nieder.

Vorsichtig stieg Luc ins Wasser. Es war eisig! Er hielt den Atem an. Seine Füße waren ganz taub. Er biss die Zähne zusammen. Dann ließ er sich ganz ins Wasser gleiten und tauchte zu dem Stein hinab.

Die Kälte war mörderisch, sie schnitt ihm bis ins Mark.

Seine Bewegungen wurden langsamer. Der leuchtende Stein war nur noch eine Handbreit entfernt. Es kostete ihn all seine Willenskraft, mit Armen und Beinen rudernd noch das letzte, kleine Stück tiefer zu tauchen. Dann schlossen sich seine Finger um den Stein. Das Licht verlosch. Dunkelheit brach auf ihn hernieder.

Ein Krampf stach in seine Wade wie ein glühendes Messer. Luc stieß sich vom Boden des Sees ab. Er öffnete die Hand mit dem Stein. Blasses Licht brach zwischen seinen Fingern hervor.

Prustend kam er an die Wasseroberfläche. Schmetterlingsflügel streiften sein Gesicht. Vor Schmerz wimmernd, zog er sich auf das befestigte Ufer zurück. Die Luft war erfüllt vom Schwirren zarter Flügel. Er konnte fast nichts mehr sehen.

Luc tastete nach der Feldflasche. Er füllte sie nur zur Hälfte. Dann begann er zu laufen, verfolgt von den Schmetterlingen. Oder besser gesagt, er hinkte, denn der reißende Schmerz des Krampfes war noch nicht verklungen. Der Verband an seinem Arm hatte sich halb gelöst. Lange Leinenbinden hingen auf den Boden hinab.

Ihm klapperten die Zähne. Die Kälte wollte nicht aus seinen Gliedern weichen. Von den Schmetterlingen geblendet, floh er dem Ende des Tunnels entgegen.

Tastende Beine krochen über seine Lippen. Den schwirrenden Flügeln haftete der Duft von Sommerblüten an. Luc hütete sich, nach den Tieren zu schlagen. Er malte sich aus, dass etwas Schreckliches geschehen würde, wenn er auch nur einen einzigen dieser Schmetterlinge tötete, und sei es aus Versehen.

Deutlich spürte er die unsichtbare Barriere, kurz bevor er ins Freie trat. Dann endlich ließen die bunt geflügelten Blütenheger von ihm ab und verteilten sich im geheimen Garten. Die Sonne war wie Balsam. Langsam wie ein Eiszapfen im Winterlicht schmolz die Kälte aus seinen Gliedern.

Seine Füße schmatzten bei jedem Schritt in den wassergefüllten Stiefeln. Ein plötzliches Hochgefühl ergriff Luc. Er hatte Lanzac verlassen und sein erstes Abenteuer bestanden. Stolz betrachtete er den Stein. Im hellen Sonnenschein war sein Licht verblasst. Er war von warmer Honigfarbe und ganz glatt.

»Luc!« Die Ritterin hatte sich in der Mauernische aufgesetzt, ihre Decke zurückgeschlagen und wärmte sich in der Sonne.

Verlegen mied es der Junge, sie anzusehen.

»Was für ein Wunder ist das nun wieder, König des Gartens?«

Luc wusste nicht, wovon sie sprach. Er trat vor sie. Es ließ sich nicht vermeiden, dass er ihre nackten Beine sah. Verlegen hielt er ihr die Wasserflasche hin. »Ich habe dir zu trinken geholt ...«

Sie berührte sanft sein Haar, und plötzlich waren überall wieder Schmetterlinge.

»Eine lebende Krone ...«, sagte sie ergriffen. »Bist du denn ein Heiliger? Was hast du mit mir getan? Ich sollte tot sein. Ich weiß es ... So viele habe ich sterben sehen. Was für ein Kind bist du?«

Sie sprach in ehrfurchtsvoller Scheu.

»Sieh dir meine Wunde an! Wie ist das möglich? Und jetzt die Schmetterlinge.«

Die schwarzen Flecken waren von ihrer Haut verschwunden. Dort, wo er in die Pestbeule geschnitten hatte, war nur noch eine schmale, verschorfte Wunde zu sehen.

Luc fühlte sich unendlich erleichtert. Sie würde bei ihm bleiben. Der Schatten des Todes war von ihr gewichen. Sie hatten die Pest besiegt. Dankbar blickte er zur Statue der weißen Frau.

»Du warst sehr allein, gestern Nacht«, sagte Michelle feierlich. »Tjured schenkte dir heilende Hände und hat in seiner grenzenlosen Gnade beschlossen, dich zu seinem Werkzeug zu machen. Zu meinem Retter. Mein Leben war verwirkt. Wir nennen die Pest deshalb den Schwarzen Tod, weil niemand überlebt, bei dem die schwarzen Male auf der Haut erscheinen. Du hast ein Wunder gewirkt, Luc. Wie ein Heiliger.«

Einen Herzschlag lang wollte Luc ihr sagen, dass er seine Pistolen der weißen Frau geopfert hatte und er alles andere als ein Heiliger war. Er war ein verdammenswerter Heide! Aber er wollte ihr gefallen, mehr als er je etwas anderes in seinem Leben gewollt hatte. Die Pistolen lagen jetzt gut versteckt in einer Nische hinter dem Sockel des Standbilds. Michelle würde sie nicht finden, solange er ihr das Versteck nicht verriet. Wenn er ihr sagte, zu wem er in der letzten Nacht gebetet hatte, dann müsste sie ihn verstoßen. Sie war eine Ordensritterin. Ihr Leben war dem Kampf gegen das Heidentum geweiht.

»Deine Bescheidenheit lässt dich schweigen«, sagte sie lächelnd. »Ich bin stolz auf dich.«

Das konnte er nicht ertragen. Er wollte so sehr, dass sie ihn mochte. Aber er würde ihre Ehre besudeln, wenn er ihr nicht die Wahrheit sagte.

»Herrin, nenne mich nicht einen Heiligen. Ich habe gestern Nacht zu Tjured gebetet, ja … Aber auch zu der weißen Frau. Und ich habe ihr meine Radschlosspistolen geschenkt, damit sie dich heilt.«

Er wäre am liebsten im Boden versunken. Zugleich war er aber auch glücklich, dass es heraus war. Er duckte sich in

Erwartung dessen, was nun kommen musste. Sie würde ihn davonjagen. Oder Schlimmeres ...

Schweigen. Ein dicker Wassertropfen fiel aus seinem Haar auf den gepflasterten Weg. Die Sonne brannte in seinen Nacken. Schließlich hielt er die Ungewissheit nicht mehr aus und blickte zu ihr auf. Sie lächelte noch immer.

»Du musst sehr einsam gewesen sein, letzte Nacht«, sagte sie milde. »Und sehr verzweifelt. Und du bist mutig. Ich kenne nur wenige, die der Versuchung der Lüge widerstanden hätten. Vielleicht bist du kein Heiliger ... Aber du bist tapfer und ehrenwert. Tjured wird dir deine Schwäche vergeben. Er hat es schon getan, denn sonst wäre ich nicht genesen. Die Götter der Heiden haben keine Macht, musst du wissen. Über Jahrhunderte haben unsere Priester das immer wieder bewiesen. Gott vergibt dir. Er hat dich mit Schmetterlingen gekrönt. An dir wurde seine Wundermacht offenbar.«

Luc räusperte sich verlegen. Dann erzählte er ihr von der verborgenen Quelle und dem leuchtenden Stein, den er dort gefunden hatte.

Michelle nahm den Stein an sich und betrachtete ihn von allen Seiten.

»Ein Licht in der Dunkelheit«, sagte sie schließlich, »auch darin offenbart sich das Wirken Gottes. Tjured hat dir diesen Stein zum Geschenk gemacht, damit du dich an ihn erinnerst, wenn die Finsternis des Gotteszweifels nach deinem Herzen greift. In allem, was heute geschehen ist, zeigt sich die wundertätige Gnade des einzigen Gottes. Du bist ein Auserwählter, Luc, nur wenigen Menschen zeigt Gott so deutlich seine Gnade. Und nie hörte ich von einem, den er mit einer Schmetterlingskrone schmückte.«

Michelle packte ihn bei den Schultern.

»Sieh dir meine Wunde an! Sie hat sich geschlossen, obwohl du sie nicht vernäht hast. Und sie ist so gut verheilt, als sei schon mehr als eine Woche vergangen, seit du die Pestbeule geöffnet hast.«

Er war nicht mehr ganz so verlegen wie zuvor, als er ihre Wunde betrachtete. Wenn sie sich so unbefangen zeigte, war es vielleicht doch nicht verwerflich, eine nackte Frau zu betrachten. Vielleicht war sie als Ordensritterin auch so fern von jeder Sünde, dass sie sich nichts dabei dachte, sich zu zeigen.

Lucs Blick wanderte höher. Erneut stieg ihm das Blut in den Kopf. *Er* war nicht fern der Sünde!

»Lass uns gemeinsam beten, mein Freund«, sagte sie voller Begeisterung. Sie erhob sich aus der Nische und kniete vor ihm nieder.

Auch Luc begab sich auf die Knie. Er wunderte sich, wie großzügig sie alles, was geschehen war, zu seinen Gunsten ausgelegt hatte. Honoré hätte ihn für dieselben Taten gewiss als Ketzer verdammt. Aber warum sollte er an Michelles Worten zweifeln? Sie musste doch besser wissen, wie Gott sich den Menschen offenbarte. Vielleicht zweifelte er nur deshalb an sich, weil er noch ein klein wenig ein Heide war, der an die Macht der weißen Frau glaubte und zu feige war, sich dem einen Gott allein anzuvertrauen. Das sollte sich ändern! Er wollte so werden wie Michelle! Nie wieder würde er an Tjured zweifeln! Sie hatte recht! Es waren zwei Wunder geschehen.

DER UNGESCHICKTE BARBIER

Als Gishild erwachte, lag sie in einem kargen Zimmer mit weißgetünchten Wänden. Der einzige Schmuck in dieser Kammer war ein Bild, das sie mit Schrecken erfüllte: ein kahler roter Baum mit ausladender Krone, der auf die Wand gegenüber dem Bett gemalt war.

Sie konnte sich nicht erinnern, wie sie hierhergekommen war. Sie sollte im Wald sein ...

Gishild wollte aufstehen, um an das offene Fenster zu treten, doch ein stechender Schmerz fuhr ihr durch die Brust. Sie sank zurück aufs Kissen. Angst ergriff ihr Herz, das immer schneller schlug. Sie atmete auch heftiger. Und mit dem hechelnden Atem verstärkte sich der Schmerz.

Gishild dachte an Silwyna. Die Elfe hatte sie gelehrt, auf die Sprache ihres Körpers zu lauschen. Das Mädchen schloss die Augen. Der Schmerz entsprang in der Mitte ihrer Brust. Sie konnte es fühlen. Der Knochen, in dem sich ihre Rippen verbanden, war verletzt. Sie musste flacher atmen! Je mehr sich ihr Brustkorb hob und senkte, desto schlimmer wurde der Schmerz. Sie konnte das beherrschen ...

Gishild biss die Zähne zusammen. Es war leichter, vernünftig zu denken, als vernünftig zu handeln. Sie öffnete die Augen. Ihr Blick fiel auf den Blutbaum an der Wand; er machte ihr Angst.

Gishild ahnte, wo sie war. Sie konnte sich zwar nicht erklären, wie sie hierhergekommen war, aber sie musste sich in einer der roten Ziegelburgen der Neuen Ritterschaft befinden.

Vorsichtig tastete sie über ihre Brust. Durch die Bettdecke

hindurch konnte sie einen Verband fühlen. Sie war verwundet worden! Aber wo? Hatte es eine Schlacht gegeben? Was war mit ihrem Vater? Und all den anderen ... Warum erinnerte sie sich nicht? Was war geschehen?

Der Schmerz trieb ihr Tränen in die Augen. Sie schluchzte ... Gishild legte sich beide Hände auf die Brust. Es tat so weh! Sie durfte nicht tief einatmen ... Nicht weinen ... Heiße Tränen rannen ihr über die Wangen. Sie versuchte verzweifelt, nicht zu schluchzen.

Silwyna hatte ihr einmal gesagt, dass es helfen konnte, an etwas anderes zu denken. Wenn man es mit aller Kraft tat, dann verschwand der Schmerz hinter einem Schleier. Man musste ihn vergessen.

Gishild wünschte, sie wäre eine Elfe! Wie sollte das gehen, den Schmerz zu vergessen, wenn jeder Atemzug eine Qual war.

Durch das Fenster hörte sie das Rattern eisenbeschlagener Räder. Karren fuhren über Kopfsteinpflaster. Schrille Möwenschreie stiegen zum Himmel auf. Eine monotone, durchdringende Stimme rief in regelmäßigen Abständen: Hief! Segel wurden eingeholt. Sie musste in einem Hafen sein. Dabei war sie doch eben noch tief im Wald gewesen. Sie erinnerte sich an das Dorf auf der Lichtung. Die stählerne Mauer der Ritter. Ihr Vater hatte mit den Rittern verhandelt. Aber was war dann geschehen? Ihre Erinnerung war ausgelöscht.

Sie sah sich in dem Zimmer um. Vielleicht fand sie etwas, das ihr helfen konnte. Nein ... Der Raum war karg. Ein Stuhl und eine schlichte Kleidertruhe, das war alles. Nicht einmal eine Kerze gab es.

Zwei Türen mit schwarz gestrichenen Eisenbeschlägen lagen einander gegenüber. Das Fenster war nicht vergittert. Wahrscheinlich lag es so hoch, dass an eine Flucht nicht zu denken war. Sie konnte ja nicht einmal aufstehen, dachte Gishild verzweifelt. Da musste man nicht fürchten, dass sie fliehen würde.

Sie wischte sich mit dem Handrücken den Rotz von der Nase. Sie hatte es geschafft! Ihr Atem ging wieder ruhig und regelmäßig. Sie durfte nicht weinen, ganz gleich, was auch geschah! Den Schmerz wollte sie nicht noch einmal ertragen.

Sie lauschte auf die Geräusche draußen vor dem Fenster. Ein Fuhrmann trieb fluchend einen Gaul an. War da das Knarren von Rudern?

Schritte erklangen. Die größere der beiden Türen öffnete sich. Eine Frau mit kurz geschnittenem, blondem Haar trat ein. Gishild erinnerte sich, sie schon einmal gesehen zu haben. Im Wald ... Lilianne! Sie trug jetzt keine Rüstung, sondern Stiefel und Reithosen, dazu ein weißes Hemd und ein elegantes, geschlitztes Wams. Ein kleiner Wappenschild mit einer Bluteiche, einem stehenden roten Löwen und darüber einem Paar gekreuzter, schwarzer Schwerter, war über ihrem Herzen auf das Leder genäht.

Die Ritterin lächelte sie an. Ein alter Mann in einer blauen Kutte und ein dritter Besucher in schlichten Gewändern folgten ihr.

Gishild erinnerte sich nun auch an den Alten. Er war der Fürst der Priester, der Drusna beherrschte. Einen seltsamen Titel hatte er. Verwesender oder so ähnlich ... Sie hatte das einmal besser gewusst. Warum konnte sie sich an so vieles nicht erinnern?

»Geht es dir gut, Mädchen?« Der Priester lächelte sie freundlich an. War er auch auf der Waldlichtung schon so freundlich gewesen? Sie nickte, aber sie sagte nichts.

»Läuse hat unser Barbarenmädchen«, sagte die Ritterin abfällig.

»Das ist nicht wahr!«, entgegnete Gishild aufgebracht. Sie hatte noch nie Läuse gehabt. Ihr kleiner Bruder hatte einmal ...

»Widersprich nicht, wenn deine Lügen so offensichtlich sind!«, fuhr die Komturin sie grob an. »Carlos, scher ihr die Haare ab. Und sorge dafür, dass ihr Bett neu bezogen wird.«

Der fremde Mann kam, beugte sich über sie, hob sie aus dem Bett und setzte sie vorsichtig auf dem Stuhl ab.

»Ich habe keine Läuse!«, schrie sie, und der Schmerz traf sie wie ein Schlag.

»Wehr dich nicht, Mädchen«, sagte der Priester freundlich. »Du bist verletzt. Du darfst dich nicht anstrengen. Bitte, gib auf dich Acht.«

»Ich habe keine Läuse«, sagte sie jetzt leiser und schluchzend. Warum half ihr der Alte denn nicht?

»Bitte, Herr. Seht doch selbst. Ich schwöre es, bei Maewe. Ich ...«

»Nenn hier nicht die Namen von Götzen, Kind!«, schalt sie die Ritterin.

Der Schmerz machte Gishild ganz benommen. Der rote Baum auf der Wand vor ihr schien auf und nieder zu tanzen. Jemand packte sie bei den Schultern und drückte sie gegen die Lehne des Stuhls.

»Würde es nicht reichen, ihr die Haare zu waschen?«, fragte der Priester.

»Es ist immer besser, das Übel gleich bei der Wurzel zu packen«, entgegnete die Ritterin.

Etwas schabte über ihren Kopf. Noch immer ganz benommen, sah Gishild lange Haarsträhnen zu Boden fallen. »Nein!« Sie bäumte sich auf.

Der Barbier fluchte. Plötzlich war ihr Gesicht nass. Carlos zog ein Tuch aus der Hosentasche und presste es ihr auf den

Kopf. »Sie hat nicht stillgehalten«, murmelte er unterwürfig. »Wenn sie nicht so zappeln würde!«

»Muss das Haareschneiden denn sein?« Der alte Priester kniete neben ihr und ergriff ihre Hand.

»Es ist nur ein flacher Schnitt«, erklärte Lilianne ungerührt. »Aus einer Kopfwunde blutet man immer wie ein abgestochenes Schwein.«

Charles blickte missbilligend zu der Ritterin auf. Er war freundlich, dachte Gishild. Vielleicht konnte sie ihm vertrauen?

Sanft streichelte er ihre Hand. »Es tut mir leid, Prinzessin. Bitte, halte still. Es sind nur Haare. Sie werden schnell wieder nachwachsen.«

Wieder schabte das Messer über ihre Kopfhaut. Gishild sah die langen, goldenen Strähnen fallen. Sie weinte stumm. Blut mischte sich in ihre Tränen und tropfte auf ihr weißes Nachthemd. Wie nur war sie hierhergekommen? Was würde mit ihr geschehen?

Der Barbier brauchte nicht lange, um sie zu einem Glatzkopf zu machen. Lilianne tupfte ihr mit dem Tuch das Blut vom Kopf.

Carlos hielt ihr einen kleinen Handspiegel vor. »Jetzt werden euch die Läuse in Frieden lassen, Prinzessin.«

Gishild sah ihr Spiegelbild durch einen Tränenschleier. Ihre Kopfhaut war bleich wie ein Fischbauch. Ein langer, blutiger Schnitt zerteilte das Weiß.

Sie wollte das nicht sehen! Das da im Spiegel war nicht sie! Das war eine Fremde!

Der Barbier zog neue Laken auf ihr Bett. Dann hob er sie vom Stuhl und legte sie behutsam auf das Lager zurück. So hatte ihr Vater sie früher ins Bett gebracht ... Wo er jetzt wohl war? Warum hatte er sie nicht gerettet? Sie presste die

Lippen zusammen und konnte ein Schluchzen doch nicht unterdrücken.

Charles beugte sich über sie. »Sei tapfer, meine Kleine.«

Er küsste sie auf die Stirn. Sein Atem roch nach Zwiebeln.

»Halt durch, ich werde dich bald von hier fortbringen lassen«, flüsterte er ihr verstohlen ins Ohr. »Dann wird es dir besser gehen, Prinzessin. Ich bringe dich zurück zu deinem Vater.«

DAS KAHL GESCHORENE MÄDCHEN

Sie musste fliehen! Vier Tage lang lag sie nun schon auf dem Bett und blickte aus dem Fenster in den Himmel. Man hatte ihr eine Glocke gebracht. Wenn sie etwas wollte, musste sie nur läuten. Sie war hilflos wie ein Neugeborenes ... Doch sie durfte nicht einfach aufgeben! Silwyna hatte ihr beigebracht zu kämpfen. Vergiss das nicht, ermahnte sich Gishild.

Einen Spiegel hatten sie ihr neben das Bett gestellt. Er zeigte ihr den fremden Kopf mit der verschorften Schramme. Die Welt, an die sie gewöhnt war, war verschwunden, und das Mädchen, das sie einmal gewesen war, war ebenfalls verschwunden. Aus dem Spiegel sah sie eine kahlköpfige Fratze mit dunklen Rändern unter den Augen an. Das war nicht sie! Man hatte ihr die Gishild, die sie einmal gewesen war, gestohlen. Sie wusste nicht, was diese Tjuredanbeter aus ihr machen wollten, aber sie würde sich nicht einfach fügen.

Der Priester war freundlich zu ihr. Er hatte sie ein paarmal besucht und ihr versprochen, sie aus der Gewalt der Ritterin zu befreien. Bald schon ... Aber selbst er hatte ihr nicht verraten, was geschehen war. Warum nicht? Was verheimlichten sie vor ihr? Was war mit ihren Eltern? Warum kam niemand, um sie zu befreien? Es gab keinen Ort, den Silwyna nicht erreichen konnte. Warum holte die Elfe sie nicht hier heraus?

Der Zorn gab Gishild Kraft. Der Schmerz in der Brust brannte nicht mehr so wild wie an dem Tag, an dem sie erwacht war. Sie würde kämpfen. Wütend stemmte sie sich hoch. Jede Bewegung quälte sie. Sie musste das aushalten.

Ganz langsam schwang sie die Beine über die Bettkante. Es war warm in dem weißen Zimmer. Jedes Mal wurde außen ein Riegel vor die Türe gelegt, wenn ihr Besuch sie verließ.

Zweimal war Lilianne hier gewesen. Sie hatte sich einfach vor das Bett gestellt und sie angesehen. Kein Wort hatte die Ritterin gesagt. Und Gishild war zu stolz gewesen, die Komturin anzusprechen. Sie war die Verkörperung all dessen, was sie hasste. Die ganze Grausamkeit der Tjuredkirche hatte in ihr Gestalt gewonnen. Niemals würde sie sich diesem Mannweib unterwerfen. Da ginge sie schon lieber mit dem Verwesenden ...

Vorsichtig setzte Gishild die Füße auf den Boden. Die Steinplatten waren angenehm kühl. Es war ein heißer Spätsommertag. Der bleifarbene Horizont kündigte ein Gewitter an.

Ganz vorsichtig erhob sie sich. Sie hatte Angst, dass ihre Beine sie vielleicht nicht tragen würden. Ihr wurde schwindelig; das lange Liegen hatte sie schwach gemacht. Mit seitlich ausgestreckten Armen hielt sie das Gleichgewicht und ging dem Fenster entgegen. Sie sehnte sich danach, endlich etwas anderes zu sehen als weiße Wände, den Blutbaum und ein kleines Stück Himmel.

Ihr wurde jetzt ein wenig übel. Den Blick fest auf die steinerne Fensterbank gerichtet, beschleunigte sie ihre Schritte. Fünf Schritt nur, und sie fühlte sich völlig erschöpft!

Erleichtert stützte sie sich auf dem breiten Sims auf.

Unter ihr ging es zwanzig Schritt in die Tiefe. Sie befand sich in einem Turm an einem breiten Laufgraben, der Teil der inneren Festungswerke war. Überall sah sie Arbeiter, die Gräben aushoben und Mauern errichteten. Sie wusste nicht, in welcher Stadt sie war, aber der Ritterorden scheute keine Mühen, um sich hier für die Ewigkeit einzugraben. Sie errichteten wohl eines dieser merkwürdigen neuen Festungswerke, wie Brandax sie auch in Firnstayn zu bauen begonnen hatte. Der Kobold hatte ihr voller Begeisterung davon erzählt. Sie hatte ihm damals nicht richtig zugehört. Sie mochte ihn nicht! Sein Gesicht war abstoßend. Die zugefeilten Zähne erinnerten sie an Rattenzähne. Er hatte einen widerlichen Sinn für Humor und schien Gefallen daran zu finden, dass sein Anblick sie erschreckte.

Was würde sie dafür geben, ihn jetzt hier zu sehen!

Gishilds Blick schweifte über die weitläufigen Festungsanlagen: sternförmige Erdwerke mit Ziegelsteinmauern auf der Rückseite. Bastionen für Kanonen. Kleine vorgelagerte Forts. Ein breiter, mit Wasser gefluteter Außengraben. Die Verteidigungsanlagen waren das reinste Labyrinth. Ganz nah bei ihrem Turm waren weit über hundert Arbeiter damit beschäftigt, eine aus Ziegelsteinen gemauerte Kasematte hinter einer Erdrampe verschwinden zu lassen.

Gishild erinnerte sich, wie Brandax ihr erklärt hatte, dass Erdwälle Kanonenkugeln einfach verschluckten, während Mauern aus Stein oder Ziegeln von den Geschossen zerschmettert wurden. Deshalb versteckte man die Ziegelmauern hinter Erde.

Sie wünschte, sie hätte Brandax besser zugehört. Dann würde sie die Eigenarten der Festungswerke durchschauen und ihrem Vater und seinem Kriegsrat davon berichten können, sobald sie wieder frei war.

Ihr Blick wanderte zu den Hafenanlagen. Eine Flottille war gerade eingelaufen. Fünf Galeeren und zwei Galeassen legten an den Kaimauern an. Segel wurden eingezogen. Sie trugen den schwarzen Aschenbaum als Wappen. Auch die Decks und die Ruder der Schiffe waren schwarz. Sie wirkten unheimlich. Blut und Asche ... Die beiden großen Ritterorden der Tjuredkirche. Silwyna und auch ihr alter Lehrer Ragnar hatten ihr von den Ritterorden erzählt. Obwohl sie demselben Gott dienten, waren die Ritter vom Aschenbaum und die Neue Ritterschaft Rivalen. Den Orden vom Aschenbaum gab es schon viele Jahrhunderte. Sie waren reich und mächtig. Und sie geboten über Tausende Ritter. Die Neue Ritterschaft hingegen existierte noch nicht so lange. Sie galten als fanatischer. Und nach Silwynas Meinung waren sie die besseren Taktiker. Sie führten die Heere der Kirche geschickter. Lilianne hatte nach ihren Erfolgen auf den Schlachtfeldern Drusnas den Befehl über alle Truppen in der Provinz übernommen. Eine Würde, die zuvor dem Komtur vom Aschenbaum zugestanden hatte. Gishild wunderte sich, Schiffe von beiden Ritterorden im Hafen zu sehen. Üblicherweise wehte entweder das Aschen- oder das Blutbanner über einer Stadt. Man traf nie beide Orden gemeinsam an.

Krieger in altmodischen weißen Waffenröcken eilten über die Landebrücken und nahmen entlang der Pier Aufstellung. Gishild entdeckte zwischen den winzigen weißen Gestalten einen einzelnen Mann ganz in Blau. War das der Verwesende? Er besprach sich kurz mit einigen Gestalten und eilte dann an der Spitze einer Truppe der Neuankömmlinge dem

Hafentor entgegen. Charles würde also sein Wort halten. Er würde sie holen kommen.

Ein Geräusch an der Zimmertür ließ Gishild herumfahren. Der Riegel wurde zurückgeschoben.

Eine junge Frau in einem fadenscheinigen, abgetragenen Kleid trat ein. Ein schmales Fischmesser steckte in ihrem Gürtel. Das aschblonde Haar war strähnig und ungewaschen. Das Weib stank nach Fisch! Sie sah Gishild herausfordernd an. Die stolzen, lindgrünen Augen kamen der Prinzessin vertraut vor.

Die Fremde grinste. Sie hatte makellose Zähne.

»Was ein paar Kleider so ausmachen, nicht wahr? Es ist nicht auszuschließen, dass ich nun Läuse habe. Erkennst du mich immer noch nicht?«

Einen Herzschlag lang hatte Gishild gehofft, es sei Silwyna. Doch die Maurawani war größer und auch schlanker. Diese Augen ... Es war Lilianne!

Die Komturin winkte jemandem vor der Tür.

Ein junges Mädchen trat an ihre Seite. Sie trug ein blütenweißes Nachthemd und hatte nackte Füße. Ihr Kopf war kahl geschoren. Eine verschorfte Wunde war deutlich durch die Haarstoppeln zu sehen – ein Schnitt, der genauso verlief wie der auf Gishilds Kopf.

Gishild hatte das Gefühl, als blicke sie in einen Spiegel. Nur wenn man genauer hinsah, bemerkte man, dass einige Kleinigkeiten nicht stimmten. Das Mädchen hatte derbere Hände; offensichtlich hatten sie viel harte Arbeit verrichtet. Auch war sie etwas hagerer. Aber die Augen waren wie die ihren von einem hellen Himmelblau. Ihr Vater hatte immer gesagt, wie wunderschön und einmalig ihre Augen seien. Bei Hof hatte sie niemand anderen mit solchen Augen gekannt.

»Du darfst dich ins Bett legen, Dunja«, sagte die Komturin freundlich.

»Was soll das Mädchen hier?«, wollte Gishild wissen.

»Kannst du das nicht erraten?«, entgegnete Lilianne spöttisch.

Sie trat zu ihr ans Fenster und blickte zum Hafen hinab. Charles und die weiß gewandeten Krieger passierten das große Festungstor.

»Hat er dir schöne Versprechungen gemacht?«

Gishild antwortete darauf nicht.

»Und du hast ihm geglaubt? Ich hätte dich für klüger gehalten, Prinzessin. Ich weiß, du verachtest mich. Aber in einem kannst du dir sicher sein: Ich werde dich niemals belügen. Vielleicht werde ich Lügen über dich verbreiten, wenn es notwendig sein sollte. Aber dich werde ich nicht anlügen. Doch nun genug der Worte. Kannst du laufen? Komm!«

Lilianne streckte ihr die Hand entgegen.

Gishild glaubte ihr nicht. Die Frau war eine Schlange. Charles war auf dem Weg zu diesem Zimmer. Bei ihm wäre sie besser aufgehoben! Er hatte sich um sie gesorgt. Und er hätte ihr niemals die Haare abschneiden lassen. Man musste Lilianne nur ansehen, die harten, kalten Augen. Von ihr war nichts Gutes zu erwarten.

»Komm!« Die Ritterin sprach jetzt fordernder. Das Mädchen, das sie mitgebracht hatte, war ins Bett gestiegen. Es war unheimlich, zu ihr hinüberzublicken. Gishild hatte das Gefühl, sich selbst dort liegen zu sehen.

Wenn sie es nur schaffen würde, Lilianne noch ein klein wenig hinzuhalten ... Sie machte einen unsicheren Schritt in Richtung der Komturin. Eigentlich war sie gar nicht mehr so schwach, wie sie ihr vorspielte.

»Soll ich dich tragen?«

Lilianne hatte die zweite, kleinere Tür in der Kammer geöffnet. Dahinter lag eine enge Wendeltreppe.

Gishild breitete die Arme aus.

»Ja.«

Die Ritterin kam ihr entgegen. Sie ahnte nichts. Sie konnte ja nicht wissen, was es hieß, von einer Maurawani erzogen worden zu sein. Als Lilianne sie in die Arme schloss, griff Gishild nach dem Dolch im Gürtel der Komturin. Sie wollte ihn Lilianne in die Seite rammen. Es würde ihr noch leidtun, was sie ihr angetan hatte!

Blitzschnell stieß die Ritterin sie zurück. Immer noch hielt Gishild den Dolch.

Lilianne lachte. Sie schien überhaupt keine Angst vor ihr zu haben. Das ärgerte Gishild. Sie durfte sich jetzt nicht zu irgendeiner Torheit hinreißen lassen. Silwyna hatte sie immer wieder gewarnt, dass eine Kriegerin, die sich ihrem Zorn hingab, bereits mit einem Fuß im Grab stand.

»Eine heimtückische kleine Viper bist du. Das Gift der Anderen scheint dir in den Verstand gekrochen zu sein. Glaubst du wirklich, du kannst gegen mich bestehen?«

Lilianne breitete die Arme aus und lachte herausfordernd.

»Komm, stoß zu!«

Sie würde sich nicht zu etwas Unbedachtem verleiten lassen, ermahnte sich Gishild.

Das Mädchen im Bett sah sie mit schreckensweiten Augen an. Sie wagte kaum zu atmen, so verängstigt war sie.

»Eine Waffe ist nur eine Gefahr in Händen von jemandem, der auch entschlossen ist, sie zu benutzen. Hast du schon einmal einen Menschen getötet, Gishild? Glaubst du, du kannst das? Ich versichere dir, es ist nicht leicht.«

Sie musste niemanden töten, dachte Gishild. Das würde Charles übernehmen. Wenn er sah, was die Komturin vorhatte, dann würde er sie gewiss in Eisen legen lassen. Ein klein wenig Zeit musste sie noch ...

Liliannes Angriff kam so schnell und überraschend, dass Gishild völlig überrumpelt war. Die Komturin schlug ihr den Dolch aus der Hand. Dabei holte sie sich eine üble Schramme auf dem Handrücken. Gleichzeitig führte sie mit der Rechten einen Fausthieb gegen Gishilds Brust, mitten auf die Wunde. Der Schmerz traf die Prinzessin wie ein Blitzschlag. Ihr Mund klaffte auf, sie konnte nicht mehr atmen. So vollständig füllte der Schmerz sie aus, dass sie keinen Gedanken mehr fassen konnte, keinen Muskel mehr regen.

Lilianne hob den Dolch auf.

Gishild sah, wie sich die Lippen der Ritterin bewegten, doch sie konnte nichts mehr hören. Die Kehle wurde ihr eng. Sie musste atmen!

Die Komturin packte sie und trug sie durch die Tür. Als Lilianne die Tür verschloss, versank die Welt in Dunkelheit.

ELCHKÖPFE UND EIN SACK VOLLER KANONENKUGELN

Charles blickte zurück zur Hafenfestung. Sie waren jetzt etwa zwei Meilen von Paulsburg entfernt. Er würde nicht mehr zurückkehren. Jetzt nicht mehr. Lilianne würde er dort ohnehin nicht mehr finden. Sie hatte sich gewiss schon vor Stunden davongemacht. Am Morgen hatte sie ihr Amt als Komturin an Dominique de Blies übertragen, den Bannerträger des Ordens. Er war einer der fünf Ritter, die mit ihnen an Bord der *Sankt Raffael* gegangen waren. Ein ehrenhafter Mann, der Charles schon darauf hingewiesen hatte, dass er doch bitte etwaige Verfehlungen der ehemaligen Komturin nicht mit Verfehlungen des Ordens verwechseln solle.

Der Erzverweser lächelte säuerlich. Dieses Rattenpack! Bruder Dominique war Lilianne keineswegs in den Rücken gefallen. Alles, was er gesagt hatte, war zwischen den beiden abgesprochen gewesen. Charles hätte seine rechte Hand darauf verwettet.

Lilianne hatte ihr Amt niedergelegt, um dem Orden nicht zu schaden. Sie wusste, dass sie zu weit gegangen war, als sie sich gegen seinen Befehl gestellt hatte.

Der Erzverweser trommelte gereizt mit den Fingern auf der Reling. Er hätte es besser wissen müssen! Er hatte schließlich miterlebt, wie sie Schlachten auswich, die sie nicht gewinnen konnte, und dass ihr kein Opfer zu groß war, wenn es um das höhere Wohl der Neuen Ritterschaft ging. Charles hatte schon des Öfteren miterlebt, wie man Brüdern oder Schwestern wegen irgendwelcher Verfehlungen ihre Ämter entzog. Aber dass jemand ein so bedeutendes Amt wie das der Komturin einer Ordensprovinz einfach so aufgab ... So hatte Lilianne bestimmen können, wer ihr Nachfolger wurde, und dem Orden die Möglichkeit gegeben, sie zum Sündenbock zu machen und sich von ihren Taten zu distanzieren.

Charles hegte keinen Zweifel daran, dass man Lilianne und die kleine Prinzessin irgendwo verstecken würde. Beide würden der Neuen Ritterschaft noch von Nutzen sein.

Er schlug mit der geballten Faust auf die Reling. Intrigen konnte er selbst auch schmieden! Es war höchste Zeit, etwas gegen die Neue Ritterschaft zu unternehmen. Sie war zu mächtig und zu arrogant geworden. Beherrsche dich, ermahnte er sich! Er war nicht allein auf dem Achterdeck der Galeasse.

Der Hauptmann seiner Leibwache stand immer noch mit dem Mädchen bei der Treppe. Er wäre auch darauf hereingefallen ... Es wäre töricht und würdelos, Hauptmann Rodrik deshalb zur Rechenschaft zu ziehen, obwohl der Ritter zweifellos genau darauf wartete.

Charles musterte das Mädchen. Sie erzitterte unter seinem Blick. Das gefiel ihm. Mit Haaren wäre sie wahrscheinlich leidlich hübsch. Größe und Statur der Kleinen stimmten, sogar ihre Augenfarbe. Der Erzverweser musste schmunzeln. Lilianne war wieder einmal gründlich gewesen.

»Dunja ist also dein Name, meine Liebe.«

Sie nickte.

»Und man hat dir nicht gesagt, warum du den Kopf geschoren bekommen hast und den Platz des anderen Mädchens einnehmen solltest.«

»Nein, Herr. Es hieß, es sei ein Scherz.«

Sie nuschelte ein wenig. Ihre Lippe war aufgeplatzt und geschwollen.

»Ich arbeite in der Küche des Ordenshauses. Sie haben meiner Mutter – die arbeitet auch in der Küche, müsst Ihr wissen, Herr ... Also meiner Mutter haben sie eine Goldkrone dafür gegeben, dass man mir ...«

Sie stockte und begann dann zu schluchzen.

»Meine Mutter meinte, ein Goldstück gegen ein Läusenest sei das beste Geschäft ihres Lebens. Dann haben sie mich kahl geschoren. Mir haben sie Silber versprochen, wenn ich meine Aufgabe gut mache.«

Charles nickte. Das Mädchen zitterte jetzt nicht mehr. Er gab sich großväterlich wohlwollend. Was nutzte es ihm, wenn sie vor Angst die Zähne nicht auseinanderbekam.

»Und was genau war deine Aufgabe?«

»Ich sollte mich in das schöne Bett mit den weißen Laken legen und wie eine Prinzessin aufführen. Das hat die Herrin zu mir gesagt.«

»Die Komturin selbst hat dich also dazu angestiftet.«

»Ja, Herr. Sie ist in die Küche gekommen. Wir alle kennen sie. Sie ist oft gekommen, um nach dem Rechten zu sehen. Sie ist eine gute Herrin.«

Charles seufzte. Das war das Letzte, was er jetzt hören wollte. Er sah zu Rodrik. Der Ritter hatte seine Haare so kurz geschoren, dass sie von seinem Schädel abstanden und aussahen wie Soldaten, die man in Reih und Glied hatte aufmarschieren lassen. Seine schmalen Lippen und die leicht wulstigen Augenbrauen ließen ihn brutal aussehen. Er war zweifellos ein guter Kämpfer. Aber ihm fehlte Liliannes Finesse. Rodrik würde nie mehr als nur ein Hauptmann sein.

»Was hat die Kleine gemacht, als du ins Zimmer kamst?«

»Gekreischt und die Decke hochgezogen.«

»Ich habe ihm gesagt, dass ich die Falsche bin«, stieß das Mädchen hervor. »Wirklich, Herr! Dann hat er mich geschlagen.«

»Ich hatte angenommen ...«

Charles brachte den Ritter mit einem Blick zum Schweigen. Ihm war schon klar, was Rodrik gedacht hatte. Vielleicht hätte auch er der Versuchung nicht widerstanden, sie mit ein oder zwei kräftigen Maulschellen zum Schweigen zu bringen.

»Was würdest du mit ihr tun, Rodrik?«

»Sie ist eine Dienerin der Verräterin Lilianne. Ich glaube nicht, dass sie nicht gewusst hat, welchen Zweck diese Maskerade hat. Sie ist ein gewieftes kleines Luder. Eine ...«

»Roderik! Ich wollte nicht wissen, was du glaubst. Ich

wollte nur wissen, was du mit Dunja tun würdest, wenn du an meiner Stelle wärst.«

Ein Mundwinkel des Ritters zuckte. Ein wenig unbeherrscht, der Gute, dachte Charles.

»Sie sollte verschwinden, Bruder. Für immer. Ich würde sie in einen Sack aus Segeltuch stecken, ihn zunähen und vorher noch ein paar Kanonenkugeln hineinlegen, damit sie auf dem Grund des Sees bleibt, bis sie verrottet ist.«

Dunja zitterte jetzt am ganzen Leib. Sie sah ihn mit angstweiten Augen an.

»Nicht sehr feinsinnig, Rodrik. Du bist doch ein Ritter. Solltest du nicht die Armen und Schwachen schützen?«

»Ich bin ein Ritter vom Orden des Aschenbaums. Zuerst diene ich der Kirche. Und der Kirche wäre gut gedient, wenn dieses kleine Flittchen für immer verschwindet. Nur so kann man sicherstellen, dass niemand vom schändlichen Verrat der Komturin Lilianne erfährt. Wenn bekannt würde, was sie getan hat, dann würde das deinem Ansehen in Drusna sehr schaden, Bruder Erzverweser. Man würde vielleicht über dich lachen.«

»Wir könnten sie ebenso gut in ein Refugium am Ende der Welt stecken. Dort wäre sie lebendig begraben.«

»Bitte, Herr! Bitte hört nicht auf ihn! Ich weiß nichts von den Plänen der Komturin. Und ich wollte nie, dass man über Euch lacht!«

Das Mädchen hatte sich demütig auf die Knie geworfen und versuchte den Saum seines Gewandes zu küssen. Charles ließ sie gewähren und betrachtete ihre knabenhaften Hüften. Er mochte schlanke Mädchen.

»Bring sie in meine Kabine, Rodrik. Gnade ist die vornehmste Tugend des Herrschers. Ihr Tod wäre mir nicht von Nutzen.«

»Danke, Herr. Ich ...«

»Genug, Mädchen. Du musst nichts befürchten. Ich tat allein, was der Anstand gebietet. Bedanke dich nicht. Damit beschämst du mich nur.« Charles wandte den beiden den Rücken zu. Er brauchte Ruhe, um seine Gedanken zu ordnen. Erfreulicherweise hatten der Kapitän und seine Offiziere ein feines Gespür für seine Bedürfnisse. Nur der Steuermann stand auf dem Achterdeck. Auch der Lärm der Ruder war verstummt. Die meisten Ruderer lagen auf ihren Bänken ausgestreckt und schliefen. Die Galeasse segelte an der Spitze der kleinen Flottille bei stetem Wind gen Vilussa.

Steuerbord überholten sie einen Aalkutter. Das kleine offene Segelboot war keine zwanzig Schritt entfernt. Eine blonde Frau in schmutzigem Kleid winkte ihm zu und verbeugte sich ehrerbietig. Der zweite Fischer kniete sogar mit demütig gesenktem Haupt nieder. Dann machte er sich an einer Segeltuchplane zu schaffen, die über einen Stapel Körbe gespannt war.

Charles segnete die beiden mit salbungsvoller Geste. Er mochte es, vom einfachen Volk erkannt und verehrt zu werden. Die Mehrheit der Bewohner der eroberten Provinzen hatte sich erfreulich schnell dem einzigen Glauben unterworfen.

Der Blick des Erzverwesers fiel auf den Haufen blutiger Elchköpfe im Bug des Kutters. Charles zog die Nase kraus. So wie der Wind stand, war es unmöglich, dass der Gestank bis zur Galeasse herüberkam, dennoch hatte er das Gefühl, das Aas riechen zu können. Er wandte sich an den Steuermann.

»Halte mehr Abstand zu dem Kutter.«

Der Mann nickte und stemmte sich gegen die lange Ruderpinne. Der Rumpf des Kriegsschiffs schwenkte sacht nach Backbord.

Die Fischerin im Kutter winkte noch einmal, dann wandte sie sich wieder ihrem schmutzigen Handwerk zu. Seit Charles gehört hatte, wie man hier Aale fischte, hatte er seine Freude an den schlangengleichen Fischen verloren. Früher hatte er gerne Aal gespeist, um bei Kräften zu sein, wenn er eine junge Novizin in die subtileren Weihen der Kirche einführte.

Die Fischer holten sich Elchköpfe bei den Fleischhauern der größeren Städte. Ihre Schaufeln waren ideal, um starke, drahtversteifte Seile darumzuwinden. Daran ließ man sie zum Grund des Sees hinab und holte sie nach etwa einer Stunde wieder herauf. Die Schädelknochen wurden den Aalen zum Gefängnis, so wie eine Fischreuse. Wenn man die Köpfe an Bord holte, quollen die Aale aus allen Öffnungen. Ein Fischer hatte Charles erzählt, dass man mit ein wenig Glück einen Elchkopf dreimal verwenden konnte, bis nicht mehr genug dran war, um noch irgendeinen Aal anzulocken.

Manchmal trauerte Charles den Aalen in Senfsauce nach. Sie hatten geholfen ... Er war in einem Alter, in dem man manchmal solche Hilfe brauchte. Vielleicht sollte er einmal mit einem Aalkutter hinausfahren, um seinen Widerwillen zu überwinden?

Der Erzverweser ging zur anderen Seite des Achterdecks und starrte hinab auf das aufgewühlte Wasser. In Paulsburg musste man glauben, dass er tatsächlich die gefangene Prinzessin geholt hatte. Rodrik hatte schon recht. Es gab jetzt kein Zurück mehr. Wenn ruchbar wurde, wie sehr ihn die Komturin Lilianne genarrt hatte, dann machte er sich zum Gespött. So gut die Missionierung in den eroberten Provinzen auch voranging, eine solche Blöße durfte er sich als oberster Vertreter der Kirche Drusnas nicht geben. Sonst fühlte sich womöglich noch irgendein Scherzbold aus dem Pöbel berufen, ein Kneipenlied über ihn zu dichten. Er war gezwungen, die Posse mitzuspielen. Noch ärgerlicher war die Tatsache, dass seine Träume, unter die Kirchenfürsten von Aniscans aufzusteigen, nun ebenfalls zunichte gemacht waren. Ihnen würde er nicht verschweigen können, was geschehen war. Sie mussten es wissen, damit Lilianne zur Rechenschaft gezogen wurde. Oder …

Charles lachte leise. Es gab noch einen ganz anderen Weg. Wer wusste schon um seine Schande? Diesmal wäre er es, der die Komturin überraschte. Wenn man es richtig anstellte, war mit diesem Bauernmädchen Dunja durchaus noch etwas anzufangen. Und seine Träume von Aniscans würde er nicht begraben!

Gut gelaunt verließ er das Achterdeck und zwängte sich durch die Tür der winzigen Kabine, die der Kapitän der Galeasse ihm überlassen hatte. Dunja erwartete ihn mit einem ängstlichen Lächeln. Lilianne hatte eine gute Wahl getroffen. Das Mädchen sah der Prinzessin wirklich ähnlich. Alles andere ließe sich regeln.

EIN KINDERTRAUM

Michelle saß in der Nische der Mauer, reinigte den Lauf einer der kostbaren Pistolen, die Luc hinter der Statue der weißen Frau versteckt hatte, und pfiff dabei die Melodie eines ausgelassenen Trinkliedes. Luc war es schleierhaft, wie die Ritterin die Waffen gefunden hatte. Er hatte ihr zwar erzählt, dass er die Radschlosspistolen geopfert hatte, doch wo genau sie verborgen gewesen waren, hatte er ihr verschwiegen.

Besorgt sah der Junge zur weißen Frau. Ihr marmornes Gesicht verriet nicht, was sie von diesem Diebstahl hielt.

»Ich dachte, es sei eine Schande, die wunderbaren Waffen einfach verkommen zu lassen«, sagte Michelle gut gelaunt. Sie deutete mit dem Lauf der Waffe auf die Statue. »Der Steinklotz wird sie bestimmt nicht vermissen.«

Luc schluckte. Es war nicht gut, die weiße Frau herauszufordern.

Michelle schien ihm mühelos die Gedanken vom Gesicht ablesen zu können. Sie legte die Waffe nieder und stieg aus der Mauernische.

Es waren sieben Tage vergangen, seit er die Pestbeule aufgeschnitten hatte, und die Ritterin war völlig genesen.

»Komm, wir gehen ein wenig spazieren. Ich glaube, es bekommt dir nicht gut, dauernd in diesem Garten herumzulungern.«

Sie legte ihm kameradschaftlich einen Arm um die Schultern und zog ihn zu sich heran. »Weißt du, das einzige Wunder hier bist du. Dass du mich geheilt hast, ist ...« Sie machte eine unbeholfene Geste. »Es ist ein Wunder.« Dann deutete sie wieder zu der Statue. »Und das dort ist nur ein Stein. Du musst dich nicht davor fürchten. Zugegeben, es ist ein besonders hübscher Stein, denn ein Künstler hat ihm die Form einer verführerischen Frau gegeben. Aber wenn du darüber hinwegsehen kannst, dann ist es nur ein Stein unter Steinen.« Sie machte eine weit ausholende Geste und deutete auf die Mauern, die den verborgenen Rosengarten einfassten. »Hast du vor den anderen Steinen etwa auch Angst?«

Luc schüttelte den Kopf. Er war allerdings nicht wirklich überzeugt von dem, was Michelle da sprach.

»Wenn es die Götter der Heiden wirklich gibt, warum sehen sie dann zu, wie die Kirche ein heidnisches Königreich nach dem anderen unterwirft? Entweder haben sie keine Kraft, diejenigen, die an sie glauben, zu beschützen, oder sie haben kein Interesse daran. Oder aber, es gibt sie erst gar nicht. Also besteht kein Grund, warum du sie fürchten müsstest.«

Luc nickte. Das klang vernünftig.

»Bei Tjured ist das anders. Ich spüre ihn in jedem Augenblick meines Lebens. Und manchmal, wie in der Nacht, als du mich gerettet hast, ist er mir besonders nahe.« Sie griff sich an die Brust. »Er ist dann in mir. Und er gibt mir Ruhe und Kraft. So wie er es bei allen wahrhaft Gläubigen tut. Und er ist …« Sie hielt inne und schüttelte den Kopf. »Ich predige ja.« Sie zuckte entschuldigend mit den Schultern. »Tut mir leid, Luc. Darin war ich noch nie besonders gut. Wenn ich von Gott erzähle, dann vergraule ich die Leute nur.«

Der Junge sah sie aus den Augenwinkeln an. So hatte er eine Dienerin der Kirche noch nie reden gehört.

»Weißt du, Gott ist in mir. Aber es will mir einfach nicht gelingen, meine Gefühle und meine Gewissheit in angemessener Form in Worte zu kleiden.«

Sie hatten den Garten hinter sich gelassen und den weiten Platz mit dem alten Brunnen erreicht. Michelle setzte sich auf den gemauerten Brunnenrand und blickte zum Himmel empor. Es war ein wunderschöner Spätsommertag. Kleine zerfaserte Wolken trieben hoch über ihnen. Die Ritterin streckte sich lang auf dem Brunnenrand aus und verschränkte die Arme hinter dem Kopf.

»Als ich noch klein war, habe ich oft so mit meiner Schwester dagelegen. Wir haben den Wolken zugesehen und einander von unseren Träumen und Hoffnungen erzählt. Komm, leg dich hinter mich, so dass unsere Köpfe dicht beieinander stecken, und lass uns reden.«

Luc fühlte sich unwohl bei dem Gedanken, der Ritterin so nahe zu sein.

»Komm, sei nicht so ängstlich. Was ist denn schon dabei, Junge? Du musst freier sein, wenn du eines Tages ein bedeutender Mann werden willst.«

Etwas unbeholfen stieg er auf die Brunneneinfassung. Er wollte nicht, dass sie ihn für einen Feigling oder einen Dummkopf hielt. Aber wohl war ihm dabei nicht.

Der Stein des Brunnens war angenehm warm. Er legte sich nieder und stieß sanft gegen ihren Kopf. Michelle machte ihm Platz. Ihr Gesicht war keine Handbreit entfernt. So nah war es, dass er es gar nicht mehr als Ganzes betrachten konnte. Sie hatte kleine Falten um die Augen, das war ihm nie zuvor aufgefallen. Ihr Atem streifte ihn. Er roch nach Vanille. Sie nahm manchmal ein paar Tropfen aus einer dunklen Glasflasche. Wahrscheinlich irgendeine Medizin.

»Ich weiß sehr wenig über dich, mein Lebensretter. Magst du mir etwas über dich erzählen?«

Luc räusperte sich. Sein Mund war ganz trocken.

»Da gibt es nicht viel zu sagen«, brachte er mit Mühe hervor. Gleichzeitig dachte er, dass er ihre Augen mochte. Es waren die hübschesten Augen, die er je gesehen hatte. Genau genommen hatte er noch nie die Augen einer Frau aus solcher Nähe betrachtet. Nur die seiner Mutter.

»Na, sehr gesprächig bist du ja nicht gerade. Hast du Geschwister?«

Luc schüttelte den Kopf.

»Ich habe eine große Schwester. Sie ist nicht mal ein ganzes Jahr älter als ich. Wir haben immer zusammengesteckt. Sie war in allem besser als ich. Als ich klein war, war es eine

Qual, sie um mich zu haben. Jetzt vermisse ich sie. Lilianne hat es weit gebracht. Sie wollte immer berühmt sein. Sie hat es geschafft. Sie ist die Komturin der Ordensprovinz Drusna. Und ich ... Ich bin eine Ritterin, die gerade ein Jahr der Demut verbringen musste, weil ich in einer Schlacht einen Fehler gemacht habe.«

Luc fand nicht, dass sie wie eine reuige Sünderin aussah. Jedenfalls klang ihre Stimme nicht bedauernd, als sie von ihrer Strafe erzählte. Was sie wohl getan haben mochte? Ganz gleich, was es gewesen war, er hatte das Gefühl, dass es ihr auch jetzt nach dem Jahr der Demut nicht leidtat.

»Lilianne war immer die Anführerin, als wir klein waren. Sie war ganz besessen davon.« Michelle lachte unvermittelt. »Und weißt du, wovon sie noch besessen war? Von Ameisen!«

Der Junge sah Michelle mit großen Augen an. Er konnte sich beim besten Willen nicht vorstellen, was eine Komturin mit Ameisen zu schaffen hatte.

»Im Garten meines Vaters gab es zwei Ameisenvölker, ein rotes und ein schwarzes. Die roten Ameisen waren größer. Sie hatten richtige Krieger mit dicken Köpfen und mächtigen Beißzangen. Aber sie waren viel weniger. Unsere ganze Kindheit hindurch haben die beiden Ameisenvölker miteinander Kriege geführt. Oft haben wir ihnen stundenlang zugesehen. Die roten waren viel tapferer. Aber meistens haben sie verloren. Lilianne war überzeugt davon, dass man aus der Art, wie die Ameisen Kriege führen, viel lernen könnte. Wie sie marschierten. Wo sie kämpften. Warum sich manchmal die Roten behaupteten, obwohl die Schwarzen wieder mal in erdrückender Übermacht angriffen. Sie machte eine Wissenschaft daraus. Einmal hat sie mich verprügelt, weil ich in eine der Schlachten eingegriffen und ein paar hundert schwarze Ameisen zertrampelt habe. Lilianne war tagelang wütend auf mich.«

Michelle schwieg eine Weile und blickte auf zu den treibenden Wolken.

Luc fragte sich, ob man von Ameisen wirklich etwas lernen konnte. Eigentlich fand er die Vorstellung verrückt. Aber er musste sich wohl irren, wenn Michelles Schwester es bis zur Komturin gebracht hatte.

»Ich glaube, ihre Versessenheit auf die Ameisen hat sogar dazu beigetragen, welche Ordensschule Lilianne wählte. Du weißt ja, die Neue Ritterschaft trägt den Blutbaum im Wappen. Der Orden war damals weit weniger bedeutend als die Ritter vom Aschenbaum. Sie ist ein Jahr vor mir auf die Ordensschule gegangen. Die ersten paar Wochen war ich froh, endlich einmal ohne sie zu sein. Aber dann habe ich angefangen, sie sehr zu vermissen.«

Luc dachte daran, wie sehr er seinen Vater vermisste. Ein Kloß stieg ihm in den Hals. Jetzt bloß nicht losflennen! Das würde ihm bis ans Ende aller Tage peinlich sein.

»Was ist aus den Ameisen geworden?«

Seine Stimme klang belegt. Hatte sie das gemerkt?

Michelle seufzte. »Die roten haben verloren. Sie wurden vollständig vernichtet.«

Wieder sahen sie eine Weile den treibenden Wolken zu. Der Junge hatte das Gefühl, Michelle warte darauf, dass auch er etwas erzählte. Aber er wusste nicht, wovon er reden sollte. Sein Leben war nicht aufregend gewesen.

»Hattest du einen Traum, als du noch kleiner warst? Irgendetwas Verrücktes, Unerreichbares, woran du an Nachmittagen wie diesem gedacht hast?«

Luc schüttelte den Kopf. »Nein.«

»Ach, komm. Jeder hat einen Traum«, sagte Michelle tadelnd. Dann lachte sie wieder. »Ich verstehe ja, dass es dir vielleicht peinlich ist, darüber zu reden. Ich hatte auch einen wirklich peinlichen Traum. Wenn du davon gehört hast, dann wirst du dich nicht mehr schämen, mir von deinen Phantasien zu erzählen. Du kennst die heilige Ursulina?«

Luc dachte eine Weile nach. Es gab so verdammt viele Heilige!

»Das ist die mit dem Bären, nicht wahr?«

»Ja, die Ritterin mit dem Bären.« Michelles Augen weiteten sich. Sie schien durch Luc hindurchzusehen. »Sie hat im ersten Krieg gegen Drusna gekämpft. Dem Krieg, der auf die Schlacht der Schwarzen Schiffe folgte. Sie soll im Lauf ihres Lebens sieben Trolle erschlagen haben.«

Am Tonfall spürte Luc, wie die Ritterin erschauderte und zugleich voller Bewunderung war.

»Ich habe schon Trolle gesehen«, sagte Michelle leise. »In Valloncour und auch in den Wäldern Drusnas. Sie sind schrecklich! Sie können mit einem Fausthieb einen Pferdeschädel zerschmettern. Ich wollte immer sein wie Ursulina. Tapfer, stark ... Und einen Bären wollte ich reiten.« Sie lachte los und setzte sich plötzlich auf, um ihr Hemd hochzuziehen. »Sieh dir meinen Rücken an, Luc.«

Mit Schrecken betrachtete der Junge die breiten, wulstigen Narben.

»Ich habe mit einem Bären getanzt«, fuhr die Ritterin fort. »Leider hatte er etwas dagegen, mich auf sich reiten zu lassen. Ich habe ihn von klein auf großgezogen. Und dann ist das passiert. Er hat sich aufgerichtet, mich mit seinen Tatzen umarmt und fast umgebracht. Ich muss irgendetwas falsch gemacht haben.« Michelle ließ ihr Hemd wieder sinken. »Ich glaube, ich werde es trotzdem noch einmal versuchen ...« Sie sah ihn an. »Glotz nicht so. Ich bin nicht verrückt! Ein bisschen dickköpfig vielleicht. Weißt du, ein Leben ohne einen Traum ist ein armes Leben. Und es ist auch fast egal, was andere von deinem Traum halten. Und nun bist du dran. Erzähl.«

»Ich wollte wie mein Vater werden ...«, begann er zögerlich. »Ein Reiter an der Seite des Grafen Lannes. Ein berühmter Held. Aber nun sind alle tot ...«

»Aber ein Reiter könntest du ja vielleicht trotzdem noch werden.« Sie stutzte. »Du wolltest, dass dein Vater sieht, was aus dir wird, und dass er stolz auf dich ist, nicht wahr.«

Luc war sich nicht sicher. So hatte er noch nie darüber nachgedacht. Doch es stimmte ... Nichts hatte ihm so gut gefallen wie das Gefühl, seinen Vater glücklich zu machen. Ihn voller Stolz sagen zu hören: Das ist mein Sohn.

»Einen Traum lebt man nicht für andere«, sagte Michelle vorsichtig.

Luc spürte, dass die Ritterin sehr bemüht war, nicht durch eine unbedachte Äußerung seine Gefühle zu verletzen.

»Ein Traum gehört einem ganz alleine«, fuhr Michelle fort. »Mein Vater war nicht gerade begeistert, als er von der Sache mit dem Bären hörte. Für ihn war ich immer nur die Zweitbeste. Lilianne war sein Liebling ... Aber zurück zu dir. Gibt es nicht noch etwas anderes? Etwas völlig Verrücktes? Etwas, das du kaum auszusprechen wagst?«

»Ich wollte immer ein Ritter sein und eine Prinzessin retten. Vor Trollen oder einem bösen Elfenfürsten, der sie entführt hat«, platzte es plötzlich aus ihm heraus. »Eine glänzende Rüstung und ein feuriges Pferd wollte ich haben. Und ein großes Schwert!«

Er stockte. Plötzlich war er wieder verlegen. Er wusste, dass diese Träume unerfüllbar waren.

»Das hört sich gut an.« Michelle lächelte verschwörerisch.

»Ich werde dir nichts vormachen ... Prinzessinnen sind in diesen Zeiten sehr selten geworden. Und zum Glück sind auch Trolle und Elfen nur noch in Drusna und im Fjordland anzutreffen.«

Sie strich sich nachdenklich über das Kinn. »Bist du fest im Glauben?«

Luc schüttelte den Kopf. »Der Priester war nicht sehr glücklich mit mir.«

»Tja, und dann noch diese Sache mit der weißen Frau.« Michelle saß immer noch am Brunnenrand. Sie blickte auf ihre nackten Füße herab.

»Aber vielleicht hattest du ja die falsche Anleitung, Luc. Glaube kann wachsen.« Sie strich sich das Haar aus der Stirn.

»Ich denke, man könnte einen Ritter aus dir machen. Einen Streiter der Neuen Ritterschaft sogar. Du bist mutig und klug ... Natürlich müsstest du fechten lernen und andere Dinge. Aber du bist noch nicht zu alt. Wenn ich dich vorbereite, vielleicht ...« Sie deutete die Straße hinab. »Dort hinten gibt es ein Haus aus roten Ziegeln. Ganz in der Nähe habe ich einen Haselnussstrauch gesehen. Geh hin und schneide uns zwei Stecken ab, die etwa so lang wie mein Arm sind. Wir sollten heute schon beginnen, dich vorzubereiten. Schließlich haben wir nur ein Jahr.«

Luc setzte sich auf. »Du würdest mich unterrichten und einen Ritter aus mir machen?«

Sie zuckte mit den Achseln.

»Ich würde es versuchen. Was daraus wird, liegt letztlich an dir.«

Er sprang auf und lief mit klopfendem Herzen die Straße hinauf. Er hatte ja gehört, dass sie eine Fechtmeisterin war. Eine Fechtmeisterin der Neuen Ritterschaft! Eine bessere Lehrerin konnte er nicht finden! Und sie wollte ihm Unterricht geben ... Sie hätte gewiss die Macht, seine Träume wahr werden zu lassen!

Er fand den Strauch und schnitt die Stecken ab. Dann rannte er zurück. Er wollte keinen Augenblick verpassen.

Michelle stand ein paar Schritt neben dem Brunnen. Der Wind hatte dort an einer Stelle, wo sich das Pflaster abgesenkt hatte, Flugsand angeweht.

»Nimm einen Stecken und schreib deinen Namen in den Sand.«

Luc war wie vor den Kopf gestoßen. Was sollte das jetzt?

»Ich dachte, wir würden eine Fechtlektion ...«

»Ich kann mich nicht erinnern, vom Fechten gesprochen zu haben«, entgegnete die Ritterin streng. »Wenn du auf der Ordensschule von Valloncour aufgenommen werden willst, musst du lesen und schreiben können.«

»Wozu braucht ein Ritter das? Das Lesen macht einem nur die Augen trüb!«

»Du glaubst also besser zu wissen als ich, was ein Ritter braucht ...«

Luc sah sie trotzig an. »Wozu ist das Schreiben denn gut?«

»Was glaubst du, wie viele Stiefel eine Einheit aus tausend Pikenieren in einem Jahr aufträgt? Wie viel Schweinefleisch essen sie in einer Woche? Wie viel Waffenfett brauchen sie, um den Rost zu bekämpfen? Wie viel Scheffel Korn, um bei Kräften zu bleiben?«

»Ich wollte kein Krämer werden«, brummelte der Junge. »Ich wollte in Schlachten ziehen.«

Michelle lachte. »Tapferkeit zählt wenig, wenn deine Männer einen leeren Bauch haben. Wenn du deinen Nachschub nicht vernünftig organisierst, dann raubst du deinem Heer seine Stärke und machst es zur leichten Beute für die Heiden. Zu den Neuen Rittern zu gehören, heißt mehr, als nur ein guter Fechter zu sein. Du musst vorbildlich sein, und das in jedem Bereich. Du wirst Männer führen … Und dann bist du dafür verantwortlich, dass sie nicht hungern. Schlachten wirst du in einem Jahr vielleicht zwei oder drei schlagen. Aber den Krieg um die Versorgung deiner Männer, den führst du jeden Tag.«

Luc sah sie zweifelnd an. Versuchte sie, ihn abzuschrecken? So hatte er sich das Rittertum nicht vorgestellt.

»Wenn du es tatsächlich schaffen solltest, auf der Ordensschule aufgenommen zu werden, dann wirst du lernen, bis du glaubst, dass dir dein Kopf platzt. Man wird dich lehren, wie ein Bein amputiert wird und wie man Fieber bekämpft. Du wirst dich auf der Ruderbank einer Galeere krumm schuften, deine Nächte damit verbringen, die Kunst der Nautik zu erlernen. Du wirst wissen, wie man Pulver mischt und wie man Geschütze ausrichtet. Du wirst Schiffe auf dem offenen Meer führen können. Selbst Kochen wird man dir beibringen. Und sollte einer deiner Lehrer zu der Überzeugung gelangen, dass du eine besondere Begabung hast, dann wirst du noch härter herangenommen werden, um das Beste aus dir herauszuholen. Wenn du auf die Ordensschule kommst, dann wirst du sieben Jahre lang zu wenig schlafen. Du wirst vor dem Morgengrauen aufstehen und erst lange nach Sonnenuntergang ins Bett kommen. Dir werden Muskeln schmerzen, von denen du jetzt nicht einmal weißt, dass du sie besitzt. Und wenn du versagst, dann wirst du in Schimpf und Schande davongejagt werden. Nur die Besten reiten unter dem Banner des Blutbaums.«

Luc sah sie fassungslos an. »Und du glaubst, das könnte ich schaffen?«

Sie legte den Kopf schief und lächelte versöhnlich.

»Ich kenne ein verrücktes Mädchen, das davon träumt, auf einem Bären zu reiten, und das Ritterin geworden ist. Warum solltest nicht auch du es können?«

Sie malte mit einer flinken Bewegung einen Haken in den Staub.

»Das ist ein L. Der erste Buchstabe deines Namens. Zeichne ihn in den Sand!«

Luc zog ebenfalls einen Haken.

Dann malte Michelle die anderen beiden Buchstaben seines Namens in den Sand. Er hatte ja gewusst, dass sein Name kurz war. Aber dass er nur aus drei Buchstaben bestand, das fand er irgendwie enttäuschend. Vielleicht sollte er seinen Namen ändern, wenn er Ritter wurde.

Er strengte sich so sehr mit dem Schreiben an, dass ihm schon bald das Handgelenk schmerzte, weil er sich verkrampfte.

Bis zur Abenddämmerung hatte er gelernt, den Namen des toten Grafen zu schreiben. Und sein Verdacht wurde bestätigt. Die Namen bedeutender Männer bestanden aus sehr vielen Buchstaben! Auch die Namen seines Vaters und seiner Mutter lernte er zu schreiben.

Michelle verspottete ihn und sagte, seine Buchstaben sähen aus, als sei eine Schar Krähen durch den Sand gelaufen. Dennoch war Luc stolz auf seine Schreibkünste. Er würde es schaffen, ein Ritter zu werden!

Als sie zu ihrem Lager im Rosengarten zurückkehrten, kümmerte er sich müde um das Feuer und zerließ ein Stück Fett in der Eisenpfanne aus Michelles Feldgeschirr.

Ein leises, zischendes Geräusch ließ ihn aufblicken. Michelle stand vor der Nische in der Mauer. Sie hielt das blanke Rapier in der Hand und sah sich aufmerksam um.

»Jemand war hier«, sagte sie leise. »Die Radschlosspistolen sind verschwunden.«

Luc schluckte. Die weiße Frau! Er sah zu ihr hinüber. Ihr Gesicht war halb in den langen Schatten der Dämmerung verborgen. Ihr Antlitz wirkte härter. Und es schien ihm, als habe sich ihr Lächeln verändert. Es war wissend. Und spöttisch!

Luc hatte es gewusst. Es war keine gute Idee, ihr die Opfergaben zu stehlen. Sie war mehr als nur ein Stein. Alle in Lanzac hatten das gewusst. Selbst der Priester. Und nun war sie zornig, weil Michelle sie bestohlen hatte!

DER RABENTURM

Gishild stand im Bug des Aalkutters. Die Planken waren schlüpfrig vor Blut. Das kleine Schiff stank entsetzlich. Eigentlich war sie seefest, aber hier wurde ihr immer wieder übel. Vielleicht lag es auch an der Wunde, die sie noch peinigte. Sie fühlte sich schwach und verloren. Niemand hatte ihr gesagt, wohin der Kutter fuhr. Verzweifelt blickte sie zum nahen Horizont.

Es war diesig, den Morgen über hatte es geregnet. Ihre Kleider waren klamm. In dem offenen Boot gab es keine Stelle, wo man sich vor dem Regen verbergen konnte. Und es gab auch keine Möglichkeit, Kleider zu trocknen, die einmal feucht geworden waren.

Gishild rieb sich die Hände über die Arme. Sie fror auch am Kopf. Rotgoldene Stoppeln ließen langsam ihre Glatze verschwinden. Aber es würde noch viele Monde dauern, bis sie endlich wieder so aussah, wie sie es sich wünschte.

Hasserfüllt blickte sie zu Lilianne. Die ehemalige Komturin stand im Heck des Bootes an der Ruderpinne und steuerte dem Licht entgegen, das im grauen Dunst erschienen war. Einen Fuß hatte sie auf die große, bleiummantelte Kiste gestellt, auf der sie sich nachts zur Ruhe legte. Die Ritterin ließ die Kiste nie aus den Augen. Manchmal glaubte Gishild, Geräusche in ihr zu hören. Es machte sie neugierig. Aber sie war zu stolz, um Lilianne nach der Kiste zu fragen.

Die Komturin bemerkte ihren Blick. Sie gab Alvarez einen Wink, und er übernahm das Ruder. Der Galeerenkapitän hatte sich den Schnauzbart abrasiert und verbarg sein lockiges Haar unter einem breitkrempigen Hut. Mit dem silbernen Ohrring und dem blitzenden Lächeln sah er aus wie ein Schmuggler oder Pirat. Er schien immer gute Laune zu haben.

Lilianne kam ihr durch das Boot entgegen. Trotz der Dünung hatte sie einen sicheren Gang. Das ärgerte Gishild. Was würde sie dafür geben, das arrogante Weibsstück straucheln zu sehen. Am besten wäre es, wenn sie mit dem Gesicht voran in einem der Weidenkörbe voller Aale landete!

Die Ritterin stellte sich neben sie.

»Dort, wo das Licht brennt, gibt es ein Feuer und ein warmes Bett für dich. Du wirst dort vorläufig in Sicherheit sein.«

»Bei meinem Vater war ich in Sicherheit!«

Die Komturin sah sie nicht an, sondern blickte weiter zu dem Licht.

»Dann hättest du dort bleiben sollen. Wenn ich mich richtig erinnere, war nicht ich es, die dich aus seinem Zelt geholt hat.«

Gishild presste zornig die Lippen zusammen.

»Mein Vater und die Anderen werden mich finden. Und dann wirst du dir wünschen, dass du mir niemals begegnet wärest.«

»Glaubst du?«, entgegnete die Ritterin gelassen.

Ihre Ruhe konnte einen aus der Haut fahren lassen. Gishild wollte sie anschreien. Oder besser noch schlagen. Stattdessen umklammerte sie die Reling. Sie konnte genauso ruhig und herablassend sein wie Lilianne. Vor ihr würde sie sich keine Blöße geben! Sie ... Plötzlich begriff das Mädchen, warum die Komturin so ruhig blieb. Gishild hatte das Mädchen auf dem Schiff des Erzverwesers gesehen, wenn auch nur kurz.

Alvarez hatte die Segeltuchplane, unter der sie lag, gerade lange genug angehoben, dass sie zwischen Fischkörben hindurch einen Blick auf das Achterkastell der Galeasse erhaschte. Jeder würde denken, dass sie beim Erzverweser war. Nach dem unbedeutenden Aalkutter, der eine halbe Stunde früher den Hafen von Paulsburg verlassen hatte, würde niemand suchen. Gishild schluckte. Langsam wurde ihr das ganze Ausmaß von Liliannes Intrige bewusst.

»Ich hatte niemals Läuse, nicht wahr?«

Die Komturin schwieg. Aber ein Lächeln spielte um ihre Lippen.

»Und der Barbier hatte keinen Unfall. Er hat mich mit Absicht geschnitten, damit mir das andere kahl geschorene Mädchen noch ähnlicher sehen würde.«

»Gar nicht mal dumm für eine Barbarenprinzessin.«

Wieder spannte Gishild die Hände um die Reling. Sie würde auf diese Beleidigung nicht eingehen. Das wollte dieses Mannweib doch nur! Die Prinzessin atmete tief ein und blickte auf das Licht.

»Und du glaubst, das genügt, um die Elfen zu täuschen?«

»Auf dem Wasser hinterlässt man keine Spuren.«

War da ein besorgter Unterton in der Stimme der Komturin?

»Nicht für Menschenaugen.«

Lilianne sah sie nun an.

»Nicht schlecht, Prinzessin. Wirklich nicht schlecht. Wie alt bist du? Zehn Jahre? Elf? Du wirst dich machen.«

»Elf!«

Das hätte sie nicht sagen sollen. Sie sollte gar nichts von sich preisgeben. Je weniger diese Frau über sie wusste, desto besser.

»Ich weiß nicht, ob dir eines klar ist, Prinzessin. Mit mir hast du es weit angenehmer getroffen als mit Bruder Charles. Er wollte dich, um aus seinem Leben etwas zu machen. Ganz gleich, was er dir gesagt hat, ihm geht es allein darum, zu den höchsten Kirchenämtern aufzusteigen. Wie ein Ochse auf dem Viehmarkt wärst du für ihn gewesen. Und wenn er einen Vorteil davon gehabt hätte, dann hätte er dich ohne zu zögern geschlachtet. Das ist die Wahrheit.«

Gishild legte die Hand auf die Brust, dorthin, wo sie der Dolch getroffen hatte. Wie würde ein glatter Höfling jetzt antworten? Oder der auf finstre Art gut aussehende Elfenfürst Tiranu?

»Du hast auch eine unvergessliche Art, deine Zuneigung zu zeigen.«

Ja, das war gut! Sie konnte Lilianne ansehen, dass diese Antwort sie getroffen hatte.

»Man merkt, dass du nicht auf einem Bauernhof aufgewachsen bist. Natürlich hast du allen Grund, an meinen Worten zu zweifeln. Aber bedenke eins. Ich war Komturin von Drusna, als ich dir begegnete.« Sie zupfte an ihrem Kleid.

»Und jetzt bin ich eine ungewaschene Aalfischerin, weil ich dich vor Bruder Charles gerettet habe.«

»Und was willst du aus mir machen? Warum hast du mich fortgebracht? Was …«

Ein langer Hornstoß unterbrach sie. Alvarez hatte das Signal gegeben. Gishild konnte dort, wo das Licht war, undeutlich den Schattenriss eines Turmes erkennen.

»Ich …«, begann Lilianne, als vor ihnen ebenfalls ein Hornsignal erklang.

»Wir sind zu nahe«, rief Alvarez.

Die Ritterin beugte sich über die Reling. Gishild sah gischtumspülte Klippen vor ihnen aufragen.

»Zwei Strich steuerbord!«

Das kleine Boot schwenkte ein wenig zur Seite.

Gishild blickte angestrengt in den Nebel. Das Licht, das sie gesehen hatte, war ein Signalfeuer, das in einem eisernen Korb auf der Spitze des Turms brannte. Vor ihnen erschien ein langer, hölzerner Landungssteg. Alvarez drehte das Segel aus dem Wind, und der Kutter verlor in der Dünung schnell an Fahrt.

Eine Frau in grauem Kleid mit einer Strickjacke erschien auf dem Anleger. Lilianne warf ihr ein Seil zu. Der Kutter wurde vertäut. Das alles geschah, ohne dass man ein Wort miteinander tauschte. Aber es war kein unfreundliches Schweigen.

Die Ritterin schwang sich auf den Steg. Alvarez warf ein zweites Seil vom Heck hinauf. Als der Kutter sicher vertäut war, schloss Lilianne die Frau auf dem Steg in die Arme – die freundlichste Geste, die Gishild von der Komturin bislang gesehen hatte. War sie vielleicht doch anders? Stimmte es am Ende, was sie über Charles gesagt hatte? Die beiden sprachen leise miteinander. Plötzlich drehte sich die Ritterin um.

»Entschuldige, das war unhöflich.« Es klang so, als meinte sie es wirklich ernst. »Darf ich vorstellen, Gishild? Das ist Juztina.«

Lilianne überraschte Gishild ein weiteres Mal. Die Komturin beherrschte die Sprache Drusnas!

Zögerlich stieg die Prinzessin aus dem Boot.

»Wo sind wir?«

»Das ist der Rabenturm, Gishild. Dein neues Zuhause«, antwortete Juztina. Sie war eine schlanke, fast schon hagere Frau mit traurigen Augen. Ihre Haut war sonnengebräunt. Aschblondes Haar rahmte ihr schmales Gesicht. Gishild mochte sie auf den ersten Blick. Sie hatte das Gefühl, dass Juztina eine Gestrandete war, so wie sie.

Alvarez wuchtete zwei Körbe mit Aalen auf den Steg. Die Tiere lebten noch. Sie wanden sich in ihrem Gefängnis aus Weidengeflecht.

»Wie geht es Drustan?«, fragte die Komturin.

Juztina zuckte mit den Schultern.

»Er hält Wache. Er schläft nur sehr wenig. Er ist ...« Sie hob die Hände in hilfloser Geste. »Du weißt, wie er ist, Herrin.«

Lilianne nickte. »Sei tapfer. Irgendwann wird er sich damit abfinden. Seine Aufgabe ist von Bedeutung! Und auch wenn er nicht viel redet, bin ich mir sicher, er weiß, was er an dir hat.«

Sie schnaubte.

»Eine Köchin. Gesellschaft im Bett ...«

»Willst du fort von hier?«

Juztina nagte an ihrer Unterlippe. Gishild konnte ihr ansehen, dass sie das Angebot gern angenommen hätte.

»Ich schulde dem Orden viel«, sagte sie schließlich. »Ich werde durchhalten.« Sie sah Gishild warmherzig an. »Nun gibt es ja jemanden, mit dem ich reden kann. Wird sie lange bleiben?«

»Ein paar Wochen nur. Vielleicht auch bis zum Frühjahr. Ich weiß es nicht. Es sind bewegte Zeiten.« Die Komturin blickte zum Turm. »Sollte ich zu ihm hinaufgehen?«

»Er hat keinen guten Tag.«

»Wer ist denn dort?« Gishild war dieses merkwürdige Gerede leid.

»Das wirst du selbst herausfinden.« Liliannes Gesicht war plötzlich abweisend und verschlossen. »Du bist hier, um ganz gesund zu werden. Du bist in guten Händen.« Sie wandte sich an Juztina. »Sagt ihr nichts. Sie ist ein kluges Kind. Wenn sie das Geheimnis des Turms von allein entdeckt, dann sei es so.« Sie zog eine versiegelte Lederhülle aus einer Tasche ihres Kleides und reichte sie der dürren Frau. »Gib dies Drustan. Erinnere ihn an den alten Eid.«

Juztina hob skeptisch die Brauen, sagte aber nichts.

»Er war in meiner Lanze. Das Band zwischen uns ist stärker als Eisen. Er wird mich nicht enttäuschen.«

Mit diesen Worten sprang sie zurück in den Fischkutter.

Alvarez hatte noch weitere Säcke und Kisten mit Vorräten auf dem Landesteg gestapelt. Jetzt löste er die Vertäuung am Heck.

Gishild konnte nicht glauben, dass man sie einfach so aussetzte. Sie war doch eine wichtige Geisel. Die beiden großen Ritterorden stritten um sie. Und nun das! Sie wurde aus Lilianne nicht mehr schlau.

Im Frühjahr wirst du mich hier nicht mehr finden! Fast hätte sie ihren Gedanken der Komturin laut hinterhergerufen.

Hinter dem Turm lag ein dunkler Eichenwald. Bei der erstbesten Gelegenheit würde sie sich davonstehlen. Ihre Lehrerin war eine Elfe gewesen. Sie wusste, wie man im Wald überlebte. Sie war kein Kind, das man einfach so hin und her reichte wie einen Krug Wein auf einer Festtafel.

»Wir sehen uns bei den Türmen von Valloncour!«, rief jemand vom Turm herab. Es war eine helle, volltönende Männerstimme. Sie war angenehm, klang aber zugleich unendlich traurig.

Gishild legte den Kopf in den Nacken. Hinter den Zinnen des Turms sah sie einen Schatten. Das Licht des Signalfeuers blendete sie. Der Schatten winkte. Dann verschwand er wieder.

Lilianne und auch Alvarez erwiderten den Gruß.

»Bei den Türmen!«, riefen sie wie aus einem Munde.

Plötzlich fröstelte es die Prinzessin. Sie wollte nicht hierbleiben. Das war ein Gefängnis. Sogar die Gesellschaft von Lilianne wäre besser als der Rabenturm, selbst wenn Juztina nett zu ihr war! Gishild versuchte in das Boot zu springen, doch die dünne Frau hielt sie zurück. Juztina war viel kräftiger, als sie erwartet hätte.

Liliane löste das letzte Tau, und Alvarez stieß den Kutter mit einer langen Stange vom Steg ab. Die Komturin winkte Gishild zu.

»Nimm mich mit!«

»Genieße den Frieden dieses Winters. Wenn ich dich holen komme, werde ich dich nicht auf den Viehmarkt der Diplomatie schleifen, so wie Bruder Charles es getan hätte. Ich bringe dich in eine Seelenschmiede. Tjured allein weiß, welches der schwerere Weg ist. Du wirst dich nach dem Rabenturm zurücksehnen!«

Ich werde nicht mehr hier sein, dachte Gishild trotzig, und dann wurde sie ruhiger. Sollte Lilianne sie nur für ein kleines Kind halten. Das war besser so. Es war klüger, mehr zu sein, als zu scheinen. Silwyna hatte sie vieles gelehrt. Sie konnte allein in der Wildnis überleben ... Zumindest eine Zeit. Hier würde sie nicht lange bleiben. Die Komturin hatte eine große Dummheit gemacht! Sie unterschätzte sie. Gishild wusste zwar nicht, wohin sie die Irrfahrt über die großen Binnenseen verschlagen hatte, denn es war fast die ganze Zeit über regnerisches und diesiges Wetter gewesen, aber sie war zuversichtlich, dass sie sich bis zu den Provinzen durchschlagen konnte. Und wenn sie erst einmal dort war, dann würde man ihr helfen. Sie würde zum Heer zurückkehren, Mutter würde sie heulend in die Arme nehmen, und Vater würde sehr stolz auf sie sein. Sie dachte daran, wie er sie ansehen würde, und sie fühlte sich stark genug, es mit allen Feinden des Fjordlands aufzunehmen.

KOPF ODER ALBENSTERN

Ahtap spähte über den stählernen Bogen seiner Armbrust. Der Wappenschild, den die blonde Frau auf ihr schwarzes Hemd gestickt trug, war ein gutes Ziel. Die Stelle, wo der Stamm des Blutbaums in die Krone überging, musste genau über ihrem Herzen liegen. Wie er sie hasste, diese Ritter! Glatt und kühl schmiegte sich der Abzug der Armbrust an seinen Zeigefinger. Es waren weniger als zehn Schritt. Auf diese Entfernung würde er sein Ziel niemals verfehlen!

Er senkte die Waffe ein wenig. Wenn er sie in den Bauch schoss, dann würde sie einen langen Todeskampf haben, so wie sein Bruder, den die Ritter mit einer ihrer Lanzen aufgespießt hatten.

Ahtap sah zu dem Jungen. Der Kleine tat ihm leid. In seinem Alter sollte man nicht hilflos mit ansehen müssen, wie jemand starb. Nicht einmal, wenn man ein Dieb war! Der Lutin hatte gesehen, wie der Junge den Barinstein aus der Quelle genommen hatte. Ahtap selbst hatte den Stein dorthin gelegt, damit er nicht verloren in der Finsternis stand, wenn er hierherkam. Selbst so einen kleinen Barinstein aufzutreiben, war ein Kunststück. Sie waren selten. Der Verlust ärgerte ihn. Vielleicht sollte er den Jungen verhexen? Ein zusätzliches Glied in jedem seiner Finger wäre vielleicht eine nette Strafe für einen Langfinger.

Der Kobold unterdrückte ein Kichern. Die verdammte Ritterin sah jetzt genau in seine Richtung. Hatte sie ihn entdeckt? Er wusste nie, wie viel man diesen Blutrittern zutrauen sollte. Die Trottel vom Aschenbaum waren nicht so schlimm, auch wenn sie gute Kämpfer waren. Aber diese Neuen Ritter waren anders. Sie waren Ahtap unheimlich. Er hatte die beiden den halben Nachmittag über beobachtet. Die Blonde schien aus dem Jungen einen Ritter machen zu wollen. Es wäre unverantwortlich, sie am Leben zu lassen. Vielleicht sollte er gleich auch den Jungen töten. Das war sicher gnädiger, als ihn allein hier in den Ruinen zurückzulassen.

Ahtap wusste, dass Lanzac von der Pest entvölkert war. Man konnte auf der Hochebene tagelang wandern, ohne jemandem zu begegnen. Der Junge würde verhungern oder von Wölfen gefressen werden.

Seine Armbrust schwenkte zur Seite. Wenn er zuerst den Jungen erschoss, würde es spannender. Wenn die Ritterin so gut war, wie er befürchtete, dann würde sie wissen, woher der Armbrustbolzen gekommen war. Und wenn sie sofort losliefe, dann wäre sie vielleicht hier, bevor er die Armbrust erneut gespannt hätte. Es würde knapp werden ...

Der Lutin leckte sich über seine lange Fuchsschnauze. Seine Rute zuckte unruhig. Die Blätter des Rosenbuschs raschelten leise. Er liebte das Risiko. Immer schon. Mit seinen einunddreißig Zoll war er für einen Lutin recht groß. Sein Fuchskopf hatte ein prächtig rotes Fell. Sein Leib war wohlgestaltet; Arme, Beine und Rumpf standen in rechter Proportion zueinander, und er war immer der Stärkste unter seinen Brüdern gewesen. Zudem war er wagemutig. Deshalb durfte er ein Wächter der Albenpfade sein.

Natürlich war ihm klar, dass er gegen die Ritterin nicht ankommen konnte, wenn sie es schaffte, den Rosenbusch zu erreichen, bevor er nachgeladen hatte. In solcher Eile konnte man auch keinen vernünftigen Zauber weben. Er würde sich bestimmt verhaspeln ... Vernünftig wäre es, zuerst auf sie zu schießen. Aber das Leben war so langweilig, wenn man immer vernünftig war.

Ahtap ließ die Armbrust sinken, griff nach der kleinen Ledertasche an seinem Gürtel und tastete nach der Silbermünze, die dort zwischen Feuerstein und Stahl, einem Talisman aus dem getrockneten kleinen Zeh eines Trolls und einem letzten Stück guter Eselswurst steckte. Unschlüssig drehte er die Münze zwischen den Fingern. Die eine Seite zeigte den Kopf der Elfenkönigin Emerelle, die andere einen siebenzackigen Stern. Er war das Symbol für jene Orte, an denen man gefahrlos von einer Welt in die andere wechseln konnte.

Ahtap schnippte die Münze hoch. Sich überschlagend, wirbelte sie bis kurz vor seine Nasenspitze und fiel hinab. Seine Hand schnellte vor und wurde mitten in der Bewegung mit einem Ruck aufgehalten. Sein Ärmel hatte sich im Dornengestrüpp verfangen. Die Münze fiel zu Boden.

Bei Kopf fange ich mit dem Jungen an, dachte Ahtap. Fällt der Albenstern, siegt die Vernunft, und ich erschieße zuerst die Ritterin. Er tastete über den mit dichtem Wurzelwerk überzogenen Boden, ohne die beiden aus den Augen zu lassen. Die Münze war verschwunden.

Jetzt sah Ahtap doch hinab. Für so ein Silberstück bekam er genügend Wein, um sich eine Woche lang jeden Abend zu besaufen. Oder er könnte sich in Vahan Calyd eine Nacht bei einer wirklich guten Hure leisten. Eine, die angesichts des Silbers gern vergaß, dass er einen Fuchskopf auf den Schultern trug. Oder er könnte Nathania, die keine Ahnung davon hatte, dass er gern einmal eine Hure besuchte, ein hübsches Geschenk machen.

Müßige Gedankenspiele ... Natürlich würde er die Münze niemals ausgeben. Sie war sein Glücksbringer! Er hatte sie schon seit vielen Jahren. Und hunderte Male hatte sie ihm beigestanden, wenn er im Zweifel war, was zu tun war. Sein Bruder hatte sie ihm geschenkt, an dem Tag, an dem er starb. Hätte er sie nur behalten. Vielleicht ... Unsinn! Er war nicht abergläubisch, dachte Ahtap. Nur vorsichtig.

Wo steckte dieses verdammte Silberstück? Fast hätte der Lutin vor Ärger laut geflucht. Die beiden schweren Pistolen drückten durch das Leder seines Rucksacks. Sollte er die Münze nicht wiederfinden, wäre er durch die Waffen mehr als entschädigt. Allerdings mochte es eine Weile dauern, bis er jemanden fand, dem er sie verkaufen konnte. Die Elfenkönigin hatte verboten, jegliche Pulverwaffen nach Albenmark zu bringen, weil ihnen der faulige Geruch der Devanthar anhaftete. Aber längst hielten sich nicht mehr alle an dieses Verbot. Auch Ahtap brannte darauf, die schweren Radschlosspistolen einmal abzufeuern. Den Qualm, den Lärm und den Feuerstrahl, der aus der Mündung schoss, wenn man die Waffe abfeuerte, fand er faszinierend. Und wie ihm ging es vielen anderen. Er dachte an einen bestimmten Kentauren. Der würde ihm reichlich Gold für zwei so schöne Pistolen geben.

Aber das würde die Münze seines Bruders nicht aufwiegen. Er vermochte sie weder zu sehen noch zu ertasten. Einen Augenblick lang könnte er die Menschenkinder schon unbeobachtet lassen. Die Ritterin fuchtelte mit ihrem Rapier herum. Sollte sie nur! Er war mehr als zwanzig Schritt von ihr entfernt. So schnell würde sie ihm nicht gefährlich werden. Es bliebe genügend Zeit für einen gezielten Schuss, wenn es ihr plötzlich einfiele, in seine Richtung zu stürmen.

Verdammtes Wurzelwerk. Es wand sich in- und übereinander wie die Brut in einem Schlangennest. Er hätte die Münze nicht werfen dürfen! Im schnell verblassenden Abendlicht wäre es reine Glückssache, sie noch zu entdecken.

Münzen kommen und gehen, so ist das nun einmal mit ihnen, versuchte er sich zu beruhigen. Er könnte ja auch ein anderes Mal, bei Tageslicht, zurückkehren, um danach zu suchen. Der Junge und die Ritterin würden sicherlich nicht ewig im Rosengarten bleiben.

Ahtap sah auf. Die Blonde war verschwunden! Jetzt kam ihm tatsächlich ein leiser Fluch über die Lippen. Er saß in der Tinte! Einen Augenblick nur war er ohne seinen Glücksbringer, und schon gab es Ärger.

Ahtap hob die Armbrust und zog sich vorsichtig aus dem Rosenstrauch zurück. Der Junge war noch da. Er war damit beschäftigt, in aller Hast seine Satteltaschen zu packen. Aber dieses verdammte Ritterweib …

Endlich entdeckte er sie. Sie machte sich bei den Pferden zu schaffen. Verdammt! Sie hatte sich ihre beiden Sattelpistolen geholt.

Der Lutin beeilte sich, den Abstand zur Ritterin zu vergrößern. Er ließ sie nicht mehr aus den Augen. Sie kam genau auf den Rosenbusch zu, in dem er gerade noch gesessen hatte. Ohne den Blick von ihr zu wenden, tastete er nach dem Armbrustbolzen. Er lag sicher in der Führungsschiene seiner Waffe.

Ahtap hielt sich im Schatten der Büsche und niedrigen Mauern. Er war ein erfahrener Späher, ihn überrumpelte man nicht so einfach!

Die Ritterin hatte ihre beiden Arme angewinkelt, sodass die Mündungen ihrer Pistolen zum Himmel zeigten. Aufmerksam in die Büsche spähend, schritt sie den Weg entlang in Richtung der weißen Statue. Hatte das Menschenweib ihn gesehen? Sie senkte den rechten Arm und schoss. Die Kugel verfehlte ihn um zwei Handbreit und schlug in die Mauer. Feine Steinsplitter spritzten in sein Gesicht. Er zuckte zurück. Der Bolzen der Armbrust löste sich bei der unbedachten Bewegung. Das Geschoss verschwand in den Büschen.

Ohne Rücksicht auf seine Deckung begann der Kobold zu laufen. Jetzt half es nur noch, so schnell wie möglich zu verschwinden. Hätte er nur nicht mit seiner Münze gespielt. Er warf die schwere Windenarmbrust zur Seite.

Ahtap brauchte sich nicht umzudrehen, um zu wissen, wie schnell die Ritterin aufholte. Die Schritte ihrer Stiefel hämmerten auf dem gepflasterten Weg. Sie waren der Trommelschlag des Verderbens. Er löste die Riemen seines Rucksacks und ließ ihn zu Boden gleiten.

Plötzlich verstummten die Schritte. Ahtap spannte sich an. Er wusste, dass sie angehalten hatte, um zu zielen. Er warf sich seitlich in die Büsche. Rosenranken drangen durch sein Fell und stachen ihm in die empfindliche Schnauze. Er hob die Arme, um seine Augen zu schützen. Der Donnerschlag eines Schusses hallte durch den Garten.

Der Kobold drückte sich auf den Boden. Seine Finger krallten sich in Wurzelwerk und trockene Erde. Er kroch vorwärts. Nicht mehr weit entfernt war der Eingang zur verborgenen Quelle. Eine letzte Anstrengung ... Jetzt wagte er es, über die Schulter zu blicken. Diese verdammte Ritterin stand bei seiner Armbrust und hob sie auf. Hatte ihn das Zwielicht gerettet? Hatte sie ihn vielleicht gar nicht richtig gesehen? Womöglich hatte er ihr erst durch die Geräusche seiner überstürzten Flucht verraten, wo genau er steckte.

Vorsichtig kroch er ein kleines Stück vorwärts. So nah war die rettende Finsternis des Tunnels! Wie eine Wunde klaffte sein Eingang in der Mauer.

Die verfluchte Ritterin hatte die Armbrust wieder sinken lassen. Daneben lagen die beiden leer geschossenen Pistolen. Sie stand auf und zog mit beängstigender Gelassenheit ihr Rapier, das so lang wie ein Bratspieß war. Und im Geiste sah er sich wie ein Lämmchen darauf aufgespießt.

Konzentriere dich. Nutze deine Zauberkraft und deine Angst! Das schwarze Loch ... Er spürte, wie ein Prickeln ihn durchlief. Er war kein großer Zauberer. Gewiss, er war ein Meister darin, auf den Albenpfaden zu wandeln, und konnte unbeschadet mindere Albensterne durchschreiten, die andere um Jahrhunderte in die Zukunft geworfen hätten. Ihm war dieses Netzwerk von magischen Wegen wohlvertraut, dort zu wandeln fiel ihm leicht. Mit den übrigen Formen der Magie war es anders. Und vor allem war er noch nie gut darin gewesen, Zauberei zu improvisieren.

Ahtap stellte sich vor, an der Dunkelheit des Tunneleingangs zu ziehen. Sie auszudehnen. Wie eine schützende Decke wollte er sie um sich schlingen. Die Schritte hinter ihm verharrten.

Der Tunneleingang hatte sich verändert. Ein riesiger,

schwarzer Wurm schien daraus hervorzuquellen. So hatte er das nicht haben wollen ... Allerdings ... Vielleicht war es nicht das Schlechteste, wie es nun geworden war.

»Komm, komm zu mir, Dunkelheit!«, flüsterte Ahtap, und der schwarze Wurm kroch ihm weiter entgegen. Es war die Finsternis des Tunnels, die er daraus hervorzog, so wie man quälend langsam ein Bein aus einem zu engen Stiefel zog.

»Friss die Ritterin!«, rief er jetzt laut in der ungeschlachten Sprache der Menschenkinder und spähte zurück. Das verdammte Kriegerweib war stehen geblieben. Angst spiegelte sich in ihren Zügen. Aber sie lief nicht davon. Mit trotzig erhobenem Rapier erwartete sie den Angriff des vermeintlichen Wurms. Sie konnte ja nicht wissen, was hier vor sich ging, dass sie sich lediglich vor einem Stückchen Dunkelheit fürchtete, das aus einem Tunnel schwappte.

Jetzt oder nie, dachte Ahtap und rannte los. Die Dornen zerrissen ihm die Kleider. Er warf sich der Dunkelheit entgegen. Dann war er im schützenden Tunnel. Er spürte die Macht der Albenpfade, die sich bei der Quelle kreuzten. Er war gerettet. Gerade eben noch!

VON DER FREIHEIT

Es roch nach aufgewärmter Fischsuppe. Vor einem großen, gemauerten Kamin mit schweren Eisenhaken für Töpfe stand ein grober Tisch, auf dem ein angeschnittener Laib Brot lag. Um den Tisch waren Bänke aufgestellt und ein einzelner

Stuhl, dessen hohe Lehne so aussah, als habe man ein Zielschießen darauf veranstaltet. Sieben ausgefranste Löcher klafften in dem zolldicken Holz. Das Erdgeschoss des Rabenturms war eben nur mit dem Nötigsten eingerichtet.

Juztina hatte Gishild ein schmales Bett nahe dem Kamin zugewiesen. Es war der einzige Schlafplatz in dem Raum. Ein Sack mit trockenem Heu diente als Matratze. Der Duft des Sommers hatte sich darin erhalten.

Gemeinsam hatten sie beide die Vorräte von der Anlegestelle hier heraufgeschafft. Zweimal hatte Juztina dabei versucht, mit ihr ins Gespräch zu kommen. Gishild hatte sie einfach ignoriert. Mit einer Drusnierin, die sich zur Dienerin eines Ordensritters gemacht hatte, wollte sie nichts zu schaffen haben, auch wenn sie nett zu ihr war.

Sie blickte zum dunklen Treppenaufgang. Der Ritter hatte sich noch nicht blicken lassen. Gishild hatte nur eine ungefähre Vorstellung davon, wohin sie mit dem Aalkutter gesegelt waren. Doch so viel war gewiss: Sie waren ein gutes Stück von den Grenzen zu den freien Provinzen entfernt. Wozu also brauchte man hier einen Wachturm? Was war der Grund dafür, dass man einen Ordensritter mitten in der Wildnis postierte?

Sie würde nicht lange genug hierbleiben, um das herauszufinden, dachte die Prinzessin grimmig. Offensichtlich hielten sie alle für ein hilfloses, kleines Mädchen. Eine verzogene Prinzessin, die sich schmollend in ihr Schicksal fügte. Sollten sie nur! Wenn Juztina morgen früh aufwachte, würde sie diesen Irrtum bitter bereuen.

Gishild schwelgte in der Vorstellung, was Lilianne wohl mit der Verräterin anstellen würde, wenn sie zurückkam und erfuhr, dass die Prinzessin schon in der ersten Nacht geflohen war. Sie sehnte sich danach, im Wald zu verschwinden.

Endlich all das zu tun, was sie von Silwyna gelernt hatte. Der Spätsommer hatte den Tisch reich gedeckt. Sie würde von Pilzen, Nüssen und Beeren leben. Sie konnte Fische mit der bloßen Hand fangen ... Vielleicht würde sie drei oder vier Wochen brauchen, um zu den Fjordländern und den Elfen zurückzufinden, aber sie würde es schaffen.

Gishild sah zur Tür. Sie war aus dicken, dunklen Bohlen gezimmert. Der Sperrbalken lehnte neben der Tür an der Wand.

Juztina blickte auf. »Wir brauchen Wasser.« Sie deutete auf einen Ledereimer nahe der Tür. »Wagst du dich im Dunkeln hinaus?«

Ob sie sich hinauswagte? Gishild hätte jubeln mögen. Sie musste sich sehr beherrschen, sich diese Begeisterung nicht anmerken zu lassen und ein mürrisches Ja herauszubringen.

Die Verräterin beschrieb ihr den Weg zu einer Quelle, die wohl kaum hundert Schritt vom Turm entfernt war.

Gishild schnappte sich den Eimer. Die Tür war unverschlossen. Eine mondlose Nacht erwartete sie. Sie schloss die Tür zum Turm und blickte zum Sternenhimmel empor, um sich zu orientieren. Am besten war es, wenn sie nach Nordwesten ging. Dort sollte sie am ehesten auf Freunde stoßen.

Der Wald begann schon dicht hinter dem Turm. Sie warf den Ledereimer unter einen Busch. Wie lange Juztina wohl auf sie warten würde? Wann würde sie anfangen, sich Sorgen zu machen? Und wann würde sie den Ritter von der Turmplattform holen?

Gishild verließ den schmalen Pfad, der wohl zur Quelle führte, und verschwand im dichten Unterholz. Sie wünschte sich, sie hätte noch die guten Kleider, mit denen sie sich vor einer Ewigkeit aus dem Zelt ihrer Mutter geschlichen hatte.

Die leichten Stiefel, die Lederhose und das Elfenhemd. Sie erinnerte sich jetzt wieder daran, dass sie zu ihrem Vater gewollt hatte, um ihn zu warnen, und wie sie aus dem Zelt ihrer Mutter geschlichen war. Aber was dann geschehen war und wie sie in die Festung der Ordensritter gelangt war, blieb ihr ein Rätsel. Es war, als hätte Luth ein Stück aus ihrem Leben geschnitten ...

Mit dem, was sie jetzt trug, war sie nicht gut für die Wildnis gewappnet. Ein Kleid und Sandalen waren kaum die richtige Ausrüstung für eine lange Wanderung durch den Wald. Aber sie musste es trotzdem versuchen. Sie vertraute darauf, was Silwyna sie gelehrt hatte. Sie würde es schaffen!

Unter dem dichten Laubdach der Eichen war die Finsternis fast vollkommen. Gishild lauschte auf die tausend vertrauten Geräusche des Waldes. Sie fühlte sich so wohl, dass sie fast den Schmerz in ihrer Brust vergaß. Sie war frei!

Ihre Augen hatten sich schnell an die Dunkelheit gewöhnt, und sie kam gut voran. Nach etwa einer halben Stunde mischte sich ein neues Geräusch in das leise Konzert des Waldes. Die Bäume lichteten sich. Vor ihr lag der See.

Gishild zuckte mit den Schultern, kehrte zurück in den Wald und hielt sich weiter westlich. Schon bald traf sie erneut auf einen Uferstreifen. Sie fluchte. Eine Halbinsel! Das Klügste wäre es, im Schatten der Bäume dem Verlauf des Ufers zu folgen. So würde sie am schnellsten den Übergang zum Festland finden.

Sie verfiel in einen leichten, ausdauernden Trab. Über dem Wasser wogte grauer Nebel, doch der Himmel war klar, und sie konnte die Sterne sehen. Ihr Weg führte sie immer weiter nach Westen und dann bog das Ufer in südlicher Richtung ab. Sie seufzte. Offenbar stand ihr ein langer Marsch bevor. Der Turm stand an der Südspitze der Halbinsel. Wahrscheinlich würde sie sich daran vorbeischleichen müssen und dann sehr bald die Verbindung zum Festland finden.

Mit weit ausgreifenden Schritten machte sie sich auf den Weg. Die leise Stimme in ihrem Innern, die sie eines Besseren belehren wollte, ignorierte sie beharrlich.

Zwei Stunden später war es unmöglich, sich länger der Wahrheit zu verschließen. Der Rabenturm stand auf einer Insel! Gishild hätte sich zugetraut, mehr als eine Meile weit zu schwimmen. Doch so weit das Auge reichte, gab es kein anderes Ufer. Sie war gefangen.

Bis zum Morgengrauen saß sie unter einer Ulme, nicht weit vom Turm, und starrte auf die Tür. Mit taufeuchten Kleidern kehrte sie zurück zum Feuer. Auf dem Tisch stand der Ledereimer. Er war jetzt mit Wasser gefüllt. Juztina hockte beim Feuer und sah sie an.

Sie sagte nichts, aber was sie dachte, konnte man in ihren Augen lesen.

»Du hast gewusst, was geschehen würde! Es ging dir gar nicht darum, dass ich Wasser hole. Du wusstest, dass ich fortlaufen würde«, zischte Gishild sie wütend an.

Die Drusnierin raffte sich zu einem müden Lächeln auf.

»Ich dachte mir, wir klären das so schnell wie möglich. Ehrlich gesagt, hatte ich sogar damit gerechnet, dass du dich in deinem Trotz noch für einen oder zwei Tage im Wald verstecken würdest.«

Die Verräterin hatte sie einfach ins offene Messer laufen lassen, begriff Gishild. Und jetzt stand sie wie ein hilfloses Kind da. Sie hatte genau das getan, was man von ihr erwartet hatte, und war gescheitert. Gishild hätte schreien mögen, so zornig war sie.

»Macht es dich glücklich, unseren Feinden eine gute Dienerin zu sein?«

Die Drusnierin reagierte nicht.

»Warst du schon immer eine Verräterin? Wird man dazu geboren, sich gegen die Seinen zu wenden?«, fragte Gishild scheinbar ruhig. Sie würde es schon schaffen ihr zuzusetzen! »Sie stehlen uns die Götter und machen uns zu ihren Knechten. Und du fügst dich einfach so! Ich verachte dich.«

Juztina hob jetzt endlich den Kopf und sah sie lange an.

»Das werde ich aushalten. Deinesgleichen hat mich schon immer verachtet«, sagte sie schließlich.

»Dann musst du ihnen wohl Anlass dazu gegeben haben.«

Die junge Frau nahm die Anschuldigung regungslos hin. Sie schien sie weder zu ärgern noch zu beleidigen. Sie versuchte auch nicht, die Frechheit mit einem Lächeln zu überspielen. Sie saß einfach nur da. Wie ein Stein. Mit jedem Herzschlag wurde Gishild wütender auf sie.

»Dein Mann schätzt dich auch nicht sehr, nicht wahr?«, setzte die Prinzessin nach. Es musste doch möglich sein, diesem Weib irgendeine Regung zu entlocken.

»Der mag niemanden«, sagte Juztina leise.

»Mich wird er mögen!«

Die Frau sah auf.

»Du bist eine Heidin.« Offensichtlich glaubte sie, damit sei alles gesagt.

Langsam verrauchte Gishilds Zorn. Ihr war klar, dass es nicht die Schuld der Drusnierin war, dass sie auf dieser Insel gefangen saß. Sie konnte nichts dafür, dass es von hier keinen Fluchtweg gab. Sie war auch nicht schuld, dass man Gishild niedergestochen und entführt hatte. Die Prinzessin wusste, dass sie ungerecht war. Aber ihr stand nicht der Sinn nach Gerechtigkeit. Sie brauchte jemanden, an dem sie all ihre Wut auslassen konnte.

»Was hat dich dazu gebracht, dich zur Hure unserer Feinde

zu machen? Hat dich Knochenhaufen kein anderer haben wollen?«

Die Prinzessin wusste, dass sie zu weit gegangen war, als die Worte über ihre Lippen waren. Aber jetzt konnte sie sie nicht mehr zurücknehmen.

Juztina sah sie mit ihren ausdruckslosen Augen an.

»Unser Bojar ist ein großer Held, weißt du. Vielleicht kennst du ihn? Alexjei ist der Anführer der Schattenmänner, habe ich gehört. Seine Familie kämpfte in diesem Krieg schon, bevor ich geboren wurde. Meine Familie bestand aus Leibeigenen. Jedes Jahr haben wir härter arbeiten müssen. Wir mussten den Krieg füttern. Und je näher er uns kam, desto hungriger war er. Er hat meinen Vater gefressen und meine beiden Brüder. Sie sind mit dem Bojaren gezogen. Nicht freiwillig. Mit Peitschen und Knüppeln hat man sie aus dem Dorf geprügelt, zu den Soldaten. Dann war es an meiner Mutter und mir, die Arbeit von fünf Paar Händen zu zweit zu erledigen. Wir haben das nicht geschafft. Den Steuereintreibern war das egal. Sie haben alles mitgenommen. Wir haben Gras gefressen und Blätter von Bäumen. Wie die Tiere. Meine Mutter ist verhungert. Und als die Steuereintreiber kamen und gar nichts mehr fanden, haben sie gesagt, ich sei eine Rebellin, weil ich den Krieg meines Bojaren nicht unterstützen wolle. Sie haben mir Gewalt angetan. Meine Ehre als Frau war das Letzte, was sie mir noch nehmen konnten. Und als sie unser Dorf verlassen hatten, da kamen meine Nachbarn. Meine Verwandten. Sie haben mich eine Hure geschimpft, weil ich mich angeblich den Steuereintreibern hingegeben hätte, um ihnen sonst nichts zu überlassen. Sie haben mich an den Haaren aus der Hütte gezerrt. Sie wollten mich steinigen, weil sie so ein verkommenes, faules Weib wie mich nicht in ihrer Nachbarschaft ertragen konnten.«

Juztina strich sich das Haar aus der Stirn, sodass Gishild dort eine hässliche, wulstige Narbe sehen konnte.

»Dort hat mich ein Stein getroffen, den mein Onkel geworfen hat. Als ich klein war, habe ich immer auf seinen Knien reiten dürfen. Er hat mich sogar manchmal vor meinem Vater in Schutz genommen, wenn der wütend auf mich war. Aber das alles war vergessen. Sie hätten mich umgebracht. Dann plötzlich waren unsere Feinde mitten unter uns. Die Ritter des einen Gottes. Doch selbst als sie auf dem Dorfplatz erschienen, war der Pöbel nicht davon abzubringen, mich weiter mit Steinen zu bewerfen. Eine Ritterin stieg ab und stellte sich in ihrer Rüstung vor mich hin. Ich konnte sie nicht richtig sehen, denn meine Augen waren blind vor Blut und Tränen. Ich hörte die Steine auf den Stahl ihrer Brustplatte schlagen. Erst als einer der Ritter in die Luft schoss, war es vorbei. Meine Retterin war Lilianne de Droy. Sie hat sich vor mich gestellt, als mich niemand mehr haben wollte. Sie, meine Feindin! Da wusste ich, dass die Welt verrückt ist. Und alle Götter und Bojaren waren mir fortan egal. Ich wusste, ich würde nur noch ihr dienen. Sie gab mir zu trinken aus ihrer Wasserflasche. Und Brot aus ihrer Satteltasche. Gutes helles Brot aus Weizenmehl. Ich wusste gar nicht mehr, wie köstlich so etwas schmeckt. Die Ritter haben meine Wunden versorgt und mich mitgenommen.«

Gishild fühlte sich elend. Sie wünschte, sie hätte den Mund gehalten. Sie sollte sich entschuldigen, aber es fielen ihr einfach keine Worte ein, die wiedergutmachen konnten, was sie gesagt hatte.

»Nach einer Weile fragte mich die Komturin, ob ich mich um einen Ritter kümmern könnte, der schwer verwundet worden war. Es war ein Mann aus ihrer Lanze, sagte sie. Ich weiß nicht genau, was das bedeutet. Aber es war ihr sehr wichtig, dass er gut versorgt wurde. Weißt du, Gishild, sie hat mich gebeten, statt es mir zu befehlen. So bin ich zu Drustan gekommen. Und ich bin ihm gefolgt, als feststand, dass er dem Orden nie mehr mit dem Schwert dienen könnte. Es ist nicht leicht, mit ihm zu leben. Er steckt voller Wut. So wie du. Aber er hat mich niemals geschlagen. Ich werde hier mit ihm durchhalten. Und mit dir. Es ist wichtig, dass wir hier sind.«

Gishild stand auf und trat vor Juztina. Sie konnte der Frau nicht in die Augen sehen. Vorsichtig ergriff sie deren Hände. Sagen konnte sie immer noch nichts. Aber als Juztina ihre Hände sanft drückte, da wagte sie zu hoffen, dass die Drusnierin ihr vielleicht vergeben würde. Und Gishild schwor sich, sich nie wieder dazu hinreißen zu lassen, eine andere Frau Hure zu nennen.

DAS WORT EINES RITTERS

Starr vor Schreck blickte Luc auf den schwarzen Wurm, dieses grässliche, sich windende Ding, das gerade das fuchsköpfige Kind gefressen hatte. Michelle wich vor dem Ungeheuer nicht zurück. Aber wie viel würde sie allein dagegen ausrichten können?

Luc griff in die Tasche mit dem Pulverhorn und der Büchse mit Bleikugeln. Er konnte, ja, er durfte sie jetzt nicht im Stich lassen.

»Bleib zurück!«

Die Ritterin musste seine Schritte gehört haben, aber dieses eine Mal würde er ihren Befehl einfach ignorieren.

Luc rannte, wie er noch nie gelaufen war. Mit seinen billigen Sohlen schlitterte er über das Pflaster, als er anzuhalten versuchte. Auf den Knien kam er bei den beiden Pistolen an, die Michelle abgelegt hatte.

Hunderte Male hatte sein Vater ihn die Handgriffe üben lassen. Das Pulverhorn öffnen und Pulver in den Lauf füllen. Eine Kugel in ein Pergamentstück gerollt in den Lauf drücken. Mit dem Büchsenschlüssel das Radschloss spannen. Den Hahn mit dem Feuerstein prüfen. Eine Prise Pulver in die Pulverpfanne gefüllt. In weniger als dreißig Herzschlägen war die Pistole schussbereit.

Als Luc aufblickte, war der grässliche Wurm verschwunden.

»Was ...«

Michelle stieß ihr Rapier in die Scheide zurück. »Wir müssen fort von hier.« Sie deutete auf das Loch in der Mauer. »Gott allein weiß, was noch dort lauert.«

Luc dachte daran, wie er in dem Tunnel gewesen war. Ihm wurde ganz flau bei der Vorstellung, was ihm dort statt Schmetterlingen hätte begegnen können.

»Wo ist der Junge mit dem Fuchskopf?«

»Das war ein Kobold, kein Kind! Er wird seine Kameraden holen. Wir sind hier nicht mehr sicher. Lass uns zu den Pferden gehen.«

Luc gehorchte. Michelle griff schweigend nach den Satteltaschen. Die Stille bedrückte Luc. Schließlich hielt er es nicht mehr aus.

»Habe ich etwas falsch gemacht?«

Sie schob die geladene Pistole ins Sattelholster.

»Du bist schnell«, antwortete sie kühl.

Er war begierig auf jedes Lob von ihr. Doch diesmal erfüllten ihn ihre Worte nicht mit Stolz. Sie waren vorgeschoben. Etwas anderes ging ihr durch den Kopf.

Luc zog den Sattelgurt fest. Dann blieb er einfach mit vor der Brust verschränkten Armen stehen. Er wollte, dass sie ihn ansah und redete.

Doch Michelle sattelte ihr Pferd und saß auf. Er war wie Luft für sie. Sie griff nach den Zügeln des Packpferdes und dann ritt sie im Schritt aus dem Rosengarten.

Fassungslos sah er ihr nach. Was hatte er getan! War das die Strafe dafür, dass er ihren Befehl missachtet hatte? Er hatte ihr helfen wollen! Hätte er denn wie ein Feigling bei den Pferden bleiben sollen?

Der Hufschlag verhallte zwischen den Ruinen. Sie ließ ihn tatsächlich zurück! Er hatte darauf gehofft, dass sie anhalten und warten würde.

Seine Kehle wurde ihm eng. Er war wieder allein. Und er wusste nicht einmal warum. War es wegen des Schattenwurms? Zog er diese Geschöpfe an? War er wirklich ein Wechselbalg?

Luc betrachtete den Rucksack, den der Kobold fortgeworfen hatte. Der Lauf einer Pistole ragte heraus. Er ging hinüber, nahm die beiden prächtigen, silberbeschlagenen Waffen und legte sie auf den Sockel der weißen Frau. Er hatte versprochen, ihr seinen kostbarsten Besitz zu opfern. Er durfte sie nicht mitnehmen!

Traurig saß Luc auf. Kein Mond stand am Himmel. Ein kühler Wind strich durch die Ruinen. Er kam an dem Brunnen vorbei, wo er vor ein paar Stunden erst mit Michelle gelegen hatte, um von einer wunderbaren Zukunft zu träumen. Und jetzt war alles dahin. Gestohlen von dem Fuchsjungen.

Luc ließ die Zügel los, damit sich der Hengst allein einen

Weg aus der verfallenen Stadt suchte. Der Junge wusste nicht, wohin er sich wenden sollte.

Das Pferd wandte sich nach Norden. Nach Aniscans. Etwa eine Meile voraus sah er die Umrisse eines Reiters. Michelle? Sie hatte angehalten.

Luc trieb den Hengst zum Galopp, und so wild die Hufe auf den ausgetrockneten Boden hämmerten, so wild schlug auch sein Herz.

Michelle erwartete ihn regungslos.

»Hast du dich entschieden?« Ihre Stimme klang nicht eben freundlich.

Luc wusste nicht recht, was er darauf antworten sollte.

»Du hast mich an einen Ort gebracht, an den die Anderen kommen«, sagte sie mit belegter Stimme. »Du hast mich geheilt ... Und wenn ich jetzt lebe, dann weiß ich nicht, ob ich es einem gesegneten Wunder oder der Magie der Anderen verdanke. Ja, ich weiß nicht einmal mehr, ob Honoré vielleicht doch recht hatte.« Sie hob in hilfloser Geste eine Hand. »Es war doch ein Gottesurteil ... Oder wirkte auch dort schon die unselige Kraft der Anderen? Wirkt sie durch dich, Luc?«

Der Junge konnte sie nicht ansehen. Er war verzweifelt, denn er wusste keine Antwort auf ihre Fragen.

»Warum hast du so lange gebraucht, mir zu folgen? Was hast du im Rosengarten getrieben? Dein Pferd war gesattelt. Du hättest nur aufsitzen müssen.«

Luc hätte heulen mögen. Wenn er jetzt die Wahrheit sagte, dann war alles vorbei! Wenn sie hörte, dass er die Pistolen doch noch geopfert hatte, dann würde sie ihn endgültig verstoßen! Und wenn er sie belog, dann verriet er die Ideale des Rittertums. Ein Ritter durfte nicht lügen!

»Nun, hast du mir nichts zu sagen?«

Der Junge saß stocksteif auf dem Pferd, reckte das Kinn

vor und sah sie an. »Ich habe noch einmal der weißen Frau geopfert.«

Der Wind blies ihm Staub ins Gesicht. Michelle war nur ein Schatten, sie schwieg. Müsste sie ihn jetzt töten? Bestimmt! Sie hatte ja nicht einmal gezögert, einen ihrer Ordensbrüder zu erschießen.

»Ich habe dich beobachtet«, sagte sie schließlich. »Ich bin abgesessen und habe die Pferde vorangehen lassen. Und es hat mich betrübt, was ich gesehen habe. Wenn du mich jetzt belogen hättest, dann hätte ich dich davongejagt.« Sie stieß einen tiefen Seufzer aus. »Luc, du musst dich entscheiden, auf welcher Seite du stehst! Es ist keine Kleinigkeit, den Heidengöttern zu opfern!«

»Ich musste doch mein Wort halten«, entgegnete er kleinlaut.

»Nein! Du darfst sie erst gar nicht um Hilfe bitten. Ganz gleich, wie verzweifelt du bist. Es gibt keine anderen Götter außer Tjured. Wenn du dich an die Götzen der Heiden wendest, dann rufst du in Wahrheit die Anderen herbei und sorgst dafür, dass sie ihre Macht in unserer Welt nicht verlieren.«

Sie sah ihn unendlich traurig an. »Ich glaube nicht, dass du in deinem Herzen böse bist, Luc. Doch die Anderen scheinen ein besonderes Augenmerk auf dich zu haben, und du bist leicht zu verführen. Vielleicht habe ich dich allzu leichtfertig eingeladen, mein Reisegefährte zu sein. Nun sehe ich dich mit anderen Augen, auch wenn ich dir mein Leben verdanke. Ich stehe in deiner Schuld ... Aber ich weiß nicht mehr, ob die Hand Gottes auf dir ruht oder ob du unwissend das Werkzeug des Feindes bist. Ich werde dich prüfen müssen, Luc.«

Er sah sie an, und sein Herz war ihm schwer. Eben noch hatte sie ihm vertraut ... Wie konnte ihr Bund so schwach sein? Wie konnte sie nach allem an ihm zweifeln? Alles hätte er für sie getan!

»Sieh mich nicht so an!« Ihre Stimme klang gezwungen harsch. Sie schlug sich mit der flachen Hand auf den Oberschenkel. »Verdammt, Luc! Ich wünschte, ich hätte dich nie getroffen! Was machst du mit mir, Junge? Jeder Ordensritter bei klarem Verstand muss dich für einen verdammten Heiden halten. Vielleicht noch für Schlimmeres! Wie konntest du der weißen Frau opfern, nach all dem, was war?«

»Du sagtest, es sei nur ein Stein ...«

»Ja! Und das meine ich auch immer noch so. Aber indem du diesem Stein Opfer bringst, gibst du ihm Bedeutung. Mit solchen Taten ruft man die Anderen herbei! Ich hätte einfach aufsitzen und fortreiten sollen. Dich kleinen Rotzbengel vergessen ... Du machst mir Angst! Honoré war so überzeugt, dass du ein Wechselbalg bist. Heute, als der Kobold kam, wurde mir klar, dass er auch in mein Herz die Saat des Zweifels getragen hat. Der Kobold ist bestimmt aus diesem Tunnel gekommen, in dem du warst. Und von dort kam auch der üble Wurm! Wie konntest du einen solchen Platz vorher unbeschadet besuchen? Bist du doch einer von ihnen? Als du hinter mir die Pistole geladen hast, hatte ich plötzlich Angst, du würdest mir in den Rücken schießen.«

»Wie könnte ich das tun? Ich verehre dich«, begehrte Luc auf, der die Welt nicht mehr verstand. Was konnte er dafür, dass ein Kobold und ein Ungeheuer aus dem Tunnel gekommen waren! »Ich habe dir doch dein Leben gerettet! Warum sollte ich auf dich schießen! Ich will sein wie du! Ich würde alles für dich tun!«

Michelle senkte den Blick. »Ja, ich weiß ... Es ist nicht vernünftig. Und trotzdem war diese Angst in mir. Deshalb bin ich einfach davongeritten. Kaum war ich aus dem Rosengarten, da tat es mir leid, wie ich mich verhalten hatte. Ich steige ab, will nach dir sehen ... Ich habe mich geschämt für mein unvernünftiges Verhalten. Aber was sehe ich? Du opferst der weißen Frau!« Sie seufzte. »Und selbst als ich diese Gewissheit hatte, konnte ich immer noch nicht einfach davonreiten. Was für eine Last hat Tjured mir mit dir auferlegt!«

Luc zog an den Zügeln und wollte sein Pferd wenden. »Ich gehe. Ich will nicht, dass du meinetwegen leidest. Ich weiß nicht, was mit mir ist ... Aber ich bringe Unglück. So viel ist gewiss!«

Michelle griff ihm in die Zügel. »Du wirst hierbleiben, verdammt! Glaubst du, ich habe auf dich gewartet, um dich wieder ziehen zu lassen? Ich weiß nicht, was du mit mir gemacht hast. Aber mein Herz ist an dich gebunden! Ich kann dich nicht einfach gehen lassen ...« Sie legte den Kopf in den Nacken und blickte in den Nachthimmel. »Ich wünschte, ich würde deine Zeichen verstehen, Herr! Was soll ich tun?«

Lange verharrten sie beide schweigend.

Schließlich seufzte Michelle. »Es ist eitel, eine Antwort von Gott einzufordern. Eigentlich habe ich sie schon bekommen. Ich hatte mir geschworen, dich zu verlassen, wenn du mir die Opfergabe an die weiße Frau nicht eingestehst. Es zu tun war tapfer. Du wusstest ja, dass ich dich dann eigentlich verstoßen müsste ... Trotz allem sehe ich viel Gutes in dir. Vielleicht bist du ja nur ein verwirrter Junge, der zu viele Schrecken erlebt hat. Ich werde dich prüfen, Luc. Und wenn du es wert bist, werde ich dich nach Valloncour bringen. Ich werde meinen Brüdern und Schwestern alles über dich berichten. In Valloncour wird die Wahrheit über dich ans Licht kommen, Luc. Dort bist du Tjured so nahe wie sonst nur noch in Aniscans. Wenn du an dir zweifelst, dann reite nun fort, denn ich wünsche deinen Tod nicht.«

»Ich werde alles tun, was du verlangst, Herrin.« Er wollte ihr so sehr gefallen! »Ich bin kein Heide! Ich werde es dir beweisen ... Und wenn ich ein Wechselbalg bin, dann möchte ich in Valloncour unter dem Blick Gottes vergehen. Ich möchte wissen, was mit mir ist. Ganz gleich, welchen Preis ich dafür zahlen werde.«

Endlich lächelte sie ihn wieder an. Er fühlte sich unendlich erleichtert.

»Gut gesprochen, Junge. Ich weiß nicht, auf welche Seite dein Herz wirklich gehört. Aber es ist das Herz eines Ritters. Zumindest dessen bin ich mir sicher.«

DER BEFLECKTE RITTER

Gishild blickte zur Stiege, die hinauf zum Turm führte. Drei Wochen war sie nun schon hier, und sie hatte Drustan immer noch nicht gesehen. Nur seine Stimme kannte sie. Wenn er Hunger hatte, rief er nach Juztina. Den halben Tag war sie damit beschäftigt, Holz zu spalten. Und dann musste sie es hochschleppen. Drustan harrte nur oben aus und versorgte das Signalfeuer auf der Plattform. Juztina hatte die ganze Mühe.

Manchmal sang Drustan. Zu seltsamen Zeiten, mitten in der Nacht oder vor dem Morgengrauen. Er sang leise, aber Gishild hörte ihn trotzdem.

Juztina hatte ihr wohl verziehen. Jedenfalls war die Drusnierin nett zu ihr. Allerdings sprach sie nur sehr wenig. Es war so gut wie unmöglich, mit ihr einfach nur zu plaudern. Sie antwortete einsilbig. Und von sich aus begann sie so gut wie nie ein Gespräch. Das Schweigen, das im Turm herrschte, machte Gishild mehr als alles andere zu schaffen. Dass sie eine Gefangene der Todfeinde ihres Vaters war, musste sie sich immer wieder ins Gedächtnis rufen. Sie konnte sich auf der Insel frei bewegen. Niemand drangsalierte sie. Bis zu dem Tag, als die Elfe Silwyna gekommen war und sich ihr ganzes Leben verändert hatte, war sie am Königshof in Firnstayn in weniger Freiheit aufgewachsen als hier.

Niemand sagte ihr hier, was sie tun oder lassen sollte. Niemand schrieb ihr vor, wie ihre Tage verlaufen sollten. Sie konnte schlafen, so lange sie wollte. Sie konnte essen, wann sie wollte. Juztina war dankbar, wenn sie ihr bei den täglichen Arbeiten zur Hand ging, aber sie kam nie, um Hilfe einzufordern. Gishild hatte hier keine Pflichten. Anfangs war ihr das angenehm gewesen, aber langsam begann es ihr zu schaffen zu machen. Sie fühlte sich hier überflüssig. Ihr Leben hatte keine Bedeutung mehr. Langeweile hatte sie bisher nie gekannt. Es war ein schreckliches Gefühl. Vor allem, wenn kein Ende in Sicht war.

Allein Luth, der Schicksalsweber, mochte wissen, wann Lilianne zurückkehrte. Sie war die Verkörperung all dessen, was ihr Vater und die Albenkinder bekämpften. Gishild würde die Komturin töten, wenn sich die Gelegenheit böte. So leicht wie beim letzten Mal würde sie sich nicht wieder überrumpeln lassen. Sie hatte nicht überlegt gehandelt, wie Silwyna es sie gelehrt hatte. Töten musste man kalten Herzens. Am besten würde sie eine Pistole nehmen. Sie sah zu dem Lehnstuhl mit den Einschusslöchern. Eine Pistole musste es hier geben ... Wo sie wohl war?

Gishild blickte zur Stiege, die den Turm hinaufführte. Bestimmt verwahrte der Ritter die Waffe!

Juztina war irgendwo im Wald Pilze sammeln. Sie würde so schnell nicht wiederkommen! Und der verfluchte Ritter musste auch irgendwann einmal schlafen. Sollte sie es wagen?

Was mit Drustan wohl nicht stimmte? Aus Juztina war nichts herauszubekommen. Nur dass er gefährlich war, hatte sie gesagt, und dass man ihm besser nicht zu nahe kam.

Heute Morgen noch hatte Gishild den Ritter singen hören. Ein langes, trauriges Lied. Sie hatte die Worte nicht verstanden. Aber die Melodie und seine wunderschöne Stimme hatten ihr Herz berührt. Konnte jemand, der so schön singen konnte, böse sein?

Die Prinzessin stand auf und ging zur Treppe. Sie wusste nicht einmal, was für Räume es über dem kargen Zimmer gab, das sie mit Juztina am Fuß des Turms bewohnte. Vielleicht fand sich oben ja ein Buch. Oder Kisten, die man durchstöbern konnte. Zu Hause in Firnstayn hatte sie es geliebt, sich zum Dachstuhl davonzustehlen und in den Truhen herumzustöbern, in denen der Plunder von Jahrhunderten gestrandet war.

Und sie musste wissen, wo der Ritter seine Pistole verwahrte, dachte sie mit kalter Entschlossenheit. Lautlos huschte sie die gewundene Treppe hinauf. Ihr Herz schlug schneller. Die nächste Etage war eine Enttäuschung. Durch drei schmale Schießscharten fiel Licht in den runden Raum, der das ganze Turmgeschoss einnahm. Hier stapelten sich Vorräte. Fässer mit Pökelfleisch. Säcke mit Bohnen und Linsen. Honigtöpfe, vertrocknete Kräuter, auf Holzgerüste aufgespannte Felle. Nichts Besonderes. Nur eine Vorratskammer.

Wieder spähte Gishild zur Treppe. Wie hoch sie wohl jetzt war? Sie ging zu einer der Schießscharten. Sie war viel zu schmal, um den Kopf hindurchzustecken. So konnte sie nur hinab auf den felsigen Grund blicken, der den Turm umgab. Es gab bestimmt noch eine weitere Etage. Vielleicht sogar zwei?

Vorsichtig trat sie auf die Treppe. Ihre Stiefelsohlen scharrten leise. Sie kauerte sich nieder und zog die Stiefel aus. Dieses Abenteuer würde sie richtig angehen. Sie würde sich so verhalten, als ob sie ins Heerlager eines Feindes schlich.

Die steinernen Stufen waren kalt. Splitter vom Brennholz lagen herum und stachen nach ihren Füßen. Der Geruch des trocknenden Holzes stieg ihr in die Nase. Schon nach der ersten Kehre der Wendeltreppe verengten sich die Stufen. Entlang der Außenwand waren bis zur Decke hinauf Scheite gestapelt.

Gishild verharrte und lauschte hinauf in die Dunkelheit. Ein Rabe krächzte. Ein quietschendes Geräusch wie von einer Türangel erklang. Dann war es still.

Mit angehaltenem Atem schlich sie ein paar Stufen weiter. Dort, wo die Treppe in ein neues Stockwerk mündete, erhob sich eine Wand aus aufgestapeltem Holz. Sie versperrte den Blick in die runde Turmkammer. Sollten jemals Angreifer diese Treppe hinaufkommen, dann wäre es ein Leichtes, sie unter einer Lawine von Holz zu begraben.

Vorsichtig trat Gishild an das Ende der hölzernen Mauer. Ein dicker Käfer krabbelte über ihre nackten Füße. Fliegen summten in der Luft. Es stank nach abgestandener Fischsuppe. Wie sie diese Suppe hasste! Dauernd kochte Juztina Fischsuppe.

Die Prinzessin kauerte sich auf die Knie und spähte um die Ecke. Durch zwei Schießscharten schnitten Lichtbahnen in die muffige Dämmerung der Kammer. An der gegenüberliegenden Wand stand ein ungemachtes Bett. Zwei Truhen und ein großer Wandschrank verhießen all jene Schätze, auf die sie insgeheim gehofft hatte. Neben dem Bett lag ein Buch auf einem Schemel. An der Wand lehnte ein Rapier mit prächtigem, brillantenbesetzem Korb. Das Licht, das durch eine der Schießscharten fiel, brach sich in den Edelsteinen und warf helle Flecken auf die Wände aus gestapeltem Holz und unverputztem Bruchstein.

Die Wendeltreppe führte noch weiter nach oben, doch Gishild wollte sich zunächst ungestört in der Kammer des Ritters umsehen, bevor sie ihm schließlich entgegentrat. Dieser Raum würde ihr verraten, was für ein Mann sie erwartete. Offenbar niemand, der auf Sauberkeit und Ordnung Wert legte.

Sie schlich zum Bett. Einen Augenblick lang sah sie einer Fliege zu, die in einer Schüssel mit Fischsuppe zappelte, welche achtlos auf den Boden gestellt war. Sie schob das Tier mit dem Zeigefinger zum Rand der Holzschüssel und wischte den Finger dann am schmutzigen Bettlaken ab.

Neugierig sah sie nach dem Buch. Auf dem abgegriffenen Ledereinband war kein Titel zu finden. Sie blätterte ein wenig. Es war in der Sprache des Südens verfasst, die von der Kirche in die ganze Welt hinausgetragen worden war.

Gishild überflog einige Zeilen und war überrascht. Der Ritter las Gedichte. Sie blätterte weiter ... Traurige Liebeslyrik und Oden an eine schönere Welt. Merkwürdig. Jemand, der solche Bettlektüre pflegte, sollte gefährlich sein? Wieder war das Geräusch quietschender Angeln zu hören.

Gishild fuhr herum. Die Tür des Kleiderschranks war wie von Geisterhand aufgeschwungen. Schwarzes Ölzeug und ein scharlachroter Umhang hingen darin. Wäsche stapelte sich in einer Ecke. Und ein Pistolenlauf lugte seitlich an dem Umhang vorbei.

»Bilder wirst du vergeblich in diesem Buch suchen, Barbarenprinzessin«, sagte die melodische Stimme, deren nächtlichem Gesang sie gelauscht hatte. Ein schmales, wettergegerbtes Gesicht schob sich zwischen den Falten des Umhangs hervor. Rote Adern durchzogen das Weiß seiner Augen, und lauter kleine Narben umrundeten seinen Mund. Es war ein Antlitz, das so gar nicht zu der Stimme passte.

Gishild ärgerte sich über die beleidigenden Worte. Angst empfand sie nicht, obwohl der Ritter sie ganz offensichtlich erschrecken wollte! Lilianne hätte sie niemals an einen Ort gebracht, an dem ihr Leben in Gefahr war! Dessen war sich Gishild ganz sicher!

»Kannst du reden?«, versuchte er es in der Sprache Drusnas. »Ich weiß, manche von euch grunzen nur wie die Schweine.«

Gishild dachte an die endlosen Stunden in der Bibliothek zurück. Zum allerersten Mal in ihrem Leben würde sie etwas mit dem ganzen nutzlosen Wissen, das ihr Lehrer Ragnar ihr eingetrichtert hatte, anfangen können. Sie wollte ihm eine Antwort geben, die saß wie ein Schwertstoß. Sie sortierte im Geiste halb vergessene Worte in der Sprache des Südens.

»Tja, stumm wie ein Fisch«, kam ihr der Ritter zuvor. »Vielleicht sollte ich Juztina vorschlagen, dich in ihre Suppe zu stecken. Schlechter kann sie davon nicht werden.«

»Ich ziehe die klassische Epik eines Veleif Silberhand dem weltverbesserischen Gejammer eures André Griffon vor. Ich muss sagen, die Wahl deiner Lektüre verrascht mich.«

Der Lauf der Pistole schwenkte zur Seite und verschwand.

»Überrascht, meinst du wohl, Kindchen. Überrascht.«

Sie hörte, wie die schwere Waffe auf den Schrankboden gelegt wurde. Hatte er sie nur abgelegt? Oder war das der Platz, an dem Drustan seine Pistolen verwahrte?

»Eitel ist es, sich eines Menschen Bild zu machen, bevor man ihm gegenübertritt. Du *verraschst* mich, Prinzessin. Du scheinst klug zu sein. Obgleich ... Für ein junges Mädchen hast du einen seltsamen Haarschnitt.«

Die Bemerkung zu ihrer Frisur verärgerte sie zutiefst. So ein überheblicher Kerl!

Der Ritter schob sich weiter zwischen Kleidern vor. Er war groß und sehr schlank. Auf sein schmuddeliges weißes Hemd hatte er eine silberne Brustplatte mit Rostflecken geschnallt. Er trug eine dunkle Reithose und nur einen Stiefel. Gishild starrte seine nackten Zehen an. Sie waren dicht behaart.

»Ich hatte gestern Streit mit Juztina«, murmelte er. »Sie ist so ein widerborstiges Weib. Sie hat mir den zweiten Stiefel nicht ausgezogen. Ich musste mit einem Stiefel im Bett übernachten.«

Erst als der Ritter ganz aus dem Schrank hervorgetreten war bemerkte Gishild, dass Drustans rechter Hemdsärmel leer herabhing. Sein Arm schien gleich unterhalb der Schulter amputiert worden zu sein.

Der Ritter hob mit der linken Hand den leeren Ärmel an und ließ ihn wieder fallen. »Hat sie dir das nicht gesagt? Es ist leicht, einen Krüppel zu ärgern!«

Seine Stimme hatte plötzlich eine Schärfe, die Gishild zurückweichen ließ.

Drustan schloss die Augen, öffnete sein Hemd und streckte ihr den schrecklich vernarbten Stumpf entgegen. Die Lippen des Ritters bewegten sich, ohne dass ein Laut über sie gekommen wäre.

Eine Gänsehaut überlief Gishild. Obwohl sie nicht begriff, was vor sich ging, spürte sie, dass sie in tödlicher Gefahr war. Sie wich noch etwas zurück, stieß gegen die Bettkante, kam aus dem Gleichgewicht und landete auf dem zerknüllten Laken.

Drustan schlug die Augen auf. Die roten Adern ließen es so aussehen, als trüge er das Wappen des Blutbaums in den Augen. Er verzog die schmalen Lippen zu einem Lächeln.

»Ein Wechselbalg bist du nicht, wie mir scheint.«

Gishild war schleierhaft, was diese Bemerkung mit seiner merkwürdigen Geste zu tun hatte.

Drustan klopfte sich mit der flachen Hand auf den Stumpf. »Das verdanke ich einem deiner Freunde. Du verstehst also, dass ich Barbaren, Heiden und die Anderen in meinem Turm nicht willkommen heiße. Deshalb war ich noch nicht unten, um dir meine Aufwartung zu machen. Mir ist es lieber, wenn ich niemanden um mich habe, der mich anstarrt und denkt: Was für ein armer Krüppel!«

»Meine Freunde tun so etwas nicht ohne Grund.«

Drustan kniff die Lippen zusammen. Kurz erweckte er den Anschein, als wolle er sie mit seinem Blick töten.

»Das ist nicht in einer Schlacht passiert.« Seiner Stimme war anzuhören, wie viel Mühe es ihn kostete, sich zu beherrschen.

»Irgendein Wichtel hat aus dem Hinterhalt mit seiner Armbrust auf mich geschossen. Der Bolzen durchschlug meinen Armpanzer. Es war keine schlimme Verletzung. Wie gesagt, es geschah im Wald. Die Wunde hat kaum geblutet und auch nicht sehr geschmerzt, ich habe sie nicht groß versorgt. Erst am nächsten Tag habe ich eine unserer Waldburgen erreicht. Abends habe ich Fieber bekommen. Als man mir den Bolzen aus der Wunde zog und die Armschiene abnahm, konnte sogar ich sehen, was geschehen war. Die Wunde war so brandig, dass nicht einmal mehr eine Behandlung mit Maden half. Eine dunkle Linie lief hinauf bis zu meinem Arm. Der

Heiler erklärte mir, dass man sofort amputieren müsse, oder ich würde an den giftigen Säften der Wunde sterben. Die Kobolde stecken ihre Armbrustbolzen gern in fauliges Fleisch, habe ich später gehört, damit selbst aus leichten Verletzungen schwärende, tödliche Wunden entstehen.«

Gishild wusste nichts davon, dass ihre Verbündeten vergiftete Waffen gebrauchten. Aber sie musste nur an das grässliche Grinsen von Brandax denken. Kobolden war alles zuzutrauen, und im Umgang mit ihnen war man gut beraten, stets mit dem Schlimmsten zu rechnen.

Drustans Wut schien so plötzlich verraucht zu sein, wie sie gekommen war. Er setzte sich auf den Schemel. Das Kinn stützte er auf die verbliebene Hand auf. Er war unrasiert. Zwischen den Stoppeln waren merkwürdige, kleine runde Narben um seinen Mund zu sehen. Sein kurzes schwarzes Haar hing ihm in wirren Strähnen in die Stirn. Er stank nach Schweiß und zu lang getragenen Kleidern.

»Ich habe dem Orden mein Leben versprochen«, sagte er ruhig. »Also gab ich meinen Arm auf. Meinen Schwertarm! Ich habe versucht, mit links fechten zu lernen. Und bin sicherlich besser geworden als so mancher Bauerntölpel. Aber es ist nicht dasselbe. Mein Körper ist aus dem Gleichgewicht. Ich werde nie mehr ein exzellenter Fechter sein. Und ich fürchte, auch meine Seele ist aus dem Gleichgewicht geraten. Der Orden hat eine neue Aufgabe für mich gefunden. Etwas, das meinen besonderen Fähigkeiten angemessen ist. So bin ich hierhergekommen. Und Juztina haben sie mit mir geschickt.«

Er lachte bitter. »Armes Ding. Ich glaube, ich wäre lieber Galeerensklave, als mit einem wie mir auf eine winzige, einsame Insel geschickt zu werden.«

»Dann sei doch netter!«, sagte Gishild.

Er sah sie an. »Das liegt mir nicht. Ich war auch nicht sonderlich nett, als ich noch beide Arme hatte.«

»Du könntest es doch versuchen«, entgegnete sie zaghaft.

»Nein!« Er sagte das mit einer Entschiedenheit, die Gishild zusammenzucken ließ.

»Ich bin schlechte Gesellschaft. Aber ein Betrüger bin ich nicht. Es ist so wie bei denen, die sich ihr Haar färben. Ich könnte rote Haare haben, wenn ich wollte, und den flüchtigen Betrachter damit täuschen. Aber in Wahrheit werden sie immer schwarz sein. Und sobald ich mir ein, zwei Wochen keine Mühe mit dem Färben mehr gebe, wird man am Ansatz das Schwarz auch wieder sehen.«

»Und wenn du dir immer Mühe geben würdest?«, setzte sie nach.

»Dann wäre ich immer noch ein Schwarzhaariger, der die anderen täuscht. Das ist nicht meine Art. Ich bin, wie ich bin«, sagte er streitlustig.

»Aber wenn du ...«

»Wenn mir der Sinn danach stünde, mir von Kindern dumme Fragen stellen zu lassen, dann hätte ich der Schlampe dort unten längst selbst ein paar Kinder gemacht. Sie wartet nur darauf. Jetzt mach dich davon! Ich habe genug von dir, Prinzessin. Wenn deine Anwesenheit hier erwünscht ist, dann werde ich nach dir rufen. Vorher lass dich nicht mehr in meiner Kammer blicken.«

Gishild erhob sich. So ein blöder Kerl! Mitleid würde sie nicht mit ihm haben! »Warum hat man dich hierhergeschickt, Ritter?«

Die Ohrfeige kam so schnell und überraschend, dass sie ihr nicht ausweichen konnte. Ihre Wucht riss Gishild von den Beinen. Es klingelte in ihren Ohren, als würden tausend kleine Silberglöckchen geläutet.

»Du bist der Feind!«, schrie Drustan sie an. »Das kannst du auch hinter einem Kinderlächeln nicht verstecken. Du bist der Feind! Du machst mich nicht zum Verräter! Du nicht. Du bist auch nur eine falsche Rothaarige! Aber mich täuschst du nicht! Ich sehe, was du in Wahrheit bist!«

Tränen rannen ihr über die Wangen. Aber Gishild verkniff es sich zu schluchzen. Rückwärts, ohne den tobenden Irren aus den Augen zu lassen, zog sie sich zur Treppe zurück. Erst als sie den großen Holzwall umrundete, wagte sie es, sich umzudrehen.

Etwas klatschte über ihr an die Wand. Das Buch, das neben Drustans Bett gelegen hatte, fiel ihr vor die Füße.

»Lies das! Vielleicht können seine von wahrem Glauben durchdrungenen Verse deine dunkle Heidenseele erleuchten!«

Gishild spuckte auf das Buch. So etwas hatte sie noch nie getan, aber ihre Heidenseele würde sie sich nicht nehmen lassen. Sie war ein Teil von ihr, vielleicht das wichtigste von allem. So wie Drustan seinen üblen Charakter pflegte, würde sie auf diese Heidenseele achten. Solange sie daran festhielt, würde sie nicht untergehen, ganz gleich, was Lilianne mit ihr noch vorhaben mochte.

Sie musste diese Zeit überstehen. Irgendwann würde Silwyna kommen und sie holen. Das war so gewiss wie der nächste Sonnenaufgang. Die Elfe würde sie finden. Und sie würde Gishild zurück zu ihrem Vater bringen. Und er würde maßlos stolz auf sie sein, wenn er sah, dass die Ordensritter sie zwar gefangen hatten, sie sich ihnen aber nie ergeben hatte. Wie er sie ansah, wenn er stolz war, das war es wert, alles auszuhalten.

Hastige Schritte kamen ihr entgegen. Juztina! Sie schien erleichtert, Gishild zu sehen. Die Drusnierin zog sie eilig die

Treppe hinab. Erst im Erdgeschoss vor dem großen Kamin hielt sie inne.

»Das darfst du nie wieder tun! Dort hinaufgehen ... Er ist böse! Geh nicht zu ihm. Nie wieder! Man weiß nie, was er anstellen wird. Eines Tages erschießt er uns noch! Ich hoffe, dass Lilianne bald zurückkehrt. Komm, ich zeige dir etwas. Dann wirst du verstehen, wovon ich rede!«

Die Drusnierin rückte eine Truhe von der Wand und deutete auf einen Eisendorn, der von einem Rostfleck umgeben war.

»Das war einmal ein Nagel. Er hat das im Frühjahr gemacht«, sagte sie beklommen.

In einen der Bruchsteine war ein Wappenschild geritzt. Es war durch ein Y dreigeteilt. Rechts sah man einen stehenden Löwen, links einen kahlen Baum, und oben eine Blume, die Gishild nicht genau zuordnen konnte. Vielleicht eine Rose. Das Y, das die drei Felder des Wappenschildes voneinander trennte, sah aus, als sei es aus Kettengliedern geformt.

»Zwei Tage und unendlich viele Flüche hat es ihn gekostet, diesen Wappenschild in die Wand zu ritzen. Er hat dafür diesen Nagel benutzt. Und weißt du, was er wollte, als er damit fertig war?«

Gishild zuckte mit den Schultern.

Juztina nickte. »Wie sollte man auch erraten, was ein Verrückter sich ausdenkt? Er wollte, dass ich ihn mit seiner verbliebenen Hand auf diesen Schild nagele. Irgendeine selbst auferlegte Buße sollte das sein. Vollkommen irre ist er!«

Gishild beugte sich vor. Jetzt sah sie den vermeintlichen Rostfleck mit anderen Augen.

»Hast du es getan?«

»Natürlich nicht! Er hat geflucht wie ein Kesselflicker. Und dann hat er mich mit seiner Pistole bedroht. Da bin ich hinaus in den Wald geflüchtet. Ich dachte, damit hätte es sich erledigt. Wie soll sich ein Einarmiger allein an die Wand nageln?«

Die Prinzessin tastete nach dem Ende des Nagels, das aus der Wand ragte. Ein wenig Rost blieb an ihren Fingern haften.

»Als ich wiederkam, fand ich ihn hier an der Mauer liegen. Er war entkräftet und hatte Fieber. Er hatte es geschafft, dieser Irre.«

Gishild glaubte einen Hauch von Respekt in Juztinas Stimme zu hören. Sie verstand nicht, wie man einen Verrückten bewundern konnte.

»Er hat den Nagel zwischen zwei Steine in eine Fuge der Mauer geklemmt und mit einem Hammer tiefer hineingetrieben. Als der Nagel festsaß, hat er ihn zugefeilt und dann seine Hand durch die Spitze gedrückt. Aber das war ihm nicht genug. Er hatte Angst, dass seine Hand von dem zugespitzten Nagel wieder abrutschen könnte, falls er ohnmächtig würde. Deshalb hat er sich einen Stein zwischen die Zähne geklemmt und damit so oft vor das Nagelende gehämmert, bis es sich nach oben gebogen hatte. Das ganze Gesicht hat er sich dabei zerstochen. Ich sage dir, eines Nachts wird er von dort oben herunterkommen und uns erschießen, weil er glaubt, sein Gott fordere das von ihm. Er ist verrückt wie ein brünstiger Stier. Bitte, Gishild, halte dich von ihm fern. Und bete zu all deinen Göttern, dass Lilianne schnell zurückkehrt, um dich zu holen.«

DAS KRÖNUNGSFEST

Yulivee stand am hinteren Eingang zum Jagdhaus. Für die Verhältnisse der Menschenkinder war es ein richtiger Palast. Mitten in der Einsamkeit der Wälder gelegen, hatte er einst einem der Bojaren als zweite Residenz gedient. Es war ein langer, niedriger Bau mit steilem Dach, das von schlecht gearbeiteten Holzfiguren geschmückt wurde. Um ihre mindere Qualität zu verbergen, hatte man sie auch noch mit unpassenden Farben bemalt. Ein Dutzend anderer Gebäude umgaben das Herrenhaus: Ställe, Gesindehäuser, eine Remise. Allen Häusern sah man an, dass dem Bojaren schon vor langem die Mittel ausgegangen waren, sie in Stand zu halten. Es war ein elender Ort für eine Krönung, der die Königin Albenmarks beiwohnen sollte.

Yulivees Blick schweifte über die Weiden, die das Gut umgaben. Sie waren zu einem Heerlager geworden. Leichter Nieselregen fiel nieder. Seit einer Woche regnete es ohne Unterlass, und Tausende Füße hatten die Wiesen, die um das Jagdhaus herumlagen, in riesige Schlammlachen verwandelt.

Und so übel wie die Wiesen sahen auch die Fjordländer und die Männer Drusnas aus.

Yulivee mochte die Menschen wirklich. Viel mehr als die meisten Elfen. Aber die Unfähigkeit der Menschenkinder, sich vernünftig sauber zu halten, war schon schwer zu ertragen. Obwohl sie nach Kräften versuchten, den Schlamm von ihren Kleidern zu waschen, und offensichtlich lieber mit nassen als mit schlammbespritzten Beinkleidern bei der Krönung erscheinen wollten, war es ein aussichtsloser Kampf.

Die Elfen hingegen waren makellos. Der Schmutz schien

sie zu meiden und sich dafür umso wütender auf die Übrigen zu werfen. Trolle, Kobolde und ein kleiner Trupp Kentauren waren wie die Menschen bis zu den Hüften mit schwarzem Schlamm bedeckt.

Ärgerlicherweise waren es ausgerechnet die gefangenen Ritter, die von den Menschen am besten aussahen. Ihre Rüstungen hatte man ihnen abgenommen, und selbstverständlich waren sie entwaffnet worden. Aber einige von ihnen mussten es geschafft haben, zumindest ein Rasiermesser zu behalten, wo auch immer sie die versteckt haben mochten. Auf ihren Gesichtern zeigten sich kaum Bartstoppeln. Und auch auf ihre Kleidung achteten sie sehr. Wenn andere Männer sich am Ende eines Tages erschöpft niedersinken ließen, säuberten die Ritter ihre Gewänder und putzten ihre Stiefel.

Oft standen sie auch ordentlich aufgereiht und sangen ihre feierlich düsteren Lieder von den Heiligen und Tjured, ihrem Gott.

Die Ordensritter waren Yulivee unheimlich. Obwohl Tiranu ihnen keine Schikane erspart hatte, hatte er sie nicht brechen können. Sie sahen nicht einmal aus wie Gefangene, so stolz, wie sie im Regen beieinanderstanden.

Sie spornten die übrigen Gefangenen an, ihnen nachzueifern und sich nicht gehen zu lassen. Die Ruderer, Seeleute und Soldaten waren zwar nicht rasiert, doch der lange Marsch durch den Wald hatte zumindest ihre Disziplin nicht brechen können. Bei allem Hass, den Yulivee hegte, empfand sie doch auch ein wenig Respekt. Sie fragte sich, wie diese Ritter so geworden sein mochten. Welches Feuer brannte in ihnen und gab ihnen solche Kraft?

Die Elfenmagierin wandte sich ab und schritt die Längsseite des Jagdhauses ab. Sie spürte die Blicke der Männer. Gierige, zuweilen auch lüsterne Blicke. Die Ritter wussten, dass sie es gewesen war, die die Galeasse vernichtet hatte. Der Kobold Brandax behauptete, man habe ein Kopfgeld auf sie ausgesetzt. Vielleicht wäre es klüger, doch nach den verborgenen Rasiermessern suchen zu lassen? Tiranu wartete seit der Schlacht am See auf einen Grund, ein paar der Ritter hinrichten zu lassen.

Yulivee erwog kurz, den Fürsten von Langollion darauf hinzuweisen, dass Bartwuchs ohne Messer wohl kaum zu bekämpfen war. Dann verwarf sie es. Diesem Schlächter würde sie nicht zuarbeiten ... Am See hatte sie sich gehen lassen. Sie hatte nicht geahnt, was mit dem Schiff geschehen würde. Viel zu viel Blut klebte an ihren Händen ... Nein, sie würde Tiranu nichts sagen. Sie wollte nicht noch mehr Tote.

Da Elfen kein Bart wuchs, war Tiranu offenbar bisher noch nicht daraufgekommen, was es bedeutete, dass ein Teil der Menschenkinder ebenfalls keinen Bart trug. Seine selbstherrliche Arroganz machte ihn blind. Hoffentlich würde Emerelle ihm heute das Kommando entziehen.

Yulivee umrundete das Jagdhaus und betrat die Terrasse vor dem Eingang. Nasse Banner hingen schlaff von den Stangen, die man entlang des Giebels aufgereiht hatte. Die Würdenträger der Menschenkinder drängten sich hier. Wie sehr sie sich bemühten! Und doch nahm der drückende Gestank nach nasser Wolle und Pelzen dem Augenblick, auf den sie alle warteten, schon jetzt seine Würde.

Emerelle würde sich nichts anmerken lassen. Niemand aus ihrem Gefolge würde das. Wahrscheinlich hatte die Königin die Größe, einfach darüber hinwegzusehen. Aber die anderen würden über die Menschenkinder spotten, wenn sie unter sich waren. Ihre stinkenden Verbündeten. Der Gedanke daran machte Yulivee wütend. Sie kämpften so tapfer. Sie hatten mehr Anerkennung verdient.

Yulivee zog sich hinter die Gruppe der Wartenden zurück. Die Krieger der Menschen bildeten ein langes Spalier entlang des schlammigen Weges, der zum Waldrand führte. Männer in Kettenhemden, mit Bärenfellen auf den Schultern, gestützt auf riesige Äxte und mit federgeschmückten Baretten bildeten dicht am Wald den Anfang. Ihnen folgten Trolle, Kobolde und andere Albenkinder, die ohne strenge Ordnung ihren Platz eingenommen hatten. Über ihren Häuptern hingen die Banner, die seit Jahrhunderten von Schlacht zu Schlacht getragen wurden, die silberne Nixe von Alvemer, die gekreuzten Kriegshämmer der Trolle, der goldene Nachen auf schwarzem Grund der Holden von Vahan Calyd. Fahnen, um die sich hunderte alte Geschichten rankten.

Eine Fanfare erklang. Die Mandriden, die Leibwache der Königsfamilie des Fjordlands, sammelten sich um das Zelt, das ein wenig abseits des Jagdhauses stand. Yulivee erkannte Sigurd. Der Hauptmann hatte seine Sache gut gemacht. Keiner hatte an seinen Worten gezweifelt, als er vor der Versammlung der Jarle und Bojaren berichtete, König Gunnar habe in Begleitung einer Handvoll ausgewählter Elfen die Verfolgung der Entführer aufgenommen. Der König galt als Held, und Heldenmut war immer schon eine gute Entschuldigung für Torheiten jeder Art gewesen.

Mit geschwärzten Brustplatten, ihren wilden Bärten, scharlachroten Umhängen und den großen Rundschilden sahen die Mandriden auf barbarische Art eindrucksvoll aus. Jeder Krieger führte sein eigenes Wappen, doch alle waren sie mit Schwarz und Rot auf weißen Grund gemalt. Verschlungene Knotenmuster, stilisierte Wolfköpfe, Adler, Rehe. Yulivee mochte diese Wilden. Sie hatten etwas Faszinierendes an sich, so wie ein weißer Wolf, dem man allein auf einem Schneefeld in einer Mondnacht begegnete. Und sie waren treu. Sie waren die Einzigen unter den Menschenkindern hier, die Roxanne mit Sicherheit auch ohne Sigurds Lügen gefolgt wären.

Die Elfenmagierin tastete nach der dünnen Rosenholzflöte in ihrem Gürtel. Sie hatte lange nicht mehr darauf gespielt. Es war ein Instrument aus besseren Tagen, aus einer Zeit der Feste und der Sorglosigkeit. Behutsam setzte sie das polierte Mundstück an die Lippen. Yulivee dachte an die Krönungsfeiern im fernen Vahan Calyd, in einer anderen Welt. An den Ort, an dem die Trolle einst die Elfenkrone eroberten und an dem Emerelle aller Kriege und Intrigen zum Trotz so oft aufs Neue gekrönt worden war. Die Elfe schwelgte in Erinnerungen an die tausend Wohlgerüche des Waldmeers, an die Pracht der Fürsten Albenmarks und an die Magie der Krönungsnächte, wenn der Himmel im Glanz magischer Feuerwerke erstrahlte. All dies gesehen zu haben, gab ihr Kraft, als sie nach der Magie des Waldes griff und zu spielen begann. Ein Gedanke trocknete die Banner der Menschen. Eine leise Tonfolge rief eine Brise herbei, die den Geruch der nassen Kleidung davontrug und die Fahnen über dem Giebel des Jagdhauses entfaltete. Die grüne Eiche des Fjordlands. Der legendäre Königsbaum, der auf dem Grabhügel im Herzen Firnstayns wuchs. Dort, wo seit einem Jahrtausend die Nachfahren Mandred Torgridsons ihre letzte Ruhe fanden. Der goldene Pfeil und goldene Anker des verlorenen Villusa wehte neben dem silbernen Spieß Latavas und dem weißen Hirschen von Raiga.

Der Nieselregen verging. Goldenes Herbstlicht brach durch die Wolken. Ganz in ihrem Zauber gefangen, nahm die Elfe all dies kaum wahr. Doch sie spürte, wie die Menschenkinder auf ihre Magie reagierten, auch wenn sie sich der Kraft nicht bewusst waren, die diesem besonderen Augenblick Glanz verlieh.

Verzweifelte Männer erhoben wieder stolz die Häupter, wischten sich nasses Haar aus dem Gesicht oder blinzelten der Herbstsonne entgegen. Behutsam wob Yulivee den Duft von Moschus, wildem Honig und Waldblüten in den Wind. Gerüche, die den Menschenkindern vertraut waren und die die verletzliche Harmonie nicht stören würden.

Vom Waldrand erklangen silberne Fanfaren. Ein Trupp der bulligen Kentauren aus Uttika preschte heran. Sie waren in golden schimmernde Bronze gewappnet. Weiße Umhänge wallten von ihren Schultern. Schlamm spritzte unter ihren schweren Hufen.

Unruhe entstand um das Zelt der Königin. Roxanne trat heraus. Ihr Gesicht war spitz geworden. Das schwarze Haar hatte sie zu einer kunstvollen Frisur hochgesteckt. Sie war mit einem schlichten weißen Kleid angetan und trug den alten Bernsteinschmuck längst zu Staub gewordener Königinnen. An ihrer Seite schritt Sigurd, der auf seinem Schild die Krone des Fjordlands trug: einen Flügelhelm, der aus der Zeit der ersten Siedler stammte, die zu den einsamen Fjorden des Nordens gekommen waren.

An der Spitze ihrer Leibwache kam Roxanne gemessenen Schrittes zum Portal des Jagdhauses.

Die Kentauren musterten indessen jeden der Menschensöhne mit derart finsteren Blicken, als könnten sie ihnen direkt in die Herzen blicken und so jeden Verräter ausfindig machen. Yulivee wusste, wie viele Elfen zutiefst gekränkt waren, weil Emerelle den wilden Kentauren mehr vertraute als den hochgeborenen Fürsten.

Tiranu warf trotzig sein langes Haar in den Nacken und begegnete Emerelles Wachen mit herausforderndem Blick. In seinem schimmernd schwarzen Panzer sah er wie ein großes, bösartiges Insekt aus.

Endlich hob der Anführer der Kentauren ein silberbeschlagenes Widderhorn an die Lippen und ließ ein langes, klagendes Signal ertönen.

Eine Schar Vögel flog vom Waldrand auf. Und dann erschienen sie: Emerelle und ihre Vertrauten. Es war nur eine kleine Schar, und doch waren sie wunderbar anzuschauen, wie sie unter dem grünen Banner Albenmarks geritten kamen. Ollowain, der Schwertmeister, der Letzte aus der Fürstensippe Carandamons, war ganz in Weiß gewandet. Er führte die kleine Schar handverlesener Elfenritter, die die Königin schützten. Zur Rechten der Königin ritt Obilee und trug das Banner Albenmarks. Sieben junge Elfenmaiden auf schneeweißen Rössern bildeten den Abschluss des Zuges.

Yulivee lächelte beim Anblick der Mädchen. Sie selbst hatte einmal zum Gefolge der Königin gehört. Jedes der Mädchen hatte einen bedeutsamen Titel und eine wichtige Aufgabe bei Hof. Doch im Grunde waren sie nur um die Herrscherin versammelt, um gut auszusehen und ihren Auftritten zusätzlichen Glanz zu verleihen.

Emerelle wirkte, umgeben von Gewappneten, klein und zierlich. Wie ihre Hofdamen ritt sie im Damensitz. Die Königin trug ein Kleid in jenem zarten graublauen Farbton, den Wolken zuweilen in der Morgendämmerung annehmen. Ihr leicht gelocktes Haar fiel auf milchweiße Schultern. Sie benötigte keinen Schmuck und keine kostbaren Stoffe, um erhaben zu wirken.

Yulivee spürte, wie all die Barbarenkrieger den Atem anhielten, als sie die Herrscherin Albenmarks sahen. Ein Geschöpf fast so alt wie die Welt, deren Königin sie war.

Ergriffen ließ Yulivee die Flöte sinken. Kein Zauber, den sie zu wirken vermochte, hätte dem Erscheinen der Beherrscherin Albenmarks noch zusätzlichen Glanz verleihen können.

Emerelle zügelte ihr Pferd vor Roxanne. Ollowain saß ab und hielt der Königin den Steigbügel, als sie sich aus dem Sattel gleiten ließ. Sie hätte keiner Hilfe bedurft. Und doch unterstrich es ihre Würde, dass der Beste aller Schwertkämpfer stolz war, ihr zu dienen.

Die Königin schloss Roxanne in die Arme, als seien sie seit langem vertraute Freundinnen. Sie sprach kurz mit ihr, und Yulivee wurde sich bewusst, dass nicht einmal die künftige Herrin des Fjordlands wusste, dass sie Witwe war. Dies alles hier war nur ein Possenspiel, ersonnen, um den letzten Freien die Kraft zum Widerstand gegen die Tjuredkirche zu erhalten.

Es war Roxanne, die als Erste dem Portal zum Jagdhaus entgegentrat. Trolle beugten vor ihr das Knie, und selbst die unbarmherzigen schwarzen Reiter Tiranus verneigten sich, als sie vorüberging.

Emerelle folgte Roxanne in einigem Abstand.

Yulivee war sich bewusst, wie sehr sie gegen die Hofetikette verstieß, und doch drängte sie sich durch die Reihen der Gäste. Die Königin Albenmarks würde nicht lange bleiben, und gewiss warteten schon Dutzende Bittsteller auf eine Gelegenheit, mit ihr zu sprechen.

Ollowain sah, wie sie sich ihren Weg durch die Menge bahnte. Sein Blick gebot ihr stehenzubleiben, doch sie missachtete seinen Befehl. »Meine Königin, auf ein Wort.«

»Yulivee.« Die Herrscherin lächelte. »Es ist friedlich an meinem Hof geworden, fast langweilig, seit wir dich vermissen.«

Roxanne hatte die Störung nicht bemerkt. Sie ging weiter zum Festsaal des Jagdhauses, dicht umringt von ihren Mandriden. Emerelle winkte ihren Maiden, der Menschentochter zu folgen, damit weniger auffiel, dass das Protokoll der Krönungsfeier durcheinandergeraten war.

Eine kaum fingerlange Blütenfee tauchte wie aus dem Nichts auf, schwirrte mit ihren Schmetterlingsflügeln um Yulivees Haupt, zupfte ihr an den Haaren und raunte ihr zu.

»Lass das. Es ist ungehörig, das Fest zu stören.«

»Herrin, du musst zu Fenryl.«

Die Elfenmagierin deutete zu der Remise, die schräg gegenüber dem Jagdhaus lag. »All meine Kraft vermag ihn nicht zu wecken. Bitte hilf ihm.«

»Das ist der falsche Augenblick, um ...«

»Aber Herrin«, unterbrach sie die Königin und handelte sich noch heftigeres Haarzupfen ein. »Wäre es nicht schön, wenn er zur Krönungsfeier an deiner Seite stünde?«

Im Saal erklangen Fanfaren und das dumpfe Blöken der Kriegshörner Drusnas.

»Yulivee, ich weiß um Fenryls Schicksal, und auch mir war er ein treuer Freund, doch ...«

»Nein, sag, das nicht! Er war nicht. Er ist! Er ist nicht Vergangenheit. Er lebt. Bitte ...«

Die Hörner und Fanfaren verstummten. Zu früh. Einen Herzschlag lang war es still. Ollowain legte einen Arm um die Hüfte der Königin und zog sie dicht an sich heran.

Ein einzelner Schrei erklang.

Krieger riefen einander Befehle zu. Eine junge Drusnierin kam durch das Portal. Leichenblass taumelte sie ihnen entgegen.

»Schützt die Königin!«, befahl Ollowain, und Emerelles Leibwache scharte sich dicht um sie. Der Schwertmeister redete auf seine Herrin ein, doch diese widersetzte sich. Yulivee konnte nicht hören, was die beiden miteinander besprachen. Immer lauter wurde das Geschrei. Gäste drängten durch die Tür hinaus in Freie. Ein weinendes Kind irrte ziellos umher.

Blumengebinde lagen auf dem Boden verstreut.

Die Elfenmagierin drängte sich gegen den Strom. Plötzlich vertrat Sigurd ihr den Weg.

»Geht dort nicht hinein, Herrin!«

»Was ist geschehen?«

Er breitete hilflos die Hände aus. Seine Augen waren vor Entsetzen geweitet.

»Dort ist der Tod«, brachte er schließlich hervor. »Aber nur für Euch ... Ich weiß nicht ... Geht nicht dort hinein!«

Yulivee schob ihn zur Seite und war überrascht, dass der große Krieger keinen Widerstand mehr leistete. Sie trat über zertrampelte Blumen hinweg. Ein grüner Umhang lag am Boden. Die Flügeltür zum Festsaal stand weit offen.

Roxanne stand von Leibwachen umringt beim Thron. Die Magierin sah Brandax. Der Kobold saß in der Tür. Er atmete heftig, so als sei er weit gelaufen. Er starrte in den Saal hinein. Yulivee folgte seinem Blick und wünschte sich, sie hätte auf Sigurd gehört.

DIE GABE

»Ich hätte zwischen den Mädchen vor dem Thron gestanden, wenn du mich mit deinen Fragen nicht aufgehalten hättest«, sagte Emerelle mit tonloser Stimme.

Yulivee konnte den Jungfern nicht in die Gesichter blicken. Ihre Kleider waren blütenweiß. Es gab keine sichtbaren Wunden.

Überall lagen Tote. Drei Trolle, riesig, fast unbezwingbar in der Schlacht, lagen hingestreckt von einer Macht, der Yulivee erst ein einziges Mal begegnet war.

»Ich habe nichts gespürt«, sagte die Magierin fassungslos.

Am anderen Ende des Saals lag eine Gruppe von Kobolden. Von weitem sahen sie aus wie tote Kinder. Auch einige von Tiranus schwarzen Reitern hatte der plötzliche Tod geholt. Inmitten einer Lache von dunklem Wein war ein Kentaur hingestreckt. Den Zinnbecher hielt er noch in seiner erstarrten Hand. Sein Gesicht war eine Grimasse des Schreckens.

»Man kann das nicht spüren. Es ist keine Magie, wie wir sie kennen.« Emerelle hatte sich gefasst. Obwohl Ollowain noch immer versuchte, sie zurückzuhalten, trat sie in den Festsaal. Sie kniete neben den toten Mädchen nieder, die sie begleitet hatten. Lange verharrte sie dort stumm. Als sie wieder aufsah, strahlte sie eine kalte Kraft aus, die Yulivee erschaudern ließ.

»Der heilige Guillaume hat als Erster auf diese Weise Elfen getötet. Während der Dreikönigsschlacht geschah es erneut. Manche der Bastarde, die der Devanthar unter den Menschen gezeugt hat, tragen die Gabe in sich. Ich hatte gehofft, es gäbe sie nicht mehr. Dass die Jahrhunderte ihr Blut ausgedünnt hätten und diese verfluchte Gabe verloschen sei. Wird die Saat des Bösen denn niemals vergehen?« Die Königin wirkte verbittert und entschlossen. Ihr Liebreiz war verflogen. Jeder im Saal spürte ihre Macht, als sie sich aufrichtete. »So lange haben sie diese Waffe nicht mehr eingesetzt.«

»Sie haben auf eine Gelegenheit gewartet dich zu treffen, Herrin«, sagte Ollowain. »Sie wollten, dass wir uns sicher fühlen. Wer immer dies hier getan hat, befindet sich unter den Gefangenen dort draußen. Sie hätten es schon auf dem Weg hierher tun können. Im richtigen Augenblick eingesetzt, hätte dieser Zauber so viele von ihren Bewachern töten können, dass Flucht ein Leichtes gewesen wäre. Aber sie wollten hierhergebracht werden, denn sie wussten, dass du kommst. Sie haben gewartet, bis die Fanfaren erklangen. Sie mussten glauben, dass auch du im Festsaal angekommen warst.«

»Aber warum leben wir noch?«, fragte Yulivee.

»Glück«, entgegnete der Schwertmeister. »Einfach nur Glück. So wie ein Bogen eine Distanz hat, über die hinaus er nicht zu schießen vermag, so gibt es auch für diesen Zauber eine Grenze, jenseits derer die Kraft nicht mehr wirkt.«

»Aber dann bist du doch in Gefahr ...«

»Nein, Yulivee. Spürst du es nicht?«

Die Magierin wusste nicht, was Emerelle meinte. Sie hatte Angst vor dieser unerwarteten Waffe der Ritter. Was sie ringsherum sah, erfüllte sie mit Entsetzen. Es war ihr ein Rätsel, wie Emerelle angesichts dieser Bedrohung so ruhig bleiben konnte.

»In der Welt der Menschen ist die Magie viel schwächer als in Albenmark«, erklärte die Königin schließlich, als Yulivee ihr keine Antwort gab. »Doch sie ist vorhanden. Hier in diesem Raum allerdings nicht mehr. Die Kräfte des Devanthar zehren die Magie auf, wenn sie eingesetzt werden. Sie nehmen dieser Welt ihren Zauber. Deshalb sind die Albenkinder hier gestorben. Wir sind zutiefst von Magie durchdrungene Geschöpfe. Zerstört man unsere Magie, dann nimmt man uns das Leben. Auf die Menschen trifft dies nicht zu. Sie können danebenstehen, wenn wir sterben, und sie spüren nichts außer dem Schrecken, den ein plötzlicher, unerwarteter Tod verbreitet.«

»Warum nehmen sie der Welt ihre Magie? Und was kann man dagegen tun?«, fragte Yulivee entrüstet.

Emerelle bedachte Ollowain mit einem Blick, den Yulivee nicht zu deuten verstand.

»Vor langer Zeit hatte ich befohlen, den ersten Bastard des Devanthar zu töten. Er war aus der Verbindung zwischen dem Devanthar und meiner Vertrauten Noroelle hervorgegangen. Ein Kind, gezeugt durch üble Täuschung, verflucht schon im Augenblick seiner Zeugung. Ich befahl, ein unschuldiges Kind zu töten … Es war sich seiner Gabe nicht bewusst. Anders als sein dämonischer Vater. Das ist seine Art, Krieg gegen uns zu führen. Noroelle verbarg das Kind in der Welt der Menschen. Von fremden Eltern wurde es aufgezogen. Und sein Name war Guillaume – eben jener Guillaume, den die Tjuredkirche heute als ihren größten Heiligen verehrt. Er hätte getötet werden müssen. Meine Jäger haben ihn schließlich aufgespürt. Doch sie zögerten, ihn zu morden … Ja, sie versuchten sogar, ihn zu retten. All das hier wäre uns vielleicht erspart geblieben, wenn sie meinem Befehl gehorcht hätten.«

Ollowains Gesicht zeigte keine Regung, so als habe die Königin gar nicht zu ihm gesprochen. »Was also befiehlst du, Herrin?«

»Du bist zu sehr ein Ritter, um zu tun, was notwendig ist.« Emerelle sah sich um. Dann deutete sie auf Brandax. »Du wirst es tun. Nimm dir fünfzig Armbrustschützen. Bring die Ritter in kleinen Gruppen in den Wald. Und dort töte sie. Schnell und ohne unnötige Grausamkeit.«

»Sind sie denn wirklich alle schuldig?«, fragte Yulivee, erschrocken.

»Wahrscheinlich ist es nur ein Einzelner«, entgegnete Ollowain bitter. Er bedachte die Königin mit einem kühlen, distanzierten Blick. »Möglicherweise weiß er nicht einmal um seine Kraft. Es sind besonders begabte Heiler, die dieses Unglück anrichten. Sie können …«

»Der Augenblick war zu gut gewählt«, unterbrach ihn

Emerelle. »Sei nicht rührselig, Ollowain. Dies hier war kein Zufall. Sie kämpfen mit allen Waffen, die ihnen zur Verfügung stehen. Wenn wir es nicht schaffen, die Brut des Devanthar auszumerzen, dann wird sie Albenmark vernichten. Wir führen diesen Krieg nicht allein aus alter Verbundenheit mit dem Fjordland. Wir führen ihn, damit auch unsere Welt weiter bestehen kann. Wenn das Fjordland fällt, dann werden die Tjuredpriester einen Weg nach Albenmark finden. Die Ordensritter werden den Fluch des Devanthar erfüllen, und sie werden nicht einmal wissen, für wen sie in Wahrheit kämpfen. Wenn wir Schwäche zeigen, wenn wir nur einen einzigen Fehler begehen, dann wird sein Werk bald vollendet sein. Die Zeit ist nahe, in der sich das Schicksal der Menschenwelt und Albenmarks entscheiden wird. Wir müssen das Fjordland stärken, wo wir können. Und deshalb müssen wir Gishild wiederfinden. Sie ist die Letzte in der Blutlinie des Ahnherrn Mandred. Wenn es niemanden von seinem Blute mehr gibt, der leichtfüßig über die Kiesstrände Firnstayns schreitet, dann wird das Fjordland untergehen, so hat das Orakel von Telmareen geweissagt. Dies zu verhindern, kämpfe ich jeden Kampf! Ich befehle den Tod von Unschuldigen nicht leichten Herzens ...« Schweigend sah sie auf die toten Elfenmaiden, dann wandte sie sich an Yulivee.

»Du weißt, dass Fenryl nicht mehr zu helfen ist?«

»Nein!«, begehrte die Magierin auf. »Er lebt. Er ...«

»Aber das Band zu Winterauge ist durchtrennt, so sagte man mir.«

»Ja, aber ...«

»Nein, Yulivee. Da gibt es kein Aber. Für Fenryl besteht keine Hoffnung mehr. Er wusste, was mit ihm geschehen würde, wenn sein Adlerbussard stirbt, während er mit ihm fliegt. Ich werde nur deshalb mit dir kommen, weil ich deinen Bitten für ihn mein Leben verdanke. Doch erhoffe dir nichts. Selbst die Macht meines Albensteins kann ihn nicht mehr zurückholen, wenn Winterauge tot ist.«

EINE VERLORENE SEELE

Silwyna presste sich an das Mauerwerk. Der Wachposten ging so dicht an ihr vorüber, dass sie ihn mit ausgestrecktem Arm hätte berühren können. Doch der Mann hielt den Kopf gesenkt, um dem eisigen Regen zu entgehen.

Der Wintersturm war ihr bester Verbündeter. Und ihr einziger! Die Elfe schlich von Mauernische zu Mauernische, jede Deckung nutzend. Schon wieder kam eine Wache auf den Wehrgang. Silwyna kauerte sich in den Schatten einer Statue. Sie hatte gehofft, die Mistkerle würden länger an ihren Wachfeuern in den kleinen Türmchen auf den Ecken der Festungsmauern bleiben. Aber sie taten ihre Pflicht.

Dass es so viele Wachen gab, erfüllte die Maurawani mit stiller Genugtuung. Sicher waren sie lästig, aber es zeigte auch, wie groß die Furcht der Kirchenfürsten war.

Hier mitten im Herzen von Aniscans, Hunderte Meilen von Drusna und dem Fjordland entfernt, hatten sie sich mit unzähligen Wachen umgeben. Und sie fürchteten nicht etwa einen Verrat aus ihrem Volk. Es waren die Kinder Albenmarks, vor denen sie Angst hatten. Die Jahrhunderte hatten die Heptarchen gelehrt, wie gefährlich selbst ein einzelner Elfenkrieger werden konnte.

Silwyna schlich bis zu nächsten Deckung und verharrte erneut. Mehr als vier Monde war sie gereist, und seit drei Wochen hielt sie sich nun in dieser Stadt auf. Sie hatte das Safrangelb des verrufenen Standes angelegt, um sich als Frau frei auf den Straßen der Stadt bewegen zu können. Und gelegentlich hatte sie ihre Behauptungen mit Taten untermauern müssen, um nicht aufzufallen. Sie war den Menschen nahe gewesen wie keine Elfe vor ihr. Die ersten Male war es fürchterlich gewesen. Einen Mann, der glaubte, grob werden zu können, hatte sie fast getötet. Aber sie durfte ja nicht auffallen. So wie sie in den Wäldern mit den Schatten verschmolz, musste sie mit den Menschen verschmelzen, um unter ihnen unentdeckt zu bleiben. Sie hatte einen falschen Namen ersonnen und neue Kleider erworben. Sie war jemand anderes, wenn sie sich auf einem schmutzigen Lager oder in einer Gasse anbot, um unbehelligt der Spur Gishilds folgen zu können. Das war nicht Silwyna. Sie nannte sich dann Mirella. Und wenn sie das Safrangelb ablegte und sich gewaschen hatte, dann hörte Mirella auf zu existieren.

Die Elfe hatte viel über die einfachen Menschenkinder gelernt. Am meisten hatte sie überrascht, dass sie die Kirche nicht fürchteten. Im Gegenteil, sie waren ihr ergeben und fanden in ihr einen Halt im Leben. Silwyna war bewusst geworden, dass sie einen solchen Halt nicht hatte. Ihr Leben hatte lange kein Ziel gekannt, seit Jahrhunderten nicht mehr. Erst als Emerelle sie zu Gishild geschickt hatte, hatte sich das geändert. Was ihr anfangs eine Last gewesen war, hatte sie mit der Zeit erfüllt, wie sie nichts mehr erfüllt hatte, seit Alfadas im letzten Trollkrieg gestorben war.

Silwyna hatte sich geschworen, dass sie alles ertragen könnte, um Gishild wiederzufinden. Wenn sie das Safrangelb trug, dann war dies ihre Buße. Sie hätte in jener Nacht nicht das Dorf verlassen dürfen. Ihr wäre gewiss aufgefallen, wie Gishild sich davonschlich.

Sie hatte das Mädchen gemocht. Gishild war fast eine ferne Urenkelin. Manchmal hatte Silwyna geglaubt, Züge von Alfadas in ihr zu erkennen. Natürlich war das Unsinn. Gishild war ein Jahrtausend nach ihm geboren! Dennoch vermochte sie sich diesem Gedanken nicht zu verschließen. Er weckte ein unbekanntes Gefühl in ihr. Ein Gefühl, das kühle Logik einfach beiseitewischte und ihr Tränen in die Augen trieb.

Wieder ging ein Wachposten vorüber, und Silwyna nutzte die Gelegenheit, ein Stück weiterzuschleichen. Der Regen perlte von ihrem Gesicht. Er trug die Tränen davon. Dies war nicht der Ort, sich Gefühlen hinzugeben! Ein paar Schritt noch … Dann wüsste sie, dass alles Lügen waren, was sie gehört hatte. Die Prinzessin war nicht tot! Das waren nur Gerüchte, um Verfolger abzuschrecken. Es hieß, dass man sie hier bestattet hatte. Vor zwei Monden schon.

Silwyna war den Geschichten von Paulsburg aus gefolgt. Zunächst hatte sie Gishilds Spur verloren. Doch dann hatte sie ihre Suche hierher ins Herz des riesigen Priesterreichs geführt, nach Aniscans. Dorthin, wo Alfadas einst Zeuge geworden war, wie der heilige Guillaume starb. Dorthin, wo die Kirche Tjureds am mächtigsten war.

Silwyna hatte das Grabmal des Mannes gesehen, der halb Elf und halb Dämon gewesen war. Und ausgerechnet ihn hatte die Kirche zu ihrem bedeutendsten Heiligen erkoren. Die Welt der Menschen war verrückt! Sie lebten einfach zu kurz. Ein paar Jahrhunderte genügten, und auch die dreistesten Lügengeschichten wurden als Wahrheit akzeptiert. Im Lügen waren sie gut. Gishild war nicht tot! Das durfte nicht sein! Es war unmöglich. Silwyna spürte, dass das Mädchen noch lebte. Und dennoch war sie gekommen, um ihr Grab zu sehen. Dort würde sie die Lügen aufdecken.

Durch den Torbogen des nächsten Wachturms sah sie Funken aufsteigen. Ein Soldat hatte ein Holzscheit in die Feuerschale gelegt. Die Männer hielten die Hände dicht über die Flammen. Der Nordwind peitschte eisigen Regen gegen das Mauerwerk. Silwyna blickte nach oben. Warum mussten sie ihre Gräber auf Türmen errichten! Sie kannte die Antwort. Diese Narren glaubten, dass ihre Toten dann dem Himmel näher waren. Sie waren wahrhaft verrückt, die Menschen, allesamt!

Die schlanken Finger der Elfe tasteten über die glatten Mauersteine. Die Fugen waren breit genug, um ihr Halt zu geben. Sie würde mehr als zwanzig Schritt hochklettern müssen. Und kein Wachsoldat durfte aufblicken. Es gab keine Deckung an der Mauer. Doch aufzublicken hätte geheißen, das Gesicht dem eisigen Regen auszusetzen. Sie würden es nicht tun. Mehr als eine halbe Stunde hatte Silwyna die Wachen nun schon beobachtet. Keiner hatte aufgeblickt. Sie wäre an der Mauer sicher, solange es regnete und sie kein verdächtiges Geräusch machte.

Die Elfe hatte sich mit einem Zauber gegen die Kälte der Nacht gewappnet. Aber der Regen gefror auf ihrem Umhang und machte ihn steif und schwer. Ein letzter Blick zu den Wachen, dann begann sie den Aufstieg. Steinreihe um Steinreihe arbeitete sie sich die Wand hinauf. Sie spürte das Wasser, das die Mauer hinabrann, dicker und dichter werden. Es wurde immer schwieriger, einen Halt zu finden. Lange würde das nicht mehr gut gehen.

Silwyna verstärkte ihre Anstrengungen. Doch leichtfertige Hast konnte sie sich auch nicht erlauben. Ein falscher Griff mochte ihren Tod bedeuten. Einen Stück über ihr stülpte sich ein breiter Schmucksims aus dem Gemäuer. Erleichtert, eine kurze Pause einlegen zu können, zog sie sich hinauf und blickte in die steinernen Gesichter der Soldaten, die in einem breiten Figurenfries den Turm schmückten.

Die Elfe betrachtete ihre schmerzenden Hände. Dunkles Blut quoll unter ihren zersplitterten Nägeln hervor und mischte sich mit dem Regenwasser. Etwas mehr als die Hälfte hatte sie geschafft. Die Kälte konnte sie durch ihre Magie vertreiben, den Schmerz nicht. Gefrierendes Regenwasser begann die Fugen zwischen den Steinen zu versiegeln. Es war ein Glücksspiel, das letzte Stück Weg zu wagen. Und sie durfte nicht länger warten. Mit jedem Atemzug, der verging, wurde der Aufstieg gefährlicher. Sie massierte ihre schmerzenden Finger. Kurz nur. Dann streifte sie dünne, fingerlose Lederhandschuhe über, in deren Innenseite eine Reihe stählerner Dornen eingebettet waren. Damit würde sie in den vereisten Fugen Halt finden. Sie streckte sich und lockerte ihre Muskeln, die vom Kauern auf dem Sims verspannt waren.

Silwyna blickte nach oben. Das regennasse Eis verlieh dem Mauerwerk einen majestätischen Glanz. Im Erdgeschoss des wuchtigen Baus gab es eine ständige Wache. Sie waren verrückt, die Menschen, dachte sie erneut. Sie ließen sogar ihre Gräber bewachen. Wen interessierten schon die Toten? Selbst wenn es Kirchenfürsten und angebliche Heilige waren. Und warum hatte man eine Heidenprinzessin hierhergebracht? Lag ihre Leiche zwischen den Heiligen versteckt, um sie spurlos verschwinden zu lassen? War sie wirklich dort oben? Oder war alles nur Lug und Trug?

Zielstrebig und ohne noch einmal über die Schulter zu blicken, machte sie sich an den Aufstieg. Das Eis knirschte und splitterte, wenn sie die Stahldornen in die Wand rammte. Aus dem Eisregen war nun Schnee geworden. Er sammelte sich auf Silwynas Schultern. Ihre Haarspitzen waren gefroren und schrammten ihr über die Wangen. Ein paar Schritt noch! Ihre Muskeln brannten, die Finger waren wund. Sie spürte es, doch sie verbannte den Schmerz aus ihren Gedanken.

Auf der Mauerbrüstung über ihr standen lebensgroße Statuen von Heiligen. Mit ernsten Gesichtern blickten sie auf die Stadt herab. Dahinter ragten die Schatten von kannelierten Säulen auf, die die vergoldete Kuppel trugen, unter der das Mausoleum lag.

Silwyna griff über die Brüstung. Vorsichtig, ohne die Decke frischen Schnees zu verletzen, zog sie sich hoch. Misstrauisch sah die Elfe sich um. Hier oben gab es keine Wachen. Die Toten und die Statuen waren unter sich. Sie war erschöpft, doch hier durfte sie noch nicht rasten.

Silwyna war eine Jägerin, aufgewachsen in den eisigen Wäldern am Fuß des Albenhaupts. Sie vermochte über Neuschnee zu schreiten, ohne eine Spur zu hinterlassen. Kaum mehr als ein Schatten war sie, der zwischen den Säulen verschwand.

Sie hatte den Kuppelbau halb umrundet, als sie eine Pforte aus grün angelaufener Bronze fand. Ein breiter Streifen orangefarbenen Lichts fiel dort auf den Schnee. Die Pforte stand mehr als einen Fußbreit offen, so als sei eben erst jemand auf die weite Terrasse an der Spitze des Turms getreten.

Die Maurawani verharrte. Sie lauschte auf das verräterische Geräusch von Schritten im Schnee. Stille. Spuren konnte sie nicht entdecken. Nur die steinernen Heiligen sahen ihr zu, als sie sich durch die niedrige Pforte duckte. Eine rostige Eisenstange war an der oberen Kante der Tür eingelassen und machte es unmöglich, sie ganz zu schließen.

Wozu diente eine Pforte, die nicht versperrt werden konnte?

Auf der Innenseite der Bronzetür zeigte ein Relief eine Taube, die mit weit ausgebreiteten Schwingen einer stilisierten Sonne entgegenflog. Wollte man den Seelen der Toten einen Weg zum Himmel offen lassen? Silwyna wandte sich ab. Wer wusste schon, was in den Köpfen der Menschenkinder vor sich ging.

Das Mausoleum war ein großer, runder Raum. Steinerne Sarkophage bildeten einen doppelten Kreis. Sie waren von erhabener Schlichtheit, ohne Schmuck und Schnörkel. In Nischen entlang der Wand brannten Flammen in Kugeln aus dickem, orangefarbenem Glas. Es roch nach Öl, Ruß, Staub und Tod.

Erschöpft kauerte sie sich hinter einen der Sarkophage und streifte die Handschuhe ab. Die Kraft ihrer Magie floss in ihre geschundenen Fingerspitzen. Sie entspannte sich. Hier oben im Mausoleum war sie in Sicherheit. Hier gab es nur sie und die Toten. Silwyna vergaß Schnee und Eis und dachte an ihre lange Reise, um den Schmerz der Heilung zu verdrängen.

Gishild war von einer ganzen Flotte in Paulsburg abgeholt worden. Doch dann verlor sich ihre Spur. Es war nur eine kurze Reise von Paulsburg nach Vilussa, doch die Schiffe waren dort niemals angekommen, obwohl gutes Segelwetter geherrscht hatte und es in dieser Zeit keinen Sturm gegeben hatte.

Welches geheime Ziel die Flotte angesteuert hatte, vermochte Silwyna lange nicht herauszufinden. Sie waren einfach verschwunden. Schließlich war der Erzverweser auf dem Landweg nach Vilussa zurückgekehrt. Doch an ihn vermochte sie nicht heranzukommen. Über Umwege und aus dritter Hand hatte sie erfahren, dass die Ritter vom Aschenbaum ihm geholfen hatten, ein entführtes Mädchen zu befreien. Und es hieß, sie sei samt den Galeeren nach Marcilla geschickt worden, um von dort nach Aniscans gebracht zu werden.

Daraufhin hatte Silwyna sich auf die lange Reise in die Hauptstadt des Feindes gemacht. In Aniscans hörte sie von einer Kutsche mit verhängten Fenstern, eskortiert von Rittern des Aschenbaums und des Blutbaums. Es gab nur Gerüchte, wer in dem königlichen Gefährt ins Herz der Stadt gebracht worden war, dorthin, wo die Kirchenfürsten hinter hohen Mauern ihre Paläste hatten. Dorthin, wo der Aschenbaum stand, an dem einst der heilige Guillaume gestorben war.

Normale Sterbliche durften die innere Stadt nur an hohen Festtagen betreten. Und auch dann wachten die Ritter vom Aschenbaum und auserwählte Soldaten über jeden ihrer Schritte. Was in der inneren Stadt geschah, war den Bürgern von Aniscans ein Mysterium. Nur Gerüchte drangen durch die goldenen Pforten der vierzig Fuß hohen Marmormauern. Drei Wochen hatte Silwyna gebraucht, um zu erfahren, dass angeblich ein Heidenmädchen auf dem Totenturm beigesetzt worden war. In aller Heimlichkeit war ihre Leiche dort hinaufgeschafft worden, so hieß es. Sie hatte das von einem nach Rosenwasser stinkenden Seifensieder erzählt bekommen, dessen Bruder angeblich Priester und Steinmetz in der inneren Stadt war und manchmal herauskam, um seine Familie zu besuchen. Silwyna hatte den Verdacht gehabt, dass der Mann alles erzählt hätte, um sie noch einmal besteigen zu dürfen. Das war die einzige Spur. Eine Geschichte, die nicht stimmen konnte.

Aber die Elfe wusste nicht, wo sie sonst suchen sollte. Sie musste Gewissheit haben. Die Mauer, die die innere Stadt umschloss, war sieben Meilen lang. Es gab dort Dutzende Tempeltürme und Paläste. Hunderte von Häusern, in denen Priesterhandwerker lebten. Es war eine Stadt in der Stadt.

Und hier konnte Silwyna sich nicht bewegen, ohne aufzufallen. Als Hure konnte sie nicht gehen. Und die Priesterinnen verhüllten ihre Häupter nicht. Hätte Silwyna versucht, sich als eine von ihnen auszugeben, hätten ihre spitzen Elfenohren sie verraten. Als Mirella trug sie ein breites Haarband aus buntem Stoff, um ihre Ohren zu verbergen. Sie küsste ihre Freier, schenkte ihren Körper für ein paar Münzen, doch dieses Haarband durfte niemand berühren. Wer diese eiserne Regel brach, den jagte sie davon.

Die Elfe betrachtete ihre Hände. Die Wunden hatten sich geschlossen. Sie erhob sich und betrachtete die Sarkophage. Ganz gleich wie unsicher diese einzige Spur war, Silwyna brauchte Gewissheit.

Sie hatte Gishilds Haar gefunden, in einer Müllgrube bei Paulsburg. Am Geruch hatte sie es zweifelsfrei erkannt. Ihre Elfenbrüder, die in Städten und Palästen lebten, verspotteten die Maurawani oft für ihre Fähigkeiten. Wie Wölfe vermochten sie einer Schweißspur zu folgen. Wer in der Wildnis lebte, der musste alle seine Sinne zu nutzen wissen! Nach Blut hatte es gerochen, ihr Haar. Was hatten die Ritter Gishild nur angetan?

Silwyna ging von Sarg zu Sarg. Namen waren in den weißen Stein gegraben. Namen aus allen Provinzen. Wer Tjured folgte, den hieß die Kirche willkommen, ganz gleich, wo er geboren sein mochte. So viele Namen! Doch Gishilds Name fand sich nicht.

In der Mitte der Totenkammer klaffte eine halbmondförmige Öffnung im Boden. Eine Wendeltreppe führte tiefer in den Turm hinein. Weihrauchduft stieg durch den Treppenschacht empor. Auf jeder Stufe stand ein Licht, geschützt von orangefarbenem Glas.

Obwohl Silwyna weder an den Einen Gott noch an sonst

irgendeinen Gott glaubte, konnte sie sich der beklemmenden Feierlichkeit dieses Ortes nicht ganz verschließen. Irgendwo, tief unten im Turm, erhob ein einzelner Sänger seine Stimme. Sein Lied war eine Totenklage. Er sang vom heiligen Guillaume, den die Anderen lange vor seiner Zeit aus dem Leben gerissen hatten.

Wie schön Lügen klingen können, dachte die Maurawani. Dann stieg sie die Treppe hinab. Sie führte in eine weitere, runde Gruft und von dort noch tiefer in den Turm. Wieder schritt sie Sarg für Sarg ab. Gishild war nicht hier. Sie war also wirklich einer falschen Fährte gefolgt! Das Herz wurde ihr leichter.

Als sie erneut die Wendeltreppe betrat, die sich in marmornen Spiralen durch die Totensäle wand, verstummte der Sänger. Die Elfe verharrte. Es war unmöglich, dass er sie gehört hatte. Niemand hörte eine Maurawani, wenn sie es nicht wollte! Das musste ein Zufall sein!

Silwyna stieg tiefer in den Turm hinab. Wieder las sie im warmen Licht Namen um Namen. Und dann entdeckte sie, was sie nicht hatte finden wollen.

GISHILD GUNNARSDOTTIR
EINE VERLORENE SEELE

Lange stand sie einfach nur da und sah die beiden Zeilen im Stein an. Das konnte nicht stimmen. So durfte es nicht enden!

Die Elfe legte ihre Rechte auf den Deckel des Sarkophags. Sie schloss die Augen und ging in sich. Dann sprach sie ein Wort der Macht. Doch der Stein bewegte sich nicht.

Sie versuchte es erneut und kämpfte den Ärger nieder, der sie in ihrer Konzentration störte. Doch wieder wollte es ihr nicht gelingen, die schwere Steinplatte zu bewegen. Sie hatte so etwas befürchtet, falls sie fündig würde. Die Priester hatten vieles gelernt. So konnten sie inzwischen auch die Albensterne aufspüren und verschließen. Niemand wusste zu erklären, wie ihnen das gelang. Auch hier, in diesem Gräberturm, hatte die Magie Albenmarks keine Kraft mehr.

Silwyna zog ihren Hirschfänger und zwängte die Klinge in die Fuge unter dem Sargdeckel. Allein ihr Gewicht hielt die schwere Grabplatte am Platz. Mit all ihrer Kraft stemmte sich die Elfe gegen den Stein. Unendlich langsam bewegte sich die Platte. Ihr Scharren hallte von den Wänden der Gruft wider. Das Geräusch würde sie verraten. Jetzt musste alles sehr schnell gehen!

Endlich war der Spalt weit genug, dass sie ins Innere des Sarkophags blicken konnte. Gleich würde sie es wissen! Sie würde ... Nein! In dem steinernen Sarkophag ruhte ein Sarg, der ganz in matt schimmerndes Bleiblech eingekleidet war. Sie würde noch eine Stunde oder länger brauchen, um die Wahrheit herauszufinden. Mit einem erschöpften Seufzer bettete sie ihr Haupt auf den polierten Marmor des Sarkophags. Und dann erklangen Schritte.

Silwynas Dolch war fest zwischen den Steinen eingeklemmt. Ihr Rapier und ihren Bogen hatte sie in einem sicheren Versteck zurückgelassen, um beim Klettern nicht durch unnötigen Ballast behindert zu sein.

»Wer ist da?« Die Stimme kam von der Wendeltreppe. Es war die Stimme des Sängers.

Die Elfe verharrte. Sie würde keine Waffen brauchen, um einen einzelnen Mann zu töten. Aber was war, wenn es noch mehr Priester gab?

In der Stille der Gruft klangen die Schritte auf der Treppe unnatürlich laut. Es waren vorsichtige Schritte. Fest, aber ein wenig zögernd gesetzt. Der Kopf des Sängers erschien. Er wuchs plötzlich aus dem Boden hervor, dort, wo in der Mitte des Totensaals die Treppe in die Tiefe führte.

»Wer ist da?«, rief der Priester noch einmal.

Er musste allein sein, dachte Silwyna. Sonst hätten längst schon Wachen auf seine Rufe reagiert. Blondes Haar fiel dem Priester in weiten Locken auf die Schultern. Er war kaum dem Knabenalter entwachsen. Sein Gesicht war ebenmäßig und hübsch anzuschauen. Es war so blass, als verließe er niemals den Totenturm. Seine vollen, sinnlichen Lippen waren der einzige Farbfleck in diesem Gesicht. Die Elfe stutzte. Ja, so war es wirklich, denn die Augen des jungen Mannes waren wie aus Marmor. Zwei weiße, tote Kugeln, die ihm nicht verraten würden, wem er gegenüberstand.

Einen Augenblick lang hatte Silwyna Mitleid mit ihm. Sein Gott hatte ihn so reich beschenkt. Hatte ihm eine – für einen Menschensohn – wunderschöne Gestalt verliehen und eine Stimme, die jedes Herz zu rühren vermochte. Doch er würde niemals sehen, wie sehr seine Stimme die Zuhörer bewegte.

Der junge Priester trat von der letzten Stufe in das weite Rund des Totensaals. Hinter ihm erhob sich gleich einer verdrehten Säule die Wendeltreppe. Leise raschelte der Stoff seiner weiten, himmelblauen Priesterrobe.

Silwyna fasste einen verwegenen Plan. Was sie zu tun gedachte, würde wahrscheinlich den Tod für den Priester bedeuten. Doch war nicht jeder tote Priester ein kleiner Sieg für Albenmark?

»Ahnst du wirklich nicht, wer gekommen ist?«

Der Kopf des Priesters ruckte in ihre Richtung.

»Wer kann hier sein, ohne die Wachen unten am Tor passiert zu haben?« Die Elfe sprach langsam. Sie war sich ihres starken Akzents bewusst. Aber vielleicht war das nur eine weitere Stärke?

Der Priester blieb stehen. Silwyna sah, wie seine Hände zitterten. Sein Mund klappte auf und zu wie das Maul eines erstickenden Fisches im Weidenkorb eines Fischers.

»Du hast dich von den Toten erhoben«, stieß er schließlich stammelnd hervor.

Die Elfe zögerte. Sie wollte ihn bis in Mark treffen. Er sollte ihr völlig ergeben sein. Sie musste noch mehr wagen.

»Sind nicht auch die Toten an den Wachen vorübergekommen?«

»Wer bist du?« Der Priester zitterte jetzt stärker. »Du bist kein Mensch, nicht wahr? Deine Stimme … Sie klingt so fremd. So voller Verheißung und Geheimnis …«

»Ich wurde geschickt, um die Seele einer Heidenprinzessin zu holen.«

Die Elfe sprach getragen und feierlich. Sie musste sich beherrschen, um keinen zynischen Unterton durchklingen zu lassen.

»Auch sie soll gerettet sein.«

Der Priester stieß einen tiefen Seufzer aus und ließ sich auf die Knie sinken. »Du bist Handan, die Gnadenvolle. Die Heilige der Tearagi. Die Schutzpatronin der verlorenen Seelen.«

Er hob die Arme dem kunstvollen Kreuzgewölbe entgegen, das sich über die Gruft spannte.

»Bitte verzeih mir, Tjured, dass ich deine Botin nicht erkannt habe.«

Seine unheimlichen, toten Augen richteten sich auf Silwyna.

»Ich wünschte, ich könnte dich sehen. Aber …« Er schluchzte. »Ich bin nur schwach in meinem Glauben … Ich hätte wissen müssen …«

»Erniedrige dich nicht.«

Plötzlich fühlte sie sich schlecht, ihn derart auszunutzen.

»Wir lauschen voller Freude deinem Gesang.«

»Ihr hört meine Stimme?«

Sein Gesicht erstrahlte unter den Tränen.

»Wir hören jede Stimme, die zum Lobe Tjureds erhoben wird.«

Er beugte sich vor, sodass seine Stirn nun den Marmorboden berührte.

»Du erfüllst mein Herz mit Freude, Gnadenvolle. Dabei bin ich sein niederster Diener. Gequält von Zweifeln und kleingeistigen Gedanken.«

»Du bist auserwählt, mir zu helfen. Wir werden das Grab der Prinzessin öffnen.«

Er sah auf. Noch immer rannen ihm Tränen über die Wangen.

»Du weißt, warum wir das tun?« Silwyna hatte keine Ahnung, mit welcher Lüge sie ihm diese Tat begreiflich machen konnte, und sie hoffte inständig, dass er ihr in seinem naiven Glauben folgen würde.

»Weil ihre Seele gefangen gehalten wird im Blei?«

»So ist es!«

Die Elfe musste lächeln. Manchmal war es so leicht, mit den Menschenkindern umzugehen.

»Erhebe dich nun! Und tritt an den Sarkophag, denn keine Seele ist verloren vor Tjureds Gnade. Auch dann nicht, wenn es in Stein gemeißelt steht.«

Sie konnte ihm ansehen, wie ihre letzten Worte ihm zusetzten. Mit hängenden Schultern trat er an den Steinsarg. Er zuckte zusammen, als sie ihn berührte und seine Hände auf die schwere Steinplatte legte. Silwyna bemerkte, wie sich seine Nasenflügel weiteten und er versuchte, ihren Geruch einzufangen.

Gemeinsam rückten sie die Platte zur Seite, bis der Sarkophag halb offen lag. Silwyna stieg in das Grab. Sie nahm ihren Dolch und zerschnitt das Bleiblech, das über und über mit heiligen Symbolen bedeckt war. Unter dem Blei kam dunkles Holz zum Vorschein. Zumindest hatten die Priester einen Sarg zimmern lassen, der einer Prinzessin würdig war. In den Deckel war eine Eiche mit weit ausladender Krone geschnitzt. Es war kein toter, verbrannter Baum. Es war eine Eiche im vollen Blätterschmuck. Das Wappen der Königsfahne des Fjordlands.

Silwyna verschloss ihr Herz gegen den Sturm der Gefühle, den der Anblick des Wappenbildes in ihr auslöste. Das dufte nicht sein! Gishild lebte! Sie war nicht einsam gestorben, umgeben nur von ihren Feinden.

Wütend riss sie die letzten Bleibleche zur Seite und rammte ihren Dolch in den schmalen Spalt unter dem Sargdeckel. Die Nägel im Holz kreischten, als sie die Waffe als Hebel benutzte.

»Gnadenvolle?«

Die blinden Augen blickten zu ihr. Sie waren unheimlich. Silwyna mochte sich nicht länger mit dem Sänger aufhalten. Er war ein Werkzeug gewesen, so wie der Dolch, der den Sarg geöffnet hatte.

Sie schob den Deckel mit dem Königswappen zur Seite. All das war nur Lug und Trug, redete sie sich ein.

Der Sarg aber war nicht leer. Sie blickte in das dunkle, eingefallene Gesicht eines jungen Mädchens. Die Leiche war nicht verwest. Sie war ausgetrocknet und erhalten geblieben. Aber es war schwer, in dem Gesicht Gishilds Züge wiederzuerkennen. Der Tod hatte es verändert.

Vorsichtig tastete Silwyna über das kurze, rotblonde Haar. Ein paar Wochen hatte sie also noch gelebt, nachdem man sie in Paulsburg kahl geschoren hatte.

Die Elfe atmete schwer aus. Man hatte der Toten ein zartes Leichenhemd angelegt. Ein Kragen aus feiner Spitze umschloss den dunklen Hals. Die Hände lagen gefaltet über der Brust.

Verzweifelt suchte Silwyna nach einem Beweis, dass es nicht Gishild war, die sie gefunden hatte. Etwas Unverwechselbarem. Der Geruch der Lebenden war längst vergangen. Sie brauchte ...

»Gnadenvolle?«

Die Elfe würdigte den Priester keines Blickes. Es gab etwas ... Silwyna beugte sich vor. Behutsam griff sie nach den Händen der Toten. Das verschrumpelte Fleisch war eisig. Seine Kälte drang bis in Silwynas Herz. Sie zog die gefalteten Hände auseinander. Gelenke knackten. Ein schneller Schnitt durchtrennte die Brustschnüre des Totenhemds. Und dann sah sie den Einstich. Er saß dort, wo das Hemd durchbohrt worden war, das sie nahe dem Totenhain gefunden hatte. Das Hemd, das sie selbst Gishild geschenkt hatte. Die Wunde war ganz offensichtlich nicht verheilt. Der Leichenbestatter hatte sich bemüht, sie unter Schminke verschwinden zu lassen.

Silwyna entdeckte noch einen zweiten Schminkfleck, ein wenig links vom Einstich. Sie rieb darüber. Trockene Paste zerkrümelte unter ihren Fingerspitzen und enthüllte ein daumengroßes Loch umgeben von einem dunklen Kranz. Eine Wunde von einem Schuss, der aus nächster Nähe abgefeuert worden war. Man hatte das Loch mit Leinen gefüllt, um es verschwinden zu lassen.

Die Elfe hatte das Gefühl, dass ihr die Brust zu eng wurde, um noch weiter atmen zu können. Wilder, unbändiger Schmerz erfüllte sie. Sie wollte schreien! Sie wollte mit bloßen Fäusten auf den Priester einschlagen.

Der Menschensohn sah sie an. Er zitterte. Spürte er, was in

ihr vorging? Seine Lippen öffneten sich. Er begann zu singen. Leise erst, doch dann wuchs seine Stimme zu all ihrer Kraft und erfüllte den weiten Saal. Er sang ein Totenlied.

Seine Stimme linderte den Sturm von Silwynas Gefühlen. Vorsichtig kreuzte sie die Hände der Toten über der Brust. Lange sah sie die Hände an. Traurig strich sie über das kurze Haar. Dann beugte sie sich vor und hauchte der Toten einen Kuss auf die Stirn.

Lautlos zog sie sich zurück. Noch immer peitschte der Winterwind gegen den Turm. Die eisige Luft war erfüllt von wirbelndem Schnee. Silwyna hinterließ keine Spur. Kein Mensch würde mit Sicherheit sagen können, ob nicht wirklich Handan die Gnadenvolle gekommen war, um eine verlorene Seele zu holen.

DU HAST GESCHWOREN ...

»*Du hast geschworen, Schaden von deinen Brüdern und Schwestern fernzuhalten.*

Die Angeklagte nickt. Sie sagt mit leiser Stimme: Ja, dies war mein Bestreben in all meinem Handeln.

Warum hast du dein Amt als Komturin von Drusna aufgegeben?

Die Angeklagte: Weil ich nicht wollte, dass dies Amt durch meine Taten befleckt wurde. Ich hoffte, so würde es dem Orden möglich sein, Abstand von mir zu nehmen, falls ihm aus meinen weiteren Taten Schaden erwachsen sollte.

Hast du den Eid vergessen, der uns alle miteinander verbindet? Wie sollten wir Abstand von dir halten, ohne unsere Ideale zu verraten?

Die Angeklagte: Man hätte sagen können, ich sei von den Anderen fehlgeleitet worden. Wer den Anderen folgt, für den gelten die Gesetze des Ordens nicht länger. So steht es in ...

Schwester, wir kennen die Statuten unseres Ordens.

Die Angeklagte senkt das Haupt: Natürlich.

Wie rechtfertigst du, so viel Blut für eine Heidenprinzessin vergossen zu haben, die unserer Sache niemals diente?

Die Angeklagte: Ich ahnte nicht, was geschehen würde.

Wie konntest du sie einem Ordensbruder überlassen, dessen geistige Gesundheit im Zweifel stand?

Die Angeklagte: Ich wähnte sie dort in Sicherheit.

Bei einem Verrückten?

Die Angeklagte: Ich dachte ...

Wirklich, du dachtest, Schwester? Den Eindruck erwecken deine Taten nicht. Deine Taten vertieften den Graben zwischen Blutbaum und Aschenbaum. Als Komturin wusstest du, wie nahe die Kirche in jenen Tagen dem Schisma war. Wie konntest du so unverantwortlich handeln?

Die Angeklagte: Ich hoffte, den Heidenkrieg zu einem unblutigen Ende zu führen. Ich habe bewusst hundert Leben geopfert, um Tausende zu retten. Ich ...

(Es kommt zu lauten Zwischenrufen aus den Reihen der Ritterinnen und Ritter, die dem Gericht beiwohnen. Der Ordensmarschall droht damit, den Saal räumen zu lassen.)

Die Angeklagte: Ganz gleich, was aus meinen Taten erwachsen sein mag, ich handelte stets mit den besten Absichten.

(Erneute Zwischenrufe.)

Würdest du deine Entführung der Prinzessin Gishild Gunnarsdottir einen Erfolg nennen?

Die Angeklagte: Nein, aber es war nicht vorherzusehen, dass ein Ordensbruder Verrat an uns üben würde und ...

Sprich nicht von den Fehlern anderer! War es nicht dein Fehler, diesem Bruder zu trauen und ihm solche Verantwortung zu überlassen?

Die Angeklagte nickt erneut: Gewiss, es war mein Fehler.

Dir ist bewusst, welche Strafe die Ordensregeln für Fehler vorsehen, die den Bestand unseres Ordens so sehr gefährdet haben wie deine?

Die Angeklagte: Wer aber irregeleitet ist und wer den Orden in Gefahr bringt, gegen den soll selbst der niederste Novize mutig das Wort erheben. Und der Irregeleitete soll eingesperrt sein in einem Sarg aus Blei, bevor ihn das Leben verlässt, auf dass seine Seele niemals den Weg zum Lichte und zum Frieden finden mag und auf dass sie auch nicht umherirre und den Frieden der Lebenden störe.

(Anmerkung zum Protokoll: Die Angeklagte zitierte korrekt den CXXV. Artikel der Ordensregel.) ...«

AUSZUG AUS DEM PROTOKOLL DES
EHRENGERICHTES, DAS ÜBER DIE VERFEHLUNGEN
DER RITTERIN LILIANNE DE DROY
ZU URTEILEN HATTE, SEITE VII ff. AUS DER
NIEDERSCHRIFT DES 2. VERHANDLUNGSTAGES,
FESTGEHALTEN AM DRITTEN TAG NACH DER SOMMERSON-
NENWENDE, IM ERSTEN JAHR DES GOTTESFRIEDENS

VALLONCOUR

Luc ging aufgeregt auf dem Vorderkastell der *Sankt Clemens* auf und nieder. Rings herum gurgelte und zischte die See und blies faulig stinkenden Schwefelatem in den Himmel. Inzwischen machte es ihm keine Angst mehr. Steuerbord waren schwarze Klippen zu erkennen. Backbord ließen sie sich im stinkenden Nebel nur erahnen. Er konnte spüren, wie sehr die Ruderer mit der Strömung des Tidenhubs zu kämpfen hatten.

Von der stattlichen Ordensflottille aus siebzehn Schiffen war im Augenblick nur die Galeasse *Sankt Gilles* zu erkennen. Sie lag ein Stück hinter ihnen und kämpfte so wie die *Sankt Clemens* mit der Strömung. Luc sah die anderen Knaben und Mädchen dort auf dem Vorderkastell. Drei Ritter waren bei ihnen.

»Warum sind wir nicht an Bord der *Sankt Gilles* gegangen?«

Michelle seufzte. »Das habe ich dir schon dreimal gesagt. Dort gab es keinen Platz mehr für uns.«

Luc wusste, dass man auf einer Galeasse nicht in einer Kabine übernachtete, sondern auf dem Deck. Und er konnte sehen, dass auf der *Sankt Gilles* noch genügend Platz für zwei weitere Fahrgäste gewesen wäre.

Im Stillen befürchtete er, dass die Ritterin ihn von den anderen Novizen fern halten wollte. Wahrscheinlich schämte sie sich seiner. Nie wieder war sie ihm so verbunden gewesen wie an jenem Nachmittag, als sie auf dem Brunnenrand gelegen hatten.

Sie mochte ihn noch immer, das konnte er spüren. Aber

nach der Begegnung mit dem fuchsköpfigen Kobold und seinem Opfer an die weiße Frau hatte sich ein Graben zwischen ihnen aufgetan, den er nicht zu überbrücken vermocht hatte. Dennoch war das vergangene Jahr das beste seines Lebens, einmal abgesehen von all den Stunden, die er sich mit dem Alphabet und der Mathematik herumgeschlagen hatte. Michelle hatte ihn schießen und fechten gelehrt. Er konnte schwimmen und war viel kräftiger geworden. Das Rapier seines Vaters war immer noch zu groß für ihn, aber er war zuversichtlich, schon vor seinem vierzehnten Namensfest damit fechten zu können.

Michelle war streng, aber gerecht. Doch etwas stand zwischen ihnen, worüber sie nicht reden mochte. Und dies war auch der Grund, warum er nicht auf demselben Schiff wie die anderen Novizen reisen durfte. Er hatte das ungute Gefühl, dass ihn eine Prüfung erwartete. Etwas, das Michelle nicht tun konnte oder wollte und worauf sie ihn auch nicht vorbereitet hatte.

Luc drehte eine weitere Runde über das Vorderkastell. Dann blickte er hinab zu den Rudern. Sie schlugen einen langsamen Takt und hielten das Schiff auf der Stelle.

Gestern früh war die Flotte in das Labyrinth aus Felsnadeln und kleinen Inseln vorgestoßen. Niemand, der seinen Verstand beisammenhatte, führte ein Schiff in solches Gewässer. Luc hatte die Angst einer Landratte, das hatten ihm die Seeleute an Bord mehr als deutlich zu verstehen gegeben, und sie hatten ihre Späße mit ihm getrieben. Aber selbst er vermochte zu erkennen, dass dieses Gewässer nicht von Schiffen, die so groß wie ihres waren, befahren werden sollte. Hier konnten höchstens Fischerboote sicher manövrieren!

Plötzlich erglomm ein gleißend blaues Licht im Nebel, eine

helle Flamme, die den Dunstschleier zerriss. Fast augenblicklich war vor ihnen ein schneller Trommelwirbel zu hören.

Der Steuermann und der Kapitän der *Sankt Clemens* riefen Kommandos. Luc konnte beobachten, wie sich die Ruderer ihrer Galeasse die Beißhölzer zwischen die Zähne schoben, die an Lederriemen von ihren Nacken hingen. Der Rudertakt erhöhte sich. Hundertfünfzig schweißglänzende Leiber beugten sich zugleich vor und zurück. Das schlanke Schiff bewegte sich von der Stelle und überwand den Sog der Strömung.

Vor ihnen erblühten zwei Signalbojen im Weiß der Dunstschleier, orangefarbene Lichter, die sanft im Rhythmus der Wellen schwangen. Die *Sankt Clemens* hielt auf die Bojen zu. Der Kapitän der Galeasse eilte über den Laufgang zum Vorderkastell. Er lächelte Luc kurz an. Dann stellte er sich neben den Jungen und winkte dem Steuermann zu.

»Ein Strich backbord!«

»Ein Strich backbord!«, bestätigte die stämmige Gestalt hinter dem Ruder.

Der Kapitän wirkte angespannt. Die Falten in seinem Gesicht waren tiefer geworden. Er hatte etwas Falkenartiges, fand Luc.

Die Galeasse schwenkte ein wenig herum und hielt nun genau auf die Mitte zwischen den beiden Signalbojen zu. Der bronzene Rammsporn zerteilte die dunkle See. Undeutlich sah Luc Felsen unter dem Wasser. Wie gierige Fangzähne kamen sie ihm vor.

Der Junge blickte zu Michelle. Sie lehnte an der Reling und schien völlig unberührt. Wie konnte sie so gelassen sein, während der Kapitän sich Sorgen machte?

»Eins!«

Der Rammsporn passierte die unsichtbare Linie zwischen den beiden Bojen.

»Zwei!« Der Kapitän zählte die Ruderschläge. »Drei!«

Aus dem Nebel tauchte ein steiler, schwarzer Felsen auf. Er war beängstigend nah.

Der Kapitän trommelte nervös mit den Fingern auf der Reling. Seine Augen waren zu schmalen Schlitzen verengt. Angestrengt starrte er ins wirbelnde Weiß. Manchmal sah man den Schatten eines Schiffes. Es mochte vielleicht fünfzig Schritt vor ihnen sein. Beängstigend nah, fand Luc.

Gluckernd schäumte das dunkle Wasser an Steuerbord auf. Heißer Dampf schoss empor und verbreitete einen Übelkeit erregenden Gestank nach faulen Eiern.

Luc zupfte am Kragen seines Hemdes und zog ihn sich vor die Nase. Er hielt den Atem an.

»Siebenundzwanzig!«, rief der Kapitän gedehnt. »Drei Strich steuerbord!«

Der Steuermann ließ das mannsgroße, hölzerne Rad herumwirbeln. Michelle hatte Luc erzählt, dass diese Steuerräder etwas Neues seien. Sie hatten die langen hölzernen Hebel abgelöst, über die man das Heckruder bewegte.

Luc fand es nicht gerade beruhigend, auf etwas Neues vertrauen zu müssen, während ihr Schiff fast blind durch dieses unheimliche Felslabyrinth manövrierte. Und mit jedem Ruderschlag wurde es schneller.

Eine Bö zerriss den Nebelschleier. Deutlich war das rotgoldene Heck der Galeasse vor ihnen zu sehen. Sie passierte zwei leuchtende Bojen und schwenkte nach steuerbord.

Ihr Kapitän hatte aufgehört zu zählen, während auch die *Sankt Clemens* auf die Bojen zuhielt. »Der Tidenhub hier zwischen den Riffen beträgt fast neun Schritt.« Er deutete auf einen Punkt, dicht unterhalb der Stelle, an der die schräg stehende Rah auf den Hauptmast traf. »Um so viel steigt und fällt das Meer. Wir haben bald den höchsten Stand der Flut erreicht. Hunderte Riffe sind nun vom Wasser überspült. Nur drei Stunden lang kann ein Schiff von unserer Größe die Durchfahrt nehmen. Dann muss man erneut warten, bis die Flut hoch genug steht. Und in diesen drei Stunden muss man den Weg bis zum Hafen schaffen. Es gibt nur sehr wenige Stellen, wo das Wasser auch während der Ebbe so tief bleibt, dass die Felsen sich nicht in den Rumpf bohren. Das Zerren der Gezeiten würde die *Sankt Clemens* wie einen riesigen Hobel hin und her bewegen. Selbst die dicken Kupferplatten unter dem Rumpf würden das Schiff nicht retten. Binnen weniger Stunden wäre es zerstört.«

Luc nickte und gab sich alle Mühe, sich seine Unruhe nicht anmerken zu lassen.

»Und wie weit ist der Weg bis zum Hafen?« Seine Stimme klang ein wenig heiser.

Der Kapitän lächelte.

»Fast drei Stunden. Das ist der Witz bei der Sache. Selbst wenn man den Weg kennt, darf man keinen Fehler machen. Für Feinde ist es unmöglich, sich Valloncour zu nähern. Außer dem Hafen gibt es keinen Platz, wo ein Schiff ankern kann.«

Er deutete zu dem blauen Leuchtfeuer, das hoch über ihnen brannte.

»Dort hinten liegt die alte Festung. Wachen beobachten ständig den Stand der Flut. Wenn sie hoch genug steht, dann wird das Signalfeuer entzündet.«

»Warum ist das Feuer blau?«, fragte Luc.

»Die Wächter auf dem Turm geben ein seltenes Salz in ihr Feuer. Das färbt die Flamme und lässt sie besonders hell leuchten. Wenn die Flamme blau ist, dann wissen wir, dass die Unseren sie entzündet haben. Sollten es Feinde bis auf die Klippen von Valloncour schaffen, könnten sie mit einem falschen Signalfeuer leicht eine ganze Flotte ins Verderben locken. Jetzt entschuldige mich.«

Der Rammsporn der Galeasse passierte die Leuchtbojen, und der Kapitän begann erneut zu zählen.

Luc zählte stumm mit.

Plötzlich ertönte vor ihnen ein grässliches, metallisches Geräusch. Es klang, als würde man mit einem Nagel über einen Felsen kratzen. Nur viel lauter.

»Ein Strich backbord!«, rief der Kapitän. »Die Ruder auf!«

Vor ihnen tauchte wieder das rotgoldene Heck des anderen Schiffes auf. Es hatte an Fahrt verloren.

»Ruder nieder!«

Die Ruderblätter der *Sankt Clemens* stießen ins Wasser und verharrten. Luc konnte spüren, wie das große Schiff an Fahrt verlor.

Dem Kapitän hingen Schweißtropfen in den buschigen Augenbrauen. Luc konnte hören, wie er leise mit den Zähnen knirschte.

Das Heck kam immer näher.

»Pullt!«, schrie eine heisere Stimme auf dem anderen Schiff.

Endlich kam Bewegung in den Rumpf. Er zitterte wie ein Hengst nach einem scharfen Ritt und schwenkte quälend langsam zur Seite.

»Gegenhalten!«, rief der Kapitän neben Luc. Die Ruder bewegten sich nun in die entgegengesetzte Richtung. Holz knarrte.

Jeden Augenblick rechnete der Junge damit, dass auch ihr Rumpf über einen unsichtbaren Felsen schrammte. Er blickte hinab ins dunkle Wasser. Würde seine Kraft reichen, um gegen die Gezeitenströmung anzukämpfen? Oder würden ihn die Wellen an einem Riff zerschmettern?

Dicht über dem Wasser wurde ein gelbes Glühen sichtbar. Der Kapitän atmete hörbar auf.

»Kurs halten!«, rief er nach hinten zum Steuermann. »Langsame Fahrt voraus!«

Die Seidenbanner, die von den schräg gestellten Rahen hingen, bewegten sich träge im Wind.

»Das Signalfeuer dort vorn zeigt eine sichere Fahrrinne an. Man muss nur von den Bojen in gerader Linie auf das Signal zuhalten, dann kann nichts geschehen. Das schlimmste Stück haben wir jetzt hinter uns. Bald wird sich auch der Nebel lichten.«

»Ist es hier immer so nebelig?«

Der Kapitän sah zu Michelle. »Stellt der immer so viele Fragen?«

»Viele? Wenn er Angst hat, so wie jetzt, wird er eigentlich recht still.«

Die beiden lachten, und Luc stieg das Blut in den Kopf. Michelle hatte ihn immer ermuntert, sie zu fragen. Jetzt so zu reagieren, war gemein!

Der Kapitän klopfte ihm auf die Schultern.

»Ärgere dich nicht, Junge. Nur die Dummen stellen keine Fragen. Tief unter dem Meer brennt hier ein sehr heißes Feuer. Es ist das erhitzte Wasser, das aufsteigt und für den Nebel verantwortlich ist. Auch der Rauch, der aus den Spalten in den Felsen steigt, ist nichts als Wasserdampf und Schwefel. Hier ist es immer diesig. Besonders wenn sich kein Lüftchen regt.«

»Gibt es denn keinen anderen Weg nach Valloncour?«

»Natürlich. Auf dem Felsgrat, der die Halbinsel mit dem Festland verbindet, gibt es eine breite Straße, über die drei Festungen wachen. Aber das ist ein relativ langweiliger Ritt. Außerdem stinkt es dort, weil die Straße von vorn bis hinten von Maultieren vollgeschissen ist. Dort sind fast immer lange Karawanen unterwegs. Der größte Teil der Vorräte wird auf dem Landweg transportiert. Sich über See zu nähern, ist magischer. Es ist ein unvergleichliches Erlebnis. Deshalb nehmen alle Novizen den Seeweg, wenn sie zum ersten Mal zur Ordensburg kommen.«

Sie erreichten wieder ein Paar Leuchtbojen, und der Kapitän gab den Befehl, den Kurs zu ändern. Der Nebel klarte mehr und mehr auf. Deutlich konnte man nun das Schiff vor ihnen erkennen.

Wie riesige Dolche ragten Klippen aus der See. Bäume und Buschwerk klammerten sich an die Steilwände. Der Kapitän hatte recht. Es war ein verwunschener Ort. Nie zuvor hatte Luc etwas Vergleichbares gesehen.

Auf einigen der Steilklippen konnte er kleine, gedrungene Türme ausmachen. Die Quartiere der Wachposten, mutmaßte er.

Michelle unterhielt sich nun leise mit dem Kapitän. Luc betrachtete die Fechtmeisterin. Man musste sie gut kennen, um zu sehen, dass sie aufgeregt war. Ein seltsames Band hielt Michelle an Valloncour gefesselt. Luc hatte das Gefühl, dass sie der Ankunft auf der Ordensburg fast genauso entgegenfieberte wie er.

Sie beide trugen die Pest nicht mehr in sich. Daran konnte kein Zweifel bestehen. Sie waren gründlich untersucht und sieben Tage lang beobachtet worden. Danach hatte der Komtur der Ordensprovinz Marcilla sie von ihrem Eid befreit, den Jungen erst nach einem Jahr und einem Tag wieder an einen bewohnten Ort zu bringen.

Michelle hatte ein langes Gespräch mit dem Komtur geführt, dem Luc nicht hatte beiwohnen dürfen. Danach war Luc die Ritterin seltsam wortkarg und bedrückt vorgekommen. Sie sprach nur in Andeutungen davon, dass etwas mit ihrer Schwester geschehen sei. Doch heute wirkte sie zum ersten Mal seit zwei Wochen nicht länger niedergeschlagen.

Die Galeasse pflügte durch ein weites Stück offene See. Jetzt kam die ganze Flottille hinter ihnen in Sicht. Auf allen Schiffen wurden Dutzende Wimpel gehisst, bis sie so farbenprächtig wie Jahrmarktszelte aussahen. Der Rhythmus der Ruderschläge und das leise Knattern der Banner im Wind waren die einzigen Geräusche, die diese feierliche Prozession begleiteten.

Es erfüllte Luc mit Stolz, zu ihnen zu gehören. Morgen schon würden die Novizen geweiht! Auch darüber hatte Michelle nicht viel geredet. Was mochte ihn erwarten? Sicher ein großes Fest, noch tausendmal schöner als das schönste Namensfest, das er je gefeiert hatte.

Im Dunst am Horizont erschienen neue Klippen. Wie eine riesige Wand stiegen die Felsen aus dem Meer empor. Eine Burg krönte sie.

Luc beugte sich weiter über die Reling, als könnten die wenigen Zoll, die er so gewann, das Bild deutlicher werden lassen. Er vermochte die Umrisse dreier Türme zu unterscheiden. Aber etwas stimmte nicht ... Keine Banner wehten dort.

Luc war zutiefst enttäuscht. Ein Jahr lang hatte er von seiner Ankunft in Valloncour geträumt. In seiner Vorstellung war es eine wunderbare Burg, über der seidene Banner mit dem Blutbaum wehten. Ritter in silbernen Rüstungen füllten die Gänge und Säle. Die Höfe, auf denen die Novizen in der Fechtkunst unterwiesen wurden, hallten vom Waffenlärm wider.

»Ist das Valloncour?«, fragte er ungläubig.

Michelle lächelte milde. »Nein, dies ist eine alte Fluchtburg des Fürstenhauses von Marcilla. Sie steht seit über hundert

Jahren verlassen. Dies ist nicht unser Ziel. Das Tal der Ordensburg ist so schön, dass einem das Herz schmerzt, wenn man es sieht. Wenn du einmal dort warst, dann wirst du für immer den Wunsch haben zurückzukehren, ganz gleich, wohin dein Schicksal dich auch geführt haben mag.«

»Bist du glücklich?«

Michelle war offensichtlich von der Frage überrascht. Sie blickte zur Ruine. Dann nickte sie kaum merklich.

»Ich glaube, ich bin zumindest sehr nahe daran, glücklich zu sein.« Sie lächelte in Erinnerungen versunken. »Schon der Hafen von Valloncour ist unglaublich schön. Es wird dir gefallen. Im Westen des Hafens schießen zwei Wasserfontänen aus der Steilwand, die den ganzen Ort umschließt. Funkelnde, staubfeine Wassertropfen umgeben sie wie Schleier eine Braut. In weitem Bogen stürzen sie dem dunklen Hafenwasser entgegen. Dort, wo sie vorüberrauschen, ist die Steilklippe in Terrassen untergliedert, auf denen üppiges Grün wuchert. Wie eine riesige Treppe in den Himmel hinauf erscheint dieser Park. Ich kenne keinen anderen Ort wie diesen. Er ist atemberaubend.«

Luc wollte sie nicht kränken, aber Gärten fand er eher langweilig. Er war gespannt auf die Festungsanlagen. Es hieß, Valloncour sei uneinnehmbar.

Der Konvoi umrundete die Steilklippe mit der alten Burg. Luc beobachtete den endlosen Sturmlauf der Gischt. Zwischen den Felsen am Fuß der Burg waren die bleichen Überreste zweier Schiffe zu sehen. Sie erinnerten ihn an das Gerippe eines toten Pferdes, das er einmal auf dem Weg zum Heidenkopf entdeckt hatte. Die Knochen eines Schiffs, von Salz und Wind gebleicht. Ihr Anblick weckte in ihm eine seltsame Traurigkeit. Plötzlich fühlte er sich allein. Eifersüchtig beobachtete er die anderen Novizen an Bord der *Sankt*

Gilles, die nun wieder deutlich zu sehen war. Warum durfte er nicht bei ihnen sein?

Jenseits der Burg stiegen die Klippen von Valloncour immer höher dem Himmel entgegen. Erneut gelangte die Flottille in unsichere Gewässer. Riffe und unberechenbare Winde machten die Fahrt zu einem Abenteuer.

Staunend betrachtete der Junge die Steilwand, die sich backbord erhob. Nie hatte er etwas so Großes, Eindrucksvolles gesehen. Selbst die Galeassen wirkten winzig neben der Klippe. Möwen bevölkerten die Nischen und füllten den Himmel mit ihren schrillen Schreien.

Ein einzelner Delfin tollte neben dem Rumpf der *Sankt Clemens* und lieferte sich ein Wettrennen mit den Ruderern, die sich in die Riemen legten, als ginge es um ihr Seelenheil.

Sie umrundeten ein weiteres Kap, und Luc tat sich ein eigenartiger Anblick auf. Sie fuhren in eine weite Bucht, an deren gegenüberliegendem Ende ein himmelhoher Spalt die Steilwand zerteilte. Erst dachte der Junge, er sei kaum breit genug, um einem Ochsenkarren Durchlass zu bieten, doch die Größe nahm dem Auge jedes Maß. Fast eine halbe Stunde dauerte es, die Bucht zu durchmessen. Und der Spalt weitete sich, je näher sie kamen. Mehr als siebzig Schritt mochte er breit sein. Leicht hätten zwei Galeassen nebeneinander hindurchgepasst. Dennoch reihten sich die Schiffe der Flottille wie Perlen auf einer Schnur.

Ein einzelner Fanfarenstoß hieß sie willkommen.

Luc spürte, wie sehr das Schiff und die Ruderer im Durchlass mit den Unbilden der See zu kämpfen hatten. Doch er schenkte dem kaum Beachtung, denn das, was er nun sah, raubte ihm schier den Atem. Für diesen Anblick lohnte es sich wahrlich, eine so gefährliche Anreise auf sich zu nehmen.

EIN GUTER JUNGE

»Er ist ein guter Junge, das sollte als Erstes über ihn gesagt sein. Er hat als Einziger die Pest in Lanzac überlebt, und als ich ihm zum ersten Mal begegnete, war ich überzeugt, dass Tjured selbst seine schützende Hand über ihn hielt. Ein Gottesurteil, das provoziert zu haben ich heute bedaure, schien meine Meinung zu bestätigen.

Fast ein Jahr bin ich mit dem Jungen geritten, und würde ich nach seiner herausragendsten Eigenschaft gefragt, dann würde ich sagen, es ist sein Bestreben, in den Orden aufgenommen zu werden. Vor kurzem hat er sein zwölftes Namensfest gefeiert. Er erscheint mir ungewöhnlich reif für sein Alter, ernsthaft. Vielleicht liegt es daran, dass er einige Zeit unter Toten lebte.

Er betet voller Inbrunst, zeigt Talent beim Schießen und gibt einen guten Fechter ab. Er könnte ein Ritter werden, der unserem Orden einst Ehre machen wird. Der Umgang mit ihm ist angenehm. Er nimmt einen für sich gefangen, und zwar so sehr, dass ich mich wie eine Schurkin fühle, wenn ich diese Zeilen niederschreibe. Doch er hat noch eine andere Seite.

Noch bevor ich nach Lanzac kam, hatte mich die Pest gepackt. Ich wollte es nicht wahrhaben. Ich wollte nicht glauben, dass ich nun selbst dem Schnitter Tod begegnen würde und dass diese Begegnung nicht auf einem Schlachtfeld stattfinden sollte. Eine große Pestbeule wölbte sich nahe meiner Scham, und dunkle Male befleckten meinen Körper. So oft hatte ich dies in meinem Jahr der Buße gesehen. Und keiner, der von den Malen gezeichnet gewesen war, hatte je überlebt. Mancherorts nennt man die Pest den Schwarzen Tod. Und wahrlich so ist es. Wem das Schwarz auf der Haut erscheint, der ist des Todes.

Ohne Angst öffnete er meine Pestbeule mit dem Messer, als ich halb ohnmächtig vom Fieber lag. Und er tat, was nur ein Heiliger hätte vollbringen können. Er vertrieb die Pest aus meinem Leibe. Wie ein Wunder war es. Doch hatte er den Heidengötzen geopfert für dieses Wunder. Und er beharrte auf diesem Opfer, als ich seine Gaben vom Altar zurückholte, und er opferte erneut. Schlimmer noch: Ein Kobold erschien uns, nachdem ich die Gaben vom Altar geholt hatte. Er richtete seine Armbrust auf mich, nicht auf den Jungen. Nie zuvor habe ich einen Kobold in Fargon gesehen. Seit Jahrhunderten hat der Zorn der Kirche sie von dort vertrieben. Ich musste erkennen, dass der Junge mich an einen Kultplatz gebracht hatte, wo die Fehlgeleiteten unter den Bewohnern Lanzacs den Anderen huldigten. Und ihre Macht war dort noch immer groß.

Seitdem bin ich im Zweifel, ob es wirklich die Macht Tjureds war, die sich mir in dem Jungen offenbarte und mich vor dem Tode bewahrte. Oder war es eine andere Macht? Die Macht des Feindes, aus der nichts Gutes zu erwachsen vermag?

Ist er ein Wechselbalg, gezeugt, um Verderben in unsere Reihen zu tragen? Ich habe ihn streng herangenommen in den Monden, die wir gemeinsam ritten. Nie wieder opferte er den Götzen. Nie wieder tat er etwas, das die Kirche nicht gutgeheißen hätte. Er scheint meine Zweifel zu spüren. Und er versucht verzweifelt, mir zu gefallen. Sein Bemühen rührt mich, das mag ich nicht zu verhehlen. Und bei jedem anderen Jungen wäre ich gewiss, dass seine zukünftigen Taten einst dem Orden zur Ehre gereichen würden. Doch bei ihm frage ich mich stets, ob es nicht vielleicht die heimtückische Magie der Anderen ist, die in mir diese Gefühle hervorruft.

Ich habe gebetet für ihn, jede Nacht, wenn er es nicht hören konnte. Nie habe ich etwas so sehr gewünscht, als dass der Junge unbefleckt sein möge. Doch ich vermochte keine Gewissheit zu finden. Und so muss ich von meinen Zweifeln schreiben. Ein Berufenerer als ich muss über ihn entscheiden. Mir bleiben nur meine Gebete.«

BLATT 6 UND 7 AUS DER AKTE LUC DE LANZAC,
VERSCHLUSSSACHE! VORLAGE NUR AUF AN-
ORDNUNG DES PRIMARCHEN
PALAST DER HÜTER DER VERGANGENHEIT, VALLONCOUR
ARCHIV DER WAHRER DES GLAUBENS.
KAMMER VII, REGAL XXII, BRETT V

EIN GEFÄNGNIS AUS FELSEN

Luc stand, den Kopf in den Nacken gelegt, am Kai und staunte. Vor mehr als einer Stunde waren sie von Bord gegangen, und doch empfand er den Anblick immer noch als atemberaubend. Er mochte sich nicht sattsehen an Valloncour, das so anders war, als er es sich vorgestellt hatte.

Es war eine Stadt und kein Ordenshaus auf einer einsamen Insel. Sie lag inmitten eines riesigen Kraters. Nur ein schmaler Spalt erlaubte die Zufahrt in dieses Gefängnis aus Felsen. Weit über hundert Schritt ragten die Steilwände rings herum in die Höhe, auf allen Seiten! Rötliches Gestein, von breiten, schwarzen Bändern durchzogen. Das Wasser erschien tiefblau, so wie der Himmel, kurz bevor das letzte Dämmerlicht schwindet.

Es gab kein richtiges Ufer. Die Galeeren waren an riesigen Holzpflöcken vertäut. Von dort führten Stege auf dünnen Stelzen zur Steilwand, die durch ein Labyrinth von Treppen untergliedert war. Und wo immer breite Höhlen oder Felsvorsprünge Platz boten, standen Häuser. Sie schienen direkt aus dem gewachsenen roten Fels zu erblühen. Ja, wahrhaft wie Blüten sahen sie aus, denn sie waren mit weißer Farbe getüncht, und ihre Dächer waren von dunklem Rot, durchsetzt mit goldenen Schmuckornamenten. Selbst Häuschen, die nicht größer waren als das bescheidene Heim seines Vaters in Lanzac, wirkten wunderschön im grellen Sonnenlicht, das nun zur Mittagsstunde den Felstrichter in einen wahren Glutofen verwandelte.

Die Mehrzahl der Bewohner hatte sich in den Schutz der Bogengänge entlang der Amtsgebäude zurückgezogen oder war ganz in den Schatten jenseits der Türen und Fenster verschwunden.

Für einen Hafen war es still. Das Rauschen der beiden Wasserfälle, die sich an der grünen Himmelstreppe vorbei in die Tiefe stürzten, beherrschte den weiten Krater. Besondere Festungswerke sah Luc nicht. Statt einer Mauer beschirmten die Kraterwände die Stadt.

Luc versuchte zu erraten, welchen Zweck die einzelnen Gebäude erfüllten. Eine Gießerei hatte er an ihren gedrungenen, rußgezeichneten Schornsteinen erkannt. Etliche Häuser schienen Handwerkern zu gehören. Näher am Wasser gab es Lagerhallen. Endlich entdeckte er auch zwei Geschützstellungen, die tief in den Fels gegraben waren und die Zufahrt zum Hafen mit tödlichem Kreuzfeuer belegen konnten.

Am Südrand des Kraters, über allen anderen Gebäuden,

standen fünf Windmühlen, deren Windräder sich träge in der ersterbenden Mittagsbrise drehten.

Möwen umkreisten die Mühlentürme. Doch erstaunlicherweise sah man auch immer wieder Raben. Luc wunderte sich, die schwarzen Aasvögel in dieser weißen Stadt zu sehen. Sie passten so offensichtlich nicht hierher. Und sie waren erstaunlich zahlreich. Wovon sie sich wohl ernährten?

»Komm, glotz nicht wie ein Kalb, das zum ersten Mal den Stall verlässt!«

Michelles Stimme ließ ihn herumfahren. Die Ritterin sah ihn durchdringend an. Was hatte sie nur? Ihr Ton war schroff, mehr noch als sonst. Hätte er nicht gehört, mit welcher Inbrunst sie für ihn betete, wenn er abends manchmal mit geschlossenen Augen wach lag, um auf die Geräusche des Windes und den Atem der Nacht zu lauschen, er würde sich vor ihr fürchten.

Doch jetzt wirkte sie noch verschlossener als vorhin. Sofort, nachdem die *Sankt Clemens* angelegt hatte, hatte sie das Schiff verlassen. Sie hatte ihm nicht gesagt, wohin sie ging und welche Aufgabe solche Eile gebot. Doch er sah ihr an, dass es kein angenehmer Weg gewesen sein konnte. War er vielleicht als Novize abgelehnt worden?

Die anderen Kinder waren von einer Schar silbern gewappneter Ritter abgeholt worden, die unter wogenden Seidenbannern ritten.

Alle Novizen hatten schlichte weiße Gewänder getragen. Und die Ritter hatten Schimmel für sie mitgebracht. Sie waren wunderbar anzusehen gewesen, als sie den Hafen verließen und auf einem langen, gewundenen Weg den Aufstieg zum Kraterrand begannen. Irgendwo im Gewirr der Häuser hatte Luc sie aus den Augen verloren. Und so sehr er sich bemüht hatte, vermochte er doch nicht auszumachen, welcher der Paläste, die sich an den Steilhang schmiegten, wohl die Ordensburg sein mochte.

»Komm«, wiederholte die Ritterin, und Luc beeilte sich, ihr zu folgen.

Sie gingen zu ihren Pferden, die bei einem Wassertrog angebunden waren.

»Lass sie uns noch ein Stück am Zügel führen«, sagte Michelle. »Nach der Seereise sind sie unruhig.«

Luc hätte eher gesagt, dass seine Stute überglücklich war, wieder festen Boden unter den Hufen zu haben, aber er wagte es nicht, zu widersprechen und Michelle dadurch noch mehr zu reizen.

Er löste die Zügel, die um einen schweren Eisenring geschlungen waren. Mit einem Mal wurde ihm bewusst, dass er der einzige Novize war, der auf einem braunen Pferd ritt. Auch seine Kleider waren nicht von edlem Weiß. Sie waren durchaus nicht schlecht, aber doch abgetragen. Man sah ihnen an, dass er darin weit gereist war.

Seine Zweifel mehrten sich, ob er je ein Novize werden würde. Er war so offensichtlich anders als die anderen.

Schweigend erklommen sie den Pfad, der hinauf zum Rand des Kraters führte. Die Mittagshitze hatte die Geräusche in der weißen Stadt verstummen lassen. Irgendwo ertönte ein einzelner Schmiedehammer.

Luc sah sich aufmerksam um. Dies würde seine neue Heimat werden. Essensgeruch zog durch die Straßen, es duftete nach gebratenem Fisch und gekochtem Kohl. Hinter einem Fenster hörte er vollmundiges Lachen.

Auf einem Platz lungerte ein Rudel Hunde um einen Brunnen herum. Ihr Anblick erinnerte ihn an Lanzac, an den Tag, an dem das Wolfsrudel gekommen war. Ein Schauer überlief ihn.

Er sah auf seinen nackten Arm. Der Wolfsbiss hatte helle Narben zurückgelassen.

Michelle schwenkte nach links ab und führte sie eine kurze Gasse hinauf.

Zwei Mädchen sahen ihnen von einem Dach aus kichernd zu. Als Luc zu ihnen aufblickte, zogen sie sich hinter die Mauerbrüstung zurück.

Der Weg mündete in einen weiten Tunnel. Sein Rappe schnaubte unruhig. Durch schmale Schächte stießen Speere aus blendendem Licht ins Zwielicht des Tunnels. Luc bemerkte, dass in die Decke Fallgitter eingelassen waren. Sollte es jemals ein Angreifer bis hier herauf schaffen, würde der Tunnel zur tödlichen Falle werden.

Sie kamen dicht neben den steigenden Gärten heraus. Der Junge war überrascht, wie viele verschiedene Blumen hier wuchsen. Unten vom Hafen aus waren nur die hohen Bäume deutlich zu sehen gewesen. Doch nun entfaltete sich diese Oase inmitten des Felsgesteins in all ihrer Pracht.

Zwischen den Blumen sah Luc eine junge Frau auf einer Laute spielen. Sie war ganz versunken in den Klang ihres Instruments. Gern hätte er verweilt, doch Michelle hatte für all dies keinen Blick. Die Wunder von Valloncour waren ihr wohl vertraut.

Warum aber erzählte sie ihm gar nichts über die Stadt? Wieder griff Angst nach seinem Herzen. Etwas musste vorgefallen sein … Aber was?

Er blickte hinab zum Hafen. Die Schiffe wirkten nun wie Spielzeug, abgestellt auf einem Boden aus schwarzblauem Marcien-Schiefer. Ein Schatten entlang der Felsen markierte, wie tief das Wasser in der letzten Stunde gesunken war. Ein Ruderboot kroch wie ein Käfer durch das schwarze Hafenrund.

»Aufsitzen!«, befahl Michelle unvermittelt.

Luc strich seiner Stute über den Nacken und flüsterte ihr zu. Sie schnaubte unruhig. Als er sich in den Sattel schwang, stieg sie.

Michelle griff nach den Zügeln. »Blamier mich nicht!«

»Nein«, sagte er mit klammer Stimme. Er zog die Zügel stramm und hielt sich gerade im Sattel. Er würde alles tun für ein freundliches Wort von ihr. Aber sie sah sich nicht mehr nach ihm um, sondern ritt in einen weiteren Tunnel hinein. Der Hufschlag dröhnte auf dem Pflaster.

Diesmal dauerte es lange, bis sie wieder ans Tageslicht kamen. Dicht unter dem Kraterrand, nahe den Windmühlen, führte sie ein Hohlweg auf eine weite Ebene. Das Land erinnerte ihn ein wenig an die Gegend um Lanzac, nur dass es hier mehr Wasser gab. Akazien spannten ihre fächerförmigen Kronen über kleine Gärten. Überall hörte man Wasser. Ein paar Meilen entfernt erhoben sich blaurote Berge. Ein gutes Stück voraus blinkte etwas: die Rüstungen der Ritter, die zum Hafen gekommen waren.

Eine Zeit lang folgten sie dem Zug der Novizen, und Luc begann sich wieder Hoffnungen zu machen. Bestimmt gab es einen ganz einfachen Grund dafür, dass er nicht mit den anderen ritt. Vielleicht hatten sie für ihn keine passenden weißen Gewänder gehabt. Oder es waren nicht genügend Schimmel für alle Novizen vorhanden. Sicher schämte sich Michelle, ihm das zu sagen, und war deshalb so still.

Das Land veränderte sich. Es wurde trockener. Die Gärten verschwanden und wichen Felsen und halb verdorrtem Gras. Der Weg senkte sich und führte zu einer Brücke, die sich über eine tiefe Felsspalte spannte.

Als sie auf der anderen Seite der Senke ankamen, gabelte sich die Straße. Und Michelle schlug einen anderen Weg ein, als die Novizen vor ihnen genommen hatten! Gerade noch konnte er ihren Zug erkennen, so weit waren sie voraus. Außer einigen alten Karrenspuren gab es keinen Hinweis darauf, dass den anderen Weg je jemand benutzte.

Luc blickte zu der Staubwolke in der Ferne. Es konnte keine andere Erklärung geben. Ihm war ein anderer Weg bestimmt. Aber welcher?

Er wagte es nicht, Michelle zu fragen, wohin sie ihn brachte. Das hieße, das Übel beim Namen zu nennen. Nein, ganz bestimmt würde er nicht darüber sprechen ...

Die Mittagshitze begann Luc zu schaffen zu machen. Er hatte es versäumt, seinen Wasserschlauch an einem der Brunnen in der Stadt aufzufüllen. Der Staub brannte ihm in der Kehle. Das Land wurde immer trockener.

Ihre Pferde kämpften sich einen steilen Hügelweg hinauf. Auf der Kuppe angekommen, zügelte die Ritterin ihren Hengst. »Dort ist es.«

Luc blickte hinab auf einen eigenartigen See. Zwei tote Bäume am Ufer waren mit einer unnatürlichen, gelben Kruste überzogen. Das Wasser des Sees war von einem unwirklichen Blau, das zum Ufer hin über Türkis und Giftgrün schimmernd die Farben wechselte. Auch die Uferfelsen waren von etwas Gelbem überzogen, das aus dem Wasser heraus zu wuchern schien.

Am gegenüberliegenden Ufer stieg dichter Dampf aus einer Felsspalte, und ganz in der Nähe sah Luc ein Haus. Es war ein schlichter Steinbau mit einem flachen Dach. Verblasste rote Fensterläden wirkten wie entzündete Augen. Ganz in der Nähe war ein Pferd angebunden.

»Du wirst dort erwartet.« Michelles Stimme klang bedrückt.

»Von wem?«

»Von dem Mann, der entscheiden wird, was weiter mit dir geschieht.«

Sie mied es, ihm in die Augen zu sehen.

»Ich ... ich wollte dir dafür danken, dass du mich gerettet hast. Und ... ich bin gern mit dir geritten. Du bist ein guter Junge, Luc.«

Er schluckte. »Werden wir uns nicht mehr wiedersehen?«

»Das weiß ich nicht. Ich werde hier auf dich warten.«

Luc sah hinab zu dem Haus. Wer lebte inmitten einer solchen Einöde?

»Wer erwartet mich dort?«

»Das darf ich dir nicht sagen. Nur so viel. Er schätzt Mut höher als alles andere. Ein tapferes Herz ist das Einzige, was ihn zu beeindrucken vermag. Was immer er von dir verlangen mag, vergiss das nicht. Dann wird es dir nicht schlecht ergehen.«

DAS ALLSEHENDE AUGE

Luc wand die Zügel seines Rappen um den Ast eines toten Baums. Zögerlich betrachtete er das Rapier, das vom Sattel hing. Gern hätte er die Waffe umgeschnallt. Er würde sich mehr wie ein Mann fühlen, der sich jeder Gefahr stellte. Doch die Klinge war zu lang. Sie war eben für einen richtigen Mann geschaffen. Wenn er damit herumstolzierte, würde er nur noch kindlicher aussehen. Schweren Herzens ließ er sie an ihrem Platz.

Luc tätschelte die Nüstern der Stute, die unruhig mit den Hufen scharrte. Dies hier war ein Ort des Todes. In der Senke mit dem See wuchs kein einziger Grashalm, und das seltsame Wasser hatte sogar die Bäume umgebracht. Seine Stute wollte nicht hier sein. Mit weiten Augen sah sie ihn an und schnaubte.

»Ich komme gleich wieder«, sagte er, ohne sehr zuversichtlich zu klingen. Einen Herzschlag lang suchte er nach einem Grund, noch etwas zu verweilen. Aber es war sinnlos, die Begegnung weiter hinauszuzögern. Er musste in dieses Haus und sich dem stellen, der dort auf ihn wartete.

Luc dachte an die Ermahnung Michelles, dass Mut den Ausschlag geben würde. Gewiss wurde er jetzt beobachtet. Er straffte den Rücken. Dann ging er dem Haus entgegen.

Schwefel wucherte wie gelber Schimmel auf den Steinwänden. Es stank nach faulen Eiern. Unter der gelben Kruste konnte Luc die Reste von Angeln ausmachen. Es gab nicht einmal mehr eine Tür. Wer kam nur auf die Idee, an einem solchen Platz ein Haus zu errichten?

Luc trat ein. Nach der flirrenden Hitze des Nachmittags war es hier angenehm kühl. Der Junge stand in einem langen, schmalen Raum. Auf einer Seite befand sich eine steinerne Bank, und am Ende gab es eine Tür, die tiefer ins Haus führte. Rote Farbe blätterte in breiten Bahnen von ihrem grauen, verwitterten Holz.

Die Tür war nur angelehnt.

»Ist hier jemand?«

Luc erhielt keine Antwort. Er schob die Tür auf. Sie bewegte sich so leicht in den Angeln, als seien sie gerade erst gefettet worden. Ein großes Zimmer erwartete ihn. Die Fensterläden waren einen Spalt weit aufgeschoben, gerade genug, um den Raum in graues Zwielicht zu tauchen. Ein großer Tisch stand der Tür gegenüber. Dahinter erhob sich ein Stuhl mit hoher Lehne. Mehrere Bogen Pergament lagen auf dem Tisch. Ansonsten war das Zimmer leer.

Es gab keine andere Tür. Luc hatte jetzt die beiden einzigen Räume des Hauses gesehen. Erlaubte sich jemand einen Scherz mit ihm? Vielleicht war derjenige, der ihn erwartet hatte, kurz ausgetreten? Die Ordensritter würden bestimmt keine Späße mit ihm treiben! Dafür war Michelle auf dem Ritt hierher viel zu ernst gewesen.

»Nicht hereingebeten werden und dann auch noch auf halbem Weg stehen bleiben … Das gefällt mir«, erklang eine polternde Stimme. Sie kam so überraschend, dass Luc einen erschrockenen Satz zur Seite machte.

»Huh! Ein ängstliches Kätzchen haben wir hier. Und du glaubst, dass etwas in dir steckt, aus dem einmal ein Ritter werden könnte, Luc? Zeig es mir! Ich vermag es bisher nicht zu sehen.«

Die Tür schwang zur Seite. Dahinter lehnte ein hünenhafter Mann an der Wand, ein Alter mit langem weißen Bart und wallendem weißen Haar. Er trug ein weißes Gewand, ähnlich einem Kleid, das ihm hinab bis zu den Knöcheln reichte. Das Gesicht des Alten wirkte wie aus der Form gerutscht. Eine hässliche Narbe zerteilte es. Sie lief von der Stirn hinab durch die linke Augenbraue, verschwand unter einer weißen Augenklappe und zerteilte die Wange. Beide Lippen waren gespalten und asymmetrisch wieder zusammengewachsen. Die Oberlippe war ein wenig zurückgezogen. Die Zähne dahinter fehlten.

»Ich bin Bruder Leon. Und bevor du weiter gaffst und dich fragst, wie man es schafft so auszusehen, erzähl ich es dir lieber gleich. Das alles verdanke ich meinem Helm. Eine erstklassige Arbeit aus Silano. Ohne den Helm würde mein halber Kopf auf irgendeinem Schlachtfeld in Drusna vermodern, und du hättest das Glück, hier von einem anderen erwartet zu werden. Weißt du, wie Elfenreiter Köpfe spalten?«

Er machte eine schwungvolle Bewegung mit dem Arm.

»Sie halten ihre Schwerter hoch, und in dem Augenblick, in dem sie an dir vorbeireiten, lassen sie es nach unten schwingen. So bekommst du die Klinge auf ganzer Länge ins Gesicht. Und wie du siehst, schneidet Elfenstahl durch Helm und Visier wie durch morsches Pergament. Nur rechte Dickschädel vermag er nicht zu spalten.«

Leon erzählte das alles in einem umgänglichen Tonfall, aber das Lächeln seiner gespaltenen Lippen, das seine Worte begleitete, empfand Luc als zutiefst beunruhigend. Er war sich unsicher, was er von dem Alten halten sollte.

»Bist du ein Dickschädel, Luc? Würdest du einen solchen Schwerthieb überleben?«

»Das weiß ich nicht, Herr.«

»Was jetzt? Ob du ein Dickschädel bist oder ob du überleben würdest?«

»Beides, Herr.«

Der Alte sah ihn durchdringend an. Sein verbliebenes Auge war von rauchigem Blau. Es wirkte hart. Gnadenlos. »Was weißt du denn? Sag mir, was für eine Sorte Mann aus dir werden wird!«

»Ein Ritter!«, entgegnete Luc, ohne zu zögern.

Leon lachte laut auf.

»Ritter kann sich jeder nennen, der eine Rüstung anlegt. Aber was steckt unter dem Stahl? Bist du feige oder mutig? Ein Verräter oder einer, der sein Leben opfert, um seine Kameraden zu retten? Das ist es, was ich von dir hören will.«

Während dieser Worte schnellte seine Hand vor, und er

rammte Luc den ausgestreckten Zeigefinger so heftig in die Brust, dass der Junge einen Schritt zurücktaumelte.

»Was in dir steckt, will ich wissen!«

Luc konnte dem bohrenden Blick nicht länger standhalten. Er senkte den Kopf. »Ich will ein Ritter sein. Und ich will dem Orden immer treu dienen.« Einen Atemzug lang zögerte er. Leon würde es herausfinden, da konnte er ihm genauso gut auch gleich die volle Wahrheit sagen.

»Vielleicht bin ich ein Wechselbalg. Ich weiß es nicht.«

»Ein Wechselbalg. So, so.« Der Alte ging in die Hocke, sodass sie beide einander auf Augenhöhe begegneten. Er schob Luc eine Hand unters Kinn und zwang den Jungen, ihn anzusehen. »Du weißt, was wir mit einem Wechselbalg machen würden, der versucht, sich unter die Novizen zu schleichen.«

Luc konnte es sich vorstellen. Er hätte genickt, aber Leon hielt immer noch sein Kinn fest.

»Ja, Herr«, stieß er hervor.

»Sprich es aus! Was würde mit dir geschehen, wenn du tatsächlich ein Wechselbalg wärest?«

Luc war überrascht, wie schwer es ihm fiel zu sagen, was so offensichtlich war. Erst beim dritten Versuch brachte er die Lippen auseinander.

»Man müsste mich wohl töten.«

»Dass du zu Götzen betest und ihnen Opfer bringst, ist nicht gerade eine Empfehlung für jemanden, der im Verdacht steht, zur Brut der Anderen zu gehören.«

Luc war unangenehm überrascht, wie viel Leon von ihm wusste. Ein Schauer überlief ihn. Leon sah aus wie ein Mann, der das Töten nicht auf die lange Bank schob, sondern es im Zweifelsfall gleich selbst erledigte.

»Was glaubst du, warum du hier bist?«

»Um herauszufinden, ob ich würdig bin, dem Orden anzugehören?«

Der Alte richtete sich auf und machte eine wegwerfende Geste.

»Unsinn. Ob du etwas taugst, finden wir in deiner Zeit als Novize heraus. Wer unseren Anforderungen nicht entspricht, den schicken wir nach Hause zurück. Zwei oder drei Novizen sterben hier in jedem Jahr bei Unfällen ... Ungeschickt zu sein, kann einen das Leben kosten. Aber besser, es geschieht hier als auf einem Schlachtfeld, wo auch das Leben von Kameraden gefährdet wäre.«

»Wenn ich genommen werde, werde ich Euch gewiss nicht enttäuschen, Herr!«, sagte Luc mit verzweifelter Eindringlichkeit.

Zu den Rittern zu gehören, das war alles, was er sich seit jenem Nachmittag am Brunnen wünschte. Er würde es schaffen, wenn sie ihn nur unter sich aufnehmen würden.

Leon schnaubte und wirkte jetzt wirklich verärgert.

»So, ein Neunmalkluger bist du also! Wie kannst du dir so sicher sein, dass wir dich nicht in Schimpf und Schande davonjagen würden?«

»Ich weiß es, weil ich kein Zuhause habe, zu dem ich zurückkehren könnte. Ich würde mein Leben geben, um hierzubleiben.«

Der Alte murmelte etwas Unverständliches. Dann ging er hinüber zum Tisch und nahm eines der Pergamentblätter auf. Er las darin und ging dabei auf und ab. Manchmal blickte er zu Luc.

»Schwester Michelle lobt dich in höchsten Tönen. Sie ist überzeugt, dass aus dir ein Ritter werden könnte.«

Die Worte trafen Luc im Innersten. Michelle war so kühl und zurückweisend geworden. Selten einmal hatte sie ihn gelobt. Sie hätte ihn nicht hierhergebracht, wenn sie geglaubt hätte, es wäre aussichtslos, ihn zu einem Novizen zu machen. Aber dass sie so entschieden auf seiner Seite stand und ihn offenbar eindringlich empfohlen hatte, überraschte Luc zutiefst. Ein unvertrautes, warmes Gefühl stieg in ihm auf. Er musste sich auf die Lippen beißen, damit ihm nicht Tränen in die Augen traten.

»Dein Leben würdest du geben, um Ritter zu werden? Das sind große Worte, junger Mann. Und Worte sind billig. Wärest du bereit, es zu beweisen, hier und jetzt?«

»Ja!«

Luc war immer noch ganz benommen vor Glück. Michelle hatte also nicht aufgehört, auf seiner Seite zu stehen!

»Gut!« Die gespaltenen Lippen lächelten. »Es gibt einen Weg herauszufinden, ob du ein Wechselbalg bist. Aber ich warne dich. Wenn es stimmt und die Anderen dich gezeugt haben, dann wirst du einen fürchterlichen Tod sterben. Du wirst Schmerzen erleiden, wie du sie dir nicht vorzustellen vermagst. Und es wird viele Stunden dauern. Ich muss zugeben, du hast mich mit deiner Art beeindruckt, Junge.«

Er wies zur Tür.

»Man muss nicht immer die letzte Wahrheit erfahren. Geh! Lauf davon! Ich werde dich nicht verfolgen lassen, obwohl mein Glaube mir eigentlich anderes gebietet.«

Luc stutzte verwundert, wandte aber den Blick nicht zur Tür hin.

»Stellt mich auf die Probe, Herr.«

»Das werde ich tun.« Leon machte den Eindruck, als habe er eine finstere Vorfreude an dem, was kommen würde. Er trat um den Tisch herum. »Glaubst du an das Wirken Tjureds auf dieser Welt?«

»Ja«, antwortete der Junge unverzüglich.

»Als der Elf mir sein Schwert ins Gesicht schlug, da sorgte er dafür, dass ich nie mehr hübsch anzuschauen sein werde. Er zerstörte mein linkes Auge. Aber als ich noch mit meinem Schicksal haderte, machte mir Tjured ein unerwartetes Geschenk. Du wirst es jetzt zu sehen bekommen.«

Leon kniete vor ihm nieder und legte ihm die Rechte auf die Schulter. Mit der Linken griff er nach der weißen Augenklappe. »Dies ist mein allsehendes Auge. Das Geschenk Gottes an mich!«

Er zog die Augenklappe zurück.

Luc zuckte erschrocken zurück, doch Leon hielt mit eisernem Griff seine Schulter fest.

»Sieh mich an, Junge. Nun gibt es keine Flucht mehr!«

In der vernarbten Augenhöhle des Ritters bewegte sich ein schneeweißes Auge, durchzogen von roten Adern, die ein Abbild des Blutbaums bildeten. »Nur wer nichts zu verbergen hat, muss diesem Blick nicht ausweichen!«

Luc versuchte in das Auge zu sehen. Trotz der Hitze draußen war ihm plötzlich kalt. Selbst der fuchsköpfige Kobold war ihm nicht so unheimlich erschienen wie dieses unnatürliche Auge.

»Du machst dich ganz gut. Ich kenne Männer, die diesem Blick nicht so lange standgehalten haben wie du.«

Luc konnte nichts sagen. Er fühlte sich wie versteinert. Er musste all seine Kraft aufbieten, um seine Augen nicht von dem unnatürlichen Blutbaum zu lösen.

»Vielleicht hältst du mir ja so gut stand, weil die widernatürliche Kraft eines Wechselbalgs in dir steckt. Äußerlich bist du ein Junge, und du bist sogar gut geraten. Aber was steckt in deinem Innersten? Bist du bereit, mich in dein Herz sehen zu lassen, Luc aus Lanzac? Wenn du wirklich ein Wechselbalg bist, dann wird dich dieser Blick töten.«

Luc wollte antworten, aber er brachte gerade einmal ein Nicken zu Stande. Er zitterte.

Der Alte machte eine schnelle Handbewegung, und unter Lucs entsetztem Blick quoll das allsehende Auge aus dem Kopf.

»Mach den Mund auf, Junge.«

»Was?«

»Du hast mich schon verstanden.«

Leon hob mit spitzen Fingern das Auge.

»Mach den Mund auf. Wie sonst sollte ich in dein Innerstes sehen?«

»Aber ...«

Fassungslos blickte der Junge auf das feucht schimmernde Auge.

»Das ...«

»Wie sonst soll ich wohl in dich hineinblicken?«

Luc wurde übel.

»Du hast also etwas zu verbergen!«

»Nein. Ich ...«

»Mach den Mund auf!«, herrschte ihn der Alte an. »Es gibt jetzt kein Zurück mehr. Glaubst du, du kannst hierherkommen und mich zum Narren halten? Los, oder ich schlage deinen Schädel an der Tischkante auf, wie ich ein gekochtes Ei aufschlage. Beweise mir, dass du kein Wechselbalg bist!«

Luc schloss die Augen. Er wollte es zumindest nicht mit ansehen. Dann öffnete er den Mund.

»Na also.«

Der Alte zwänge ihm seine dicken Finger in den Mund und spreizte ihn noch weiter auf.

»Schluck es bloß nicht herunter! Es genügt, es im Mund zu halten.«

Das Auge war warm. Und es schmeckte leicht salzig. Glatt

wie roher Fisch lag es ihm auf der Zunge. Luc bemühte sich, an etwas anderes zu denken. An den Mittag am Brunnen mit Michelle. An die seltsame Geschichte von den roten und den schwarzen Ameisen. Er stellte sich Heere von Ameisen vor.

Leon packte ihn mit beiden Händen im Nacken. Dann beugte er sich vor. »Sieh mich an, Kerl!«

Der alte Ritter war ihm so nah, dass sich ihre Nasen fast berührten. Sein Atem roch säuerlich. In der leeren Augenhöhle hatte sich ein großer Bluttropfen gesammelt.

Luc kämpfte gegen den Reiz zu würgen an. Das glatte Auge bewegte sich in seinem Mund. Hatte er es mit der Zunge angestoßen, oder konnte Leon das Auge auch jetzt noch nach seinem Willen bewegen?

Der Brechreiz wurde übermächtig.

»Halt die Augen auf, Kerl!«, zischte der Ritter.

Luc dachte an Michelles Traum. Er stellte sich vor, wie die Ritterin auf einem Bären ritt. Einem großen, schwarzen Bären. Mit rotem Sattelzeug und goldenen Glöckchen am Geschirr. Ganz deutlich sah er das Bild vor sich. Er lächelte. Sie würde es schaffen. Bestimmt. Und er ... Er würde sich seinen Traum auch erfüllen!

»Das reicht!«, sagte Leon unvermittelt. »Spuck es aus!«

Luc machte seinen Mund so weit auf, wie er nur konnte. Das Auge schlug gegen seine Zähne. Dann war es endlich draußen. Stoßweise atmete er ein und aus. Noch einmal drohte ihn die Übelkeit zu übermannen.

»Hol mir Schwester Michelle!«, knurrte ihn der Alte an.

»Was ist ...«

»Hab ich gesagt, dass ich mit dir reden will? Hinaus mit dir! Bring mir Michelle und bleib draußen! Ich habe genug von dir gesehen. Los, los, los! Raus jetzt! Und wage es nicht, näher als bis auf hundert Schritt an dieses Haus heranzukommen.«

VON LÖWEN

Der Junge kam aus dem Haus gerannt, als seien die Elfen hinter ihm her. Er nahm sich nicht einmal die Zeit, seine Stute loszubinden, sondern lief geradewegs in Michelles Richtung.

Die Ritterin gab ihrem Hengst die Sporen und preschte den Hügel hinab.

Leon musste schmunzeln. Der Kleine hatte ihm jedes Wort geglaubt. Er ließ das feuchte Glasauge spielerisch durch seine Finger gleiten und beobachtete, wie Luc und Michelle kurz miteinander sprachen. Die Ritterin parierte ihr Pferd und kam zum Haus hinabgeritten. Sie verstand es gut, eine Maske der Gelassenheit aufzusetzen. Aber er vermochte dennoch ihre Unruhe zu sehen. Sie stieg zu langsam ab. Sie sah zu bemüht nicht zu den Fenstern. Und jetzt klopfte sie sich auch noch den Staub aus den Kleidern. Die Mühe hätte sie sich erspart, wenn sie nicht nach einem Anlass gesucht hätte, ihre Begegnung noch ein wenig hinauszuzögern.

Leon lauschte auf die Schritte, begleitet vom leisen Klirren der Sporen. Einst war Michelle seine Schülerin gewesen. Sie war fast eine Heldin. Gäbe es nicht ihre Schwester, sie wäre ein strahlender Stern unter den Kriegern der Neuen Ritterschaft geworden. Doch stets war es Lilianne, deren Name in aller Munde war. Im Guten wie im Schlechten.

Die Schritte verharrten vor der Tür.

Leon ließ das Glasauge über seine Handfläche rollen. Den Jungen das Auge in den Mund nehmen zu lassen, war eine gute Idee gewesen. Er sollte daran noch ein wenig feilen. Das hatte er heute zum ersten Mal gemacht. Üblicherweise genügte es, wenn Novizen das Auge mit dem Blutbaum nur sahen.

»Komm herein, Schwester.«

Michelles Gesicht war spitz geworden. Man sah ihr an, dass sie schwere Jahre gehabt hatte. Er war dagegen gewesen, sie zum Dienst an den Pestkranken zu zwingen. Es dauerte sieben Jahre, aus einem Novizen einen Ritter zu formen. Und Michelle hatte zu den Besten ihres Jahrgangs gehört. Ihr Leben zu riskieren, indem man sie zwang, todkranke Bauern und Tagelöhner zu pflegen, war Verschwendung. Ihr Orden war viel zu klein, um auch nur das Leben eines einzigen Ritters leichtfertig aufs Spiel zu setzen.

»Du hast mich zu dir befohlen, Bruder Primarch«, sagte sie steif.

Er wedelte abwehrend mit der Hand.

»Lass das mit den Titeln. Wir stehen hier nicht vor einem Ehrengericht oder den Heptarchen. Wir sind Bruder und Schwester, nicht mehr und nicht weniger. Ich danke dir für den Bericht, den du mir über Luc hast zukommen lassen.«

Er konnte sehen, wie ihr die eine Frage auf den Lippen brannte, und er entschied, sie noch ein wenig zappeln zu lassen.

»Der Junge hat Mut. Bei dem, was ich ihm angetan habe, hätte ich mir mit zwölf Jahren wahrscheinlich vor Angst die Hose genässt.« Leon lachte. »Frag ihn lieber nicht. Ich glaube nicht, dass er gern davon erzählen wird. Er hat mich überrascht. Er selbst war es, der mich darauf hingewiesen hat, dass er vielleicht ein Wechselbalg ist. Entweder ist er sehr klug, ahnte, dass ich es ohnehin schon weiß, und hat dann lieber die Flucht nach vorn angetreten – oder aber er ist sehr aufrichtig. Was glaubst du, trifft zu, Michelle?«

»Ich halte ihn für aufrichtig. Es steckt nichts Falsches in

ihm. In dem ...« Sie zögerte. »Er ist etwas Besonderes. Und ich bete zu Tjured, dass es seine Hand war, die ihn berührte und ihm seine Gaben verlieh.«

»Er ist ein begabter Heiler?«

Es steckte mehr hinter der Frage, als Michelle wissen sollte. Sicherlich kannte sie die Geschichten über die Gesegneten, jene wenigen Menschen, die mit der Gabe geboren wurden, Wunden und Krankheiten zu heilen, die eigentlich zum Tode führen sollten. Doch das war nur eine ihrer Gaben. Die unbedeutendste! Sie waren der Schlüssel zum Sieg über die Anderen. Und sie waren selten. Alle zwei oder drei Jahre gelang es der Bruderschaft vom heiligen Blut, einen von ihnen aufzuspüren und hierherzubringen. Man musste sie schon als Kinder formen, damit sie ihre Macht voll entfalten konnten. Im Grunde gab es Valloncour nur ihretwegen. Selbst der Großmeister und der Ordensmarschall würden das abstreiten. Nicht einmal sie wussten um das tiefere Geheimnis, das die Schule umgab. Dabei war es für die Sehenden so offensichtlich. Jeder Ritter trug die Wahrheit in seinem Wappenschild. Aber die Welt war nun einmal voller Blinder.

»Der Junge kommt aus Lanzac?«

Michelle war anzusehen, wie sehr ihr sein langes Schweigen zugesetzt hatte. Er lächelte, wohlwissend, dass sein Lächeln es für sie noch schlimmer machen würde. Niemand mochte sein Lächeln!

»Ja, so steht es in meinem Bericht.«

»Und er stammt nicht aus dem Geschlecht des Grafen?«

Leon spielte tief in Gedanken versunken mit seinem Bart. Der Name Lanzac sagte ihm etwas. Er musste in den Archiven nachsehen.

»Seine Eltern waren einfache Leute. Sein Vater war der Waffenmeister des Grafen.«

»So. Und seine Mutter, war sie hübsch? Aufreizend? War sie vielleicht eine Schlampe, die im Bett ihres Grafen gelegen hat?«

Michelle sah ihn pikiert an. »Er redet nur gut von seiner Mutter. Luc sagt, sie sei sehr hübsch gewesen.« Die Ritterin zuckte mit den Schultern. »Aber das sagen wohl alle Söhne über ihre Mutter.«

»Keineswegs! Meine war eine fette Hure. Eine Fischfrau, die nach den Kadavern stank, die sie Tag für Tag von Sonnenaufgang bis Sonnenuntergang auf dem Fischmarkt von Marcilla feilgeboten hat. Und sie hatte eine Schwäche für Seemänner. Eine so ausgeprägte Schwäche, dass ich mir meinen Vater unter einem halben Dutzend Kerlen aussuchen konnte. Fast jeden Tag habe ich von ihr Prügel bekommen. Aber ich habe mich gerächt. Ich habe in meinem ganzen Leben noch nicht gut von meiner Mutter gesprochen.«

Michelle starrte irgendeinen nur für sie sichtbaren Punkt vor ihren Stiefelspitzen an.

»Ich glaube nicht, dass ich eine besonders schreckliche Kindheit hatte. So wie mir ergeht es Tausenden Kindern. Aber eines Tages, wenn das Licht Gottes gesiegt hat, dann werden wir eine vollkommene Welt erschaffen. Eine Welt, in der Kinder nur gut von ihren Müttern und Vätern reden. Eine Welt, in der Gottes Frieden herrscht und in der Ritter wie wir nicht länger gebraucht werden. Dafür leben und sterben wir, Michelle.«

Sie blickte zu ihm auf. Und in ihren Augen brannte wieder das alte Feuer. Sie war immer zutiefst überzeugt gewesen von diesen Idealen. Deshalb hatte sie Honoré an der Brücke über die Bresna den Befehl verweigert. Sie konnte es nicht ertragen, in einer Welt zu leben, in der Ordensritter Kinder töteten. Sie war bereit gewesen, für diese Überzeugung einen

Sieg zu opfern. Er mochte sie dafür, auch wenn er ihr das niemals sagen würde. Genauso wenig, wie er ihr sagen würde, dass seine Mutter in Wahrheit eine reiche Bürgerstochter aus Marcilla gewesen war und er sie tatsächlich geliebt hatte. Die Wahrheit war zweitrangig, wenn es galt, einen Ritter in Valloncour zu formen. Alles was zählte, war, dass die Ritter des Ordens vom Glauben durchdrungen waren. Ritter wie Michelle sollten in Valloncour geformt werden, und nicht solch gnadenlose Kämpfer wie Honoré. Aber noch brauchte die Welt diese Kämpfer notwendiger, um Gottes Krieg endlich beenden zu können.

»Hat er einen guten Eindruck gemacht?«, fragte Michelle.

Leon musste schmunzeln. Langsam wie eine Katze, die um eine Schüssel mit heißem Brei schleicht, näherte sie sich der einen, alles entscheidenden Frage.

»Ja. Er wird aufgenommen werden. Aber sag ihm das nicht. Er soll noch eine Weile im Zweifel bleiben. Bringe ihn morgen erst kurz vor der Zeremonie herbei. Komm dann zu mir und rede auf mich ein. Lass es für ihn so aussehen, als hättest du dich bis zuletzt für ihn eingesetzt und als sei es allein dir zu verdanken, dass er unter uns aufgenommen wurde.«

»Warum ist das notwendig?«

»Wir werden jemanden brauchen, dem er vertraut. Jemanden, den er in all seine Geheimnisse einweiht. Das wirst du sein, Michelle. Denn für mich ist es wichtig, dass die Person, mit der er teilt, was ihn im Innersten bewegt, vor mir keine Geheimnisse hat.«

Er legte die Hand auf ihren Bericht über den Jungen. Einen Bericht, der sein Todesurteil hätte sein können.

»Das kann ich nicht tun. Ich ...«

»Du übst keinen Verrat, Michelle. Du hilfst ihm und unserem Orden. Er ist wichtig. Und seine kindliche Unschuld hat dein Herz gewonnen, das sehe ich. In ihm steckt viel Gutes. Vielleicht wird er eines Tages einer der Besten unter uns sein. Aber er braucht Führung, um diesen Weg beschreiten zu können. Mehr als alle anderen Novizen. Außer vielleicht ...«

Er schüttelte den Kopf. Davon musste sie nichts wissen. Es war besser, wenn er allein die Fäden in der Hand behielt.

»Du wirst seine Lehrerin sein.«

»Aber ich kann nicht ...«

»Keine Sorge. Du wirst nicht Mathematik, Anatomie oder Taktik lehren. Du wirst die Fechtlehrerin der Novizen des siebenundvierzigsten Jahrgangs von Valloncour sein. Ich erinnere mich, dass du die beste Fechterin deines Jahrgangs warst. Du wirst deine Sache gut machen.«

Er sagte das so leichthin, doch wenn er daran dachte, wem sie begegnen würde, hatte er Zweifel. Auch auf sie würde er gut Acht geben müssen.

»Du warst eine Löwin, nicht wahr?«

Er hätte das nicht fragen müssen. Erst gestern hatte er ihre Akte gelesen. Er hatte gewusst, sie würde kommen und einen Jungen mitbringen. Und nicht erst seit er ihren Bericht bekommen hatte, war ihm klar, dass dieser Junge Schwierigkeiten machen könnte. Er wollte, dass sie an ihre alte Lanze dachte. Er wollte an ihren Stolz appellieren. An jene, die sie in Lanzac im Stich gelassen hatte. Die wenigen Überlebenden von Krieg und Pest.

»Ja, ich bin eine Löwin«, gestand sie.

Leon schmunzelte. Auch er hatte zu den Löwen gehört. Wahrscheinlich hatte der alte Primarch das damals wegen seines Namens so gehalten.

»Aus den Löwen sind die Besten und die Schlimmsten unseres Ordens erwachsen. Zu welcher Sorte gehörst du?«

Sie sah bedrückt aus.

»Frag meine Kameraden. Ich glaube nicht, dass sie mich zu den Besten zählen werden.«

»Wegen Honoré?«

Es arbeitete in ihrem Gesicht. Sie vermochte ihre Gefühle kaum mehr zu beherrschen.

»Dir ist doch klar, dass ich diese Dinge weiß. Das ist meine Aufgabe als Primarch.«

»Ja. Du wirst mich bestrafen.«

»Ich mache dich zur Lehrerin. Die meisten von uns betrachten es als eine Ehre, nach Valloncour zurückzukehren und Lehrer zu sein. Gilt das auch für dich?«

»Es kommt unerwartet.«

»Manchmal brauchen wir es, hierher zurückzukehren und eine Zeit zu verweilen«, sagte er gütig. »Valloncour gibt unseren Seelen Kraft. Wir alle kehren irgendwann hierher zurück.«

»Ja.«

Zufrieden sah er, dass sie wieder ins Gleichgewicht kam. Sie hatte zu viel in Drusna gesehen. Sie sehnte sich nach Frieden.

»Glaubst du wirklich, er könnte ein Löwe werden, Bruder Leon?«

»Würde dich das mit Stolz erfüllen?«

Sie nickte.

»Nun, Tjureds Wege sind unergründlich. Vielleicht macht er ihn zum Drachen, oder er ruft ihn zu den Türmen. Ich würde ihn zum Löwen machen. Warten wir auf das Wunder der Erweckung. Du wirst seine Zeugin sein, nicht wahr?«

Wieder nickte sie.

»Dann bete, dass er ein Löwe wird. Beten hilft.«

Die Entscheidung war längst gefallen. Außer ihm gab es

nur zwei Menschen, die wussten, dass morgen kein Wunder geschähe: zwei Wappenmaler, die übermorgen auf der Rückfahrt nach Marcilla ertrinken würden. Was sich morgen ereignen würde, mochte man höchstens als ein Wunder der Alchemie betrachten. Auf die scheinbar weißen Hemden der Novizen waren mit unsichtbarer Farbe ihre Wappen gemalt. Erst wenn diese Farbe mit dem schwefeligen Wasser der Erweckungsquelle in Kontakt kam, wurde sie sichtbar und entfaltete ein wunderbares, leuchtendes Rot. Es war gut, wenn die Novizen gleich am ersten Tag im Orden eines Wunders teilhaftig wurden. Das festigte ihren Glauben. Und es erneuerte den Glauben all jener, die der Erweckung zusahen. Es war besser, die Lanzen mit Bedacht zusammenzustellen, als ihre Entstehung so wie früher dem Zufall zu überlassen. Tjured liebte jene, die den Mut und den Willen hatten, seine Welt zu formen. Wer dabei irrte, den würde er schon zu Fall bringen.

»Bruder Leon?«

Sein langes Schweigen hatte sie vorbereitet.

»Ja?«

»Ist Luc ein Wechselbalg?«

Endlich war die eine Frage heraus!

»Das kann ich dir nicht sagen, Schwester. Ich habe ihn geprüft, und er hat mir widerstanden. Entweder, weil er besonders tapfer ist, oder weil er tatsächlich das ist, was du befürchtest. Aber sorge dich nicht. Eines weiß ich ganz sicher. Wenn er ein Wechselbalg ist, dann wird er die sieben Jahre in Valloncour nicht überleben. Er ist nicht der Erste, den uns die Anderen schicken. Aber die Zeit und Gottes Kraft richten sie alle. Er kann uns nicht verraten. Nicht einmal unwissentlich. Einen Wechselbalg erwartet hier nichts als sein Verderben.«

DIE ORDENSBURG

Alles wird gut, sagte er sich immer wieder. Es muss gut werden! Sonst wäre er doch gar nicht bis hierhergekommen. Michelle hatte ihn zurück auf den Weg gebracht, dem die anderen Novizen gefolgt waren. Einen halben Tag lang waren sie durch eine vom Krieg gezeichnete Ebene den Bergen entgegengeritten. Er konnte nicht begreifen, wie der Krieg an diesen Ort gelangt war. Doch zerfallende Schanzkörbe und Hügelkämme, auf denen Stellungen für Feldschlangen vorbereitet waren, ließen keinen Zweifel daran aufkommen. Auch hatte er Feldwege gesehen, die von hunderten genagelten Stiefeln zertrampelt waren. Worum kämpfte man hier? Und wo waren die Soldaten jetzt?

Die Berge waren freundlicher als die Ebene. Dichte Wälder schmiegten sich an ihre Flanken. Und an manchen Südhängen standen Weinreben in langen Reihen wie Pikeniere, die zur Parade angetreten waren. Sie ritten einen Passweg hinauf. Über ihren Häuptern kreisten Raben. Überall gab es hier welche. Das Schwarz der Raben und das Weiß der Ritter, das waren die Farben Valloncours, dachte er.

Michelle war sehr einsilbig, seit sie von Bruder Leon zurückgekehrt war. Auf seine Fragen, ob er zu den Novizen gehören würde, hatte sie nur ausweichend geantwortet. Sicher hatte Leon ihr verraten, was er durch sein allsehendes Auge entdeckt hatte. Wenn er doch nur ahnte, was die beiden über ihn wussten, dachte Luc verzweifelt. War er von den Anderen befleckt?

Seine Aufmerksamkeit wurde durch eine Schanze abgelenkt, die sich wie der Zacken eines Sterns über ihren Häuptern erhob. Selbst von hier unten konnte er die bronzenen Kanonenrohre sehen. Auf der anderen Seite des Wegs fanden sich, in den Felsen verborgen, ähnliche Befestigungen.

»Vierzig Kanonen können diesen Pass beschießen«, erklärte Michelle.

Es war das Erste, was sie seit über einer Stunde sagte. Sie deutete auf einen verfallenen Turm, der ein Stück höher an der Passstraße lag.

»Früher einmal gab es hier eine Mauer und ein starkes Tor. Doch die eisernen Kugeln der Geschütze sind ein besseres Bollwerk. Niemand kann diesen Pass erstürmen, solange die Schanzen besetzt sind.«

»Gegen wen kämpfen wir hier?«

Sie drehte sich im Sattel um.

»Auf der Ebene kämpfen wir gegen uns selbst. Was es damit auf sich hat, wirst du im nächsten Frühjahr erfahren. Hier oben aber halten wir Wacht gegen die Anderen. Sie fürchten unseren Orden wie keine andere Macht. Vielleicht werden sie in ihrer Verzweiflung irgendwann versuchen, die Ordensburg zu zerstören.« Sie weitete die Arme aus, als wolle sie den Pass umschlingen. »Wer auf dem Landweg hierherkommt, der hat schon drei schwächere Passfestungen bezwingen müssen. Hier nun ist der Ort, an dem jeder Angriff im Blut ertrinken muss. Und den Seeweg hast du schon mit eigenen Augen gesehen. Keine feindliche Flotte kann hierhergelangen. Es gibt keine Festung auf der ganzen Welt, die so stark ist wie Valloncour. Und nur an wenigen Orten wirst du mehr Soldaten finden.« Sie deutete zu dem verfallenen Turm. »Nur sehr wenige, die nicht zur Neuen Ritterschaft gehören, haben in den letzten fünfzig Jahren das Tal jenseits der Passhöhe betreten. Ganz gleich, was morgen geschehen wird, du bist schon jetzt ein Auserwählter.«

Sie sagte das so traurig, dass Luc ganz bang ums Herz wurde.

»Werde ich denn nicht zu den Novizen gehören?«

»Das liegt in Tjureds Hand. Du darfst heute nicht in ihren Quartieren übernachten. Alles hängt vom morgigen Tag ab. Du solltest beten. Aber um Himmels willen nicht zu den Götzen! Damit würdest du alles verderben.«

Die Zurechtweisung verletzte ihn zutiefst. Er hatte nie zu den Götzen gebetet! Er hatte der weißen Frau Opfer gebracht. Aber er hatte nicht zu ihr gebetet ... Gut, ja, er hatte sie um etwas gebeten. Aber er hatte sie nie mit der seelenverzehrenden Inbrunst angebetet, in der er in seinen verzweifeltsten Stunden zu Tjured sprach. Seit sie den Rosenhain verlassen hatten, hatte er sie auch nie wieder um irgendetwas gebeten. Hatte Michelle das denn nicht gespürt? Hatte sie nicht gemerkt, wie sehr auch er vor der fuchsköpfigen Gestalt erschrocken war? Und wie er herbeigeeilt war, um ihr beizustehen? Sie kannte ihn nicht.

Schweigend setzten sie ihren Weg fort, bis sie den Passsattel erreichten. Dort, bei der Ruine, am höchsten Punkt des Weges, zügelte Michelle ihren Hengst. Luc beeilte sich, an ihre Seite zu gelangen, um endlich die Ordensburg zu sehen, jenen Ort, den alle Ritter so sehr zu lieben schienen. Doch als er ihn nun endlich sah, konnte er nicht verstehen, warum die Ritter diesen Ort so sehr mochten. Vor ihnen erstreckte sich ein langes Tal, eingefasst von himmelhohen Felswänden. Das Wasser etlicher Bäche sammelte sich dort zu einem großen See, der fast die Hälfte des Talgrunds einnahm. An seinen Ufern erhob sich eine Burg nach alter Bauart, mit mächtigen Wällen und hohen Türmen. Und überall in dem Tal standen Türme. Wie Pilze schossen sie aus dem Boden. Manche drängten sich in Gruppen auf Hügelkuppen oder an jenen Stellen, wo sich kleine Landzungen in den See schoben. Andere standen einzeln in den Waldflecken, die den Talgrund sprenkelten, oder auf Felsnasen der Steilwände.

Luc hatte mehr erwartet. Er konnte es nicht benennen. Der Hafen in dem riesigen Felstrichter ... der war eindrucksvoll! Aber das hier ... Das war ... Ihm fiel kein passendes Wort ein. Bestimmt lag es daran, was die Ritter hier erlebten, dass sie dieses Tal so sehr in ihr Herz schlossen. So wie Luc sein Dorf Lanzac mochte, obwohl es nichts Besonderes war. Er rechnete nicht damit, es jemals wiederzusehen. Aber er würde es immer als einen Schmerz in seinem Herzen tragen.

Verstohlen blickte er zu Michelle. Ein Lächeln spielte um ihre Lippen. Sie hatte zu selten gelächelt in letzter Zeit. Ihre Hände lagen gefaltet auf dem Sattelknauf. Sie hatte sich ein wenig vorgereckt. Ihre Züge waren entspannt. Endlich merkte sie, dass er sie ansah.

»Und? Wie gefällt es dir?«

Er zögerte. Er wollte sie nicht verletzen, wo doch so offensichtlich war, dass sie gern hierher zurückkehrte.

»Es sieht friedlich aus.«

Sie lachte. Es war ein glockenhelles, freies Lachen.

»Du meinst wohl langweilig!«

»Das habe ich nicht gesagt!«, protestierte Luc.

»Aber gemeint, Junge. Du hast es gemeint!« Sie lachte wieder. »Glaubst du, ich wüsste nicht, was in deinem Kopf vor sich geht? So lange ist es nicht her, dass ich zum ersten Mal auf diesem Hügel war. Das Herz voller Erwartungen. Den Kopf voller fantastischer Träume. Und als ich das hier vor mir sah, dachte ich nur noch: O Gott! Wie fürchterlich wird es werden, in diesem Tal sieben Jahre zu verbringen.«

Luc war unangenehm berührt davon, wie leicht sie ihn

durchschaute. Und dann fröstelte es ihn. Er dachte an Leon. Einen Herzschlag lang spürte er den leicht salzigen Geschmack des glatten Auges auf der Zunge. Er spürte, wie es sich in seinem Mund bewegt hatte. Und er fragte sich, was Leon gesehen haben mochte. Welche Geheimnisse in ihm verborgen waren, die er selbst nicht einmal erahnte.

»Es würde dir schon noch gefallen. Vertraue mir, Luc. Besser als dir je ein Ort zuvor gefallen hat. Und dein Leben lang würdest du dich dann danach sehnen, hierher zurückzukehren. Die Heimkehr nach Valloncour, das ist unser aller letzte Reise.« Die Worte klangen wehmütig. »Bist du immer noch fest entschlossen, einst ein Krieger der Neuen Ritterschaft zu sein? Willst du wirklich zu uns gehören? Ist das dein innigster Wunsch? Jetzt ist die letzte Gelegenheit, in Ehren umzukehren. Wenn der Primarch dir morgen verweigert, dich zu den Novizen zu gesellen, dann erwartet dich ein Weg zurück in Schande.«

Luc ließ sich Zeit mit der Antwort. Sein Blick schweifte über das weite Tal mit all den seltsamen Türmen. Wohin sonst sollte er gehen? Er drängte all seine Zweifel aus den letzten Monden beiseite.

»Dies ist der Platz, an den ich gehöre!«

Er sagte das mit einer Entschlossenheit, die ihn selbst überraschte.

Michelle sah ihn unverwandt an. Wieder lächelte sie.

»Ich werde alles tun, was ich kann, um Leon von dir zu überzeugen. Nun komm! Hier ganz in der Nähe gibt es eine Jagdhütte. Dort werde ich dich auf den morgigen Tag vorbereiten.«

»Was ist noch zu tun?«

Sie sah ihn auf eine Art an, wie sie es nicht mehr getan hatte, seit sie den Rosengarten verlassen hatten.

»Wir werden miteinander fechten, bis dir schier die Arme abfallen. Wenn du zu den Novizen gehörst, dann sollst du der beste Fechter in deiner Lanze sein! Und wenn wir beide erschöpft sind, dann werden wir zusammen im hohen Gras liegen, den Wolken zusehen und von unseren Träumen reden.«

Luc hatte ein Gefühl, als reiße eine eiserne Fessel, die sein Herz umschlossen gehalten hatte. All seine Sinne schienen weiter zu werden. Plötzlich spürte er die leichte Brise auf den Wangen. Hoch über sich hörte er den schweren Flügelschlag eines Raben, der zwischen den Felsen aufgestiegen war. Der Duft, den Zedern in der Sommerhitze verströmen, stieg ihm aus dem Tal entgegen. Und plötzlich sah er die alte Burg, den See, die Türme und die friedlichen Waldflecken mit anderen Augen. Und er glaubte Michelle, dass er an diesem Ort glücklicher als irgendwo anders werden könnte.

DAS ENDE DER KINDHEIT

Der helle Klang der Klingen hallte über die Lichtung. Luc rann der Schweiß in die Augen. Er bemühte sich nach Kräften. Doch all seine Angriffe lenkte Michelle mit Leichtigkeit ab. Schneller und schneller wurde das Klingenspiel. Jeden Angriff, jede Finte schien sie schon im Voraus zu erahnen.

Sie versetzte ihm mit der Breitseite der Klinge einen spielerischen Klaps auf den Schwertarm. Er trat einen Schritt zurück und hob seine Klinge zum Fechtergruß. Er war zu Tode erschöpft. Die letzte Nacht hatte er kaum geschlafen.

Müde ließ er sich ins Gras fallen. Michelle war kaum außer Atem geraten. Es war ihre Idee gewesen, ihm die Stunden bis zum Erweckungsfest mit weiteren Fechtlektionen zu verkürzen.

»Ich muss dir nur in die Augen sehen, dann weiß ich, auf welche Art du angreifen willst«, sagte sie breit lächelnd.

Es ärgerte Luc, dass er so leicht zu durchschauen war. »Werde ich das auch einmal lernen?«

Sie zuckte mit den Schultern. »Das ist keine Frage von Fleiß. Manchen ist es gegeben. Anderen nicht. Wir werden sehen, wie es mit dir ist. Ich werde nun die Pferde holen. Komm du erst mal wieder zu Atem.«

Müde und zufrieden sah er ihr nach. Alles hatte sich geändert, an einem einzigen Tag. Es war wieder so wie ganz zu Anfang im Rosengarten. Michelle würde sich für ihn einsetzen, da war er sich ganz sicher. Aber würde Leon nachgeben? Und sie waren spät dran! Die Zeremonie, bei der die Novizen aufgenommen wurden, sollte zur Mittagsstunde des Mittsommertages abgehalten werden. Besorgt blickte der Junge zum Himmel. Die Sonne stand schon fast im Zenit.

Michelle kehrte mit den Pferden zurück, und sie machten sich auf den Weg.

Sie ritten über grünes Hügelland und passierten bald eine lang gezogene Bodensenke. Der Grund war mit schwarzem Schlamm bedeckt, in dem ein schmaler Bachlauf versickerte. Dicke Ketten waren zwischen Pfählen gespannt. Wie ein Netz zogen sie sich über den Schlamm. Die Hügelflanken waren fast auf der ganzen Breite mit steinernen Stufen bedeckt. So etwas hatte Luc nie zuvor gesehen. Die Glieder der Ketten waren fast so dick wie sein Arm. Der Platz war ihm unheimlich.

»Was ist das für ein Ort, Michelle?«

Die Ritterin war in Gedanken offenbar ganz woanders. Sie blickte flüchtig über die Schulter.

»Wie sieht es denn aus?«

Luc betrachtete die schlammige Senke. Wie sollte man etwas einen Namen geben, das man noch nie zuvor gesehen hatte? Die Pfähle erhoben sich etwa zwei Schritt weit über den Schlamm. Breite Eisenklammern hielten die Ketten oben auf den Pfählen. An den beiden Enden der Schlammgrube liefen jeweils drei lange Ketten auf einen einzelnen Pfahl zu. Dazwischen lag ein Netzwerk kreuz und quer gespannter Ketten. Die Anlage war etwas mehr als hundert Schritt lang; in der Mitte, an der breitesten Stelle, maß sie vielleicht fünfzig Schritt.

»Es sieht aus, als wolle man etwas im Schlamm gefangen halten«, sagte Luc schließlich.

Michelle wandte sich erneut um.

»Genau. So ist es. Tief im Schlamm liegt ein Drache verborgen, und die Ketten verhindern, dass er seine Flügel strecken und davonfliegen kann.«

Es gab keine Drachen, dachte er verärgert. Sie trieb ihren Spaß mit ihm. Elfen und Trolle gab es, Kobolde und noch allerlei andere seltsame Geschöpfe. Aber Drachen ... Die kamen nur in Kindermärchen vor!

Er schwieg verärgert und folgte ihr durch einen weiten Waldstreifen. Plötzlich erklang Hufschlag. Hinter ihnen tauchten Reiter auf. Sie folgten nicht dem Weg, sondern kamen einzeln oder in kleinen Gruppen zwischen den Bäumen hervor. Sie trugen lange weiße Gewänder, fast wie Frauenkleider. Den Saum hatten sie hochgeschlagen. Sie waren barfuß, Männer wie Frauen. Eine Reiterin mit kurzem blondem Haar winkte Michelle zu.

Luc fühlte sich in seinen abgetragenen Sachen fehl am

Platz. Er hatte sich am Morgen gewaschen und gründlich die Haare gekämmt. Aber nach der Fechtstunde war er wieder verschwitzt und zerzaust. Er hätte sich darauf nicht einlassen sollen!

Der Wald lichtete sich. Vor ihnen erhob sich eine steile, grauweiße Felswand. Und am Fuß des Felsens war ein weites Becken in den Stein geschlagen. Es hatte eine seltsame Form, wie ein riesiges schmales Blatt oder eine Speerspitze.

Am Rand des Beckens hatten sich etwa hundert Knaben und Mädchen versammelt. Auch sie trugen die langen weißen Gewänder. Mitten unter ihnen stand Leon.

Michelle hielt auf ihn zu. Sie zügelte ihr Pferd und schwang sich aus dem Sattel.

Luc zog die Zügel an. Er fühlte sich, als habe er einen Igel verschluckt, der sich nun unruhig in seinem Bauch hin und her wand. Selbst auf Entfernung konnte er sehen, dass der Primarch verärgert war. Michelle redete auf ihn ein, gestikulierte mit den Armen und deutete immer wieder auf Luc.

Inzwischen hatten ihn die Reiter aus dem Wald eingeholt. Manche musterten ihn neugierig, die meisten aber ritten einfach vorbei, ohne Notiz von ihm zu nehmen.

Luc fühlte sich einsam. Dieser Ort war nicht für ihn geschaffen!

Endlich winkte Michelle ihm zu. Leon blickte finster in seine Richtung. Jetzt fühlte es sich an, als wolle der Igel in seinem Bauch in Panik davoneilen. Sein Magen verkrampfte sich. Luc trieb seine Stute an. Die Kinder am Seerand sahen zu ihm herüber. Er wünschte sich, er wäre unsichtbar.

»Legt eure Kleider ab, denn nackt, wie Tjured euch erschaffen hat, sollt ihr nun vor sein Angesicht treten, bevor ihr ein zweites Mal geboren werdet. Und schämt euch nicht eurer Nacktheit, denn euer Leib ist ein Geschenk Gottes, und all seine Geschenke sind vollkommen, auch wenn sich diese Vollkommenheit manchmal dem allzu flüchtigen Betrachter verschließen mag.«

Michelle trat zu Luc.

»Los, steig ab! Zieh dich aus und geh zu den anderen, bevor er seine Meinung noch einmal ändert!«

»Ich soll dazugehören?« Luc war vor Freude ganz außer sich und schloss Michelle in seine Arme. Er war also doch kein Wechselbalg!

Aber was hatte Leons allsehendes Auge dann in ihm entdeckt? Gestern war der Primarch doch noch so verärgert gewesen ... Luc stutzte.

»Ich soll mich ausziehen?«

»So wie alle anderen auch!«, bekräftigte die Ritterin. »Und beeil dich, die Zeremonie wird jeden Augenblick beginnen.«

Luc folgte ihren Befehlen. Hastig entledigte er sich seiner Kleider. Doch als er dann nackt vor ihr stand, fühlte er sich zutiefst unbehaglich. Er legte die Hand auf seine Scham und spürte, wie er rot wurde.

»Geh mit den anderen. Und tu einfach, was sie auch tun«, riet ihm Michelle.

Er machte einen zögerlichen Schritt in Richtung des Beckens. Dann wandte er sich wieder um. Dass er nun hier war, verdankte er einzig Michelles Glauben an ihn.

»Danke«, sagte er. »Ich weiß nicht, was ich ...«

Sie scheuchte ihn mit einem Handwedeln davon.

»Geh zu den anderen!«

Dabei machte sie ein seltsames Gesicht. Gerührt, aber zugleich auch traurig kam sie ihm vor. Hatte er denn etwas Falsches gesagt?

Luc reihte sich zwischen den Kindern ein. In stiller Feierlichkeit stiegen sie zum Becken hinab und kletterten über den gemauerten Rand. Das Wasser war eisig! Luc atmete tief ein und biss sich auf die Lippen. Niemand rings herum gab einen Laut von sich oder zögerte auch nur, weiter zur Mitte des Beckens zu gehen, wo ihnen das Wasser bis zwei Handbreit über die Hüften stand.

Die Reiter waren inzwischen alle abgesessen. Es mussten weit über hundert sein. Sie nahmen rings um das Becken Aufstellung. Auch sie waren verstummt. Luc entdeckte Michelle, die nun eines der weiten, weißen Gewänder angelegt hatte. Sie stand neben der Frau mit dem kurzen blonden Haar und der Narbe im Gesicht; die beiden hielten einander bei den Händen.

»Ein jeder von euch hat es geschafft, einen Ritter oder eine Ritterin zu überzeugen, dass ihr würdig seid, zu uns zu gehören. Ihr alle habt eine erste Probe bestanden. Ihr mögt euch jetzt für etwas Besonderes halten, doch ihr irrt.«

Leon hielt einen Felsstein hoch, in dem silbernes Erz funkelte.

»Ihr seid Kinder. Ihr seid das Erz der Erde. Ihr seid unvollkommen, und ihr wartet darauf, dass euch eine Form gegeben wird. Ihr kommt aus allen Ständen. Priesterkinder wie Bauernsöhne stehen vor mir, Adelssprösslinge, auch ein Hurensohn, der in der Gosse geboren wurde. Dort unten steht die Tochter einer Heldin, die im letzten Sommer ihr Leben während der Kämpfe in Drusna gab. Der Sohn eines Waffenmeisters, der als Einziger in seinem Dorf die Pest überlebte.«

Luc musste schlucken, als er genannt wurde. Warum hatte Leon ausgerechnet ihn aufgegriffen? Die meisten Kinder blickten ergriffen zum Primarchen auf. Sie hingen ihm an den Lippen. Doch das Mädchen, das seitlich vor Luc stand, machte ein mürrisches Gesicht. Sie hatte recht kurzes Haar und strahlte einen Trotz aus, der dem Jungen unbegreiflich war.

»Manche von euch mögen sich aufgrund ihrer Geburt für etwas Besseres halten. Andere wieder mögen Zweifel haben, ob jemand wie sie es verdient, die goldenen Sporen der Ritterschaft zu tragen.«

Es war das erste Mal, dass Leon Luc geradezu aus der Seele sprach. Der Junge ertappte sich dabei, wie er zustimmend nickte. Ein rascher Seitenblick verriet ihm, dass er der Einzige war, der so reagierte.

Plötzlich wurde das Wasser ein wenig wärmer. Einen Herzschlag lang währte es nur. Es war wie eine sanfte Berührung. Luc starrte das Mädchen vor sich an. Sie hatte doch nicht etwa ... Jetzt lächelte sie auch noch trotzig! Das war unglaublich! Wie konnte sie so etwas tun!

Vielleicht hatte sie in dem eisigen Wasser nicht an sich halten können? Sie war ja nur ein Mädchen. Einen anderen Grund konnte es nicht geben!

»So wie bei diesem Felsstück in der Steinmühle das Erz vom tauben Gestein getrennt wird, so werden wir hier nach dem Besten in euch suchen. Und ich verspreche euch, ihr werdet euch fühlen wie dieser Steinklumpen, wenn er zwischen mächtigen Walzen zermalmt wird. Nicht alle von euch werden es bis zu der Nacht vor Mittsommer in sieben Jahren schaffen. Einige werden einfach aufgeben.«

Er zog aus einer verborgenen Tasche seines Gewandes eine Lanzenspitze und hob sie hoch über den Kopf.

»Jene aber, die nicht aufgeben, werden wie diese Lanzenspitze sein. Ihr werdet die Ersten sein im Kampf gegen die Feinde Tjureds. Die Ritter vom Aschenbaum und die Soldaten in Diensten der Kirche sind nur der hölzerne Schaft, der die Lanze ins Ziel bringt. Ihr aber werdet unseren Feinden den

Todesstoß versetzen. Ihr werdet ihnen das Fleisch zerreißen. Ihr werdet die Anderen auf immer vertreiben. Und wenn dies vollbracht ist, dann wird Frieden herrschen in Gottes Welt, für immerdar. Und aus euch Löwen werden Lämmer werden, die inmitten der Herde der Tjuredkinder aufgenommen werden. Und ihr werdet eine Welt erschaffen haben, in der Gottesfriede herrscht und in der alle Menschen wie Brüder und Schwestern sind. Und wie Brüder und Schwestern werdet ihr Kinder nun für immerdar sein. Zeugen, tretet vor!«

Es kam Bewegung in die Reihen der Männer und Frauen, die das weite Becken umstanden.

Luc sah Michelle. Sie war eine der Ersten, die ins Wasser stiegen. Neben ihr ging ein hagerer Kerl, dessen rechter Ärmel leer herabhing.

»Zeugen, tretet an die Seite der Kinder, die ihr als würdig erwählt habt!«, befahl Leon.

Michelle fasste ihn bei der Hand. Ihre Traurigkeit schien verflogen. Stolz sah sie nun aus.

»Höret, Kinder, in dieser Quelle badete einst der heilige Jules, und er haderte mit Tjured, denn die Anderen hatten den heiligen Guillaume getötet, und Jules' Herz war voller Traurigkeit. Da sprach Gott zu ihm, er möge der Kirche einen Schild geben, der sie vor den Pfeilen der Anderen schütze, und er möge ihr ein Schwert geben, um die Anderen zu vertreiben. Und so machte sich Jules auf die Suche nach dem Mann, der unserer Kirche Schwert und Schild erschaffen würde. Auf diese Weise entstand der Orden vom Aschenbaum. Doch in der ersten Nacht seiner Suche, da träumte der Heilige, dass sich Schwert und Schild eines fernen Tages aus jener Quelle erheben würden, in der er gebadet hatte.«

Völlig überraschend packte Michelle Luc ins Haar und zog ihn nach hinten. Er stürzte ins eisige Wasser. Prustend schlug er um sich, als die Ritterin ihm auch schon wieder aufhalf. So wie ihm war es auch allen anderen ergangen. Nass und zitternd standen sie beieinander.

»Nun ist eure Kindheit von euch gewaschen.«

Leon sprach in einem Ton, der Luc ins Herz griff. Der Junge erschauderte.

»Ich heiße euch willkommen, Novizen der Neuen Ritterschaft. Von euch gewaschen sind Stand und Vergangenheit. Nun seid ihr Brüder und Schwestern. Einander seid ihr verbunden und nicht länger der Welt. Sieben Lanzen werden wir schmieden mit diesem siebenundvierzigsten Jahrgang von Valloncour.« Leon breitete die Arme aus und streckte sie dem Himmel entgegen.

»Tjured, Herr des Himmelszeltes und des Weltenrundes. Sieh gnädig herab auf diese Novizen, die einst dein Schwert und dein Schild sein wollen. Und füge du sie zusammen zu jenen Lanzen, die nicht brechen werden, bis der Letzte von ihnen heimgekehrt ist zu den Türmen Valloncours.«

Luc blickte zum wolkenlosen Sommerhimmel empor. Ihm war so feierlich zumute, dass er fest damit rechnete, ein Zeichen Tjureds zu entdecken. Er wusste nicht, was es sein würde, aber er spürte, an diesem Tag würde ein Wunder geschehen.

Die Zeugen zogen sich langsam aus dem Becken zurück und reihten sich wieder entlang des Randes auf. Die nassen Gewänder zeichneten ihre Körper nach. Die Körper von Kriegerinnen und Kriegern, gestählt in der Schlacht. Lucs Blick fiel auf den Einarmigen. Und gezeichnet vom Krieg Gottes waren sie.

»Mascha von Vilussa, tritt vor und nimm dein Ordenskleid!«, rief ein junger Ritter und deutete auf einen Stapel mit Gewändern, der am Rand des Beckens lag. Ein Mädchen mit langem blondem Haar löste sich aus der Gruppe der Novizen und watete zu den Kleidern hinüber.

»Raffael von Silano, tritt vor und nimm dein Ordenskleid!«, rief eine Frau mit vernarbtem Gesicht.

Luc blickte wieder zum Himmel. Wo war das Zeichen? Hatte Tjured sie denn nicht erhört?

Ein Raunen ging durch die Reihen der Novizen. So wie er hatten auch viele andere zum Himmel geblickt. Verärgert über die Unruhe, die der Feierlichkeit der Zeremonie Abbruch tat, sah der Junge zu dem blonden Mädchen, das *Mascha* gerufen worden war. Es verdrehte den Kopf und versuchte auf den Rücken des Gewandes zu blicken. Dort zerlief rote Farbe, wo eben noch reines Weiß gewesen war.

Raffael neben ihr hatte Schwierigkeiten, in den langen Überwurf zu schlüpfen. Der Stoff klebte an seinem nassen Leib. Seine Zeugin, die Narbengesichtige, half ihm, den Stoff glatt zu streichen.

Aus den verlaufenden Farben auf Maschas Gewand formte sich das Bild eines roten Drachen.

»Sehet, Tjured gab uns ein Zeichen, Brüder und Schwestern!«, rief Leon mit vor Ergriffenheit bebender Stimme. »Mascha von Vilussa wurde zur Lanze der Drachen erwählt!«

Auch auf Raffaels Gewand zeigte sich rote Farbe. Aus den einzelnen Flecken bildete sich eine Form. Es war ein Löwe.

Mit angehaltenem Atem sah Luc zu, wie immer mehr Novizen aus dem Becken gerufen wurden. Die Gewänder, die man ihnen reichte, waren makellos weiß. Doch kaum zogen sie die langen Hemden über, erschienen Wappentiere. Der Drache, ein Löwe, ein steigendes Pferd, ein Festungsturm.

»Joaquino von Raguna, tritt vor und nimm dein Ordenskleid.« Immer und immer wieder erklangen die Stimmen der Zeugen. Das Becken leerte sich zusehends.

Und plötzlich erfüllte nicht mehr die Freude, ein Wunder zu erleben, Lucs Herz. Seine Angst war wieder da. Leon hatte etwas in ihm gesehen ... Und vor Gottes Auge würde das nicht verborgen bleiben. Was, wenn er nicht aufgerufen würde? Oder schlimmer noch, Michelle rief ihn, und sein Hemd blieb als einziges weiß?

Das kalte Quellwasser schnitt nun wie Messer in sein Fleisch. Er presste die Arme eng an den Leib und schaffte es doch nicht ganz, sein Zittern zu unterdrücken. Jetzt waren fast alle aufgerufen worden. Nur er und das Mädchen vor ihm waren noch da. War das Tjureds Strafe für ihr Sakrileg, das Wasser im Becken besudelt zu haben? Musste sie deshalb bis zum Schluss ausharren?

»Gishild von Firnstayn, tritt vor und nimm dein Ordenskleid!«, rief eine samtene Männerstimme.

Der Einarmige erwartete das Mädchen am Beckenrand und reichte ihr das weiße Hemd.

»Luc von Lanzac, tritt vor und nimm dein Ordensgewand!«

Stolz lag in Michelles Stimme. Sie strahlte ihn an. Ihm war nicht feierlich zu Mute. Sein Herz war erfüllt von Angst.

Schlotternd stieg er aus dem Wasser. Michelle half ihm, in sein Hemd zu schlüpfen. Nur schwer glitt der Leinenstoff über seinen nassen Leib.

Luc verdrehte den Kopf, bis ihm der Nacken schmerzte. Auf seinem Rücken breiteten sich rote Flecken aus. Er war so erleichtert, dass ihn fast seine Beine nicht mehr tragen wollten. Er gehörte dazu. Sie hatten ihn aufgenommen. Tjured hatte auch an ihm ein Wunder gewirkt! Damit waren alle Zweifel für immer aus der Welt! Er war kein Wechselbalg! In ihm gab es nichts, was Gott missfiel. Er war jetzt Novize der Neuen Ritterschaft. Und er würde es Michelle jeden Tag beweisen, dass er ihr Vertrauen wert war!

Die Ritterin schloss ihn in die Arme. »Willkommen, Bruder Luc«, flüsterte sie ihm ins Ohr. »Willkommen.« Sie hielt ihn bei den Armen, schob ihn ein wenig von sich zurück und betrachtete ihn. »Du wirst ein guter Ritter sein. Und wer weiß, vielleicht finden wir auch noch eine Prinzessin, die du retten kannst.«

Er lächelte verlegen.

»Ich glaube, eher finden wir einen Bären, den du reiten wirst.«

Sie lachte und schloss ihn wieder in den Arm. Luc wünschte, dieser Augenblick würde niemals vorübergehen. Nie hatte er sich so glücklich gefühlt.

DIE TAT EINER RITTERIN

»Los, raus aus den Federn!«

Gishild blinzelte. Benommen versuchte sie sich zu erinnern, wo sie sich befand. Die verdammte Baracke! Drustan schritt an ihren Betten entlang, Einzelne rüttelte er an den Schultern.

»Los, aufstehen!«

Die Prinzessin schlug die dünne Decke zurück und richtete sich auf. Es war nicht Gehorsam, der sie dazu veranlasste. Sie musste sich bewegen, etwas tun. Am liebsten hätte sie jemanden verprügelt. Vielleicht würde es ihr dann besser gehen. Sie dachte an die Fechtstunde, die es mittags geben würde. Das wäre eine erstklassige Gelegenheit!

Mürrisch band sie ihre Sandalen um. Für sie alle gab es weiße Kleidung. Wer, außer einem Elfenfürsten, trug Weiß, verdammt! Die Kleider würden alle Nase lang schmutzig sein. Jeden Flecken sah man darauf.

Über Nacht hatte sie die kurze Hose anbehalten. Nun schlüpfte sie in ihre Tunika und band den schmalen Ledergürtel um die Hüften.

»Wer als Letzter aus der Baracke tritt, spült!«, rief Drustan und riss die Tür auf. Dem Einarmigen machte es offensichtlich Spaß, sie zu scheuchen. Er war außer sich vor Freude gewesen, als Lilianne im Frühjahr zurückgekehrt war und seine einsame Wacht am Rabenturm beendet hatte. Nun lag bei dem Turm eine kleine Garnison, und der einsame Vorposten wurde weiter ausgebaut. Drustan und Juztina hatte die Ritterin mit hierhergebracht.

Alle hatten etwas davon gehabt. Juztina freute sich, zu den wenigen auserwählten Küchenmägden hier oben im Tal zu gehören und nicht länger Drustans Launen ertragen zu müssen. Und der einarmige Ritter genoss es, der Magister einer Lanze zu sein.

Alle waren sie glücklich, dachte Gishild bitter. Nur sie hasste es, in Valloncour zu sein. Wo war Silwyna? So viele Nachmittage hatte sie am Fuß des Rabenturms gestanden und auf den gefrorenen See hinausgeblickt. Den ganzen Winter lang! Der Versuchung, über den vereisten See zu flüchten, hatte sie leicht widerstanden. Zu gut wusste sie, was es bedeutete, während des Winters in Drusna zu reisen. Ohne die richtige Kleidung und Vorräte wäre sie nicht weit gekommen.

Gishild presste wütend die Lippen zusammen. Sie hätten sie holen müssen! Sie war doch noch ein Kind! So sehr hatte sie auf die Elfe gewartet. Warum kamen die Anderen nicht, um sie zu holen? Es hieß doch, nichts und niemand könne sich vor dem Blick der Königin Emerelle verbergen! Wo blieben sie? Sie war die Thronfolgerin des Fjordlands. Warum unternahmen sie nichts, um sie zu retten? Den Rabenturm zu stürmen, wäre leicht gewesen. Hier in Valloncour würde man ein Heer aufbieten müssen, um sie zu befreien.

Düster vor sich hin brütend, trat sie vor die Baracke.

»Du bist die Letzte, Schwester Gishild«, stellte Drustan nüchtern fest. »Du wirst das Geschirr der Lanze spülen und es wieder zurückbringen.«

Er wandte sich an die anderen.

»Die Zeit des Feierns ist vorbei. Erinnert ihr euch noch daran, was Bruder Leon gesagt hat? Ihr seid hier in eine Steinmühle geraten. Und es wird mir Freude machen, die paar Krümelchen Erz in euch zu finden. Jeden Morgen vor Sonnenaufgang werden wir eine Stunde laufen. Danach werdet ihr schwimmen. Dann gibt es etwas zu essen, und ihr werdet mit den anderen Lanzen unterrichtet. Im ersten Jahr werden wir nur eure Grundkenntnisse schärfen. Ihr sollt lesen und schreiben können, rechnen und reiten, fechten und schießen. Und ihr sollt stark werden. Ich verspreche euch feierlich, wenn ihr abends in eure Baracke zurückkehrt, dann werdet ihr so erschöpft sein, dass ihr nicht einmal mehr meinen Namen verfluchen könnt.«

Er sah sie der Reihe nach an, dann wandte er sich abrupt um und begann zu laufen.

»Los, mir nach, Novizen!«

Einige stöhnten leise. Aber Gishild war es ganz recht, nichts weiter tun zu müssen, als zu laufen und ihren Gedanken nachhängen zu können. Es musste einen Grund dafür geben, dass Silwyna noch nicht hier war. Vielleicht wollten die Elfen, dass sie Valloncour ausspähte. Die Neue Ritterschaft sei ihr gefährlichster Feind, hatte ihr Vater immer gesagt. Ob er wohl wusste, dass sie nun genau zu diesen Rittern gehörte? Was hatten die Götter sich dabei gedacht? Bestimmt saßen sie in ihren Goldenen Hallen und lachten über sie!

Gishild musste sich nicht anstrengen, um mit Drustan Schritt zu halten, während die ersten Novizen der Lanze langsam keuchend zurückfielen. Silwyna hatte sie laufen gelehrt, jenen leichten, ausdauernden Trab, in dem sie durch die Wälder des Fjordlands und Drusnas gestreift waren. Sie würde stundenlang laufen können, wusste Gishild. Laufen, bis der Schmerz in ihr verbrannte. Bis sie nur noch dumpfe Müdigkeit empfand. Und vielleicht Stolz darauf, dass sie länger laufen konnte als irgendein anderer hier.

Gestern noch hatte sie Pläne gehabt. Zum Schein hatte sie sich in das Unvermeidliche gefügt. Aber sie hatte die Feier in einem Gottesgericht enden lassen wollen. Kaum, dass sie das Wasser des Beckens betreten hatte, hatte sie begonnen, lautlos zu den Göttern des Fjordlands zu beten, damit sie Blitze vom Himmel schleuderten, um ihr beizustehen. Und als das nicht geholfen hatte, hatte sie stumm Tjured geschmäht und in sein heiliges Becken gepinkelt, um dem allen die Krone aufzusetzen. Doch dieser rätselhafte fremde Gott hatte all dies hingenommen. War das Größe oder Schwäche? Sie wusste es nicht. Sie hatte gehofft, dass wenigstens sie vom Blitz erschlagen würde. Tjured konnte doch nicht einfach hinnehmen, wie sie sein Becken entweihte? Es war dumm gewesen, ihr Vater brauchte sie schließlich noch. Sie war die Thronfolgerin. Auf ihren Schultern lag die Verantwortung ... Sie durfte nicht sterben. Nicht einfach so. Das war ihr klar geworden, als sie gestern darüber nachgedacht hatte.

So vieles gab es zu bedenken! Hatte Tjured sie nun unter seinen auserwählten Kindern aufgenommen? Auch sie war

Teil seines Wunders gewesen. Mit Schrecken dachte sie daran, wie das Löwenwappen auf ihrem blütenweißen Gewand erschienen war. Nun war sie also eine von vierzehn Löwen im siebenundvierzigsten Jahrgang der Novizen Valloncours.

War ihr der Weg in die Goldenen Hallen, den Ort, an dem sich die toten Helden ihres Volkes versammelten, nun für immer versperrt? Hatten ihre eigenen Götter sie im Stich gelassen? Wie konnte sie unter den frömmsten Kämpfern ihrer Feinde aufgenommen werden? Wenn Tjured so allwissend war, wie sie immer sagten, dann müsste der Gott doch begreifen, wie sehr sie ihn verachtete! Ihre ganze Welt war gestern aus den Fugen geraten, als das Wappenbild auf ihrem weißen Hemd erschienen war. Sie gehörte hier nicht her, da war sie sich ganz sicher. Tausendmal lieber hätte sie als Einzige ein weißes Hemd behalten!

Ihre Gruppe hatte die große Schlammsenke mit den Ketten darüber erreicht und folgte dem Lauf des morastigen Ufers. Auf der anderen Seite der Senke sah Gishild eine andere Lanze laufen. Die Jungen und Mädchen waren größer, vielleicht fünfzehn oder sechzehn Sommer alt. Sie trugen Brustpanzer und offene Helme beim Lauf. Gishild wünschte, zu ihnen zu gehören und nicht zu dieser Gruppe Kätzchen, die sich für Löwen hielten. Sie blickte über die Schulter. Auch Drustan war nicht halb so hart, wie er glaubte. Er hatte rote Flecken im Gesicht. Untätig in seinem Turm zu sitzen, hatte ihm nicht gutgetan.

Joaquino und Luc hielten sich ganz gut. Die anderen japsten wie Welpen in der Sommerhitze. Luc ... Er war der Einzige, der bemerkt hatte, wie sie ins Becken gemacht hatte. Bisher hatte er nichts gesagt. Aber das war nur eine Frage der Zeit.

Sollte er nur kommen und versuchen, sie zu erpressen oder

auch nur dumm anzuquatschen. Sie malte sich aus, wie sie ihn niederschlug, sobald er ein falsches Wort sagte. Er war ein Streber. Den ganzen Tag lang wollte er es allen recht machen und fragte wegen jeder Kleinigkeit um Erlaubnis. So würde sie nie sein! Sie würde sich zum Schein fügen. Aber das tat sie nur, um den Orden auszuspionieren! Die Elfen würden kommen, um sie zu holen. Das war vollkommen sicher. Niemand entkam Silwyna! Ihre Lehrerin würde sie hier finden.

Drustan winkte sie über den Hügelkamm hinweg und auf den See zu. Im Westen trat die Sonne über die Berge; ihre Strahlen stachen wie goldene Speere durch das morgendliche Zwielicht.

Zwei Galeeren lösten sich vom Ufer des Sees, den sie nach dem langen Lauf erreicht hatten. Weit hallten die Kommandos der Rudermeister über das spiegelglatte Wasser. Ob Novizen ruderten? Die Ordensoberen sorgten dafür, dass ihre Ritter stark waren, dachte Gishild.

»Kann jemand von euch nicht schwimmen?«, fragte Drustan.

Das kleine Grüppchen von Novizen sammelte sich langsam am Ufer. Als Letzter traf Giacomo ein. Er war der kleinste in ihrer Lanze. Gishild war sich sicher, dass er gelogen hatte, als man ihn nach seinem Alter fragte. Man musste mindestens zehn Sommer gesehen haben, um Novize zu werden. Aber das schmächtige Kerlchen war zu winzig, um zehn zu sein.

»Worauf wartet ihr? Ausziehen und ins Wasser!«, befahl Drustan, während er sich auf einem Stein am Ufer niederließ.

»Seht ihr die Boje dort hinten? Ihr schwimmt bis dort und kommt wieder zurück. Dann geht es zurück zur Baracke, und es gibt Frühstück.«

Gishild sah zur Boje. Lächerlich. Sie war weniger als hundert Schritt entfernt. Sie zog sich in aller Ruhe aus, während die anderen hastig ihre Sachen abstreiften.

»Wasserscheu?«, raunzte Drustan sie an. Alle anderen Löwen waren schon im Wasser und kämpften sich planschend der Boje entgegen.

Sie sagte gar nichts. Er würde schon sehen. Sie hatte es lange genug mit ihm aushalten müssen, um zu wissen, dass er immer das letzte Wort behielt. Drustan überzeugte man allein durch Taten. Er war dagegen gewesen, sie hierherzubringen.

Gishild hatte an Bord der Galeasse, die sie nach Valloncour gebracht hatte, einen Streit zwischen Drustan und Lilianne belauscht. Der Einarmige hielt sie für eine Gefahr für die Tjuredkirche und hatte die Meinung vertreten, sie sei besser in einem Kerker als in der Ordensschule aufgehoben. Er hatte sie durchschaut. Er wusste genau, dass sie sich nur zum Schein fügte, wenn sie gerade mal keine Widerworte gab. Lilianne hatte sie überrascht. Der Ordensritterin war zwar auch klar, dass Gishild an ihrem alten Glauben festhielt und nur auf eine Gelegenheit zur Flucht wartete, aber dennoch hatte sie darauf bestanden, sie hierherzubringen. Wenn Lilianne glaubte, sie würde sich mit der Zeit fügen, dann irrte sie sich, dachte Gishild und sprang ins kalte Wasser.

Mit kräftigen Zügen holte sie die anderen Novizen ein. Die meisten von ihnen planschten nur hilflos im Wasser. Was die Schwimmen nannten! Allein der kleine Giacomo schlug sich gut. Er erreichte noch vor ihr die Boje.

Gishild schlug mit der Linken an der Boje an, stieß sich ab und drehte sich auf den Rücken. Sie ließ sich treiben und blickte in den weiten, fast wolkenlosen Himmel. Sie genoss es, vom Wasser getragen zu werden. Sollten die anderen doch darum kämpfen, wer als Erster zurück war. Wie Drustan sie wohl bestrafen würde? Würde er ihr das Frühstück streichen? Sie lächelte. Das würde sie schon aushalten.

Ein verzweifeltes Keuchen störte sie. Wer von den Schlappschwänzen wohl Letzter war? Die rothaarige Bernadette? Oder Luc? Sie drehte sich und blickte zur Boje. Joaquino kämpfte verzweifelt darum, sich über Wasser zu halten. Er sah sie flehend an. Aber entweder hatte er nicht mehr die Puste, oder er war zu stolz, sie um Hilfe zu bitten.

Gishild blickte zum Ufer. Drustan war ganz damit beschäftigt, Giacomo anzufeuern, der sich ein Kopf-an-Kopf-Rennen mit Luc lieferte.

Einen Herzschlag lang dachte sie, dass es einen Ordensritter weniger geben würde, der gegen das Fjordland kämpfte, wenn sie jetzt nichts unternahm. Dann schwamm sie los. Dieser Mistkerl mit seinen großen blauen Augen … Sie konnte nicht einfach zusehen, wie er ertrank.

Joaquino klammerte sich verzweifelt an sie, als sie ihn erreichte. Er war groß, und er war stärker als sie. »Lass das! Du ertränkst uns noch beide!«

Sie biss ihm in den Arm und entwand sich. Wild um sich schlagend, versuchte der Junge sie erneut zu erreichen.

»Wir werden beide ertrinken, wenn du dich so anklammerst!«

Sie versuchte das ganz ruhig zu sagen. Joaquino sah sie mit panischer Angst an. Und dann versank er.

»Verdammter Idiot!« Sie tauchte, packte ihn bei den Haaren und zog ihn wieder hoch. »Du musst dich ganz locker halten!«

Der Junge spuckte Wasser. Er versuchte etwas zu sagen. Seine Lippen waren blau, und er klapperte so sehr mit den Zähnen, dass er kein Wort hervorbrachte. Wie eiserne Fesseln schlossen sich seine Hände um ihre Arme. Sie strampelte mit den Füßen, um nicht zu versinken. Lange würde das nicht gutgehen.

»Verdammt, merkst du nicht, wie du uns beide ertränkst?«

Joaquino prustete etwas hervor, aber sie verstand ihn nicht.

Gishild zog das Knie an und rammte es ihm ins Gemächt. Das Wasser nahm dem Angriff die Wucht, dennoch stöhnte der Junge auf und lockerte seinen Griff. Gishild legte ihm einen Arm um den Hals.

»Entweder hältst du still und ich schleppe dich zum Ufer, oder du klammerst, und ich schwimm davon. Ich werde nicht mit dir zusammen ertrinken. Hast du mich verstanden?«

Noch immer stand die Panik in seinem Blick. Aber er verhielt sich jetzt ruhiger.

Gishild mühte sich ab, ihn zu ziehen, und achtete darauf, dass sein Gesicht nicht unter Wasser tauchte. Luc kam ihr entgegen. Er half ihr, Joaquino zum Ufer zu bringen. Dann kam auch Giacomo. Und Drustan watete ihnen entgegen.

Gemeinsam schafften sie den großen Jungen ans Ufer. Drustan redete auf ihn ein, warum er denn nicht gesagt hätte, dass er nicht schwimmen könne.

Joaquino war zu erschöpft, um zu antworten. Zweimal erbrach er Wasser. Die anderen Löwen standen um ihn herum, die meisten stumm. Bernadette stimmte in Drustans Flüche ein. Luc saß einfach nur neben dem Jungen und hielt ihm die Hand.

Endlich stand der einarmige Ritter auf. Er trat zu Gishild und sah an ihr herab. Jetzt erst bemerkte das Mädchen die blutigen Schrammen an Hals und Schultern und die breiten roten Bänder an ihren Armen, dort wo Joaquino sie in Todesangst umklammert hatte. Sie spürte keinen Schmerz. Ihr Leib war noch ganz taub vom eisigen Wasser. Aber der Schmerz würde kommen.

»Das war die Tat einer Ritterin«, sagte Drustan. »Das hätte ich dir nicht zugetraut ... Prinzessin.«

Das letzte Wort flüsterte er so leise, dass die anderen es nicht hören konnten.

»Ich bin keine Ritterin«, entgegnete sie trotzig. »Ich werde nie eine sein.«

Er sah sie an und sagte nichts mehr.

Was er wohl dachte, überlegte Gishild. Es war das allererste Mal, dass er etwas Freundliches zu ihr gesagt hatte. Sie brauchte kein Lob von den Todfeinden des Fjordlands. Und trotzdem war sie stolz darauf. Und das ärgerte sie.

ERSTE GEFECHTE

Luc stieß den Spaten in die aufgeworfene Erde und streckte sich. Er fügte sich all dem, was seine Lehrer verlangten, und vertraute fest darauf, dass auch das, was ihm seltsam erschien, einen tieferen Sinn hatte und sich eines Tages als bedeutsam erweisen würde. Doch die Sache mit dem Turm war zu merkwürdig.

Er blickte in die Grube hinab, wo die anderen schwitzend arbeiteten. Der Erdboden war zäh. Unter einer Lehmschicht waren sie zudem auf massiven Fels gestoßen. Der Baumeister hatte darauf bestanden, die Grube zu erweitern. Sie würden den Fels behauen und zum Fundament für ihren Turm machen, den Turm der siebenundvierzigsten Löwen. Alle Novizen vor ihnen hatten einen Turm errichtet. Daher hatte das Tal sein seltsames Aussehen.

Eine unheimliche Bewandtnis hatte es mit diesen Türmen. Erst würden sie darin wohnen, bis sie die Ritterschaft erhielten und hinaus in die Welt geschickt wurden, um für den Orden zu kämpfen. Und dann würde der Turm seine eigentliche Aufgabe erfüllen. Er würde ihr Grabmal werden. Die Ritter scheuten keine Mühen, ihre Toten hierher nach Valloncour zurückzubringen. Sie wurden in den Türmen bestattet, die sie als Novizen gemeinsam errichtet hatten. So wären sie zuletzt im Tode alle wieder vereint.

Wenn Luc daran dachte, dass er hier an seinem Grab baute, wurden seine Hände jedes Mal ganz klamm. Er musste dann an Lanzac denken. Würde ihm der Tod denn immer nahe sein?

Bis die Arbeit am Turm vollbracht war, lebten die Novizen in einer schlichten Holzbaracke neben ihrer Baustelle. Sommers würden sie dort schwitzen und im Winter frieren. Sie würden den Elementen und den Jahreszeiten nahe sein. Unterrichtet wurden sie in der Hütte oder draußen. Die Burg am See durften sie nur selten betreten.

In der Ferne erklangen Fanfaren. Luc atmete erleichtert aus und wischte sich mit dem Arm den Schweiß von der Stirn. In einer Stunde würde das erste Spiel des neuen Jahres beginnen. Obwohl so viel davon getuschelt wurde, konnte er sich immer noch nicht richtig vorstellen, was ihn erwartete. So viele Namen hatte er dafür gehört. Den Kettentanz, Fahnensturm oder auch Ducken nannten sie es. Die Lehrer redeten vom Buhurt, so als sei es nichts anderes als das jahrhundertealte Turnierspiel.

Die übrigen Löwen stiegen aus der Grube. »Na, schon etwas früher Pause gemacht?«, zischte ihn Bernadette säuerlich an.

Sie hatte zarte Hände und bekam laufend Blasen bei der schweren Arbeit. Um die geschundenen Finger hatte sie schmutzige Lappen gewickelt. Luc wusste, dass ihr unter diesen Verbänden das rohe Fleisch hervortrat. Dennoch hätte er gewettet, dass sie, auch wenn sie keine Schmerzen hätte, schnippisch und übellaunig gewesen wäre. Das war einfach ihre Art.

»Das ist der rechte Geist«, ermunterte Drustan sie. »Hebt euch etwas davon für die nächste Fechtstunde auf. Ich sorge dafür, dass ihr ein Paar werdet.«

Bernadette schnitt eine säuerliche Miene. Alle wussten, dass er von Michelle ausgebildet worden war. Und niemand war darauf aus, gegen ihn anzutreten. Aber das Mädchen war zu stolz, um einen Rückzieher zu machen. Luc beschloss, sie nicht zu blamieren, wenn sie tatsächlich gegeneinander fechten mussten. Es war nicht ritterlich, seine Überlegenheit auszuspielen. Er würde sich und Michelle beschämen, wenn er Bernadette zu sehr verdrosch. Obwohl diese Göre eine kleine Abreibung gebrauchen konnte.

»Träum nicht herum!«, ermahnte ihn Drustan.

Alle waren inzwischen aus der Grube gestiegen. Sie klopften sich den Staub aus den Kleidern und marschierten in Zweierreihen in Richtung der Schlammgrube. Vierzehn Löwen waren sie. Vierzehn zukünftige Ritter!

Geschlossen nahmen sie auf einer der seltsamen Stufen Platz, welche die Schlammgrube einrahmten. Hunderte von Schülern trafen ein. Mit den Lanzen der älteren Jahrgänge hatten sie nur wenig zu tun. Die älteren Novizen waren höflich, wenn sie ihnen gelegentlich begegneten. Aber es war jene Art von Höflichkeit, die eine unüberbrückbare Distanz schaffte.

Neugierig betrachtete Luc die älteren Schüler. Es war ein Blick in die Zukunft. So wie sie würde er auch einmal sein, wenn er durchhielt. Sie waren körperlich geschult und bewegten sich mit der selbstbewussten Lässigkeit von Kriegern. Wind und Wetter hatte ihre Gesichter gezeichnet. Manche hatten schon Narben. Die höheren Jahrgänge übten angeblich mit scharfen Waffen. Sie sahen gut aus. Er konnte niemanden unter ihnen entdecken, der hässlich war. Keinen mit schiefer Nase oder sonst wie missgestalteten Körperteilen. Ob das Aussehen eine Rolle spielte, wenn man als Novize erwählt wurde? Luc sah zweifelnd an sich herab. Er war zu hager, fand er. Er war nicht schwach, aber seinen Armen sah man das nicht an. Und ob er hübsch war, konnte er nicht sagen. Nun, hässlich war er wohl auch nicht ...

»Ist hier noch Platz?«, schreckte ihn eine vertraute Stimme aus seinen Gedanken.

Michelle! Er hatte sie nicht mehr zu sehen bekommen, seit er mit den anderen Novizen in die Baracke eingezogen war.

»Sicher, hier ist frei!«

Die Ritterin blickte zu Drustan.

»Stört es dich, wenn ich bei deiner Lanze sitze?«

»Vermisst du deinen Jungen?«, entgegnete der Magister mit süffisantem Lächeln. Einige der Novizen kicherten.

Michelle hielt dem stechenden Blick Drustans stand.

»Er war mir eine bessere Gesellschaft als mancher Ritter.«

»Das hört man wohl. Es heißt, du hast dich von deiner Lanze getrennt und sogar auf einen deiner Brüder geschossen, der schwer verwundet und wehrlos war.«

Luc sah, wie Michelles Augen ein wenig schmaler wurden.

»Tja, es gibt vielerlei Ritter. Manche trennen sich von ihrer Lanze, weil sie glauben, dass ihre Brüder und Schwestern den Pfad unseres Ordens verlassen haben. Andere trennen sich von ihrem Arm, weil selbst sieben Jahre Fechtunterricht sie nicht zu einem Kämpfer gemacht haben, der sich auf dem Schlachtfeld zu wehren weiß. Ich stehe zu dem, was ich bin! Wie sieht es bei dir aus, Bruder?«

Drustan war kreideweiß geworden. Seine Augen funkelten vor Zorn.

»Ich fühle mich nicht berufen, mit dir vor Novizen zu streiten. Doch hüte dich, vor meiner Lanze noch einmal falsches Zeugnis von mir abzulegen. Das nächste Mal bringe ich dich vor das Ehrengericht des Ordens!«

Michelle strich sich eine Strähne ihres langen Haars aus dem Gesicht.

»Der Duellplatz derjenigen, die es nicht wagen, einander auf einer Lichtung im Morgengrauen zu begegnen.«

»Du irrst, Fechtmeisterin. Das ist der Duellplatz derjenigen, die nicht befürchten müssen, als Großmäuler und Aufschneider entlarvt zu werden.«

Plötzlich lachte die Ritterin.

»Aufschneider! Das war gut! Eine Fechtmeisterin Aufschneider nennen. Du hast ja Humor.«

Luc kannte Michelle gut genug, um zu wissen, dass ihr Lachen von Herzen kam und kein beißender Spott sein sollte. Doch Drustan sah das nicht.

»Du hast von mir die Erlaubnis, dich zu entfernen, Fechtmeisterin. Du wirst meiner Lanze in deinen Unterrichtsstunden gegenüberstehen. Sonst halte dich von ihr fern!«

Er sah Luc an.

»Und du hast die Wahl, ob du deinen ersten Buhurt bei deinen Brüdern und Schwestern erleben möchtest oder bei einer Ausgestoßenen. Es steht dir frei, mit ihr zu gehen.«

Ohne zu zögern stand Luc auf. Mit Michelle hatte er fast

ein Jahr verbracht. Sie war seine Heldin, seine Lehrmeisterin. Und Drustan war nicht mehr als ein Schinder! Sollte er ruhig sehen, was er von ihm hielt, dachte sich Luc.

Michelle legte ihm die Hand auf die Schulter.

»Es freut mich, dass du mit mir gekommen bist, aber eine kluge Entscheidung war das nicht«, sagte die Ritterin leise.

»Aber eine ehrliche!«, entgegnete Luc.

Sie blieb stehen und sah ihn an. So eindringlich ... Ob auch sie die Zeit vermisste, in der sie miteinander geritten waren?

»Ich hätte nicht kommen sollen. Es ist wichtig, dass ihr Löwen starke Bande untereinander knüpft. Ihr sollt keine eigenen Wege gehen. Noch nicht. Erst müsst ihr lernen, einander zu vertrauen und füreinander einzustehen. Aber ... Ich wollte deinen ersten Buhurt mit dir gemeinsam sehen.«

Lucs Herz schlug schneller. Sie vermisste ihn also!

»Das mit den anderen werde ich schon wieder hinbekommen.«

Sie nickte. Vielleicht war auch sie froh, nicht weiter über das Thema reden zu müssen. Er fühlte sich nicht wohl in seiner Haut. Es wäre klüger gewesen, nicht Partei zu ergreifen. Wieso hatten die beiden sich auch zanken müssen. Luc war klar, dass er auf Drustans Wohlwollen angewiesen war. Der Magister würde darüber mit entscheiden, ob er jemals die goldenen Sporen der Ritterschaft erlangte. Der Junge seufzte. Aber wie hätte er sich gegen Michelle stellen können? Nur ihretwegen hatte man ihn in Valloncour aufgenommen. Er sollte an etwas anderes denken! Fürs Erste hatte er es sich ohnehin mit Drustan vermasselt. Die nächsten Tage würde er besonders folgsam sein. Er bekäme das schon wieder ins Lot.

»Warum hast du mir auf unserer Reise nie vom Kettentanz erzählt?«

Michelle ließ sich Zeit mit einer Antwort. Das war neu für Luc. War die Frage denn so schwer? Oder ungehörig? Sie beide sahen zu, wie sich zwei Lanzen an den gegenüberliegenden Enden des Kettengeflechts versammelten. Von oben, von den Stufen, auf denen er saß, sah das Spielfeld wie eine große Spindel aus. An beiden Enden gab es einen Pfahl, dick wie ein Schiffsmast, um den herum eine schmale, hölzerne Plattform lief. Und oben auf dem Pfahl steckte nun eine Flagge. Heute war es auf der einen Seite ein roter Löwe auf weißem Grund und auf der anderen ein steigendes rotes Pferd. Die Fahnen waren neu. Sie hatte es nicht gegeben, als Luc das Kettengeflecht zum ersten Mal gesehen hatte.

Von den Masten an den beiden Endpunkten des Feldes gingen drei sehr dicke Ketten aus, die nach etwas mehr als zehn Schritt mit breiten Klammern auf drei weiteren dicken Pfählen befestigt waren. Von massigen Stelzen getragen, verzweigte sich das Kettengeflecht weiter. Dünnere, quer gespannte Kettenreihen ließen es von oben ein wenig wie eine Hängematte aussehen. An beiden Enden des etwa hundert Schritt langen Spielfelds erhoben sich regelrechte Masten, auf denen die beiden Parteien ihre Fahne aufstellten. Etwa zwei Schritt unter den Ketten befand sich das Schlammfeld. Es gluckerte leise wie eine sämige Suppe, die auf kleiner Flamme köchelte.

»Ich glaube, ich habe nicht davon gesprochen, weil es nur hierhergehört. Anderswo gibt es dieses Spiel nicht. Wir nennen es zwar Buhurt, aber mit diesem Turnierspiel, in dem Reiter auf engstem Raum mit kleinen Sandsäcken aufeinander einschlagen und sich von den Pferden zu stoßen versuchen, hat es fast gar nichts mehr gemein. Es wird nur bei uns Brüdern und Schwestern gespielt.«

»Und worum geht es bei dem Spiel?«

Sie zog unter ihrem Umhang eine Leinentasche hervor und holte ein paar kalte, in Ölpapier eingeschlagene Würstchen und etwas trockenes Brot hervor.

»Es geht darum, dass wir hier oben Spaß haben. Wir werden uns den Bauch vollschlagen und schreien, bis uns die Kehle brennt, um unsere Mannschaft anzufeuern. Für wen bist du?«

Luc deutete auf das Löwenbanner.

»Was für eine Frage?«

»Ah, die Außenseiter. Im ersten Spiel des neuen Jahres tritt immer die schlechteste Mannschaft des ältesten Jahrgangs gegen die beste Mannschaft des zweitältesten Jahrgangs an. Es sind die Löwen des zweiundvierzigsten Jahrgangs, die gegen die Hengste des einundvierzigsten Jahrgangs antreten. Niemand erwartet von den Löwen zu gewinnen. Tun sie es dennoch, ist es für die Löwen eine außerordentliche Auszeichnung und für die Hengste eine Blamage, die sie nie mehr vergessen werden. Die Hengste sind stärker und erfahrener. Selbst wenn sie in ihrem Jahrgang nur den letzten Platz unter den sieben Lanzen belegt haben. Sie sollten nicht verlieren!«

Luc wurde langsam ungehalten.

»Gut, das habe ich verstanden. Aber worum geht es eigentlich?«

Michelle biss ein Stück aus einer Wurst und begann zu kauen.

»Das ist ganz einfach. Man macht die anderen nass. Und dann holt man sich ihre Fahne. Wer zuerst die Fahne des anderen erbeutet, der hat gewonnen.«

»Nass machen? Was soll das heißen?«

»So sagt man eben. In den Regeln heißt es: *Wer sich aber mit dem schwarzen Schlamm der Grube besudelt, der ist ge-*

schlagen und muss das Spielfeld verlassen. Es geht darum, die anderen Spieler von den Ketten hinab in den Schlamm zu stoßen. Wer im Schlamm landet, scheidet aus. Und je weniger Spieler auf dem Feld verbleiben, desto leichter wird es, zur Fahne durchzukommen und sie zu erobern.«

Eine Fanfare erklang, und aus den unübersichtlichen Gruppen von Novizen an den beiden Enden des Spielfeldes lösten sich zwei Mannschaften. Die Jungen und Mädchen stiegen über ein Gerüst zum Flaggenpfahl hinauf und liefen über die Ketten, um ihre Positionen auf dem seltsamen Spielfeld zu beziehen. Jeder von ihnen führte eine von drei im Buhurt erlaubten gepolsterten Waffen mit, Holzstäbe, die dick mit Wolle und Leinen umwickelt waren, hölzerne Schwerter, die unter ihren Polstern verschwanden, oder kleine Sandsäcke, wie man sie im klassischen Buhurt verwendete.

Alle Spieler trugen enge, wadenlange Tuchhosen in Weiß und darüber ebensolche Tuniken mit dem Wappen ihrer Lanze. Sie waren barfuß, um auf den Ketten besser das Gleichgewicht halten zu können.

Die Spieler besetzten jeweils in ihrer Hälfte die drei Pfähle, die den Zugang zum Flaggenmast bildeten, sowie die neun Pfähle am Rand des Netzwerks aus Ketten. Dann verharrten sie. Manche ließen kunstvoll ihre Waffen wirbeln, um die Handgelenke zu lockern.

»Das solltest du später einmal nicht tun«, erklärte Michelle. »Ein guter Spieler ist ganz bei der Sache und muss das Publikum nicht mit irgendwelchen Kunststückchen unterhalten. Siehst du den großen Blonden, der ganz außen bei den neun Ketten der Löwen steht? Das ist Robert de Grace. Achte auf ihn. Er ist ein sehr guter Spieler, der Kapitän der zweiundvierziger Löwen. Ihr Anführer. Er ist eine lebendige Standarte. Einst wird er der Schmuck der Ritterschaft sein.«

Luc musterte den Jungen skeptisch. Er kam ihm ein wenig schlaksig vor, nicht so muskulös wie die anderen Spieler. Luc fragte sich, ob wohl eines Tages jemand auf diesen Treppen einem jungen Novizen zuraunen würde: Achte auf Luc de Lanzac.

Ein zweiter Fanfarenstoß riss ihn aus seinen Tagträumen. Die beiden Mannschaften gingen vor. Bei den Hengsten verließen auch die drei Spieler, welche die rückwärtigen Pfähle bewacht hatten, ihre Position und stürmten der Mitte des Spielfelds entgegen. Alle bewegten sich so leichtfüßig über die Ketten, als sei es das Einfachste der Welt. Leise klirrte das rostige Eisen.

Robert rief seinen Löwen einen Befehl zu. Sie ließen sich ein wenig zurückfallen. Sie gingen rückwärts!

»Die Hengste suchen einen schnellen Sieg«, erklärte Michelle. »Sie wollen an einer Stelle mit Übermacht angreifen und einfach durchbrechen. Deshalb ziehen sich die Löwen zu den rückwärtigen Pfählen zurück. Dort können die Hengste die Übermacht nicht mehr ausspielen, weil das Spielfeld zu eng wird.«

Die ersten Kämpfer trafen aufeinander. Ein Junge mit einem Kampfstab griff eine Novizin mit Schwert an. Sie führten ihre Waffen mit so viel Schwung, dass man trotz der Polsterung das Holz aufeinanderkrachen hören konnte. Offenbar ging es darum, den Gegenspieler durch besonders wuchtige Schläge aus dem Gleichgewicht zu bringen.

Das Mädchen hielt sich tapfer. Sie duckte sich und versuchte an der zustoßenden Spitze des Stabes vorbeizukommen. Doch ihr Gegner war zu geschickt. Stets verschaffte er sich durch einen leichtfüßigen Schritt zurück neuen Raum. Die Kämpferin setzte nach, ganz auf ihr Ziel konzentriert, den Hengst hinabzustoßen. Den zweiten Hengst jedoch sah sie nicht kommen. Der Stoß in die Rippen traf das Mädchen völlig überraschend. Luc sah, wie sie vor Schmerz das Gesicht verzog. Sie riss die Arme hoch, um das Gleichgewicht zu halten. In selben Augenblick traf sie ein weiterer Stoß von vorne. Sie taumelte zurück. Der Angreifer von der Seite rammte ihr den Kampfstab zwischen die Beine. Sie strauchelte und bekam noch einen Treffer ab. Ein weiterer Schlag prellte ihr das Schwert aus der Hand. Sie stürzte, doch noch im Fallen packte sie den Kampfstab des Jungen, der vor ihr stand. Sie glitt hinab in den warmen Schlamm. Ihr Gegner musste seine Waffe fahren lassen.

»Sauberer Spielzug«, lobte Michelle. »Der eine Hengst hat sie vorgelockt. Wäre die Löwin auf ihrer Position geblieben, dann hätten ihre Kameraden sie vor einem Angriff aus der Flanke gedeckt. Im sechsten Jahr in Valloncour sollte man das eigentlich verinnerlicht haben.«

Luc fand den Kommentar der Ritterin ungerecht. Sie war in eine Falle gelockt worden!

»So zu kämpfen, ist nicht ritterlich!«

»Was ritterlich ist und was nicht, entscheiden die Sieger.«

Der Junge sah Michelle verwundert an. War das wirklich ihre Meinung?

Sie bemerkte seinen Blick. »Was glaubst du, worum es da geht, Luc? Du siehst vielleicht ein grobes Spiel. Aber es ist viel mehr. Mit dem Buhurt bereiten wir euch auf den Krieg vor. Alles, was dort unten geschieht, hat seine Gültigkeit auch auf dem Schlachtfeld. Eine Kriegerin, die ihren Posten in einer Kampfreihe verlässt, vergeudet nicht nur ihr Leben, sie öffnet den Angreifern auch eine Lücke in der Verteidigung.«

Luc sah die Löwin im Schlamm liegen und beobachtete, mit welch unbarmherzigem Geschick die Hengste vorgingen. Sie griffen nur zwei der drei Pfähle aus der letzten Reihe an.

Doch dort drangen sie gleich über mehrere Ketten vor. Stets ging ein Kämpfer mit einem Holzschwert voran, und dicht hinter ihm hielt sich ein zweiter mit einem Kampfstab, der über die Schulter des Schwertkämpfers hinweg auf den Verteidiger einstach. Zwei weitere Löwen stürzten unter dem massiven Angriff in den Schlamm. Nur ein einzelner Speerkämpfer der Hengste hielt sich ein wenig zurück. Alle anderen kämpften in vorderster Linie.

Ihr ganzer Jahrgang feuerte die Hengste an, während Luc aufgesprungen war und immer wieder »Löwen, Löwen, Löwen!« rief.

Die Mehrheit des Publikums schien auf Seiten der jüngeren Novizen zu sein. Jedenfalls kam es Luc so vor, als seien die Löwen-Rufe viel lauter als die der Anhänger der Hengste. Und als habe all ihr Geschrei ein kleines Wunder beschworen, brach plötzlich Robert de Grace aus den Reihen seiner Kämpfer hervor. Sein Angriff kam offensichtlich überraschend. Zwei Hengste wurden in den Schlamm gestoßen. Die Löwen-Rufe fegten wie ein Orkan über die Grube hinweg.

Luc winkte wild mit den Armen. Und sein Herz schlug in dem Takt, in dem Hunderte Novizen »Lö-wen, Lö-wen« skandierten.

Robert hatte es geschafft. Er war an den Angreifern vorbei und stürmte auf das andere Ende der Kettenspindel zu, dort, wo völlig unbewacht die Fahne der Hengste wehte. Er würde es schaffen.

Der einzelne Junge mit dem Kampfstab duckte sich ein wenig und vollführte eine schwungvolle Drehung. Er hatte seinen Stab am äußersten Ende gepackt und ließ ihn nun davonschnellen. Sich drehend, wirbelte der Stab dicht über die Ketten hinweg. Die Löwen-Rufe erstarben. Robert blickte über die Schulter, und genau in diesem Augenblick traf ihn der Stab in die Kniekehlen. Bis zu den Rängen hinauf konnte Luc den wuchtigen Aufschlag hören. Robert knickte ein wie eine gefällte Eiche. Sein Gesicht war vor Schmerz verzerrt. Er stürzte in den Schlamm.

Freudengeschrei erklang unter den Anhängern der Hengste. Und mit neuer Wut stürmten die Angreifer den Löwen entgegen. Diese kämpften tapfer, aber sie standen auf verlorenem Posten. Nur zwei von ihnen waren noch übrig, als die Hengste bis zur Löwenfahne vordrangen und sie triumphierend in die Höhe rissen. Das Spiel war vorüber.

Luc war enttäuscht. »Der Trick mit dem geschleuderten Stab ... Also, das war ...«

»Nicht ritterlich?« Michelle legte ihm die Hand auf die Schulter. »Ach, Junge. Genau darum geht es. Wir sind Ritter, und wir haben uns bestimmten Tugenden verpflichtet. Aber im Kampf gegen die Anderen sind diese Gesetze der Ritterlichkeit aufgehoben. Wenn ihr einen Elfenritter stellt, dann kämpft nur, wenn ihr zu dritt auf ihn eindringen könnt. Das wird eine der ersten Lektionen sein, die ich euch beibringe. Und eine geschlossene Formation, in der ihr euch bedingungslos auf eure Kameraden rechts und links verlassen könnt, ist die einzig sinnvolle Schlachtordnung. Ein Mensch müsste hundert Jahre lang Fechtstunden nehmen, um es mit einem Elfenritter aufnehmen zu können. Es ist unritterlich und feige, wenn euch ein solcher Krieger zum Duell fordert. Ihr könnt nur unterliegen.«

Sie strich sich das Haar aus der Stirn und schien durch ihn hindurchzublicken. Ob sie wohl schon einmal einem Elfenritter gegenübergestanden hatte?

Plötzlich lächelte sie.

»Hast du schon deine erste Herausforderung zum Duell erhalten?«

Luc war sprachlos. Er starrte sie an. Woher wusste sie das?

Ihr Lächeln wurde noch breiter. »Ich habe mir gedacht, dass es nicht lange dauern würde. Und ist er gut? Hast du ihn schon einmal kämpfen sehen? Ich hoffe, du wirst mir keine Schande machen.«

Noch immer verwirrt, schüttelte er den Kopf.

»Ich glaube nicht, dass sie besser ist als ich.«

»Dann ist das eine Gelegenheit, ritterlich zu sein. Ich bin gespannt, wie du dich schlagen wirst.«

IN TREUER SORGE

Mein lieber Freund und Bruder, ich habe lange mit mir gerungen, dir diesen Brief zu schicken, denn ich weiß sehr wohl, wie sehr deine Pflichten gegenüber unserer geliebten Kirche all deine Gedanken und Taten beherrschen. Vielleicht sind es nur Gespenster, die ich sehe. Vielleicht jedoch ist dein Leben in Gefahr. Wir beide wissen sehr wohl, wie niederträchtig unsere Feinde sind und mit wie viel Arglist wir zu leben haben. Vor allem du, der du als Erzverweser die Geschicke Drusnas lenkst. So höre nun, was sich in Paulsburg zugetragen hat und wovon mir ein zuverlässiger Freund berichtete, obwohl die Neue Ritterschaft ein Geheimnis daraus macht. Du erinnerst dich an Kapitän Ronaldo Rueida? Er befehligte die Galeasse Heidenhammer, *das Flaggschiff jener Flottille, die du vor nun beinahe einem Jahr in Paulsburg erwartetest – zu jener*

Zeit also, als dein Mut die allzu tollkühne und unbedarfte Komturin Lilianne de Droy zu Fall brachte. Ronaldo war ein angesehener Mann im Orden des Aschenbaums, ein Mann mit Ambitionen, der erwartete, in Kürze ein bedeutsames Flottenkommando übertragen zu bekommen. Doch vor nunmehr drei Wochen verschwand er bei einem Landgang in Paulsburg spurlos. Gestern wurde er gefunden. Das heißt, was man fand, erkannte man nur mehr an seinem Wappenring als seinen Leichnam. Er lag, vor den Blicken verborgen, in einem aufgelassenen alten Brunnen, nahe einem Barackenlager der Schanzarbeiter von Paulsburg. So übel die Sommerhitze und das Kleingetier dem Toten auch zugesetzt hatten, war doch noch zu erkennen, dass er vor seinem Tode schreckliche Qualen gelitten haben musste. Er war gefoltert worden. Ein Jäger, der hinzugezogen wurde, sagte aus, die Leiche müsse seit fast drei Wochen im trockenen Brunnen gelegen haben. Es ist sicher, dass Kapitän Ronaldo nicht an den Folgen des Sturzes starb. Er wurde ermordet. Doch niemand hat etwas bemerkt. Erst der Gestank aus dem Brunnenschacht führte zur Entdeckung des Toten. Und nun komme ich zu dem, was mich mit größter Sorge erfüllt, Bruder. An die Holzverschalung des Brunnenschachts hat Ronaldo einen Namen mit seinem Blut geschrieben. Deinen Namen, lieber Bruder. Ich weiß nicht, wie dies zu deuten ist. Schrieb Ronaldo den Namen mit letzter Kraft, als sein Mörder ihn schon verlassen hatte, um dir eine Warnung zukommen zu lassen? Oder hat er dich verraten? Wird der Mörder nach deinem Leben trachten? Ich bitte dich, lieber Bruder, meide unnötige Reisen über Land. Du weißt, welche Sorgen uns die Schattenmänner bereiten. Sie und die Elfen können überall sein. Große Schlachten wurden seit einem Jahr nicht mehr geschlagen, aber der kleine Krieg fordert täglich seine Opfer. Ich weiß, dass dein Amt dich zu Reisen zwingt, lieber Bruder. Aber ich bitte dich im Namen Tjureds, reise nur an Bord der großen Schiffe vom Orden des Aschenbaums. Meide auch die Neue Ritterschaft. Es ist nicht so, dass ich etwas in Händen hielte, was mich berechtigt, schlecht von ihnen zu reden. Einen Beweis für Verrat gibt es nicht. Doch ich vertraue meinem Herzen. Die Komturin Lilianne war sehr beliebt. Und du weißt, welch brennender Eifer unsere Brüder unter dem Banner des Blutbaums beflügelt. Sie nennen deinen Namen weder mit Respekt noch mit Ehrfurcht. Sie haben dir nicht vergessen, dass du ihnen die Komturin nahmst und auch die Gefangene, für die sie mit so viel Blut bezahlt hatten. Warum starb der Kapitän der Heidenhammer, *jenes Schiffes, das dieses unselige Mädchen davontrug? Und warum versuchte die Ritterschaft, den Fund der Leiche geheim zu halten? Ich erfuhr nur deshalb davon, weil der Jäger, den sie zu Rate zogen, mir anvertraute, wen man dort im Brunnen gefunden hatte. Hättest nicht du als Erster erfahren müssen, was sich ereignet hat? Es war dein Name, der dort in Blut geschrieben stand!*

Ich gestehe dir, lieber Bruder, ich rieche Verrat. Deshalb bedenke jeden deiner Schritte wohl! Achte darauf, mit welchen Männern und Frauen du dich umgibst. Hüte dein Leben! Denn dein Herz ist das Herz des befreiten Drusna.

EIN BRIEF, GEFUNDEN UNTER DEN
PERSÖNLICHEN PAPIEREN DES
EHRENWERTEN BRUDERS CHARLES,
ERZVERWESER VON DRUSNA

NEUE SCHIFFE

»Solche Schiffe habe ich noch nie gesehen, meine Königin.« Ollowain, der Schwertmeister Albenmarks, blickte von den Zeichnungen auf. »Ich glaube nicht, dass man so etwas bauen kann. Sie werden kentern.«

Die Königin nickte in Richtung der Silberschale neben ihrem Thron.

»Ich habe sie gesehen.«

Sie war vorsichtig damit geworden, in das Wasser der Schale zu blicken.

Nach all den Jahrhunderten wusste sie immer noch nicht zu sagen, ob die Silberschale ein Fluch oder ein Segen war. Sie offenbarte eine mögliche Zukunft. Doch waren die Bilder trügerisch. Mit jeder Entscheidung in der Gegenwart wandelte und verzerrte sich das, was am Vortag noch gewiss erschienen war. Nur eines zeigte die Schale immer wieder: den Untergang Albenmarks. Seit Jahrhunderten kämpfte sie dagegen an. Alles hatte sie getan, um dieses Schicksal abzuwenden. Sie war eine Tyrannin gewesen und zugleich eine Sklavin. Die Sklavin der Silberschale.

Ollowain strich sich das lange blonde Haar aus dem Gesicht. Sie fand ihn immer noch anziehend, sah in ihm den Mann, der er einst gewesen war. Im silbrigen Licht des Thronsaals wirkten seine Augen grün. Sie änderten manchmal ihre Farbe. Sie wusste, im hellen Sonnenlicht würden sie blau sein. So vieles wusste sie über ihn.

»Wozu werden wir die Schiffe brauchen?«

»Um einem jungen Ritter das Herz zu brechen.«

Die kleinen Fältchen um seinen Mund vertieften sich. Ihr

Schwertmeister beherrschte sich, aber sie wusste, dass ihre Antwort ihn verärgert hatte. Sie kannte ihn so gut.

»Herrin, ich werde dir besser dienen, wenn du nicht in Rätseln zu mir sprichst.«

Sie musste lächeln.

Er war sehr verärgert, wenn er sie Herrin nannte. »Ich kann dir nur sagen, was ich sehe. Es ist die Silberschale, die dieses Rätsel aufgibt. Immer wieder sehe ich dort einen jungen Menschensohn. Er wird wichtig sein, eines Tages. Wenn er glücklich wird, dann wird er Albenmark zerstören. Wenn wir ihn töten, dann wird Albenmark ebenfalls zerstört werden. Aber wenn wir sein Herz zerbrechen, dann wird er uns vielleicht retten.«

»Ich bin Krieger. In solche Intrigen möchte ich nicht verstrickt werden.«

Er gab es nicht auf. Selbst nach alldem, was geschehen war, wollte er immer noch der Ritter sein. Makellos. Allein seiner Ehre ergeben. Auch das liebte sie an ihm.

»Du bist schon in diese Intrige verwickelt. Du wirst ihr nicht entfliehen können. Dein Handeln wird den Ausschlag geben.« Sie legte die Hand auf die Zeichnungen. »Und diese Schiffe.«

Der Schwertmeister seufzte. »Hat dir deine Schale verraten, wer so etwas bauen kann?«

»Brandax Mauerbrecher. Du musst ihn aus Drusna zurückholen.«

»Das geht nicht. Er bereitet den Angriff auf Paulsburg vor. Wenn wir den Festungshafen erobern ….«

Die Königin schüttelte den Kopf. »Wir werden diese Stadt nie mehr zurückerobern, Ollowain. Und wenn wir unsere Kräfte vor ihren Erdwällen, Gräben und Vorwerken verbluten lassen, dann wird das unseren Feind nur schneller nach

Albenmark bringen. Wir müssen sie an anderer Stelle angreifen. Nicht dort, wo sie mit uns rechnen.«

»Und wo wird das sein?«

»Ich weiß es nicht«, gestand Emerelle. »Wir werden es von Silwyna erfahren.«

Die Fältchen um Ollowains Mundwinkel wurden noch ein wenig tiefer. »Schön, dass man noch einmal von ihr hören wird. Sie ist seit einem Jahr verschwunden. Wie es scheint, ist sie der Fährte der Prinzessin nach Aniscans gefolgt. Aber auch sie scheint keinen Erfolg dabei zu haben, hinter die Mauern der Heptarchenpaläste zu gelangen. Ihre Spur hat sich verloren.«

Emerelle wünschte, sie wüsste mehr. Doch allzu oft verwehrte ihr die Silberschale gerade das Wissen, das sie am dringendsten suchte.

Sie wünschte sich auch, sie wäre stärker. Zu viele Stunden hatte sie damit verbracht, das Schicksal Ollowains zu ergründen. Sie wusste, dass es nie mehr so sein würde wie einst, auch wenn er ihr auf seine Art stets treu bleiben würde.

»Wann wirst du die Schiffe brauchen, Herrin?«

Ollowain wechselte gern das Thema, wenn er sich zu sehr über etwas ärgerte. Sie versuchte, ihre Traurigkeit vor ihm zu verbergen. Und sie ahnte, dass es ihr nicht gelingen würde. Sie waren sich zu nah gewesen, um noch etwas voreinander verbergen zu können. Aber er würde sie nicht darauf ansprechen. Er hatte sie nie bedrängt. Leider.

»Sehr bald. Uns bleiben nur wenige Jahre. Ich kann nicht sagen, wie viele.«

»Du glaubst, dass König Wolkentaucher uns folgen wird? Sie waren nie mehr unsere Kampfgefährten, seit Melwyn ...«

Schon wieder ein neues Thema. Melwyn, der Halbelf, der Sohn von Silwyna und Alfadas, hatte nach der großen

Schlacht zwar seine Geliebte Leylin aus ihrer Gefangenschaft bei Shandral befreien können. Dabei war ihm als Windsänger Hilfe von der Schwarzadlergruppe um Wolkentaucher gewährt worden. Melvyn war glücklich geworden mit seiner Leylin, bis sie ihn in den Schattenkrieg hineingezogen hatte, dachte Emerelle bitter. So viel Zeit war seitdem vergangen. Wolkentaucher war zum König des Adlervolkes geworden. Und er hatte ihr niemals vergessen, dass sie Melvyn in jenen letzten Kampf geschickt hatte. Selbst ihr treuer Ollowain mochte nicht darüber reden, was sie getan hatte. Auch unausgesprochene Worte konnten ein Vorwurf sein.

Emerelle bedauerte es, Ollowain mit so vielem in Ungewissheit zu lassen. Sie konnte ihm auch nicht sagen, was sie über ihn wusste, woran sie maß, wie wenig Zeit noch blieb. Sie hatte ihn an Bord der neuen Schiffe gesehen. Das hieß, dass sie allen Widerständen zum Trotz bald in See stechen würden, denn der Tag, an dem Ollowain aus allen denkbaren Zukünften verschwand, war nicht fern. Sie hatte so sehr nach ihm gesucht. Endlose Nächte hatte sie über die Silberschüssel gebeugt gestanden, um ihn jenseits des Tages zu entdecken, den sie so sehr fürchtete. Sie hatte sich geweigert anzuerkennen, dass manche Schicksale unabänderbar waren, selbst wenn man um sie wusste.

»Herrin?«

Sie mochte seine Augen im Silberlicht des Thronsaals. Das Grün mit den goldenen Einsprengseln. Sie wollte nicht an Könige und Schiffe denken, an Ritter und jenen einen Tag, dem Ollowain nicht entrinnen konnte. Sie wollte einfach nur in seine Augen sehen. Dann kehrte sie in die Wirklichkeit zurück.

»Ich werde Yulivee zu König Wolkentaucher schicken. Sie ist … so anders. Sie wird er empfangen. Es ist Zeit, dass sie Fenryl aufgibt.«

»Ihre Totenwache dauert in der Tat lang genug«, sagte der Elfenritter traurig.

»Du weißt, dass er nicht tot ist.« Diese Art, die Ereignisse zu sehen, verwunderte Emerelle. Umso mehr, als sie wusste, dass Ollowain ein Freund Fenryls gewesen war.

»Es ist nur noch sein Leib geblieben. Sein Verstand, seine Seele, alles was ihn ausmachte, sind fort. Ich weiß nicht, was die Ordenspriester ihm angetan haben. Warum er nicht sterben kann, so wie es sein sollte. Aber ich weiß, wie es ist, auf so grausame Art bestohlen zu sein.«

Emerelle erinnerte sich, wie ihr Ollowain einst auf der Shalyn Falah entgegengetreten war, unfähig sie wiederzuerkennen oder sich auch nur zu erinnern, wer er war. So lange hatte sie um ihn gekämpft.

Emerelle konnte Yulivee gut verstehen, hatte doch auch sie sich einst gegen jede Vernunft geweigert, ihren Ollowain aufzugeben. Sie betrachtete den Ritter mit den ausdrucksvollen grünen Augen. Sie hatte nie mehr wiedergefunden, was sie verloren hatte. Zu sehr hatte ihn der Trollkrieg verändert. Eines jedoch begriff die Königin nicht. Sie hatte aus Liebe an Ollowain festgehalten. Doch Yulivee schien Fenryl nicht zu lieben. Anders als Nuramon, der immer wie ein Bruder für sie gewesen war. Vielleicht war sie zu sprunghaft, um tiefe Liebe zu empfinden. Oder sie hatte zu Schreckliches erlebt, als Valemas, ihre Heimat in der Zerbrochenen Welt, untergegangen war.

Ollowain räusperte sich, und Emerelle wurde sich bewusst, dass sie die ganze Zeit in seine Augen geblickt hatte.

»Ich werde mich bemühen, dir deine Schiffe zu geben. Und ich werde deine Ritter auf das vorbereiten, was kommt. Es wird ihnen nicht gefallen. Aber sag mir, wozu brauchen wir die Adler König Wolkentauchers? Ich hasse es, mit unwilligen Verbündeten an meiner Seite in die Schlacht ziehen zu müssen.«

Emerelle versuchte sich gegen die Erinnerung an die Schlachtenbilder zu wehren, die ihr in der Silberschale erschienen waren. Sie kannte alle Pläne Ollowains. Zwar hatte sie zu wenig gesehen, um auch nur zu ahnen, an welchem Ort in der Menschenwelt gekämpft werden würde, aber sie wusste, dass ihr Auftrag den ersten Ritter gegen einen Feind schicken würde, der an Zahl um das Hundertfache überlegen war. Die einzige Aussicht auf Erfolg bestand darin, aus einer Richtung anzugreifen, auf die ihre Widersacher nicht vorbereitet waren. Sie mussten mit den Adlern vom Himmel herabkommen. Und selbst dann wäre ihr Überfall noch eine Verzweiflungstat.

»Du und deine Elfenritter, ihr müsst an einen Ort, an den ihr ohne Wolkentaucher nicht gelangen könnt. Mehr weiß ich auch nicht.« Das war gelogen, aber die Wahrheit würde es ihm auch nicht leichter machen.

Ollowain nahm die Zeichnungen vom Tisch und rollte sie zusammen.

Sie wollte noch etwas sagen, doch er wandte sich ab und ging, ohne sich noch einmal umzudrehen. So fremd war er geworden. Traurig dachte sie an das, was ihn und die anderen erwartete. Er nahm die Besten mit sich. Ihre Elfenritter. Die Garde, die er während des Schattenkriegs geschmiedet hatte. Er würde sie vorbereiten. Zwei Jahre. Vielleicht auch vier oder fünf. Und dennoch, obwohl sie die Besten waren, würden so viele von ihnen nie mehr wiederkehren. Denn was sie von ihnen erwartete, war nahezu unmöglich.

DER TODFEIND

Er war unangemeldet gekommen. Diese Freiheit nahm er sich jedes Mal! Und er konnte sie ihm nicht verwehren. Tjured allein wusste, mit welchen Nachrichten er kam, dachte Leon. Er konnte seinen Zugang hier nicht einschränken. Zum Glück erforderte es seine Aufgabe, die meiste Zeit im Handelskontor im Hafen zu verbringen.

Leon spielte mit seinem Bart. Verriet er damit seinen Unwillen? Er zwang sich, die schwere Hand auf die Armlehne zu legen. Ein Lächeln konnte er sich nicht abringen. »Ich heiße dich willkommen, Bruder. Hast du bedeutende Neuigkeiten?«

Der junge Ritter stützte sich schwer auf seinen Krückstock. Er war entsetzlich hager geworden. Leon erinnerte sich noch gut daran, wie er ausgesehen hatte, als er Valloncour verließ. Er hatte zu den Hoffnungsträgern seines Jahrgangs gezählt. Leon musste schmunzeln. Natürlich war er ein Löwe gewesen. So wie Michelle. Damals hatte er geglaubt, die beiden könnten einmal Großmeister und Ordensmarschallin werden. Wenn Michelle es schaffte, aus dem Schatten ihrer Schwester zu treten. Hoffnungen …

»Welche Neuigkeiten bringst du?«

»Es wäre besser gewesen, wenn unsere Schwester Lilianne mehr auf das Leben unserer Brüder und Schwestern und weniger auf das des Erzverwesers geachtet hätte.«

Zorn funkelte in den Augen des jungen Mannes.

Es wäre besser, wenn er nicht in Valloncour wäre!, dachte Leon bei sich. Er würde niemals seinen Frieden finden. Warum hatte Tjured wohl ausgerechnet an ihm ein Wunder gewirkt?

»Das ist nichts Neues, Bruder. Sag nicht, dass du gekommen bist, um mir diese Nachricht zu bringen!«

»Der Erzverweser war in Aniscans. Die Heptarchen haben ihn empfangen. Nur sechs. Unser Großmeister war bei diesem Treffen nicht zugegen. Es heißt, ein plötzliches schweres Fieber habe ihn von der Versammlung ferngehalten.«

Leon atmete hörbar aus. »Ein Fieber?«

»Die Raben bringen schlechte Nachrichten, Bruder. Unsere Brüder und Schwestern in Aniscans fürchten um das Leben des Großmeisters. Sein Leibarzt glaubt, dass Gift im Spiel sei.«

Leon schloss sein verbliebenes Auge. Das hatte er kommen sehen! Seit die Neue Ritterschaft in Iskendria das Oberkommando über alle Kirchenheere errungen hatte, war sie umstellt von Neidern. Vor allem der Orden vom Aschenbaum hatte niemals verwunden, seine Macht verloren zu haben. Sie warteten auf eine günstige Gelegenheit, um ihre alte Stärke wiederzuerlangen.

»Weißt du, was die sechs Heptarchen beschlossen haben?«

»Was unausweichlich war seit der Katastrophe im letzten Sommer! Der Orden vom Aschenbaum führt nun das militärische Kommando. Zunächst allein in Drusna.« Er lächelte zynisch. »Aber es wird ja auch nur in Drusna gekämpft. Faktisch haben wir alles verloren, was wir auf dem Konzil von Iskendria erstritten haben. Bruder Charles nutzt jetzt jede Gelegenheit, um schlecht von uns zu reden. Und es gibt immer mehr Kirchenfürsten, die auf ihn hören. Er wird seinen Weg nach Aniscans machen. Und ich bin sicher, wenn er erst einmal einer der Heptarchen ist, dann wird er Wege finden, uns noch weit größeren Schaden zuzufügen, als uns nur das Oberkommando zu nehmen.«

Leon verschränkte die Finger ineinander. Seine Gelenke knackten leise. Er wurde den Eindruck nicht los, dass es seinem Bruder Freude bereitete, diese schlechten Nachrichten zu überbringen.

»Was schlägst du vor? Wie kann sich der Orden verteidigen?«

»Man könnte versuchen, einen Unfall zu arrangieren ...«

Er schüttelte den Kopf.

»Ja?«

»Im Grunde sollten wir genau das Gegenteil tun. Die Heptarchen wissen, dass Charles gegen uns Front macht, und sie sind ihm und seinen Argumenten gegen uns geneigt. Wenn Charles etwas geschieht, was werden die Heptarchen wohl glauben? Selbst, wenn es wie ein Unfall aussieht.«

Leon nickte müde.

»Ja, du hast recht. Wenn er stirbt, wird jeder glauben, wir seien es gewesen.«

Der alte Ritter rieb über seine Augenklappe. Die Wunde darunter juckte wieder einmal. Er sollte nicht daran kratzen. Nicht einmal an der Augenklappe. Obwohl so viele Jahre seit dem Säbelhieb des Elfenritters vergangen waren, entzündete sich das Narbengewebe immer wieder.

»Darf ich etwas vorschlagen, Bruder?«

Leon blickte auf. Er ahnte, was kommen würde.

»Wir sollten Lilianne vor ein Ehrengericht des Ordens bringen. Wenn wir sie für die Ereignisse in Drusna zur Verantwortung ziehen ... Wenn sie verurteilt und der Garotte übergeben wird, dann würde das Bruder Charles vielleicht besänftigen. Zumindest wäre es ein deutliches Zeichen an die Heptarchen.«

»Wäre es ein Zeichen? Oder wäre es eine Gelegenheit für dich, Michelle zu treffen, indem du gegen Lilianne vorgehst?

Ist das der Rat eines Mannes, der noch weiß, was er tut? Oder der Rat eines verstoßenen Geliebten, der auf Rache sinnt?«

»Ich bitte dich, Bruder! Mein Herz gehört dem Orden. Nun, da Tjured ein Wunder an mir wirkte, mehr denn je.«

Er lehnte sich zurück und hob den Kopf leicht an.

»Ich versuche, mit all meiner Kraft Schaden von uns abzuwenden, und es kränkt mich zutiefst, dass du mir so niedere Beweggründe für mein Handeln unterstellst. Lilianne hat dem Orden schweren Schaden zugefügt. In Charles ist uns ein mächtiger Feind erwachsen! Und sie hat in Drusna an einem einzigen Tag mehr von unseren Brüdern und Schwestern in den Tod geführt, als in zwei Jahren aus den Reihen der Novizen nachwachsen werden. Weit über hundert Tote! Wir sind ein kleiner Orden. Wir können es uns nicht leisten, so verschwenderisch zu sein!«

Wenn man ihn so sah und hörte, mochte man tatsächlich glauben, dass er es aufrichtig meinte. Verstellte er sich? Leon wusste es nicht zu sagen. Vielleicht trübte auch sein Vorurteil den Blick auf ihn. Er war immer schon sehr ehrgeizig gewesen.

»Wo wir davon sprechen, Schaden vom Orden abzuwenden ...«

Der Besucher tastete über seine Brust, dort, wo die grässliche Wunde sitzen musste. Die Heiler hatten Leon davon berichtet. Das Fleisch wollte sich nicht schließen, und doch wollte die Wunde ihn auch nicht töten. Aber sie zehrte ihn immer weiter aus.

»Was macht der Junge? Ist er auffällig geworden? Du weißt, was ich davon halte, dass er hier in Valloncour ist.«

»Ich habe ihn geprüft!«

Sein Besucher bedachte ihn mit einem spöttischen Lächeln.

»Natürlich. Und wann werden wir ihn auf die richtige Art prüfen?«

»Er ist zu jung. Er könnte sterben!«

»Wenn er ein Wechselbalg ist, dann wird er auf jeden Fall sterben. Ganz gleich, wie alt er ist.«

»Ja.« Leon rieb sich wieder über die Augenklappe. »Welchen Schaden kann er denn anrichten? Es ist besser, wenn er noch etwas älter wird.«

»Wenn er das ist, wofür ich ihn halte, dann ist jeder Tag hier zu viel.«

Leon bezwang den Juckreiz. Was bildete der verdammte Kerl sich ein! »Sprichst du mir meine Befähigung ab, Entscheidungen zu fällen, die den Glauben und die Geheime Bruderschaft betreffen?«

Er sagte das mit ruhiger Stimme. Bedrohlich ruhiger Stimme.

»Selbstverständlich nicht, Bruder. Dein Alter gibt dir eine Weisheit, die ich nicht mit dir teile.«

Du verdammte Kröte, dachte Leon, der sehr wohl verstanden hatte, wie das vermeintliche Kompliment gedacht war.

»Gibt es noch weitere schlechte Nachrichten?«

»Ich weiß nicht, ob es von Bedeutung ist, aber im Grabturm der Heptarchen wurde ein Grab geöffnet.«

Er sagte das so betont unbeteiligt, dass Leon auf der Hut war.

»Und?«

»Auf der Grabplatte stand: ›Gishild Gunnarsdottir, Eine verlorene Seele.‹ Sie haben die Prinzessin begraben. Vielleicht sollten wir das auch tun.«

»Ich kenne keine Prinzessin!«

Sein Gast lächelte herablassend.

»Bruder, du musst mir nichts vormachen. Es ist meine Aufgabe zu wissen, was man verbergen will. Und ich erfülle meine Aufgabe gut. Natürlich weiß ich, wer die Novizin Gishild wirklich ist, auch wenn ihr sie dazu gebracht habt, dass sie nicht ihren vollen Namen nennt und verschweigt, dass ihr vielleicht einmal der Thron des Fjordlands gehören wird. Treiben wir keine Maskerade, Leon!«

»Du sagtest, das Grab wurde aufgebrochen?«

Der Primarch wollte auf dieses Thema nicht weiter eingehen. Er hätte wissen müssen, wie schwer es war, vor dem stellvertretenden Leiter des Handelskontors ein Geheimnis zu verbergen.

»Ein fehlgeleiteter Priester. Wie es scheint, hat er sich an der Leiche vergangen. Es heißt, das Leichenhemd sei über der Brust der Toten zerrissen gewesen. Da er solches Interesse an Toten hatte, hat man ihn zu ihnen gelegt, in eine Gruft. Lebendig, versteht sich.«

Wieder begann Leon an seiner Augenklappe zu nesteln. Diese Nachricht gefiel ihm nicht. Da stimmte etwas nicht.

»Du bist sicher, dass es niemand anders gewesen ist?«

Sein Gast setzte wieder sein süffisantes Lächeln auf.

»Ich war nicht zugegen. Wie kann ich da sicher sein? Der Priester behauptete, eine Heilige habe ihm befohlen, das Grab zu öffnen. Damit hat er sich keinen Gefallen getan.«

»Und wenn es die Wahrheit war?«

Jetzt erlaubte sich der Besucher ein leises Lachen.

»Ich bitte dich, Bruder ... Welches Interesse sollte eine Heilige am Grab einer Heidenprinzessin haben ...«

»Ein Grab, in dem diese Prinzessin nicht liegt. Vielleicht wollte sich jemand überzeugen, ob dort die richtige Leiche beigesetzt wurde.«

»Bruder, wer sollte unbemerkt in den Totenturm der Heptarchen gelangen? Da müsste man schon fliegen können.«

»Und wenn es König Gunnar und die Anderen waren?«, wandte Leon ein.

Sein Gegenüber lachte ein wenig lauter, und der Primarch hatte plötzlich das Gefühl, in eine Falle getappt zu sein. Sein Besucher hatte ihn nun offenbar genau an der Stelle, an der er ihn hatte haben wollen.

»Dann, mein Bruder, wäre es wohl besser, wenn wir Gishild auch begraben würden. Es muss ja nicht lebendig sein. Ich bin ja kein Unmensch.«

»Bringst du gerne Kinder um?«

Sein Gast hielt seinem stechenden Blick stand. Leon begriff nicht, was im Kopf seines ehemaligen Schülers vor sich ging, und er bedauerte es, ausgerechnet ihn zum stellvertretenden Leiter des Kontors gemacht zu haben. Während der eigentliche Leiter die Tarnung aufrechterhielt, erfüllte der hagere Ritter den geheimen Zweck des Kontors. Seine eigentliche Aufgabe. Er kontrollierte das Netz von Spitzeln, das der Orden unterhielt.

»Mit Verlaub, Bruder Primarch, all mein Streben dient einzig dem Wohl des Ordens. An der Bresna waren es die Drusnier, die ihre Kinder als Schild gegen uns nutzten. Und welchen Sinn hat ein Schild? Er ist dazu da, einen Schlag aufzufangen. Wer also hat gegen die Regeln der Ritterlichkeit verstoßen?«

»Und wessen Schild ist Prinzessin Gishild?«

Einen Moment schien sein Besucher verwirrt. Dann schüttelte er den Kopf. »Sie hat keinen Nutzen mehr für uns. Man hält sie in Aniscans für tot. Die Heptarchen werden nicht anerkennen, dass sie noch lebt. Damit würden sie eingestehen, dass irgendein dahergelaufenes Mädchen zwischen den Gebeinen der Heiligen im Totenturm beigesetzt wurde. Was bedeutet uns Gishild also noch?«

»Was schadet es, sie am Leben zu lassen?«

Der Ritter seufzte. Langsam schien er aus der Fassung zu geraten.

»Bruder! Sie ist eine Heidin, durch und durch! Eine Mörderin der Anderen war ihre Lehrerin. Selbst ihr Magister, Drustan, hält sie für gefährlich! Sie ist aufsässig und verweigert sich den Lehren unseres Glaubens. Sie wird einen schlechten Einfluss auf die übrigen Novizen in ihrer Lanze haben, vielleicht sogar darüber hinaus. Du weißt doch, ein fauler Apfel verdirbt alle anderen. Wir müssen sie entfernen.«

»Dein fauler Apfel hat einen ihrer Kameraden vor dem Ertrinken bewahrt. Ich schulde ihr ein Leben.«

»Wir müssen sie ja nicht gleich öffentlich hinrichten. Vielleicht hat sie einen Unfall. So wie die beiden Wappenmaler.«

Leon konnte sehen, wie seinem Gegenüber die Frage auf den Lippen brannte, warum die beiden Männer sterben mussten. Aber er war klug genug zu ahnen, dass auch sein Leben verwirkt sein könnte, wenn er wüsste, was ihnen den Tod gebracht hatte. Dem Primarchen taten die Männer leid. So wie ihm jedes Jahr die Toten nach dem Mittsommerfest leidtaten. Aber es durfte niemals herauskommen, dass er als der spirituelle Führer des Ordens Wunder fälschte. Wer das auch nur ahnte, war des Todes.

»Du selbst hast mir vorgehalten, dass für die Prinzessin weit über hundert unserer Brüder und Schwestern gestorben sind. Sie alle hätten ihr Leben umsonst gegeben, wenn wir Gishild jetzt umbrächten. Ich glaube an die Vision unserer Schwester Lilianne. Wenn wir Gishild in unserem Sinne erziehen und sie zurück ins Fjordland schicken und ihr helfen, ihren Thron zu erobern, dann werden die Heidenkriege endlich ein Ende haben. Die Aussicht auf einen friedlichen Sieg ist es wert, ein Wagnis einzugehen.«

»Und wenn sie sich uns nie beugt?«, gab der hagere Gast

zu bedenken. »Wie vernünftig ist dieser Plan? Wie groß sind die Aussichten auf Erfolg? Bringen wir nur deshalb immer neue Opfer, weil wir uns nicht eingestehen können, dass wir einen Fehler gemacht haben?«

»Kinder nicht zu töten, ist kein Fehler!«, entgegnete Leon entschieden. »Geben wir ihnen Zeit, älter zu werden. Die Zeit wird offenbaren, wer sie sind und in wieweit sie uns von Nutzen sein können. Sowohl bei Gishild als auch bei Luc. Du darfst nun gehen.«

Der Besucher deutete eine Verbeugung an. »Wir sehen uns bei Neumond. Ich werde mir erlauben, auch dort meine Fragen vorzutragen.«

Leon sah seinem Gast nachdenklich hinterher. Er sollte auf die Zusammenkunft gut vorbereitet sein. Wenn dort entschieden würde, dass die beiden Kinder eine Gefahr darstellten, dann würde all seine Macht ihr Leben nicht retten können. Hatte der hagere Ritter am Ende vielleicht recht? Oder war es Rachsucht und nicht Vernunft, die aus ihm sprach?

FECHTSTUNDE

Es war so leicht! Bernadette nahm jede Finte an. Luc wich dem Stoß aus, den er vorhergesehen hatte. Nun stand sie völlig offen. Er tippte ihr mit dem hölzernen Rapier auf die Schulter.

Bernadette keuchte vor Anstrengung. Sie war rot im Gesicht. Schweiß strömte über ihr Antlitz.

»Das war genug!« Michelle klang verärgert.

Warum?, fragte sich Luc. Er hatte sich sehr zurückgehalten. Es wäre ein Leichtes gewesen, sie regelrecht zu verprügeln. Sie war gar nicht mal schlecht, aber alles, was sie tat, war vorhersehbar. Und sie hoffte so sehr darauf, dass er einen Fehler machte und sie ihn auch einmal wenigstens treffen würde, dass sie blindlings in jede Falle tappte.

»Das Duell ist entschieden! Luc de Lanzac hat gewonnen. Nun tretet euch gegenüber und reicht euch die Hände!«

Luc streckte Bernadette die Hand entgegen. Sie schlug ein, doch in ihren Augen funkelte der Zorn. Dieses Duell hatte gar nichts entschieden. Im Gegenteil, es hatte alles schlimmer gemacht. Dabei war der Anlass für ihren Streit eine Kleinigkeit gewesen. Ein paar unbedachte Worte nur.

Luc nahm seinen Lederhelm ab und wischte sich mit dem Ärmel seines gut gepolsterten Gambesons über die Stirn. Jetzt erst bemerkte er, wie ihn die anderen ansahen. Sie alle waren auf Bernadettes Seite. Joaquino, der fast ertrunken war, bot ihr an, neben ihm Platz zu nehmen. Der kleine, dunkelhaarige Raffael lächelte ihr zu.

Nur Gishild, die etwas abseits von den anderen Novizen saß, schien kein Mitleid mit Bernadette zu haben. Luc entschied sich, neben ihr Platz zu nehmen. Als er auf sie zuging, blickte sie ihn finster an. Aber er wusste, das hatte nichts mit seinem Sieg über Bernadette zu tun. Sie blickte jeden finster an.

»Ich habe nicht um Gesellschaft gebeten!«, zischte sie ihm zu, als er sich neben sie kauerte.

Warum war sie nur so?

Michelle hatte Joaquino aufgerufen. Er war der Größte in ihrer Lanze. Vielleicht war er älter, als er gesagt hatte? Michelle ließ ihn angreifen und zeigte dabei einige leichte Paraden. Luc kannte das alles längst. Er sah zu Gishild. Was hatte eine Fjordländerin hier verloren? Das war doch ein Land voller Heiden!

Er beugte sich zu ihr hinüber und flüsterte. »Ich weiß, was du bei der Erweckung im Becken getan hast.«

Sie sah ihn nicht einmal an, sondern beobachtete weiter Michelles Fechtkünste.

Ob sie ihn nicht richtig verstanden hatte? Wahrscheinlich war ihr die Sprache fremd. Sie hatte einen merkwürdigen Akzent. Er würde es noch einmal versuchen. »In dem Wasserbecken. Du hast ...«

Jetzt endlich sah sie ihn an. Sie war hübsch.

»Und was willst du jetzt tun? Glaubst du, du kannst mich deshalb erpressen?« Sie sagte das so leise, dass niemand anders sie hören konnte.

»Nein, ich wollte nicht ...«

»Wenn du nichts wolltest, warum hast du dann nicht einfach den Mund gehalten?«

Das Klacken der hölzernen Rapiere endete abrupt.

»Ihr beide haltet euch also schon für fertig ausgebildete Fechter. Eure Fechtparaden werden euch eines Tages auf dem Schlachtfeld das Leben retten. Ich glaube nicht, dass es ein Gesprächsthema geben kann, das bedeutend genug ist, um den Unterricht zu versäumen.«

Gishild drehte sich zu Michelle.

»Luc hat mich beleidigt, Ritterin. Ich bitte um Erlaubnis, ihn zum Duell zu fordern.«

Luc war völlig überrascht. Was bildete sich diese dumme Kuh denn ein!

Michelle verdrehte die Augen.

»Was hat er getan?«

»Er behauptet, ich könne mein Wasser nicht halten.«

Die Ritterin räusperte sich.

»Was?«

Sie sah ihn fassungslos an. Raffael kicherte. Joaquino wirkte peinlich berührt.

»Ist das wahr, Luc?«

Einen Augenblick lang war er versucht zu sagen, was sich ereignet hatte. Gishild schien sich davor nicht zu fürchten. War ihr denn nicht klar, dass man sie in Schimpf und Schande davonjagen würde, wenn herauskäme, was sie getan hatte? Daran wollte er nicht schuld sein. Das wäre nicht ritterlich …

»Ja, es stimmt, was sie gesagt hat.«

Er würde ihr ein paar ordentliche blaue Flecken verpassen. Das genügte, um sich zu revanchieren!

Michelle fasste sich an die Stirn.

»Gut, das ist offensichtlich die Stunde der Duelle! Tretet vor und kämpft. Wer als Erster einen Treffer landet, der mit scharfen Klingen zum Tode führen würde, hat das Duell für sich entschieden.«

Luc stand auf und setzte sich seinen Lederhelm wieder auf. Was wollte Gishild nur? Sie hatte doch gesehen, was Bernadette passiert war. Plötzlich wurde er sich bewusst, dass er nach diesem Zweikampf den Ruf haben könnte, gerne Mädchen zu verprügeln. Das war …

Gishild hatte ihm gegenüber Aufstellung bezogen. Sie hob ihr hölzernes Rapier zum Fechtergruß.

Luc erwiderte den Gruß. Wenn er sich von ihr besiegen ließe, könnte niemand behaupten, dass er darauf versessen war, sich mit Mädchen zu schlagen. Aber war es wirklich besser, wenn er stattdessen in dem Ruf stünde, von einem Mädchen verprügelt worden zu sein? Verdammt! Was sollte er tun?

Gishild machte einen Ausfallschritt. Es blieb keine Zeit mehr zum Denken. Er wich aus, bewegte sich ein wenig unbeholfen und überrascht. Sie schien es eilig zu haben. Sofort setzte sie nach. Mit einem weiten Ausfallschritt drängte sie ihn zurück, duckte sich und zielte mit einem geraden Stoß auf seinen Fuß.

»Gib's ihm!«

Das war Bernadettes Stimme, erkannte Luc.

Der Junge drehte sich zur Seite, ließ Gishild ins Leere stoßen und setzte zu einem Stich in ihren Rücken an. Holz schlug auf Holz. Er war überrascht. Sie schien genau gewusst zu haben, was er tun würde. Und sie war schnell. Verdammt schnell! Das war kein Spiel wie mit Bernadette. Er würde sich ordentlich ins Zeug legen müssen, um sie zu besiegen.

Sie beide trennten sich und bezogen wieder Grundposition. Gishild lächelte ihn an. Was hatte sie vor? Und wo hatte sie so zu fechten gelernt? Hatte er eben Bernadette so angelächelt ... Nein!

Wieder war sie es, die den Angriff begann. Noch während er ihr Lächeln zu deuten versuchte, schnellte sie vor. Er hob sein Rapier. Es war eine fahrige Bewegung. Die hölzernen Klingen glitten übereinander. Zwei Finger neben seiner Kehle stach ihr Rapier ins Leere.

»Halt!«, zerschnitt Michelles Stimme die angespannte Stille. »Weißt du noch, was du tust, Gishild? Ein Stich auf den Kehlkopf kann auch bei einer stumpfen Waffe tödlich sein!«

Das Mädchen senkte ihr Rapier.

»Es tut mir leid. Der Stoß ist mir missglückt. Eigentlich wollte ich durch sein Visier stechen und ihm die Nase brechen.«

Luc schluckte. Was bildete die sich ein? Und hätte sie es schaffen können?

»Dies ist ein Duell unter Freunden. Wir kämpfen nicht, bis Blut fließt, Gishild! Du meldest dich nach der Fechtstunde bei Magister Drustan. Er wird dich bestrafen!«

»Jawohl, Ritterin!«

Sie grüßte Michelle trotzig mit dem Rapier.

»Können wir weitermachen?«, fragte Luc. Er konnte es sich nicht leisten, dass die Sache hier endete. Sein Ruf als Fechter wäre ruiniert.

Michelle sah ihn überrascht an. Begriff sie denn nicht, worum es für ihn ging?

»Weitermachen«, sagte die Ritterin zögernd. »Beim nächsten Verstoß gegen die Regeln breche ich diesen Zweikampf ab.«

Diesmal war Luc auf der Hut. Er eröffnete den Angriff, und schon beim ersten Stoß hatte er das beunruhigende Gefühl, dass er damit genau das tat, was Gishild von ihm erwartete. Sie wich elegant wie eine Tänzerin aus und tippte mit der Spitze ihres Rapiers gegen die Wangenklappe seines Helms, als wolle sie ihm zeigen, dass sie jederzeit durch das Visier auf seine Nase stoßen könnte.

Er wich zurück. Jetzt griff sie an. Er zwang sich zur Ruhe. Konterte ihre Stiche. Er musste sie beobachten. Er musste verstehen, wie sie kämpfte, wenn er siegen wollte. Vielleicht konnte er sie durch irgendetwas reizen? Sie verleiten, ungestüm anzugreifen und einen Fehler zu machen?

Sie bewegte sich seltsam. Anders, als Michelle es ihn gelehrt hatte. Und sie war verdammt schnell. Er hatte Mühe, eine ganze Reihe schneller Stiche abzuwehren. Wie eine Schlange schnellte sie vor. Auch sie hatte schon Fechtstunden gehabt, so viel war gewiss, obwohl sie sich anders bewegte als eine ausgebildete Fechterin.

Fast wäre Luc über seine Beine gestolpert, als er weiter vor ihr zurückwich.

»Ich wette, sie lassen dich die Latrine ausheben, Prinzesschen. Eine gute Arbeit für eingebildete Gören.«

Ihre hölzerne Klinge prallte heftig gegen seinen Handschutz.

»Wenn ich mit dir fertig bin, wirst du länger hinken, als ich nach Latrine stinke.«

Luc machte einen Satz zurück und konnte doch nicht verhindern, dass ihre Klinge sein Knie traf. Dumpfer Schmerz betäubte das Gelenk. Er knickte ein. Jetzt oder nie! Nach den Regeln des Duells würde dieser Stich auf das Knie nicht als tödlicher Treffer gewertet. Er duckte sich. Er wusste, dass sein Rücken völlig ungeschützt war. Er stach schräg nach oben nach ihrer Brust. Im selben Augenblick spürte er, wie sich ihre Klinge in den gepolsterten Stoff des Gambesons bohrte.

»Doppeltreffer!«, rief Michelle. »Das Duell ist entschieden. Wären das scharfe Waffen gewesen, wäret ihr jetzt beide tot. Ich gratuliere euch zu dieser eindrucksvollen Vorstellung!«, fügte sie zynisch hinzu. »Für euch zwei Hitzköpfe endet die Fechtstunde nun. Kannst du noch laufen, Novize Luc?«

»Ja!« Er musste die Zähne zusammenbeißen, aber er würde nicht vor allen eingestehen, dass diese verdammte Ziege genau das getan hatte, was sie angekündigt hatte.

»Sehr schön, dann lauft ihr beide jetzt zum See und zurück. Und versucht nicht noch einmal, euch unterwegs die Schädel einzuschlagen.«

Luc stöhnte, aber er würde jetzt keinen Rückzieher machen. Hinkend setzte er sich in Bewegung. Als er zurückblickte, sah er, wie Drustan auf Michelle einredete. Und dann schickten die beiden die übrigen Novizen fort. Was sie wohl besprachen, was sonst niemand hören durfte?

Drustan wirkte sehr aufgeregt und gestikulierte wild mit seinem verbliebenen Arm. So aufgebracht hatte Luc ihn noch nie gesehen. Und nie war ihm ihr gestrenger Magister verletzter erschienen.

DER VERBORGENE SCHATZ

Lilianne war überrascht, die beiden zu sehen. Seit der Erweckung der Novizen hatte sie keine Gelegenheit gehabt, mit Michelle zu reden. Und nun kam sie mit Drustan zusammen. Die ehemalige Komturin rollte die Landkarte zusammen und erhob sich von dem unbequemen Stuhl.

Drustan sah sich im großen Kartensaal um. Er wirkte wie von Trollen gehetzt.

»Sind wir hier allein?«

Lilianne lächelte. »Siehst du jemanden?«

Drustan schien das nicht zu genügen. »Es ist besser, wir gehen hinaus.« Michelle nickte bestätigend.

»Es geht um das Mädchen«, sagte sie sehr leise. »Eigentlich sollten wir gleich zum Primarchen gehen, aber wir wollten zunächst mit dir sprechen.«

Lilianne hatte mit Schwierigkeiten gerechnet, allerdings nicht so bald. Gemeinsam verließen sie den Saal. Sie führte die beiden über die Treppe im Südturm hinab zum Burghof und dann auf die große Wiese, auf der die älteren Novizen Reiterangriffe in geschlossener Formation übten. Im Augenblick war das Gelände verlassen.

»Was machen die neuen Löwen?«, fragte sie, um den beiden etwas von ihrer Spannung zu nehmen.

»Sie sind eine Katastrophe. Alles Dickschädel!«

Man sah Drustan an, wie verzweifelt er war.

»Ihr erster Buhurt wird eine Katastrophe werden. Das Spiel wird weniger als ein Viertel von einer Stunde dauern, dann stecken sie alle im Schlamm. Die sind nicht in der Lage, etwas gemeinsam zu machen. Erst ersäuft mir einer von ihnen fast, weil er zu stolz ist zu sagen, dass er nicht schwimmen kann ... Und jetzt noch die Sache mit der Heidin!«

Der einarmige Ritter sah Lilianne vorwurfsvoll an.

»Du hast gewusst, dass sie Heidin ist. Durch und durch, nicht wahr?«

Lilianne winkte ab.

»Du hast einen ganzen Winter mit ihr im Rabenturm verbracht. Sag mir nicht, dir sei nicht aufgefallen, dass sie nicht zu Tjured betet.«

»Und wie erkläre ich das meinen anderen Novizen?«, fuhr er sie an. »Das ist eine Ordensschule. *Die* Ordensschule. Valloncour ist eine Legende. Jemand wie sie dürfte gar nicht hier sein!«

»Und das ist nicht das Schlimmste«, setzte Michelle gleich nach. »Wo hast du sie getroffen? Wer ist dieses Mädchen?«

»Warum?«

»So nicht, Lilianne! Eigentlich hätten wir gleich zu Leon gehen müssen. Ich bin hier, weil ich deine Schwester bin und dir verbunden. Also treib jetzt kein Spiel mit uns. Sag mir, was das für ein Mädchen ist. Noch einmal werde ich nicht danach fragen.«

Lilianne sah die beiden an. Sie wollte Zeit gewinnen. Sie standen jetzt auf der Mitte der weiten Wiese. Zumindest würde es hier ganz sicher keine ungebetenen Lauscher geben. Aber wie viel durfte sie preisgeben? Die Drohung, dass die beiden zu Leon gehen könnten, hatte keinen Schrecken für sie. Er war als Einziger in alles eingeweiht. Er hatte niemandem sonst von dem Mädchen erzählt. Für alle hier war sie nur eine junge, adelige Fjordländerin. Und angeblich war ihre Familie treu dem Tjuredglauben ergeben. Diese Lügen dienten Gishilds Schutz. Es war besser, wenn die anderen Novizen nicht wussten, dass die Thronerbin ihrer Todfeinde mitten unter ihnen weilte. Und die übrigen Ritter sollten es auch nicht erfahren.

»Was hat sie denn getan?«

Michelle hob abwehrend die Hände.

»Gut! Ich sehe, du willst nicht mit uns reden. Wir gehen zu Leon. Komm, Drustan!«

Der Ritter zögerte, aber Michelle wollte schon davonstürmen, als Lilianne sie am Arm packte und zurückhielt.

»Führ dich nicht auf wie eine Novizin! Gishild ist so etwas wie eine Geisel. Ein Faustpfand für einen künftigen Frieden mit dem Fjordland. Leon weiß alles über sie. Es ist zu ihrem Schutz, wenn ich euch nicht verrate, wer sie ist.«

»Und wer schützt meine Löwen vor ihr? Du hättest sie sehen sollen. Wie sie sich bewegt!« Drustan war jetzt ruhiger. »Was für ein Kuckucksei hast du mir da in mein Nest gelegt?«

»Was, bei allen Heiligen, hat sie denn getan?«

»Sie kann fechten wie ein Elf. Nein, nicht wirklich«, schränkte Michelle sofort ein. »Aber du hättest sehen sollen, wie sie sich bewegt. Es ist mir eiskalt den Rücken hinuntergelaufen. Sie muss von Elfen unterrichtet worden sein. Zum Glück ist sie noch klein. Verdammt, wer ist sie?«

Lilianne blickte zu Drustan. Ihrer Schwester hätte sie das Geheimnis verraten. Aber er ... Konnte man ihm trauen? Es hatte ihm gutgetan, vom Rabenturm fortzukommen. Vielleicht würde er sogar ein guter Lehrer werden. Aber war sein Wahnsinn überwunden? Oder schwelte er noch in ihm, konnte er jederzeit neu auflodern?

»Soll ich gehen?«, fragte Drustan mit tonloser Stimme.

Er wusste, was sie dachte. Sieben Jahre hatten sie jeden Tag miteinander verbracht. Sie waren Löwen derselben Lanze. Wem sollte sie trauen, wenn nicht den Brüdern und Schwestern aus ihrer Lanze? Sie hätte für den Orden ohne zu zögern ihr Leben gegeben. Aber das Band zu ihrer Lanze war noch stärker. Und sie würde Drustan noch brauchen.

»Sie ist Gishild Gunnarsdottir. Die Thronfolgerin des Fjordlands.«

Drustan nickte. »Das erklärt einiges.«

Lilianne war enttäuscht von dieser Reaktion. Irgendwie hatte sie mehr erwartet. Hatte er die Wahrheit vielleicht schon längst erraten?

Michelle pfiff leise durch die Zähne. »Eine echte Prinzessin also? War sie der Grund für die Ereignisse in Drusna?«

»Ja.«

Die Mehrzahl der einfachen Ritter und selbst der Würdenträger des Ordens war nicht über den wahren Hintergrund der Gefechte unterrichtet worden, die Lilianne letztlich ihr Amt als Komturin gekostet hatten. Je weniger Personen wussten, wer Gishild wirklich war, desto sicherer war das Mädchen.

»Ich kann mich auf eure Verschwiegenheit verlassen? Ihr wisst nun um das wahrscheinlich größte Geheimnis unseres Ordens.«

Für einen Augenblick herrschte bedrücktes Schweigen.

Drustan schüttelte den Kopf.

»Sie wird immer eine Heidin bleiben.«

»Nein«, widersetzte sich Lilianne. »Nein, so muss es nicht sein.«

»Du weißt nichts von ihr«, widersprach der Magister. »Nichts! Sie ist dickköpfig, du solltest sie nur sehen. Sie hat keine Freunde in der Lanze. Sie sondert sich immer ab. Alle wissen, dass sie nur die Lippen bewegt, wenn wir gemeinsam beten. Die anderen Novizen halten sich von ihr fern. Als sie Joaquino vor dem Ertrinken gerettet hat, da hätte sie sich in den Herzen ihrer Kameradinnen und Kameraden einen Platz erobern können. Sie wollte nicht. Sie ist …« Er hob verzweifelt seinen verbliebenen Arm. »Sie ist sehr stark. Aber auch sehr störrisch!«

»Sie ist vor allem ein Mädchen von elf Jahren«, versuchte Lilianne ihn zu beruhigen. »Sie wird es nicht lange aushalten ohne jemanden, dem sie sich anvertrauen kann. Würde Juztina uns ihre Geheimnisse verraten?«

Drustan überlegte kurz. Dann nickte er.

»Mir nicht. Aber wenn du sie fragst …«

»Sie braucht eine Freundin«, mischte sich Michelle ein, die bislang geschwiegen hatte. »Jemanden in ihrem Alter. Jemanden, der immer da ist. Sie wird nur selten Gelegenheit haben, sich Juztina anzuvertrauen. Es muss jemand aus der Lanze sein.«

»Und es muss jemand sein, in dem der Glaube an Tjured tief begründet ist. Jemand, der sie mit der Zeit vielleicht vom Weg des Heidentums abbringen kann«, fügte Lilianne hinzu.

»Luc!«, rief Drustan.

Die ehemalige Komturin merkte, wie ihre Schwester leicht zusammenzuckte. »Warum er?«

»Er ist ein Außenseiter, so wie sie. Die Art, wie er bei der Erweckung dazukam … Keiner kennt ihn. Und er strengt sich zu sehr an. Er ist so bemüht, alles richtig zu machen. Das macht ihn nicht beliebt. Ich habe ihn beim Beten belauscht. Wenn er betet, klingt es, als lausche man einem Heiligen, so voller Inbrunst sind seine Worte an Gott. Es ist ... ergreifend. Er wird eines Tages ein sehr guter Ritter werden.«

Lilianne beobachtete ihre Schwester. Sie wirkte unruhig. »Stimmt mit dem Jungen etwas nicht?«

»Er ist allein gewesen in einem Dorf voller Leichen«, erklärte Michelle. »Er hat seine Eltern an der Pest sterben sehen. Alle um ihn herum ... Und dann hat er unter diesen Toten gelebt. Völlig allein. Er ist nicht wie andere Elfjährige.«

»Kommt er dir auffällig vor, Drustan?«

»Nein. Er ist auffällig bemüht, alles gut zu machen. Und er merkt nicht, wie er die anderen Novizen damit brüskiert. Wenn sie zu Bett gehen, dann sitzt er noch und liest. Wenn wir laufen, will er der Erste sein. Ich glaube, er hat sich für den besten Fechter seiner Lanze gehalten.« Der Ritter lächelte. Es schien von Herzen zu kommen, was bei ihm selten war.

»Er ist wirklich gut. Er hat lange gegen Gishild durchgehalten. Ihr Duell endete mit einem Doppeltreffer.« Sein Lächeln verschwand. »Sie wurde von den Anderen unterrichtet, Lilianne! Sie sollte nicht hier sein! Sie könnte gefährlich werden. Stell dir vor, man hätte sie uns absichtlich untergeschoben!«

»Wenn du miterlebt hättest, was sie getan haben, damit wir sie nicht bekommen, würdest du das nicht denken.«

Es machte Lilianne zu schaffen, an die Gefechte in Drusna zu denken. Manchmal verfolgte sie das Bild der explodierenden Galeasse in ihren Träumen. Die hochschießende Feuersäule war in ihr Gedächtnis eingebrannt, ebenso wie die Erinnerung an all die entstellten Leichen auf dem Eis und die Reiterattacke der Elfen. Es war ein Hohn auf die göttliche

Ordnung der Welt, wenn Reiter Schiffe eroberten! Nie zuvor hatte eine Komturin an einem Tag so viele Ordensbrüder und -schwestern in den Tod geführt. Nein, Gishild war ihnen nicht untergeschoben worden!

»Ihre Fechtkunst könnte uns von Nutzem sein«, sagte Michelle unvermittelt. »Wir sollten sie beobachten und von ihr lernen. Sie wollte Luc heute verprügeln, aber sonst ist sie nicht so. Oder was denkst du, Drustan?«

Der Ritter wiegte den Kopf.

»Sie ist aufbrausend und unberechenbar. Ich würde sie höchstens gegen Joaquino fechten lassen. Der ist gut genug, um sich gegen sie zu wehren.«

»Darf ich bei den Fechtstunden zusehen?« Lilianne hatte Elfen kämpfen sehen. Dass Menschen jemals so fechten würden, hätte sie für unmöglich gehalten. »Wir müssen sie beobachten und von ihr lernen. Was sie an Wissen von den Anderen mitbringt, ist keine Bedrohung, sondern ein Schatz. Wir müssen ihn ihr entlocken. Ihren Schatz ... Sie darf das nicht merken. Ihr beide wisst ja, wie störrisch sie ist. Wenn sie durchschaut, was wir von ihr wollen, dann wird sie sich dagegen sperren. Wir sollten sie überfordern. Verlange von ihr, was keine Elfjährige kann. So werden wir sehen, was sie von den Anderen gelernt hat. Ja, und was diesen Luc angeht ... Lobe ihn, wo er es nicht verdient hat. Da, wo er nicht besser ist als alle übrigen Novizen auch, stelle ihn stets als Vorbild hin, Drustan. Seine Kameraden werden ihn dafür hassen. So wird er keine Freunde finden. Und bestrafe ihn schon wegen Kleinigkeiten hart. Und die anderen gleich mit ihm. Dann haben sie noch einen Grund mehr, sich von ihm fernzuhalten.«

»Das ist nicht gerecht!«, begehrte Michelle auf. »Der Junge hat es schwer genug gehabt. Das können wir nicht tun!«

Lilianne sah ihre Schwester mitleidig an. All die Jahre hatten sie nicht geändert. Sie war noch immer ein kleines Mädchen, dem romantischer Unsinn im Kopf herumspukte.

»Es ist nicht unsere Aufgabe, gerecht zu sein. Wir nehmen die Novizen auf, suchen nach ihren besonderen Begabungen, und dann formen wir aus ihnen jene Ritter, die unser Orden braucht. Das ist unsere Aufgabe hier in Valloncour. Sie werden Ritter sein, in denen jeder dort draußen in der Welt ein Vorbild sieht. Sie werden Ritter sein, die sich ohne zu zögern den Anderen stellen. Sie werden erfüllt sein vom Glauben an ihre Mission. Vom Glauben, dass es ihre Aufgabe ist, eine bessere Welt zu erschaffen. Eine Welt Gottes, in der in Zukunft Gerechtigkeit regieren wird. Dafür kämpfen wir, und dafür leiden wir. Und alles, was wir in den Kindern finden, das sie dabei behindern wird, diesen Weg zu gehen, das werden wir ihnen austreiben. Valloncour ist eine Menschenschmiede. Und wenn es eines Hammers bedarf, um dem Metall die rechte Form zu geben, dann werde ich ihn benutzen. Ich weiß, dass der Junge dir am Herzen liegt. Aber wenn er allein unter Toten leben konnte, dann wird er alles überstehen, was wir ihm antun. Grenzen wir ihn von den anderen Novizen aus, so wird Gishild auf kurz oder lang zu ihm finden. Niemand hält es für immer aus, allein zu sein. Und wenn er fest im Glauben ist, dann wird diese Stärke vielleicht mit der Zeit auf sie abfärben. Wenn sie einander nahekommen, dann werden wir sie trennen. Das wird das Band zwischen ihnen noch stärker machen. Wir sollten alles daransetzen, sie zu einem Paar zu machen. Seine Stärke im Glauben wird ihre Rettung werden.«

Lilianne konnte Michelle die Zweifel ansehen. Aber auf ihre romantischen Vorstellungen vom Glück konnte sie keine Rücksicht nehmen. Sie mussten Kinder formen. Wer Valloncour verließ, war ein vollkommenes Werkzeug des Ordens. Wer sieben Jahre geschmiedet war, der fand seine Erfüllung allein darin, dem Orden zu dienen. Man konnte Menschen zu ihrem Glück bringen, wenn man sie nur entschlossen genug führte. Davon war Lilianne zutiefst überzeugt.

Führung und Disziplin waren die Schlüssel zum Glück. Sie selbst war überrascht gewesen, wie leicht es ihr gefallen war, ihr Amt als Komturin den Interessen des Ordens zu opfern. Sie war gern nach Valloncour zurückgekehrt. Und sie wusste, dass ihr Orden in ihr immer noch eine schreckliche Waffe sah. Sie würde neue Macht erlangen, wenn die Zeit dazu gekommen war. Sie wusste um das, was am Rabenturm vorbereitet wurde. Nicht alle Einzelheiten ... Aber wenn es so weit war, in eine neue Schlacht zu ziehen, dann würde sie wieder ganz an der Spitze ihrer Ordensbrüder und -schwestern stehen. Darauf vertraute sie so fest wie auf die Gnade Gottes.

KEINE LÖWIN

Es war ein dämliches Spiel, dachte Gishild. Sie hielt das gepolsterte Holzschwert fest umklammert und spähte über das Kettennetz hinweg zu den Türmen. Wie konnte man hier in Valloncour nur ein solches Wappen führen? Sie waren alle verrückt hier. Die alten Ritter, die sie seit ihrem ersten Tag als Schüler zwangen, an dem Grabturm zu bauen, in dem sie einst einmal bestattet würden. Dann die Idioten, die sich dieses Spiel ausgedacht hatten. Und der Gott, der Kindern in einem Tal voller Grabtürme einen Turm als Wappen schenkte! Alle waren sie verrückt. Wann würde Silwyna endlich kommen und sie von hier befreien? So lange dauerte es nun schon. Hatte ihr Vater vielleicht einen neuen Thronfolger? Einen Sohn? Mehr als ein Jahr war sie nun schon verschleppt. Der Sommer war vorüber. Wann würde sie endlich heimkehren?

Ein Fanfarenstoß eröffnete das Spiel. Es waren nur wenige Zuschauer gekommen. Heute würden allein die Novizen des ersten Jahrgangs spielen. Drustan und Michelle hatten sich große Mühe gegeben, sie vorzubereiten. Wenn die beiden keine verbohrten Ordensritter wären, könnte man sie mögen ... Aber in diesem Tal gab es nur Todfeinde ihres Vaters und der Albenkinder. Sie würde hier niemanden mögen!

Die Türme rückten langsam über die neun Ketten des mittleren Spielfelds vor. Sie gingen alle auf einer Höhe. Ein großer Kerl mit sommersprossigem Gesicht kam auf sie zu. Wahrscheinlich war er der Kapitän der Türme. Die anderen machten eine große Sache aus dem Buhurt, aber Gishild interessierte sich nicht für dieses dämliche Spiel. Sie würde sich gut schlagen, denn sie hatte keine Lust, sich von irgendjemandem in den Schlamm stoßen zu lassen. Aber das war alles!

Sie hatte den Kerl mit den Sommersprossen gestern bemerkt, als er sich in den Büschen nahe ihrem Fechtplatz versteckt hatte. Er hatte sie ausgespäht, um zu sehen, wer von ihnen gut kämpfte und wer eine Schwachstelle in der Schlachtreihe war. Jetzt war ihr das klar. Und nun kam dieser Fleischklotz auf sie zu. Vermutlich war das ein Kompliment an Silwynas Fechtausbildung. Lange rote Haare lugten unter seinem Lederhelm hervor. Er hatte einen gepolsterten Kampfstab als Waffe gewählt.

Gishild trat unruhig von einem Fuß auf den anderen. Wie die anderen Löwen der ersten Reihe verharrte sie auf einem der neun Pfosten, die das mittlere Spielfeld begrenzten. Joaquino hatte entschieden, dass sie so vorgehen sollten. Die anderen hatten ihn zum Kapitän gewählt. Sie hatte sich enthalten.

Er war nicht der Richtige, fand sie. Aber im Grunde war es ganz gleich, wen sie wählten. Sie würde sich ohnehin von niemandem herumkommandieren lassen.

Noch fünf Schritte. Der Rothaarige hielt nur mühsam das Gleichgewicht auf der Kette. Ob sie sich eines Tages als Feinde auf einem Schlachtfeld gegenüberstehen würden? Dann sollte er besser jetzt schon wissen, was es bedeutete, sie zur Gegnerin zu haben.

Gishild machte einen Satz nach vorn. Sie war barfuß, um auf den rostverkrusteten Ketten besseren Halt zu haben. Der Rothaarige war durch ihren plötzlichen Angriff überrascht. Doch er hatte sich schnell wieder in der Gewalt.

»Dich mach ich nass, Kleine!«

Er versuchte bedrohlich zu klingen, aber seine Stimme war viel zu hell. Sie fand ihn nur lächerlich. So lange sie denken konnte, hatten Trolle und Kentauren zum Hofstaat ihres Vaters gehört. Nein, so ein aufgeblasener Novize würde sie nicht beeindrucken.

»Vorwärts, Löwen!«, rief Raffael begeistert und verließ ebenfalls seinen Posten. Auch die anderen stürmten vor. Joaquino versuchte, sie zurück auf ihre Stellungen zu befehlen. Holzschwerter krachten aufeinander. Raffael bekam einen Stoß auf die Brust, verlor das Gleichgewicht und landete fluchend im schwarzen Schlamm unter dem Kettengeflecht.

Gishild wich auf eine der dünneren Ketten aus, die quer zu den Hauptlinien gespannt waren. Der Rothaarige fluchte.

Nur wenige konnten sich hier halten. Einer wie er bestimmt nicht! Er war zu grobschlächtig. Zu massig.

Gishild winkte ihm mit dem Zeigefinger. »Komm. Du wolltest mich nass machen. Traust du dich jetzt nicht mehr?«

Der Junge zögerte. Er ließ den langen Stock wirbeln, aber Gishild war außerhalb der Reichweite der Waffe. Sie erlaubte sich einen raschen Seitenblick. Die Türme waren durchgebrochen. Auch Bernadette lag im Schlamm. Und eben stürzte am anderen Ende der Linie noch ein Löwe in den Matsch. Damit war die Entscheidung so gut wie gefallen.

»Zieht euch auf die Dreier zurück!«, rief Joaquino über den Lärm der Holzschwerter hinweg.

»Geh nur vorbei, Roter! Dann hast du mich im Rücken«, neckte sie ihren Gegner.

Der Kapitän der Türme setzte vorsichtig seinen rechten Fuß auf die dünnere Kette.

»Glaubst du, das ist eine gute Idee?«

Sie wich zwei Schritt zurück. Sie hatte von Silwyna gelernt, auf dünnen, federnden Ästen zu laufen, die gerade einmal ihr Gewicht trugen. Hier auf den Ketten hätte sie auch mit verbundenen Augen spazieren können.

Sie beobachtete, wie der Rothaarige sich zum Angriff entschloss. Seine Augen wurden schmaler. Er presste die Lippen zusammen, und dann stürmte er vor und riss seinen Kampfstab zu einem vernichtenden Schlag in die Höhe.

Gishild wartete bis zum letzten Augenblick, bis sie auswich. Der Stab verfehlte sie nur um wenige Zoll. Ihr Gegner fluchte und versuchte verzweifelt, das Gleichgewicht zu wahren. Sie trat einen Schritt vor. Er ruderte mit den Armen. Ein leichter Stoß genügte, um ihn hinab in den Schlamm zu befördern. Es gab ein sattes Klatschen, als er in die schwarze Brühe stürzte.

Gishild blickte zu ihm hinab. Der stolze Kapitän hatte sich in ein konturloses schwarzes Wesen verwandelt. Nur seine Augen leuchteten noch hell im verschmierten Gesicht.

»Vielleicht klappt es ja beim nächsten Mal mit dem Nassmachen.«

Grinsend eilte sie davon. Dieses Spiel war doch nicht so dämlich! Es hatte Spaß gemacht, den Tollpatsch in den Schlamm zu befördern.

Die beiden Novizen, die in Reserve geblieben waren, stürmten über das Gerüst aus Holzplanken zum Flaggenmast. Eine Mannschaft durfte nie mehr als zwölf Spieler gleichzeitig ins Feld führen. Gishild erkannte, dass die beiden das Blatt nicht mehr wenden würden. Die Dreier wurden hart bedrängt. Die Verteidiger versuchten verzweifelt, den Hieben der Angreifer auszuweichen und dabei nicht das Gleichgewicht zu verlieren.

Sie begann zu laufen. Zwischen ihr und den Türmen stand kein einziger Löwe mehr.

Unten aus dem Schlamm rief der Rothaarige seiner Mannschaft eine Warnung zu. Sofort lösten sich ein Junge und ein Mädchen aus dem Kampf um die Dreier. Beide hatten Kampfstäbe. Das Mädchen war kleiner, sie bewegte sich sehr geschickt auf den Ketten. Sie würde sie zuerst erreichen.

Mitten im Lauf schleuderte sie ihren Kampfstab. Gishild lachte. Wie dämlich! Jetzt hatte sie keine Waffe mehr.

Die Fjordländerin duckte sich und wich dem Geschoss aus.

Joaquino stürzte. Der Weg zum Löwenbanner war frei. Und Luc war von vier Kämpfern umringt. Das Spiel würde jeden Augenblick vorüber sein.

Warum rannte das Mädchen noch immer auf sie zu? Es hatte doch keine Waffe mehr! Gishild machte einen Ausfallschritt. Ihr Rapier traf das Mädchen in den Bauch und glitt dann am Gambeson zur Seite. Die andere keuchte vor Schmerz. Sie streckte die Arme vor und klammerte sich an ihr fest. Gishild hob das Rapier und schlug ihr mit dem Handschutz auf den Lederhelm. Sie geriet ins Wanken. Das Mädchen wollte sie einfach mit sich hinab in den Schlamm reißen! Und es war ihr ganz egal, dass sie dabei auch stürzen würde!

Gishild versuchte, sich dem Griff zu entwinden, als ihr seitlich gegen die Knie gestoßen wurde. Der zweite Turm griff von einer parallelen Kette an.

Gishild fluchte. Und dann lag sie im Schlamm. Der Matsch war warm. Hin und wieder wölbten sich zähe Blasen hoch und platzten. Einen Herzschlag lang erfasste Gishild Panik. Sie versank bis weit über die Hüften. Strampelnd suchte sie nach Halt. Dann endlich spürte sie festen Boden. Drustan hatte ihnen erklärt, dass man im Schlamm nicht ertrinken konnte. Er sammelte sich in einer flachen Mulde mit festem Untergrund. Nur an fünf Stellen gab es Löcher, die in bodenlose Tiefen führten, aus denen der Schlamm hervorquoll. Drei davon lagen außerhalb des Spielfelds. Bei den einzigen beiden Orten, die gefährlich waren, hatte man Fangnetze unter dem Kettengeflecht aufgespannt. Es konnte nichts geschehen, außer dass man über und über mit zähem, stinkendem Schlamm bedeckt war.

Gishild watete den Zuschauerrängen entgegen. Plötzlich berührte sie etwas. Eine große, dunkle Gestalt trat hinter einem der Pfähle hervor.

»Das hast du toll hinbekommen, du blödes Stück!«

Erst an der Stimme erkannte sie Joaquino.

»Sie haben alle Löwen nass gemacht und unser Banner in den Schlamm gestoßen. Ein vernichtender Sieg! Verdammt,

Gishild. Wir wollten eine feste Linie bilden. Warum bist du vorgestürmt? Das hat es ihnen leichter gemacht, uns zu besiegen. Das war dämlich! Dämlich! Dämlich!« Er wandte sich ab.

Gishild schluckte. Sie kämpfte gegen ihre Gefühle an. Sie durfte das nicht zulassen. Sie gehörte nicht zu ihnen. Und bald würde Silwyna kommen, um sie zu holen. Sehr bald!

Was bildete der sich ein! Ihr war es verdammt noch mal egal, dass sie verloren hatten! Schließlich war sie nicht freiwillig hier. Sie würde niemals zu diesen verrückten Tjuredanbetern gehören! Und diese kindischen Spiele würde sie auch nicht mitmachen!

Die Löwen konnten ihr gestohlen bleiben. Sie war keine Löwin. Und dennoch machten ihr Joaquinos Worte zu schaffen.

EIN GUTER ABEND

Charles war in bester Stimmung. Alles war in die Wege geleitet. In nur vier Wochen würde er vor den Heptarchen in Aniscans stehen. Und er würde die Neue Ritterschaft in den Staub treten. Heute Mittag hatte der Bote die entscheidende Depesche gebracht. Jetzt hatte er Gewissheit! Vier Heptarchen würden ihn unterstützen. Die Neue Ritterschaft würde das Kommando über die Kirchenheere verlieren. Und ihr Großmeister würde aus der Runde der Heptarchen ausgeschlossen werden. An seine Stelle würde der Großmeister des Ordens vom Aschenbaum rücken. Ein weiterer Heptarch, der ihm etwas schuldig war ...

Charles summte vor Begeisterung ein unflätiges Trinklied. Bald würde er Drusna für immer verlassen. Dieses nasse, kalte Land voller unbelehrbarer Heiden. Das ganze Jahr über hatte es keine richtige Schlacht gegeben, sondern nur endlose Scharmützel mit den Schattenmännern. Er war froh, hier endlich fortzukommen.

Regen trommelte gegen den geschlossenen Fensterladen. Ein Sturm zog über das Land. Seit dieser Brief gekommen war, bestand Rodrik darauf, dass er sich nur noch in Räumen mit geschlossenen Läden aufhielt. Charles blickte zur Tür. Dort draußen auf dem Flur wachte der Hauptmann über ihn. Er nahm die Warnung sehr ernst. Ständig hatte er Angst, die Schattenmänner oder die Elfen würden ihn erschießen. Aber was sollte hier oben schon passieren? Er befand sich im höchsten Turm von Vilussa. Ein Feuer brannte im Kamin. Auf dem Tisch standen ein erlesener Wein und eine Schale mit Trauben aus Fargon, die man in einer Kiste, gefüllt mit Schnee, hierhergebracht hatte, damit sie sich frisch hielten.

Es würde ein wunderbarer Abend werden. Er hatte die junge Novizin eingeladen, die ihm in den letzten beiden Wochen immer wieder aufgefallen war. Selbst die unförmige blaue Kutte vermochte ihre schlanke, knabenhafte Gestalt nicht zu verbergen. Er mochte junge Frauen mit kleinen Brüsten. Sie war ein Geschenk Tjureds, um seinen Sieg zu feiern. Gott hieß es gut, wenn seine auserwählten Kinder beieinanderlagen. Und Tjured meinte es gut mit ihm. Er hatte drei Söhne und fünf Töchter gezeugt, allesamt mit Novizinnen. Charles schmunzelte. Er würde eine eigene Dynastie innerhalb der Kirche begründen. Das war nicht ungewöhnlich. Die meisten Heptarchen verließen sich auf eine Gefolgschaft aus Verwandten. Blut war nun einmal dicker als Wasser. So war es schon immer gewesen.

Charles dachte an seine Zukunft. Mit wem würde er Bündnisse eingehen? Und worauf würde er seine Macht begründen? Es gab noch so viel zu tun ... Doch heute würde er erst einmal seinen Sieg feiern. Wo blieb die Novizin? Er umrundete den Tisch und trat an eines der Fenster. Der Wind rüttelte an den Läden. Draußen musste es wie aus Eimern gießen. Hier oben im Turm würde ihn kein Pfeil erreichen. Nicht bei diesem Wetter! Nicht einmal ein Elf könnte nun einen gezielten Schuss abgeben.

Er war es leid, immer eingesperrt zu sein. Entschlossen schob er den hölzernen Riegel zurück und öffnete die Läden. Ein Blitz zerriss den Himmel und tauchte Stadt und Festung einen Herzschlag lang in gleißendes Licht. Villusa war größtenteils noch auf die alte Art befestigt, mit hohen, festen Steinmauern und mächtigen Türmen. Es gab nur wenige der weit ausgreifenden, sternförmigen Erdwerke, die gegen Kanonen schützen sollten. Charles mochte diese neumodischen Bauwerke nicht. Für ihn war eine Stadt schön, wenn sie von starken Mauern und fahnengeschmückten Türmen umgürtet war. So wie Aniscans. Er dachte an die prächtige Innere Stadt, die Stadt der Heptarchen! Nicht mehr lange, dann würde er dort eine Residenz beziehen. Dann würde er seine Kinder holen. Er würde mehr Zeit haben. Und er würde sich darum kümmern, dass sie in seinem Geiste erzogen wurden.

Wieder vertrieb ein Blitzschlag die Nacht. Er sah Wachen mit einer Sturmlaterne über den Hof hasten, der fast ganz unter Wasser stand. Einer der Männer blickte kurz zu ihm auf und winkte. Er erwiderte den Gruß.

Der Regen schlug mit solcher Wucht auf das Fenstersims,

dass Tropfen hochspritzten und seine Kutte durchnässten. Donner rollte gegen die Mauern des Turms. Dunkelheit hatte den Hof und die Soldaten verschlungen. Ein plötzlicher Luftzug ließ Charles frösteln. Jemand musste die Tür zur Turmkammer geöffnet haben. Sie war also endlich gekommen. Er wusste nicht einmal ihren Namen ...

Ein letztes Mal blickte er über den Hof. In der Dunkelheit konnte er kaum etwas erkennen. Der schwere Regen schenkte der Nacht einen silbernen Glanz. Es gab hier keine Bogenschützen, dachte der Erzverweser zufrieden. Heute war ein Tag des Triumphs! Rodrik machte sich zu viele Sorgen.

Charles schloss den Fensterladen und drehte sich um. Da stand sie vor der alten Eichentür. Ob sie ahnte, was er sich von ihr wünschte? Die Novizen wurden sehr freizügig erzogen. Die meisten empfanden es als eine Ehre, bei einem hohen Würdenträger der Kirche zu liegen. Vielleicht sahen sie darin auch einfach eine Gelegenheit, schneller in der Hierarchie aufzusteigen. Warum auch nicht? Als er jung gewesen war, hatte er genauso gedacht.

»Es freut mich, dich zu sehen, mein Kind.«

Die Novizin hielt schüchtern den Kopf gesenkt.

Charles mochte es, wenn sie demütig waren und sich führen ließen. Sie war gertenschlank. Er stellte sich vor, wie sich ihr nackter Leib an ihn schmiegen würde.

»Bist du hungrig?« Er deutete mit einladender Geste zum Tisch.

»Bessere Weintrauben wirst du nirgends in Drusna finden. Du solltest sie versuchen.«

Er nahm die Kristallkaraffe und goss ihnen beiden Wein ein.

»Komm!« Er hielt ihr ein Glas entgegen.

Sie trat an den Tisch. Sie bewegte sich ganz anders als die

Bauerntrampel hier aus Drusna. Man sah ihr an, dass sie aus einer der alten Familien von Fargon stammen musste. Sie wirkte kultiviert.

Sie nahm das Weinglas. Lange, schlanke Finger hatte sie.

»Danke, mein Fürst.«

»Aber ich bitte dich, schönes Kind. Alle Diener Tjureds sind einander Brüder und Schwestern.«

Sie sprach mit einem interessanten Akzent, dachte er bei sich. Aus Fargon konnte sie nicht sein. Vielleicht aus dem fernen Iskendria? Aber ihre Haut war dafür zu hell.

Sie schlug die Kapuze zurück. Darunter trug sie ein eng gewickeltes, weißes Kopftuch. Sie hatte ein hübsches, schmales Gesicht. Aus Fargon kam sie gewiss nicht. Sie sah fremd aus. Anders ... ohne dass er es auf den ersten Blick benennen konnte, woran das lag ... Es waren die Augen! Sie hatten etwas Wölfisches. Die Iris war von kaltem, hellem Blau, umgeben von einem dünnen schwarzen Rand. Er hatte noch nie eine Frau mit solchen Augen gesehen.

Unwillkürlich wich er einen Schritt vor ihr zurück.

»Woher kommst du, Kind?«

Seine Stimme hatte den lockeren Plauderton verloren.

»Von sehr weit, Charles. Von einem Ort, von dem du noch nicht einmal gehört hast.« Sie trank ein wenig von dem Wein und setzte das Glas ab. »Nicht schlecht für einen Wein von Menschenkindern.«

»Das ist ein Scherz«, sagte er voller Zuversicht, denn alles andere war undenkbar. Er war hier mitten in seiner Stadt, in einer Festung. Und vor der Tür wartete Rodrik. Ein Wort, und der Hauptmann würde hereinkommen.

Statt zu antworten, ließ die Novizin ihre Kutte von den Schultern gleiten. Sie war so schmal, wie er sie sich vorgestellt hatte. Nein, sogar noch etwas schlanker. Aber dafür hatte er keinen Blick. Alles, was er sah, war der lange Dolch, den sie mit zwei Lederriemen an ihren Oberschenkel geschnallt hatte. Sie war verrückt! Das durfte doch nicht wahr sein! Wie hatte Rodrik sie vorbeilassen können?

»Hast du Angst?«, fragte sie höflich.

Ein Scherz, sagte er sich. Das war ein Scherz! Ein schlechter Scherz.

»Hatte das Mädchen, das unter falschem Namen bei den Heiligen von Aniscans begraben liegt, große Angst? Oder starb sie schnell? Der Dolchstoß hat sie nicht sofort getötet, nicht wahr? Sie hat sich noch gewehrt. Um ihr Leben gekämpft, als sie schon tödlich verwundet war. Und dann habt ihr sie niedergeschossen. So war es doch ...«

»Ich weiß nicht, wovon du sprichst!«

Sie nickte.

»Natürlich. Du warst nicht selbst dabei. Wie konnte ich nur annehmen, dass du deine Morde selbst begehst. Verzeih mir, ich denke halt nicht wie ein Mensch.«

Sie zog das Messer.

Jetzt war es genug. Der Tisch stand zwischen ihnen. Sie würde ihn nicht sofort erreichen.

»Rodrik! Komm sofort herein! Rodrik!«

Die Fremde machte gar keine Anstalten, ihn anzugreifen.

»Ich fürchte, dein Leibwächter wird nicht kommen. Auch die drei Mann unten an der Treppe nicht.«

Sie wollte ihm Angst einflößen! Sie konnte unmöglich vier Ritter vom Aschenbaum getötet haben, ohne dass er auch nur einen Laut gehört hatte. »Rodrik?«

Vor der Tür rührte sich nichts.

»Fast hättest du mich getäuscht, Erzverweser. Das Mädchen im Grab war gut gewählt. Und der Körper war ausgetrocknet ... Eingefallen ... Ich hätte es geglaubt, wären da nicht die Hände gewesen. Hände, die ein Leben lang gearbeitet hatten. Nicht die Hände einer Prinzessin.«

»Ich habe sie nicht ausgewählt. Das war Lilianne de Droy. Sie hat dieses Mädchen ausgesucht. Ich bin getäuscht worden.«

Die fremde Frau löste ihr Kopftuch. Langes, dunkles Haar fiel ihr in den Nacken. Und zwischen dem Haar waren fremdartige, spitze Ohren zu sehen. Charles wich noch weiter zurück. Bis er mit dem Rücken zur Wand stand. »Was willst du?«

Sein Mund war trocken, die Stimme kaum mehr als ein heiseres Krächzen.

»Das Mädchen. Prinzessin Gishild. Wohin habt ihr sie gebracht?«

Charles konnte darauf nicht antworten. Nicht, dass er ein Geheimnis für sich behalten wollte. Aber er wusste es nicht. Und sie würde gewiss merken, wenn er sie belog. Sie war eine Andere. Eine Elfe. Ein Geschöpf aus Magie und Dunkelheit. Er musste nur in ihre Wolfsaugen blicken, um zu wissen, dass es aussichtslos war, ihr etwas vorzumachen. Dem Erzverweser wurde bewusst, dass er in dieser Nacht zum Märtyrer werden würde.

»Du hast Kapitän Ronaldo getroffen?«

Sie nickte.

»Du weißt also, was dich erwartet.«

»Und wenn ich nicht wüsste, wo das Mädchen ist?«

»Du bist so etwas wie ein König hier. Du weißt, was in Drusna geschieht.«

»Ja, ich bin so etwas wie ein König ... Wir könnten noch einmal über eine Waffenruhe verhandeln. Es liegt in meiner Macht ...«

»Sehe ich aus wie eine Unterhändlerin? Ich verhandle nicht. Ich fordere! Du wirst mir sagen, wo ich Gishild finde.«

»Aber wenn ich es nicht weiß ...«

Kalter Schweiß rann ihm den Rücken hinab. Sie war langsam näher gekommen. Nur eine Dolchlänge trennte sie noch voneinander.

»Das ist schlecht für dich, Menschensohn. Natürlich glaube ich dir nicht. Ich würde es bedauern, dir ganz am Ende doch zustimmen zu müssen. Verrate mir, wo sie ist, und ich schenke dir einen leichten Tod. Du musst nicht sterben wie der Kapitän …«

Darüber machte sich Charles keine Sorgen. Sie konnte ihn nicht foltern. Man würde seine Schreie hören. Das konnte sie sich nicht leisten.

»Ich habe einen Verdacht! Gib mir vier Wochen … Oder besser fünf, und ich werde dir sagen, wo sie ist. Liliane de Droy hat sie fortgebracht. Wenn wir sie finden, dann werden wir wissen, wo das Mädchen ist.«

Er zuckte mit den Schultern und lächelte.

»Mehr kann ich dir nicht sagen. Das ist die Wahrheit!«

Ihr Dolch zuckte vor. Er spürte den Stich in die Kehle. Es geschah so schnell … Ohne Vorwarnung. Ihre Wolfsaugen hielten ihn gefangen. Sie zwinkerte nicht einmal.

Charles tastete nach seiner Kehle. Blut sickerte durch seine Finger. Es war erstaunlich wenig Blut. Er wollte etwas sagen. Aber seine Stimme versagte. Er spürte den Eisengeschmack von Blut im Mund. Wieder setzte er an zu sprechen. Aber seiner Kehle entrang sich nur ein Röcheln.

»Ich habe deine Stimmbänder durchschnitten. Niemand wird dich schreien hören«, sagte die Elfe in ruhigem Plauderton. »Das Schöne an euch Priestern ist, dass ihr alle lesen und schreiben könnt. Du brauchst deine Stimme also nicht, um mir zu verraten, was ich wissen will. Man hat dir sicher berichtet, wie sich Kapitän Ronaldo aus seiner Verlegenheit beholfen hat.«

Sie nahm seine Hand. Mit spitzen Fingern streichelte sie über seinen Handrücken. Deutlich konnte man die Knochen und dunkle Adern unter seiner fleckigen Haut sehen. Es war die Hand eines alten Mannes. Blut klebte ihm zwischen den Fingern. Er zitterte. Wollte etwas sagen ... Doch wieder kam nur ein Röcheln über seine Lippen.

Er fühlte sich seltsam entrückt. Gleichsam, als stünde er neben sich und betrachtete, was geschah. Er würde sterben, das wusste er nun ganz gewiss. Aber vielleicht könnte er noch im Tode eine letzte Schlacht schlagen. Er hatte das Ziel seines Lebens verfehlt. Er würde nicht mehr zum Heptarchen aufsteigen. Aber eines blieb möglich. Er konnte den Zorn dieser Elfe auf seine Feinde lenken. Er konnte dem selbstverliebten, ketzerischen Orden vom Blutbaum schaden.

Die Elfe stieß ihm die Spitze des Dolches unter einen Fingernagel. Mit einer kurzen Hebelbewegung riss sie den Nagel aus seinem Bett. Der Schmerz beendete den Augenblick der Klarheit. Charles bäumte sich auf, schrie, ohne dass mehr als ein Röcheln erklang. Und dann malte er mit seinem Blut zittrige Buchstaben. Zwei Worte nur, die ihm die Erlösung des Todes bringen sollten.

EINFACH PECH

Ahtap trat ins grelle Licht des Spätherbstes. Der Wind trieb welke Rosenblätter in die Tunnelöffnung. Diesmal würde er nicht zurückkehren, ohne dass er sie gefunden hatte. Es genügte! Seine Pechsträhne musste einfach ein Ende haben! Fluchend trat der Lutin in den Rosengarten. Dass sein Glück an einem kleinen Stückchen Silber hing ... Vielleicht bildete er sich das alles ja nur ein ... Das war Aberglaube. Aber irgendwie wurde es auch Wirklichkeit. Seit er die verfluchte Silbermünze verloren hatte, ging alles schief. Er hatte ein Vermögen an den Spieltischen von Vahan Calyd verloren und gleich anschließend Nathania, seine Gefährtin! Bis heute wusste er nicht, wo ihm der Fehler unterlaufen war ... Er durchmaß so weite Strecken, wenn er die Albensterne durchschritt und sich durch das Netz der goldenen Pfade bewegte, dass er gar nicht darauf achtete, wenn sich binnen weniger Herzschläge die Jahreszeiten änderten. So war das, wenn man so weit reiste. Erst als er Nathania wiedersah und sie ihm Vorwürfe machte, hatte er begriffen, dass er irgendwo auf seinen Reisen ein halbes Jahr verloren hatte.

Er wusste um diese Gefahr, seit er ein junger Welpe gewesen war. Wer sich im Netz der Albenpfade bewegte, der überbrückte nicht nur weite Strecken mit wenigen Schritten. Wer dort einen Fehler beging, der wanderte auch durch die Zeit. Ein Jahrhundert und mehr mochte binnen eines Atemzugs vergehen. Vor allem wenn man niedere Albensterne durchschritt, wo sich nur wenige der goldenen Pfade kreuzten, war das Risiko groß, verloren zu gehen. Und in der Anderen Welt, der Welt der Menschen, waren fast alle großen Albensterne versiegelt. Sie waren die Orte, an denen man gefahrlos den Weg zwischen den Welten hatte betreten können. Doch nun standen dort Tempeltürme oder die Schreine von Heiligen. Die Priester konnten das Werk der Alben nicht zerstören. Aber sie verschlossen die magischen Pforten in ihre Welt auf diese Weise. Man musste auf niedere Albensterne ausweichen, oder auf Sterne, die tief in der Wildnis lagen.

So wurden die Reisen in die Welt der Menschen immer gefährlicher.

Nathania hatte fünf Monde lang auf ihn gewartet. Dann hatte sie ihn aufgegeben. Und sie war zu hübsch, um lange allein zu bleiben. Wie hätte sie wissen sollen, wann er wiederkehrte? Jeder kannte die Geschichte der beiden Elfen Farodin und Nuramon, die nach der Dreikönigsschlacht durch einen Albenstern gegangen waren und nun schon seit Jahrhunderten als verschollen galten. Und wie sie gab es Dutzende, weniger berühmte Albenkinder, die das goldene Netz verschlungen hatte. Kaum ein Volk, außer vielleicht den Trollen, hatte so viele seiner Kinder im Netz verloren wie die Lutin. Sie kannten es wie niemand sonst. Sie reisten dort, wo kaum jemand zu reisen wagte. Sie waren die Pfadfinder der Königin Emerelle. Und sie zahlten den Preis dafür.

Ahtap blickte zu der Statue der weißen Frau. Späte Rosen rankten sich um ihren Sockel. Er hatte diesen Ort immer gemocht – bis zu jenem Nachmittag, als er hier die verfluchte Ritterin und den Jungen getroffen hatte. Dem Tag, an dem ihn sein Glück verlassen hatte. Jetzt würde er es sich zurückholen, ganz gleich, wie lange er suchen musste.

Er war schon zweimal hierher zurückgekehrt und hatte die Münze nicht finden können. Diesmal würde er nicht eher gehen, bis er seinen Talisman gefunden hatte. Und dann würde er sich Nathania zurückholen. Alles, was er brauchte, war ein wenig Glück.

Der Lutin sah sich um. Pferdedung lag auf den Gartenwegen. Bunt schillernde Fliegen tanzten statt Schmetterlingen zwischen den Rosenblüten. Als er an den Jungen dachte, fröstelte es ihn. Er hatte dessen Macht ebenso gespürt wie die Schmetterlinge, die sich zu ihm hingezogen gefühlt hatten. Ob es an dem Barinstein lag, den er an sich genommen hatte?

Ahtap schüttelte den Kopf. Er sollte nicht endlos unnütze Gedanken wälzen! Es kam nur auf die Münze an. Wieder sah er sich um. Ja, das dort war er, der verdammte Busch, unter dem er gehockt und die Münze geworfen hatte. Diesmal würde er das Problem bei den Wurzeln packen.

Er streifte die dicken Lederhandschuhe über, die er extra zu diesem Zweck mitgebracht hatte, und zog seinen Dolch. Dann packte er die Rosenzweige und schlug mit der Klinge drein. Das Gestrüpp warf er hinter sich auf den Weg. Diesmal würde er nicht unter den Dornenranken herumkriechen. Er würde den ganzen Strauch beseitigen. Und irgendwo zwischen den Wurzeln würde er die Münze schon finden. Es sei denn ... Er versuchte, den Gedanken auszusperren, seine größte Angst: Es sei denn, ein anderer hatte die Münze inzwischen entdeckt!

Ahtap dachte an den Kerl, der Nathania gewonnen hatte. Ausgerechnet so ein Flossenfuß von einem Holden. Blöder Wassertreter! Was fand sie nur an dem Kerl? War es vielleicht attraktiv, einen Bart wie ein ungewaschener Kentaur zu haben und in einem Lendenschurz herumzulaufen? Und sie stanken alle nach Fisch, diese Holden. Oder nach Mörtel. Fischer und Baumeister, Diener der Königin. Der alte Elija Glops, der Lutin, der Emerelle einst den Thron geraubt hatte, hatte für die Holden stets nur Verachtung übrig gehabt. Einfältige Sklaven waren sie ... Nicht so wie die Lutin. Sie dienten Emerelle, weil es ihnen so gefiel. Weil der große Bund aller Albenkinder es erforderte. Sie mussten eins sein, um ihre Welt zu verteidigen. Alle wussten sie das. Und am besten die Lutin, die im Gegensatz zu den anderen Albenkindern wirklich sahen, wie mächtig die Kirche Tjureds geworden war. Niemand kam so oft in die Andere Welt wie sie. Niemand wagte sich so nah an die verfluchten Priester heran. Sie waren die wahren Helden, nicht die Krieger, die in Drusna kämpften. Dort war ein ganzes Heer aus Trollen, Kobolden, Elfen und allen erdenklichen anderen Albenkindern. Die Lutin aber, die Pfadfinder der Königin, reisten für sich allein.

In stummer Wut arbeitete sich Ahtap tiefer in das Rosengestrüpp. Er hieb Ranken nieder, zerrte an Wurzeln und ließ seinen Ärger an dem großen Busch aus. Er würde Nathania zurückgewinnen. Ganz sicher!

Ahtap betrachtete die Verwüstung, die er angerichtet hatte. Der Rosenbusch musste sehr alt gewesen sein. Dicht über dem Boden waren die Ranken fast so dick wie sein Arm. Welke Blütenblätter lagen auf den zerbrochenen, weißen Marmorplatten, gesprengt von Zeit und Wurzelkraft. Der Lutin rief die geheimen Namen der Winde. Hier, nahe dem Albenstern, war die alte Macht noch groß. Es war leicht, die Kraft der Magie zu greifen.

Ahtap beschrieb mit dem Zeigefinger wirbelnde Kreise und sah zu, wie der Wind Staub, dünne Äste und Rosenblätter davontrug. Dann kniete er nieder und stieß seinen Dolch in Fugen und Risse. Er hebelte Wurzelstrünke aus, kratzte Erde zur Seite und kleine Steinsplitter. Fast hätte er ihn übersehen, den unförmigen schwarzen Klumpen. Seinen silbernen Glanz hatte er in anderthalb Jahren verloren. Erde war an ihm angebacken. Erst auf den zweiten Blick sah Ahtap die feine, silberne Schramme.

Er hob den Klumpen auf und rieb ihn zwischen Daumen und Zeigefinger. Die Zeit zerkrümelte zwischen seinen Fingern. Jetzt würde alles wieder gut werden. Sein Talisman! Er hatte ihn wieder.

»Du hast Glück gehabt! Eigentlich würde ich Geschöpfen wie dir, die durch ihre bloße Existenz Tjureds Sinn für Ästhetik verhöhnen, mit einem Schuss den Kopf wegblasen.«

Ahtap fuhr herum. Ein Stück den Weg hinauf stand ein Menschensohn in schwarzer Rüstung und hohen Reitstiefeln. Der Krieger trug keinen Helm. Langes blondes Haar wallte ihm auf die Schultern herab. Er hatte hängende Wangen in einem roten Gesicht und wässrige blaue Augen.

Eine große, schwarze Kröte, dachte Ahtap. Eine Kröte, die in der Rechten einen Reitersäbel hielt und in der Linken eine Pistole.

Der Lutin schloss die Finger um die Münze. Er würde dem Kerl davonlaufen. Diese verfluchten Pistolen waren nicht sehr treffgenau. Er hatte jetzt seinen Talisman zurück! Der Kerl würde ihn nicht treffen, und in ein paar Atemzügen wäre er im Tunnel und durch den Albenstern verschwunden.

Ahtap verneigte sich. »Danke für deine Höflichkeit, Kröterich! Du hättest besser gleich schießen sollen.«

Er hatte die Worte kaum ausgesprochen, da nahm er die Beine in die Hand. Er war überrascht, keinen Schuss zu hören.

Der Lutin lachte. Diese gepanzerte Kröte würde ihn niemals einholen! So ein Trottel. Der Kobold bog um eine Gartenmauer, und das Lachen blieb ihm im Halse stecken. Vor dem Zugang zum Tunnel standen drei weitere Ritter. Und auf dem Gartenweg links von ihm waren noch mehr Krieger. Sie schienen ihn hier erwartet zu haben.

Ahtap blickte auf die Pferdeäpfel vor seinen Füßen. Er hätte es besser wissen müssen. Er war blind gewesen! Mit dem Mut der Verzweiflung rannte er den Rittern vor dem Tunnel entgegen und rief den Wind. Eine plötzliche Böe wirbelte Staub und Blätter auf und blies sie den Rittern geradewegs ins Gesicht. Große, tumbe Kerle waren sie. Sie würden ihn nicht aufhalten.

Selbst geblendet zogen sie ihre Waffen. Scharrend glitten

die Säbel aus den Scheiden. Bläulicher Stahl schimmerte im Sturm welker Rosenblätter.

Ahtap biss die Zähne zusammen. Er rannte geradewegs auf sie zu. Die Krieger hatten O-Beine. Gewiss hatten sie mehr als die Hälfte ihres Lebens im Sattel verbracht.

Er duckte sich. Eine Faust fuhr hinab und traf ihn im Nacken. Er wurde zu Boden geschmettert, sein Kinn schlug auf die Marmorplatten. Die Welt explodierte in hellem Licht. Etwas Schweres lastete auf seinem Rücken. Er spürte Reitersporen durch sein Wams stechen.

Eine Hand entwand ihm die Münze. Benommen sah er den Ritter, der ihn angesprochen hatte. Ahtap entdeckte den kleinen Wappenschild auf dem Kürass. Direkt über dem Herzen leuchtete der rote Blutbaum auf weißem Grund. Es waren die Ritter vom Blutbaum! Das war das Ende!

Der Mann mit den Hängebacken drehte die Münze zwischen den Fingern. »Das ist deine Königin?«

Ahtap antwortete nicht.

Klirrend fiel das Silberstück neben ihm zu Boden. Er wollte die Hand danach ausstrecken. Doch der Ritter kniete neben ihm nieder und schnippte mit den Fingern.

Ein Absatz fuhr auf Ahtaps Hand hinab. Der Lutin schrie auf. Sie hatten ihm die Finger gebrochen!

»Lebend soll ich dich bringen, fuchsköpfige Missgeburt! Das war die einzige Einschränkung!«

Hängebacke stieß die Münze mit dem Finger weg. Sie schlitterte über das Pflaster bis kurz vor Ahtaps Schnauze. Der Ritter packte seine Pistole beim Lauf. Er hob sie zum Schlag.

Der Lutin kniff die Augen zusammen. Er versuchte sich zu befreien, doch der Stiefel des anderen Ritters drückte ihn gnadenlos zu Boden.

Krachend schlug der Pistolenknauf zu. Er hatte Ahtap verfehlt. Vorsichtig blinzelte der Kobold. Die Münze! Sie war verformt und wölbte sich. Der Bronzeknauf musste sie genau in der Mitte getroffen haben. Emerelles Antlitz war aus dem Silber gelöscht.

»Genau das werden wir mit deiner Königin machen!«

Ahtap blickte zu dem Ritter auf und zischte ein Wort der Macht. Er war gefangen, aber nicht wehrlos. Voller Genugtuung sah er, wie große Warzen aus dem rosigen Fleisch der Hängebacken sprossen und sich ein schleimiger, heller Belag über die wässrigen Augen zog.

»Ganz gleich, was du meiner Herrin antun willst, über dich wird sie lachen, wenn sie dich sieht, Krötengesicht!«

Und Ahtap genoss die entsetzten Schreie der Menschenkinder.

ALLEIN

Vorsichtig schlug Gishild die Decke zurück und lauschte ins Dunkel. Sie konnte verstohlene Schritte hören. Ihre Kameraden atmeten ruhig und gleichmäßig. Die Unruhe, die Gishild bewegte, schienen sie nicht zu kennen. Sie wusste, dass sie nur wenig riskierte, wenn sie sich nun hinausschlich. Mehr als sechs Monde war sie nun schon in Valloncour. Das Leben mit den Löwen war ihr vertraut geworden, wenn auch immer noch nicht lieb. Sie waren die Feinde! Jeden Tag rief sie sich das in Erinnerung!

Ganz langsam richtete sie sich auf. Der Strohsack unter ihr knisterte. Im stillen Schlafsaal kam ihr das Geräusch entsetzlich laut vor. Draußen, am Waldrand, hörte sie ein Pferd schnauben. Stimmengetuschel.

Die Prinzessin schwang die Beine über den Bettrand. Ihre Augen waren an das Dunkel gewöhnt. Sie sah sich im Schlafsaal um. Die anderen Löwen lagen in ihren Betten und schliefen, erschöpft von einem langen Tag.

Giacomo wimmerte leise im Schlaf. Er hatte heute in der Fechtstunde einen üblen Treffer abbekommen. Joaquino hatte Stein und Bein geschworen, dass es ein Unfall gewesen war. Aber Gishild hatte einen anderen Verdacht. Giacomo hatte Bernadette schöne Augen gemacht, und das passte ihrem Kapitän nicht. Sie waren ein Haufen Verlorener. Untereinander zerstritten, zu stolz, ihre Fehler einzugestehen, und unbarmherzig darin, die Fehler der anderen aufzudecken. Bisher hatten sie keinen Buhurt gewonnen. Sie waren längst zum Gespött der übrigen Lanzen ihres Jahrgangs geworden. Niemand sonst hatte so viele Niederlagen eingesteckt wie sie. Und jede neue Enttäuschung vertiefte die Gräben zwischen ihnen, denn jeder zeigte dem anderen seine Fehler auf. Gishild hielt sich dabei zurück, aber das hinderte ihre Kameraden nicht daran, mit ihr ins Gericht zu gehen. Aber letzten Endes war das egal. Sie wollte keine der ihren sein, und sie scherte sich einen Dreck darum, was die übrigen Löwen von ihr dachten.

Vorsichtig schlich die Prinzessin zu dem Wollvorhang, der ihren Schlafsaal von Drustans Kammer trennte. Sie zupfte den klammen Stoff zur Seite. In mattem Rot funkelten ihr glühende Kohlen in einer Feuerschale entgegen. Ihrem Magister stand ein wenig mehr Bequemlichkeit als ihnen zu. Er durfte seine Kammer beheizen. Obwohl die Tage noch immer angenehm warm waren, schlich sich des Nachts eine beißende Kälte ins Tal der Türme.

Wie erwartet, war Drustans Bett leer. In jeder Neumondnacht schlich er sich davon und wurde am Waldrand von einem Reiter abgeholt.

Gishild öffnete die Tür ihrer Baracke. Am Waldrand konnte sie die Schatten zweier Reiter erkennen. Ihre Umrisse wurden von den Ästen der Bäume fast aufgelöst. Dann wurden sie eins mit der Nacht. Hufschlag entfernte sich.

Die Prinzessin wusste, dass ihr nun zwei oder drei Stunden blieben, die sie mit sich allein war. Einmal hatte sie versucht, Drustan zu folgen, doch die Reiter legten viele Meilen zurück. Schließlich hatte sie es aufgegeben. Sollte ihr Magister nur sein Geheimnis bewahren. Wohin immer er auch ritt, er machte ihr ein Geschenk, denn sonst war es fast unmöglich, allein mit sich zu sein. Immer war die Lanze beisammen. Und immer gab es eine Aufgabe zu verrichten, etwas zu lernen, noch ein paar Steine für ihren Totenturm zu behauen. Ihre Pflichten nahmen kein Ende. Und man ließ ihnen keine Möglichkeit, allein zu sein.

Ausgang bei Nacht war ihnen streng verboten. Vor allem ihr hatte Drustan das eingeschärft. Es gab keine Flucht aus dem Tal der Türme. Und sollte es ihr doch gegen jede Wahrscheinlichkeit gelingen, war es unmöglich, die Halbinsel Valloncour zu verlassen. Drei Festungen erhoben sich über dem einzigen Weg zum Festland, und auch die Schiffe im Hafen waren streng bewacht. Keine Maus konnte unbemerkt Valloncour den Rücken kehren, und erst recht keine zwölfjährige Prinzessin. Wer bei Nacht unerlaubt die Baracke verließ und erwischt wurde, der wurde mit zehn Rohrstockschlägen auf die nackten Fußsohlen bestraft.

Gishild erklomm einen kleinen Hügel, von dem aus sie

die Ebene jenseits des schmalen Waldstreifens sehen konnte. Selbst wenn kein Mond am Himmel stand, so reichte ihr doch das schwache Licht der Sterne, um einen Reiter zu entdecken. Von dort würde Drustan kommen, und sie wäre längst vor ihm zurück auf ihrem Lager.

Die Prinzessin lauschte auf die Geräusche der Nacht. Das Wispern des Windes in den Ästen. Das Rascheln des trockenen Laubs, das der Herbst von den Bäumen gepflückt hatte. Die Nacht war kühl. Sie bedauerte, keinen Umhang mitgenommen zu haben.

Wie jedes Mal, wenn sie hierherkam, spähte sie in die Schatten des Waldes, bis ihr die Augen brannten. Wann nur würde Silwyna kommen, um sie zu retten? Mehr als anderthalb Jahre waren vergangen, seit sie ihrer Familie geraubt worden war. Nachrichten vom Krieg in Drusna gelangten nicht bis an die Ohren der Novizen. Sie waren hier von der Welt abgeschnitten. Hatte ihr Vater es endlich geschafft, den Heerscharen der Kirche Einhalt zu gebieten? Verhandelte er um ihre Freilassung? Wann würde sie die Lanze verlassen dürfen? Kinder, die man zwang, ihren eigenen Grabturm zu errichten! Alle hier waren verrückt. Was sie Glauben nannten, war Wahnsinn. Mitreißender, den Verstand verschlingender Wahnsinn. Sie hatte die Novizen des letzten Jahrgangs gesehen. Jeder von ihnen war ihr wie ein Held erschienen. Ritter in strahlender Rüstung waren sie. Abgehärtet in sieben Jahren, in denen ihre Magister keine Gnade mit ihnen gekannt hatten. Jahre, in denen ihre stillen Gebete an Tjured und die gelegentlichen Siege beim Kettentanz der einzige Trost gewesen waren. Sie würden schreckliche Feinde sein.

Jedes Jahr gebar Valloncour hundert dieser Helden, um die Lücken in den Schlachtreihen der Kirchenheere zu füllen. Sie würden siegen. Dem hatte das Fjordland nichts entgegenzusetzen. Und nicht einmal Albenmark würde in diesem blutigen Krieg ewig standhalten. Das hatte Gishild begriffen. Seit sie ein Kind war, lebte sie unter Kriegern. Und Valloncour machte ihr Angst. Vielleicht hatte man sie deshalb hierhergebracht. Um ihren Willen zum Widerstand zu brechen. Wenn doch nur Silwyna endlich käme, um ihrer Gefangenschaft ein Ende zu bereiten!

Die Prinzessin dachte an jenen schrecklichen Tag, als ihr die Elfe zum ersten Mal begegnet war. Den Tag, an dem ihr Bruder Snorri im großen Grabhügel von Firnstayn beigesetzt worden war. Silwyna war als Einzige nicht im Festgewand erschienen, sondern hatte das abgewetzte Leder einer Waldläuferin getragen. Wie ein Geist war sie einfach plötzlich da gewesen, eine Elfe mit einem strengen, doch schönen Gesicht. Ihr Antlitz war mit Bandag bemalt gewesen. Spiralmuster, in denen man erst auf den zweiten Blick Wolfsköpfe erkannte, hatten sie geschmückt und sie noch unnahbarer erscheinen lassen. Sie hatte nach Wald und Tod gerochen. Jeder hatte schon von ihr gehört. Seit einem Jahrtausend sangen die Skalden von ihr, der Geliebten des Königs Alfadas, der Elfe, die sich mit dem Herrscher der Menschen verband, nachdem dieser sein Weib Asla in der Schlacht am Rentiersteig verloren hatte. Sie alle hatten sie sofort erkannt, jene Gestalt aus Liedern und alten, staubigen Büchern. Sie war älter als das Königsgeschlecht, dessen jüngster Spross an diesem Tag zu Grabe getragen worden war.

Es gab ein Märchen über sie, in dem es hieß, sie hätte Asla in eine Eiche verwandelt, weil sie das Herz des Königs begehrte, den sie gekannt hatte, seit er in seiner Kindheit am Hof der Elfenkönigin Emerelle aufgewachsen war. Sein Herz hatte sie so zurückerobern können, doch war es von einer Traurigkeit durchdrungen gewesen, die König Alfadas bis ans Ende seiner Tage nicht abzulegen vermochte. In dem Märchen hieß es, dass Kadlin, die Kriegerkönigin, viele Jahre nach dem Tod von Alfadas die Eiche fand, die einstmals ihre Mutter gewesen war. Und sie brachte eine Eichel zum Grabhügel in Firnstayn und pflanzte sie in das Herz ihres Vaters, sodass die beiden nun in der Dunkelheit der Gruft wieder vereint waren und Asla zuletzt an jenen Ort zurückfand, an dem sie nie ihren Platz verloren hatte. Aus jener Eichel erwuchs der mächtige Baum auf dem Grabhügel.

An jenem Tag, als Gishild Silwyna zum ersten Mal gesehen hatte, da war das Märchen lebendig für sie geworden. Die Elfe hatte etwas Düsteres an sich gehabt. Vom Augenblick ihrer Ankunft an hatte sich ihr ganzes Leben verändert, dachte Gishild. Königin Emerelle hatte Silwyna gesandt, um künftig ihre Lehrerin zu sein. Warum sich die Königin Albenmarks so sehr um die Erziehung der Prinzessin des Fjordlands sorgte, blieb ihr Geheimnis. König Gunnar hatte begeistert zugestimmt. Einige der berühmtesten Ahnen ihres Geschlechts waren eng mit den Elfen verbunden gewesen. Silwyna als Lehrerin zu gewinnen, war ein Versprechen auf künftigen Ruhm. Was sie selbst davon hielt, hatte sie niemand gefragt, erinnerte sie Gishild verärgert. Sie war ja nur eine Prinzessin. Da hatte man zu gehorchen.

Gishild blickte hinab zum Wald. Eines Nachts würde Silwyna aus den Schatten treten. Sie würde zur Baracke kommen und Drustan töten. Die Prinzessin wünschte sich den Tod des einarmigen Ritters nicht, aber sie würde Drustan auch keine Träne nachweinen. Er war hart und ungerecht, ein schlechter Lehrer. Vor allem Luc gegenüber. Mal überschüttete er den Jungen mit Lob für irgendwelche banalen Kleinigkeiten, und dann wieder bestrafte er ihn für Dinge, die kaum der Rede wert waren. Es gab fast keinen Tag, an dem Luc nicht eine Runde mehr als alle anderen um den See laufen musste. Niemand musste so oft die Baracke putzen, in der Burg Essen holen oder lästige Botengänge erledigen. Nicht einmal sie. Manchmal hatte sie das Gefühl, dass Drustan sie gerade deshalb mochte, weil sie aufsässig war. Anders konnte sie sich nicht erklären, dass Luc, der immer sein Bestes gab, um es dem Magister recht zu machen, so oft bestraft wurde.

Gishild schloss die Augen und lauschte auf den Wind. Sie stellte sich vor, wie die Elfe sie holen käme. Eines Nachts würde sie erwachen, weil sich ihr eine schmale Hand über den Mund legte. Und erschrocken würde sie in Wolfsaugen blicken. Silwynas Augen! Und ihre Lehrerin würde sie mitnehmen.

Die Prinzessin dachte an eine andere, lang zurückliegende Nacht, als Silwyna sie überraschend aus dem Bett geholt und zu der alten Eiche auf dem Hügelgrab der Königsfamilie geführt hatte. Damals hatte sie vor Furcht geschlottert. Sie hatte Silwyna noch nicht gut gekannt und Angst vor der Dunkelheit und den Toten gehabt. Noch ganz deutlich erinnerte sie sich an diese Nacht. Wie Knäuel schwarzer Schlangen waren ihr damals die Wurzeln der Eiche erschienen. Der Stamm des Baumes war so mächtig wie ein kleiner Turm. Im Sommer lag der ganze Hügel im Schatten seiner weit ausladenden Äste.

Silwyna hatte ihr auf dem Grabhügel eine Eichel in die Hand gedrückt. Ganz sicher kannte die Elfe die Geschichten, die sich um Alfadas und Asla rankten. »Diese Eichel, das bist du, Prinzessin«, hatte sie gesagt und dann auf den Baum gedeutet. »Und das sind tausend Jahre.«

Bei diesen Worten hatte sich Gishild klein und unbedeutend gefühlt.

Die Elfe musste ihr wohl angesehen haben, was sie dachte. Und sie war in umgänglicher Stimmung gewesen, und Gishild erinnerte sich genau an ihre Worte:

»Auch dieser Baum hat einmal als eine Eichel begonnen. Die Sturmwinde werden auf dich eindreschen, meine kleine Freundin. Sie werden versuchen, dich zu beugen und zu verdrehen. Es liegt allein an dir, ob es ihnen gelingen wird. Stemmst du dich zu entschieden gegen die Stürme des Lebens, dann wirst du zerbrechen. Beugst du dich aber jeder Bö, dann drückt die Zeit dir deine Krone in den Staub. Das ist die Herausforderung des Lebens: Nicht unterzugehen und sich selbst treu zu bleiben, ganz gleich, was alle Übrigen von einem denken.«

War sie sich noch selbst treu? Früher hatte sie nicht gegen alles aufbegehrt. Sie hatte Freunde gehabt ... Sie war ganz anders gewesen. Aber mit künftigen Feinden des Fjordlands konnte sie doch keine Freundschaft schließen. Eines Tages würde sie gegen Joaquino, Luc, Bernadette und all die anderen Novizen in die Schlacht ziehen. Wie konnte sie da jetzt mit ihnen im Buhurt dafür streiten, dass ihre Fahne nicht in den Schlamm gestoßen wurde!

Sie mochte Michelle und ihre raubeinige Art. Vor Lilianne empfand sie inzwischen Respekt. Sie war sehr klug ... Und vielleicht hatte die Komturin ihr tatsächlich das Leben gerettet, als sie ihr den Schädel kahl geschoren und sie aus Paulsburg entführt hatte.

Den Plan, Lilianne zu erschießen, hatte sie fürs Erste aufgegeben. Sie würde niemals von hier entkommen, wenn sie die ehemalige Komturin tötete. Und Gishild hatte beschlossen, dass es wichtig war zu überleben. Sie würde sehr genau hinhören, wenn ihre Lehrer von Schlachten und Strategie erzählten. Sie wollte die Ordensritter verstehen. Sie wollte denken wie sie. Kinderkram wie der Buhurt interessierte sie nicht. Aber fast alles andere.

Die Götter ihrer Heimat hatten einen Plan verfolgt, als sie ihr Schicksal woben. Es hatte einen tieferen Sinn, hier zu sein. Nichts geschah zufällig. Wenn sie aus Valloncour floh, dann würde sie die Ritter besser kennen als irgendein anderer Fjordländer. Ja, besser selbst als die Kinder Albenmarks. Sie würde ihnen eine tödliche Feindin sein!

Eines jedoch machte ihr zu schaffen. Je länger sie bei ihnen lebte, desto schwerer fiel es ihr, sich ein klares Bild von Gut und Böse zu bewahren. Sie waren der Feind, rief sie sich immer wieder in Erinnerung. Sie durfte keinen von ihnen mögen! Sie dachte an die Lehre Silwynas. Manche der Ritter waren geschickt darin, Herzen einzufangen, so wie Michelle. Vor ihnen musste sie sich besonders hüten! Sie durfte nicht vergessen, wer sie war und dass sie nicht hierhergehörte.

»Ich werde mir treu bleiben«, sagte Gishild leise, aber mit eindringlicher Stimme. »Immer!«

Dann wiederholte sie die Worte. Wieder und wieder ... Doch all das half nicht. Sie machten ihr keinen Mut. Im Gegenteil! Mit jedem Mal, da sie sie aussprach, fühlte sie sich einsamer.

Und dann sah sie den Schatten an der Tür zur Baracke der Löwen. Die dunkle Gestalt blickte zu ihr herauf. Einen Augenblick verharrte sie – und kam in ihre Richtung.

DERTURM DER ZWÖLF PFORTEN

»Schon seit unserer letzten Versammlung wissen wir, dass der Erzverweser von Drusna, Bruder Charles, verstorben ist. Doch nun haben meine Spitzel neue Nachrichten über seinen Tod gebracht. Beunruhigende Nachrichten!«

Leon lauschte dem stellvertretenden Leiter des Handelskontors. Der Mann sprach leise. Er war ganz im Schatten einer der zwölf Nischen im Runden Kuppelsaal verborgen. Der Saal war leer. Fackeln in eisernen Haltern brannten an der Wand. Den weißen Steinboden schmückte das Mosaik eines riesigen Blutbaums.

Ihre Treffen fanden in aller Heimlichkeit statt. Jeder von ihnen trug eine Maske. Aber sie waren so wenige, dass es nichts zu verbergen gab. Der Primarch wusste, dass nur sechs der Nischen besetzt waren. Zu mehr als der Hälfte waren sie Krüppel oder alte Männer. Nur Nicolo, Alvarez und Jerome waren im Vollbesitz ihrer körperlichen Kräfte. Doch das war nicht, worauf es ankam. Sein Lehrmeister, Bruder Alain, war durch eine Verwundung im Nacken gelähmt worden. Dreißig Jahre lang hatte er sich nicht durch eigene Kraft bewegen können. Alain hatte nicht einmal ohne Hilfe essen können. Und doch hatte der ehemalige Primarch stärkeres Blut in seinen Adern gehabt als irgendein anderer in dieser Runde hier. Und einen eisernen Willen hatte er gehabt. Er hatte den Sieg der Neuen Ritterschaft auf dem Konzil von Iskendria errungen. Aus seinem Grabturm würde er auferstehen, wenn er wüsste, wie schlecht es um sie stand.

Ihr Bruder aus dem Kontor hatte eine Pause gemacht, um die dramatische Wirkung seiner Worte zu unterstreichen.

Dummer Schwätzer, dachte Leon. Es tat ihm inzwischen leid, ausgerechnet ihn zum Wächter über die Spitzelnetze des Ordens gemacht zu haben. Doch nun war es zu spät, daran noch etwas zu ändern.

»Bruder Charles wurde ermordet. Eine Wahrheit, die der Orden vom Aschenbaum und die Heptarchen zu verbergen suchen. Vor allem vor uns, denn sie glauben, wir seien die Mörder.«

»Wie kommen sie darauf?«, fragte Jerome in ehrlicher Entrüstung.

Leon musste lächeln. Bruder Jerome war ein guter Truppenführer und erfüllt vom Glauben an seinen Orden. Gegen die Intrigen innerhalb der Kirche war er blind.

»Nun, sie haben guten Grund dazu«, setzte der Anführer der Spitzel seine Ausführungen fort, und Leon glaubte, eine Spur gehässiger Genugtuung in seiner Stimme zu hören. »Man hat Charles nicht nur einfach umgebracht. Sein Mörder hat ihn gefoltert. Der Erzverweser hatte einen schweren Tod. Und mit ihm sind auch seine Leibwächter gestorben. Und das inmitten einer schwer bewachten Ordensburg. Der Kommandant der Burg schwört, dass es für eine Gruppe von Angreifern unmöglich gewesen sei, unbemerkt einzudringen. Er glaubt, dass die Mörder freien Zutritt hatten, weil man ihnen traute. Weil sie zu den Streitern Tjureds gehörten.«

»Ist der Kommandant zufällig ein Ritter vom Aschenbaum?«, warf Nicolo zynisch ein.

»So ist es, Bruder«, lautete die lakonische Antwort. »Sie glauben, dass es weder Schattenmänner noch Meuchler der Anderen waren. Sie sind der Überzeugung, dass wir die Mörder geschickt haben.«

»Das ist empörend!«, rief Jerome. »Wir müssen diesen Irrglauben ausmerzen! Wie können sie es wagen …«

»Nun, wie es scheint, hat der Erzverweser selbst einen Hinweis gegeben. Mit letzter Kraft hat er zwei Namen in sein rinnendes Blut geschrieben. Valloncour und Droy. Es wird schwer werden, die Heptarchen davon zu überzeugen, dass wir damit nichts zu tun haben.«

Leon rieb über seine Augenklappe. »Aber sie irren sich doch, oder? Wir haben nichts damit zu tun.«

Einige Herzschläge lang herrschte Stille.

»Ich bitte dich, Bruder«, beschwichtigte der Anführer der Spitzel. »Natürlich hätte ich vor einer Tat von solcher Tragweite euer aller Meinung eingeholt. Und ich hätte Meuchler gedungen, die dafür gesorgt hätten, dass Bruder Charles nicht mehr mit seinem Blut herumschmiert. Nein, wir sind unschuldig. Jemand führt einen verdeckten Krieg gegen uns. Vielleicht der Orden vom Aschenbaum?«

»Wie kommst du darauf, Bruder? Waren es nicht ihre Ritter, die dem Erzverweser als Leibwächter dienten?«

Leon konnte sich bei aller Verderbtheit des alten Ritterordens nicht vorstellen, dass sie skrupellos ihre eigenen Leute umbringen ließen.

»Nun, sie haben den größten Nutzen aus dieser Tat«, entgegnete der stellvertretende Leiter des Handelskontors. »Vor drei Tagen haben die Heptarchen entschieden, unseren neuen Großmeister nicht in ihre Reihen aufzunehmen. Stattdessen wurde der Großmeister des Ordens vom Aschenbaum erwählt. Ich fürchte, uns stehen schwere Zeiten bevor.«

Leon schob die Augenklappe hoch und kratzte an dem alten Narbengewebe. Er war dankbar, tief im Schatten der Wandnische zu sitzen, sodass ihn die anderen Brüder nicht sehen konnten. Er ärgerte sich über den Anführer der Spitzel. Dessen Vorgänger hätte es nicht gewagt, ihm so wichtige Berichte vorzuenthalten und ihn erst gemeinsam mit den anderen über den Stand der Dinge in Kenntnis zu setzen. Er musste diesen undankbaren Mistkerl wieder loswerden ... Doch nein! Daran durfte er nicht einmal denken! Das Blut des Bruders war zu kostbar! Er konnte es nicht vergießen. Nicht, wo nur noch sechs Nischen im Kuppelsaal besetzt waren.

»Wissen Lilianne und Michelle vom Mord am Erzverweser und der Nachricht?«, fragte Alvarez.

»Sollten sie das?«, fragte der Spitzel in gespielter Überraschung.

»Sie sind doch wohl in Gefahr, wenn sie Valloncour verlassen.«

»In der Tat ... jetzt, wo du es sagst. Die Ritter vom Aschenbaum sind nachtragend. Aber bislang hat niemand öffentlich Anklage gegen uns erhoben. Vielleicht sollten wir die beiden also nicht unnötig beunruhigen.«

Jetzt gefiel sich dieser Dreckskerl auch noch darin, von der Rolle des Berichterstatters zu der des gönnerhaften Ratgebers zu wechseln, dachte Leon zornig.

»Was schließt du daraus, dass es keine Anklage gibt?«, fragte Bruder Alvarez.

»Alles, was ich euch berichtet habe, gilt als vertraulich. Nur ein Dutzend hoher Würdenträger sind über die besonderen Umstände des Todes von Bruder Charles unterrichtet. Doch wenn ich nicht zu unserem Orden gehörte, sondern ein Ritter des Aschenbaums wäre, dann würde ich anfangen, schmutzige Geschichten zu sammeln. Ja, vielleicht würde ich sogar dafür sorgen, dass Gerüchte in Umlauf gerieten ... Wir sind zu stark, um einfach entmachtet zu werden. Und der Nutzen, den die Kirche von unserem Orden hat, ist noch zu offensichtlich. Wäre ich an der Stelle unserer Feinde, dann würde ich den guten Namen der Neuen Ritterschaft beschmutzen. Das dauert ... Sobald dann aber die Zeit gekommen wäre, würde ich den ganzen Orden der Ketzerei beschuldigen. Nur so sind wir zu besiegen.«

»Das ist infam!«, empörte sich Jerome. »Wir sollten eine Gesandtschaft nach Aniscans schicken und gegen diese üblen Reden, die man wegen Charles über uns führt, Protest einlegen.«

Leon seufzte innerlich. Jerome war ein guter Ritter im Feld, aber für die Intrigen innerhalb der Kirche war er blind.

Der Informant hüstelte affektiert. »Mein lieber Bruder, das können wir nicht. Niemand hat Anklage gegen uns erhoben. Wir dürften nicht einmal wissen, was ich euch vorgetragen habe. Wenn wir uns gegen Vorwürfe verteidigen, die noch nicht öffentlich erhoben wurden, machen wir uns nur noch verdächtiger. Denn wer sollte um die Umstände von Charles' Tod wissen, außer natürlich seine Mörder?«

Leon schüttete den Kopf. Das war gut eingefädelt worden. Sie saßen in der Falle! »Was schlägst du vor, Bruder?«

»Wir werden dasselbe tun wie sie. Da allerdings keiner der Unseren mehr zu den Heptarchen gehört, wird es uns schwerer fallen, bei den Kirchenfürsten von Aniscans Gehör zu finden. Erfreulicherweise sind unsere Brüder vom Aschenbaum ein korrupter und amoralischer Haufen, der sich weniger dem Dienst an Gott als vielmehr dem eigenen Wohlgefallen ergeben hat. Wir werden keine Geschichten erfinden müssen ... Wir müssen sie lediglich aufdecken. Wir sollten uns allerdings darüber im Klaren sein, dass wir einen regelrechten verdeckten Krieg um die Macht innerhalb der Kirche führen werden, wenn wir diesen Weg beschreiten.«

»Haben wir denn eine andere Wahl?«, fragte Alvarez. »Die Hunde vom Aschenbaum haben uns doch dazu gezwungen, diesen Weg zu gehen.«

»Nun ja ... Wir könnten die Schwestern Lilianne und Michelle de Droy aus unserem Orden ausschließen und nach Aniscans ausliefern. Damit würden wir alle Vorwürfe im Keim ersticken. Natürlich müssten wir so tun, als hätten wir ihre Untaten zufällig aufgedeckt, und darüber sehr entrüstet und erschüttert sein.«

»Aber sie sind doch unschuldig, verdammt. Wie kannst du so überhaupt nur denken?«, rief Drustan empört.

»Ich kann so denken, weil ich mich im Gegensatz zu dir nicht dadurch gebunden fühle, dass ich mit einer der beiden Schwestern in derselben Lanze bin. Im Übrigen haben wir doch alle geschworen, jederzeit unser Leben dem Wohl der Kirche und des Ordens zu opfern. Ich verlange also nichts Infames. Für mich steht außer Frage, dass ihr Opfer unserem Orden nutzen würde.«

Leon zweifelte keinen Atemzug lang daran, dass der stellvertretende Leiter des Handelskontors die Gunst der Stunde nutzen wollte, um seine Fehde mit Schwester Michelle auszufechten.

»Wir haben genug von unseren Rittern verloren. Ich verbiete dir, über diesen Weg noch weiter nachzudenken. Tu, was du kannst, um das Ansehen der Ritter vom Aschenbaum zu schädigen. Und sorge dafür, dass uns zumindest einige der Heptarchen geneigt bleiben. Du hast freie Hand für diese Aufgabe.«

»Ich danke dir für dein Vertrauen, Bruder Primarch, aber da gibt es noch etwas, das ich wissen muss. Mir sind Gerüchte zu Ohren gekommen, dass wir einen Spitzel am Hof der Königin Roxanne haben. Warum kenne ich ihn nicht? Er wäre von großem Nutzen im Kampf gegen die Ritter vom Aschenbaum. Nichts würde ihrem Ruf so sehr schaden wie eine erneute schwere Niederlage in Drusna. Wenn wir diesem

Spitzel die richtigen Nachrichten zukommen lassen, sollte es den Anderen und den Rebellen leicht fallen zu siegen.«

»Leider sind die Gerüchte über so einen Spitzel nichts weiter als genau das: Gerüchte!«

Leon würde seinen Mann bei Hof niemals verraten. Der stellvertretende Leiter war jetzt schon mächtig genug. Diesen einen Spitzel würden weiterhin nur er, Leon, und Lilianne führen. Sie hatte den Verräter schließlich dazu gebracht, sich der Sache der Kirche zu öffnen.

»Gibt es noch weitere Dinge, die wir zu besprechen haben?«, fragte er in die Runde.

Niemand antwortete. Leon blickte in die dunklen Nischen. Wieder schmerzte es ihn, wie wenige sie waren.

»Gut, dann sprechen wir nun unser Gebet an den heiligen Guillaume, der unser aller Vater ist.«

Leon war froh, als er sich nach dem flüchtigen Dankgebet zu der Tür zurückziehen konnte, die hinter ihm im Dunkel lag. Durch die dicke Außenmauer des Turms der zwölf Pforten wanden sich zwölf enge Wendeltreppen. Jede war durch eine eigene Tür in der Außenmauer zu betreten. Und jede dieser Türen besaß ein schweres, uraltes Schloss, zu dem es nur einen einzigen Schlüssel gab. Leon hatte seinen Schlüssel vor fast fünf Jahrzehnten von Bruder Alain erhalten. Er war erwählt worden, noch bevor er sein letztes Jahr als Novize absolviert hatte. Und als Primarch war er der Bewahrer der Schlüssel der Bruderschaft vom heiligen Blut. Er war es, der die neuen Brüder in die Geheimnisse ihres Ordens einführte und ihnen die wahre Bedeutung des Wappens der Neuen Ritterschaft offenbarte. Die Wahrheit war so offensichtlich, wenn man sie kannte! Fast konnte sich der Primarch nicht mehr vorstellen, dass man die geheime Bedeutung des Bildes nicht kennen konnte. Der blutrote Stamm und das daraus hervorwachsende, weit verzweigte Geäst. Und doch waren es so schrecklich wenige, die Teil der verborgenen Wahrheit waren.

Niedergeschlagen stieg Leon die Treppe hinab. Für ihn war die Heimlichtuerei mit den Jahren immer bedrückender geworden. Sie gehörte zu den ungeschriebenen Gesetzen ihrer Bruderschaft. In Zeiten der Gefahr war es ein Schutz, wenn nur einer alle Gesichter der Bruderschaft kannte. Würde einer von ihnen gefangen genommen, dann konnte er nicht alle anderen Brüder verraten. Es wäre leicht, sie auszulöschen. Sie waren so wenige. Und wenn das geschah, wären all die Geheimnisse, die sie entdeckt hatten, auf immer verloren. Nichts von ihrem Wissen war niedergeschrieben, das wäre viel zu gefährlich. Zu schmal war der Grat zwischen Ketzerei und selbstverleugnendem Gottesglauben. Es war ihre Bestimmung, die Welt von den Albenkindern zu befreien. Sie waren die Auserwählten, denen Tjured die Macht verliehen hatte, diese Aufgabe zu erfüllen. Eine Macht, die sich zum ersten Mal in Aniscans durch ein Wunder des heiligen Guillaume offenbart hatte und die binnen eines Tages zum Tod des Märtyrers geführt hatte. Die Anderen hatten nicht gezögert, den Heiligen zu ermorden, als sie begriffen hatten, dass ihnen ein ebenbürtiger Gegner geboren worden war. Doch die Macht war mit Guillaume nicht verloschen.

An diese tausendmal gehörte Geschichte zu denken, wühlte ihn stets aufs Neue auf. Sie machte ihn unruhig. Sonst fiel es ihm schwer, in einer kalten Nacht die Wendeltreppe hinabzusteigen. Doch nun war er froh, sich bewegen zu können. Seinen Körper zu spüren. Die Bewegung besänftigte seine Unruhe. Und sein altes, aufgewühltes Herz fand langsam zu ruhigerem Schlag zurück. Er dachte an die Einsamen, weit draußen in der Welt, die das Geheimnis um den Blutbaum mit ihm teilten.

Wie es wohl Schwester Gerona ging? Sie hatte Drustans einsame Wacht am Rabenturm vor fast einem Jahr übernommen. Bald würde Jerome sie ablösen. Dort würde es beginnen ... das große Wagnis. Auf See. Weitab aller Blicke. So hatte Bruder Alain es einst ersonnen, ohne den Ort zu kennen. Dort würden sie den Sieg erringen, der die Neue Ritterschaft zur unangefochtenen Herrschaft führte. Aber noch war die Zeit nicht reif. Sie brauchten mehr Schiffe. Und vor allem brauchten sie mehr Ritter, die die Gabe in sich trugen.

Leon war sich bewusst, dass es in der Welt noch viele wie sie gab, deren Gabe von der Wiege bis zum Grabe unentdeckt bleiben würde. Die geheime Bruderschaft hatte die Neue Ritterschaft begründet, um jenen, die mit der Gabe gesegnet waren, ein Umfeld zu geben, in dem sie sich entfalten konnten. Kein Ort auf der Welt war dem Gottesstaat, den sie sich erträumten, so nah wie Valloncour. Und der Ritterorden war noch viel mehr. Er war zum Mantel geworden, in dem sich die Bruderschaft verbarg. Und er war ihr Schwert, das sie gegen die Anderen führten. Aber sie waren auch verwundbarer geworden. Denn wenn die Kirche zum Feind der Neuen Ritterschaft wurde, dann war auch ihre Bruderschaft in Gefahr.

Leon kannte die Geschichte der Kirche gut. Zweimal schon waren angeblich ketzerische Orden gnadenlos verfolgt und ausgelöscht worden. Das durfte ihnen nicht geschehen! Der Blutbaum musste überleben, und er konnte es, denn aus Blut spross die Zukunft, Asche war Vergangenheit!

Oft, wenn er allein war, verzweifelte er schier an der Aufgabe, die Tjured ihm gestellt hatte. Wie konnte Gott es zulassen, dass die Heptarchen ihm so schlechte Diener waren? Wie Könige führten sie sich auf, nur dass es niemals Könige gegeben hatte, die so mächtig waren. Sie gründeten Dynastien innerhalb der Kirche. Es gab zwei Familien, die schon seit mehr als hundertfünfzig Jahren stets einen der ihren auf dem Thron der Kirchenfürsten sitzen hatten. Längst waren sie nicht mehr die Frömmsten oder die Klügsten, die Asketischsten oder auch jene Diener Gottes, die sich im Heer der Gläubigen der größten Beliebtheit erfreuten. Es waren Intriganten, Mörder und Hurenböcke, die sich hinter den hohen Mauern ihrer Paläste jeder erdenklichen Sünde hingaben. Schon deshalb beäugten sie die Neue Ritterschaft misstrauisch. Seinesgleichen aber waren angetreten, den Staat Gottes zu errichten und die ältesten Aufgaben, die dem bewaffneten Arm der Kirche gestellt waren, endlich zu erfüllen: nämlich das Heidentum auszumerzen und das Banner des Blutbaums nach Albenmark zu tragen, um die Anderen zu vernichten.

Leon trat durch die Pforte, die nur ihm vorbehalten war. Tief atmete er die kalte Nachtluft ein. Dann wandte er sich um und schloss das schwere Tor zu. Morgen würde er den stellvertretenden Leiter des Handelskontors aufsuchen. Es mussten Entscheidungen getroffen werden! Entscheidungen, die besser nicht auf den Seelen der anderen Brüder lasten sollten. Es würde einen Krieg innerhalb der Kirche geben, den nicht Ritterheere, sondern Dolche in der Nacht entschieden.

Verzweifelt blickte der Primarch zum weiten Nachthimmel auf. Warum war das Reich Gottes so fern? Warum war die Last so schwer, die ihm aufgebürdet war? Er brauchte nun gute Nachrichten, die ihm den Glauben an die bessere Welt erhielten, die einst kommen würde.

Er entschied sich, gegen die Regeln der Bruderschaft zu verstoßen. Nur ein kleiner Verstoß … Er würde Drustan nacheilen und ihn einladen, ein Stück mit ihm zu reiten. Er hatte seit Tagen nichts mehr von dem Jungen gehört.

Leon lächelte. Er nahm die Maske ab, die er zu dem geheimen Treffen aufgesetzt hatte, und verschob seine Augenklappe, damit die Nachtluft sein geschundenes Fleisch kühlte. Er wünschte, er hätte Drustans Sorgen. Der Magister war verzweifelt, weil er Gishild nicht ihre Heidenseele nehmen konnte und seine Lanze sich einfach nicht zusammenfügte. Jeden Buhurt hatten sie verloren. Sie würden zum zweiten Jahr auf die Galeeren kommen. Das war stets das Schicksal jener Novizen, die uneins blieben. Und wer uneins war, das offenbarte der Kettentanz, denn dort konnten nur jene Lanzen siegen, in denen jeder für den anderen einstand. Sie alle mussten mit ihrer gesammelten Kraft ein Ziel verfolgen. Und sie mussten bereit sein, sich für dieses Ziel und für ihre Kameraden zu opfern. Für selbstverliebte Einzelkämpfer war auf den Ketten kein Platz. Sie mochten so gut sein, wie sie wollten, sie würden stets verlieren, wenn sie auf eine Lanze trafen, die eins war mit sich und mit Gott. Es war wie auf dem Schlachtfeld. Und nur deshalb gab es den Buhurt. Dort lernten die Novizen zu siegen. Wer wusste, wie man auf den Ketten siegte, der würde einst auch Heere führen können.

Wieder lachte Leon. Drustan, Alvarez und Lilianne, sie alle waren einmal in derselben Lanze gewesen. Löwen waren sie. Und sie alle hatten ihr zweites Jahr auf der Galeere begonnen. Jetzt waren sie auf ihre Art Streiter, die der Ritterschaft zur Ehre gereichten. So würde es auch mit Luc, Gishild und den anderen sein. Drustan war noch nicht alt genug, um zu wissen, welche Macht die Zeit besaß. Sie würde die jungen Löwen zu einer kraftvollen Lanze werden lassen. Ja, sie würde sogar Gishilds Heidenseele heilen.

KÖNIG WOLKENTAUCHER

Einen Tag und zwei Nächte hatte Yulivee nun schon auf dem Felsvorsprung hoch über den Wolken gesessen. Sie hatte Stürme zu ihren Füßen vorüberziehen sehen und beobachtet, wie der Schnee auf ihrem Umhang zu Eis wurde. Ihr Zauber schützte sie vor der Kälte, aber nicht vor den feinen Eiskristallen, die ihr der Wind ins Gesicht peitschte, bis sie das Gefühl hatte, ihr würde langsam die Haut von den Wangen geschält. Und vor der Einsamkeit schützte sie ihr Zauber auch nicht.

Sie wusste, dass es sinnlos war, noch weiter hinaufzusteigen. Die Adler hatten sie gesehen. Schon vor Tagen. Sie würden entscheiden, ob sie zu ihr kommen würden oder nicht. Ihr blieb allein zu warten. Warten ... Sie zog eine der Flöten aus ihrem Gürtel und spielte eine Melodie von Kälte und Traurigkeit. Manchmal hatte sie das Gefühl, es sei ihr Schicksal zu warten. Mehr als anderthalb Jahre hatte sie neben dem totenstarren Fenryl gewartet und auf ein Lebenszeichen gehofft. Nur sie allein war nicht bereit, ihn aufzugeben. Sie wollte nicht wahrhaben, dass er verloren war. Ebenso wenig, wie sie wahrhaben wollte, dass Nuramon und Farodin längst ins Mondlicht gegangen waren. Jahrhunderte waren vergangen, seit ihre beiden Retter dem Devanthar gefolgt waren. Die Albenpfade hatten sie verschlungen. So wie ihren Gefährten, den Menschensohn Mandred Torgridson, den Stammvater des Königshauses des Fjordlands. So viele Geschichten erzählten die Menschen von ihm! Sie waren überzeugt, dass er eines Tages wiederkehren würde. Wenn die Not am größten war und der Feind vor den Toren Firnstayns stand, dann würde er wiederkehren. Und an seiner Seite würden seine beiden Elfenfreunde reiten. Sie würden das Schicksal wenden, in der letzten Schlacht. Und dann würde Frieden herrschen bis ans Ende der Zeit. Yulivee mochte die Geschichte. Und sie mochte die Menschenkinder. Sie waren so anders als ihr Volk. Sie hofften auf die Zukunft, ein Versprechen auf bessere Zeiten.

Auch unter den Elfen gab es viele Geschichten über die Helden Nuramon und Farodin. Doch sie alle handelten von vergangenen Taten. Niemand hatte den beiden eine verheißungsvolle Zukunft ersonnen. Sie hofften nicht auf ihre Wiederkehr. Ebenso wie außer ihr niemand daran glaubte, dass Fenryl wiederkehren würde.

Ein Schatten löschte die Sterne aus. Weite Schwingen bremsten den Flug. Mächtige Fänge knirschten auf Felsgestein. Yulivee spürte die Gedanken des Schwarzrückenadlers, denn sie war eine Windsängerin, so wie Fenryl, auch wenn sie es nicht wagte, mit den Adlern zu fliegen. Der König selbst war gekommen. Und seine Gefühle hielten sich die Waage. Er war neugierig, aber auch zornig.

»Ich bin hier, um für meine Königin zu bitten.«

Es fiel der Elfe leichter, ihre Gedanken klar zu umreißen, wenn sie sie aussprach. Im Grunde wäre es nicht nötig gewesen, denn Wolkentaucher las in ihren Gedanken so wie sie in seinen, soweit er dies zuließ. Er war mächtig. Er sah, was unausgesprochen blieb.

»Auch der Schwertmeister Ollowain bittet um deine Hilfe.«

Eine Flut von Bildern traf Yulivee. Es waren Bilder voller Gefühle. Blut, Gewalt, Freiheit, unendlicher Himmel. Das Gefühl von Fängen, die sich in lebendes Fleisch bohrten. Hunger. Traurigkeit. Langsam verdrängte die Traurigkeit alles andere. Er hatte Melvyn nicht vergessen. Nach all der Zeit, die vergangen war, war die Erinnerung an den Elfen noch immer lebendig. Eine Erinnerung in Schmerz. Dann dachte er an Winterauge, ließ seine Gedanken um die furchtbaren Gefahren kreisen, denen er ausgesetzt war. Es ging nicht nur um Fenryl!

Yulivee erlebte, wie der Adler sich vorstellte, seine Fänge in Emerelles Brust zu vergraben. Die Elfe stöhnte auf vor Schmerz, so eindringlich war der Gedanke des Adlerkönigs.

»Sie trägt keine Schuld an seinem Tod!«

Wolkentaucher wusste, dass Emerelle Melvyn geschickt hatte, obwohl ihr klar war, dass er nicht überleben konnte. Die Königin hatte gewusst, dass er nicht ablehnen würde.

»Es war seine Entscheidung«, sagte Yulivee, aber ihr war bewusst, dass dies nur die halbe Wahrheit war. Melvyn hätte niemals abgelehnt. Wie frei war also seine Entscheidung gewesen?

Der König der Schwarzrückenadler hatte an dem Tag, an dem Melvyn starb, mit Emerelle gebrochen. Und er war nicht gewillt, der Königin einen Dienst zu erweisen. Sein Zorn und seine Traurigkeit waren unstillbar.

»Wir brauchen deine Hilfe, Wolkentaucher. Du und dein Volk, ihr werdet über das Schicksal des Fjordlandes entscheiden.«

Sie rief sich Gishild in Erinnerung. Die Königsburg in Firnstayn. Die wilden Felslandschaften der Fjorde. Sie wollte, dass der Adlerkönig das Land und seine Bewohner mit ihren Augen sah. Es spürte, wie sie es spürte. Das war schwer für den Vogel, denn es war eine Welt schwindender Magie. Wie sollte da eine Verbindung entstehen?

»All das wird vergehen, wenn du nicht hilfst, Wolkentaucher.«

Sie erinnerte sich an Nachtigallen, die sie geschickt hatte, um das Schiff der Ordensritter zu zerstören. Ihre Wut.

Der König der Adler plusterte sein Gefieder auf. Wirkte unruhig. Ihren Zorn gefühlt zu haben, hatte ihn überrascht. Ihm war unklar, warum man den Menschenkindern helfen sollte.

»Aus alter Verbundenheit. Sie haben für Albenmark ihr Blut vergossen. Unseretwegen haben sie großes Leid erlitten. Wir können sie nicht im Stich lassen.«

Wieder spürte sie die Wut des Vogels. Es ließ ihn nicht kalt, wenn hoher Blutzoll entrichtet wurde und die erwartete Gegenleistung ausblieb.

»Ob du es glaubst oder nicht, dies sind auch Emerelles Gefühle.«

Wolkentaucher war überzeugt, nur eine Figur auf einem Falrachtisch zu sein. Er konnte sich nicht vorstellen, dass Emerelle zu aufrichtigen Gefühlen fähig sei. Yulivee war überrascht, als sie entdeckte, dass der König der Adler Emerelle trotz aller Abneigung für eine gute Herrscherin hielt. Sie fand es schwer, den Gedanken des Raubvogels zu folgen.

Daher besann sie sich jetzt wieder auf Fenryl. Es hieß, allein schon wenige Tage mit dem Geist eines Tieres verschmolzen zu sein, verursache einen nicht wiedergutzumachenden Schaden. Er war schon so lang fort. Was wäre mit ihm, wenn er zurückkehrte?

Plötzlich empfand sie eine tiefe Scham. Durch die Gedanken Wolkentauchers wurde sie sich bewusst, dass sie niemals überlegt hatte, welchen Schaden der Vogel wohl genommen hatte. Ihr glühten die Wangen, so sehr schämte sie sich.

Yulivee spürte, wie der Zorn des Adlers seltsamerweise verebbte. Nun war er tief in ihren Gedanken. Er war viel erfahrener darin, in Gedanken und Erinnerungen zu lesen. Yulivee wurde erneut rot, als sie sich bewusst wurde, was er alles entdecken mochte.

Wolkentaucher wollte wissen, auf welche Weise man den Menschenkindern helfen sollte. Sie dachte nach über die Geschichte und die vielen Heldenlieder aus tausend Jahren Bündnis zwischen Albenmark und Firnstayn. Ihre Gedanken machten es ihm leichter zu erfahren, was er wissen wollte. Und leise, halb unbewusst formten ihre Lippen Worte: »Mit Mandred fing alles an, dann folgten Alfadas, dessen unglücklicher Sohn Ulric und die Tochter Kadlin, die große Kriegerkönigin.« Ihr kamen Njaudred Klingenbrecher und Liodred in den Sinn, der wie Mandred den Weg über die Albenpfade zurück zu den Menschen nicht mehr gefunden hatte. Zuletzt war da Gunnar Eichenarm mit seinem heldenhaften Tod aus Sorge um das Weiterbestehen seiner Dynastie und des Bündnisses mit Albenmark. Er hatte sich in der vagen Hoffnung geopfert, seine Tochter Gishild könne vielleicht den Weg zu einer glücklicheren Zukunft öffnen. Dann rief sich Yulivee all die Namen derer in Erinnerung, die jetzt dabei sein sollten. Große Namen aus vielen Völkern. Ollowain selbst würde sie anführen.

Der König der Adler zeigte sich beeindruckt und wollte mehr über die Pläne wissen.

Yulivee neigte ihr Haupt.

»Es tut mir leid. Ich kann dir nur sagen, dass wir die Prinzessin Gishild retten werden. Sie ist die Zukunft des Fjordlands. Sie wird gefangen gehalten. Noch weiß niemand, wo das ist. Aber wie es scheint, ist es ein Ort, an den man nur durch die Luft gelangen kann, denn ganze Armeen wachen am Zugang zu diesem Gefängnis.«

Der Adlerkönig stieß unvermittelt einen schrillen Ruf aus. War es eine Art Lachen? Spott vielleicht? Zu verwirrend waren seine Gedanken. Nun wollte er wissen, wann es geschehen sollte.

»Das kann ich nicht sagen. Ich weiß es noch nicht. Sie ist wie vom Erdboden verschluckt, seit sie entführt wurde.«

Wieder gab Wolkentaucher einen schrillen, lang anhaltenden Schrei von sich. Es klang diesmal wie eine Herausforderung an den Wind und die Berge. Yulivee konnte spüren, dass der Adler das Unternehmen für verrückt hielt. Aber irgendwie schien gerade das einen Reiz auf ihn auszuüben. Es klingt nicht nach Emerelle, war einer der Gedanken, den die Elfe ganz deutlich wahrnahm. Und in der Tat, das hörte sich nicht an wie ein Plan der kühlen, stets so berechnenden Königin. Es war eine Verzweiflungstat!

»Werden du und dein Volk uns helfen? Ohne euch gibt es keinen Weg zur Prinzessin.«

Der Adlerkönig rief sich die Namen jener in Erinnerung, die dabei sein würden. Es waren die Helden Albenmarks. Fast alle hatte er schon im Kampf erlebt, hatte sie aus der Luft beobachtet. Seine Freunde und er hatten den Windsängern schon so manchen Dienst erwiesen, feindliche Stellungen aufgespürt, Truppenbewegungen verfolgt. Das war nicht immer gefahrlos möglich gewesen. So manchen Luftkampf hatten sie ausfechten müssen. Vorfreude auf kommende Ereignisse stellte sich ein.

Aber das änderte nichts daran, dass ihr Plan aussichtslos schien. Besonders grotesk fand er die Schiffe. Immer wieder sollte sich Yulivee die Pläne in Erinnerung rufen, die sie gesehen hatte. Schiffe wie diese hatte es noch nie gegeben. Und sie wurden nur für die Adler gebaut. Sie würden ihn und seine Kampfgefährten weit hinaus auf ein fremdes Meer tragen ...

VON TRÄUMEN UND RITTERN

Luc hatte gesehen, wie Gishild aufgestanden war und sich davongeschlichen hatte. Er hatte einen leichten Schlaf. Er wusste, dass sie es nicht zum ersten Mal tat. Wohin sie wohl ging? Auch Drustan war fort. Ob die beiden sich wohl irgendwo draußen trafen? Nein ... Und wenn schon. Ihn ging das nichts an. Er drehte sich herum. Und fand keinen Schlaf. Irgendetwas war da draußen. Manchmal verschwanden Schafe. Wölfe gab es hier nicht ... Man verdächtigte die Novizen. Man gab ihnen nie genug zu essen ... Ein Schaf zu schlachten wäre leicht. Und auch ein versteckter Platz für ein Feuer ließe sich finden. Aber wie sollten sie an den Magistern vorbeikommen, die am Eingang der Baubaracken schliefen? Nein, die Novizen waren es nicht.

Unruhig drehte sich Luc herum. Er konnte doch nicht zulassen, dass Gishild allein dort draußen war. Natürlich war sie kein Schaf. Sie konnte sich wehren, das hatte er ja am eigenen Leib erfahren.

Und dennoch ... Die Vorstellung, dass ihr etwas passieren könnte, machte ihm mehr und mehr zu schaffen. Er fühlte sich für sie verantwortlich. Auch wenn sie versucht hatte, ihm die Nase zu brechen, und in das Erweckungsbecken gepinkelt hatte. Selbst als Heidin war sie eine von ihnen, eine Löwin. Tjured wollte gewiss, dass er nach ihr sah, überlegte Luc. Deshalb hatte Gott ihm den leichten Schlaf geschenkt. Er sollte merken, wenn sie davonschlich. Aber es war verboten, die Baracke bei Nacht zu verlassen.

Er durfte doch nicht einfach die Verbote und Regeln missachten. Bei Gishild war das etwas anderes. Sie schien unter dem Zwang zu stehen, sich gegen alles aufzulehnen. Aber er war nicht so!

Luc setzte sich auf. Die anderen Novizen schliefen wie Steine. Kein Wunder, so wie sie den ganzen Tag geschuftet hatten. Noch nach Sonnenuntergang hatten sie am Turm gearbeitet. Morgen sollte der Schlussstein ins Kreuzgewölbe des Kellers gesetzt werden. Der verborgene Teil des Turms war damit vollendet, die Schatzkammer ihrer Lanze. Es fehlte nur noch die Falltür über der Wendeltreppe, eine Tür mit vierzehn Schlössern. Jeder von ihnen würde einen Schlüssel tragen. Wenigstens in dieser einen Sache waren sie gut, die siebenundvierzigsten Löwen von Valloncour. Ihr Turmbau ging besser voran als bei allen anderen Klassen. Ihren ganzen Stolz und Ehrgeiz steckten sie in diese Arbeit. Wenigstens hier war der Lohn ihrer Schinderei zu erkennen. Hier zeigten sie, dass sie etwas konnten, anders als beim Buhurt!

Morgen noch, dann würde ihr Turm endlich dem Loch entwachsen, das sie in Erde und Fels gerissen hatten, und sich dem Himmel entgegenheben.

Drustan, der gerne in großen Bildern sprach, hatte den Turm mit ihrer Zeit in Valloncour verglichen. Im ersten Jahr wurde das Fundament gelegt, auf dem ihre Ritterschaft ruhen würde. Ihre Körper und Seelen wurden bereitet. Es war eine Arbeit im Verborgenen. Alles, was danach kam, wäre deutlicher sichtbar.

Er dachte an die makellos weißen Wappenschilde, die über ihren Betten hingen. Am Ende des Jahres würden sie ihr Wappen erhalten. Es würde sich mit den Jahren ändern. Zunächst führten sie alle das gleiche Wappen. Auf der linken Seite des Schildes, auf der Herzseite, würde der Blutbaum sein. Und rechts ein stehender Löwe. Er war das Zeichen ihrer Lanze. Und weil sie mit Abstand die schlechtesten Spieler im Buhurt waren, würden sie auf die Galeere kommen. Auch das würde man ihrem Wappenschild ansehen, denn ein schwarzes, aufrecht stehendes Ruder würde zwischen dem Löwen und dem Blutbaum prangen. Dort würden die Drachen eine schwarze Kette in ihrem Schild führen. Das Zeichen dafür, dass sie einmal die Besten im Buhurt gewesen waren. Zeichnete sich ein Schüler besonders aus, änderte sich sein Schild und wich ab von denen der übrigen Lanze. Ein breiter Balken würde das obere Drittel des Schildes einnehmen, in Rot, Schwarz oder Weiß, das waren die drei Farben, die ihnen die Heraldik des Ordens erlaubte. Und auf diesem Balken durfte der Held sein eigenes Wappenbild führen. Eine Pistole, ein Schiff, einen Turm ... Was immer er wollte. Aber es sollte etwas sein, das in besonderer Verbindung zu ihm und seinem Leben stand. Dieses Recht erhielten alle übrigen Novizen auch, wenn sie zu Rittern geschlagen wurden. Dann hatte jeder seinen eigenen, unverwechselbaren Schild. Und wenn sie die Kriege überlebten und eines Tages zurückkehrten, um ihren Lebensabend in Frieden zu verbringen, dann würde sich der Wappenschild ein letztes Mal ändern. Nun würde er in vier Viertel unterteilt und in dem neuen Feld würde ein Zeichen für das aufgenommen, was den Lebensabend des alternden Ritters ausfüllte. Hammer und Meißel für einen Steinmetz, eine Feder für einen Schreiber, Zirkel und Feder für einen Kartenzeichner, es gab unendlich viele Variationen. Nicht zwei Schilde waren einander gleich. Und weil die Schilde der Ritter, die den letzten Abschnitt ihrer Lebensreise angetreten waren, geviert waren, nannte man sie die Gevierten.

Luc versuchte sich vorzustellen, wie sein Schild einmal aussehen würde. Blutbaum und roter Löwe waren ihm gewiss! Er schnitt eine Grimasse. Seine Löwen würden auf die Galeere kommen. Das stand jetzt schon fest. Kein einziges

Spiel zu gewinnen, das war eine Schande, wie sie seit vielen Jahren keine Lanze mehr getroffen hatte. Wenigstens einen Sieg hätten sie gebraucht ... Sie alle würden für immer ein Schandmal dafür auf dem Wappenschild tragen. Das gefürchtete schwarze Ruder. Bis an ihr Lebensende würde es sie begleiten!

Der Junge tastete über die Schwielen in seiner Hand. Die Arbeit mit Hammer und Meißel hatte ihn bluten lassen. Doch jetzt war seine Haut hart. Er war viel stärker geworden ... Sein Magen knurrte. Seit einem Jahr war er stets hungrig zu Bett gegangen. Das Essen hier war gut ... Nur leider war es nie reichlich.

Wieder dachte Luc an Drustans Worte. Ihre Körper und ihre Seelen sollten bereit sein ... Unsinn. Schwielige Hände und ein hagerer Leib ... Wozu machte ihn das bereit? So stellte er sich Ritter nicht vor. Und an seiner Seele hatte sich gar nichts verändert, so weit er das beurteilen konnte.

Luc rieb sich die kalten Hände und sah zur Tür. Er würde Gishild zurückholen. Was sie dort draußen wohl tat? Sie war eine Löwin, und sie alle sollten füreinander einstehen, so war es ihnen immer wieder eingebläut worden. Drustan war ein übler Geselle. So freundlich er manchmal war, so gnadenlos konnte er sich im nächsten Moment aufführen. Er würde Gishild bestrafen, wenn er sie erwischte, und dass sie ein Mädchen war, würde nichts ändern. Luc schauderte, wenn er daran dachte, was den erwartete, der bei unerlaubtem Verlassen der Baracke erwischt wurde.

Der Junge streifte seine Stiefel über und schlich leise aus dem Schlafgemach. Durch die Feuerschale, in der letzte Holzscheite unter schneeweißer Aschenkruste glühten, wurde die Kammer in Zwielicht getaucht. Deutlich zeichneten sich die Falten der zerknüllten Decke auf dem Bett ab. Ein Stapel Bücher lag herum. Auf dem Tisch stand eine halb volle Schüssel mit kalter Suppe. Luc entdeckte einen Wurstzipfel und zog ihn aus der Suppe. Er stahl sich einen Kanten harten Brots und trat dann schnell hinaus in die finstere Neumondnacht. Er dachte an die Honigkammer und die Raubzüge, die er dorthin unternommen hatte. Schlechte Angewohnheiten legte man eben nur schwer ab, doch falls er erwischt werden sollte, wollte er lieber mit vollem Bauch zur Bestrafung antreten. Er biss in die Wurst. Sie war gut mit Knoblauch gewürzt. Wenigstens sie könnte man ihm nicht mehr nehmen.

Luc sah sich um. Der Nordstern überstrahlte alle anderen Gestirne am Firmament. Es war sehr dunkel in dieser Nacht. Seine Augen gewöhnten sich nur langsam an das spärliche Licht. Aber allzu viel musste er auch nicht sehen können. Das Fleckchen Erde rund um die Baracke kannte er nun schon so lange. Hier hätte er sich sogar mit verbundenen Augen orientieren können.

Der Junge hatte gehört, wie sich Hufschlag in Richtung Norden entfernte. Wollte man den Weg nach Norden gut im Blick haben, gab es nur einen Platz, der sich empfahl: der steile, kleine Hügel, von dem aus man über die Baumkronen hinwegblicken konnte.

Luc versuchte, etwas im hohen Gras und den Disteln zu erkennen. Doch auf der Hügelkuppe regte sich nichts. Was nichts heißen mochte. Niemand sonst in ihrer Lanze war so gut wie Gishild darin, sich in den Wäldern unsichtbar zu machen. Sie musste dort sein. Das war der einzige Platz, der genug Übersicht bot, um schneller als ein Reiter zurück zur Baracke gelangen zu können.

Der Novize marschierte schnurstracks auf die Hügelkuppe zu. Er ahnte, dass er Gishild hier finden würde, aber als sie sich dann plötzlich neben ihm aus dem Gras erhob, erschrak er bis ins Mark.

»Das ist mein Platz!«, zischte sie ihn streitlustig an. »Du hast hier nichts verloren.«

Von ihrer Feindseligkeit überrascht, wich er ein wenig zurück.

»Ich habe mir Sorgen um dich gemacht«, sagte er und bedauerte die Worte, kaum dass sie ihm über die Lippen gekommen waren. Das hörte sich wirklich zu dämlich an. Wer war er denn, sich Sorgen zu machen? Ihre Mutter? Warum hatte er nichts Vernünftiges sagen können? Etwas, das sich irgendwie ... passender anhörte.

Im geisterhaften Licht der Sterne sah sie seltsam hübsch aus. Sie hatte etwas von einer Distelblüte. Eine eigenwillige, intensive Schönheit, umgeben von Dornenblättern, die es fast unmöglich machten, sich ihr zu nähern.

»Du musst dich nicht um mich sorgen«, sagte Gishild nach langem Schweigen. Und sie sagte es in einem für sie ungewöhnlich versöhnlichen Tonfall.

»Wenn Magister Drustan kommt ...«

»... dann werde ich ihn sehen, lange bevor er uns erreicht.«

Jetzt brach ihre widerborstige Art wieder durch, dachte er traurig. Mehr als ein halbes Jahr waren sie nun in derselben Lanze, und sie hatten kaum ein Dutzend Sätze miteinander gesprochen. Er fühlte sich zu ihr hingezogen, weil sie anders war, so wie er. Er hatte Gott verraten und Michelle enttäuscht. Er war den Götzen zu nahe gewesen, und trotz aller Frömmigkeit hatte er das Gefühl, dass er diesen Makel niemals loswerden würde. Und Gishild ... Sie machte keinen Hehl daraus, sich Tjured zu verweigern. Sie hätte gar nicht hier sein dürfen, so sehr, wie sie sich gegen den Glauben sperrte. Aber sie war es ... Und Gott hielt nicht Gericht mit ihr für all ihre Missetaten. Warum? Gab es für ihn auch Hoffnung? Konnte er von ihr lernen? Und was konnte er sagen, um das verfluchte Schweigen zu beenden? Er war nicht gut darin, einfach zu plaudern. Mit einem Mädchen war das alles irgendwie auch noch schwieriger.

»Ich mag es, dass du nicht zu viel quatschst«, sagte sie überraschend. Sie sah ihn dabei nicht an, blickte einfach in die Ferne. Nach Norden. Dorthin, wo Drustan bald auftauchen musste.

Luc wollte etwas darauf sagen, aber er brachte nur ein heiseres Räuspern hervor. Es war angenehm, hier einfach bei ihr zu stehen. Schweigend die kühle Nachtluft zu atmen. Seine Füße wurden ihm langsam kalt. Er hatte in seiner Eile keine Socken angezogen.

»Ich finde, Drustan ist oft ungerecht zu dir«, fuhr sie fort. »Er ist schwierig. Ich glaube, er ist nicht mehr richtig im Kopf.«

»Ja.«

Luc hätte sich verfluchen können. Warum fiel ihm denn nichts Besseres ein, als einfach Ja zu knurren? Über Drustan hätte er wahrlich reichlich zu sagen gehabt.

Gishild lachte leise.

»Wusstest du, dass er Stühle erschießt?«

»Was?«

Nein, das durfte nicht wahr sein! Was war denn mit seiner Zunge los? Und mit seinem Verstand!

»Den letzten Winter habe ich mit ihm und einer Magd in einem Wachturm auf einer einsamen Insel verbracht. Er kommt nicht darüber hinweg, seinen Arm verloren zu haben. Er war wohl einmal ein Fechtmeister ... einer von Liliannes Löwen. Ohne den Arm, so sagt er, sei er als Fechter aus dem Gleichgewicht. Deshalb übt er Pistolenschießen. Er will als Ritter nicht ohne Waffe dastehen. Und zu den Gevierten mag er noch nicht gehören, denen, die hierher zurückkehren, um Valloncour nicht mehr zu verlassen. Er nennt sie lebendig begraben. In dem Wachturm jedenfalls hat er immer auf die Lehne eines Stuhls geschossen. Um zu üben. Manchmal auch, um mir und Juztina Angst zu machen. Er hat nicht sehr oft getroffen. Er ist wohl auch, was das Schießen angeht, aus dem Gleichgewicht.« Sie lachte. »Völlig verrückt, nicht wahr? Und ausgerechnet ihn macht man zu unserem Magister. Dein Gott hat Sinn für verdrehte Geschichten.«

Es bekümmerte ihn, wie tief ihre Trennung von Gott war. Aber es freute ihn, dass sie endlich mit ihm sprach.

»Du hattest einen guten Fechtlehrer.« Endlich brachte er einen vernünftigen Satz hervor.

»Eine Lehrerin! Ich vermisse sie …« Plötzlich drehte sie sich um und sah ihn an. »Es tut mir leid, dass ich dir wehtun wollte. Bei unserem Duell …«

Luc erinnerte sich ungern an den Zweikampf. »Ich hatte einen schlechten Tag«, murmelte er.

Sie grinste, und ihre Augen strahlten im Sternenlicht.

»Gegen mich hättest du nur schlechte Tage. Ich bin besser als du.«

Luc war eingeschnappt. Das stimmte nicht! Und er hatte wirklich einen schlechten Tag gehabt. Außerdem hatte er vorher gegen Bernadette gekämpft und war nicht ausgeruht in das Duell mit Gishild gegangen. Er öffnete den Mund … Und schwieg. Wenn er etwas sagte, würde das Strahlen in ihren Augen verlöschen. Das wollte er nicht. Und sein Schweigen änderte ja nichts daran, dass er recht hatte.

»Du hattest auch eine gute Lehrerin«, sagte sie. »Es ist ungewöhnlich, einen Ritter zum Mentor zu haben, bevor man hierherkommt, nicht wahr? Ich meine … Alle wurden durch einen Ordensritter vorgeschlagen ... Aber dass man so viel Zeit allein mit einem Ritter hat, das ist selten, oder?«

Luc war sich da nicht ganz sicher. Trotzdem nickte er. Er wollte, dass sie beide etwas Seltenes teilten.

»Wie war es mit Schwester Michelle?«

Was sollte er darauf sagen? Dass sie an der Pest erkrankt war? Dass sie ein paar wunderbare Tage hatten und er sie dann so sehr enttäuscht hatte ... »Gut!«

Das musste als Antwort genügen.

Gishild zog einen Schmollmund.

»Komm, ich habe dir ein Geheimnis über Drustan verraten. Dass es ihm Spaß macht, Stühle zu erschießen. Jetzt bist du dran. Verrate mir ein Geheimnis über sie. Etwas Lustiges.«

Luc dachte daran, wie er mit Michelle auf dem breiten Brunnenrand gelegen hatte.

»Sie hat mir ihren Traum verraten.«

Er musste grinsen. Ob sie wohl jemals einen Bären reiten würde?

»Und?«

»Ich kann es dir nicht sagen. Es ist ein Geheimnis. Und ich verrate niemals ein Geheimnis, das mir anvertraut wurde«, sagte er feierlich. Und dann musste er grinsen. Es war ihm unmöglich, sich Michelle auf einem Bären vorzustellen und ernst zu bleiben.

»Du bist blöd! Worüber lachst du?«

Er kicherte. »Das kann ich dir wirklich nicht sagen. Du könntest Michelle nie mehr ansehen, ohne zu grinsen. Und sie wüsste, dass ich sie verraten habe. Ich kann dir ein Geheimnis über mich verraten.«

Sie sah ihn abschätzend an. Seine Geheimnisse hatten offensichtlich keinen besonderen Wert, dachte er verletzt.

»Dann mal los.«

Eigentlich war er nicht mehr in der Stimmung, ihr etwas über sich zu verraten.

»Nun?«

Er seufzte. Von seinen Ängsten oder von der weißen Frau wollte er nicht sprechen, obwohl sie ihn vielleicht besser verstanden hätte als jeder andere. Er musste vorsichtig mit ihr sein. Sie war eine Heidin! Und er durfte nie mehr den Götzen dienen! Am besten sollte er sich nicht einmal mit einer Götzenanbeterin unterhalten.

»Du behältst *deine* Geheimnisse also auch lieber für dich.«

»Nein! Ich werde dir verraten, was ich Michelle anvertraut habe. Meinen geheimsten Traum. Ich will ein Ritter werden ...«

»Ach! Das hätte ich von einem Novizen in Valloncour wirklich nicht erwartet.«

»Sei nicht so garstig! Und lass mich ausreden. Ich will ein Ritter werden wie in den Märchen und den alten Sagen. Ein Ritter, der einer Prinzessin dient. Ihr treu ergeben ist, wenn sonst niemand mehr zu ihr steht, und der selbst mit Drachen kämpft, um sie zu retten.«

Gishild sah ihn mit weiten Augen an. Ihre Unterlippe zitterte. Es sah aus, als wolle sie gleich weinen. Dann fluchte sie stattdessen.

Luc wusste nicht, was er als Reaktion erwartet hatte. Das jedenfalls nicht.

»Es gibt keine Prinzessinnen mehr!«, stieß sie schließlich zornig hervor. »Deine Kirche schafft alle Könige ab. Dann gibt es auch keine Prinzessinnen mehr. Nur ein paar Adlige lassen sie übrig, die sich darin fügen, dass künftig allein Priester das Sagen haben. Dein Traum wird sich nie erfüllen. Und Drachen ... Drachen gibt es nicht einmal mehr in Albenmark!«

»Aber die Töchter von ehemaligen Königen ...«

»Wenn jemand fast ein König wäre, dann ist seine Tochter auch nur fast eine Prinzessin. Und kennst du eine Geschichte, in der ein Ritter ein Mädchen rettet, das fast eine Prinzessin wäre? Dein Traum ist fast völliger Blödsinn!«

Das war genug! Es war ein Fehler gewesen, zu dieser blöden Gans zu gehen. Sollte sie doch allein unter dem Nordstern sitzen und vor sich hin brüten.

»Jetzt schulde ich dir wohl ein Geheimnis von mir ...«

Luc hob den Arm, und sie verstummte. Gishild drehte sich um. Da war ein Geräusch. Hufschlag! Das konnte nur Drustan sein. Aber er kam aus der falschen Richtung!

»Du verbirgst dich hier. Ich lenke ihn ab. Und dann schleichst du unbemerkt in dein Bett zurück.«

»Aber ...«

»Du schleichst besser als ich. Mich wird er auf jeden Fall sehen. Und es genügt, wenn einer von uns bestraft wird.«

Ohne auf eine weitere Antwort von ihr zu warten, eilte er den Hügel hinab und dem Reiter entgegen. Als Drustan aus dem Schatten der Bäume hervorbrach, änderte Luc die Richtung. Er wollte den Ritter von der Baracke weglocken.

»Halt!« Die Stimme war wie ein Peitschenhieb.

Luc rannte noch schneller. Er war zu nah bei der Baracke. Drustan würde Gishild sehen.

»Stehen bleiben!«

Der Hufschlag kam nun schnell näher. Luc wagte es nicht, sich umzusehen. Er schlug Haken wie ein Hase, den die Hunde hetzen. Immer lauter wurde der Hufschlag! Wie Donner kam er ihm vor. Dann traf Luc ein Tritt in den Rücken. Er stürzte ins taunasse Gras. Keuchend rang er um Atem.

Eine Hand packte ihn grob bei der Schulter. Er wurde herumgedreht. In der Dunkelheit konnte er Drustans Gesicht kaum erkennen.

»Luc de Lanzac! Du scheinst mich wohl nicht sehr ernst zu nehmen, Junge. Glaubst du, ich würde dich nicht bestrafen, weil Schwester Michelle so große Stücke auf dich hält? Was tust du hier draußen?«

Luc dachte an den Sternenglanz in Gishilds Augen. Den kurzen Moment, in dem sie glücklich ausgesehen hatte.

»Ich bin hier, um das Licht des Nordsterns zu sehen. Er scheint besonders hell in dieser Nacht.«

»Ach, ein Poet bist du. Seltsam, dass mir das bisher entgangen ist.«

Drustan stellte ihm den Stiefel auf die Brust und sah sich um.

»Nur weil ich ein einarmiger Krüppel bin, habe ich noch nicht vergessen, was halbwüchsige Jungs dazu bringt, sich als Poeten zu versuchen. Ich werde herausfinden, mit wem du hier draußen warst. Darauf kannst du dich verlassen!«

DAS ASCHENBANNER

Emerelle schreckte aus dem Schlaf hoch. Kalter Schweiß bedeckte ihren Leib. Sie versuchte das letzte Bild ihres Traums zu halten. Verblasst … Sie war allein in ihrem Gemach, hoch oben im Turm. Fröstelnd zog sie die Decke hoch. Sie schwitzte sonst nie. Nicht in den stickigen Nächten von Vahan Calyd, wenn ihr beim Fest der Lichter die Krone überreicht wurde. Nicht bei der Liebe. Nie!

Unruhig stand sie auf und streifte ihren Seidenmantel über. Sie erinnerte sich an Bruchstücke des Traums. Sie war beim Orakel von Telmareen gewesen. Das Orakel selbst hatte sie nicht gesehen. Nur eine Stimme war da gewesen, die Bilder in ihren Kopf gepflanzt hatte. Und an eines dieser Bilder erinnerte sich Emerelle jetzt wieder deutlich. So wie ein Blitzschlag die Landschaft aus der Nacht reißt, so wurde dieses eine Bild in ihr Gedächtnis zurückgerissen. Sie sah ihre Burg. Burg Elfenlicht ... zerstört. Die Türme waren verfallen. Rußfahnen befleckten den Putz über leeren Fenstern. Und über den Ruinen wehte das Banner des Aschenbaums.

Das konnte nicht sein! Diese Zukunft war fast unmöglich! Sie kannte die möglichen Zukünfte Albenmarks gut. Seit Jahrhunderten kämpfte sie gegen das Unheil an.

Unruhig entschied sie sich schließlich, hinab in den Thronsaal zu steigen, wo ihr eigenes Orakel stand. Die Silberschale. Ihr Fluch ... Vielleicht.

Die Königin musste sich beherrschen, um nicht in ungebührlicher Eile die Treppe hinabzusteigen. Die Burg war ruhig. Nur zweimal sah sie Kobolddiener, und die kannten sie gut genug, um zu wissen, dass sie ihrer Königin besser nicht ihre Dienste anboten, wenn sie mitten in der Nacht, nur mit einem Umhang bekleidet, dem Thronsaal entgegeneilte.

Der große, runde Raum war verwaist. Anstelle einer Decke spannte sich der Sternenhimmel über das Herz Albenmarks. Wasserschleier verbargen die Wände, und ihr leises Rauschen war eine beruhigende Melodie.

Der Thron stand ein wenig erhöht auf einem kleinen Podest, und neben ihm ruhte auf einer hüfthohen Säule die Silberschale. Emerelle atmete noch einmal tief durch und trat dann an das spiegelnde Wasser. Kaum hatte sie Blick gefasst und sich gesammelt, überrollte sie auch schon eine Flut von Bildern. Sie folgte einem Pfad in die Zukunft und fand das Bild der zerstörten Burg.

Dieses Ende war immer eine Möglichkeit gewesen. Wie oft schon hatte sie sich den Kopf darüber zermartert, wie dieses Schicksal abzuwenden war. Vergeblich! Die Tjuredkirche war über Jahrhunderte durch den Devanthar, den Erzfeind Albenmarks, manipuliert worden. Er hatte sie dazu gebracht, Albenmark zerstören zu wollen. Und die Gefahr, dass die Priesterritter sein Werk vollendeten, bestand schon seit langem.

Emerelle versuchte es erneut. Sie wählte einen anderen Weg in die Zukunft. Sie verschloss sich gegen den Schmerz, als ihr die Silberschüssel nun den baldigen Tod Ollowains eröffnete. Ein kurzes, schreckliches Bild. Und wieder endete die Zukunft mit der Zerstörung Albenmarks. Die Königsburg lag im Herzland. Wenn sie vernichtet wurde, dann war ihre Welt untergegangen, das wusste Emerelle.

Verzweifelt suchte sie nach einer anderen Zukunft. Immer und immer wieder. Und jedes Mal wehte am Ende das Aschenbanner über ihrer Burg.

Etwas war geschehen in dieser Nacht. Etwas womöglich auf den ersten Blick so Banales, dass es ihr auf ihren früheren Reisen durch die Zukünfte ihrer Welt niemals aufgefallen war. Doch es hatte die Geschichte Albenmarks verändert. Sie musste es aufhalten … Den Schaden eindämmen! Doch wo sollte sie mit der Suche beginnen?

DAS RUDEL

Es tat Gishild in der Seele weh, Luc auf der Bank liegen zu sehen. Dieser verdammte Idiot! Wäre er doch in seinem Bett geblieben! Dann wäre jetzt alles gut! Drustan hätte sie schon nicht erwischt. Das hatte er nie!

Doch sie wusste, dass sie sich etwas vormachte. Drustan hatte sie damit überrascht, aus einer anderen Richtung zurückzukehren. Sie hätte es niemals zurück zur Baracke geschafft. Und der erste Weg des Magisters nach seinen nächtlichen Ausflügen war der Weg in den Schlafsaal. Er hätte ihr Fehlen bemerkt. Wäre Luc nicht gewesen, dann würde sie jetzt auf der Bank liegen.

Lucs Handgelenke und Fußknöchel waren mit einem Ledergeschirr gefesselt. Er lag auf dem Bauch und konnte sich nicht mehr bewegen. Seine Beine waren angewinkelt. Die nackten Fußsohlen zeigten schräg nach oben. Luc wusste, was ihn erwartete. Dennoch bemühte er sich zu lächeln.

»Luc de Lanzac, du wirst bestraft, weil du gestern Nacht gegen das Gebot des Ordens die Baracke verlassen hast. Dafür wirst du zehn Schläge erhalten. Und weil du mir nicht sagen willst, mit wem du dich draußen getroffen hast, wirst du zehn weitere Schläge erhalten.«

Drustan blickte auf und sah die Novizen der Reihe nach an. Bei Gishild verweilte sein Blick ein wenig länger, glaubte sie. Doch dann bemerkte sie, dass er auch Bernadette und die farblose Anne-Marie länger ansah.

»Ich weiß, warum sich Novizen heimlich nachts aus der Baracke schleichen«, sagte Drustan. »Glaubt nicht, ich wäre nicht wie ihr gewesen. Und glaubt mir, am Ende kommt es immer heraus. Jedes Geheimnis! Manchmal dauert es neun Monate ... Aber es kommt heraus! Du musst also nicht den Helden spielen, Luc.«

»Ich bin hinausgegangen, weil ich das Licht des Nordsterns sehen wollte, Magister.«

Lucs Stimme zitterte ein wenig.

Gishild ballte die Fäuste. Sie würde vortreten und dem ein Ende machen. Doch dann bemerkte sie, wie Luc sie ansah. Einen Herzschlag lang nur. Seine Augen baten sie, es nicht zu tun. Er wollte das allein durchstehen, dieser verdammte Narr. Warum? Das war nicht gerecht!

»Darf ich sprechen, Magister?«

Joaquino trat aus der Reihe der Novizen vor.

Drustan runzelte verwundert die Stirn. »Ja?«

»Wir haben heute Mittag einen Buhurt. Wir brauchen Luc. Wenn seine Füße zerschlagen werden, kann er nicht spielen.«

Der Ritter schüttelte den Kopf. »Ihr habt bisher jedes Mal verloren. Es ist unbedeutend, ob ihr mit ihm oder ohne ihn spielt.«

»Aber heute spielen wir gegen die Äxte«, beharrte Joaquino. »Sie haben fast genauso viele Niederlagen einstecken müssen wie wir. Luc ist ein guter Kämpfer. Er wird den Unterschied zwischen Sieg oder Niederlage ausmachen.«

»Das hätte er sich gestern überlegen sollen, als er aus der Baracke geschlichen ist. Ihr seid ein selbstsüchtiger Haufen. Deshalb könnt ihr nicht gewinnen. Niemals! Wenn Luc ein Löwe wäre, dann hätte er gestern den Schlafsaal nicht verlassen. Er hätte gewusst, dass er heute von euch gebraucht wird! Aber er hat sich wohl eingebildet, dass er niemals erwischt wird. Eure Überheblichkeit ist es, die euch im Weg steht. Ich habe lange genug versucht, euch als Magister auch ein Freund zu sein. Aber ihr dankt es mir nicht. Von nun an werde ich Härte zeigen. Und zur Not werde ich Verantwortungsgefühl und Ehre in euch hineinprügeln!«

»Magister, ich war es, mit dem Luc sich gestern getroffen hat.«

Gishild sah den großen Jungen fassungslos an. Warum tat Joaquino das? Sie konnte nicht zusehen, wie noch ein Unschuldiger ihretwegen Prügel bekam.

»Es tut mir leid, Magister, aber Bruder Joaquino lügt. Ich war es, mit der sich Luc gestern getroffen hat.«

Drustan sah von ihr zu Joaquino.

»Was soll das? Glaubt ihr etwa, ich werde einem von euch die Strafe erlassen, weil ihr nur noch elf seid und man zum Buhurt mit zwölf Spielern antreten muss?«

»Ich war allein draußen, Magister«, sagte Luc. »Die beiden lügen, um mir Schläge zu ersparen.«

Drustan tippte Joaquino mit dem Rohrstock auf die Brust.

»Der hier lügt, weil er hofft, mit dir endlich mal einen Buhurt zu gewinnen.« Er wandte sich an Gishild.

»Und sie ... Sie sagt möglicherweise die Wahrheit. Oder?«

Drustan ging vor Luc in die Knie.

»War sie es? Warst du mit ihr draußen? Habt ihr Händchen gehalten und zu den Sternen geschaut? Antworte! Dann ersparst du dir zehn Schläge und wirst nur für das Verlassen der Baracke bestraft.«

Luc schwieg.

Gishild konnte es nicht fassen. Sie hatte sich doch schon gestellt. Warum sagte er nicht einfach, wie es gewesen war? Um sie vor den anderen nicht bloßzustellen? Jeder würde denken, dass Drustans Behauptungen stimmten, wenn Luc jetzt nachgab. Dieser verdammte, törichte Träumer! Er würde sich für sie prügeln lassen.

»Ihr irrt Euch, Magister. Ich war es, die mit Luc auf dem Hügel war.«

Die sonst so zurückhaltende Anne-Marie war aus der Reihe der Novizen getreten. »Er hat mir den Nordstern gezeigt.«

»Unsinn. Luc hat mit Mädchen nichts zu schaffen!« Der kleine, gelockte Raffael trat aus der Reihe. »Wir haben beraten, wie wir den Buhurt heute gewinnen können.«

»Ich war auch dabei!«, sagte Giacomo und trat vor. Ihm fiel offenbar nichts mehr ein, womit er diese Lüge weiter ausschmücken konnte. Und dann folgten die übrigen Novizen. Einer nach dem anderen traten sie vor und behaupteten, nicht in der Baracke gewesen zu sein.

Gishild mochte kaum glauben, was da geschah. Sie hatte immer gedacht, Luc sei nicht sonderlich beliebt, weil er so ein Streber war. Und nun das. Oder taten sie es, weil sie den grausamen Drustan hassten?

»Und jetzt glaubt ihr, mich beeindruckt zu haben?«

Der Magister schlug mit dem Rohrstock gegen die Bank, auf der Luc angebunden lag. Wieder und wieder schlug er dagegen, bis das Holz des Stocks riss.

»Erschüttert bin ich! Zum ersten Mal schafft ihr es, etwas gemeinsam zu tun. Ihr alle steht für einen der euren ein. Und was tut ihr? Ihr lügt! Ist das eure Vorstellung von Ritterlichkeit? Verdammt …«

Er schnitt eine Grimasse. Gishild hatte das Gefühl, dass er nicht mehr wusste, was er tun sollte. Er konnte sie schließlich nicht alle bestrafen. Das würde auch auf ihn ein schlechtes Licht werfen. Es würde so aussehen, als habe er seine Lanze nicht im Griff.

Pfeifend fuhr der Rohrstock auf Lucs Fußsohlen hinab. Der Junge bäumte sich in den Fesseln auf und stöhnte vor Schmerz.

»Glaubt ihr vielleicht, mir wird der Arm lahm, wenn ich über hundert Schläge austeilen muss?« Wieder fuhr der Stock nieder. »Denkt ihr, der Krüppel kann uns gar nicht alle bestrafen? Habt ihr euch abgesprochen? Euch werde ich Demut lehren! Ihr haltet euch für Ritter? Ein verlogenes Pack seid ihr und sonst nichts!«

Drustan starrte mit wirrem Blick auf Lucs gerötete Füße. War er so verunsichert? Gishild begriff ihn weniger denn je. Warum dachte er, dass sie es taten, um ihn zu verhöhnen? Wie konnte er nur auf diese Idee kommen? Er war wirklich verrückt. Wieder sauste der Rohrstock nieder. Und der Prinzessin wurde übel, mit anzusehen, wie viel Wut und Kraft Drustan in die Schläge legte.

DAS ZEICHEN

»Das hast du nicht getan.«

In Drustans Wange zuckte ein Muskel.

»Doch.«

Leon sah sich um, ob etwa jemand ihr Gespräch mit anhören konnte, und zog den einarmigen Ritter hinauf auf die oberen Ränge der Tribüne an der Schlammgrube. Die Lanze der Äxte wartete um ihr Banner versammelt, bereit zum Kettentanz. Von den Löwen hatte sich noch keiner gezeigt. Unter den versammelten Schaulustigen kam langsam Unruhe auf. Einige riefen nach den Löwen. Und ein Spottlied über nasse Kätzchen wurde angestimmt.

»Du hast sie alle bestraft?«

Der Primarch konnte es nicht fassen. So etwas hatte es noch nie gegeben.

»Was hatte ich für eine Wahl? Sie alle haben behauptet, die Baracke verlassen zu haben. Du kennst die Regeln.«

»Verdammt, Drustan. Die Regeln sind nur eine Richtschnur. Du bist ihr Magister. Du hast immer eine Wahl. Du kannst dir deine Entscheidungen doch nicht von ihnen aufzwingen lassen.«

Zum ersten Mal wünschte Leon, er hätte dem einarmigen Ritter nicht das Amt eines Lehrers übertragen. Andere Ordensbrüder hatten ihn gewarnt. Selbst Lilianne war skeptisch gewesen. Und das, obwohl sie beide zur selben Lanze gehörten.

»Sie wollten mich dazu zwingen, die Strafe auszusetzen. Sie glaubten, ich würde es nicht tun, wenn sie alle behaupteten, draußen gewesen zu sein. Und sie haben geglaubt …«

Er brach ab, presste wütend die Lippen zusammen.

Leon bemerkte, dass Drustans verbliebener Arm zitterte.

»Sie alle haben zehn Schläge bekommen. Und Luc zwanzig. Er hat sich bis zuletzt geweigert, mit der Wahrheit herauszurücken. Es war das erste Mal, dass sie etwas gemeinsam getan haben … Ich meine nicht gemeinsam arbeiten, essen oder beten. Sie sind füreinander eingestanden, wie die Novizen einer Lanze es tun sollten. Und sie haben sich gegen mich gestellt.«

»Das ist eine Frage des Betrachters, Drustan. Man könnte auch sagen, sie sind alle für Luc eingetreten.«

»Du musst mir die Wahrheit nicht schönreden, Primarch. Ich weiß, was ich weiß. Aber es ist noch etwas geschehen. Mit Luc … Der Junge ist mir unheimlich. Als ich seine Füße geschlagen habe … Ich habe einen gespleißten Rohrstock benutzt.« Er senkte den Blick. »Und ich habe ihn dorthin geschlagen, wo die Haut unter den Füßen am dünnsten ist. Mit aller Kraft. Mein Zorn ist mit mir durchgegangen. Ich bin nicht stolz auf das, was ich getan habe. Aber der Junge ... Ich sah, wie die Haut aufriss. Und dann hat sich die Wunde sofort wieder geschlossen. Dreimal ist das passiert ... Dann haben seine Füße geblutet, so wie sie es von Anfang an hätten tun sollen. Ich habe heilende Hän ... Ich habe eine heilende Hand. Du auch, Bruder Primarch. Wir wissen, was für Kräfte in uns ruhen. Wir können Leben retten, wo jeder andere Heilkundige versagt. Ich kann Fieber vertreiben, wenn ich mich an das Bett eines Kranken setze und ihm meine Hand auf die Stirn lege und bete. Aber das ... Er hat gar nichts getan. Er konnte die Fußsohlen nicht einmal mit der Hand berühren. Doch die Wunden haben sich geschlossen. Wie von Zauberhand. Was ist mit dem Jungen? Wird er ein Heiliger sein, oder müssen wir ihn fürchten?«

Wenn ich das nur wüsste, dachte Leon bei sich. Wunden, die von alleine heilten! Welche Macht! Luc konnte Gottes Antwort auf all ihre Sorgen sein. Einer wie er würde es schaffen. Er würde den Plan, den Bruder Alain einst ersonnen hatte, Wirklichkeit werden lassen. Er könnte dem Orden den einen großen Sieg schenken, der alle, die von Ketzertum und Häresie sprachen, um von ihrer eigenen Untugend abzulenken, auf immer verstummen ließe. »Wir müssen ihn beobachten, Bruder Drustan. Und wir dürfen uns nicht vor der Zeit ein Bild von ihm und seiner Art machen, damit unser Blick nicht getrübt wird. Ich setze große Hoffnungen in Luc de Lanzac. Wenn er von der rechten Art ist, dann wird er bald zur Bruderschaft gehören.«

»Wann wirst du ihn prüfen?«

»Wenn seine Zeit gekommen ist«, entgegnete Leon ausweichend. Er wusste es nicht. Er musste ein Heiler sein. Das hatte er bewiesen, als er Michelle gerettet hatte. Und nun das ... Seine Begabung übertraf alles, was die Bruderschaft bisher gekannt hatte. Oder aber, sie war etwas ganz anderes. Was war, wenn nicht die Macht Tjureds, sondern die verabscheuungswürdige Magie der Anderen in ihm wirkte? Die Prüfung würde es enthüllen ... ganz unzweifelhaft.

Leon blickte zu dem Jungen, der sich hinkend zum Flaggenpfahl schleppte. Er mochte ihn. Aber wenn er ein Wechselbalg war, dann müsste er ihn töten.

IM SCHLAMM VERBORGEN

Gishild hörte das Spottlied und ärgerte sich. Gestern noch wäre es ihr egal gewesen. Sie hatte sich so sehr gewehrt. Aber jetzt gehörte sie dazu. Drustans grausame Prügelstrafe hatte sie vereint. Gishild war eine Löwin.

Wie alle anderen stützte sie sich schwer auf den gepolsterten Kampfstab und hinkte langsam den Hügel hinauf. Sie alle hatten diese Waffe zum Buhurt wählen müssen, denn den langen Stab konnten sie wie eine Krücke benutzen, und ohne Krücke hätte wohl keiner von ihnen den Weg zur Schlammgrube geschafft.

Anne-Marie weinte leise. Giacomo rannen wahre Tränenbäche übers Gesicht.

»Ich hoffe, dein Ausflug gestern Nacht war es wert, dass wir allesamt hinken«, maulte Raffael.

Luc war sehr still. Ihn hatte es am schlimmsten von allen erwischt. Als Einziger hatte er zwanzig Schläge bekommen. Aber er ließ sich kaum etwas anmerken. Gishild blickte zu den bandagierten Füßen des Jungen. Rote Blutflecken blühten auf dem weißen Leinen.

»Der Nordstern war sehr schön gestern Nacht«, entgegnete Luc knapp, und er warf ihr einen Blick zu, zu flüchtig, um den anderen verdächtig zu erscheinen.

Meinte er etwa sie mit dem Nordstern? Bestimmt nicht! Jungs hatten für die Sprache der Dichter nichts übrig, es sei denn, es ging um Spottverse oder unzüchtige Trinklieder.

Sie erreichten die Hügelkuppe. Als sie zur Schlammgrube hinabstiegen, verstummten die Sänger einer nach dem anderen. Es waren sehr viele Novizen gekommen. Das Spiel zwischen den beiden schlechtesten Mannschaften hatte hohen Unterhaltungswert versprochen. Auch viele ältere Novizen und etliche Magister und Ritter waren unter den Zuschauern. Sie alle starrten sie an. Die vierzehn hinkenden Kinder. Und dann begannen sie zu tuscheln.

Gishild sah, wie mehrere Ritter zu Leon liefen. Michelle tauchte aus der Menge auf.

»Was, bei den Anderen, ist hier geschehen?«

»Frag Drustan!«, antwortete Joaquino für sie alle.

Die Fechtmeisterin blickte zu Luc, doch dieser schüttelte nur den Kopf. »Der Kapitän spricht für uns alle!«

Michelle wollte nicht aufgeben.

»Anne-Marie, sag mir, was hier los ist!«

Das Mädchen schüttelte den Kopf. Ihr Schluchzen wurde ein wenig lauter. Sonst kam kein Laut über ihre Lippen.

Leon breitete seine Arme aus. Er stand ganz oben auf den Zuschauerrängen. Neben ihm war Drustan. Der Primarch sah eindrucksvoll aus, dachte Gishild. So ganz in Weiß mit seinem wallenden Bart und der Augenklappe, die ihn verwegen aussehen ließ, hätte er einen guten Firn-Priester abgegeben.

»Brüder und Schwestern!«

Die Stimme des alten Ritters reichte bis zu den letzten Rängen. Schlagartig wurde es still.

»Wie ich hörte, hat die ganze Lanze der siebenundvierzigsten Löwen in der vergangenen Nacht gegen eine unserer Regeln verstoßen. Sie haben alle bekannt, sich im Dunkeln unerlaubt aus der Schlafbaracke entfernt zu haben. Und sie alle haben die dafür gebührende Strafe empfangen. Dennoch wollen sie spielen. Das nenne ich wahres Rittertum! Euren Frevel will ich vergessen. Ihr seid bestraft, und damit ist er gesühnt. Woran ich mich künftig erinnern möchte, wenn ich an diesen Tag denke, sind vierzehn Novizen, die bereit waren, als die Pflicht sie rief. Novizen, die selbst verwundet noch zum Kampf auf dem Kettengeflecht antraten. Ich wünsche euch Glück, Löwen!«

Gishild bemühte sich, ein wenig gerader zu gehen. Die Worte des Primarchen hatten gut getan. Sie hatten sie stolz gemacht. Jemand klopfte ihr auf die Schulter. Ein Novize, dem schon der erste Bartflaum spross, grinste sie an.

»Zeigt es ihnen, Löwen.«

Gishild schluckte. Sie gehörte dazu. Zum ersten Mal versuchte sie, sich dem nicht mehr zu widersetzen. So weit sollte es nie kommen … Sie war eine Löwin geworden! Plötzlich … Über Nacht. Das war Lucs Tat. Und Joaquinos …

Sie stiegen die Planken hinauf zum Fahnenmast. Giacomo stürzte. Ihren ersten Verlust hatten sie erlitten, bevor das Spiel begann.

Gishild hielt ihren Stab quer vor der Brust. Sie benutzte die Stange, um das Gleichgewicht zu halten, wie sie es in den vorangegangenen Spielen gelernt hatte.

»Wir müssen die neun besetzen«, rief Joaquino. »Dort muss jeder nur gegen einen Gegner widerstehen. Die Dreier können wir nicht halten. Luc, Bernadette und Gishild, ihr bleibt bei den Dreiern und rückt nach, sobald einer fällt. Viel Glück, Löwen!«

Gishild sah zu, wie die anderen schwankend auf den Ketten entlangliefen. Jeder Schritt auf den zerschlagenen Sohlen war von peinigenden Schmerzen begleitet. Die Prinzessin versuchte ganz fest an etwas anderes zu denken. Lucs Gesicht drängte sich ihr auf. Er hatte traurige Augen. Warum wohl? Seit mehr als einem halben Jahr waren sie in einer Lanze, und sie wusste fast gar nichts über ihn. Er erzählte viel weniger von sich als die anderen Novizen.

Raffael fluchte wie ein Kobold und stürzte kopfüber in den Schlamm. Im selben Augenblick erklang die Fanfare. Das ungleiche Spiel gegen die Äxte war eröffnet. Anne-Marie hinkte über die Planken zum Fahnenmast. Sie würde dort bleiben. Jetzt schon hatten sie keine Reserven mehr für das Spiel.

Die Äxte näherten sich sicher über das Kettengeflecht. Sie gingen mit allen Spielern zum Angriff über. In ihren Gesichtern strahlte ein siegessicheres Lächeln. Es war unmöglich, diesen Buhurt gegen die fußkranken Löwen zu verlieren.

Luc machte sich auf den Weg, um die Lücke zu schließen, die entstanden war, als Raffael gestürzt war.

»Löwen!«, feuerte Michelle sie von den Rängen an. Wie eine Novizin war sie aufgesprungen, hatte eine Faust hoch in die Luft gereckt und rief immer wieder: »Lö-wen! Lö-wen!« Ihre Schwester, die narbengesichtige Feldherrin aus Drusna, stimmte in den Schlachtruf mit ein. Andere Ritter schlossen sich ihnen an.

Die Kampfreihen prallten aufeinander. Und schon in den ersten Augenblicken stürzten drei Löwen. Es war aussichtslos! Sie konnten das Gleichgewicht nicht halten. Bernadette eilte vor. Und auch Gishild versuchte einen der vorstürmenden Spieler der Äxte aufzuhalten, einen bulligen Kerl, der einen sandgefüllten Ledersack als Waffe trug.

Tränen standen ihr in den Augen, als sie auf den rostigen Ketten lief. Am Morgen hatte es kurz geregnet. Ein schmieriger Rostfilm überzog das alte Eisen. Die nassen Verbände an ihren Füßen fanden keinen Halt. Es hatte nichts mit Können zu tun, sich auf den Ketten zu halten. Es war reines Glück!

Gishild konnte keinen wuchtigen Schlag führen, weil sie sonst das Gleichgewicht verloren hätte. Ihren Hieb steckte der Axtspieler einfach weg.

»Ich kenne Säuglinge, die kräftiger dreinschlagen!«

Der Kerl war im Stimmbruch. Seine piepsige Stimme stand in lächerlichem Gegensatz zu seinem massigen Leib. Er täuschte einen Fausthieb in ihren Magen an und schlug ihr dann mit dem Ledersack ins Gesicht.

»Dich lass ich Schlamm fressen!«, piepste er.

Warmes Blut troff von Gishilds Nase. Ein Ende ihres Kampfstabs krachte gegen das Kinn des Axtspielers. Der Junge taumelte zurück. Sie wollte ihm den Stab ins Gemächt rammen, aber er fing den Stoß gerade noch mit einem Knie ab. Gishild nahm nicht mehr wahr, was um sie herum geschah. Sie wusste, die Löwen würden verlieren. Sie wollte nur noch eins, nämlich diesen Mistkerl mit hinab in den Schlamm nehmen.

Sie ließ ihren Kampfstab wirbeln und wollte ihm einen Schlag aufs Ohr verpassen, doch ihr Gegner blockte ab. Ein linker Haken traf Gishild auf den Rippenbogen. Sie keuchte, taumelte zurück und bekam gleich noch einen Haken in den Bauch.

Grelle Lichtpunkte tanzten vor ihren Augen. Ihre Füße

fühlten sich an, als steckten sie im Feuer. Der Sandsack traf sie seitlich am Kopf. Sie ruderte mit den Armen. Ihr Kampfstab entglitt ihren Fingern.

»Hinab mit dir!« Der Spieler der Äxte holte zu einem letzten, vernichtenden Schlag aus.

Gishild stieß sich von der Kette ab. Sie sprang hoch und trat ihm vor die Brust. Es war, als stießen ein Dutzend Dolche durch ihre Fußsohle.

Ihr Gegner schwankte. Er trat zurück. Ein Fuß rutschte von der glatten, nassen Kette. Er streckte die Arme aus.

Gishild fiel. Sie schlug mit dem Rücken auf die Kette, glitt zur Seite hin ab. Ihre Finger krallten sich in das rostige Eisen. Sie trat gegen einen Knöchel des Jungen und stöhnte auf vor Schmerz. Ihr Griff um die Kette löste sich. Von Tränen halb geblendet, sah sie ihren Gegenspieler fallen. Dann schloss sich warmer, schwarzer Schlamm um sie. Die Umarmung der Erde tat gut. Die Schmerzen in den Füßen ließen nach.

»Blöde Kuh!«, fluchte der Axtspieler und richtete sich auf. »Du kämpfst wie ein ... wie ein Mädchen!«

»Und du klingst wie eins.«

»Wir sehen uns wieder auf den Ketten. Und dann ... dann mach ich dich fertig.« Leise fluchend watete er davon.

Gishild mochte sich noch nicht aus dem Schlamm erheben. Er stank ein wenig nach Schwefel. Doch sonst war er nicht unangenehm. Sie wollte lieber noch ein wenig verweilen, als mit den anderen Geschlagenen im eisigen See baden zu gehen. Mit ausgebreiteten Armen ließ sie sich treiben.

Die Löwenrufe auf den Rängen verstummten. Aus den Augenwinkeln sah Gishild ihr Banner im Schlamm landen. Es war ihr egal. Sie hatte gewonnen! Sie hatte einen mitgenommen. Das genügte ihr.

Eine klebrige Hand schob sich über ihren Mund. Ein Arm

umklammerte ihre Kehle. Sie spannte sich, wollte sich wehren. Doch der heimtückische Angreifer war unendlich viel stärker.

Sie wurde hinabgezogen in den Schlamm. Nur einen Herzschlag lang. Dann kam sie prustend wieder hoch.

»Sei still«, flüsterte eine vertraute Stimme. »Lieg ganz flach. Sei eins mit dem Schlamm, damit man uns nicht bemerkt. Mach weiter wie bisher.«

Die Stimme mit dem fremden Akzent hätte sie unter Tausenden erkannt. Am liebsten wäre sie aufgesprungen und der Elfe um den Hals gefallen. Endlich war sie hier. Silwyna! Sie hatte es immer gewusst, ihre Lehrerin würde kommen und sie holen.

Gishilds Herz schlug so wild, dass sie sich mit einem tiefen Seufzer Luft machen musste, sonst wäre ihr die Brust zersprungen.

»Endlich! Endlich bis du da.«

»Es war ein weiter Weg«, sagte die Elfe mit tonloser Stimme. »Und hüte dich vor diesem Schlamm hier. Verweile hier nicht ohne Not. Das ist kein guter Ort. Hier ist etwas Altes …. Etwas Hungriges. Ich kann es spüren.«

Sie schloss die Augen. Ihr schlammverschmiertes Gesicht war kaum noch zu erkennen.

»Hör mir gut zu«, sagte sie eindringlich. »Ich werde dir sagen, was zu tun ist. Und du musst mir gehorchen, auch wenn dir nicht gefallen wird, was ich dir sage.«

KEINE HARMLOSE FRAGE

Luc hinkte noch immer. Acht Tage waren seit ihrer Niederlage vergangen, und seine Füße waren noch nicht verheilt. Es würde dauern. Er verschwendete kaum mehr einen Gedanken daran. Das war die beste Art, gegen den Schmerz anzukommen. Ihn beschäftigte etwas ganz anderes. Und er war überrascht, wie bereitwillig ihm Drustan ein paar Stunden frei gegeben hatte, um die Bibliothek der Ordensburg zu besuchen. Überhaupt war der Magister ungewöhnlich freundlich seit der Bestrafung. Ob es ihm wohl leid tat?, überlegte Luc, als er sich auf den Weg machte. Vielleicht hatte der Primarch ihn für seine Grausamkeit getadelt. Luc hatte die beiden beim Buhurt beieinanderstehen sehen.

Dass sie wieder einmal verloren hatten, machte ihm zwar zu schaffen. Er bereute es aber nicht, zu Gishild hinausgegangen zu sein. Es tat ihm nur leid, dass alle anderen Novizen in die Sache mit hineingezogen worden waren. Sie hätten gewinnen können ... Beim nächsten Spiel war das ausgeschlossen. Es war das letzte in ihrem ersten Jahr als Novizen. Sie würden gegen die Drachen antreten. Und ihre Niederlage war so sicher, dass unter den anderen Novizen nicht einmal Wetten abgeschlossen wurden. Die Drachen hatten nicht ein einziges Spiel verloren. Für alle stand bereits fest, dass die Löwen des siebenundvierzigsten Jahrgangs mit der außerordentlichen Schande leben mussten, nicht ein einziges Spiel gewonnen zu haben. Luc wollte sich damit nicht abfinden. Sie waren besser geworden ...

Ein wenig verloren streifte er an den Bücherregalen entlang. Noch nie hatte er so viele Bücher an einem Ort versammelt gesehen. Gab es wirklich so viele Dinge, die es wert waren, aufgeschrieben zu sein? Die man wissen sollte?

»Du bist Luc, nicht wahr?«

Der Junge fuhr herum. Eine schlanke Frau mit kurzem blondem Haar war eingetreten. Eine blasse Narbe zerteilte Augenbraue und Wange. Auf dem Arm hielt sie drei dicke Bücher.

»Meine Schwester erzählt oft von dir. Sie hält große Stücke auf dich, Luc de Lanzac.«

Der Junge räusperte sich verlegen. Wenn ihm doch nur die Worte leichter von den Lippen gingen! Was sollte er darauf jetzt sagen? Er wusste genau, wer dort vor ihm stand. Lilianne, die gefallene Komturin. Und sie kannte ihn! Über sie wurde viel gesprochen unter den Novizen. Sie unterrichtete die letzten beiden Jahrgänge in Kriegskunst. Die meiste Zeit über war sie mit einigen ausgewählten Lanzen auf der großen Ebene, dort wo das Land vom Krieg gezeichnet war.

Obwohl er nichts sagte, lächelte sie ihn immer noch freundlich an.

»Suchst du etwas? Wenn man zum ersten Mal hierher in den Büchersaal kommt, dann fühlt man sich verloren, nicht wahr?«

Luc wusste, dass sie sich bestimmt nicht verloren gefühlt hatte. Michelle hatte ihm erzählt, dass es im Haus ihrer Eltern eine große Bibliothek gegeben hatte. Er räusperte sich wieder. Sein Mund war staubtrocken.

»Sind die Regeln über den Buhurt jemals niedergeschrieben worden, Schwester?«

Sie runzelte die Stirn. Durch die Narbe entstand ein seltsames Faltenmuster, asymmetrisch gegeneinander verschoben. »Natürlich gibt es Regeln. Aber es sind nur ein paar Seiten. Hat Drustan euch nicht ausführlich über das Spiel unterrichtet?«

»Doch«, sagte Luc. »Aber ich würde sie gern lesen, die Regeln.«

Lilianne legte ihre Bücher auf einem Stehpult ab.

»Komm mit!« Sie führte ihn zu einem großen Regal zwischen zwei Spitzbogenfenstern. Ihre schlanken Finger glitten über die dicken ledernen Buchrücken.

»Das alles sind Berichte über Spiele. Du solltest ein paar von ihnen lesen. Das hilft. Es gibt viele Möglichkeiten, beim Buhurt zu gewinnen. Standfeste, gute Kämpfer allein sind nicht genug. Man sollte seinen Gegner beobachten und jedes Spiel mit einem Plan beginnen, so wie eine Schlacht. Ich glaube, du wirst in diesen Bänden Antworten auf deine Fragen und den Schlüssel zum Sieg finden.«

Luc blickte zweifelnd die Bücherwand an. Es mussten über hundert Bände sein, die in den Regalen aufgereiht standen.

»Das alles ist über den Buhurt geschrieben worden?«

Lilianne nickte.

»Einige der besten Heerführer unseres Ordens haben als Kapitäne im Buhurt begonnen. Vieles, was dort gilt, vermag einem später auch auf dem Schlachtfeld zum Erfolg zu verhelfen.«

»Warst du auch einmal Kapitän?«

Sie schloss die Augen.

»Ja. Vor einer Ewigkeit. Ich bin eine Löwin, so wie du.« Sie beugte sich zu ihm hinab. »Meine Lanze haben sie auch auf die Galeere geschickt«, flüsterte sie. »Ihr solltet euch deshalb nicht schämen. Ich werde bei euch sein im nächsten Jahr. Und du wirst sehen, die sechs Monde auf der Galeere vergehen wie im Flug. Wenn wir mit den Winterstürmen zurückkehren, dann werdet ihr eine viel stärkere Lanze sein. Es ist keine Schande, auf die Galeere zu kommen.«

»Das sehen die anderen Lanzen anders«, entgegnete er

zerknirscht. »Sie haben jetzt schon ein Spottlied auf uns gemacht.«

»Gib darauf nichts! Sie fürchten euch. Wenn ihr wiederkehrt, werdet ihr stark sein. Ihr werdet den Rudertanz lernen. Und ich verspreche dir, wenn ihr den beherrscht, dann geht ihr auf den Ketten so sicher wie auf festem Boden.«

Sie richtete sich auf und tippte gegen einen rotgoldenen Buchrücken.

»Und bis dahin solltest du das hier lesen. Es ist so ziemlich das Beste über Spieltaktik, was je verfasst wurde. Unser Primarch hat es geschrieben, als er jung war. Auch er war einmal der Kapitän seiner Lanze.«

Luc nahm das Buch, aber das war nicht das, was er wollte.

»Und die Regeln?«

»Daraus kannst du mehr lernen als aus ein paar Regelseiten.«

Es war Luc unangenehm, auf seiner Forderung zu beharren.

»Ich möchte nicht anmaßend erscheinen ... Aber ich würde doch gerne auch die Regeln lesen. In meiner Vorstellung ist es mit dem Spiel wie mit unserem Totenturm. Man braucht erst ein gutes Fundament. Das sind die Regeln. Dann erst kann man in die Höhe bauen.«

Lilianne sah ihn durchdringend an.

»Michelle hat recht. Du bist ungewöhnlich. Ein Junge in deinem Alter sollte so nicht reden ...«

»Es tut mir leid, ich wollte dich nicht beleidigen. Ich..«

Sie hob abwehrend die Hände. »Das hast du nicht. Suchen wir also die Regeln.«

Sie musterte das Regal. Lange. Endlich deutete sie auf eine schmale Lücke auf dem untersten Bord.

»Ich fürchte, es gibt noch jemand anderen, der die Regeln liest. Ich besitze selbst einen Band mit den Regeln. Es ist ein sehr dünnes Buch. Und der größte Teil besteht aus hübschen Kupferstichen. Der Großmeister hat es mir geschenkt, als meine Löwen zwei Jahre hintereinander die beste Lanze im Buhurt waren. Damals war ich sehr stolz. Jetzt ist es Jahre her, dass ich das letzte Mal in das Büchlein hineingesehen habe. Komm mit. Ich habe es in meiner Kammer.«

»Aber ...«

»Nein, nein. Du kannst das Buch geliehen haben. Wenn ich heute hineinsehe, macht es mich traurig. Zu viele aus meiner Lanze sind schon vorausgegangen zu unserem Turm. So ist das mit uns Rittern. Ein Licht, das sehr hell brennt, verzehrt sich schneller.«

Sie führte ihn aus der Bibliothek hinaus in eine weite Halle, von deren Decke Dutzende zerfetzter Fahnen hingen. Die Trophäen alter Schlachten ... Luc hatte von diesem Ort gehört. Aber bisher war er kaum einmal in der weitläufigen Ordensburg gewesen.

Ihr Weg führte über verschiedene Wendeltreppen und über enge Flure. Sie durchmaßen eine Gemäldegalerie, an deren Wänden wohl eine Hundertschaft ernst dreinblickender älterer Damen und Herren versammelt war.

Endlich blieb Lilianne stehen und schloss eine Tür auf. Luc war überrascht, wie weitläufig die Kammer war, die sich dahinter befand. Ein großer Tisch, auf dem sich Bücher und Landkarten stapelten, beherrschte den Raum. Zwischen zwei Bogenfenstern stand eine stahlschimmernde Rüstung mit einer wundervollen emaillierten Brustplatte, die das Wappen des Blutbaums zeigte.

Luc entdeckte auf einem Regal einen grässlich eingeschlagenen Helm.

Lilianne, die seinem Blick gefolgt war, nahm den Kopfschutz vom Brett. Er war auf ganzer Länge über der linken Gesichtshälfte eingeschlagen.

»Ein Elfensäbel«, bemerkte die Ritterin lakonisch. »Ich hatte Glück. Mein Helm war besser als Leons. Na ja, vielleicht hatte ich auch einen schwächeren Elfen ... Sie preschen an dir vorbei, wenn die Schlachtlinie bricht, und zerschmettern dir mit einem Rückhandhieb den Schädel. Ich hab schon manche unserer Ritter so sterben sehen.«

Sie nahm einen prächtigen Säbel zur Hand, der weit hinten auf dem Regal außer Sicht gelegen hatte.

»Das ist die Klinge, die den Streit zwischen meiner Schwester und mir, wer von uns wohl die hübschere sei, für immer entschieden hat. Zieh sie ruhig aus der Scheide.«

Luc tastete über den Korb der Waffe. Vergoldetes Messing, besetzt mit funkelnden Brillanten. Der Korb zeigte einen stilisierten Pfau, der ein Rad schlug. Und das Federrad fächerte auf zum Handschutz. Zögernd zog Luc die Klinge.

»Nur zu«, bestätigte Lilianne.

Die Waffe lag wunderbar in der Hand. So als sei sie nur für ihn geschaffen. Er führte ein paar Schläge in die Luft.

»Alvarez hat den Mistkerl von seinem hübschen Gaul geschossen und mir den Säbel zum Andenken geschenkt. Bleikugeln sind das beste Kraut gegen die Elfenbrut. Mit blankem Stahl in der Faust kann man nicht gegen sie bestehen. Sie sind zu gute Fechter ... Aber das Blei ... Ich glaube, es vergiftet sie. Und es nimmt ihnen ihre Zauberkraft. Sie können diese Wunden nicht heilen, solange die Kugel in ihrem Leib ist. Letzten Endes werden wir wohl mit Arkebusen und Pistolen siegen und nicht auf die ritterliche Art mit Rapier und Lanze.«

Sie schwieg einen Augenblick, und Luc fragte sich, woran sie wohl dachte. Daran, warum man die Novizen zu Rittern machte, wenn Ritter nicht siegen konnten? Aber es kam nicht nur auf Rapier und Lanze an. Es war auch der Geist der Ritterlichkeit, der einen Kampf entschied!

»Leg den Säbel jetzt lieber wieder fort«, sagte sie plötzlich. »Ich habe den Verdacht, dass er verzaubert ist. Das gibt es nicht, dass eine Waffe bei jedem gut in der Hand liegt. Das muss Magie sein.«

Luc gehorchte, schob die Klinge in die Scheide und reichte sie Lilianne.

»Kümmern wir uns nun um das Buch.«

Sie wandte sich ab, betrachtete ein Bücherbord und öffnete dann eine große Truhe, um darin herumzustöbern.

Der Junge nutzte die Gelegenheit, um sich weiter im Zimmer umzusehen. In einer Ecke lag ein Sattel, daneben, auf einem niedrigen Tisch mit weißen Intarsien, ein Paar prächtige Radschlosspistolen. Ein schmales Feldbett diente der Kriegerin als Lager.

Leises Summen ließ Lucs Blick zur Fensterbank wandern. Fliegen tanzten im Sonnenlicht über einer Schale, in der blutige Fleischklumpen lagen. Unter dem Fenster stand eine Kiste mit dicken grauen Bändern. Sie schien ganz aus Blei zu sein. Erst auf den zweiten Blick fielen ihm schmale Schlitze in der Kiste auf. Neugierig trat er näher. Etwas raschelte. Er beugte sich vor.

»Da ist es!«

Als sei er bei etwas Unrechtem ertappt worden, fuhr Luc herum. Lilianne hielt ihm ein prächtiges Büchlein entgegen, das in dunkelrotes Leder mit Goldschnitt gebunden war.

»Wir sehen uns auf der Galeere. Bis dahin kannst du es behalten.«

Luc hatte das Gefühl, dass ihre Stimme plötzlich ein wenig kühler klang. Hatte es mit der großen Bleikiste zu tun? Oder wollte sie einfach an ihre Arbeit zurück? Wieder hörte er das Rascheln.

Er nahm das Buch an sich.

»Ich danke dir, Schwester.«

»Lass dir einen Rat geben. Hol dir auch Leons Buch aus der Bibliothek. Das wird dir eine größere Hilfe sein. Mich hat es jedenfalls weitergebracht.« Sie trat an die Tür und öffnete sie. Seine Zeit in ihrer Kammer war um.

Als er hinausging, flog eine bunt schillernde Fliege an ihm vorbei. Wozu brauchte sie wohl das blutige Fleisch? Es hieß, die Wilden in Drusna würden rohes Fleisch essen. Ob die Zeit in den Wäldern sie so sehr verändert hatte? Und was würde mit ihm geschehen, wenn man ihn in den Krieg schickte?

KEIN FEHLER

Er hatte sich eingebildet, dass sie ihn mochte. Alvarez lächelte traurig. Er hatte sich verliebt. Aber sie nicht. Kaum war das erste der schweren Taue festgebunden, sprang sie auf die Reling und lief mit katzenhafter Leichtigkeit über das Seil zum Anlegesteg.

Sein Steuermann grinste ihm zu. »Sie ist was Besonderes, nicht wahr?«

Er nickte. Ja, das war sie. Ob er sie wiedersehen würde? Sie drehte sich nicht um. Ihr enges, safrangelbes Kleid strahlte im ersten Morgenlicht. Sie leuchtete zwischen den Heuerleuten in ihren Lumpen, den Seemännern und Kaufherren, die sich am Kai drängten. Obwohl der Anlegeplatz hoffnungslos überfüllt war, bildete sich für sie eine Gasse im Gedränge. Gierige Augen folgten ihren Schritten. Ein Kaufmann winkte ihr zu und rief etwas.

Sie gab eine Antwort, die im Gelächter der Umstehenden unterging. Alvarez sah, wie der Kaufmann eine Hand auf seinen Dolch legte. Unwillkürlich griff der Kapitän nach seinem Rapier. Sie war allzu leichtfertig! Er hatte ihre flinke Zunge gemocht ... Aber eines Tages würde sie sich mit ihrem losen Mundwerk in Schwierigkeiten bringen.

Er hatte ihr angeboten zu bleiben. Sie hatte gelacht. Und ihre seltsamen Augen waren dabei kalt geblieben. Ihre Augen ... Man konnte Angst vor ihnen haben. Wolfsaugen waren das. Es waren diese Wolfsaugen, die ihn gefangen genommen hatten, gleich als er sie zum ersten Mal gesehen hatte. Sie hatte ihn erwählt und nicht umgekehrt. Der Kapitän musste schmunzeln. Alles war bei ihr anders gewesen. Sie hatte bestimmt, was geschah und wie. Nie hatte er ihr straffes Haarband berühren dürfen, selbst beim wildesten Liebesspiel nicht. Er war in so vielen Häfen vor Anker gegangen ... Aber eine Frau wie Mirella hatte er noch nie getroffen.

Alvarez erhaschte einen letzten Blick auf sie. Dann war sie im Schatten der großen Kornspeicher verschwunden. Er schluckte. Versuchte sich einzureden, dass sie doch nur eine Hure war. Und noch dazu eine, die ihn in Schwierigkeiten gebracht hatte. Er sollte froh sein, dass sie fort war. Aber das Gefühl, sie nie wieder zu sehen, erstickte ihn. Dies hier war seine erste Fahrt auf der *Windfänger*. Eine wunderbare Galeasse, die gerade erst vor zwei Wochen vom Stapel gelaufen war. Er hatte es geschafft. Endlich hatte er das Kommando über eine Galeasse! Und alles, woran er dachte, war diese Frau mit den Wolfsaugen. Er war verrückt geworden! Er sollte glücklich sein.

Das große Schiff war vertäut. Die Segel waren eingeholt. Laufplanken wurden angelegt. Er hatte eine gute Mannschaft. Sie wussten, was zu tun war, selbst wenn er an der Reling stand und träumte, statt Befehle zu geben. Sie alle hatten die Frau gesehen. Sie wussten, was mit ihm los war. Er hatte zwar eine eigene Kabine, aber selbst eine Galeasse, die schon mehr Bequemlichkeit bot als eine Galeere, war zu beengt, um Geheimnisse zu haben.

»Gibt es noch Befehle, Bruder Kapitän?« Der junge Ritter grinste.

Würden sie ihn jetzt alle immer angrinsen, weil sie wussten, dass er auf der Jungfernfahrt diese Frau mitgenommen hatte?

»Das Übliche. Ergänze die Vorräte. Ein Drittel der Mannschaft hat Freigang bis morgen früh. Teile Deckwachen ein. Lass keine Weinhändler an Bord.«

»Und Frauen?«

Der Ritter war klug genug, nicht mehr zu grinsen.

»Bis zum Morgengrauen. Noch Fragen?«

»Nein, Kapitän!«

Alvarez war froh, wieder allein zu sein. Er spähte zu den Kornspeichern hinüber. Hoffte, dort ein safrangelbes Kleid leuchten zu sehen. Aber sie war fort. Sie würde Marcilla verlassen. Sie hatte nichts dergleichen gesagt. Dennoch war er sich sicher. Sie hatte auf ihn gewirkt wie jemand, der am Anfang einer weiten Reise stand. Er spürte so etwas. Alle Seemänner spürten es.

»Mirella«, sagte er leise. Sie hatte den Namen mit einem seltsamen Akzent ausgesprochen, den er nicht nachzuahmen vermochte. Drei Wochen war es her, dass er ihr in einer

Hafenschänke in Marcilla begegnet war. Sie war auf ihn zugegangen. Und sie hatte einen Preis genannt, der unverschämt war. Aber er hatte ihr nicht widerstehen wollen ... Und so war es geblieben. Es war streng verboten, Unbekannte auf dem Seeweg nach Valloncour mitzunehmen. Wer auf die Halbinsel wollte, der musste den Landweg nehmen. Und wer ohne Bürgen zum ersten Festungstor kam, der brauchte sich keine Hoffnungen zu machen, Zutritt zu bekommen. Dieser Weg dauerte Wochen. Und Fremde durften nicht allein in den Hafen. Sie wurden unter strenger Eskorte dorthin gebracht. Der große Krater war leicht zu bewachen. Was im Tal der Türme vor sich ging, blieb ein Geheimnis der Neuen Ritterschaft. Es gehörte zu ihrem Mythos unter den einfachen Leuten, dass kaum jemand je ihre geheimnisumwitterte Ordensburg gesehen hatte.

In einer Seekiste hatte er sie an Bord gebracht. Und so war sie auch in den Vulkanhafen gelangt. Er musste verrückt gewesen sein. Sie war wie eine Schlange. Er hätte es niemals für möglich gehalten, dass sie in der engen Kiste genug Platz finden würde. Aber sie war gelenkig wie ... Alvarez fiel kein wirklich passender Vergleich ein. Wie eine Schlange war sie nicht! Sie war ... Er seufzte. Er sollte aufhören, an sie zu denken, und zu Tjured beten, dass sie ihm für immer fernbliebe. Er hatte gedacht, sie würde mit in sein Quartier am Hafen kommen. Oder sich in einer der Schänken verdingen. Stattdessen war sie verschwunden, unauffindbar, obwohl es aus dem tiefen Vulkankegel nur drei Wege hinauf gab, die alle streng bewacht wurden. Es war gerade so gewesen, als sei sie unsichtbar geworden. Und er war vergangen vor schlechtem Gewissen. Er hätte es melden müssen. Dem stellvertretenden Leiter des Handelskontors ... Er hasste diesen Mistkerl. Nie hatte er begriffen, was Michelle an ihm gefunden hatte. Er war eine Schlange, auch wenn seine Mutter ihn den Ehrenhaften genannt hatte.

Doch wenn er schon nicht zu Honoré ging, dann hätte er es wenigstens Leon melden müssen. Bei der Versammlung der Bruderschaft hatte er es sagen wollen. Hinterher … Doch Leon hatte sich so schnell entfernt … Und dann war sie wieder da gewesen. In seiner Kammer, am Hafen. Tjured allein mochte wissen, wie sie dort hineingelangt war.

Der Kapitän musste leise lachen, als er an das Wiedersehen dachte. Sie hatte in seinem Bett gelegen, als sei sie nie fortgewesen. Und auf seine Fragen hatte sie frech geantwortet:

»Bist du sicher, dass es dich glücklicher macht, wenn du weißt, in welchen Betten ich noch gelegen habe?«

In diesem Augenblick war er sich sicher gewesen, dass sie zu Honorés Spitzeln gehörte. Er wusste, dass der Mistkerl ihn jetzt in der Hand hatte. Bestimmt hatte Mirella verraten, wie sie nach Valloncour gelangt war. Doch statt bestraft zu werden, hatte er völlig überraschend das Kommando über die *Windfänger* bekommen. Und diesmal hatte er Mirella mit an Bord nehmen dürfen, denn wer Valloncour verließ, dem stand jeder Weg offen. Überprüft wurde nur, wer kam, und nicht, wer ging.

Alvarez schloss die Augen und dachte an die vergangenen Nächte. Viel zu schnell war die Fahrt nach Marcilla gewesen! Sie hatten guten Wind gehabt. Und die Galeasse hatte ihrem Namen alle Ehre gemacht. Sie war ein wunderbares Schiff. Und er Narr konnte nur an die wunderbare Frau denken, die er verloren hatte. An ihre Seidenhaut und den Duft ihres Haares.

Er strich über seinen Bart und roch dann an seiner Hand. War da noch ein Hauch von Sandelholz, Mandelöl und Pfirsich? Nie hatte er bei einer Frau gelegen, die so gut gerochen hatte. Und egal, wie leidenschaftlich ihr Liebesspiel wurde, sie schwitzte nie.

Er seufzte, öffnete die Augen und sah hinüber zu der dunklen Gasse zwischen den Kornspeichern. Er war versucht, ihr nachzulaufen. Den Orden zu verlassen. Aber tief in seinem Herzen wusste er, dass er sie nicht mehr wiederfinden würde. Sie war verschwunden, so wie sie in Valloncour auf unerklärliche Weise verschwunden war. Und selbst wenn es ihm gelingen sollte, sie aufzuspüren, würde sie nichts mehr von ihm wissen wollen. Sie hatte ihn gebraucht, um zur Insel der Neuen Ritterschaft zu gelangen. Nun wollte sie ihn nicht mehr.

»Lebe wohl, geheimnisvolle Schöne«, sagte er leise. »Möge Gott über deinen Wegen wachen.«

Alvarez ging hinab zur Laufplanke. Luigi, sein Steuermann, stand beim Hauptmast. Es gab zwei Wege, eine unglückliche Liebe zu vergessen. Entweder er ging in die Hafenbordelle ... Aber er würde dort keine finden wie sie. Nein ...

»Luigi?«

Der alte Steuermann drehte sich um.

»Kapitän?«

»Ich habe eine Kiste Gottesblut vom Mons Gabino, und die *Windfänger* sollte um ein wenig Ballast erleichtert sein, wenn wir morgen auslaufen.«

Der Steuermann schenkte ihm ein zahnlückiges Grinsen.

»Immer zu Diensten, mein Kapitän!«

DIE VERSCHWÖRER

Luc spähte misstrauisch ins Halbdunkel. Es stank nach Pferdepisse. Drustan lächelte auf eine Art in sich hinein, die nichts Gutes verhieß. Hatte er seinen Plan aufgedeckt?

Gleich nach der Fechtstunde hatte ihr Magister sie hierhergebracht. Sie alle waren erschöpft, nicht in der besten Verfassung. Und der Ausflug kam völlig unvorbereitet. Keiner hatte seinen Gambeson oder auch nur den Lederhelm ablegen dürfen. Sogar ihre Übungswaffen sollten sie mitnehmen. Und dann führte er sie zu dieser Treppe … Die Stufen waren ungewöhnlich niedrig und der Treppengang sehr weit. Oben hatte es eine massive Gittertür gegeben und am Fuß der Treppe eine zweite. Sie kamen an etlichen Türen mit schweren Riegeln vorbei. Einmal hatte Luc jemanden vor sich hin murmeln hören. Das dicke Holz der Kerkertüren dämpfte jedes Geräusch.

»Wo sind wir hier?«, versuchte es Giacomo mit unschuldigem Tonfall. Er war nicht der Erste, der fragte.

»Ihr werdet es gleich sehen!« Drustan antwortete lauter, als es nötig gewesen wäre. Er wies den Gang hinauf. »Dort vorne kommt eine Kehre. Ihr geht allein weiter. Joaquino, du nimmst meine Fackel und führst die Lanze. Viel Glück!«

Luc schnupperte. Ein neuer Geruch war da. Es stank nach Aas. Er kannte den Geruch noch gut, würde ihn niemals vergessen – den Geruch des sterbenden Dorfs Lanzac. Den Geruch der Stinker.

Joaquino straffte sich.

»Ihr habt es gehört, Löwen. Wir haben einen Befehl. Seid Ritter und macht unserer Lanze keine Schande!«

Gishild berührte Luc sanft am Arm. »Bleibe dicht bei mir.«

»Was ist da im Dunkeln?«

Sie schüttelte den Kopf.

»Wahrscheinlich irre ich mich. Sie können nicht hier sein. Nicht hier!«

»Wer?«

Sie antwortete nicht.

Joaquino ging voran. Er hielt die Fackel hoch über den Kopf. Der Aasgestank wurde stärker. Die Lanze folgte ihrem Kapitän. Luc wünschte sich, er hätte nicht nur ein verdammtes Holzschwert in der Hand. Er war sich sicher, dass sie nicht wirklich in Gefahr waren. Das würde Drustan nicht wagen ... Aber hinter dem Knick des Tunnels lauerte etwas Übles. Da war er sich ganz sicher.

Mit angehaltenem Atem bog er ab. Ein kleines Stück voraus versperrte eine weitere Gittertür den Gang. Viel weiter reichte das Licht der Fackel nicht. Was sollte das? Was ... Ein markerschütternder Schrei löschte jeden Gedanken aus. Der steinerne Boden erbebte. Und aus der Finsternis sprang ein Ungeheuer hervor. Riesig, mit gefletschten Zähnen, scharf wie Dolche. Eine Albtraumgestalt mit breitem, teigig aussehendem Gesicht. Kleine, bösartige Augen funkelten sie an. Und im Vergleich zu den riesigen Fäusten wirkten die Eisenstäbe des Gitters zerbrechlich wie Schilfrohre.

Joaquino ließ vor Schreck die Fackel fallen. Giacomo warf sich zu Boden und hob schützend die Arme über den Kopf. Anne-Marie war einfach ohnmächtig geworden. Raffael fing sie auf, als sie stürzte. Die meisten liefen einfach schreiend davon. Luc wünschte, auch er könnte laufen, doch seine Beine waren wie versteinert.

Das Ungeheuer schien ihn mit seinen kalten Augen verschlingen zu wollen. Es trat ganz dicht an die Eisenstäbe. »Ych oich fräzen! Ale! Kohmmt, Kihndärchen.«

Als Einzige schien Gishild völlig unbeeindruckt zu sein. Wie konnte man nur so kaltblütig sein? Und dann begann sie zu sprechen. Es waren merkwürdige, knurrende Laute.

Das Ungeheuer zog eine Grimasse. Verstand es etwa, was sie sagte?

Langsam dämmerte Luc, was da vor ihnen stand. Er kannte diese Kreatur aus Märchen und aus Geschichten über den Krieg in Drusna. Das musste ein Troll sein! Nichts von allem, was er gehört hatte, wurde diesem Anblick gerecht. Die Kreatur war mit wulstigen Narben bedeckt. Sie trug ein dickes Halsband, offenbar aus Blei ... Warum es sich eine Kreatur mit solchen Kräften wohl nicht einfach abriss?

An der Schulter des Trolls entdeckte Luc eine offene, schwärende Wunde. Wenn man ihn genauer betrachtete, sah er eigentlich ziemlich elend aus. Sicher, er war groß. Mehr als drei Schritt, und dabei hielt er sich noch geduckt. Doch seine Arme und Beine waren wenig mehr als Haut und Knochen.

Gishild redete mit der Kreatur. Und der Troll antwortete ihr. Das wilde Funkeln war aus seinen Augen gewichen.

»Das genügt!«, erklang Drustans Stimme. Er trat zwischen sie und hob die Fackel auf. »Ich verbiete dir, noch ein Wort mit ihm zu reden!«, schnauzte er Gishild an. Dann stieß er die Fackel in Richtung des Trolls. »Zurück mit dir ins Dunkel, Ausgeburt der Finsternis!«

Das Ungeheuer wich tatsächlich zurück. Luc war beeindruckt. So sehr er Drustan auch verabscheute, wünschte er sich in diesem Moment, eines Tages so zu sein wie er. Ein Ritter, der nur mit einer Fackel und der Kraft seiner Stimme ein Ungeheuer vertreiben konnte! Auch Raffael und Joaquino waren sichtlich beeindruckt. Nur Gishild nicht.

»Los, wir gehen jetzt alle zurück zum Burghof!«

Der Magister führte sie den Gang entlang und die Treppe hinauf.

Luc war erleichtert, als sie den Aasgestank hinter sich ließen. Drustan erlaubte ihnen, sich bei der Pferdetränke niederzulassen. Diejenigen von ihnen, die fortgelaufen waren, schlotterten noch immer vor Angst. Bernadette war leichenblass. Auch Anne-Marie hatte sich noch nicht erholt. Sie atmete keuchend und zitterte am ganzen Leib. Luc fand es ungemein beruhigend, gesehen zu haben, wie leicht Drustan mit dem Ungeheuer fertig geworden war.

»Das, Novizen, ist der Feind!«, erklärte der Magister mit fester Stimme. »Die von euch, die es schaffen, sich die goldenen Sporen der Ritterschaft zu verdienen, werden in sechs Jahren nicht mehr laufen oder ohnmächtig werden, wenn sie einen Troll sehen. Sie werden ihre Schwerter ziehen. Sie werden wie eine Mauer von Stahl sein. Und kein Ungeheuer wird euch zum Wanken bringen.«

Luc konnte sehen, wie Gishild eine patzige Bemerkung auf den Lippen brannte, doch sie hielt sich zurück.

»Raffael! Wie würdest du so ein Ungeheuer bekämpfen?«

»Mit Kanonen, Magister. Ich würde es in Stücke schießen!«

Drustan nickte. »Nur leider sind im Felde Kanonen meist nicht rasch zur Hand. Wie verteidigt sich ein Trupp Infanterie gegen Trolle?«

»Man fasst Pikenträger in dichter Formation zusammen.« Es war Anne-Marie, die antwortete. »Dazu Hellebarden in den vordersten beiden Reihen, wo sie geschützt durch die langen Piken stehen. Die Pikenspitzen halten den Sturmlauf der Trolle auf. Dann gehen die Hellebardiere vor und hacken die Ungeheuer nieder.«

»Sehr gut! Ich sehe, du hast deinen Ignazius Randt gelesen. Für einen Bruder vom Aschenbaum ist er ein exzellenter Theoretiker. Nur leider sind die Feldtruppen meist nicht diszipliniert genug, um sich einer Horde anstürmender Trolle zu stellen. Die meisten Krieger benehmen sich so wie ihr gerade eben, wenn sie zum ersten Mal einem Troll begegnen.« Er lächelte. »Ihr würdet euch wundern, wie viele angesehene Ritter aus unseren eigenen Reihen sich in die Hosen gemacht haben, als sie auf ihren ersten Troll trafen. Ich selbst war wie gelähmt vor Angst. Die Trolle hätten mich einfach packen und fressen können, wenn mich die Kameraden meiner Lanze nicht beschützt hätten.«

Luc war ungemein erleichtert, das zu hören. In Augenblicken wie diesen mochte er Drustan. Wenn der Ritter nur ein wenig berechenbarer wäre! Dann könnte man durchaus mit ihm auskommen.

»Trolle bekämpft man mit dem Langschwert, mit Hellebarden, großen Äxten und Pistolen. Und vor allem, man bekämpft sie nicht allein. Ein Troll kann nur besiegt werden, wenn die Lanze zusammensteht. Ihr müsst euch gegenseitig helfen. Einer allein ist verloren gegen einen Troll. Schwester Michelle ist die Einzige, die ich je in einem Zweikampf mit einem Troll habe siegen sehen. Aber versucht lieber nicht, es ihr gleichzutun, wenn ihr an eurem Leben hängt. Und noch etwas: Der Troll mag euch schrecklich vorkommen, doch unsere ärgsten Feinde sind die Elfen. Selbst der größte unter den Trollen ist im Nahkampf nicht so schrecklich wie sie. Sie mähen Krieger nieder wie der Schnitter das Korn. Bekämpft sie mit Pistolen. Versucht es erst gar nicht mit Schwert oder Rapier. Doch genug davon. Diese Unterrichtsstunde ist beendet.« Er rümpfte die Nase. »Diejenigen unter euch, die es nötig haben, bekommen nun Gelegenheit, ihre Beinkleider zu säubern. Ich erwarte euch zum Mittagsmahl bei den Baracken.«

Eine Stunde freizuhaben, war ein Geschenk Gottes, dachte Luc. Er hatte zwar fest damit gerechnet, dass er wieder einmal zum Essenholen geschickt würde, aber hatte noch keine Idee gehabt, wie er es schaffen sollte, seine zusätzliche Last unauffällig zur Baracke zu bringen. Zur Not würde Juztina die Sachen zu einem Versteck im Wald bringen. Aber er wollte Drustans Magd nicht tiefer in die Angelegenheit hineinziehen, als er es ohnehin schon getan hatte.

»Joaquino? Gishild?« Die beiden waren eingeweiht. Ohne ein weiteres Wort begriffen sie, was er wollte. Ärgerlicherweise blieb auch Raffael, während die anderen sich davonmachten, um die überraschende Pause zu genießen.

»Wieso kannst du mit einem Troll reden?«, fragte Raffael, an Gishild gewandt.

Sie sah ihn trotzig an. »Ich komme aus dem Fjordland. Da kann man das eben.«

»Red keinen Unsinn! Ich komme aus Equitania. In keiner anderen Provinz werden edlere Pferde gezüchtet, und meinen Eltern gehört ein großes Gestüt. Aber reden kann ich deshalb noch lange nicht mit Pferden!«

»Du solltest Trolle nicht mit Tieren verwechseln«, entgegnete Gishild eisig. »Und im Übrigen, der Kerl, der dort unten eingesperrt ist, ist wahrlich ein kümmerliches Exemplar. Nur weil ihr ihn gesehen habt, habt ihr noch lange keine Ahnung, was es heißt, einem richtigen Trollkrieger gegenüberzustehen. Und was unser lieber Magister vergessen hat zu sagen: Haltet Trolle lieber nicht für dumm! Die werden nicht blindlings in einen Pikenhaufen stürmen. Die schmeißen so lange mit Felsbrocken nach den Pikenieren, bis ihre Schlachtreihe zerbricht. Und dann beginnt ein Gemetzel, wie ihr es euch in euren schlimmsten Albträumen nicht vorstellen könnt.«

Luc hatte das beklemmende Gefühl, dass Gishild ganz genau wusste, wovon sie sprach. Raffael und Joaquino schien es ähnlich zu gehen. Jedenfalls hatte keiner mehr Lust, ihr noch weitere Fragen zu stellen.

»Gehen wir in die Küche!«, sagte Luc schließlich.

»Glaubst du, es ist eine gute Idee, was du da vorhast?«, fragte Joaquino skeptisch. »Mir sind Zweifel gekommen. Wir werden schon wieder bestraft werden. Und mir brennen jetzt noch die Fußsohlen.«

»Hältst du es für besser, die Erwartungen aller zu erfüllen und schon wieder zu verlieren?«, fuhr ihn Gishild überraschend heftig an. »Da bekomm ich lieber noch einmal Prügel.«

»Wir verstoßen gegen keine Regel!«, versuchte Luc die beiden zu beschwichtigen. »Ich habe die Regeln zum Buhurt vielleicht zwanzigmal gelesen. Alles Mögliche steht darin: von der Länge der Schwerter und Kampfstäbe bis hin zum Gewicht der Sandsäcke ist alles geregelt. Was wir tun werden, ist nicht verboten!«

»Was nicht heißt, dass es erlaubt ist«, beharrte Joaquino.

»Das sehe ich anders. Was nicht ausdrücklich verboten ist, ist für mich erlaubt!«

Raffael sah sie mit großen Augen an. »Könnte mir vielleicht freundlicherweise jemand sagen, worüber ihr gerade redet?«

Luc sah von Gishild zu Joaquino. Beide nickten. Die anderen aus ihrer Lanze mussten ohnehin heute Abend eingeweiht werden. Schließlich würde schon morgen das Spiel stattfinden. Das letzte in diesem Jahr. Danach begannen die großen Frühlingsmanöver. Für Wochen würden sie auf der großen Ebene sein. Sie würden erst kurz vor dem Abschiedsfest ins Tal der Türme zurückkehren.

Luc erzählte Raffael von seinem Plan. Als er geendet hatte,

lächelte der Junge versonnen und spielte gedankenverloren mit seinen Locken.

»Gut. Sehr gut. Das wird klappen. Wir werden die Drachen erledigen. Die beste Mannschaft unseres Jahrgangs. Hast du etwas dagegen, wenn ich ein paar Wetten organisiere?«

»Du willst was? Du glaubst doch wohl nicht, dass wir dich jetzt einfach gehen lassen, wo wir dich gerade in unser Geheimnis eingeweiht haben«, grollte Joaquino.

»Was denn … Hältst du mich etwa für einen Verräter? Ich werde uns allen die Taschen füllen. Die Drachen haben noch kein Spiel verloren in diesem Jahr. Es wird keine Schwierigkeit sein, Wetten abzuschließen, die zehn zu eins gegen uns stehen. Uns werden die Taschen platzen vor lauter Geld. Während der Manöver werden wir hinab zum Hafen kommen. Wir können die Läden sämtlicher Honigbäcker ausplündern. Zehn zu eins. Ist dir klar, was das heißt, Joaquino?«

»Ich vertraue ihm«, sagte Luc.

Gishild zuckte nur mit den Schultern.

»Wie kann man nur so versessen auf Honiggebäck sein«, brummte Joaquino. »Lass ihn ziehen, und du wirst sehen, was wir davon haben.«

»Volle Taschen«, entgegnete Raffael leidenschaftlich. »Das werdet ihr davon haben! Ich bin ein Löwe. Ich verrate niemanden aus unserer Lanze. Ich fange bei den Novizen aus dem Abschlussjahr an. Die haben das meiste Silber. Aber wir dürfen nicht verlieren, Luc. Das versprichst du mir. Wenn das schiefgeht … Die versenken mich mit einem Mühlrad um den Hals im See.«

Luc fühlte sich plötzlich mulmig. Es gab ein Dutzend Dinge, die schiefgehen konnten. Vor allem konnte niemand wirklich vorhersehen, wie der Primarch entscheiden würde.

»Beharre darauf, dass wir im Geist der Regeln des Buhurts

die Sieger sein werden, dann bist du auf der sicheren Seite.«
Raffael runzelte kurz die Stirn. »Nein, das hört sich so an, als wollten wir betrügen. Ich wette auf unseren Sieg!« Mit diesen Worten machte er sich davon.

Joaquino seufzte schwer. »Das haben wir noch gebraucht. Das gibt Ärger ohne Ende.«

Nur Gishild wirkte noch gutgelaunt. »Seht es doch einmal anders. Ganz gleich wie es ausgeht, nach diesem Spiel werden wir die berühmteste Lanze von Valloncour sein.«

»Du meinst wohl die berüchtigtste«, erwiderte Joaquino.

»Gehen wir.« Luc brachte sie in die große Küche der Ordensburg. Schon an der Tür schlug ihnen schwüle Hitze entgegen, und eine Vielzahl köstlicher Düfte ließ Luc das Wasser im Munde zusammenlaufen. Verschwitzte Mägde in kurzärmligen weißen Kleidern liefen durcheinander. Ein schmerbäuchiger Alter führte hier das Kommando, und wie ein Feldherr mit seiner Stimme das Klingen der Schwerter übertönte, lag sein Bass wie Kanonendonner über dem Scheppern der Töpfe, dem Geräusch von Hackmessern, Rührlöffeln und brodelnder Suppentöpfe auf den Feuerstellen. Frische Brote wurden aus einem riesigen Ofen gezogen und zum Abkühlen in eine Mauernische gestapelt.

Wo immer sie standen, waren sie im Weg.

»Ihr seid zu früh!«, bellte der Küchenmeister sie an. »Die Essensausgabe beginnt in einer halben Stunde. Macht, dass ihr Land gewinnt!«

Juztina war eine von zwei Dutzend Mägden, die hier arbeiteten. Der Ruf des Küchenmeisters hatte sie aufblicken lassen; augenscheinlich war sie nicht erfreut, sie zu sehen.

»Wollen die zu dir, Juztina?« Dem Herrn der Bratspieße und Mägde war nicht entgangen, dass sie Blicke getauscht hatten. »Der Große ist ein stattlicher Knabe!«

Jetzt sahen alle auf.

Joaquino wurde abwechselnd rot und blass und wusste vor Verlegenheit nicht mehr, wohin er schauen sollte.

»Die Kinder haben mir im Herbst immer wieder Pilze gebracht. Ich bin ihnen noch etwas schuldig.«

»Es gibt keine Sonderrationen Fleisch, Juztina! Das hast du hoffentlich nicht vergessen.«

»Nein, Herr. Natürlich nicht.«

»Dann geh! Aber beeil dich! Du weißt, dass vor Mittag jede Hand in der Küche gebraucht wird.«

Die schlanke Drusnierin winkte ihnen, ihr zu folgen. Quer durch die Küche gingen sie durch die Tür, die zu den Vorratskellern führte. Eine Magd kniff Luc in die Wange und machte eine anzügliche Bemerkung. Zum Glück erfreute sich jedoch Joaquino der größten Aufmerksamkeit. Er wäre im Boden versunken, wenn er das hätte aushalten müssen, dachte Luc.

Als sie endlich außer Sichtweite waren, zischte Juztina sie wütend an. »So war das nicht ausgemacht! Du wolltest sie mit dem Essen holen, Luc. Nicht früher. Sie werden über mich tratschen ... Und Drustan wird davon hören.«

»Ich denke, du magst ihn nicht«, sagte Gishild überrascht.

Juztina fuhr sich mit fahriger Geste durch das Haar. »Ach, Mädchen ... Davon weißt du nichts. Noch nicht.« Sie seufzte. »Ich halte nichts von dem, was sich dein Freund ausgedacht hat.«

Sie durchquerten eine Kammer, in der es köstlich nach Buchenrauch duftete und in der Hunderte Würste von der Decke hingen.

»Wenn du nicht für deinen Freund gesprochen hättest, ich hätte es niemals getan. Eine elende Verschwendung ist das. Man wird nie wieder aus ihnen trinken können!«

Luc war überrascht zu hören, dass die Magd ihn für Gishilds Freund hielt. Er war sich nicht sicher, was er von diesem Irrtum hielt.

Die nächste Kammer, die sie betraten, war mit Regalen gefüllt, auf deren Brettern tausende Äpfel ruhten. Ihr Geruch ließ Luc das Wasser im Mund zusammenlaufen.

»Ihr könnt euch jeder einen in die Tasche stecken«, sagte Juztina gönnerhaft. »Aber nur einen! Ich weiß ja, wie knapp sie euch halten.«

Dann führte sie die drei in eine dunkle Ecke und zog ein Wachstuch zurück. Da lagen sie: die Schlüssel zum Sieg im nächsten Buhurt.

»Nehmt sie und kommt mir nie wieder mit so einer Bitte!«, murrte die Magd. »Eine elende Verschwendung ist das. Werdet glücklich damit!«

LÖWEN UND DRACHEN

Luc war mit den schlimmsten Sorgen aufgewacht. Den ganzen Morgen über hatte er die Regeln studiert. Er durfte heute keinen Fehler machen! Immer und immer wieder hatte er die wenigen Seiten gelesen. Und dennoch war er das ungute Gefühl nicht losgeworden, dass er etwas außer Acht gelassen hatte. Mit einem flauen Gefühl im Magen war er losmarschiert. Sie alle waren auf dem Weg zur Schlammgrube sehr still gewesen. Und jetzt wurden sie noch stiller. Vom Hügelkamm hinab blickten sie auf die steinernen Tribünen. Hunderte Augenpaare sahen zu ihnen auf. Raunen und Gelächter pflanzte sich durch die Reihen der Zuschauer fort.

Luc war erschüttert. Das waren viel zu viele Zuschauer! Sie waren nur zwei Lanzen aus dem ersten Jahrgang, die beste und die schlechteste. Der Ausgang des Spiels stand fest, bevor es begonnen hatte. Es war ausgeschlossen, dass sich so viele Novizen dafür interessierten. Etwas stimmte hier nicht!

»Raffael!«, hörte er Joaquino zischen. »Mit wem hast du alles gewettet!«

Luc drehte sich um. Der kleine lockige Junge schien schier im Boden versinken zu wollen. Er hob abwehrend die Hände. »Es waren nur ein paar Wetten. Ich glaube, andere sind mit ins Wettgeschäft eingestiegen.«

Es waren auch viele Ritter auf den Rängen. Die meisten Magister waren anwesend und Dutzende der Gevierten.

»Wie viele Wetten?«, wollte Joaquino erneut wissen.

»Ich, ähm ... Also, ich habe 4370 Silberstücke eingenommen.«

Luc wurde schlagartig speiübel. Das war genug Geld, um ein großes Rittergut zu kaufen.

»Du hast was? Bist du wahnsinnig geworden?«

»Die Quote lag bei zehn zu eins gegen uns«, flüsterte Raffael kleinlaut, so als erkläre das alles.

»Wir sind tot!« Giacomos Stimme war ein hysterisches Quietschen. »Tot sind wir. Wenn wir verlieren, dann können wir das niemals bezahlen. Die machen uns fertig.«

»Wir müssen nur 437 Silberstücke aufbringen«, sagte Raffael entrüstet.

»Und hast du etwa so viel?«, schnauzte ihn Joaquino an.

»Wir dürfen eben nicht verlieren.« Raffaels Augen klammerten sich an Luc. »Du hast gesagt, wir schaffen es. Ganz bestimmt. Es ist ein guter Plan.«

»Das macht es doch nicht besser«, jammerte Giacomo. »Die hassen uns, wenn wir gewinnen. Dieser Riesenhaufen Silber ... Das müssen ja wohl die Ersparnisse der Hälfte der Novizen sein. Und der Magister. Die bringen uns um. Wir alle werden fürchterliche Unfälle bei den Manövern haben ... Ich sehe das schon vor mir. Jedes Jahr kommen ein paar Novizen bei den Manövern um. Diesmal werden es lauter Löwen aus dem siebenundvierzigsten Jahrgang sein. Und niemand wird uns eine Träne nachweinen. Wir sind erledigt. Tot! Alles ist ...«

Gishild stieß ihm den Ellenbogen in die Seite.

»Halt endlich die Klappe, du Jammerlappen. Wir gehen da jetzt hinunter und bringen die Sache hinter uns. Wir sind Löwen!«

Sie sah sich herausfordernd um. Niemand widersprach ihr.

Begleitet von Schmährufen aus dem Publikum, stiegen sie zur Schlammgrube hinab. Beim Plankenweg, der hinauf zum Fahnenmast führte, erwartete sie Drustan. Der Magister war ihnen auf dem Weg von den Baracken ein Stück vorausgeeilt und schon vor ihnen beim Spielfeld angekommen. Mit ernstem Gesicht ließ er einen nach dem anderen vorüberziehen. Als Joaquino vor ihm stand, hielt er den Kapitän an.

»Ich weiß nicht, was hier vor sich geht, Jüngelchen. Es ist mir ein Rätsel. So etwas habe ich noch nie erlebt. Ich weiß, dass ihr dahintersteckt, auch wenn ich keine Vorstellung davon habe, was ihr diesmal wieder angestellt habt. Ich rate euch nur eins: Macht den Löwen keine Schande!« Er musterte die Lanze. »Was haben diese Wasserschläuche zu bedeuten, die ihr umgeschnallt habt?«

»Es ist nicht verboten, Wasserschläuche zu tragen!«, entgegnete Luc, noch bevor Joaquino etwas sagen konnte. Er wollte nicht, dass jetzt schon herauskam, welche Bewandtnis es damit hatte.

»Verboten ist es nicht ...« Er sah sie misstrauisch einen nach dem anderen an. »Trinkt lieber jetzt. Das Spiel wird nicht so lange dauern, dass ihr durstig werden könntet. Es ist nicht gut, unnötigen Ballast mit auf die Ketten zu bringen. Das bringt euch nur unnötig aus dem Gleichgewicht.«

»Was soll das heißen, das Spiel wird nicht so lange dauern? Hast du uns auch schon abgeschrieben, Bruder Drustan?« Gishild war bitter enttäuscht. »Als unser Magister solltest du auf unserer Seite sein.«

»Vor allem sollte ich euch nichts vormachen. Nur ein Wunder kann euch zum Sieg verhelfen«, entgegnete er gereizt. Dann ging er zu den anderen Lehrern.

Luc lächelte trotzig. Er hatte seine Zweifel, ob Tjured ihre Taten gutheißen würde, aber ein Wunder würden sie nicht brauchen. Er trat zu Anne-Marie. »Du weißt, was du zu tun hast?«

Das Mädchen nickte schüchtern. »Ich spiele so wie immer, und ich bin froh, dass ich damit aus der Sache heraus bin. Mir können sie doch nichts tun, oder?«

»Keiner wird uns etwas tun«, beschwichtigte er sie, auch wenn er sich da überhaupt nicht sicher war.

Sie traten auf die Ketten hinaus. Giacomo und Raffael blieben als Reservespieler zurück. Anne-Marie stand in der Mitte der neun Pfähle. Auf den Ketten rechts und links hinter ihr liefen Joaquino und Gishild. Sie waren die besten Kettenläufer ihrer Mannschaft.

Luc spürte das raue, rostige Metall unter den Füßen. Vor Anspannung kaute er auf seiner Unterlippe. Ein Fanfarenstoß eröffnete das Spiel.

Alle Löwen griffen nach den Wasserschläuchen an ihren

Gürteln. Ein leichter Ruck, und die Schnüre aus geflochtenem Gras zerrissen. Luc drehte den Verschluss vom Mundstück ab.

Die Drachen rückten wie erwartet mit all ihren Spielern vor. Sie wollten die Löwen mit einem einzigen Sturmlauf niedermachen. Außer den Reservespielern ließen sie niemanden zurück.

Mascha, die Kapitänin der Drachen, lief in der Mitte ihrer Mannschaft auf der fünften Kette und hielt genau auf Anne-Marie zu.

Luc hatte die schlanke Anführerin der Drachen schon bei etlichen Spielen beobachtet. Sie war kraftvoll und tollkühn. Und sie hielt sich hervorragend auf den Ketten. Anne-Marie war ihr hoffnungslos unterlegen. Davon überzeugt, auf jeden Fall durchzubrechen, ließ Mascha gleich zwei weitere Spieler mit Kampfstäben hinter sich laufen. Sie bildeten den machtvollen Schwerpunkt ihrer Spielformation.

Luc sah, wie Anne-Marie zitterte.

»Fegt sie hinweg, Drachen!«, rief Mascha, und hunderte Zuschauer feuerten sie grölend an. Gegen die Löwen zu wetten, war geschenktes Geld, selbst wenn man zehn Silberstücke aufbieten musste, um nur eines hinzuzugewinnen.

»Löwen bereit!«, bemühte sich Joaquino den allgemeinen Tumult zu übertönen.

Mascha war der restlichen Spielerlinie um drei Schritte voraus. Mit hoch erhobenem Schwert rannte sie auf Anne-Marie zu.

Luc blickte zurück. Raffael machte sich schon bereit, über die Ketten zu sprinten.

Er war einer ihrer geschicktesten Läufer. Sobald Anne-Marie fiel, würde er versuchen, die Lücke zu schließen. Doch er hatte einen langen Weg vor sich.

Luc musste sich auf den Jungen konzentrieren, der auf ihn zukam. Er hob seinen Wasserschlauch. Übler Gestank quoll aus dem Mundstück.

Anne-Marie schrie. Ein einziger Hieb Maschas hatte genügt, um sie von den Ketten zu fegen.

Luc blickte den Spieler an, der auf ihn zukam. Noch einen Schritt ... Jetzt war er nah genug. Ein Schwall schwarzen Schlamms schoss aus dem Mundstück des Schlauchs, als er ihn zusammenpresste.

Sein Gegner hob schützend den Arm. Der weiße Waffenrock mit dem roten Drachen und der Lederhelm waren über und über mit Schlamm bespritzt.

»Du bist nass gemacht, Drache! Du bist aus dem Spiel!«, schrie Luc ihn an.

Der andere Junge tastete verwundert über seine besudelte Ausrüstung. Der gesamte Angriff der Drachen war zum Stehen gekommen. Überall entlang der neun Pfähle sahen die Drachen einander verblüfft an.

Auf den Zuschauerrängen war aller Lärm verstummt.

Luc sah über seine Schulter. Die Stabkämpfer, die Mascha gefolgt waren, waren ebenfalls mit Schlamm bespritzt. Die Falle war zugeschnappt. Fast jedenfalls, denn Mascha schien den Schlammfontänen der Wasserschläuche entgangen zu sein. Doch auch sie war stehen geblieben. Überrascht und wütend.

»Betrug!«, erklang eine einzelne Stimme von den Rängen. »Elender Betrug!«

Damit hatte Luc gerechnet. Er zog das rote Buch Liliannes unter seinem Waffenrock hervor und wickelte es aus dem Öltuch, in das er es eingeschlagen hatte.

»Ich rufe den Primarchen zum Zeugen an! Die Löwen haben gegen keine der Regeln des Buhurts verstoßen. Hier heißt es: Wer mit dem Schlamm der Grube besudelt ist, der ist geschlagen und muss das Spielfeld verlassen.«

Leon erhob sich inmitten einer Gruppe von Rittern.

»Du dreistes Kind! Wie kannst du es wagen, mich nach dieser Frechheit im Spiel auch noch über die Regeln belehren zu wollen!«

Luc zitterte vor Aufregung. Er musste sich räuspern. Sein Mund war trocken. Die Blicke von den Rängen trafen ihn wie Pfeile.

»Bitte, Bruder Primarch, benenne die Zeile in den Regeln des Buhurts, die verbietet, was wir getan haben.«

»Du verstößt in schamloser Weise gegen den Geist der Regeln, Luc de Lanzac. Gegen den Geist der Ritterlichkeit, in dem ihr hier in Valloncour erzogen werdet. Dein Verhalten enttäuscht mich zutiefst, Junge.«

»Bei allem Respekt, Bruder Primarch, das verstehe ich nicht. Erst vor wenigen Tagen hat man mich in der Fechtstunde gelehrt, dass es nicht ehrenrührig ist, wenn man gegen einen Elfenkrieger mit vierfacher Übermacht antritt. Es hieß sogar, wer ein Duell Mann gegen Elf suche, sei ausgesprochen dumm. Mächtige Feinde, so habe ich gelernt, muss man mit seinem Verstand bezwingen. Mit List und Übermacht. Genau das haben die Löwen heute getan.« Luc hatte nächtelang wach gelegen und sich diese Worte zurechtgelegt, und er hoffte, dass er sich jetzt nicht verhaspeln würde. »Es heißt, der Sinn des Buhurts sei es, uns Novizen auf das Schlachtfeld vorzubereiten. Das sind deine Worte, Bruder Primarch, die du im Buch mit deinen Gedanken zum Spiel niedergelegt hast. Muss dann für den Buhurt nicht auch gelten, was für das Schlachtfeld gilt? Warum ist es verboten, wo man mit dem Schwert nicht siegen kann, die List als Waffe zu wählen? Wir alle wissen, dass wir Löwen den Drachen im

Zweikampf hoffnungslos unterlegen sind. Trotzdem haben wir uns gestellt, denn der Geist von Rittern erfüllt uns ...«

Ein Brotkanten traf Luc am Kopf. Er stockte. Ein Apfel verfehlte ihn knapp. Weitere Wurfgeschosse segelten von den Tribünen.

»Verbietet diesem ehrlosen Wicht das Maul!«, rief jemand aus der Deckung der Menge.

Leon gebot den Zuschauern mit großer Geste zu schweigen.

»Führen wir jetzt einen Entscheid herbei! Wer das Verhalten der Löwen billigt, der möge aufstehen.«

Ein scharfer metallischer Klang hallte über die Ränge. Ganz am obersten Ende der Tribüne stand ein Mann auf, der sich schwer auf einen Krückstock stützte.

Luc hatte das Gefühl, dass sein Herz für einen Takt aussetzte zu schlagen. Dort oben stand ein Toter. Bruder Honoré! Sein Gesicht war ausgemergelt und eingefallen, der Leib hager. Aber es konnte keinen Zweifel geben. Dieses Antlitz würde der Junge für den Rest seiner Tage nicht vergessen. Honoré, der Mann, der ihn um jeden Preis auf dem Scheiterhaufen hatte sehen wollen, war von den Schatten zurückgekehrt.

»Ich erhebe Einspruch gegen diese Abstimmung, Bruder Leon. Fast jeder hier hat Geld auf die Niederlage der Löwen gesetzt. Wie willst du von denen ein gerechtes Urteil erwarten, Leon? Im Übrigen finde ich, der Junge hat recht. Über den Geist eines Spiels kann man endlos streiten. Die Regeln aber sind klar. Und die Löwen haben sie in meinen Augen nicht gebrochen. Sie haben etwas getan, was die Schöpfer der Regeln nicht vorgesehen haben. Sie stehen kurz davor, einen triumphalen Sieg zu erringen. Versteht mich nicht falsch, Brüder und Schwestern. Ich heiße nicht gut, was sie getan haben, und wir sollten von heute an klarer in den Regeln niederlegen, dass ein Spieler nur dann als *nass gemacht* gilt, wenn er von den Ketten hinab in den Schlamm gestoßen wurde. Doch das kann erst nach dem Spiel geschehen.«

Luc mochte kaum glauben, was er da hörte. Honoré war der Letzte, von dem er Unterstützung erwartet hätte. Wie konnte es sein, dass er noch lebte? Und wenn er ihm zu helfen versuchte, dann konnte daraus gewiss nichts Gutes erwachsen.

Der Junge suchte in den Publikumsrängen nach Michelles Gesicht. Warum hatte sie ihm nicht gesagt, dass der Mann, der ihn auf den Scheiterhaufen hatte stellen wollen, noch lebte?

Als er schließlich Michelle entdeckte, erschien sie ihm genauso erschrocken, wie er selbst es war. Auch sie hatte es nicht geahnt. Wie hatte er den Schuss in die Brust überleben können?

»Primarch!«, rief plötzlich eine Stimme hinter Luc. Es war Mascha. »Wir Drachen sind bösartig getäuscht worden. Aber noch stehen drei von uns unbefleckt und kampfbereit. Wir geben unsere Sache nicht verloren. Lasst uns das Spiel zu Ende bringen. Wir glauben, dass wir auch jetzt noch siegen können, denn wir sind die Besseren, und Tjured wird an unserer Seite sein.«

Ihre Worte wurden mit Applaus und anfeuernden Rufen quittiert.

Luc musste ihr zugestehen, dass sie nicht unrecht hatte. Sie war weit durch die Linie der Neun durchgebrochen. Zwischen ihr und der Fahne der Löwen standen nur noch Raffael und Giacomo. Die anderen Löwen würden Mascha nicht mehr einholen können. Sie konnte es schaffen! Luc fluchte: Das durfte nicht geschehen! Das Banner der Drachen war viel weiter entfernt. Und die beiden Reservespieler standen bereits auf den Ketten, um es zu verteidigen.

»Löwen!«, rief Leon mit seiner Donnerstimme. »Werft die Wasserschläuche fort und kämpft wenigstens den Rest des Kettentanzes im Geist der Ritterschaft! Macht euch bereit! Auf mein Signal hin geht das Spiel weiter.«

Luc gehorchte. Auch die anderen Löwen entledigten sich ihrer Geheimwaffen.

»Wir brauchen keine faulen Tricks, um zu gewinnen!«, rief Joaquino. »Wir sind Löwen! Zeigt das allen.«

Seine Worte funkten bei Luc nicht. Zu gut wusste er, dass selbst drei Drachen noch eine Gefahr waren. Eine tiefe Niedergeschlagenheit hatte ihn erfasst, während Mascha sehr zuversichtlich wirkte. Sie ließ ihr Holzschwert durch die Luft wirbeln, fing es geschickt wieder auf und vollführte ein weiteres Kunststückchen.

Auf den Tribünen war es wieder ruhiger geworden. Ein Fanfarenstoß erschallte. Und Mascha rannte los.

Raffael hatte einen Kampfstab dabei. Er packte ihn am äußersten Ende und vollführte wilde Schläge. Die Kapitänin der Drachen duckte sich einfach unter dem Stab hinweg und versetzte dem Jungen einen Fausthieb in den Magen, der ihn seitlich von der Kette kippen ließ.

»Mascha, mach die Kätzchen nass!«, tönte es von den Rängen.

Luc sah, wie Giacomo unruhig von einem Fuß auf den anderen trat. Er durfte jetzt ins Spiel, aber er wusste wie alle anderen Löwen, dass er der Schwächste war. Er schaffte es kaum, sich auf den Ketten zu halten, und auch als Kämpfer war er Mascha nicht gewachsen.

Unaufhaltsam stürmte die Kapitänin der Drachen der Fahne entgegen.

Luc standen vor Wut Tränen in den Augen. Alles war vergebens gewesen! Sie würden wieder verlieren!

Plötzlich fasste Giacomo sich ein Herz. Er rannte hinauf zur Plattform des Flaggenmastes. Sein Gesicht war vor Anspannung verzerrt. Ohne anzuhalten, stürmte er auf die Kette und Mascha entgegen.

Die Kapitänin rief etwas, das Luc nicht verstand. Sie streckte ihr Holzschwert drohend vor. Auch sie wurde nicht langsamer.

Giacomo vertrat sich. Mit den Armen rudernd, taumelte er voran. Luc hielt den Atem an.

Mascha stieß dem Jungen ihr Schwert in die Brust. Allein bei dem Anblick biss Luc die Zähne zusammen. Giacomo schrie auf und warf sich nach vorn. Er krallte sich an das Gewand der Kapitänin und verlor endgültig das Gleichgewicht. Einen Moment hing er an Mascha geklammert über dem Schlamm. Die Kapitänin stieß ihm mit kurzen Hieben den Knauf ihres Schwertes ins Gesicht, doch Giacomo ließ nicht los.

Luc sah seinen Kameraden bluten. Wütend dachte er an Leons Ausführungen über Ritterlichkeit. Das also war ritterlich! Das Einzige, was sie mit ihren schlammgefüllten Wasserschläuchen verletzt hatten, waren Ehrgefühl und Stolz.

Luc hob seinen Kampfstab. Er würde nicht mehr rechtzeitig kommen, das wusste er. Aber es war ihm egal. Er würde auch dann noch auf Mascha einprügeln, wenn das Spiel entschieden war, weil sie die Fahne der Löwen in den Schlamm gestoßen hatte. Man würde ihn dafür bestrafen. Aber er würde ohnehin bestraft. Da spielte das keine Rolle mehr.

Gishild dachte wohl ähnlich. Aus den Augenwinkeln sah er, wie auch sie sich in Bewegung setzte.

Es war totenstill. Hunderte Augenpaare verfolgten, wie Giacomo verprügelt wurde. Wehrlos steckte er die Schläge ein. Einen Arm zu heben, um sein Gesicht zu schützen, hieße loszulassen und in den Schlamm zu stürzen.

Immer heftiger schlug Mascha zu, um den Jungen loszuwerden. Und dann geschah es! Sie stieß einen wütenden Schrei aus, beugte sich zurück und versuchte wieder ins Gleichgewicht zu kommen. Da biss Giacomo ihr in den Oberschenkel. Sie fluchte, schlug noch einmal zu und fiel zusammen mit dem Jungen von der Kette.

Luc hielt inne. Die beiden lagen im Schlamm. Er sah Anne-Marie auf Giacomo zuwaten, um ihm ans Ufer zu helfen. Mascha schlug mit den Fäusten in den Schlamm und fluchte. Dann packte sie den Jungen.

Luc lief schneller. Sie würde doch nicht …

Doch sie klopfte Giacomo auf die Schulter. »Elender, kleiner Mistkerl. Du hast Mut. Komm.«

»Los, holt das Drachenbanner!«, rief Joaquino den Löwen zu.

Luc sah zum anderen Ende des Spielfelds. Nur zwei Drachen waren noch übrig. Sie konnten es wirklich schaffen, zu gewinnen.

Alle Löwen stürmten jetzt vor. Gishild war so ausgelassen, dass sie beim Laufen kleine Sprünge machte. Luc mochte gar nicht hinsehen. Es wäre zu blöd, jetzt wegen solcher Kapriolen in den Schlamm zu stürzen. Aber sie bewegte sich so sicher, als stünde sie auf festem Boden.

Die beiden letzten Drachen wehrten sich tapfer. Sie hatten zwei der Pfähle in der Dreierreihe vor dem Flaggenmast besetzt. Bernadette schlüpfte durch die Lücke beim mittleren Pfahl. Einer der Drachen warf ihr seinen Sandsack hinterher und traf sie im Nacken, sodass sie stürzte. Dann warf er sich waffenlos den Löwen entgegen und riss gleich zwei von ihnen mit hinab, so wie Giacomo seine Kapitänin niedergerissen hatte.

Auch Joaquino war im Schlamm gelandet. Der letzte Drache zog sich fluchend über die Kette zurück. Er wollte seinen Kampf am Flaggenmast austragen. Die Löwen zögerten. Keiner wollte vorpreschen, um dann wie Bernadette noch in den letzten Augenblicken des Spiels von der Kette zu fallen.

Luc und Gishild hatten zu den anderen Spielern aufgeschlossen. Trotz aller Verluste waren sie immer noch sieben. Am Ausgang des Spiels gab es keinen Zweifel mehr.

Das Publikum war auf Seiten des letzten Drachen. Sie feuerten ihn in Sprechchören an, die Ehrlosen in den Schlamm zu stoßen.

Und die Löwen zögerten. Ihnen fehlte Joaquino, ihr Kapitän. Die Stimme, auf die sie alle hörten.

»Wollen wir uns ein Stück unserer Ehre zurückerobern?«, fragte Gishild. »Nur einer von uns geht. Machen wir einen Zweikampf daraus. Zu siebt gegen einen zu stehen, wäre nicht gut.«

»Und wenn er uns einen nach dem anderen in den Schlamm schickt?«

Sie lächelte breit. »Zweifelt ihr etwa daran, dass Tjured auf unserer Seite steht?«

Luc hoffte inständig, dass sie jetzt nicht noch etwas über ihre Heidengötter sagte. Das war das Letzte, was sie noch brauchten. Er konnte förmlich spüren, wie sie an diese Götzen dachte.

»Luc sollte gehen. Deine Art zu kämpfen …«

»Ja?«

»Wir haben schon genug Ärger. Wir brauchen es nicht auch noch, dass sie sich über deinen seltsamen Stil zu fechten das Maul zerreißen.«

»Wir beide machen ein Wettrennen«, schlug Luc vor, um jedem Streit aus dem Weg zu gehen.

Gishild lachte. »Dann werde ich dir besser zehn Schritt Vorsprung lassen, sonst steht schon fest, wie das Rennen ausgehen wird.«

»Nein! Das ist zu ernst! Luc wird gehen! Stimmen wir ab.«

Luc enthielt sich. Ihm war das Ganze peinlich. Das Ergebnis war eindeutig. Gishild war die Einzige, die für sich stimmte. Er sah ihr an, wie schwer sie es nahm. Wie die anderen entschieden hatten, war nicht gerecht. Aber sie konnten nicht noch länger warten. Das Getöse auf den Zuschauerrängen wurde immer lauter. Für sie müsste es so aussehen, als hätten sieben Löwen nicht den Mut, gegen den letzten Drachen vorzugehen.

Luc nahm sein gepolstertes Schwert und schritt über die letzte Kette. Der Drache sah überrascht aus. Augenscheinlich konnte er sein Glück kaum fassen, nur einem Löwen gegenüberzutreten. Er lud Luc mit einer Geste ein, die Plattform zu betreten, die den Flaggenmast umgab, damit beide auf festem Boden standen.

Schon nach dem ersten Schlagabtausch wusste Luc, dass er den Drachen besiegen könnte. Sein Gegner war gut, aber er war demoralisiert. Er rechnete mit der Niederlage; auch wenn er niemals aufgeben würde, war er im Grunde schon besiegt. Er kämpfte unter seinen Möglichkeiten.

Luc stieß durch die Deckung des Drachen und versetzte ihm einen heftigen Schlag gegen das Knie. In dem Moment wusste er, dass es ihm nichts bedeutete, ob er siegte. Er hatte gewollt, dass die Löwen gewinnen. Das war wichtig. Mit dem Banner in der Hand beim Flaggenmast zu stehen, war ihm egal. Ja, es gab etwas, das würde ihm sehr viel mehr Freude bereiten.

Er trat zurück und wartete ab, bis der Drache sicher stand.

Wie konnte er seine Niederlage herbeiführen, ohne dass es auffiel? Der Drache griff ihn kaum an. Er verteidigte sich nur noch. Er musste ihn reizen. Irgendeine absurde Beleidigung ersinnen, die ein letztes Aufbäumen hervorrief. Nur so würde seine Niederlage glaubwürdig aussehen.

»Stimmt es, dass du nachts noch nach deiner Mutter rufst?«

Der Junge blickte auf, eher überrascht als wütend.

»Magst du sie jetzt nicht auch rufen? Oder soll ich das für dich tun?« Er äffte seine Stimme nach. »Oh, Mama, Hilfe. Der böse Junge will mich hauen!«

»Halt's Maul!«

Es wirkte, dachte Luc.

»Mama, bitte sag dem Jungen, dass er mich nicht schmutzig machen darf!« Auf den Rängen herrschte eisige Stille. Niemand lachte über Lucs Scherze.

»Pass auf, dass du nicht gleich im Schlamm liegst.«

Der Drache stürmte vor und deckte ihn mit wütenden Schlägen ein. Luc wich zurück und ließ es so aussehen, als habe er Mühe, sich zu widersetzen. Und dann trat er über den Rand der Plattform. Mit einem Fuß nur, aber das genügte. Der Drache nutzte sofort die Gelegenheit und rammte ihn mit der Schulter. Luc stieß einen Schrei aus und fiel.

Er landete weich im Schlamm, während der Drache über ihm in wildes Triumphgeheul verfiel. Jetzt hatten die Löwen keine andere Wahl mehr, als Gishild zu schicken.

Sie strahlte über das ganze Gesicht. Hübsch war sie, wenn sie lächelte. Wenn sie nur nicht so widerborstig wäre! Sie verzichtete darauf, irgendwelche Elfentricks zur Schau zu stellen, sondern kämpfte ruhig und selbstsicher. Und sie brauchte nicht lange, um den Drachen zu ihm hinab in den Schlamm zu schicken.

Dann stieg sie hinauf auf den Mast und nahm das Banner der Drachen ab. Wild schwenkte sie es über ihrem Kopf.

»Sieg, Löwen. Sieg!«

Ihre überschwängliche Begeisterung zu sehen war besser, als selbst dort oben zu stehen, dachte Luc. Ihm genügte es zu wissen, dass er diesen Sieg geschaffen hatte und diesen Augenblick des Glücks für Gishild. Und er hatte ihnen allen die Galeere erspart. Ein einziger Sieg war dafür genug. Sie würden nicht das Schandmal des schwarzen Ruders in ihrem Wappenschild tragen! Das war es ihm wert, auch eine harte Strafe auf sich zu nehmen.

Auf den Rängen rings herum war es still. Nur wenige applaudierten dem Sieg der Löwen.

Luc watete zum Ufer. Kaum dass er auf festem Boden stand, traten zwei Ritter an ihn heran.

»Luc de Lanzac?«

»Ja?«

»Auf Befehl des Primarchen stehst du unter Arrest. Noch heute wird ein Ehrengericht zusammentreten und über dein Schicksal entscheiden.«

EIN EINSAMES TAL

Silwyna war erschöpft und wütend auf sich. Sie hätte sich nicht so gehen lassen dürfen! Ihre Wut hatte ihr zunächst Kraft gegeben. Sie war gewandert. Viel zu lange. Immer noch einen Pass höher hinauf in die Berge. Gegen jede Vernunft, ohne Pause. Sie hatte darauf gehofft, dass ihr Zorn mit der Müdigkeit weichen würde. Sie hätte es besser wissen müssen. Und dennoch war sie überrascht, wie oft sie an den Kapitän denken musste. Die Seinen würden ihn aufs Rad flechten, wenn sie wüssten, wen er nach Valloncour gebracht hatte. Ob er es geahnt hatte? Nein, bestimmt nicht. Dann hätte er es niemals getan. Er war seinem Glauben zutiefst verfallen. Er war anders gewesen als die anderen Rammler. Sie versuchte das zu vergessen und erhöhte ihr Schritttempo, obwohl ihre Beine vor Schmerz brannten und ihr Atem stoßweise ging.

Neun Tage hatte sie die Kinder im Tal der Türme beobachtet. Manchmal war sie so nahe an sie herangekommen, dass sie die Lehrer hatte reden hören. Gishild durfte nicht an diesem verfluchten Ort bleiben! Keine Stunde länger als nötig! Sie war schon viel zu lange dort! Silwyna wusste, wie stark und dickköpfig die Prinzessin war. Aber sie war ein Kind! Und die Lehrer der Priester waren nicht dumm. Sie wussten, wie man Herzen verführte und Köpfe verdrehte.

Die Elfe hatte begriffen, wie die Ritter unter dem Banner des Blutbaums zu den gefährlichsten Feinden des Fjordlands wurden. Sie waren verführt und verblendet. Und in den Krieg geschickt wurden sie, so lange sie nicht alt genug waren, um zu begreifen, wofür sie kämpften. Die meisten jedenfalls ... Dieser einarmige Ritter hatte vielleicht etwas begriffen. Er hatte eine Art an sich ... Sein Wissen hatte ihn zynisch gemacht und verbittert. Dass sie ihm Schüler anvertrauten, hatte Silwyna gewundert.

Zwischen den Felsen sah die Elfe den Schein eines Feuers. Sie verlangsamte ihre Schritte. So weit abseits aller üblichen Handelswege hatte sie höchstens ein paar Gemsen erwartet. Sie wusste, dass sich die letzten Heiden an solch einsame Orte zurückzogen. Vielleicht war dort ein verborgener Kultplatz? Vielleicht sogar ein Albenstern! Sie schnitt eine Grimasse. Diesen Zauber hatte sie nie gemeistert. Sie konnte sie nicht einmal spüren, die magischen Pfade der Alben, geschweige denn ein Tor öffnen. Immer schon war sie auf die Hilfe anderer angewiesen gewesen, wenn sie in das goldene Netz treten wollte. Und sie hasste es, jemanden um Hilfe zu bitten, einem anderen etwas schuldig zu sein.

Wenn sie die Pfade betreten könnte, dann wäre sie schon längst am Hof von Emerelle. Es war wichtig, Gishild aus Valloncour fortzuholen! Die Worte der Priester waren ein schleichendes Gift. Und die Einsamkeit dort würde sie empfänglicher machen für das, was die Priester sagten. Solange sie sich widersetzte, würde sie einsam sein, auch wenn es hunderte andere Schüler gab. Silwyna kannte dieses Gefühl. So war es ihr stets am Hof der Elfenkönigin ergangen. Sie gehörte nicht dazu ... Nur einem war das egal gewesen. Dem einen, der so fremd gewesen war wie sie. Der, an den sie auch nach Jahrhunderten nicht ohne Traurigkeit denken konnte. Alfadas, Sohn des Mandred und der erste König in der neuen Herrscherdynastie des Fjordlands. Ihn hatte sie geliebt wie keinen. So sehr, dass sie ihm sein Weib und seine Töchter geraubt hatte, ohne dass er es je geahnt hätte. Sie war nicht stolz darauf, was sie ihm angetan hatte. Sie hatte nicht anders gekonnt. Nicht mehr daran denken! Sie lächelte traurig. Das versuchte sie seit mehr als neun Jahrhunderten. Nicht mehr an ihn zu denken, an Alfadas Mandredson.

In streitbarer Stimmung ging sie auf das Feuer zu. Lautlos schlich sie über das Geröll. Die Männer, die dort lagerten, fühlten sich in der Einsamkeit völlig sicher. Keine Wache hatten sie aufgestellt. Das Feuer war ungeschützt, sodass man sein Licht weit sehen konnte. Aber hier oben musste man ja auch niemanden fürchten.

Auf dem Feuer stand ein kleiner Kupferkessel. Es roch nach Zwiebeln und geschmortem Fleisch. Auf einem flachen Stein lag ein in der Asche gebackenes Brot. Manche der Menschenkinder konnten ganz gut kochen ... Ihr Magen zog sich zusammen. Sie hatte lange nichts gegessen. Ihr Zorn, den elend weiten Weg nach Drusna gehen zu müssen, hatte sie alles vergessen lassen. Selbst wenn sie ihr Tempo beibehielt, würde sie noch mindestens zwei Wochen reisen, bevor sie darauf hoffen durfte, den ersten Spähern der Albenkinder zu begegnen. Und zwei Wochen war sie jetzt schon unterwegs. Und es würden noch einmal Wochen vergehen, bis sie eine Schar versammelt hätte, mit der sie auf diese verfluchte Halbinsel gelangen könnte. Ohne Kampf würde das nicht abgehen.

Tagelang hatte sie sich den Kopf zerbrochen, wie sie Gishild von dort wegbringen könnte. Es war unmöglich! An den Passfestungen wäre sie nicht vorbeigekommen. Und sie hätte das Mädchen auch nicht auf eines der Schiffe schmuggeln können. Alvarez hätte niemals eine Novizin von dort fortgebracht. Nein, so weit wäre er nicht gegangen.

Sie brauchte eine Schar todesmutiger Krieger. Niemand, der an seinem Leben hing, würde sich mitten in ein Heerlager von Fanatikern wagen, um dort ein Mädchen zu befreien. Und dann war die Frage offen, wie man fliehen konnte. An den Steilklippen der Insel konnte man sich abseilen. Aber welcher Kapitän würde sich in das Labyrinth aus Riffen wagen und der vernichtenden Macht von Strudeln und wechselnden Gezeitenströmungen aussetzen?

Sie hatte Alvarez ausgehorcht. Das Meer rings um die Halbinsel galt als unschiffbar. Silwyna musste sich eingestehen, dass sie keine Ahnung hatte, wie sie das Versprechen halten sollte, das sie Gishild gegeben hatte. Die Prinzessin vertraute ihr noch immer, obwohl sie viele Monate gebraucht hatte, um sie zu finden. Sie durfte dort nicht mehr lange bleiben, dachte die Elfe in verzweifelter Wut. Sie würde gar nicht merken, wie sie langsam vereinnahmt wurde. Wie sich ihr Denken und Fühlen änderte, während sie noch der Überzeugung war, sie könne sich gegen die Lehren der Priester verschließen. Trotzig zu seinen alten Göttern zu beten und seinen Lehrmeistern das Leben schwer zu machen, war nicht alles. Schließlich gab es dort auch Männer wie Alvarez, die zu mögen man sich nicht verdrehen musste. Die sich ein reines Herz erhalten hatten, obwohl sie von der Ordensschule kamen. Männer, die aufrichtig glaubten, was sie gelernt hatten.

Silwyna hatte sich dem Lager bis auf ein paar Schritt genähert. Die fünf Menschenkinder blickten in die Flammen, das hatte sie blind für die Nacht gemacht. Ein Alter mit einer Pfeife im Mundwinkel stocherte in der Glut des Feuers herum, sodass Funken dem Himmel entgegenstiegen. Neben ihm kauerte ein netter junger Blondschopf, der gewissenhaft seine Pistolen reinigte. Dem Kerl wuchs kaum der erste Flaum. Wahrscheinlich versuchte er seine Sache stets besonders gut zu machen, um sich zu beweisen. Ein Dritter hatte die Füße dem Feuer entgegengestreckt, lehnte gegen einen Fels und hatte sich die Krempe seines Hutes tief ins Gesicht gezogen. Ein Rapier lehnte neben ihm griffbereit und ein Paar schwerer Pistolen. Ob sie vielleicht Deserteure waren?

Ein Kerl mit rotem Vollbart und rasiertem Schädel rührte mit einem langen Holzlöffel in dem Kupferkessel. Neben ihm lagen blutige Fellfetzen und Knochen. Der Letzte im Bunde schnitzte mit einem breiten Messer an einem Stecken herum.

Sie sollte weitergehen, dachte Silwyna. Diese fünf waren keine gute Gesellschaft.

Der Duft von Fleisch und Zwiebeln stieg ihr in die Nase. Die Elfe lockerte sich. Sollten sie nur Streit suchen mit ihr! Dann würde sie eben alleine essen.

Sie trat in den Lichtkreis des Feuers.

»Reicht euer Mahl noch für einen Gast?«

Der Kerl, der scheinbar gedöst hatte, war erstaunlich schnell für einen Menschen. Während die anderen sie noch mit offenem Maul anglotzten, hielt er plötzlich eine Pistole in der Hand. Er hatte ein scharf geschnittenes Gesicht und kalte, dunkle Augen.

»Wer bist du?«

Silwyna nahm ihr Bündel von der Schulter, in dem ihr Rapier verborgen war.

»Eine einsame Reisende, die ein Lager für die Nacht sucht.«

Der Alte, der im Feuer gestochert hatte, kicherte und klopfte auf einen flachen Stein neben sich.

»Komm, setz dich. Ein Lager suchst du? Ich bin so dürr, dass unter meiner Decke auch zwei Platz finden.«

»Wir brauchen keinen weiteren Esser«, beschwerte sich der Koch. »Diese beiden lausigen Murmeltiere haben nicht mal genug Fleisch, um einen von uns richtig satt zu machen.«

»Vielleicht vergilt sie dir dein Fleisch mit ihrem Fleisch, Paolo.« Der Söldner mit den kalten Augen deutete mit der Stiefelspitze in ihre Richtung. »Unter ihrem Umhang trägt sie Safran.«

Der Junge mit den Pistolen starrte sie mit unverhohlener Gier an.

Silwynas Rechte tastete nach dem Griff des Rapiers in ihrem Bündel. »Unter euch sehe ich keinen, bei dem ich in Versuchung geraten könnte.«

»Dann hast du noch nicht genau genug hingeschaut«,

feixte der Alte. »Und lass dich nicht allein von Äußerlichkeiten blenden. Es sind die inneren Werte, die zählen, und sonst nichts.«

Der blonde Jüngling kratzte sich aufreizend im Schritt.

»Quatsch nicht! Für so ein junges hübsches Ding zählt allein das Innere des Hosenstalls. Und das tote Stückchen Fleisch, das du dort aufgebahrt hast, wird sie bestimmt nicht beglücken.«

Er füllte Pulver in den Lauf einer Pistole, nahm den kurzen Ladestock und rammte mit obszönem Lächeln eine Kugel hinein.

»Wir tauschen Fleisch gegen Fleisch«, sagte der Krieger mit dem Schlapphut. Er schien der Anführer dieses Söldnerhaufens zu sein.

»Ich verkaufe mich nicht für ein Murmeltier«, entgegnete die Elfe ruhig.

»Bist du sicher?« Der Lauf seiner Pistole zielte auf ihre Brust. »Sieh noch einmal genau hin. Sehen wir aus wie schüchterne Bürgerbübchen oder vielleicht wie Männer, die sich im Zweifelsfall nehmen, was sie haben wollen?«

Silwyna sah gelassen von einem zum anderen.

»Ich finde, ihr seht aus wie Männer, die den nächsten Sonnenaufgang nicht mehr erleben.«

Der Anführer mit der Pistole lachte.

»Deine Passion ist es doch wohl eher, Männer flachzulegen, meine Kleine. Sie umzulegen, ist unser tägliches Handwerk. Verwechsele das lieber nicht. Die Pistole besiegt das Rapier. Mach dir da nichts vor. Ich hätte keine Freude daran, dir ein Loch in deinen hübschen Leib zu schießen, aber ich würde nicht zögern. Jetzt leg das Ding weg und tu deine Arbeit, Mädchen. Dann werden wir dich angemessen entlohnen.«

Silwyna bereute es, sich aus einer Laune heraus den Männern gezeigt zu haben. Ihre Mordlust war verflogen. Aber sie war zu stolz, um einfach zu flüchten. Sie trat einen Schritt zurück. Schräg hinter ihr versperrte ein großer Felsblock den Weg. Sie versuchte noch eine letzte Möglichkeit, das Unheil abzuwenden, das sie in ihrer Launenhaftigkeit heraufbeschworen hatte. Mit der Linken schlug die Elfe die Kapuze ihres Umhangs zurück. Dann löste sie das stramme Band, das ihre Haare bändigte. Nun waren ihre langen Ohren deutlich zu sehen.

»Ich bin nicht die, für die ihr mich haltet. Gebt mir ein Stück von eurem Brot, und ich werde wieder eins mit den Schatten der Nacht. Dafür behaltet ihr euer Leben.«

Noch während sie sprach, sah sie, wie sich das Gesicht des Mannes mit dem Schlapphut verhärtete. Sie wusste, was kommen würde. Die Pistole spie Rauch und Feuer. Silwyna wich aus. Einst hatte Ollowain sie gelehrt, zwischen Pfeilen zu tanzen, mit einem einzigen Blick die möglichen Schussbahnen zu erfassen und sich so zu bewegen, dass das Risiko, getroffen zu werden, gering blieb. Eine einzelne Pistole war keine Gefahr.

Ein weiter Ausfallschritt! Ihr Rapier stieß durch die Kehle des Anführers. Ihr Umhang wirbelte und behinderte die Sicht der anderen. Ein Tritt, und der Inhalt des Kupferkessels ergoss sich über die Knie des rotbärtigen Kochs.

Der Krieger, der an dem Ast geschnitzt hatte, versuchte ihre Deckung zu unterlaufen. Ein Fausthieb mit dem Korb des Rapiers ließ ihn ins Feuer stürzen; ein Stich erstickte seine Schreie in seinem Blut.

Der blonde Jüngling war aufgesprungen und stützte seine Pistolen in den Hüften ab. Silwyna wirbelte herum. Ihr Umhang beschrieb ein Rad und verbarg sie vor den Blicken des

Schützen. Die Pistolen krachten. Zwei Löcher erschienen im Stoff. Verfehlt!

Der Koch versuchte, ihr einen Dolch ins Knie zu rammen. Sie trat die Hand zur Seite. Ein Kniestoß traf sein Kinn. Noch ein Stich.

Der Alte hatte eine Arkebuse unter seiner Decke hervorgeholt. Seine Hände zitterten. Um diesem Schuss zu entgehen, musste man kein Elf sein. Der Jüngling versuchte in fliegender Hast seine Pistolen nachzuladen. Ein Blick von ihr ließ ihn begreifen, wie nah der Tod war. Er ließ die Waffen fahren und streute eine Handvoll Pulver ins Feuer. Fauchend schoss eine Stichflamme empor.

Silwyna wich vor der plötzlichen Hitze zurück. Die Arkebuse donnerte. Der Schuss verfehlte sie. Aber etwas traf sie im Rücken. Dumpf, bohrend. Sie fühlte ihr Blut rinnen.

Der Alte zog eine Pistole. Silwyna setzte über das Feuer hinweg. Nur eine Drehung aus dem Handgelenk, und ein klaffender Schnitt öffnete sich im Hals des Söldners. Er taumelte zurück, ließ die Waffe fallen und versuchte sein verrinnendes Leben festzuhalten.

Der Jüngling war davongelaufen. Silwyna tastete nach ihrem Rücken. Die Wunde blutete stark. Noch hielt der Kampfrausch sie gefangen, und sie fühlte kaum Schmerzen. Die Elfe sah den hellen Fleck am Felsbrocken, der hinter ihr aufragte. Die Arkebusenkugel war abgeprallt. Ein Querschläger hatte sie getroffen! Sie hätte diese Möglichkeit berücksichtigen müssen ...

Ihr war ein wenig schwindelig. Sie stützte sich gegen den Fels, schloss die Augen und versuchte, sich auf ihren Leib zu konzentrieren. Die verdammte Bleikugel nahm ihrer Magie die Macht. Sie konnte sie nicht erspüren, und sie konnte auch ihre Wunde nicht heilen, solange das Blei in ihrem Leib war. Wahrscheinlich steckte das Geschoss in ihrer Leber. Sie würde weiter bluten und bald ohnmächtig werden. Die Kugel musste heraus! Sofort! Sie bohrte einen Finger in die Wunde. Tränen traten ihr in die Augen, als sie den Schusskanal erfühlte, um herauszufinden, wo die Kugel sein mochte. Sie tastete weiter ... und konnte das verfluchte Metall nicht erspüren. Es steckte zu tief. Und es saß nah bei einer großen Ader. Wenn sie versuchte, es herauszuschneiden, genügte eine winzige falsche Bewegung, ein leichtes Zucken nur, und sie wäre binnen dreißig Herzschlägen tot. Und wenn sie nichts tat? Dann blieben ihr vielleicht noch dreitausend Herzschläge ... Ihr Finger in der Wunde verlangsamte die Blutung. Stillen konnte er sie nicht. Verfluchtes Blei! Verfluchte Launenhaftigkeit! Sterben für einen Kessel voll mit halbgarem Murmeltierfleisch. So hatte sie sich ihr Ende nicht vorgestellt. Sie lachte. Stechender Schmerz ließ sie verstummen.

Sie hatte Gishild ein Versprechen gegeben. Sie durfte jetzt nicht sterben! Niemand würde die Prinzessin in Valloncour suchen. Die Fährte führte zum Grab in Aniscans. Wer außer ihr würde erkennen, dass dort die falsche Tote lag? Sie musste eine Nachricht hinterlassen!

Weniger als dreitausend Herzschläge. Silwyna versuchte ihre Gedanken zu ordnen. Blut oder Ruß würde der Regen bald vom Fels waschen. Sie zog ihren Dolch. Wer würde sie hier oben finden? Sie hätte nicht allein losziehen dürfen!

Es war keine Zeit mehr für Selbstmitleid! Erst die Nachricht! Und dann würde sie die Wunde versorgen. Sie würde nicht zittern, die Kugel herausholen und sich heilen. Ihre Magie war stark. Sie war stark! Sie war eine Maurawani ...

Der Silberstahl des Dolchs kratzte über den Fels. Zwei Worte, vielleicht drei. Mehr Zeit blieb ihr nicht. Verdammtes Blei!

Sie durfte Gishild nicht enttäuschen!

Silwyna dachte an Kapitän Ronaldo und den Erzverweser Charles. Fast war sie versucht, an den zynisch lächelnden Schicksalsweber Luth zu glauben. Die beiden Menschen hatten in den letzten Augenblicken ihres Lebens verzweifelt versucht, sich ihr mitzuteilen, um ihre Qualen zu beenden. Und nun suchte sie nach Worten, die nicht länger waren als die kurze Spanne, die ihr noch blieb.

Ihre Kraft reichte fast nicht mehr, um den Fels zu ritzen. Sie sollte nun das Blei herausschneiden. Sie tastete nach ihrem Rücken. Der Winkel war ungünstig, um den Dolch anzusetzen. Ihr war übel und schwindelig. Und es war kalt. Zu viel Blut verloren, dachte sie. Und sie erinnerte sich an die schwieligen, schlanken Hände, die ihren Nacken liebkost hatten. Hände wie die von Alfadas. Selbst die Stimme von Alvarez hatte fast so geklungen wie die ihres Liebsten, der vor beinahe einem Jahrtausend im Kampf gegen die Trolle gefallen war. Ob auch Menschen wiedergeboren wurden? Unter all den Männern, denen sie sich hingegeben hatte, war Alvarez der Einzige, der wie Alfadas gewesen war. Sanft und stark zugleich. Geheimnisvoll ...

Die Dolchspitze tastete in ihr Fleisch. Sie konnte spüren, wie sie die Bleikugel berührte. Ihre Stirn ruhte auf dem rauen Fels. Sie spürte wieder die Berührung der Hände im Nacken. Ihre Knie gaben nach. Vergangenheit und Gegenwart waren eins. Ihr endloses Leben nur wie ein Atemzug. Alfadas würde wieder bei ihr sein, war ihr letzter Gedanke.

EINE FRAGE DER EHRE

»Ja, was Luc getan hat, war revolutionär!«

Lilianne blieb vor dem Tribunal der drei Richter stehen und sah sie der Reihe nach an.

Auch Luc versuchte in den Gesichtern der Ritter zu lesen. Er hatte Angst. Die drei saßen dort mit versteinerten Mienen. Er hatte gewusst, dass es großen Ärger geben würde. Insgeheim hatte er mit so vielen Schlägen auf die Fußsohlen gerechnet, dass er für eine Woche nicht mehr würde laufen können. Aber das war es ihm wert gewesen. Doch mit einem Mal ging es um sein Leben! Und keiner der drei Richter des Tribunals hatte empört oder auch nur überrascht gewirkt, als sein Ankläger gefordert hatte, ihn im Morgengrauen im Hof der Ordensburg hängen zu lassen.

»Ich habe den Krieg in Drusna geführt, meine Brüder!«, fuhr Lilianne fort. »Und ich weiß, wie umstritten mein Vorgehen noch jetzt ist. Aber dieser Krieg dauert nun schon dreißig Jahre. Wir brauchen Ritter, die denken wie Luc. Seit fast fünfzig Jahren tanzen die Novizen auf den Ketten über dem Schlamm. Ein halbes Jahrhundert, in dem die Regeln unverändert blieben. Es gibt einen ganzen Bücherschrank voll mit gelehrten Werken unserer besten Taktiker, doch all ihre Gedanken sind in die Schraubzwinge der Regeln gefasst. Nie ist jemand hingegangen – und das schließt mich zu meiner Schande mit ein – und hat sich gefragt: Was steht nicht in den Regeln? Wie kann ich ausbrechen? Etwas Neues tun, das nicht ausdrücklich verboten ist. Wir mussten den Löwen den Sieg zuerkennen. Denn nach den Buchstaben der Regeln haben sie gewonnen! Das soll nicht bedeuten, dass ich gutheiße, was

Luc getan hat. Er hat den Geist der Ritterlichkeit mit Füßen getreten. Er verdient eine harte Strafe, denn er hat den Buhurt zu einem lächerlichen Schauspiel gemacht. Aber bitte, Brüder, haltet Maß. Ihr mögt in ihm einen Rebellen sehen, der unser heiliges Spiel in den Dreck gezogen hat. Ich sehe in ihm den zukünftigen Ritter, der dem erstarrten Krieg in Drusna eine neue Wendung geben könnte. Und, was noch wichtiger ist, der dem wieder erstarkten Orden vom Aschenbaum die Stirn bieten wird. Wir alle, die wir hier zu Gericht sitzen, wissen, wovon die Rede ist und welch tödliches Netz von Intrigen sich um uns zusammenzieht. Wir können es uns nicht leisten, aus so kleinlichen Gründen wie verletztem Ehrgefühl einen Novizen zu opfern, der in Zukunft den Orden retten könnte.«

Luc hatte keine Ahnung, von welcher Bedrohung Lilianne sprach. Er betete stumm, dass ihre Worte Wirkung zeigten.

»Der Orden darf auf diesen Jungen nicht verzichten! Deshalb kommt weder die Todesstrafe noch eine Verbannung in Frage. Er hat die Ehre des Ordens verletzt. Eine Strafe sollte in meinen Augen den Taten angemessen sein, die man begangen hat. Deshalb plädiere ich für eine Strafe, die die Ehre des Jungen verletzt, seinen Leib aber unbeschadet lässt!«

Mit diesen Worten nahm Lilianne Platz.

Luc hatte keine Ahnung, von welcher Strafe sie gerade gesprochen hatte. Wieder blickte er zu den drei Richtern, Leon, Honoré und dem bärtigen Nicolo, der Michelle beigestanden hatte, als Honoré Luc auf den Scheiterhaufen hatte bringen wollen. Alle drei Richter waren Löwen. War das ein Vorteil? Oder würden sie gerade deshalb besonders streng urteilen? Immerhin hatte er eine Lanze von Löwen zu Ausgestoßenen gemacht. So viel war Luc mittlerweile auch klar. Wären diese verfluchten Wetten nicht gewesen, hätte es wahrscheinlich weniger Ärger gegeben.

Jerome, der Ritter, der die Anklage vertrat, erhob sich. Er war von athletischer Gestalt, hatte ein kantiges Gesicht mit breitem Kinn. Seine blauen Augen musterten Luc in kaum beherrschtem Zorn. Jerome war der einzige Drache in dieser kargen Kammer, in der über Leben und Tod entschieden wurde.

»Ich werde nicht wiederholen, was ich in meiner Eingangsrede vorgetragen habe. Doch erlaubt, dass ich kurz auf Liliannes Worte eingehe. Ja, wir brauchen Ritter, die den Mut haben, neue Wege zu beschreiten, denn in einem Leben eröffnen sich ständig neue Wege. Wir nennen uns auch deshalb die Neue Ritterschaft, weil wir von unserer Kirche einfordern, Altes und Überkommenes hinter sich zu lassen. Aber, meine Brüder, wir dürfen dabei die Grundfesten, auf denen unser Orden ruht, nicht einfach außer Acht lassen. Luc hat nicht nur unser aller Ritterbild mit Füßen getreten. Er hat vor hunderten Novizen die Autorität des Primarchen in Frage gestellt, indem er sich Leons Worten widersetzte. Nun mag man sagen, er ist noch ein Kind, und im Eifer des Gefechtes ist ihm Unbedachtes entrutscht.« Jerome hieb mit der Faust auf das kleine rote Regelbuch, das auf seinem Tisch lag.

»Aber, Brüder und Schwestern, so war es nicht! Diese Natter, die wir an unserem Busen großgezogen haben, hat sich darauf vorbereitet, dem Primarchen zu widersprechen! Er hat alles durchdacht. Seine zugegebenermaßen klugen Antworten waren schon lange voraus ersonnen worden. Er hat geplant, unseren Bruder Leon herauszufordern und über ihn zu triumphieren. Ein Junge von zwölf Jahren! Was wird er tun, wenn er sechzehn ist? Ich möchte das nicht erleben! Deshalb gibt es für mich nur eine Strafe. Ich fordere den Tod durch den Strang für Luc de Lanzac! Jedes andere Urteil wird unsere Novizen ermutigen, Autoritäten in Frage zu stellen.

Gerade weil wir von Feinden umstellt sind, dürfen wir uns im Inneren keine Schwäche leisten. Und im Fall Luc de Lanzac ist Gnade nichts anderes als Schwäche!«

Mit klopfendem Herzen blickte der Junge zu Leon. Würde er den Ausschlag geben, wenn die drei Richter sich zurückzogen, um über ihr Urteil zu beraten? Und Leon nickte, als Jerome seine Ausführungen beendete.

EINE FÜR ALLE

Sie alle standen um den großen Tisch in Drustans Kammer versammelt. Tausende von Kupfer- und Silbermünzen lagen darauf. Ein wahrer Schatz. Nie zuvor hatte Gishild so viel Silber auf einem Haufen gesehen.

Spielschulden waren Ehrenschulden, so hieß es unter den Novizen. Und nach dem Buhurt waren alle geradezu darauf versessen gewesen, ihre Ehrenhaftigkeit unter Beweis zu stellen. Vor die Füße geworfen hatte man ihnen die Münzen. Und Leon hatte eine Eskorte abgestellt, um die siebenundvierzigsten Löwen vor dem Unmut der übrigen Novizen zu schützen. ›Beutelschneider‹ und ›ehrlose Bastarde‹ war noch das Freundlichste, was sie zu hören bekommen hatten. Die Magister und Ritter, die ihre Schulden beglichen hatten, dachten ähnlich. Man hatte es ihren Gesichtern angesehen, auch wenn sie ihre Zunge im Zaume hielten.

Raffael hatte über jedes Kupferstück peinlich genau Buch geführt. Gishild verstand ihn nicht. Man sah ihm an, dass es auch ihm zu schaffen machte, was geschehen war, aber er konnte nicht aus seiner Haut. Er musste zu Ende bringen, was er mit seinen unseligen Wetten begonnen hatte.

»Sie werden ihn doch nicht hängen, oder?«, fragte Giacomo. Sein Kopf war so bandagiert, dass man nur noch Augen und Mund sah. Seine Nase war gebrochen, und man hatte die Platzwunden in seinem Gesicht mit dreiundvierzig Stichen nähen müssen.

»Das tun sie doch bestimmt nicht!«

Gishild sah, wie der Muskel in Drustans Wange zuckte. Er sagte nichts. Stattdessen sprach Michelle, die mit ihnen gemeinsam in der Baracke darauf wartete, wie das Ehrengericht entschied.

»Es geschieht sehr selten, dass ein Novize zum Tode verurteilt wird, aber es kommt vor. In meiner Zeit als Novizin habe ich erlebt, wie ein Junge aus dem letzten Jahrgang gesteinigt wurde, weil er einer Magd Gewalt angetan hatte.«

Drustan trommelte mit den Fingern seiner verbliebenen Hand auf dem Tisch.

»Ich erinnere mich …« Er seufzte. »Wenn das Gericht die Ehre einer Jungfer so hoch einschätzte, wie wird es dann erst urteilen, wenn es um die Ehre des Ordens geht.«

»Wir müssen ihn befreien!«, platzte es aus Raffael heraus. »Wir können doch nicht einfach hier sitzen und warten!«

Der Magister schüttelte den Kopf.

»Wie stellst du dir das vor, Junge? Ein Haufen Novizen stürmt die Ordensburg, überwältigt die Wachen, stiehlt ein paar Pferde und schlägt sich zum Hafen durch. Und dann entführen wir ein Schiff?«

»Aber es muss doch …« Raffael war den Tränen nahe, während Drustan immer wütender wurde.

»Ihr hättet mir sagen müssen, was ihr da ausgeheckt habt!

Verdammt! Glaubt ihr, es macht mir Freude, den strengen Lehrer zu spielen? Ich muss euch vor euch selbst schützen ...«

Michelle legte ihm die Hand auf die Schulter.

»Jetzt ist es zu spät. Wir können nur warten«, sagte sie niedergeschlagen.

Drustan sah die Novizen einen nach dem anderen an.

»Glaubt nur nicht, dass ich mir nicht vorstellen kann, was in euren Köpfen vor sich geht.«

Gishild sah zur Tür der Baracke. Draußen war es inzwischen dunkel geworden.

»Wenn ich nicht hier wäre, dann würdet ihr losrennen und euch einen Dreck darum scheren, was für Strafen euch erwarten. Aber ihr müsst einsehen, dass wir ihm nicht helfen können. Außerdem fürchte ich, dass in dieser Nacht etliche Löwenhasser dort draußen lauern, die darum beten, einem von euch allein im Dunkeln zu begegnen. Noch nie habe ich erlebt, dass eine Lanze so sehr gehasst wurde wie ihr.« Er deutete zu den Silberbergen auf der Tischplatte. »War es das wert?«

Sie schwiegen.

»Wir können doch Luc nicht einfach so im Stich lassen«, sagte Gishild schließlich. Sie stellte sich vor, wie er allein in einer Zelle saß. Wenn sie sich schon so elend fühlten, wie musste es ihm dann erst gehen?

»Das hättet ihr euch vorher überlegen sollen ... als ihr seinem verrückten Plan zugestimmt habt. Und den Wetten ... Und ...« Er hieb mit der Faust auf den Tisch, dass die Münzen klirrten. »Wenn ihr mir wenigstens etwas gesagt hättet!«

»Er sollte nicht allein sein.«

»Glaubst du, das hilft ihm jetzt noch, wenn ihr Michelle und mir sagt, dass es euch leidtut?«

»Es würde ihm helfen, nicht allein zu sein«, beharrte Gishild. Sie war den Tränen nahe. Sie wusste nur zu gut, was es hieß, allein zu sein und um ihr Leben zu fürchten.

Drustan sah zur Tür.

»Verdammt, Kinder! Ich kann euch doch nicht hinauslassen ... Nicht, dass ich es nicht auch wollte. Ich glaube, ihr begreift gar nicht, was ihr angestellt habt. Alle sind wütend auf euch. Den meisten habt ihr Geld abgenommen ... und sie können sich vormachen, sie würden es für die Ehre des Ordens tun, wenn sie euch verprügeln, und nicht etwa wegen des Lochs in ihrer Geldkatze. Wenn wir alle gehen ... Was glaubt ihr, wie weit wir ungesehen kämen? Es ist Vollmond!«

»Und wenn nur eine geht?«, fragte Joaquino. »Eine für uns alle. Luc wird wissen, dass wir nicht alle kommen können.«

Ihre Blicke wanderten zu Gishild. Einen Moment war ihr unwohl bei dem Gedanken ...

»Du bewegst dich wie ein Schatten.« Es war das erste Mal, dass Drustan anerkennend über ihre Gabe sprach. Üblicherweise fluchte er darüber.

»Ich werde durchkommen«, sagte sie zuversichtlich. Sie war froh, nicht länger hilflos hier sitzen zu müssen und nichts tun zu können, als auf eine Nachricht zu warten.

»Wenn du es bis zur Burg schaffst, dann frag nach meiner Schwester. Lilianne wird ganz sicher dafür sorgen können, dass man dich zu Luc vorlässt.«

Plötzlich umringten sie alle. Jeder hatte noch eine Nachricht für Luc. Joaquino gab ihr die rote Bauchbinde, die ihn als Kapitän ihrer Lanze auswies.

»Er hätte sie tragen sollen. Er hätte uns wahrscheinlich besser geführt als ich.«

Raffael drückte ihr ein kleines Silberröhrchen in die Hand.

»Das soll er schlucken«, raunte er ihr zu. »Dann kann ihm der Strick nicht die Kehle zudrücken.«

Gishild fragte sich, woher ihr Gefährte solche Dinge wusste und was für eine Sorte Pferdezüchter seine Eltern wohl waren.

»Entferne das lose Brett auf der Rückseite von eurer Schlafkammer«, riet Drustan. »Ich bin sicher, die Tür der Baracke wird beobachtet.«

Schlagartig wurde es still.

Gishild schluckte. Der Magister sah sie an, der Muskel in seiner Wange zuckte. Die Spur eines Lächelns spielte um seine schmalen Lippen.

»Du hast doch nicht etwa geglaubt, dass ich davon nichts weiß? Ich war auch einmal Novize und aufsässig. Du weißt ja, was wir Löwen für einen Ruf haben.«

Drustan war ein Rätsel, dachte sie. Manchmal mochte sie ihn wirklich gern. Aber das hielt nie lange an.

Sie löschten in der großen Schlafkammer alle Lichter. Dann schob Gishild das Brett zur Seite und rollte sich hinaus. Die Rückseite der Baracke lag in tiefem Schatten. Sie rührte sich nicht von der Stelle. Drustan hatte recht gehabt. Am Waldrand, bei der großen Zeder, entdeckte sie mehrere Gestalten.

Gishild wartete. Vor ihr im Mondlicht lag die Baustelle. Nie hätte sie geglaubt, dass ausgerechnet Luc der Erste sein würde, den sie in ihrem Grabturm beisetzten. Wieder musste sie gegen die Tränen ankämpfen. Und das alles, weil ein paar Novizen mit Schlamm bespritzt worden waren. Sie hasste diese verdammten Ordensritter! Noch vor dem nächsten Winter würde Silwyna kommen. Das hatte die Elfe ihr fest versprochen. Sie würde sie holen. Jeder Tag bis dahin würde ihr lang werden, dachte Gishild. Sie hätte Luc besser behandeln sollen. Eigentlich mochte sie ihn …

DER LETZTE GANG

Niemand war gekommen und hatte ihm gesagt, welches Urteil gefällt worden war. Luc saß in der Zelle neben dem kleinen Saal, in dem die Gerichtsverhandlung stattgefunden hatte. Es gab ein winziges Fenster, zu hoch, als dass er hätte hindurchschauen können. Doch durch das Fenster hallte die Antwort auf seine drängende Frage: der Klang von Zimmermannshämmern auf Holz. Dort unten wurde sein Galgen errichtet.

Ihm war übel. Er versuchte, an etwas anderes zu denken. Luc hatte noch nie eine Hinrichtung gesehen. Es hieß, dass man sich immer in die Hosen machte. Spätestens wenn der Tod kam ...

Der Junge spähte zu dem Holzeimer in der Ecke seiner Zelle. Er würde dafür sorgen, dass es ihm nicht so erging.

Hoffentlich holen sie nicht die anderen Löwen, damit sie zusahen. Ob man ihm wohl diesen letzten Wunsch gewährte? Bestimmt wurden alle Novizen zusammengerufen. Jerome hatte ja gefordert, die Hinrichtung solle ein abschreckendes Beispiel sein.

Luc blickte hinauf zum Fenster. Er sah ein winziges Rechteck Nachthimmel. Drei Sterne leuchteten darin. Er dachte an das Sternenlicht in Gishilds Augen. Sie war hübsch ... Hoffentlich erging es ihr gut im Leben!

Seine Gedanken schweiften ab. Er hätte gern so gut fechten gelernt wie Gishild. Und einen Sieg beim Buhurt hätte er auch gern erlebt ... Nicht so einen wie heute. Wie lange es wohl noch bis zum Morgengrauen dauerte? Das Hämmern draußen hatte aufgehört. War die Zeit so schnell vergangen?

Jetzt sah er nur noch zwei Sterne im Fenster. Er ging bis zur Wand und presste seine Wange dicht an die Mauer, bis er den dritten Stern wieder sehen konnte. Er wünschte, er könnte die Zeit anhalten. Bis zum Morgengrauen mussten es noch viele Stunden sein. Die Nacht hatte gerade erst begonnen!

Wieder dachte er an Gishild. Ob sie den Heidengöttern wohl abschwören würde? Ob sie ihm wohl ihren geheimsten Wunsch anvertraut hätte, wenn Drustan in jener Nacht ein wenig später gekommen wäre? Wahrscheinlich nicht ... Sie war zu verschlossen.

Schritte hallten auf dem Gang. Der eiserne Riegel an der Zellentür wurde zurückgeschoben. Ein großer, schnauzbärtiger Ritter trat ein. Er trug seinen Harnisch, als wolle er bald in die Schlacht reiten. In der Linken hielt er eine Fackel.

»Komm, Junge!«, sagte er barsch.

Luc blickte ungläubig zum Fenster. Seine Zeit war noch nicht um! Es war doch Nacht! »Du ... du bist zu früh, Bruder.«

Die Augen des Ritters waren dunkel. Kalt. »Das sagen sie immer.«

»Aber es hieß, ich würde im Morgengrauen ...«

Der Krieger trat ein und packte ihn beim Handgelenk. »Jetzt bist du dran. Nicht irgendwann später!«

Luc fühlte sich betrogen. »Das können sie doch nicht machen! Ich habe noch ein paar Stunden ... Ich ... Es ist nicht einmal Besuch gekommen.«

»Du würdest dich wundern, wie selten Besuch kommt!«

Der Ritter zog ihn mit einem Ruck zur Tür.

»Bitte, frag noch einmal nach ... Das muss ein Irrtum sein! Ich bin noch nicht dran. Nicht jetzt. Erst zum Morgengrauen ...« Er war den Tränen nahe. Er hatte sich noch nicht von der Welt verabschiedet. Sie konnten ihn doch nicht einfach so aus dem Leben reißen!

Der Schnauzbart zog ihn hinaus auf den Flur. Er war zu stark! Luc war ihm nicht gewachsen.

»Jetzt sperr dich nicht so! Und fang nicht an zu flennen, Kleiner! Hast du denn keinen Funken Ehre im Leib?«

Plötzlich begriff Luc, warum der Ritter ihn so grob behandelte.

»Du hast heute Geld verloren, nicht wahr? Du ...«

Eine schallende Ohrfeige brachte ihn zum Schweigen. Er hatte sich auf die Zunge gebissen. Blut füllte seinen Mund.

»Ich lass mich von dir nicht beleidigen! Hörst du? Ich habe kein Geld gesetzt. Ich wette nie. Aber du hast mich verhöhnt durch deine Taten ... Der Orden ist mir heilig. Er ist mein Leben! Vor mehr als dreißig Jahren bin ich nach Valloncour gekommen. Ich gehöre zu den Stierhäuptern. Aus meiner Lanze leben außer mir nur noch drei. Siebenmal bin ich verwundet worden im Dienst des Ordens. Zweimal so schwer, dass sie mich zu den Gevierten stecken wollten. Und dann kommt einer wie du ... ein Neunmalkluger ... Und du verdrehst unsere Regeln und Traditionen. Das, wofür ich gekämpft und geblutet habe. Ich werde gerecht zu dir sein. Das ist meine Art. Aber erwarte kein freundliches Wort.«

Luc sah den Ritter an. In der schwarzen Rüstung erschien er ihm wie ein lebender Schatten. Es tat ihm leid. Der Buhurt war doch nur ein Spiel ... Er hatte keine Ahnung gehabt! Luc straffte sich. Plötzlich war es ihm peinlich, dass er sich so hatte gehen lassen.

Der Ritter brachte ihn eine enge Wendeltreppe hinab, und Luc fügte sich. Es hatte keinen Sinn mehr, sich zu widersetzen. Er dachte an die Honigkammer und auch an die weiße Frau. Er hatte zu viele Verbote in seinem Leben missachtet.

Das schien ihm im Blut zu liegen. War er vielleicht doch ein Wechselbalg?

Der Schnauzbart schob ihn durch eine Tür auf den Hof hinaus.

Luc erschrak. Eine Schar Novizen erwartete ihn dort. Mussten die Löwen doch mit ansehen, wie er gerichtet wurde?

Er erkannte ein Mädchen mit langen Zöpfen. Mascha! Es waren die Drachen. Sie sollten also die Genugtuung haben, dabei zu sein, wenn er büßte.

Der Ritter schob ihn weiter. In der Mitte des Platzes erhob sich ein Holzgerüst. Schwarz zeichnete sich die Galgenschlinge gegen den Himmel ab. Ihm wurden die Knie weich. Ihm fiel ein, dass er nicht mehr auf dem Eimer gewesen war, um sich zu erleichtern. Sie hatten ihn zu früh geholt. So sehr er sich wehrte, er konnte nicht länger gegen die Tränen ankämpfen. Das war nicht gerecht! Er hätte noch bis zum Morgengrauen Zeit haben müssen. Nicht jetzt schon! Nicht jetzt!

»Zieh dich aus!«, befahl der Ritter schroff. »Du wirst nicht das Ordenskleid tragen, wenn du dort hinaufsteigst, Halunke!«

ZU SPÄT

Gishild blickte über die Wiese zurück. Nein, sie hatten sie nicht bemerkt. Sie huschte hinüber zum Torweg. Drustan hatte recht behalten. Dies war die Nacht der Jäger! Immer wieder hatte sie Gruppen von Novizen gesehen. Sie alle waren Drachen gewesen. Und die meisten trugen die Waffen des Buhurts bei sich. Sie schienen die Erlaubnis bekommen zu haben, nach streunenden Löwen Ausschau zu halten.

Eine Ewigkeit hatte sie gebraucht, um in der hellen Nacht bis zur Burg zu gelangen. Der Mond stand schon tief am Himmel. Wieder sah sie zurück. Dann trat sie unter den dunklen Torbogen. Jemand packte sie beim Arm. »Du kommst spät, Gishild!«

Obwohl sie diese Stimme nun schon fast ein Jahr nicht mehr gehört hatte, erkannte die Prinzessin sie sofort. Lilianne!

»Sie haben ihn schon vor zwei Stunden auf den Hof gebracht.« Sie seufzte. »Ich konnte ihm nicht helfen. Das musste ich schwören, bevor sie mir die Torwache überlassen haben. Aber wahrscheinlich hätte er nicht gewollt, dass du dabei bist.«

Gishilds Hand krampfte sich um das Silberröhrchen. Was sollte das heißen ...

Lilianne schob sie durch das Tor. Deutlich hob sich der Umriss des Gehenkten gegen den strahlenden Vollmondhimmel ab. Gishild knickten die Beine unter dem Leib weg. Das durfte nicht wahr sein!

Die Ritterin fing sie auf und schob sie weiter.

»Nein!«, wimmerte sie leise. »Das ist zu grausam!«

Der Leichnam schwang langsam in dem eisigen Nachtwind, der durch das Tor wehte. Ein letzter Gruß des Winters.

Unbarmherzig schob Lilianne sie weiter. »Er hat sich ganz gut gehalten und uns Löwen keine Schande gemacht.«

Unter dem Galgen war ein merkwürdiger Kasten auf dem Podest errichtet. Etwas ragte daraus hervor. Ein Kopf! Gishild zog sich der Magen zusammen. Sie sträubte sich. Sie wollte nicht näher heran.

»Verdammt, Mädchen! Was zierst du dich so! Er braucht dich! Und ich darf nicht hinauf.«

Lilianne bückte sich und drückte ihr einen Holzschemel in die Hand. Dann nahm sie den Umhang von den Schultern.

»Los jetzt!«

»Was soll ich für einen Toten denn noch tun?«, schluchzte sie. Wie konnte man einen Jungen wegen eines Streichs hinrichten! Nur ein harmloser Streich ... Sie wünschte sich, ein Albenstern würde sich mitten auf dem Hof öffnen und die Heerscharen Albenmarks ausspeien, damit sie den Ritterorden auslöschten.

»Begreifst du denn nicht? Nicht das Schlimmste ist eingetreten, nein: Er hat die Ehrenstrafe bekommen. Da hängt nur eine Strohpuppe mit seinen Kleidern. Er steckt im Schandkragen darunter. Und dort wird er auch bleiben bis zur Mittagsstunde. Die Drachen durften ihn mit den Waffen des Buhurts durchprügeln. Sie haben ihn übel herangenommen. Und zuletzt haben sie eimerweise schwarzen Schlamm über ihn gekippt.

Er holt sich da oben noch den Tod. Leg ihm meinen Umhang um und wärme ihn! Ich darf doch nicht hinauf! So hab ich es geschworen. Und hilf ihm auf den Hocker, damit er sich nicht Arme und Beine ausrenkt!«

Halb blind von ihren Tränen taumelte sie die Treppe zum Hinrichtungsgerüst hinauf. Dann schloss sie Luc in die Arme. Sein nackter Leib war von Schlamm verkrustet. Und entsetzlich kalt war er. Hände, Füße und Kopf waren durch Löcher im hölzernen Schandkragen gesteckt. Sein Rumpf aber hing nach hinten durch, sodass sein Körpergewicht Gelenke und Hals gegen das Holz presste und zum Zerreißen spannte.

Sie hob ihn vorsichtig an und ließ ihn auf den dreibeinigen Schemel sinken. So würde er weniger leiden. Dann presste sie sich dicht an ihn, um ihn mit ihrem Leib zu wärmen. Sie schlang Liliannes Umhang um sie beide.

Luc stöhnte leise.

Sie drückte ihm einen scheuen Kuss auf sein vor Schmutz starrendes Haar.

»Das muss furchtbar wehtun. Wie kann ich dir helfen?«

»Du bist gekommen, da geht es mir schon besser.«

»Du lebst!«, sagte sie immer wieder. »Du lebst.« Sie rieb seine Arme, bis ihr die Hände brannten. »Es wird alles wieder gut. Das verspreche ich dir. Erinnerst du dich an die Nacht, als du mir dein Geheimnis anvertraut hast? Ich konnte dir meines nicht mehr verraten ...«

Er murmelte etwas. Sie verstand nur zwei Worte: Mein Nordstern.

»Ich weiß, dass du den Drachen hättest besiegen können«, sprudelte es aus ihr hervor. »Du hast ihn mir überlassen ... den Triumph. Du bist mein Ritter, nicht wahr? Du willst mich beschützen. Du willst, dass mein Leben strahlender wird.«

Sie war vor das Holzgestell getreten und blickte ihn erwartungsvoll an. Er deutete mit Mühe ein Nicken an.

»Sie haben mich schwören lassen, dass ich es niemandem verrate, Luc. Aber du musst es wissen. Ich bin Gishild Gunnarsdottir. Die Thronerbin des Fjordlands. Ich bin die letzte Prinzessin in einer Welt, in der die Kirche alle Königskronen in den Staub getreten hat. Das ist mein Geheimnis.«

Lucs geschwollenes Gesicht entspannte sich zu einem kurzen Lächeln.

»Dein Traum wird Wirklichkeit werden, Luc. Nein, er ist es schon ... Du bist mein Ritter, schon jetzt. Und du wirst mit mir kommen, nicht wahr? Sie werden mich holen. Es ist mein Schicksal, Königin des Fjordlands zu sein. Das ist mein Traum. Mein Fjordland zu schützen, mit all meiner Kraft.

So lange noch Atem in mir ist, werde ich darum kämpfen, dass keine Kirchenbanner über den Fjorden wehen, Luc. Du musst mit mir kommen, wenn sie mich holen. Nur eine weiß, wo ich bin ... Doch das genügt. Sie wird die Anderen holen. Du musst mit mir kommen! Versprich mir das! Du sollst mein Ritter sein, so wie du es dir erträumt hast, denn wenn du bleibst, werden wir uns eines Tages als Feinde gegenüberstehen.«

Dann kauerte sie sich wieder hinter den Schandkragen, schlüpfte unter den Umhang und kuschelte sich an seinen Körper, so gut es unter diesen Umständen ging. Sie würde ihn wärmen, die ganze Nacht.

LEON

Luc spürte ihren Atem in seinem Nacken. Ein warmes Streicheln. Sie war eingeschlafen. Krämpfe brannten in seinen Armen und Beinen, auch wenn es ihm Erleichterung verschaffte, auf dem Hocker zu sitzen.

Seine Augen waren von den vielen Schlägen gegen seinen Kopf so zugeschwollen, dass er nichts mehr sehen konnte. Aber er hörte noch, vernahm die schweren Schritte, die die Treppe zum Henkerspodest heraufkamen. Die Holzbohlen knarrten.

Jemand seufzte. Und Luc spürte jetzt auch Atem auf seinem Gesicht. Sein Besucher musste vor ihm in die Hocke gegangen sein.

Zwei Finger zwängten dem Jungen ein Auge auf. Er sah ein mattes Leuchten. Der Stein aus der Quelle!

»Das ist ein Elfenstein, nicht wahr?«, fragte Leon. »Sie haben ihn in deiner Hosentasche gefunden. Jetzt hast du dich also doch noch verraten. Ich hatte dir vertraut, bis heute Nachmittag ... Deine Taten haben offenbart, was du bist. So durchtrieben und verschlagen ist nur ein Wechselbalg. Nicolo und Honoré konnte Lilianne mit ihren schönen Worten blenden. Sie haben dafür gestimmt, dass du mit einer Ehrenstrafe davonkommst. Ich nicht! Das sollst du wissen. Heute hast du Glück gehabt. Und morgen schon gehst du auf die Galeere, mit den anderen Löwen. An den Frühlingsschlachten nehmt ihr nicht mehr teil. Ihr habt zu viele gegen euch aufgebracht. Man müsste jeden Tag um euer Leben fürchten!«

Luc spürte, wie sich Gishild bewegte. Die Stimme des Primarchen hatte sie aus unruhigem Schlaf geschreckt. Er war froh, dass sie da war. Von all den Tausenden von Menschen auf der Halbinsel war sie die Einzige, die ihn wegen des Steins nicht verurteilen würde.

»Euer Sieg im Buhurt wird euch nicht vor der Galeere retten, denn ich will euch nicht mehr hierhaben. Ihr seid Gift für die anderen Novizen. Aber glaube nicht, dass du mir damit entkommen bist! Du wirst keine Gelegenheit mehr haben, Valloncour zu schaden, Luc. Es war dumm von dir, den verräterischen Stein zu behalten. Er hat all meine Zweifel ausgeräumt. Wenn du zurückkehrst, werde ich dich noch einmal prüfen. Dann werden Nicolo und Honoré sehen, was du wirklich bist. Ich werde mit dem blanken Schwert in der Hand neben dir stehen. Und Glück allein hilft dir dann nicht mehr, Elfenbastard!«

ANHANG

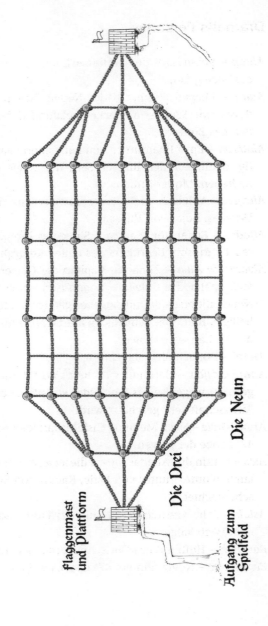

Dramatis Personae

Ahtap – Kobold aus dem Volk der Lutin. Einer der Wächter der Albenpfade.

Alain – Ehemals Primarch der Neuen Ritterschaft. Wurde durch eine Wunde im Nacken gelähmt. Gehörte zum Orden des Blutes.

Alathaia – Einst Elfenfürstin von Langollion, war sie berüchtigt dafür, sich der dunklen Seite der Magie verschrieben zu haben. Mutter Tiranus.

Alexjei – Anführer der Schattenmänner aus den Wäldern Drusnas. Bojar von Vilussa.

Alfadas – Erster König aus der Sippe des legendären Mandred Torgridson. Begründer des neuen Königshauses.

Alvarez de Alba – Zunächst Kapitän der Galeere *Sankt Raffael*, später der Galeasse *Windfänger*. Ordensbruder der Neuen Ritterschaft und Angehöriger der Bruderschaft vom heiligen Blut. War gemeinsam mit Lilianne und Drustan in der 31. Lanze der Löwen.

André – Dorfschmied aus Lanzac.

André Griffon – Berühmter Dichter und Philosoph aus Fargon, der wegen seines Weltbildes vor allem von der Neuen Ritterschaft sehr geschätzt wird.

Anne-Marie – Nach Meinung Gishilds farblose Novizin in der 47. Lanze der Löwen.

Asla – Gattin des Alfadas, bevor dieser zum König des Fjordlands wurde. Mutter von Ulric, Kadlin und Silwyna Menschentochter.

Aslak – Sohn von Liodred, König des Fjordlandes, und seinem Weib Valgerd.

Barrasch – Hofhund des Dorfschmiedes aus Lanzac.

Bernadette – Novizin in der 47. Lanze der Löwen.

Boldor – Trollkönig, der während der Dreikönigsschlacht umkommt. Da die Seele des Königs verloren geht, tritt Herzog Orgrim die Thronfolge an.

Brandax Mauerbrecher – Kobold aus dem Volk der Holden. Als Kriegsmeister leitet er Belagerungen und ist für den Bau, den Einsatz und die Instandhaltung von Kriegsmaschinen verantwortlich.

Carlos – Barbier in Paulsburg.

Charles – Erzverweser der Ordensprovinz Drusna.

Charlotte – Lucs Mutter, eines der ersten Pestopfer in Lanzac. Eine Frau, die in großer Furcht vor den Anderen lebte.

Clemens – Heiliger der Tjuredkirche, der kurz nach der Eroberung Iskendrias eine berühmte Abhandlung über die Heidenkriege und ihre reinigende Wirkung für den Glauben und die Gläubigen schrieb.

Corinne – Ordensritterin. Angehörige der Neuen Ritterschaft.

Dominique de Blies – Ordensritter. Zunächst Bannerträger des Ordens in Drusna, dann Komtur der Ordensprovinz Drusna.

Dragan vom Mordstein – Trollherzog, fast so groß wie ein aufgesessener Reiter.

Dunja – Ein Mädchen aus Paulsburg, das von der Komturin Lilianne als Doppelgängerin für Prinzessin Gishild benutzt wird.

Drustan – Ordensritter aus der Lanze Liliannes.

Eiswind – Großer Greifvogel, ständig in Fenryls Nähe. Es war ein absonderliches Tier, größer als ein Falke oder Bussard, doch kleiner als ein Adler.

Elija Glops – Ein Lutin und ein Revolutionär, der im Bund mit den Trollen den Thron der Elfenkönigin Emerelle eroberte.

Emerelle – Die Elfenkönigin von Albenmark, gewählte Herrscherin über alle Albenkinder.

Farodin – Legendärer Elfenkrieger, der nach der Dreikönigsschlacht spurlos verschwand.

Fenryl – Elfenfürst, Herrscher über Carandamon. Oberbefehlshaber der Truppen Albenmarks in Drusna.

Feodora – Galeerenkapitänin und Angehörige der Neuen Ritterschaft. Wurde bei der Schlacht am Bärensee verwundet und gerät während der Gefechte, die Prinzessin Gishilds Entführung folgen, in Gefangenschaft der Elfen.

Frederic – Ordensritter. Angehöriger der Neuen Ritterschaft.

Frühlingsreif – Name der Stute, die Fürst Fenryl reitet.

Gehörnter – Ein Gott der Bewohner Drusnas.

Gerona – Angehörige der Neuen Ritterschaft und der Bruderschaft des heiligen Blutes.

Giacomo – Novize in der 47. Lanze der Löwen.

Gilda – Dienerin von König Gunnar, Hebamme bei der Geburt von Gishild und Snorri.

Gishild – Prinzessin aus dem Fjordland. Tochter von Gunnar Eichenarm und Roxanne.

Grauauge – Name, den Luc dem Leitwolf des Rudels gibt, das in sein Dorf eindrang.

Gunnar Eichenarm – König des Fjordlands. Vater Gishilds. Gatte Roxannes.

Halgard – Gattin Ulrics des Winterkönigs. Stirbt gemeinsam mit ihrem Gemahl auf dem vereisten Wolkenspiegelsee.

Handan die Gnadevolle – Eine Heilige der Tjuredkirche. Die Schutzpatronin der verlorenen Seelen. Sie entstammt dem Heidenvolk der Tearagi und wurde vom heiligen Clemens bekehrt.

Honoré – Ordensritter aus der Lanze Michelles.

Ignazius Randt – Berühmter Feldherr und Militärtheoretiker aus dem Orden vom Aschenbaum. Wurde in Drusna zum Oberbefehlshaber aller Truppen, nachdem Lilianne de Droy dieses Amt verloren hatte.

Ivanna – Schwester Alexjeis des Bojaren von Vilussa.

Jean – Haushofmeister im Herrensitz der Lannes de Lanzac.

Jerome – Ritter der Neuen Ritterschaft. Gehört zum Orden des Blutes.

Joaquino von Raguna – Novize in der 47. Lanze der Löwen und ihr erster Kapitän.

Juztina – Hält zusammen mit dem Ordensritter Drustan einsame Wacht auf dem Rabenturm. Wird später Küchenmagd auf der Ordensburg von Valloncour.

Kadlin die Kriegerkönigin – Tochter des Alfadas. Königin des Fjordlands nach dem Tod ihres Bruders Ulric.

Leon – Primarch und damit geistiger Führer der Neuen Ritterschaft. Gehört zum Orden des Blutes.

Lilianne de Droy – Komturin der Neuen Ritterschaft, Oberbefehlshaberin der Kirchentruppen in Drusna.

Liodred – König des Fjordlands, der nach der Dreikönigsschlacht mit dem Ahnherrn Mandred die Albenpfade betrat und niemals wiederkehrte.

Luc – Sohn von Pierre und Charlotte. Novize im Orden der Neuen Ritterschaft.

Luigi – Alter Steuermann auf der Galeasse *Windfänger*, deren Kommandant Alvarez ist.

Luth – Auch ›der Schicksalsweber‹ genannt, Gott aus dem Pantheon des Fjordlands. Gebietet über das Schicksal der Menschen und bestimmt, wann jeder Lebensfaden endet.

Maewe – Die Göttin der schönen Dinge. Gehört zum Götterpantheon des Fjordlands.

Mandred Torgridson – Legendärer Held unter Menschen und Elfen, Jarl von Firnstayn und Vater des späteren Königs

Alfadas. Im Fjordland ist der Glaube verbreitet, dass Mandred in der Stunde der größten Not in seine Heimat zurückkehren wird.

Marie – Wäscherin aus dem Gesinde des Grafen Lannes de Lanzac.

Mascha – Novizin in der 47. Lanze der Drachen, dann deren Kapitänin.

Michel Sarti – Heiliger der Tjuredkirche. Gilt als Begründer des Ordens vom Aschenbaum, des ältesten Ritterordens der Kirche. Wurde angeblich im südlichen Fargon in einer Burg am Mons Bellesattes geboren.

Michelle – Ordensritterin. Fechtmeisterin der Neuen Ritterschaft.

Mirella – Silwyna nannte sich so, wenn sie sich als Hure ausgab, um unter Menschen zu sein und der Spur Gishilds zu folgen.

Morwenna – Elfe, Tochter der Alathaia.

Nachtwind – Pierres Rappe.

Nathania – Eine Koboldin aus dem Volk der Lutin. Gefährtin Ahtaps und Wächterin der Albenpfade.

Nicolo – Ordensritter aus der Gruppe der Pestärzte.

Nuramon – Legendärer Elfenkrieger, der nach der Dreikönigsschlacht spurlos verschwand.

Ollowain – Ein Elf, der Schwertmeister Albenmarks und der Feldherr, der die verbündeten Truppen Albenmarks während der Kämpfe um Drusna und das Fjordland befehligt.

Pierre – Lucs Vater, ein Veteran der Heidenkriege.

Poul Lannes de Lanzac – Graf von Lanzac, ehemals Kommandant der Schwarzen Reiter während des ersten Heidenkriegs in Drusna.

Raffael – Heiliger der Tjuredkirche, der bei der Eroberung

Iskendrias den Märtyrertod starb, nachdem er es geschafft hatte, die Sperrkette des Hafens herabzulassen.

Raffael von Silano – Novize in der 47. Lanze der Löwen.

Ragnar – Lehrer der Prinzessin Gishild, der großen Wert darauf legt, die künftige Herrscherin die Geschichte ihrer Sippe auswendig lernen zu lassen.

Robert de Grace – Novize der Neuen Ritterschaft aus dem zweiundvierzigsten Jahrgang der Löwen.

Rodrik – Ordensritter, Hauptmann der Leibwache des Erzverwesers Charles. Gehört zum Orden des Aschenbaums.

Ronaldo Rueida – Kapitän der Galeasse *Heidenhammer*, des Flaggschiffes einer Flottille auf der drusnischen Seenplatte, und Angehöriger des Ordens vom Aschenbaum.

Roxanne – Gattin des Königs Gunnar Eichenarm. Mutter von Gishild.

Sigurd Swertbrecker – Hauptmann der Mandriden, der Leibwache der Königsfamilie des Fjordlands.

Silwyna – Elfe aus dem Volk der Maurawan. Lehrerin Gishilds und einst die Geliebte des Königs Alfadas. Berühmte Bogenschützin in ihrem Volk.

Snorri – Bruder Gishilds. Ertrank als Kind im Wolkenspiegelsee.

Sulpicius – Heiliger der Tjuredkirche, der Aufrichtigkeit und Reinheit im Glauben predigte.

Tiranu – Elfenfürst von Langollion.

Tjured – Der eine Gott. Nach dem Glauben seiner Anhänger Schöpfer der Welt und aller Geschöpfe, die auf ihr wandeln.

Ulric der Winterkönig – Sohn des Königs Alfadas, der nicht einmal einen Mond lang König des Fjordlands war. Er starb mit seinem Weib Halgard, als er das Eis des Wolkenspiegelsees zerbersten ließ und gemeinsam mit den Trollen, die sein zerschlagenes Heer verfolgten, vom dunklen Wasser verschlungen wurde.

Ursulina – Heilige der Tjuredkirche. Eine Ritterin, die laut Legende auf einem Bären geritten ist.

Valgerd – Frau von Liodred, König des Fjordlandes.

Veleif Silberhand – Zunächst Skalde am Hof König Horsas, später Vertrauter des Königs Alfadas.

Winterauge – Adlerbussard des Fürsten Fenryl von Carandamon. Der große Vogel ist eine Hybride aus Bussard und Adler. Kopf eines Adlers, Körper eines Bussards, Fänge wie ein Bussard.

Wolkentaucher – König der Schwarzrückenadler vom Albenhaupt und einst ein Freund des Halbelfen Melvyn.

Yulivee – Elfe, Vertraute der Königin Emerelle. Eine Magierin, vor deren außergewöhnlichem Talent selbst die stolzen Lamassu ihr Haupt beugen.

Schauplätze

Albenhaupt – Geheimnisumwitterter Berg im Norden der Snaiwamark. Der Ort, an dem die Schwarzrückenadler leben.

Aniscans – Hauptstadt von Fargon und zugleich Hauptsitz der Tjuredkirche. Hier wurde einst der heilige Guillaume von Elfen ermordet; so überliefert es die Geschichte der Kirche.

Bärensee – Ein Waldsee im Osten Drusnas, an dessen Ufern der Eherne Bund eine schwere Niederlage gegen die Neue Ritterschaft des Tjured erlitt.

Bleierner See – Zentraler See der westlichen Seenplatte Drusnas.

Bresna – Einer der großen Ströme Drusnas.

Carandamon – Elfenfürstentum in Albenmark. Eine weite Eisebene, eingefasst von hohen Bergen. Liegt westlich der Snaiwamark, des Königreichs der Trolle.

Das Nichts – Der Raum, den die Albenpfade durchziehen. Die große Leere zwischen der Welt der Menschen, Albenmark und der Zerbrochenen Welt.

Drusna – Waldkönigreich, das an das Fjordland angrenzt.

Equitania – Provinz in Fargon, berühmt für die Zucht edler Pferde, aber auch berüchtigt für die Wettleidenschaft.

Fargon – Ein Königreich der Menschen. Hier hat der Tjuredglaube seine Wurzeln.

Firnstayn – Die Hauptstadt des Fjordlands.

Fjordland – Das letzte heidnische Königreich, das der Tjuredpriesterschaft noch Widerstand leistet. Ein raues Land, durchzogen von dunklen Fjorden und schroffen Bergen.

Heidenkopf – Ein mit Ruinen bedeckter Hügel südlich von Lanzac. Ein Ort, wo bei Nacht angeblich die Anderen spuken.

Iskendria – 1. Bedeutende Hafenstadt in der Welt der Menschen. Einst von der Priesterschaft des Stadtgottes Balbar beherrscht, wurde Iskendria nach langer Belagerung von den Rittern der Tjuredkirche erstürmt. Vom Krieg zerstört, dauerte es fast zwei Jahrhunderte, bis Iskendria erneut seine alte Pracht entfaltete.
2. Einst legendäre Bibliothek in einem Splitter der Zerbrochenen Welt. Angeblich wurde hier alles Wissen aus Albenmark verwahrt. Dann wurde der Ort von den Rittern der Tjuredkirche erstürmt.

Königsstein – Sitz der Troll- und Elfenherrscher über die Snaiwamark. Siehe auch Phylangan.

Langollion – Elfenfürstentum. Eine große Insel südöstlich der Walbucht.

Lanzac – Dorf im südlichen Fargon in der Welt der Menschen.

Latava – Eine der letzten Provinzen Drusnas, die noch Widerstand gegen die Tjuredkirche leistet.

Marcilla – Ordensprovinz und Hafenstadt.

Mereskaja – Bedeutende Stadt in Drusna. Liegt an der Bresna. Schauplatz erbitterter Kämpfe zwischen dem Ehernen Bund und der Neuen Ritterschaft.

Mons Bellesattes – Berg, einen halben Tagesritt von Lanzac in Fargon entfernt. Geburtsort des heiligen Michel.

Mordstein – Eine Felsenburg der Trolle in der Snaiwamark.

Paulsburg – Festungshafen in Drusna. Am Bleiernen See gelegenes Hauptquartier der Galeerenflotte der Neuen Ritterschaft in Drusna.

Phylangan – Elfenfestung, von den Trollen auch Königsstein genannt. Die Festung wurde während des letzten Trollkriegs durch einen Vulkanausbruch zerstört.

Rabenturm – Ein Signalturm im nördlichen Drusna. Er dient

zur Beobachtung eines nahe der Küste gelegenen Albensterns.

Raiga – Eine der letzten Provinzen Drusnas, die noch Widerstand gegen die Tjuredkirche leistet.

Rosengarten – Ruinenfeld mit Statue einer nackten, weißen Frau. Einige Bewohner des Dorfes Lanzac brachten der weißen Frau immer noch Geschenke, obwohl die Tjuredpriester solchen heidnischen Aberglauben streng bestraften.

Silano – Stadt in Fargon. Berühmt für ihre Rüstungswerkstätten.

Snaiwamark – Landstrich hoch im Norden Albenmarks, der den Trollen einst von den Alben geschenkt wurde.

Telmareen – Ort mit berühmtem Orakel.

Vahan Calyd – Stadt in Albenmark, liegt am Waldmeer. Wurde im dritten Trollkrieg zerstört, erblühte in den Jahrhunderten danach aber zu neuer Pracht. Alle 28 Jahre wählen die Fürsten Albenmarks hier ihre Königin.

Valemas – 1. Eine Zuflucht emigrierter Elfen in der Zerbrochenen Welt. Wurde von Ordensrittern kurz nach der Eroberung der Menschenstadt Iskendria zerstört. 2. Verlassene Stadt in Albenmark, deren elfische Bewohner von Königin Emerelle zur Emigration gezwungen wurden.

Valloncour – Die größte der Ordensburgen der Neuen Ritterschaft. An der Ordensschule von Valloncour werden die späteren Ritter ausgebildet.

Vilussa – Fürstensitz und bedeutende Handelsmetropole in Drusna. Nach der Eroberung durch die Tjuredkirche Sitz des Erzverwesers.

Zerbrochene Welt – Eine Welt, die im Krieg zwischen den Alben und den Devanthar zerstört wurde. Ihre Trümmer schweben weit verstreut im Nichts.

Glossar

Albenkinder – Sammelbegriff für alle Völker, die von den Alben erschaffen wurden (Elfen, Trolle, Holde, Kentauren usw.).

Albenpfade – Ein Netzwerk magischer Wege, das einst von den Alben erschaffen wurde.

Albensteine – Magische Artefakte. Jedes der Albenvölker erhielt einen solchen Stein, bevor die Alben ihre Welt verließen. Ein Albenstein stärkt die Zauberkraft seines Benutzers. Werden mehrere Albensteine zusammengeführt, kann Magie von weltenverändernder Macht gewirkt werden.

Bärenbeißer – Hunderasse, die ursprünglich aus Fargon stammt, aber so lange im Fjordland gezüchtet wurde, dass jedermann inzwischen glaubt, sie seien schon immer im kalten Norden heimisch gewesen. Die großen Tiere werden zu Kampf- oder Jagdhunden erzogen; unter den Tjuredgläubigen gibt es etliche Geschichten darüber, dass man die Bärenbeißer besonders darauf abrichtet, Priester zu töten.

Barinstein – Verzauberte Steine aus Albenmark, die ein warmes, bernsteinfarbenes Licht spenden.

Bojar – Adelstitel aus Drusna.

Bruderschaft des heiligen Blutes – Geheimbund innerhalb der Neuen Ritterschaft. Alle Angehörigen sind überzeugt, entfernte Nachfahren des heiligen Guillaume zu sein und mit seinem Blut auch seine besondere Gabe in sich zu tragen.

Buhurt – Jahrhundertealtes, ritterliches Turnierspiel.

Der Eherne Bund – Bündnis der letzten freien »Heiden«, die den Heeren der Ordensritter noch Widerstand leisten.

Devanthar – Eine dämonische Wesenheit. Der Erzfeind der Elfen. Ein Geschöpf mit fast göttlicher Macht.

Die Anderen – Ein Sammelbegriff für alle Albenvölker. Die

Tjuredgläubigen, die nicht zur Priesterschaft gehören, wagen es in der Regel nicht, die Namen der Völker Albenmarks zu nennen, weil sie befürchten, damit Unglück herbeizurufen. Stattdessen reden sie von den Anderen.

Dreikönigsschlacht – Bezeichnung der Fjordländer für eine Seeschlacht, in der die Elfenkönigin Emerelle, der Trollkönig Boldor und Liodred, der König des Fjordlands, gegen eine übermächtige Flotte der Ordensritter Tjureds kämpften.

Elfen – Das letzte der Völker, die einst von den Alben erschaffen wurden. Etwa menschengroß, sind sie von schlankerer Gestalt und haben längliche, spitz zulaufende Ohren. Die meisten von ihnen sind magiebegabt. In vielen Regionen Albenmarks stellen sie den Adel und damit die herrschende Klasse.

Galeasse – Schiffstyp, größer und mit mehr Geschützen bestückt als eine Galeere.

Geisterwald – So nennt man in Drusna ein Waldstück, das ausgewählt wurde, um in den Ästen alter Bäume die Toten zu bestatten.

Gevierte – Diejenigen Mitglieder der Neuen Ritterschaft, die zurückkehren, um Valloncour nicht mehr zu verlassen. Manche Novizen nennen sie die lebendig Begrabenen. Es sind ehemalige Ritter, die keinen Kriegsdienst mehr leisten können und als Handwerker und Gelehrte dem Orden dienen. Sie nehmen ein viertes Element in ihren Wappenschild auf, daher leitet sich ihr Name ab.

Gottesblut – Berühmter Wein von den Hängen des Mons Gabino. Der ursprünglich von den Heiden eingeführte Name hat sich trotz anfänglicher Widerstände der Kirche durchgesetzt.

Heidenhammer – Galeasse des Ordens vom Aschenbaum. Operiert in Drusna.

Herrinnen des Waldes – Auch *Drei Herrinnen:* Göttinnen der Bewohner Drusnas.

Holde – Ein Koboldvolk, das vor allem in den Mangroven des Waldmeers und im wiedererstandenen Vahan Calyd lebt.

Karracke – Schiffstyp.

Kobolde – Sammelbezeichnung für eine ganze Gruppe verschiedener Völker, wie etwa die Holden oder die Lutin. Kobolde sind, am erwachsenen Menschen gemessen, etwa knie- bis hüfthoch. Viele Kobolde sind magiebegabt. Die meisten gelten auch als hervorragende Handwerker. Man sagt ihnen einen eigenwilligen Sinn für Humor und die ausgeprägte Neigung nach, anderen Streiche zu spielen.

Lanze – Bezeichnung für eine Gruppe junger Novizen auf der Ordensburg Valloncour. Vergleichbar einer Schulklasse.

Mandriden – Leibwache des Königs des Fjordlands. Diese berühmte Kriegertruppe wurde einst durch den Elfen Nuramon gegründet, der fast fünfzig Jahre lang in Firnstayn auf seine Gefährten Farodin und Mandred wartete.

Maurawan – Elfenvolk, das hoch im Norden Albenmarks in den Wäldern am Fuß der Slanga-Berge lebt. Berühmt für seine Bogenschützen. Unter anderen Elfen gelten die Maurawan als eigenbrötlerische Einzelgänger.

Namensfest – Das Fest, bei dem die Eltern für ein neugeborenes Kind den Namen bestimmen. In der Regel liegt dieser Tag nicht mehr als eine Woche nach der Geburt. Familien, die es sich leisten können, feiern jährlich ein Fest zur Erinnerung an diesen besonderen Tag.

Neue Ritterschaft – Ritterorden der Tjuredkirche mit Hauptsitz in Valloncour. Stieg bei den Kämpfen um Drusna zu einer führenden Rolle auf.

Ordensmarschall – Titel des höchsten Würdenträgers der Neuen Ritterschaft. In der Kirchenhierarchie entspricht sein Rang dem eines der sieben Kirchenfürsten von Aniscans.

Orden vom Aschenbaum – Ältester Ritterorden der Tjuredkirche. Trägt eine schwarze, abgestorbene Eiche im Wappenschild. Verlor nach einer Reihe von Niederlagen im Kampf um Drusna auf dem Konzil von Iskendria die vorherrschende Rolle unter den Ritterorden der Kirche und wurde der Neuen Ritterschaft unterstellt.

Orden vom Blutbaum – Landläufig verbreitete Bezeichnung für die Neue Ritterschaft. Der Name bezieht sich auf das Wappen des Ordens.

Primarch – Der spirituelle Führer der Neuen Ritterschaft. Er wacht über das Seelenheil der Ritter und Novizen.

Refugium – Bezeichnung der Tjuredpriesterschaft für Ordenshäuser in der Wildnis, in denen die Gläubigen inneren Frieden bei harter Arbeit finden. Manche Priester sehen in den Refugien erste Inseln des Gottesstaates, der einst das ganze Erdenrund umspannen soll.

Sankt Clemens – Galeasse aus der Ordensflottille der Neuen Ritterschaft.

Sankt Gilles – Galeasse aus der Ordensflottille der Neuen Ritterschaft.

Sankt Raffael – Galeere der Neuen Ritterschaft, unter dem Kommando von Kapitän Alvarez de Alba, die auf den Seen und Flüssen Drusnas operiert.

Schattenkrieg – Ein Krieg, ausgelöst durch den Verrat Alathaias, in dem die Elfenvölker Albenmarks einander bekämpften und die Drachen noch einmal in ihre alte Heimat zurückkehrten.

Schattenmänner – Widerstandskämpfer aus Drusna, deren Fürstentümer durch die Tjuredkirche erobert wurden. Ihr Anführer ist der Bojar Alexjei.

Schlacht der schwarzen Schiffe – Bezeichnung der Tjuredkirche für die Dreikönigsschlacht, in der die Elfenkönigin Emerelle, der Trollkönig Boldor und Liodred, der König des Fjordlands, gegen die Flotte der Ordensritter vom Aschenbaum kämpften. Mit den schwarzen Schiffen sind die Trollschiffe gemeint, die mit ihrem unerwarteten Erscheinen den Ausgang der Schlacht entschieden.

Schnitter – Eine Elfenreiterschar in schwarzen Halbharnischen unter dem Befehl des Fürsten Tiranu von Langollion.

Schwarze Schar – Leichte Reitertruppe der Neuen Ritterschaft.

Schwarzrückenadler – Ein Volk riesiger Adler, groß genug, dass sie Elfen tragen können.

Silberne Bulle – In diesem Gesetzestext sind die gegenseitigen Verpflichtungen zwischen der Kirche und der Neuen Ritterschaft festgeschrieben.

Steinhäher – Kleiner Raubvogel, auf den Hochebenen von Fargon beheimatet.

Stinker – Umschreibung, die Luc als Junge für jene Pesttoten verwendet, die keine Feuerbestattung mehr erhalten haben.

Tearagi – Reitervolk, das in der Wüste nahe Iskendria lebt.

Trolle – Das kriegerischste Volk Albenmarks. Mehr als drei Meter groß, haben sie eine graue Haut, die in ihrer Farbe Steinen ähnelt. Trolle scheuen vor der Berührung von Metall zurück.

Windfänger – Galeasse aus der Ordensflottille der Neuen Ritterschaft. Das Schiff steht unter dem Kommando von Kapitäns Alvarez.

DANKSAGUNG

So viele einsame Stunden man auch mit einem Buch verbringt, so falsch ist doch das Bild des Dichters im Elfenbeinturm, zumindest wenn es um mich geht. Wieder gab es eine ganze Schar von Helfern, die mich bei der Arbeit begleitete und die keinesfalls namenlos bleiben darf.

Mein Dank gilt Menekse, die auch nach zehn Jahren noch nicht müde wurde, jenen Funken Magie vor dem Alltag zu schützen, ohne den Bücher zu schreiben für mich unmöglich wäre, Elke, die diesmal den Rotstift schwang, wo ich allzu ausführlich wurde, Karl-Heinz, der manche Nachtschicht einlegte, damit ich tagsüber nicht auf seinen Rat verzichten musste, Martin und Eymard, Marja und all jenen Fjordländern und Elfen in Island, die mich vom Schreibtisch fort in den Schildwall lockten und fünf Tage lang Bücherwelten mit Wirklichkeit vermengten, Rolf und Gertrud, die auch diesmal dafür sorgten, dass es im Schreibasyl nicht einsam war und der Kaffeepegel im Blut nie unter die kritische Marke sank, sowie meinen Lektorinnen Martina Vogl, die mich vor manchem Irrweg warnte, und Angela Kuepper, die weiß, wie man mich dazu bringt, es noch in letzter Minute einen Tic besser zu machen.

BERNHARD HENNEN
JULI 2007

Bernhard Hennen

Der sensationelle Bestseller-Erfolg!

Dies ist die definitive Geschichte über ein Volk, das aus dem Mythenschatz der Menschheit nicht wegzudenken ist – Lesegenuss für jeden Tolkien-Fan!

»Der Fantasy-Roman des Jahres!« **Wolfgang Hohlbein**

Die Elfen
978-3-453-53001-0

Elfenlicht
978-3-453-52218-3

Elfenwinter
978-3-453-52137-7

978-3-453-53001-0

978-3-453-52137-7